Une collaboration tendue

Troublante énigme

Un dangereux partenaire

BETH CORNELISON

Une collaboration tendue

Traduction française de
CATHERINE VALLEROY

BLACK ROSE

HARLEQUIN

Collection : BLACK ROSE

Titre original :
COLTON 911: DEADLY TEXAS REUNION

HARPERCOLLINS FRANCE
83-85, boulevard Vincent-Auriol, 75646 PARIS CEDEX 13
Service Lectrices — Tél. : 01 45 82 47 47 - www.harlequin.fr
ISBN 978-2-2804-5649-4 — ISSN 1950-2753

Composé et édité par HarperCollins France. Achevé d'imprimer en mai 2021.
par CPI Black Print - Barcelone - Espagne
Dépôt légal : juin 2021.

FSC
www.fsc.org
MIXTE
Papier issu de sources responsables
FSC® C159065

Pour limiter l'empreinte environnementale de ses livres, HarperCollins France s'engage à n'utiliser que du papier fabriqué à partir de bois provenant de forêts gérées durablement et de manière responsable.

Prologue

Bureau du FBI à Chicago

L'agent spécial Nolan Colton détestait les costumes presque autant qu'il détestait les convocations inattendues. En attendant d'être introduit dans le bureau de son chef, il tira sur le col de sa chemise et desserra un peu son nœud de cravate. La patience n'avait jamais été son fort, et son genou tressautait. Que diable s'était-il passé qui justifie un entretien urgent ? Rien de bon, sûrement.

Prenant une tablette anti-acide dans sa poche, il la mâchonna. L'anxiété lui avait noué l'estomac toute la nuit. Quand l'assistante vint enfin le chercher, il inspira à fond, tira sur ses manchettes et franchit la porte la tête haute.

La première chose qu'il remarqua fut que Dean Humboldt n'était pas seul. Le directeur délégué Jim Greenley était assis face à lui, et un homme qui parut vaguement familier à Nolan occupait un siège à gauche du bureau. La seconde fut qu'on ne l'invitait pas à s'asseoir.

Il adopta une posture rigide, les pieds légèrement écartés et les mains nouées devant lui.

— Bonjour, messieurs.

— Agent spécial Colton, dit le directeur délégué en le saluant d'un rapide hochement de tête.

L'assistante quitta le bureau en refermant la porte derrière elle, et Nolan éprouva un bref accès de claustrophobie.

— Merci d'être venu, agent spécial Colton, dit Humboldt.

— Je n'ai pas eu l'impression d'avoir le choix.

Humboldt s'éclaircit la gorge.

— Non. Une affaire assez sérieuse a été portée à ma connaissance, et nous devons la traiter.

— Je ne savais pas que le Bureau traitait d'affaires non sérieuses.

Sa tentative d'humour tomba à plat. Humboldt fronça les sourcils, et Greenley échangea un regard avec le troisième homme, qui ne s'était pas encore présenté.

— Désolé. De quoi s'agit-il, monsieur ?

Humboldt ouvrit un dossier et fit glisser une grande photo en noir et blanc sur le bureau.

— Ceci.

Nolan fit un pas en avant. L'adrénaline se rua dans ses veines. Il s'agissait d'une photo de lui et d'une collègue dans une posture hautement compromettante.

Bon sang. Il avait cru enterré cet épisode mal avisé. Ils étaient seuls dans cette chambre d'hôtel. Alors d'où venait cette photo ? La réponse le secoua. Et le mit en colère.

— Hum… Où avez-vous obtenu ceci ?

— C'est nous qui posons les questions, agent spécial Colton, dit Greenley.

— Vous reconnaissez la femme sur la photo ? demanda Humboldt

Il acquiesça d'un hochement de tête.

— L'agent spécial Charlotte O'Toole. Nous avons travaillé ensemble sur une affaire à Portland l'année dernière.

Il inspira lentement et décida que l'honnêteté était la meilleure défense.

— Nous avons fait une bêtise, je le reconnais. Une erreur. Mais cela ne s'est pas reproduit.

Humboldt regarda tour à tour les deux autres hommes. Greenley arqua un sourcil grisonnant. Quand il fit glisser une photo similaire vers lui, Nolan grinça des dents.

— Que dites-vous qu'il s'est passé cette nuit-là, agent

spécial Colton ? demanda Humboldt continuant de l'appeler par son titre au lieu de son prénom.

Pris de confusion, Nolan pencha la tête.

— Je crois que c'est plutôt clair. Me demandez-vous des détails ? Parce que je dois dire, monsieur, que je trouve très déplacé de se vanter de ce genre de choses.

Humboldt croisa les mains sur son bureau.

— En général, moi aussi. Mais, considérant les allégations de l'agent O'Toole, je pense qu'il serait sage de nous faire part de votre version des choses.

Un frisson parcourut le dos de Nolan.

— Ses allégations ?

— Elle prétend que vous l'avez agressée.

Nolan sentit son sang se figer dans ses veines. Sa réputation et sa carrière s'effondraient littéralement sous ses yeux. Il fit effort pour reprendre son souffle.

— L'agent spécial O'Toole nous a déclaré la semaine dernière que vous lui avez fait des avances répétées lorsque vous étiez à Portland. Elle prétend qu'elle les a repoussées avec constance et vous a rappelé qu'un tel comportement était à la fois non professionnel et malvenu auprès d'elle.

L'incrédulité nouait la gorge de Nolan. Il émit un son étranglé, mais le choc l'avait rendu quasi muet.

— Pensant qu'elle aurait besoin de preuves de votre comportement, elle a dissimulé une caméra pour filmer les incidents ultérieurs.

Pour me piéger, plutôt ! Nolan serra les poings. Il était victime d'un coup monté. *Mais pourquoi ?*

Humboldt tapota le dossier.

— Il y en a d'autres si vous voulez les voir, mais elles racontent la même histoire.

Nolan jeta un nouveau coup d'œil à la photo et nota qu'il avait l'air d'agresser Charlotte qui, pour sa part, semblait le repousser. Bien sûr, cela ne s'était pas du tout passé comme ça.

— J'aimerais tout de même les voir, dit-il d'un ton rogue.

Son chef lui tendit le dossier. Le troisième homme poussa

un soupir d'irritation, mais Nolan l'ignora et feuilleta le reste des clichés. Tous donnaient l'impression qu'il forçait Charlotte. Il était clair qu'elle avait fait exprès de prendre des poses suggérant la contrainte. *Pourquoi ?* se demanda-t-il à nouveau.

Charlotte et lui s'étaient bien entendus sur le plan professionnel et personnel. Du moins l'avait-il cru. Pourquoi se retournait-elle contre lui ? Mais non, il ne s'agissait pas d'un revirement sentimental. La pose de la caméra, l'ardeur avec laquelle elle l'avait persuadé – car c'était elle qui l'avait poussé à transgresser les règles – révélaient la préméditation. Charlotte l'avait utilisé.

— Quelle garce, marmonna Nolan dans sa barbe.

Le troisième homme parut enfler et gronda :

— Je vous remercie de ne pas parler ainsi de ma femme.

À nouveau abasourdi, Nolan croisa son regard.

— Votre femme ?

— Vous ne saviez pas ? interrogea Greenley.

Nolan ricana, sans plus se soucier de respect.

— Évidemment que non.

— L'agent spécial O'Toole est marié depuis cinq ans au sénateur, énonça Greenley en levant une main.

— Six, corrigea le troisième homme.

Nolan branla du chef comme s'il avait mal entendu.

— Je vous demande pardon… Le sénateur ?

Humboldt désigna du menton l'homme en question.

— Oui. Le sénateur du Nebraska, George Dell.

Quelle mélasse ! Il avait couché avec la femme d'un sénateur ? Charlotte ne lui avait jamais parlé d'un mari, moins encore d'un mari aussi haut placé.

Son mauvais pressentiment prenait des proportions insoupçonnables. Un kaléidoscope d'émotions le traversa tandis que son cerveau engourdi tentait de prévoir les conséquences de ces accusations. Il dut raidir les genoux pour que ses jambes continuent de le porter.

— Tout ça, euh… est un gros malentendu.

— Vous niez ses assertions ? demanda Humboldt.

Il leva un regard stupéfait vers son patron. Humboldt travaillait depuis assez longtemps avec lui pour le connaître. Comment pouvait-il penser qu'il était capable d'une chose pareille ? Il jeta le dossier sur le bureau.

— Un peu que je les nie ! Je ne suis pas un violeur !

Le sénateur bondit sur ses pieds, les poings serrés.

— Vous traitez ma femme de menteuse ?

Nolan retint de justesse une réponse cinglante. Il devait faire attention à ne pas donner la corde pour le pendre. Mais se défendre d'une accusation d'agression sexuelle allait être au mieux compliqué. Au prix d'un grand effort, il s'adressa d'un ton calme au sénateur.

— Tout ce que je peux vous dire, c'est que je ne savais pas que Charlotte était mariée et que ce qui s'est passé entre nous n'était pas un viol. Je sais que vous n'avez pas envie d'entendre cela, mais c'était consensuel à cent pour cent.

Le sénateur avança de deux pas, le visage écarlate et les lèvres retroussées dans un rictus agressif.

— Espèce de fils de…

Greenley prit le bras du sénateur.

— Monsieur, s'il vous plaît. Asseyez-vous.

Se tournant vers Humboldt, Nolan se frotta le visage.

— Monsieur, vous me connaissez. Vous savez que ces accusations sont grotesques. Jamais je n'ai…

— Mon opinion personnelle ne compte pas, déclara Humboldt d'un air à la fois guindé et désolé. Une affaire de cette ampleur requiert une enquête interne.

Une enquête. Cette idée donna un mince fil d'espoir à Nolan. L'enquête allait sûrement dévoiler la vérité. Il serait exonéré, sa réputation serait blanchie et…

— Jusqu'à ce qu'elle soit achevée, vous êtes suspendu sans traitement…

— Quoi ? hurla-t-il, sous le choc.

— Avec effet immédiat.

Humboldt tendit la main.

— Donnez-moi votre insigne et votre arme de service.

Nolan le regarda bouche bée. Ça ne pouvait pas être vrai. Sa carrière représentait tout pour lui. Même si on le déclarait innocent, cette tache sur son nom le suivrait partout.

Il glissa un regard à Greenley, espérant de l'indulgence, mais se heurta à une contenance de marbre.

— Je jure que je n'ai… je n'ai jamais…

Il secoua la tête, et sa poitrine se contracta. Humboldt avait toujours la main tendue. Mais Nolan refusait que le sénateur soit témoin de son humiliation.

— Ce sont des âneries !

Tournant les talons, il sortit en trombe du bureau. Il était presque arrivé à l'ascenseur quand Humboldt le rattrapa.

— Nolan, attendez.

Pivotant sur lui-même, il pointa l'index et gronda :

— Vous savez que je n'ai pas fait ce dont elle m'accuse. Je n'aurais jamais profité d'une femme ! Bon sang, vous m'avez laissé raccompagner votre fille chez elle après le barbecue en juillet !

— Je n'ai pas le choix, dit Humboldt en levant à nouveau la main. Nolan, j'ai les mains liées. C'est votre parole contre la sienne, et elle a des photos compromettantes.

Bouillant de colère, Nolan détacha son holster et fit claquer son arme dans la main de son chef.

— Ouais, des photos bien choisies. Mais où sont les autres, hein ? Elle s'est jetée sur moi, Dean. C'était son idée, et elle a pris les rênes, quoi qu'en disent les photos.

— Votre insigne et votre carte.

Nolan grogna de frustration en les repêchant dans sa poche.

— Vous savez que je déteste l'espèce d'homme qui harcèle les femmes. Seigneur, ça me rend malade d'être rangé dans la même catégorie que ce genre d'ordures ! J'ignore ce qui se passe mais, s'il vous plaît Dean, ne les laissez pas me débarquer. Ce doit être politique, ou… je ne sais pas. Mais c'est un tas d'absurdités. Je vous le jure !

À sa décharge, Humboldt prit un air chagriné.

— Rentrez chez vous, Nolan. Profitez-en pour… aller pêcher ou revoir de vieux amis.

— Pêcher ? C'est tout ce que vous me proposez ?

— Je suis désolé, dit Humboldt.

Nolan enfonça le bouton de l'ascenseur avant de se raviser. Il devait brûler de l'adrénaline. Les poings serrés, il s'éloigna à grands pas. Cette injustice le révoltait. Après tant d'années de travail acharné, on lui retirait tout en une fraction de seconde. Et son chef lui suggérait d'aller pêcher ?

Il claqua la porte de l'escalier et se mit à dévaler les marches deux par deux. Ce faisant, une image s'imposa à lui. Et il sut où il irait jusqu'à ce que ce cauchemar en finisse.

Whisperwood.

1

Whisperwood, Texas

— C'est un cauchemar. Ma fille, ma petite fille, a été assassinée, et je veux que vous découvriez qui a fait ça.

Summer Davies soutint le regard de l'homme qui lui faisait face. Sa première pensée fut *le pauvre homme, comme il doit souffrir !* et la seconde : *enfin, une vraie affaire !*

Depuis l'ouverture de Davies Investigations LLC à Whisperwood, Summer cherchait du travail. Bien trop souvent, quand un client potentiel pénétrait dans son petit bureau, il ne lui accordait qu'un intérêt relatif jusqu'à ce qu'il comprenne qu'elle était la seule enquêtrice.

Assis devant elle, Atticus et son fils Ian avaient échangé un regard hésitant quand elle les avait informés que ce serait elle qui effectuerait le travail. En habituée du sexisme, elle avait souri et demandé des détails. Et Atticus avait lâché sa bombe. Une affaire de meurtre.

Summer jeta un regard préoccupé aux deux hommes.

— Vous êtes sûrs qu'elle a été assassinée ? Elle n'a pas seulement disparu ?

Ian se redressa sur sa chaise à barreaux – elle ne pouvait pas encore se permettre d'acheter mieux – et lança :

— Bien sûr que oui. Son corps a été retrouvé dans le parking de Lone Star Pharma. Vous vivez où ?

Summer laissa passer et plissa les yeux.

— Attendez… Lone Star Pharma ? Vous êtes la famille de Patrice Eccleston ?

La découverte du corps de la jeune femme avait suscité des spéculations à n'en plus finir. Résoudre l'affaire prouverait son cran et donnerait à son agence l'élan dont elle avait besoin. Et permettrait à la famille de faire son deuil, se corrigea-t-elle avec un tiraillement de conscience.

Atticus se tamponna les yeux, luttant visiblement contre les larmes.

— Oui. Patrice est ma fille.

Une expression de souffrance traversa son visage.

— *Était* ma fille. Je…

Il poussa un soupir, et Summer sentit son cœur se serrer. Ses traits convulsés par le chagrin faisaient peine à voir.

— *Est*, dit-elle en se penchant vers lui. Patrice sera toujours votre fille, quoi qu'il arrive. Je vous présente mes condoléances, monsieur. J'aimerais beaucoup pouvoir amener l'auteur de ce meurtre devant la justice.

Atticus croisa son regard, une lueur d'espoir dans les yeux.

— Merci. Ça me déchire de penser que le monstre qui a fait ça court toujours. Elle mérite que justice lui soit faite !

— Absolument, acquiesça Summer

Tandis qu'elle réfléchissait à la manière de procéder, son chat gris sauta sur le bureau et s'assit sur ses papiers.

Le visage de Ian refléta la surprise puis l'offense, comme si un animal au bureau était le summum du non-professionnalisme.

— Pas maintenant, Yossi.

Summer souleva le chat et le déposa par terre, puis balaya les poils qu'il avait laissés sur le bureau.

— L'enquête est-elle toujours en cours ? reprit-elle comme s'il ne s'était rien passé. Je serais heureuse de me charger de votre affaire, mais je ne veux pas marcher sur les plates-bandes de la police.

— Oui, dit Ian, ils disent qu'ils enquêtent, mais nous ne nous attendons pas à beaucoup de résultats de leur part.

— Thompson est un homme bien. Je sais qu'il fait ce qu'il peut. Mais… jusqu'ici, nous n'avons rien obtenu.

Atticus s'essuya les yeux à l'aide de sa manche.

— Nous pensons que les gens ont peur de parler aux flics. Vous pourriez peut-être en apprendre davantage ?

— Un regard neuf, renchérit Ian en agitant la main.

Summer se renversa dans son fauteuil en se mordillant un ongle. Cela ne servirait à rien de critiquer le chef de la police. Elle jeta un coup par la fenêtre de son bureau et contempla les piétons et les pigeons dans la rue.

D'autre part, l'embarrasser n'était pas le pire. Si elle avait l'air d'interférer avec l'enquête ou…

Soudain, son cerveau eut comme un court-circuit. Ses yeux venaient de s'arrêter sur un homme en jean et T-shirt, qui arpentait le trottoir d'un pas vif. Ses cheveux châtains, ses larges épaules et sa démarche souple remuaient des souvenirs.

Allez, Têtard, montre-leur que tu n'as pas peur !

Sans réfléchir, elle tira la cordelette du store pour mieux voir. Prenant cela pour une invitation, Yossi sauta sur le rebord de la fenêtre. Elle essaya d'apercevoir le visage de l'homme, mais il était de dos.

— Mademoiselle Davies ? Il y a un problème ?

L'homme posa un gobelet sur le toit de sa voiture, ouvrit sa portière, reprit le gobelet, monta et démarra. Summer continua de fixer l'emplacement vide plusieurs secondes.

— *Vous déménagez ? Où ça ?*

— *Partout où l'armée nous envoie, répondait une Summer de douze ans en haussant les épaules.*

Nolan cilla, l'air triste.

— *Et je te reverrai un jour ?*

Non. Il s'était avéré qu'elle n'avait pas revu son ami d'enfance depuis cet adieu, dix-sept ans auparavant. Ils s'étaient écrit quelque temps, puis…

Un bruit sonore la tira de sa rêverie. Se retournant, elle vit Ian Eccleston frapper la surface de son bureau de la main.

— Allôôô, mademoiselle Davies ?

— Vous allez bien ma chère ? Vous avez l'air d'avoir vu un fantôme, dit Atticus en penchant la tête.

C'est peut-être le cas. Summer ramena ses cheveux en arrière. Rassembler ses pensées après ça, c'était comme de courir après un sac de billes.

— Je suis désolée. J'ai cru voir… quelqu'un de mon passé. Quelqu'un d'important…

Mais il n'était pas revenu à Whisperwood depuis des années, à sa connaissance. Pourquoi serait-il là maintenant ?

— Pouvez-vous nous aider ou non, mademoiselle Davies ? lança Ian. Je dois dire qu'à en juger par ce que j'ai vu de votre agence…

Il jeta un regard dédaigneux sur son ameublement et s'arrêta d'un air désapprobateur sur Yossi.

— … je n'ai pas spécialement confiance en votre capacité à gérer une affaire aussi importante que le meurtre de ma sœur.

— Je suis désolée que vous ayez ce sentiment. Je vous promets que, si je prends votre affaire, je ferai tout mon possible pour découvrir la vérité.

— Si vous prenez l'affaire ?

Atticus fronça les sourcils et lança un regard de biais à son fils avant de poser ses yeux larmoyants sur elle.

— Vous n'en êtes pas sûre ?

— J'aimerais vous aider. Mais, considérant les circonstances, je pense qu'il serait sage de faire un petit travail préliminaire avant de vous faire des promesses.

Ian leva les yeux au ciel et grommela à son père :

— Tu vois, papa. Qu'est-ce que je t'avais dit ?

— Chut, Ian. Ce n'est pas gagné, mais mademoiselle Davis est notre dernier espoir.

Dernier espoir ? Devait-elle se sentir honorée ou insultée ? Néanmoins être le dernier espoir d'un père éploré était un défi. Une mission. Plus que tout, elle voulait prouver à ces hommes et à toute la ville qu'elle n'avait pas commis d'erreur en s'installant à Whisperwood trois mois auparavant. Elle était une excellente enquêtrice et elle était déterminée à faire taire les sceptiques et les défaitistes.

Carrant les épaules, elle s'éclaircit la voix

— Voici ce que je peux faire, dit-elle en prenant un bloc-notes et en décapuchonnant son stylo préféré. Je peux noter vos coordonnées et quelques informations sur Patrice, et faire ensuite une première évaluation. S'il s'avère que je peux apporter quelque chose que la police n'a pas réussi à faire et que mes efforts ne nuisent pas à l'enquête, alors nous poursuivrons. D'accord ?

— Que voulez-vous savoir ?

— Tout : ses loisirs, ses lieux de sortie, ses habitudes, ses amis… Alors, qu'en pensez-vous ?

— J'en pense que je ferai tout ce qu'il faut pour mettre le meurtrier de ma fille derrière les barreaux.

En regardant défiler les magasins sur Main Street, Nolan se rappela ses étés passés à Whisperwood. Le ranch de ses cousins, un domaine de quatre cents hectares près d'Austin, était le lieu idéal pour un jeune garçon avide d'apprendre à pêcher, à chevaucher et à attraper des veaux au lasso. Quelque part entre le début de l'école primaire et la fin de ses études secondaires, il était tombé amoureux de Whisperwood. Tout lui avait manqué depuis son dernier été au ranch, les journées brûlantes à manœuvrer le bétail, les nuits moites à chasser les lucioles et surtout la fille qui avait rendu ces étés si mémorables : Summer.

Avec ses cheveux couleur sable, son rire pétillant et son sourire éclatant, Summer était aussi éblouissante que la saison dont elle tirait son nom. Et, en vrai garçon manqué, elle n'avait aucun mal à les suivre, lui et ses cousins, quand ils escaladaient, couraient, nageaient, se battaient et transpiraient par les chaudes journées du Texas Hill Country.

Et puis Summer avait déménagé avec ses parents.

Nolan soupira, se remémorant ce jour de juin où, à l'âge

de treize ans, il avait appris que sa meilleure amie s'en allait. Il était arrivé au ranch Colton, impatient d'aller la chercher pour une longue promenade à cheval.

— Mon vieux, elle s'en va en Caroline du Nord ce week-end, lui avait dit son cousin Forrest. Elle ne te l'a pas écrit ?

Il se frotta la poitrine, sentant un creux se former sous son sternum. Ce n'était rien comparé au coup de poing qu'il avait reçu en apprenant la nouvelle. Les années suivantes, il s'était tout de même amusé avec ses cousins, mais sans l'éclat des journées passées aux côtés de Summer.

Tendant le cou, il examina les enseignes. Le Whisperwood General Store, où Forrest, Donovan et lui avaient un jour fauché une boîte de préservatifs. À une rue de là, se trouvait le Bluebell Diner, où les pancakes au chocolat étaient les meilleurs du monde. Son estomac gronda avec nostalgie. Au coin de la rue, un garage avait ouvert, Kain's Auto Shop. Devant une baie, un mécanicien en combinaison était penché sur le moteur d'un pick-up poussiéreux.

À un feu rouge, il sirota son café et conclut que l'installation de Jojo's Java en ville était un bonus. Sur sa hanche, son portable se mit à bourdonner.

— Agent spécial Colton, dit-il par habitude.

— Quel ton officiel, Nolan, dit une voix féminine. J'aimerais avoir un titre plus ronflant que Bellamy, cousine par alliance.

Il sourit, se représentant la femme de son cousin Donovan, enceinte de huit mois.

— Pas besoin de titre ronflant. Le fait que tu supportes Donovan suffit à te faire une place dans mes tablettes. Que puis-je faire pour toi ?

— Si tu as un peu de temps, pourrais-tu venir au bureau et me rendre un service ?

Bellamy était comptable chez Lone Star Pharma.

— Quel genre de service ?

Nolan mit le téléphone en mode mains libres pour pouvoir conduire.

— Mes collègues ont organisé une fête pour le bébé ce

matin, et j'ai une montagne de cadeaux à rapporter à la maison. Je sais que tu es en vacances, s'empressa d'ajouter Bellamy.

Nolan réprima son amertume en l'entendant qualifier son congé sans solde de « vacances », mais c'était lui-même qui avait menti là-dessus.

— J'aurais préféré ne pas te déranger, mais Donovan est ligoté par une affaire, et Dallas…

— Aucun problème.

— … et Avery ont déjà les mains pleines avec les jumeaux. Et Forrest…

— Stop, Bellamy. Je suis ravi de t'aider, dit-il, en tournant dans Alamo Street.

De fait, il était soulagé d'avoir quelque chose à faire. Il avait aidé Hays à nettoyer les stalles et avait promis à Josephine de l'accompagner à son rendez-vous chez le médecin, mais il était tristement à court d'occupations. Il avait besoin de s'occuper l'esprit, faute de quoi il deviendrait dingue à force de ruminer.

— Tu es sûr ? Ça me gêne, mais je ne suis pas censée porter quoi que ce soit de lourd et…

— Ne t'en fais pas. Je ne faisais rien sauf flâner en ville et me rappeler le passé. J'arrive.

— Merci, Nolan ! Tu me sauves la vie !

Il arriva aux bureaux de Lone Star Pharma quelques minutes après et se gara le plus près possible de la porte indiquée par Bellamy. Descendant de voiture, café en main, il survola du regard le complexe, qui était bien plus grand que dans ses souvenirs. Il avait entendu dire que la société se développait, et ces nouveaux bâtiments en témoignaient.

À l'autre bout du parking, il remarqua une zone délimitée par un ruban jaune et sentit sa curiosité s'éveiller. Scène de crime ou précaution générale ? Au dîner, ses cousins avaient parlé des dégâts causés par l'ouragan Brooke. Mais n'avaient-ils pas aussi mentionné la découverte d'un cadavre enterré sous le parking ? Il sentit sa nuque le picoter et se dirigea vers le ruban jaune, comme aimanté.

Sa curiosité fut à son comble quand il vit une femme fureter autour. Petite, blonde et potelée, elle était accroupie au bord de l'excavation avec un calepin. Une journaliste peut-être ? Qui qu'elle fût, son jean la moulait de manière si agréable que Nolan y regarda à deux fois... avant de se morigéner. Il avait été suspendu parce qu'il avait laissé une femme le convaincre de suivre ses bas instincts au lieu de la déontologie. Plus jamais.

Il traversa le parking d'un pas silencieux. La femme était si absorbée par sa tâche qu'elle ne parut pas remarquer son approche. *Regrettable*, se dit-il. Et s'il avait eu l'intention de la voler ou de la kidnapper ? Elle devait faire plus attention à ce qui l'entourait.

Il s'arrêta à quelques mètres derrière elle et l'observa. Sans se relever, elle dit :

— Juste pour que vous le sachiez, j'ai un .38 et l'habitude de m'en servir.

Nolan sourit et marmonna :

— Bienvenue au Texas...

— Vous voulez quelque chose ? reprit-elle en continuait de photographier la tranchée peu profonde où le corps avait sans doute été découvert.

Nolan prit une gorgée de café et répondit :

— Votre nom et la raison pour laquelle vous fouinez.

La blonde tourna la tête, ouvrit la bouche et sauta sur ses pieds. Puis elle se rua sur lui et l'étreignit de toutes ses forces.

— Oh mon Dieu, mon Dieu ! Nolan !

Il n'eut pas d'autre choix que de la retenir, faute de quoi ils seraient tombés à la renverse. Elle noua les jambes autour de sa taille, et il passa ses mains sous son derrière rond tandis qu'elle le serrait en gloussant.

Son cœur s'arrêta soudain. Il connaissait ce rire pétillant.

— Summer ?

Nolan s'écarta, essayant d'apercevoir son visage. Mais en levant la tête, elle lui heurta le menton, et il se mordit la langue. De toute façon c'était sûr, cette petite bombe était bien Summer. *Sa* Summer.

— Oui ! lança-t-elle avec un sourire à cent mille volts.

Son visage avait perdu les rondeurs de l'enfance, mais pas ses traits elfiques et ses yeux en amande couleur de café.

Il lui fallut un instant pour reprendre son souffle et s'exclamer :

— Ça alors ! Comment vas-tu ?

Elle reposa finalement les pieds par terre et fit un pas en arrière, non sans le tenir à bout de bras, comme si elle avait peur qu'il disparaisse.

— Je vais bien ! Je vais très bien, en fait, maintenant que tu es là ! Oh mon Dieu, Nolan, je suis si heureuse de te voir !

Il rit et désigna du menton le café renversé sur son T-shirt.

— Visiblement.

Elle baissa les yeux et tressaillit.

— Oups. Désolée !

— Ce n'est rien. Un T-shirt, ça se lave.

Il désigna le ruban jaune.

— Que faisais-tu là-dessous ?

— Oh ! ça ?

Elle se baissa pour ramasser son calepin.

— Je recueille des données pour une nouvelle affaire.

— Une affaire ? Tu es dans la police ?

Elle plissa le nez de la manière fascinante dont il se souvenait et secoua la tête.

— Non. Je suis détective privée.

Nolan haussa les sourcils et laissa échapper un petit rire. Le sourire de Summer faiblit, et elle lui jeta un regard noir.

— Qu'est-ce qu'il y a ?

— C'est juste que…

— Une femme peut être détective privée aussi bien qu'un homme ! assena-t-elle en se redressant de toute sa hauteur.

Il leva les deux mains

— Ne te vexe pas ! Je ne t'imaginais pas en privée, c'est tout.

Elle cessa de grincer des dents et lui adressa un sourire de guingois.

— Ah oui ? Et qu'imaginais-tu ?

Il haussa l'épaule.

— Je ne sais pas. L'armée, peut-être, comme ton père ? Ou t'occuper de bétail avec Jonah et Dallas ?

Elle tordit un peu la bouche, faisant mine de réfléchir.

— Pas l'armée. Trop de déménagements. J'en ai eu ma dose avec mon père.

Puis reportant son attention sur lui, elle lui tendit à nouveau les bras.

— Je n'arrive pas à croire que c'est toi ! Tu es vraiment là ! Ça fait bien trop longtemps !

Il lui rendit maladroitement son accolade, conscient des courbes féminines qui se pressaient contre lui.

C'est Summer, pour l'amour du ciel ! Tu n'as pas le droit de remarquer son corps !

Reculant pour le regarder, elle lui demanda :

— Et toi ? Que fais-tu ici ?

Il désigna du pouce les bureaux.

— J'ai rendez-vous avec Bellamy. La femme de Donovan, tu sais ?

Elle hocha la tête.

— Je l'ai rencontrée. Elle est géniale.

— Apparemment ses collègues lui ont préparé une fête surprise aujourd'hui, et elle avait besoin d'aide pour caser des trucs dans sa voiture.

Summer eut un sourire taquin.

— C'est très gentil de ta part, mais… je voulais dire, que fais-tu ici à Whisperwood ?

Son expression passa de l'excitation à l'espoir.

— Tu es revenu vivre ici ? Oh ! Nolan ! Dis-moi que oui !

Il se gratta le menton avec une moue de regret.

— Je crains que non, Têtard.

— Têtard…, soupira-t-elle avec bonheur. Ça fait une éternité qu'on ne m'a pas appelée comme ça.

Elle pencha la tête de côté.

— Alors qu'est-ce qui t'amène, après tant d'années ?

Qu'elle soit voulue ou non, il entendit une légère réprimande dans son ton.

— J'ai pris des congés pour… me reposer. Prendre du recul par rapport à certains trucs.

Au lieu de la satisfaire, cette réponse parut intriguer Summer. Son regard devint intense et son front se plissa.

— Qu'est-ce que ça veut dire, prendre du recul ?

— C'est un problème lié au travail.

— Tu as été viré ?

Il joua des épaules et s'éclaircit la gorge.

— Non.

Elle le fixa, et il reconnut la perspicacité de ses yeux bruns. Summer avait toujours été capable de lire en lui.

Il rejeta les épaules en arrière et détourna les yeux. Cette suspension était un non-sens, une humiliation. Comment ses collègues pourraient-ils le prendre au sérieux après cela ?

— Nolan ?

— Écoute, euh… Bellamy m'attend, alors il faut que j'y aille. Mais c'était génial de te revoir, Summer.

Il sourit avec sincérité.

— J'adorerais prendre un café avec toi. D'ailleurs tu m'en dois un après ça, dit-il en désignant son T-shirt.

Summer coinça une mèche dorée derrière son oreille et hocha la tête.

— Moi aussi… Tiens prends mon numéro.

Elle le gribouilla sur son calepin et arracha la page.

— Appelle-moi. Je veux que tu me racontes ce que tu as fait et que tu me dises quel recul tu dois prendre sur ta mystérieuse carrière.

Après avoir plié le papier en deux, il le fourra dans sa poche arrière.

— Tu peux compter là-dessus.

Puis il se pencha pour l'embrasser sur la joue, saisissant au passage l'odeur fleurie de son shampoing. À la dernière seconde, cette démonstration d'affection lui parut déplacée et il tourna le visage en sorte qu'ils s'effleurèrent seulement la joue. Il fit un grand pas en arrière et frotta sa main libre sur son jean. Bon sang, en était-il vraiment là ? À surveiller tous ses gestes de crainte qu'on ne les interprète de travers ?

Il continua de s'éloigner à reculons, comme s'il ne voulait pas lâcher Summer du regard. Pendant tant d'années, elle avait été le sel de sa vie. Son énergie et sa nature solaire l'avaient toujours galvanisé. Dans sa situation, il avait bien besoin d'une dose massive d'amitié et de positivité, et tomber sur Summer lui donnait l'impression d'un énorme coup de chance. Il ne croyait pas à la destinée ou au karma, mais la revoir le réconfortait au-delà des mots.

Il leva la main et l'agita avant de se retourner à contrecœur. Avec elle, ce congé forcé ne serait peut-être pas totalement perdu. Il se sourit à lui-même en traversant le parking. Summer déteignait déjà sur lui. Il venait de trouver le bon côté du désastre qu'était sa vie actuelle.

Elle ne s'était pas trompée en reconnaissant Nolan par la fenêtre de son bureau. Un vertige de bonheur la prit, lui coupant le souffle. Après ces années de silence, revoir son ami d'enfance était une joie à laquelle elle ne s'attendait pas. Elle pria pour qu'il l'invite à sortir. Pas sortir-*sortir*, ce n'était pas le genre de relation qu'ils avaient. Mais elle voulait passer un long moment en tête à tête avec lui, café ou pas. Parce que, bon sang, Nolan lui avait manqué.

Quand elle avait demandé à Avery Logan – sa meilleure amie – si les Colton avaient entendu parler de lui, elle lui avait dit qu'il n'avait plus repris contact avec ses cousins. Depuis plusieurs années, sa vie était un mystère. Pourquoi s'était-il éloigné de la famille dont il était si proche autrefois ?

En le regardant s'éloigner, elle ne put s'empêcher d'admirer ses larges épaules, le balancement assuré de sa démarche et les reflets dorés dans ses cheveux châtains. Elle effleura son visage. Elle avait cru qu'il allait l'embrasser, et s'était sentie déçue qu'il ne le fasse pas. Non parce qu'elle s'attendait à un baiser – ils n'étaient qu'amis, après tout – mais parce qu'elle avait senti une réticence en lui. Il s'était retenu. Refermé.

Leurs rapports étaient si simples quand ils étaient enfants. Leur camaraderie était une seconde nature pour eux. Alors qu'est-ce qui avait changé ? En dehors du fait que Nolan n'était plus un adolescent dégingandé et boutonneux, mais un homme grand et beau, doté d'une barbe sexy.

— Fiou, murmura-t-elle en continuant de le fixer.

Ses muscles étaient assortis à sa taille. Des muscles qu'elle aurait bien caressés.

Bonté divine ! Elle se secoua. Était-elle vraiment en train de mater Nolan Colton ? *Sors-toi ça de la tête, Davies. Tu veux embarrasser ton vieux copain ? Imagine qu'il te surprenne à le regarder comme la dernière part de gâteau.*

Génial. Maintenant elle voulait Nolan *et* le gâteau. Fâchée contre elle-même, elle le suivit des yeux jusqu'à ce qu'il disparaisse dans le bâtiment. *Nolan Colton. Ici à Whisperwood.* C'était un émerveillement sans fin.

Mais elle revint sur terre et se tourna vers la tranchée. Il ne fallait pas laisser le retour de Nolan la distraire de son travail. On l'avait chargée d'identifier celui qui avait tué Patrice.

Aussi pittoresque et accueillante qu'elle paraisse, Whisperwood n'était pas étrangère au crime. Ces derniers mois, on avait identifié le tueur à la momie. Horace Corgan avait avoué ses crimes sur son lit de mort. La police avait supposé que Patrice était une autre de ses victimes, mais le mourant avait nié avec véhémence.

En fait, les circonstances du meurtre en faisaient une anomalie, une affaire non résolue, une blessure ouverte pour sa famille… Summer fixa la terre retournée, le cœur serré. Pauvre Patrice. Si des ouvriers n'étaient pas venus réparer le bitume abîmé par les récents orages, la jeune femme n'aurait jamais été retrouvée. C'était évidemment ce sur quoi son meurtrier avait compté.

— Patrice, murmura Summer dans le vent, je te promets de faire tout mon possible pour trouver qui t'a fait ça. S'il y a une justice dans ce monde, je ferai arrêter ton meurtrier.

Puis elle rempocha ses notes et retourna à sa voiture.

2

L'esprit en ébullition, Summer réfléchit à l'étape suivante. À qui devait-elle parler en premier ? Comment devait-elle procéder pour ne pas torpiller ses relations avec la police ? Quel bon vent avait ramené Nolan à Whisperwood ?

Elle secoua la tête. Cette dernière question ne l'aiderait pas à tenir parole envers Patrice. Elle repêcha les clés de sa Beetle dans son sac.

À cet instant, le claquement d'une porte métallique attira son attention. À l'entrée de Lone Star Pharma, Bellamy Colton tenait la porte à Nolan, qui s'efforçait d'équilibrer une vertigineuse pile de cartons. Bellamy le guida jusqu'à une voiture garée dans le parking et ouvrit le coffre.

Jetant son sac et son calepin sur le siège de sa propre voiture, Summer se dirigea vers eux.

— Vous voulez un coup de main ? leur cria-t-elle.

— Merci Summer, mais je crois que Nolan va y arriver, répondit Bellamy avec un large sourire

Summer se précipita pour retenir la boîte du dessus.

— Vous en êtes sûrs ?

Nolan lui adressa un sourire gêné.

— Merci. Ça a failli tomber.

Summer l'aida à caser les paquets dans le coffre et lui dit :

— J'ai fini ma tâche ici, nous pourrions aller boire ce café.

— Maintenant ?

— Je n'ai pas envie que tu ne disparaisses encore.

Il la regarda bouche bée.

— Moi, j'ai disparu ? C'est Mme Je-ne-suis-pas-sur-les-réseaux sociaux qui parle ?

Elle pencha la tête en cillant.

— Hein ? J'ai des comptes sur les réseaux sociaux. Qu'est-ce que…

Bellamy s'éclaircit la gorge.

— Hum, je ne voudrais pas interrompre une querelle d'amoureux, mais…

Nolan et Summer relevèrent brusquement la tête et lancèrent à l'unisson :

— Nous ne sommes pas…

Le sourire de Bellamy refléta son scepticisme.

— Peu importe… Mes pieds me tuent. Ça ne t'ennuie pas d'aller chercher la balançoire, Nolan ? L'heure du déjeuner est presque terminée, et il faut que je me repose un peu.

— Bien sûr. Je te suis.

Puis à l'intention de Summer :

— Oui, c'est d'accord. Mais profitons-en pour déjeuner au Bluebell Diner. Le portefaix commence à être affamé.

L'humeur de Summer s'allégea.

— Marché conclu.

— Ne bouge pas. Je reviens tout de suite.

Elle le salua d'un sourire narquois.

— À vos ordres, capitaine.

Nolan revint cinq minutes plus tard, trimballant un grand carton. Summer contempla la boîte, puis le siège arrière de la voiture de Bellamy.

— Euh, capitaine ? Je ne crois pas qu'il y ait la place.

— Pas dans ce bateau, répondit-il. Je lui ai dit que je le mettrai dans ma voiture. Par ici. Je t'emmène.

Summer fit la moue. Le souvenir des accès d'autorité de Nolan lui revint. Apparemment, il n'avait pas changé. Mais elle oui. Elle était son propre patron maintenant, et elle avait appris à ses propres dépens à ne pas laisser les hommes contrôler sa vie.

Nolan se mit en marche et, voyant qu'elle ne le suivait pas, la regarda.

— Tu viens ?

— Oui. Mais je prends ma voiture. Comme ça, nous n'aurons pas à revenir ici.

Il s'arrêta devant une jeep Cherokee bleue, dont il ouvrit le hayon pour déposer la balançoire.

— Comme tu veux. Si tu arrives avant moi, réserve-nous une table.

Elle rit légèrement.

— Toujours aussi autoritaire, je vois.

— Autoritaire ? J'ai seulement dit… Peu importe. Je t'accompagne à ta voiture ?

— Merci, mais je suis juste là.

Elle désigna sa Beetle.

— À tout de suite.

Nolan lui fit un clin d'œil, qui fit à nouveau pétiller le sang dans ses veines. Elle trotta vers sa voiture, plus optimiste qu'elle ne l'avait été depuis des mois. Mais, en reculant hors de son emplacement, elle sentit un avertissement lui chatouiller le cerveau. Quand ils étaient enfants, elle se conformait avec bonne humeur aux diktats de Nolan. Il avait un an de plus qu'elle, c'était un garçon et il avait en général de bonnes idées. C'étaient d'assez bonnes raisons de jouer les suiveuses pour une petite fille de neuf ou dix ans. Mais, huit ans plus tard, la manière dont elle abondait dans le sens de Robby l'avait piégée dans une relation nocive qui lui donnait encore des cauchemars.

Serrant le volant entre ses doigts, elle s'engagea dans la rue. Nolan était d'une beauté renversante, il avait rempli son enfance d'aventures et de rires, mais elle devait être prudente.

Quand elle arriva au Bluebell Diner, un établissement populaire de cuisine sudiste et de spécialités tex-mex, Nolan était déjà calé dans un box. Assis dos au mur, il leva le menton quand elle pénétra dans la salle bondée.

Elle salua quelques personnes en se frayant un passage

entre les tables. La première chose qu'elle remarqua fut que Nolan avait changé de T-shirt. Celui-ci était gris et arborait le logo du FBI sur la poitrine.

Il se leva et attendit qu'elle prenne place avant de se rasseoir. Il a toujours des manières de cow-boy, pensa-t-elle, à la fois irritée et flattée. Ces manières vieux jeu indiquaient-elles aussi des opinions vieux jeu sur les femmes ? Elle se glissa dans le box et désigna son T-shirt du menton.

— Où l'as-tu pris ?

— Mon sac de gym était sur le siège arrière, répondit-il en haussant une épaule.

— Je veux dire comment es-tu entré en sa possession ? insista Summer en prenant le verre d'eau posé devant elle.

Nolan agita les doigts d'un geste désinvolte.

— C'est un article courant au Bureau.

Summer s'étouffa avec son eau et reposa le verre. Il lui tendit une serviette en papier.

— On me l'a peut-être donné pour un événement particulier, je ne me rappelle pas.

Elle le considéra bouche bée.

— Tu es au FBI ?

Les sourcils froncés, il grogna :

— Parle plus fort, voyons…

À la table voisine, une femme d'âge moyen jeta un regard curieux à Nolan. Celui-ci lui adressa un sourire embarrassé et lissa des plis fictifs sur la nappe en vichy.

— Oui, dit-il à voix basse en lui tendant un menu plastifié.

Summer se rejeta contre le dossier et le fixa.

— Pas possible ! Nolan ?

Il remua sur son siège.

— Enfin, techniquement, j'y suis toujours, mais…

Il expira bruyamment et lui jeta un regard noir.

— La véritable raison pour laquelle je suis ici, c'est que je suis sous le coup d'une suspension administrative.

Leur serveuse arriva et posa des couverts enveloppés de serviettes en papier.

— Vous avez pu regarder le menu ?

— Non, désolé, dit Nolan en prenant le sien.

— Prenez votre temps, mais la tourte au potiron part à toute vitesse. Si vous en voulez, vous feriez mieux d'en commander dès maintenant.

— Ça doit être bon. Mettez-nous-en deux parts, dit Nolan avec un sourire en coin à la serveuse.

— Deux parts ? Tu dois avoir faim ? s'exclama Summer.

Il la dévisagea par-dessus son menu.

— Tu n'en veux pas ? Tu adorais ça pourtant.

— Quel gosse n'aime pas ça ? Ce que je veux, c'est passer ma propre commande.

Elle adoucit cette remontrance en agitant les sourcils. Puis, se penchant, elle posa les mains à plat sur la nappe.

— Maintenant, dis-moi tout. Comment y es-tu entré ? Quand ? Dans quel département ? La vache, le FBI !

— Je faisais ma formation dans la police de Fort Worth quand je suis tombé sur un article disant que le FBI recrutait. J'ai donc postulé, et ça fait six ans que j'y suis, expliqua Nolan en baissant les yeux sur le menu.

Un air de consternation traversa son visage, et elle se rappela qu'il avait parlé d'une suspension.

— Et tu es à Whisperwood parce que… ?

Il remua la langue dans sa bouche, fit claquer le menu sur la table, puis croisa son regard.

— Je fais l'objet d'une enquête pour agression sexuelle envers une collègue. Je pense que je vais prendre le chili, avec du pain de maïs aux jalapeños. De quoi as-tu envie ?

Le cœur au bord des lèvres, Summer s'insurgea :

— Quoi ? !

— Le chili texan me manque à Chicago.

Elle tendit la main et lui pressa le bras. Ses muscles avaient la dureté de la pierre et, malgré le sujet de la conversation, elle sentit son ventre se contracter à ce contact.

— Ne fais pas semblant de ne pas avoir lâché une bombe. Explique cette histoire…

Elle jeta un coup d'œil à leur voisine et baissa la voix :

— … d'agression sexuelle.

Il lui reprit le bras, l'air déterminé.

— Je te donnerai les détails plus tard, dans un lieu moins public. Disons pour l'instant que je n'ai pas fait ce dont m'accuse Charlotte.

— Charlotte, hein ?

Summer croisa les bras, le front plissé.

— J'aimais bien ce prénom, avant.

— Pourquoi ne me racontes-tu pas comment tu es devenue détective privée ? Et depuis combien de temps tu es de retour à Whisperwood ? J'ai essayé de te retrouver ces dernières années et je n'y suis pas arrivé. Où étais-tu ?

Il prit une gorgée d'eau, indiquant par son expression qu'il n'en dirait pas plus sur sa vie.

— Je suis allée dans beaucoup d'endroits. Tu te rappelles que mon père a rempilé dans l'armée ?

Il hocha la tête.

— Donc, nous avons déménagé tous les deux ou trois ans. J'ai commencé l'université en Géorgie, avant que des… circonstances ne m'obligent à changer de filière et à déménager dans le Colorado. Après avoir obtenu un diplôme de marketing, j'ai décidé d'être mon propre patron. J'ai gagné un peu d'expérience dans les enquêtes privées grâce aux… circonstances dont je parlais…

Elle haussa un sourcil pour lui faire comprendre qu'elle laisserait cette histoire pour plus tard.

— Hum hum, et qui est évasive maintenant ? demanda-t-il avec un fin sourire.

— Pas évasive, je garde juste les détails pour le tête-à-tête dont tu parlais.

La serveuse revint et prit leurs commandes. Quand ils furent à nouveau seuls, elle déclara :

— Le fait que tu ne m'aies pas trouvée sur les réseaux sociaux pourrait indiquer que tu n'es pas un très bon agent, mais en vérité j'ai tout fait pour me rendre difficile à trouver.

Nolan lui jeta un regard perplexe.

— Et pourquoi ça ?

— Un ex pénible. Ça et le fait que j'ai pris différents noms au fil des ans. Quand on change d'école sans arrêt, on peut se réinventer, s'appeler Victoria par exemple. Après, j'ai essayé Vee et à l'université on m'appelait Vicki. Quand Robby a commencé à me pourchasser, je suis passée à Tori.

— Qu'est-ce qui n'allait pas avec Summer ? interrogea-t-il les yeux plissés. J'aimais bien Summer. Pas seulement le prénom, mais la fille. Pourquoi te réinventer ?

Elle haussa une épaule.

— L'ennui. L'expérimentation. Parce que je le pouvais. Nouvel endroit, nouveau prénom. C'était un jeu.

Il émit un bruit sceptique.

— Et maintenant tu es de retour à Whisperwood. Pourquoi ?

— Ça, c'est facile. J'adore cette ville. De tous les endroits où nous avons vécu, c'est le seul où je me suis toujours sentie chez moi. Whisperwood a toujours représenté ma patrie. C'est ici que je voulais m'installer et élever mes enfants.

Elle écarta les mains.

— Donc, il y a quelques mois, je suis passée à l'acte. J'ai trouvé un bureau sur Main Street et j'ai ouvert une agence de détective privée.

— Et tu as été engagée pour résoudre le crime de Lone Star Pharma ?

Son sourcil levé demandait d'autres détails.

— C'est ma première affaire importante. J'ai collaboré à des affaires criminelles dans mon ancienne entreprise mais, depuis que j'ai ouvert ma société, j'ai surtout suivi des maris infidèles et retrouvé des chiens égarés.

— Des chiens ? releva Nolan d'un air amusé.

Elle gloussa.

— Oui. Il y a quelques semaines, une petite fille est venue me demander de retrouver son chien. Elle avait deux dollars et, moi, j'avais un peu de temps.

Elle haussa les épaules.

— Nous avons retrouvé le chien à deux maisons de là. Je ne lui ai rien fait payer. Mais la rumeur s'est répandue à l'école primaire, et j'ai retrouvé deux autres chiens. Dans la même maison, d'ailleurs. Le caniche de Mme Nesbit était en chaleur, et tous les chiens du voisinage venaient lui rendre visite. Affaire résolue.

Il se mit à rire, un son riche qui la fit frissonner de tout son être. Leurs plats arrivèrent, et elle s'attaqua au sien.

— Et l'affaire que tu as maintenant ? C'est une vraie affaire ?

— Je crois bien. Une jeune femme de vingt ans a été étranglée et enterrée dans le parking où tu m'as vue tout à l'heure. Sa famille n'est pas satisfaite de la manière dont la police s'occupe de l'affaire, donc elle m'a engagée pour retrouver le meurtrier.

Le regard fixé sur elle, Nolan pressa son pain de maïs.

— Tu enquêtes sur un meurtre ?

Du pouce, elle essuya la condensation sur son verre d'eau. Avait-elle détecté une note d'incrédulité dans son ton ? Elle espérait que non. Elle en était arrivée à attendre du sexisme de tout le monde, mais elle voulait croire que Nolan était au-dessus de cela. Elle acquiesça d'un signe de tête.

Il ne dit rien, prit un morceau de pain et le mâchonna en la regardant. Elle soutint son regard, se demandant ce qui se passait derrière ces yeux noisette. Quand il eut avalé sa bouchée, il demanda :

— C'est de Patrice Eccleston qu'il s'agit ?

— Oui. Tu as entendu parler d'elle ?

— Mes cousins l'ont évoquée hier soir au dîner.

Il fit une brève pause avant d'ajouter :

— Je loge au ranch. Même chambre que celle que j'avais quand nous étions enfants.

— J'imagine que Joséphine n'a rien changé depuis la dernière fois, dit-elle en souriant.

Il remua son chili, souffla sur sa cuillère et dit :

— Je veux y participer.

Une frite à mi-chemin de sa bouche, elle s'immobilisa :

— Pardon ?

— Ton enquête. Je n'ai rien à faire à part nettoyer les stalles avec Hays le matin et regarder *Jeopardy* avec Joséphine l'après-midi. Je suis un agent spécial du FBI, Summer. Je peux t'aider et je veux participer à ton enquête.

3

Summer laissa tomber la frite dans une flaque de ketchup et lui jeta un regard contrarié.

— Qui dit que j'ai besoin d'aide ? Je peux gérer cette affaire toute seule.

— J'en suis sûr, dit Nolan, mais j'ai du temps à perdre et de l'expérience. Pourquoi ne pas m'utiliser ?

Pourquoi pas, en effet ? Elle s'essuya les doigts et réfléchit à son offre.

— Je ne peux pas te payer. J'ai déjà du mal à tirer de quoi payer le loyer tous les mois.

— Je ne te le demande pas.

Il émietta un peu de pain dans son chili et le remua.

— Allez, Summer. Pense comme ce sera génial de faire équipe. Têtard et Crapaud à nouveau réunis.

Elle lâcha un rire.

— Oh mon Dieu ! Ça fait des années !

Passer du temps avec lui serait formidable… S'il n'essayait pas de prendre le dessus. Et s'il répondait à ses questions sur cette accusation d'agression sexuelle.

Seigneur, une agression sexuelle ? Il avait affirmé qu'il était innocent, et a priori elle le croyait, mais… cela faisait dix-sept ans qu'ils ne s'étaient pas vus. Il pouvait avoir changé. L'idée que le Nolan qu'elle avait connu ait pu disparaître lui serra le cœur. Mais elle ne pourrait le jauger sans passer du temps avec lui. Un frisson d'excitation la traversa à cette idée.

— J'ai des conditions.

Il pencha la tête d'un air surpris.

— Dis-les-moi.

— C'est mon affaire, alors c'est moi qui dirige.

— C'est noté.

— Tu ne m'appelles pas Têtard devant le client ou n'importe qui d'autre.

— Bien sûr. Ce ne serait pas professionnel. Et à part ça ?

Elle prit un morceau de son sandwich et le mâchonna.

— Je suppose que c'est tout. La première condition est la plus importante. Ne sois pas autoritaire.

— Qui, moi ? Je ne suis pas…

— Bien sûr que tu l'es, monsieur Deux-parts-de-tourte, dit-elle en riant. Tu l'as toujours été.

— Ah, je vois… Mais ce n'était pas autoritaire, dit-il d'un air innocent. C'était une question de prévenance.

Elle renversa la tête pour rire plus à son aise.

— J'ai aussi des conditions.

Son ton sérieux la prit au dépourvu.

— Ah bon ?

Il posa sa cuillère dans son bol vide et repoussa celui-ci.

— Si nous travaillons ensemble, nous gardons une relation strictement platonique.

Elle ricana.

— Cela va sans dire.

Alors pourquoi le mot « platonique » lui avait-il donné un pincement de déception ? Pourquoi éprouvait-il le besoin de mettre les points sur les *i* ? D'accord, elle avait admiré ses muscles et son air viril. Avait-il lu en elle quelque chose qu'il avait mal interprété ? Que c'était gênant ! Juste au cas où, elle leva les yeux au ciel avec un reniflement dédaigneux.

— Aucun problème.

— Bon, dit-il avec un hochement de tête satisfait. Donc nous sommes d'accord ? Nous allons travailler ensemble sur ton affaire ?

— Euh… Oui.

Elle cilla, prenant conscience de l'engagement. Elle allait faire équipe avec Nolan. Qui était agent du FBI. Pour résoudre un meurtre. Sacré nom d'un chien ! Elle relâcha son souffle, et un sourire excité illumina son visage.

— OK. On fait ça !

La tourte arriva. Summer fit glisser la plus grosse part vers elle et y plongea la cuillère. C'était divin.

Trente minutes plus tard, Summer ouvrit son bureau et fit entrer Nolan. Un chat gris vint à leur rencontre. Nolan s'immobilisa, fixant le félin.

— Summer, il y a un chat ici.

— Hon-hon, c'est Yossi.

Elle jeta sa veste sur le dossier de son fauteuil et s'accroupit pour caresser l'animal.

— Dis-lui bonjour. Il est très amical.

Nolan tendit les doigts pour que le chat les renifle, et Yossi frotta sa tête contre la main offerte. Après avoir gratté la joue du chat, Nolan s'avança et survola le décor spartiate. Les murs étaient nus, et le mobilier consistait en une étagère surchargée de livres, deux chaises de bois placées devant un bureau en métal, une lampe et un classeur. Dans le coin se trouvait ce qu'il supposa être la litière du chat.

Nolan se frotta le menton et prit place sur l'une des chaises.

— J'adore ce que tu as fait de cet endroit. Si je me réinstalle ici, il faudra que tu me donnes le nom de ta décoratrice d'intérieur.

Summer lui jeta un regard cinglant.

— C'est Sally Va-te-faire-voir.

Il rit et posa une cheville sur son genou en la regardant feuilleter le calepin dans lequel il l'avait vue écrire.

— Alors où en es-tu de ton enquête ? Dis-moi tout.

Summer actionna son stylo Bic et se renversa dans son fauteuil.

— D'accord. La victime est Patrice Eccleston, âgée de

vingt ans. Sa famille m'a engagée parce qu'elle n'a pas obtenu les réponses espérées de la police.

— Ce n'est pas rare. La police ne peut pas divulguer les détails d'une enquête en cours. Et s'il s'avérait que c'est un membre de la famille qui a commis le meurtre ?

Elle arqua un sourcil blond.

— Désolé, se hâta-t-il de dire.

— L'autopsie a révélé qu'elle a été étranglée. Ses mains étaient attachées. Aucun signe d'agression sexuelle, Dieu merci. Ses ongles cassés indiquent qu'elle s'est débattue, mais on n'a pas trouvé de trace de cellules épidermiques.

— Celui qui l'a étranglé portait de longues manches et des gants. Ou bien elle a été attaquée par-derrière.

Summer hocha la tête et consulta à nouveau ses notes.

— On l'a vue pour la dernière fois quittant le Bailey's Bar and Grill. Elle était seule, selon la caméra de surveillance.

Elle tapota son stylo sur son bloc et regarda Nolan.

— J'ai demandé à son père et à son frère de me donner une liste de ses amis, ses loisirs, ses lieux de sortie…

Elle s'interrompit en voyant Yossi sauter sur les genoux de Nolan et s'y rouler en boule. Elle dissimula un sourire.

— J'espère que tu aimes les chats. Yossi ne connaît pas la notion d'espace personnel.

Il jeta un regard au félin.

— Oui, ça va. Tu disais ?

Elle prit les formulaires remplis par les Eccleston et les fit glisser sur le bureau vers lui.

— Voilà ce qu'ils m'ont fourni jusqu'ici. Je suis allée sur la scène de crime, comme tu sais, pour voir si un détail significatif me sautait aux yeux.

— Et ?

— Rien.

Nolan se pencha en avant pour prendre les papiers. Yossi sortit les griffes pour se cramponner à ses genoux.

— Qui a trouvé le corps ?

— Des ouvriers qui rénovaient le parking. La tornade a

causé des inondations, et le revêtement s'est gondolé. Il devait être complètement refait. À l'origine, ils ont pensé que Patrice était la victime d'un type nommé Corgan, un tueur en série qui a avoué le meurtre de plusieurs femmes dans la région. Mais Corgan a nié l'avoir tuée…

— Donc son meurtrier court toujours. C'est pourquoi la famille t'a engagée.

— Exactement.

Il revint aux notes sur le bureau.

— Je crois que je t'ai dit que mes cousins ont parlé un peu de l'affaire au dîner. Je leur en toucherai deux mots cet après-midi, pour savoir s'ils ont des détails qui pourraient nous aider. Des choses que la police n'a pas communiquées à la famille.

Summer s'anima soudain.

— Ce serait génial ! J'avais prévu de commencer à interroger certaines amies de Patrice aujourd'hui. Tu veux qu'on se partage la liste ?

Nolan caressa Yossi et secoua la tête.

— Faisons ça ensemble. Deux paires d'oreilles valent mieux qu'une. Je pourrais saisir quelque chose que tu rates…

Voyant son amie froncer les sourcils, il se hâta d'ajouter :

— … ou vice versa.

Summer était visiblement susceptible à propos de son travail et de ses capacités. Pour quelle raison ? Autrefois, c'était une gamine sûre d'elle. Bien sûr, beaucoup de choses pouvaient avoir changé entre-temps. Dont les moindres n'étaient pas sur le plan physique. Le garçon manqué aux jambes grêles et à la poitrine plate avait disparu, remplacé par une belle femme au regard langoureux. Mais l'expressivité de son visage et ses grands gestes étaient les mêmes. Summer avait toujours été animée, pleine de vie. Dans leur enfance, elle équilibrait son caractère plus tranquille, son penchant pour l'observation. Apparemment, cette synergie existait toujours entre eux, car il sentait revenir sa vieille tendresse envers elle.

Il avait souligné la nécessité de garder une relation

platonique autant pour lui-même que pour elle. Assis face à elle, il avait en effet été submergé par toutes sortes d'envies non platoniques. Il avait dû se rappeler constamment que c'était Summer qui était devant lui. Chaque tressaillement de sa bouche pulpeuse, chaque pli désapprobateur de son nez retroussé avait fait battre son cœur. Ses épais cheveux dorés et ses yeux somptueux avaient… Bon sang ! Il était à nouveau en train de s'extasier sur elle. Il se pinça l'arête du nez et s'obligea à réprimer les tiraillements de sa libido.

— … la première. Ça te va ? disait Summer quand il reprit ses esprits.

Il s'éclaircit la gorge, plongea les doigts dans la fourrure du chat et hocha stupidement la tête.

— Euh, bien sûr.

À quoi venait-il de donner son accord ?

4

— On devrait peut-être prendre ta voiture, dit Summer, en réprimant un petit rire.

Nolan repliait avec difficulté ses longues jambes à l'avant de la Beetle.

— Non, je suis casé. Allons-y.

Même sans sa taille considérable, Nolan avait sa manière à lui de remplir l'espace. Il dominait une pièce avec sa confiance et sa beauté, et à présent, dans l'habitacle minuscule, il semblait aspirer tout l'oxygène. Ou peut-être était-ce l'impression qu'avait Summer en sa présence. Elle avait la tête qui tournait depuis qu'elle l'avait étreint sur le parking de Lone Star Pharma. « Lui avait sauté dessus » était plus exact. Mais elle était si heureuse de le voir. Étaient-ce ces salutations excessivement enthousiastes qui l'avaient poussé à exiger une relation platonique ? Probablement.

D'accord, elle devait refréner ses impulsions. Il était peut-être devenu un rêve ambulant, mais leur relation avait toujours reposé sur l'amitié.

Il boucla sa ceinture et lui lança un regard ironique.

— Arrête de rire, ou je vais penser que c'était un piège.

— Je ne riais pas, dit-elle d'un ton léger, l'air innocent. J'ai cherché l'adresse sur Google.

Elle lui tendit son téléphone.

— Tu fais le navigateur ?

Il balaya l'écran et indiqua Main Street du pouce.

— Bien sûr. Prends vers l'est, vers Caldwell Street.

Quelques minutes plus tard, ils arrivèrent à la résidence où vivait la colocataire de Patrice. Une petite jeune femme avec des cheveux auburn frisés et des taches de rousseur vint ouvrir la porte du 4-B. Son regard se posa sur Nolan, et une étincelle traversa ses yeux, témoignant de son intérêt pour l'homme qui se trouvait sur le pas de sa porte.

— Amanda Cole ? demanda Summer.

— Oui ?

L'expression d'Amanda se modifia. Déçue de s'apercevoir que son visiteur était accompagné d'une femme ?

— Je m'appelle Summer Davies et je suis enquêtrice. Voici mon associé, Nolan Colton. Vous auriez quelques minutes à nous consacrer, s'il vous plaît ?

— À quel sujet ?

— Patrice Eccleston. Vous étiez colocataires, je crois ?

Le chagrin déforma les traits d'Amanda. L'interroger serait d'autant plus facile que ses pensées et ses émotions se lisaient sur son visage.

— Pouvons-nous entrer ? demanda Nolan.

Amanda déglutit avant d'acquiescer d'un signe de tête, et ouvrit la porte plus grand pour les laisser passer.

L'appartement était décoré dans un style que Summer aurait qualifié d'universitaire. Des meubles bon marché et dépareillés, des déchets de pizza, des magazines de potins et des livres de poche.

Nolan contempla une chaise papillon d'un air sceptique et prit place sur un canapé certainement récupéré dans un vide-greniers. Amanda s'installa sur une chaise de metteur en scène en se mordillant la lèvre inférieure. Sachant qu'elle ne pourrait maintenir une position digne sur la chaise papillon, Summer rejoignit Nolan sur le canapé.

— Que voulez-vous savoir sur Patrice ? demanda leur hôtesse d'une voix frémissante.

— Des renseignements de base. Pour avoir une image de sa vie durant les semaines qui ont précédé sa mort.

— Amanda ? Qui est-ce…

Une deuxième jeune femme, grande, mince et au teint café au lait s'arrêta net en voyant les étrangers sur le canapé.

— Oh… Salut.

Nolan se leva et tendit la main tandis qu'Amanda disait :

— Maria, ces personnes sont des enquêteurs privés qui veulent parler de Patrice. Voici ma colocataire, Maria.

Summer sourit à Maria, qui était en tenue de sport.

— Seriez-vous Maria Hernandez, par hasard ?

Maria lança un regard circonspect à sa colocataire.

— Comment le savez-vous ?

— C'est le frère de Patrice qui nous a donné votre nom. Vous êtes sur la liste des personnes que nous voulons interroger. Ian et son père m'ont engagée pour enquêter sur la mort de Patrice.

— Vous ?

Son ton reflétait son expression dubitative.

— Pourquoi ?

— Je suis enquêtrice.

— Et lui ? demanda Maria en agitant la main vers Nolan.

— Il m'aide sur cette affaire.

Maria remua les pieds, mal à l'aise.

— Nous avons dit tout ce que nous savions à la police.

Summer acquiesça.

— Je suis sûre que cela leur sera utile. Mais nous voulons explorer… d'autres options.

— Vous avez une minute ?

Nolan désignait la chaise papillon. Maria eut l'air irritée.

— J'allais justement sortir courir.

Nolan lui adressa un sourire béat, qui fit battre le pouls de Summer.

— Nous ne vous garderons pas longtemps, c'est promis.

Maria soupira et alla prendre une chaise en bois.

— Avant de commencer, puis-je voir vos cartes ?

Summer prit sa licence dans son sac pour la montrer aux filles. Quant à Nolan, il agita la main.

— Je peux vous montrer mon permis de conduire, mais mon insigne est dans l'Illinois en ce moment.

— Votre insigne ? demanda Amanda. Vous êtes policier ?

Il hésita un instant, puis répondit :

— Du FBI. Mais je ne suis pas ici à titre officiel. Je seconde seulement Summer.

Amanda et Maria s'entre-regardèrent avec de grands yeux.

— Bien, reprit Summer d'un ton animé, nous avons pensé que vous pourriez nous dire où Patrice aimait passer ses soirées, si elle avait un petit ami, quelles étaient ses habitudes sur les réseaux sociaux… Ce genre de choses. Commençons par la question du petit ami.

Toutes deux secouèrent la tête, et Amanda déclara :

— Elle avait beaucoup d'amis, mais aucun n'était un « petit ami ».

Summer jeta un coup d'œil à la liste donnée le père de Patrice. Il n'y avait pas de noms masculins.

— Vous pourriez nous donner les noms de ces amis ? Comment connaissait-elle ces garçons ?

— De ses cours. Elle allait à l'institut technique de Hargrove pour devenir mécanicienne.

Nolan leva vivement la tête.

— Mécanicienne ? Auto ?

— Quoi ? Une femme ne peut pas faire de la mécanique ? lança Maria d'un air de défi.

Summer se tourna vers Nolan et vrilla un regard ironique sur lui.

— Oui, Nolan. Y a-t-il une raison pour laquelle une femme ne pourrait pas faire de la mécanique ?

Il leva les mains.

— Du calme, mesdames. J'ai juste été surpris. Ce n'est pas un métier courant pour une femme. Mais ça ne me pose pas de problème qu'une femme soit tout ce qu'elle désire.

Summer afficha un sourire satisfait.

— Bien, maintenant que nous avons réglé cela…

Elle se tourna vers Amanda.

— Ces noms ?

— Je ne les connais pas. Elle ne les appelait que Barry, Charlie, Tyler, etc., dit Amanda.

— C'était la même chose quand nous allions au Happy Hooligans, ajouta Maria. Elle ne présentait les garçons que par leurs prénoms. C'était décontracté et…

Elle haussa les épaules. Summer se mit à écrire.

— Donc Barry, Charlie et Tyler. Tous étudiants dans la filière mécanique ?

Amanda fit signe que oui. Nolan reprit la parole.

— Vous êtes aussi étudiantes, toutes les deux ?

Maria ricana.

— Comme si j'avais de quoi payer les frais d'inscription. Je suis serveuse au Bluebell Diner le matin et je nettoie des bureaux la nuit à Lone Star Pharma.

Summer nota aussi cette information.

— Et vous, Amanda ?

Maria émit un rire ironique.

— Mandy a un riche papa qui lui paye son loyer.

Amanda fit les gros yeux à son amie.

— Il n'est pas riche. Il m'aide seulement jusqu'à ce que j'aie mon diplôme. J'étudie l'éducation de la petite enfance, dit-elle à Summer. Je veux enseigner en maternelle.

— Comment avez-vous rencontré Patrice, toutes les deux ? demanda Nolan.

— Au lycée. Nous étions toutes à Whisperwood High, répondit Amanda. J'ai souvent été dans la même classe que Patrice. Nous avons sympathisé, même si nous étions… assez opposées.

Summer pencha la tête.

— Opposées comment ?

Amanda agita vaguement la main.

— Je ne fais pas de sport, et Maria et elle étaient dans l'équipe de basket. Et puis il y avait son amour des voitures. Je n'y comprenais rien. Mais elle était super gentille et elle avait le sens de l'humour. Nous sommes devenues amies parce que nous avions toutes deux perdu notre mère.

Summer prenait à nouveau des notes quand Nolan demanda :

— Patrice avait-elle des ennemis ? Un ex-petit ami qui l'embêtait ? Une rivale qu'elle avait rendue furieuse ?

Maria secoua la tête.

— Non. Comme l'a dit Mandy, Patrice était très gentille. Tout le monde l'aimait.

— Elle n'a jamais mentionné de dispute sur Facebook ou en classe ? L'un de ses camarades la harcelait peut-être ?

Maria et Amanda secouèrent la tête de concert.

— Patrice était très réservée. Elle ne nous racontait pas grand-chose de sa vie privée, mais je crois qu'elle nous en aurait parlé si quelque chose comme ça lui était arrivé.

Amanda leur jeta un regard à tous deux.

— Elle n'était pas sur Facebook. Elle avait des comptes sur Instagram et Snapchat.

— Nous avons déjà dit tout ça à la police, ajouta Maria.

Summer sourit patiemment.

— Je comprends, mais il est possible que nous empruntions une voie différente de la police.

— Pas d'ex-petit ami, déclara Amanda. En cours, les gars la considéraient comme une pote, et je crois qu'elle préférait ça. Au début, il me semble qu'elle craquait un peu pour Barry, mais il n'avait pas l'air de se rendre compte de ses sentiments.

— Et sa famille, son père et son frère ? Quel genre de relation avait-elle avec eux ? demanda Nolan.

Summer lui jeta un regard stupéfait puis se reprit. En plein entretien, il n'était pas bon de laisser transparaître ses propres sentiments. Mais que diable faisait Nolan ? La famille de Patrice était sa cliente ! Pourquoi l'auraient-ils engagée s'ils étaient impliqués dans sa mort ? Voyant Amanda et Maria échanger un regard, elle fit effort pour réprimer son irritation.

— Comme je l'ai dit, sa mère est morte pendant que nous étions au lycée, dit Amanda. C'est une des raisons pour lesquelles nous sommes devenues amies. Je l'ai rencontrée à la cantine un jour et je lui ai dit que je savais ce qu'elle ressentait et que, si elle voulait parler, j'étais disponible.

Nolan hocha la tête et esquissa un demi-sourire.

— C'était très gentil de votre part. Mais son père ? Son frère ? Elle parlait d'eux ?

— Parfois. Rien d'important.

Maria bougea inconfortablement.

— Elle allait déjeuner et regarder un match des Cowboys[1] avec eux le dimanche, et elle allait voir son père une fois par semaine pour lui préparer à manger.

— Avez-vous jamais remarqué du ressentiment dans les relations familiales ? insista Nolan.

Summer lui pinça la cuisse discrètement. Nolan fit une grimace, si légère qu'elle l'aurait manquée si elle n'avait pas observé sa réaction.

Maria hésita, ayant manifestement remarqué cet échange.

— Des trucs de famille normaux. Rien d'important. Elle m'a dit qu'après la mort de sa mère son père était devenu super sévère et protecteur.

Amanda ajouta :

— Et puis, dernièrement, son père la harcelait pour qu'elle trouve du travail. Ça l'embêtait parce qu'en même temps il lui disait de passer plus de temps à étudier.

— Elle a eu un emploi ? interrogea Summer.

Personne n'avait parlé d'un travail pour Patrice.

— Elle a déposé quelques candidatures pour apaiser son père, dit Amanda. Mais, non, elle ne travaillait pas quand…

Son expression se chiffonna, et elle ne finit pas sa phrase.

— A-t-elle dit où elle était allée pour ça ? demanda Summer.

— Je crois qu'elle a rempli un formulaire au Pizza Barn. Nous avons plaisanté sur le fait que la remise accordée aux employés serait un grand avantage pour nous.

Amanda afficha un sourire triste.

1. Les Cowboys de Dallas sont une équipe de football américain.

— Elle a passé quelques entretiens, mais elle n'a pas dit grand-chose à ce sujet. Juste qu'elle n'avait pas eu le poste.

— Vous pourriez interroger son père sur ces entretiens.

Maria jeta un regard entendu à l'horloge.

— C'est lui qui la conduisait, la plupart du temps.

Summer et Nolan restèrent dix minutes de plus, collectant des informations sur les habitudes et les loisirs de Patrice, ses lieux de sortie favoris et ses autres amies.

Quand ils retournèrent à la voiture, Nolan lança un regard interrogateur à sa coéquipière.

— Tu avais une raison de t'en prendre à ma jambe ?

Elle leva les yeux au ciel et grogna :

— Tu étais en train de faire dévier l'entretien vers des choses qui n'ont rien à voir avec l'enquête.

Il fronça les sourcils.

— Quelles questions ne t'ont pas paru pertinentes ?

— Tout ce que tu as demandé sur la famille. Tu ne m'écoutais pas quand je t'ai dit que c'est elle qui m'a engagée ?

— Et alors ?

— Pourquoi m'auraient-ils engagée s'ils étaient impliqués dans sa mort ?

Il se gratta la tempe, le front plissé.

— Hum, tu sais que, dans un féminicide, les suspects les plus probables sont toujours les proches, n'est-ce pas ? Le mari ou le petit ami. Un parent…

Elle mit le contact et secoua la tête.

— Je connais les statistiques mais, dans ce cas, cela n'aurait pas de sens. J'ai regardé son père dans les yeux et j'y ai vu un chagrin authentique.

— Tu es sûre que ce n'était pas de la culpabilité ?

— Nolan !

Elle frappa du plat de la main sur le volant.

— C'est mon affaire ! Je t'ai dit que je ne voulais pas que tu essaies de t'en emparer.

La voyant saisir le levier de vitesse, il lui recouvrit la main pour l'arrêter et tourna la clé pour éteindre le moteur.

— Je ne veux pas que tu conduises dans cet état. Et je veux éclaircir ça avant que nous poursuivions cette affaire.

Elle lui fit face, le cœur battant. Ses yeux changeants étaient plantés dans les siens.

— Tu veux que je t'aide dans cette enquête ou non ?

— Oui, dit-elle avec assurance, mais seulement si tu te souviens de mes conditions. C'est mon affaire. N'essaie pas de prendre le pouvoir.

Sans détourner les yeux, il ne dit rien pendant plusieurs secondes. Enfin son regard s'adoucit, et il déclara :

— Ton affaire. J'ai compris. Pourquoi est-ce aussi sensible pour toi ? Tu sembles hyper susceptible à ce sujet. La Summer que je connaissais n'était pas aussi à cran.

Elle ramena une mèche de cheveux derrière son oreille et s'efforça de ne pas céder à l'énervement. Nolan avait posé une question pertinente et il méritait la vérité.

— La Summer que tu connaissais était traitée en égale par vous, les garçons. Tu ne m'écartais jamais parce que j'étais une fille. Mais cette Summer – elle se désigna – n'a jamais pu prendre la direction d'une affaire, malgré le fait que j'étais aussi bonne, voire meilleure, que les hommes. Cette Summer-là était traitée comme une femme de ménage améliorée, qu'on envoyait chercher les cafés ou faire des photocopies. J'ai eu ma dose de regards lubriques, de discours pédants et d'explications condescendantes.

L'expression de Nolan s'assombrit.

— J'en ai finalement eu assez et j'ai démissionné.

— Bien, dit-il en hochant la tête.

— Je suis venue ici pour lancer mon agence. Mais, même ici, je vois des regards bizarres quand je dis que je suis la patronne. Des gens ont changé d'avis en apprenant que c'était une femme qui s'occuperait de leur affaire.

Elle souffla avec colère.

— Donc, oui, je suis susceptible quand il s'agit de sexisme, parce que je vis ça depuis des années. Et ça me rend dingue ! acheva-t-elle en griffant l'air.

Nolan resta immobile, les yeux braqués sur elle. Ce regard pénétrant éveilla quelque chose au fond d'elle. Enfin, il parla d'une voix calme et apaisante.

— D'abord, ce Nolan – il posa une main sur sa poitrine – est le Nolan que tu connaissais. Je ne faisais pas de différence quand nous étions enfants et je n'en fais pas maintenant. Ce que je vois chez toi, ce sont ton caractère et tes capacités, pas le fait que tu es une femme.

— D'accord, répondit-elle à contrecœur.

Sa réponse aurait dû lui remonter le moral, mais la sensation qu'il avait éveillée retomba, laissant un vide douloureux. Elle voulait être traitée en égale, mais serait-ce si terrible s'il la voyait comme une femme ? Voulait-elle vraiment n'être qu'une bonne copine pour lui ? Son côté féminin disait non, tandis qu'une part plus pragmatique lui rappelait la règle qu'il avait imposée.

— Ensuite, je suis navré que tu aies subi ce genre de discriminations. J'aimerais bien rappeler une ou deux choses à tes collègues.

Il serra le poing, ne laissant aucun doute sur la manière dont il aurait aimé les leur rappeler.

— Enfin, les questions sur la famille de Patrice étaient nécessaires. Je n'essayais pas de prendre le dessus. C'était pour les éliminer en tant que suspects. Il n'est pas impossible qu'ils t'aient engagée pour brouiller les pistes.

Il pencha la tête et lui prit le poignet.

— Je pense que, si tu dépasses ton agacement, tu comprendras que j'ai raison.

Les picotements étaient de retour, multipliés par dix. La chaleur de sa main lui donnait le vertige.

— Summer ?

Elle le regarda, se répétant ses derniers mots.

— Oui, tu as raison. Je suis désolée d'avoir réagi avec autant de force.

Elle poussa un soupir de détente.

— J'essaierai d'être moins entêtée dorénavant.

Il sourit et lui fit un clin d'œil.

Quand elle remit le contact, sa main tremblait. Elle prit la direction de la rue, priant pour que Nolan n'ait rien remarqué. Cette attirance insensée était son problème. Il lui avait clairement signifié qu'il voulait que leur amitié suive le même cours. Strictement copains. Potes asexués.

Comme cette amitié lui tenait à cœur, elle trouverait un moyen de refréner sa fascination pour son physique de bodybuilder, son contact enivrant et sa trogne à s'extasier.

Tandis qu'elle conduisait, Nolan lut ses notes.

— Je suggère que nous interrogions à nouveau son père et que nous rencontrions ses camarades de classe.

Summer hocha la tête.

— Je suis d'accord. Je veux aussi examiner ses profils sur les réseaux sociaux.

Il feuilleta le calepin et se pencha vers elle.

— En parlant de réseaux sociaux, dis-m'en plus sur cet ex que tu essayais d'éviter. Robby ?

Elle lui jeta un regard surpris.

— Oui, Robby. C'est moi qui t'ai dit ça ?

— Au déjeuner. Je retiens bien les noms. C'est pratique pour les enquêtes.

— J'imagine.

Elle reposa les yeux sur la route.

— Nous sommes sortis ensemble quelque temps, mais je me suis très vite aperçue qu'il n'était pas pour moi. J'ai donc rompu, mais il n'a pas aimé ça. Il ne voulait pas comprendre.

— Quand était-ce ?

— Hum, à la fin de ma première année d'université, donc… il y a presque dix ans.

— Quand as-tu entendu parler de lui pour la dernière fois ? Il te fait toujours des misères ?

Elle lui adressa un grand sourire. Cette attitude protectrice répandit un doux sentiment de sécurité en elle.

— Tu as l'intention de le tabasser pour moi ?

— Si nécessaire.

— Eh bien, merci pour la pensée, mais, après que j'ai menacé de déposer plainte, il a fini par comprendre.

— Tant mieux.

Le meurtre de Patrice découlait-il d'une relation qui avait mal tourné ? Un ex-petit ami avait-il refusé de s'en tenir là ?

— Hé, prends note d'interroger le père de Patrice sur ses anciens petits amis.

— Bonne idée, dit-il en hochant la tête.

— Euh, Nolan ? Tu notes ? dit-elle.

Il se tapota la tempe.

— C'est là-dedans. En tant que partenaire, tu profites de mon excellente mémoire et de mon attention aux détails.

Elle ricana.

— Et de ta modestie ?

Il lui jeta un regard ironique.

— Et moi je profite de ton humour pince-sans-rire.

Il lui pressa à nouveau l'épaule.

— C'est l'une des choses que j'aime le plus chez toi, Têtard. Ne change jamais.

Elle savait qu'il n'avait pas dit « aimer » dans ce sens, mais l'entendre prononcer ce mot lui donna un drôle de chatouillement dans le ventre. Elle lui adressa un sourire de remerciement.

« Ne change jamais », avait-il dit. Mais ses réactions à cette version adulte de son ancien ami ne voulaient-elles pas dire que quelque chose avait déjà changé en elle ? Tomber amoureuse de Nolan, qui n'était là qu'à cause de ses ennuis professionnels, était la recette du chagrin. Elle ferait bien de s'en souvenir.

5

En arrivant au bureau, Nolan lut les notes de Summer sur ses rencontres avec la famille de Patrice. Elles étaient méticuleuses, et les questions et les idées notées dans les marges reflétaient un esprit clair et analytique.

Summer continuait de le surprendre. Non qu'il n'ait pas su qu'elle était intelligente. Enfant déjà, il le savait. Et elle avait toujours été capable de le faire rire. Elle était aussi exubérante et énergique qu'aujourd'hui. De plein de manières, elle était tout ce dont il se souvenait, mais… bon sang ! Chaque fois qu'il la regardait, il était à nouveau stupéfait par la femme sexy qu'elle était devenue. Tenir sa promesse s'avérait plus difficile qu'il ne l'avait prévu. Sa détermination professionnelle le remplissait de fierté. L'histoire de sa quête d'identité lui avait serré le cœur. Et ce Robby qui l'avait harcelée ? Nolan avait envie de rencontrer ce type pour lui apprendre à ne pas embêter sa Summer.

Il revint mentalement sur cette pensée. Pas *sa* Summer, juste Summer. Il ne pouvait pas penser à elle ainsi. Il repartirait bientôt pour Chicago, et la dernière chose qu'il voulait, c'était lui donner une fausse idée de ses intentions.

— Tu ne crois pas ? Ho-ho ! Nolan ?

Tiré de sa rêverie, il leva les yeux.

— Désolé, quoi ?

— Je disais juste que la conversation avec Atticus peut

attendre. Rencontrer les camarades de classe de Patrice devrait passer en premier. Où étais-tu ?

Il écarta la question d'un geste vague.

— Je n'arrive pas à me sortir de la tête cette conversation avec mes cousins hier soir.

C'était un mensonge. Pas question de lui dire qu'il était obsédé par elle.

— Sur le tueur à la momie ? Je croyais que les flics avaient décidé que Patrice n'était pas une de ses victimes ?

— C'est vrai, mais mes cousins ont trempé dans un tas de trucs dangereux ces derniers mois. Ça n'a peut-être pas de rapport, mais ce serait de la négligence de notre part de ne pas envisager qu'il y ait un lien.

Summer acquiesça.

— D'accord. On peut étudier ça.

Nolan fit pivoter le fauteuil pour regarder par la fenêtre. Il contempla ces petits commerces qui rendaient Whisperwood si spéciale. Les multinationales n'avaient pas encore envahi la ville. On pouvait encore acheter des œufs frais, des légumes cultivés sur place, une boîte de biscuits du Whisperwood General Store, une tasse de café maison ou un outil chez B & B Hardware. Petites villes…

— Je ne crois pas aux coïncidences, et cette ville est trop petite que pour ces crimes ne soient pas liés à la mort de Patrice d'une façon ou d'une autre.

Il se retourna et vit Summer cajoler son chat.

— D'accord, je me fie à ton instinct. Alors allons tout de suite au ranch

— Ce n'est pas le meilleur moment.

— Alors quand ? Je suis flexible, répliqua Summer en haussant une épaule.

— Ils font un barbecue demain soir, en guise de bienvenue pour moi. Tout le monde est censé être là. Pourquoi ne viendrais-tu pas ?

— Je ne veux pas m'imposer dans une soirée familiale.

— Tu ne t'imposeras pas. Tu seras ma cavalière.

Le pouls de Summer accéléra.

— Ta cavalière ?

— Pas ma cavalière pour flirter. Mon invitée. Peu importe. Ne te prends pas la tête avec la sémantique, Têtard.

Il avait utilisé son surnom pour lui rappeler comment il la voyait. La fille maigrichonne qui lui collait aux basques. Son pote le garçon manqué.

— D'accord, Crapaud, dit-elle avec emphase pour indiquer qu'elle avait saisi. Je viendrai. Ce sera une bonne excuse pour voir Avery et les jumeaux. Je n'ai pas revu les petits chéris depuis qu'ils sont nés.

— Ils sont nés il y a deux semaines, s'exclama-t-il. Je doute que tu aies beaucoup raté.

— Ce n'est pas vrai. Avery dit qu'ils changent tous les jours.

— Hum.

Elle sentit son regard sur elle et lui jeta un coup d'œil.

— Quoi ? Je n'ai pas le droit de rendre visite aux jumeaux de ma meilleure amie ?

— Ta meilleure amie ?

— Eh bien oui. Depuis quelques années.

Elle posa Yossi par terre et brossa son T-shirt. Quand elle regarda Nolan, elle vit qu'il avait les yeux braqués sur sa poitrine. Ses pupilles s'étaient-elles dilatées ? Elle expliqua :

— Je la connais depuis l'école primaire, et après qu'on a déménagé, nous nous sommes écrit. Nous avons repris contact il y a quelques mois. C'est en partie à cause d'elle que je suis venue ici. Elle m'a rappelé que Whisperwood est l'endroit idéal pour s'installer et fonder une famille.

Il releva brusquement la tête.

— Tu vas fonder une famille ?

— Eh bien, pas tout de suite, mais un jour, oui, j'espère.

Elle tira une chaise, s'assit et lui jeta un regard inquisiteur.

— Et toi ? Tu as déjà pensé à t'installer avec femme, enfant et chien ?

— Pas récemment. Le boulot m'oblige à être plus souvent qu'à mon tour sur la route et ce n'est pas très pratique.

Il poussa un gros soupir et fixa la surface du bureau.

— Encore que ça pourrait changer bientôt, si cette fichue enquête tourne au vinaigre.

Summer sentit son cœur se serrer en le regardant.

— Hé, nous ne sommes plus en public. Tu peux me dire de quoi tu es accusé et ce qui s'est vraiment passé ?

Il resta silencieux un instant.

— Oui, si tu veux.

Elle lui pressa la main en signe de soutien. Il ne parut pas le remarquer, et son regard resta distant tandis qu'il commençait :

— L'année dernière, j'ai travaillé sur une affaire à Portland, avec une collègue.

— Charlotte, dit-elle, se rappelant le prénom.

— Oui, Charlotte. C'est une femme très séduisante, très en forme. Donc, oui, je l'ai remarquée dans ce sens-là.

Summer, qui mesurait un mètre soixante et ne faisait pas beaucoup de sport, réprima un autre élan de détestation.

— Elle s'est débrouillée pour me faire savoir que je l'intéressais aussi. Des contacts fortuits, de longs regards, des commentaires suggestifs. Si suggestifs que j'ai commencé à me sentir mal à l'aise. Il y a des règles, à la fois écrites et non écrites, qui interdisent les relations entre agents. Je ne voulais pas franchir cette ligne et mettre nos carrières en danger. Je le lui ai dit. À quoi elle répondait : je n'en parlerai pas si tu n'en parles pas non plus.

Summer grogna intérieurement. Cette femme avait l'air d'une faiseuse de problèmes.

— Je m'en suis tenu à ma décision et j'ai cru le problème réglé. Elle m'a fichu la paix quelques jours, puis… un soir, elle m'a demandé de venir dans sa chambre pour discuter de l'affaire. Nous avions des questions à examiner, alors j'ai accepté. Il s'est avéré qu'elle avait caché une caméra et qu'elle savait où se tenir pour être en plein cadre. Elle m'a fait du rentre-dedans. Je lui ai dit non. Elle a continué à m'embrasser et à se frotter contre moi, en me promettant que personne ne saurait.

Summer pressa plus fort les poignets de Nolan. Elle avait mal au ventre et un goût de bile dans la gorge. Nolan retira une de ses mains et l'essuya sur son jean en marmonnant.

— J'ai été tellement stupide. Je le savais. J'aurais dû camper sur mes positions, mais elle était belle, et elle m'avait excité… J'ai cédé. J'ai jeté la prudence par la fenêtre, et nous avons fini au lit.

— Oh ! dit Summer, déçue.

Malgré les indices du contraire, elle avait espéré qu'il avait résisté avec noblesse.

— Passons directement à la semaine dernière, où j'ai été convoqué par mon chef. J'ai appris qu'elle m'accusait de lui avoir fait des avances inopportunes et qu'elle avait des photos pour le prouver.

— Elle t'a piégé ! s'exclama Summer avec véhémence.

— Oh ! ce n'est pas fini, dit-il d'un ton moqueur.

Il lui expliqua comment les photos le faisaient apparaître comme l'agresseur et elle comme la victime. Comment il avait appris que Charlotte était mariée à un sénateur. De là, suspension, enquête interne, temps libre pour rendre visite à ses cousins pendant qu'on décidait de son avenir.

— Oh ! Nolan…, dit-elle dans un grognement. Quel bazar ! Vraiment, je suis navrée. Cette Charlotte, elle est… Berk ! Comment a-t-elle osé ! Quelle raison avait-elle de faire ça ? Accuser quelqu'un de viol, c'est très grave !

L'expression de Nolan se modifia.

— Il y a autre chose qui… cloche.

— Quoi ?

Il croisa son regard, l'air sombre.

— Le terme viol n'a jamais été utilisé. J'ai lu la paperasse, et ce n'est pas de viol dont elle m'accuse.

Summer rumina cette minuscule info.

— Agression sexuelle est le terme utilisé. Dans ses

déclarations, elle parle de tripotages et de baisers mais pas d'acte sexuel en soi. Pourtant, elle sait très bien que nous…

Il s'interrompit puis dit avec soupir :

— … avons couché ensemble. Alors pourquoi s'arrêter à des pelotages, alors qu'elle pourrait parler de viol ? Je suis sûr qu'elle a des photos de nous au lit. Bien entendu, ces photos-là la montreraient en train de prendre les devants, parfaitement capable d'interrompre la chose. Je ne l'ai pas forcée. Jamais.

— Je ne sais pas. Mais… ne pas être accusé de viol est une bonne chose, non ?

— Oh ! comprends-moi, je suis reconnaissant qu'elle ne m'ait pas accusé de cela. Je suis juste curieux de savoir pourquoi elle ne l'a pas fait.

Summer se mordilla la lèvre inférieure en méditant l'histoire perturbante que Nolan venait de lui exposer.

— Peut-être parce qu'elle ne pouvait pas prouver le viol. Pas de marques de coups, pas de postures parlantes…

— Hmph, grogna-t-il en tirant son téléphone de sa poche et en appelant un numéro enregistré.

— Bonjour, Stu. C'est Nolan.

Il se tourna vers elle et articula en silence : *mon avocat.*

— *Je reviens*, lui répondit-elle de la même manière en désignant la kitchenette.

Nolan acquiesça, puis dit dans le téléphone :

— J'ai réfléchi… Pourquoi Charlotte n'a-t-elle pas parlé de viol ? Pourquoi ne pas faire la totale au lieu de limiter ses accusations à…

Summer ferma la porte. Elle frissonna malgré le vif soleil d'octobre qui réchauffait la pièce. Nolan était dans de beaux draps. Des affaires comme celles-là se résumaient en général à la parole de l'un contre celle de l'autre. Mais Charlotte avait installé un appareil-photo. Cela indiquait la préméditation. Son avocat allait-il arguer qu'elle s'était sentie menacée et que l'appareil-photo était une mesure de protection ? Mais Nolan disait qu'elle l'avait invité dans sa chambre. Pourquoi faire cela si elle s'était sentie menacée ?

Summer ouvrit le mini-réfrigérateur et prit une bouteille d'eau. Yossi se frottait contre ses tibias en miaulant. Elle s'accroupit pour le caresser. En général, son chat l'aidait à se calmer. Mais, même s'il ronronnait bruyamment, ce jour-là il ne parvenait pas à apaiser le tourbillon de ses pensées et l'anxiété qui lui tordait les entrailles.

Nolan acheva sa conversation avec son avocat et ouvrit la porte de communication. En voyant sa carrure impressionnante sur le seuil, Summer sentit son pouls accélérer. Durant une fraction de seconde, elle pensa : *et s'il l'avait fait ?* Comme s'il avait lu ses pensées, il dit :

— Pour info, je sais de quoi a l'air ma défense. Je sais que beaucoup de femmes sont vraiment agressées et maltraitées. Ça me rend malade de penser qu'une chose pareille puisse arriver à une femme que j'aime. Ma mère, ma sœur…

Il s'interrompit, et son regard s'adoucit.

— Ou toi.

Summer en eut le souffle coupé. Il fit lentement un pas.

— Les hommes qui profitent des femmes de cette manière sont des ordures. Ils n'ont aucune excuse. Au regard des mouvements récents sur les réseaux sociaux, ma défense semble difficile. Mais c'est à double sens, Summer. Les femmes aussi peuvent s'en prendre aux hommes.

Elle relâcha d'un coup l'air qu'elle retenait dans ses poumons.

— Je le sais. Et pour info, je te crois.

Le visage de Nolan se froissa comme s'il avait mal, et il inspira brusquement.

— Merci. Ça signifie…

Sa voix se fêla, et il se passa une main sur le visage.

— … beaucoup pour moi.

Elle sentit son cœur se serrer douloureusement. Elle n'avait jamais vu Nolan aussi ému. Contournant Yossi, qui tournait toujours autour de ses chevilles, elle prit son ami dans ses bras.

— Oh ! Nolan. Tu vas t'en sortir. Tu prouveras ton innocence et tu reprendras ton travail. Garde la foi.

Il plaqua brièvement une main dans son dos, puis recula. S'éclaircissant la gorge, il hocha la tête.

— J'apprécie ton soutien. Stuart pense qu'il trouvera assez de failles pour me donner une chance. Il étudie tous les angles de l'affaire. Dis-moi de ne pas m'en faire.

Elle rit sans joie.

— Bien sûr.

Il fit un pas en arrière et agita la main en direction du bureau.

— Alors, où en étions-nous ?

Summer donna une bouteille d'eau à Nolan, versa des croquettes dans le bol de Yossi et retourna à son bureau. Nolan orienta la chaise vers elle et s'assit. Luttant contre un reste d'émotion, Summer tenta de reprendre le fil de ses pensées. Elle avait un meurtre à résoudre.

— Bon, dit-elle en croisant les bras sur le dossier devant elle. Nous devons trouver les gars que fréquentait Patrice à l'école. On peut commencer par appeler le bureau des inscriptions et demander une copie de son emploi du temps.

— Bonne idée.

— Et si l'affaire du tueur à la momie est pertinente, je ne veux pas attendre jusqu'à demain pour parler à tes cousins. S'ils ont des informations, j'aimerais les entendre dès aujourd'hui. Je pense qu'il faut commencer par Dallas. Avec deux nouveau-nés, je doute qu'Avery et lui soient au barbecue.

— Tu as sans doute raison.

Yossi sauta sur ses genoux et lui effleura le menton. Nolan sourit et le gratta derrière l'oreille pour lui faire plaisir.

— À dire vrai, je n'ai pas vu Dallas depuis mon arrivée et j'ai mes propres questions à lui poser.

— Alors c'est réglé.

Summer prit son téléphone.

— J'envoie un texto à Avery pour lui demander à quel moment nous pouvons venir.

Nolan acquiesça d'un sourire lent.

— C'est toi le chef.

En attendant la réponse d'Avery, elle se leva et ajouta la nourriture préférée de Yossi à son écuelle.

Son téléphone émit un bip, et elle lut la réponse d'Avery.

Vous êtes les bienvenus n'importe quand ! Ce n'est pas comme si j'allais quelque part avec ces deux gloutons à nourrir toutes les deux heures LOL

Elle lut le texto à Nolan et ajouta :

— Qu'est-ce que tu dis ? Pas de meilleur moment que le moment présent.

Nolan se leva et désigna la porte.

— Après toi, patron.

Ils arrivèrent chez Avery trente minutes plus tard, après s'être arrêtés au Bluebell acheter un plat congelé. Quand Dallas vint ouvrir. Le caniche noir d'Avery se mit à danser autour de leurs jambes en jappant.

— Tais-toi, Lulu !

Summer tendit le plat à Dallas.

— Suprême de poulet. Avery m'a dit que vous en aviez par-dessus la tête des lasagnes.

Dallas lui adressa un large sourire.

— Yes ! Entrez donc. Avery et les bébés sont par là.

— Tatie Summer est là ! s'exclama Summer en entrant dans la pièce suivante.

Nolan serra la main de Dallas.

— Félicitations, cousin. Te voilà papa à plein temps.

Le visage de l'ancien sergent s'éclaira comme un lampion.

— Le meilleur boulot que j'aie jamais eu.

Il jeta un coup d'œil à la pièce où Summer avait disparu.

— Alors, Summer et toi, vous avez repris contact. C'est formidable.

Plissant les yeux, il donna un coup de coude à son cousin.

— Alors, c'est quoi l'histoire ? Elle et toi, vous… ?

Il leva les sourcils de façon suggestive. Nolan lui glissa un regard noir.

— Ne te fais pas d'idées. Nous sommes amis, c'est tout. Et nous enquêtons sur le meurtre de Patrice Eccleston, alors toute info que tu pourras nous donner sera la bienvenue.

Dallas reprit son sérieux.

— Bien sûr. Avery et moi avons travaillé là-dessus avant les jumeaux. Si je peux vous donner un coup de main…

Il s'interrompit et cligna des yeux avec lassitude.

— Je veux dire… Du moment que je peux trouver quelqu'un pour rester avec Avery. Il est trop tôt pour la laisser seule avec les bébés.

Nolan hocha la tête, persuadé qu'il y avait autre chose derrière la réticence de son cousin à quitter sa fiancée. Dallas avait perdu sa première femme dans une tragédie qui l'avait profondément marqué et, d'après ce que Nolan avait entendu dire, l'accouchement d'Avery avait été très délicat.

— Pour l'instant, nous n'avons besoin que d'infos. Je ne veux pas t'arracher à tes devoirs de changeur de couches

Dallas grogna.

— Un processus sans fin. On n'a pas plutôt fini de changer l'un que l'autre a souillé sa couche.

Il désigna le plat congelé.

— Laisse-moi ranger ça au congélo, faire sortir Lulu et je vous rejoins dans une minute.

Nolan donna une claque dans le dos de son cousin et avança vers le salon. Le spectacle qui l'accueillit le prit au dépourvu.

Summer, les yeux brillants d'amour, câlinait l'un des bébés en roucoulant. Il sentit son cœur cogner dans sa poitrine. Un sentiment de déjà-vu le prit. Elle avait l'air si naturelle avec ce bébé dans les bras, si heureuse, qu'il la contempla une minute entière.

Magnifique. Son amie était rayonnante. De la racine de ses cheveux à la pointe de ses orteils, Nolan fut rempli de l'envie de la rendre aussi heureuse tout le temps. Il eut ardemment envie qu'elle le regarde avec ces yeux, avec cette attention ravie.

— Hé, homme du FBI, j'en ai aussi un pour toi.

La voix d'Avery rompit le charme, et il plaqua un sourire sur son visage. Qu'est-ce qui lui prenait ? Était-il vraiment en train de flasher sur Summer ? Ne s'était-il pas juré quelques heures auparavant de garder leur relation strictement platonique ? Alors d'où venaient ces idées insensées ? Il se passa une main sur le visage avant d'entrer dans le salon.

La nouvelle maman offrit à Nolan de prendre son enfant.

— J'ai dit à Ezekiel que son cousin Nolan venait, et il est impatient de te rencontrer.

Il refusa d'un geste.

— Je, euh… ne sais pas comment tenir les bébés.

Avery rit doucement.

— Dallas était nerveux au début aussi. Mais c'est tout simple. Tu arrondis les bras, puis tu le tiens contre ta poitrine. Il suffit de soutenir sa tête.

— Vas-y, Crapaud. Il ne mord pas, dit Summer en riant.

— Crapaud ? releva Avery avec un gloussement.

— C'est le surnom que je lui donnais quand nous étions enfants, expliqua Summer avec une étincelle d'espièglerie dans le regard.

Nolan grogna, la suppliant des yeux.

— Ne…

— Nous avions fait un feu, un soir. Je crois que c'était le 4 juillet, et Nolan et ses cousins avaient bu beaucoup de soda.

Le sourire de Summer s'élargit à mesure qu'elle racontait.

— Les garçons étant des garçons, ils ont décidé de faire un concours de rots.

Dallas revint à cet instant de la cuisine.

— Qui a roté ? Mon garçon ?

— Non, toi, apparemment. De même que ton cousin ici présent.

Avery tapota le canapé à côté d'elle. Nolan fit la grimace.

— Summer est décidé à me gêner devant ta fiancée.

Dallas sourit d'un air narquois.

— Continue, Summer.

— Eh bien… Nolan a gagné le concours haut la main quand il a émis un rot si tonitruant que je lui ai dit qu'il ressemblait à un crapaud.

— Oh oui. Je me souviens de ça. Quelle époque ! dit Dallas en riant.

Avery rit si fort qu'elle réveilla le bébé dans ses bras.

— Et le nom lui est resté, acheva Summer en s'adossant à son siège, visiblement satisfaite d'elle-même.

— Vu qu'elle me suivait comme mon ombre et qu'elle faisait la moitié de ma taille, j'ai pris l'habitude de l'appeler Têtard, précisa Nolan pour ne pas être en reste.

— Crapaud et Têtard enfin réunis. On dirait une histoire pour enfants, plaisanta Avery.

Nolan observa Summer, dont le visage brillait de plaisir. Aucune de ses impulsions du moment n'était appropriée pour un livre d'enfants. Avant que son expression ne trahisse ses pensées, il fit face à son cousin et s'éclaircit la gorge.

— Le but de notre visite est d'obtenir des informations sur l'affaire sur laquelle travaille Summer.

— En partie, car le principal objectif de notre visite est d'aduler ces jolis bébés et de voir comment va ma meilleure amie, corrigea Summer.

Une bizarre sensation s'infiltra dans son ventre quand il l'entendit appeler Avery « ma meilleure amie ». *Seigneur, Colton, tu as trente-deux ans. Pourquoi te soucies-tu de la manière dont elle appelle son amie ?*

Mais tout ce qui pouvait indiquer qu'ils n'étaient pas aussi proches, qu'ils ne jouissaient pas d'une relation aussi étroite, l'ennuyait. Il avait essayé de rester en contact avec Summer. Il avait souvent pensé à elle et, quand il avait perdu sa trace, il avait pleuré cette perte. Summer l'avait toujours rendu heureux d'une manière inimitable. Cette amitié, ce sentiment de… quoi ? Complémentarité ? Réconfort ?

— Mais, pendant que nous sommes là, dit Summer en

braquant son regard sur les nouveaux parents, nous aimerions que vous nous parliez du meurtre de Patrice Eccleston.

Elle plissa le visage de dégoût.

— Oh mon Dieu, comme je déteste mettre un aussi vilain sujet à portée de ces innocentes oreilles.

Elle éleva le bébé et déposa des baisers sur ses oreilles minuscules. Dallas et Avery échangèrent un regard.

— Quoi ? dit Nolan. Pourquoi ce regard ?

— Vous mettez le doigt là où ça fait mal. Nous avons interrogé un suspect il y a quelques semaines avec Forrest et Rae – sa nouvelle fiancée, dit Dallas en s'asseyant.

— Oui, je loge au ranch. Je l'ai rencontrée.

Dallas hocha la tête.

— C'est vrai. Eh bien, le suspect est mort de manière étrange pendant que nous étions là.

— C'était assez horrible, dit Avery, le visage crispé par ce souvenir.

— J'imagine !

Summer adressa un regard de commisération à son amie. Puis, penchant la tête, elle demanda :

— C'est de Corgan que vous parlez ? Le tueur à la momie ?

Dallas acquiesça.

— C'est lui. Avant de mourir, il a avoué ses crimes, mais il a nié avoir tué Patrice.

— Selon ce que son père m'a dit de l'état du corps, Patrice n'était pas momifiée, dit Summer. Donc cela semble indiquer que Corgan disait la vérité.

Nolan se dit qu'il devait finir de revoir les notes de Summer sur sa première rencontre avec Atticus.

— On dirait bien, dit Avery en appuyant le bébé contre son épaule. Il nous a donné des détails perturbants sur son goût pour les jeunes femmes et sur la manière dont il les avait momifiées pour, je cite, « préserver leur beauté ».

Avery frissonna, et ses joues pâlirent. Dallas posa une main sur son genou. Elle lui adressa un sourire tremblant.

— Que Corgan donne autant de détails, qu'il confesse ses forfaits et qu'il nie être responsable de la mort de Patrice…

Summer se mordilla la lèvre inférieure, le front plissé.

— A-t-il donné un indice sur celui qui pourrait l'avoir fait ?

Frottant sa mâchoire non rasée, Dallas acquiesça.

— Peut-être. Il a murmuré « Melody ». Je voulais chercher de quoi il s'agissait, mais…

Il caressa du doigt la joue de Zeke et sourit.

— … j'ai été assez occupé.

— Je comprends.

Nolan sentit l'inquiétude le chatouiller en regardant son cousin et Avery roucouler au-dessus du bébé. Dallas était manifestement au septième ciel dans son rôle de papa. La fierté et le bonheur brillaient dans ses yeux. Nolan prit un instant pour s'imaginer à sa place. Découvrir soudain qu'il était père. S'installer et fonder une famille. Mettre sa carrière entre parenthèses, renoncer aux voyages et aux inconnues de son métier afin de prendre soin de sa famille.

Son regard se tourna vers Summer comme mu par sa propre volonté. Ce qui était fou parce que, eh bien c'était Summer. Et il avait établi des règles pour leur collaboration. Après cette débâcle avec Charlotte… Un froid glacial le saisit.

— Vous dites que Corgan est mort subitement pendant que vous l'interrogiez ? Comment est-il mort ?

Les questions de Summer interrompirent le fil de pensée de Nolan. Il se secoua pour se concentrer sur la conversation. Il ne serait d'aucune aide à Summer s'il laissait ce bazar avec Charlotte le distraire.

Avery poussa un soupir tremblant et murmura :

— Il a été assassiné.

6

— Quoi ?

Summer se redressa, bouche ouverte. Dallas prit gentiment le bras de sa fiancée, l'apaisant d'une caresse.

Fermant les yeux, Avery inspira profondément.

Dallas se tourna vers Nolan et Summer et expliqua :

— Quand nous sommes arrivés chez Corgan, il était déjà au bout du rouleau. Il avait un cancer du poumon en phase terminale et il était sous oxygène. À un certain moment, après qu'il a nié sa responsabilité dans la mort de Patrice, Rae, Forrest, Avery et moi sommes sortis de sa chambre pour discuter. Pendant que nous étions à l'extérieur, son tuyau d'oxygène a été retiré et il a commencé à s'étouffer. Nous sommes accourus pour voir ce qui se passait. Il n'arrivait plus à absorber d'air, et son teint indiquait qu'il suffoquait.

— Seigneur, c'est affreux ! dit Summer en jetant un regard horrifié à ses amis. Qui a pu faire ça ? Vous étiez là ?

— Nous avons essayé de l'aider. Son infirmière était là, mais elle n'a pas pu le sauver. Plus tard, quand les flics sont arrivés avec le coroner, on n'a pas pu la retrouver. Elle avait… disparu.

Nolan fit la grimace.

— Disparu ? Vous voulez dire qu'elle s'est enfuie après avoir sabordé les chances de survie de son patient ?

— Pourquoi une infirmière…, commença Summer.

— Nous le soupçonnons, mais nous n'avons aucune preuve.

Comme je l'ai dit, le stress de voir Horace suffoquer a été éprouvant. Nous étions distraits, nous nous interrogions sur l'indice que nous avait donné Horace, et nous n'avons pas vu l'infirmière partir.

— Quel indice ? releva Summer.

— Horace est mort avant que l'ambulance arrive, mais il a articulé « Melody » avant de succomber. Il a fait un gros effort pour le prononcer, et nous pensons donc que c'était important pour lui, expliqua Dallas.

— Mais important à quel point de vue ?

Summer se leva et déposa Ariana Josephine dans son berceau. Remontant ses manches, elle regarda Dallas.

— Vous avez eu l'impression que cette Melody était une autre victime de meurtre ? Ou une ex-petite amie de Corgan ?

— Aucune idée. Nous n'avons pas d'autre contexte en dehors du fait qu'il l'a prononcé alors qu'il savait qu'il était en train de mourir.

— Donc Melody n'est peut-être pas une personne.

Nolan se frotta la nuque, déconcerté par ce bizarre indice.

— Il pouvait parler d'une mélodie, d'un air. Ou d'un animal. Ou d'un code de coffre-fort, ou…

— Un mot de passe, un nom de rue, une entreprise…, continua Summer. Ça pourrait être n'importe quoi.

— Exactement, dit Dallas d'un ton découragé. Ça me rend malade de laisser ça sans réponse, mais je ne suis pas en bonne position pour chercher ce que ça veut dire. Je vous serais très reconnaissant si vous vouliez vous en charger.

— Absolument, dit Nolan, qui avisa soudain l'expression sceptique de Summer. Qu'est-ce qu'il y a, Têtard ?

Elle se mit à faire les cent pas.

— Tu crois que Melody est liée au meurtre de Patrice ? Si Horace ne l'a pas tuée, n'allons-nous pas tout brouiller en nous intéressant à la signification de ce mot ? J'ai un client qui me paie pour découvrir qui a tué sa fille. C'est là-dessus que je dois me concentrer.

— Nous ne savons vraiment rien d'autre que ce que nous a raconté Dallas.

Avery passa Zeke à son compagnon et prit sa fille.

— Je suis sûre qu'Horace voulait en dire davantage, mais c'est tout à ce qu'il a réussi à émettre.

— Mettons Melody de côté pour l'instant et revenons à l'infirmière, proposa Nolan. Elle était la seule avec Horace après que vous êtes sortis de la chambre, c'est ça ?

— Autant que nous sachions.

Dallas tint une sucette devant la bouche de son fils jusqu'à ce qu'il se mette à la téter.

— Il est possible que quelqu'un se soit caché pendant que nous parlions à Horace ou qu'elle ait laissé entrer quelqu'un à notre insu. Mais nous ne sommes pas restés très longtemps hors de la chambre, dit Avery.

— Donc c'est son infirmière qui l'a tué ? lança Summer d'un ton incrédule.

Elle sortit son calepin et se mit à écrire.

— Vous avez une idée de l'endroit où elle se trouve maintenant ? J'aimerais lui parler. Et j'imagine que la police aussi !

Penchant la tête, elle regarda Dallas.

— Ou bien ils l'ont déjà fait ? Qu'a fait la police à propos du meurtre d'Horace ?

— Forrest serait dans une meilleure position pour répondre à cela, dit Dallas. Je suis sûr que les flics aimeraient parler à l'infirmière, mais je ne pense pas qu'ils l'aient fait. J'ai entendu dire que personne ne l'a vue depuis la mort d'Horace. Si elle a bien tué son patient, je suppose qu'elle n'a pas agi de son propre chef. Quel était son mobile ?

— À moins qu'elle ne soit qu'une dealeuse de pilules et qu'elle ait pensé qu'Horace allait la dénoncer. Tu connais les rumeurs sur qui-tu-sais, dit Avery à Dallas d'un ton venimeux. On dit qu'il se sert des infirmières pour faire circuler de fausses ordonnances.

Dallas inspira fortement et lui jeta un regard de pitié.

— Et tu sais que ces rumeurs n'ont pas été prouvées,

malgré d'innombrables descentes chez lui. Nous devons nous en tenir aux faits, chérie.

— Toi, tu t'en tiens aux faits. Moi, je sais qu'il a fourni l'héroïne qui a tué mon frère.

Nolan regarda tour à tour son cousin et Avery.

— De quoi s'agit-il ?

Dallas se passa une main sur le visage.

— Zeke, le frère d'Avery, est mort d'une overdose. Elle croit aux rumeurs qui disent que le propriétaire du garage est le trafiquant du coin. Les rumeurs disent aussi qu'il paye les infirmières pour qu'elles vendent des opiacés.

Avery se renfrogna tandis que Dallas poursuivait :

— Le garage de Kain a été fouillé plusieurs fois, et la police n'a jamais rien trouvé contre lui. Si c'est un dealer, il se débrouille très bien pour ne pas être repéré.

— Ils trouveront un jour, grommela Avery. Ou bien il n'y a pas de justice dans ce monde.

Summer fit la grimace.

— D'accord. Donc, que ce Kain soit ou non derrière tout ça, l'infirmière en question pourrait-elle faire partie de celles qui trafiquent les pilules ? Peut-être Corgan savait-il pour elle et elle craignait qu'il ne la dénonce. Ça a pu être son mobile.

Dallas leva la main.

— Peut-être. Mais je te le dis, après avoir entendu Horace décrire comment il avait repéré, tué et momifié ces femmes, même moi j'avais envie de le tuer. Elle aurait pu être indignée et avoir décidé de hâter son trépas.

Avery considéra son fiancé les sourcils haussés. Il haussa une épaule.

— Tu vois ? Sans preuve, ce ne sont que des spéculations.

Avery leva les yeux au ciel.

— Spéculations mises à part, hasarda Nolan, je pense qu'il serait prudent de partir de l'hypothèse que l'infirmière est la principale suspecte pour la mort de Corgan.

— Quel est son nom, d'ailleurs ? demanda Summer en levant les yeux de ses notes.

Avery fit la grimace.

— Euh… Quelque chose avec un *r* ?

Dallas prit son téléphone et tapa quelque chose.

— Jane Oliver.

Summer nota le nom.

— Et quel est son cabinet ?

— Whisperwood Home Health.

Dallas se leva en entendant son fils miauler et lui tapota gentiment le dos.

— Donc l'hypothèse est celle-ci, continua Nolan. Cette Mme Oliver a été payée ou menacée. Peut-être avait-elle des liens avec l'une des femmes assassinées.

Summer fit la grimace.

— Comme Dallas, je n'aime pas les suppositions.

— D'accord, dit Nolan. Pour savoir ce qui s'est passé et pourquoi, nous devons retrouver Jane Oliver.

Summer fit la moue, perdue dans ses pensées.

— Même si ça m'ennuie que l'infirmière ait disparu, j'en reviens au fait qu'il n'y a pas de lien avec Patrice, et que je dois penser avant tout à elle. Si Corgan ne l'a pas tuée, son meurtrier est toujours en liberté.

— Pas de lien ? releva Nolan. Tu penses vraiment que c'est une coïncidence si une ville de la taille de Whisperwood a eu une vague de crimes et de disparitions ? J'aimerais être sûr que Jane Oliver n'est pas la dernière victime de meurtre.

Summer se mordilla les lèvres, puis hocha finalement la tête.

— D'accord. On s'arrêtera au cabinet en partant.

Elle tapota sur son calepin avec son stylo.

— Merci de nous aider, dit Avery. Ça me rassure de savoir que quelqu'un prend la suite.

— Oui, je me sentais un peu coupable de laisser ces questions sans réponse, mais nous nous disions qu'il valait mieux nous retirer de l'affaire à cause des jumeaux, ajouta Dallas. D'autant plus que nous avions les réponses quant au tueur à la momie et aux boutons de l'armée.

Summer releva vivement la tête.

— Les boutons de l'armée ?

Dallas cilla comme s'il était surpris.

— C'est comme ça que nous nous sommes retrouvés impliqués dans l'affaire. Forrest a appris qu'on avait trouvé des boutons avec les femmes momifiées. Il s'est avéré qu'ils appartenaient à l'USA, et il m'a demandé de voir ce que je pouvais apprendre sur les vétérans dans la région.

— Excuse-moi… l'USA ? demanda Summer.

— L'uniforme standard de l'armée. Les boutons de cet uniforme n'ont pas changé depuis longtemps, donc cela faisait une grande quantité de vétérans.

— Et les boutons vous ont menés à Corgan ? Il avait été dans l'armée ?

— Renvoyé pour déshonneur, confirma Avery en hochant la tête.

Son visage s'éclaira.

— Attendez ! C'est ça le lien.

Elle se tourna vers Dallas pour qu'il le lui confirme.

— Il n'y avait pas des boutons de l'armée avec les restes de Patrice ?

La surprise de Summer se refléta sur le visage de Nolan.

— On a trouvé un bouton sur Patrice ?

Summer souffla.

— Ça aurait été sympa si son père ou son frère m'avaient dit ça. J'ai eu une copie du rapport de police, mais ce devait être une version élaguée.

Elle se pencha à nouveau sur ses notes, écrivant et traçant des lignes pour relier les informations.

Nolan l'observa. Un pli de concentration lui creusait le front, le soleil allumait des reflets d'or dans ses cheveux, et elle se mordillait la lèvre. Tout cela lui donnait envie de goûter lui-même à cette lèvre pleine. Il ne pouvait nier que son amie d'enfance s'était transformée en une femme magnifique, ce qui rendait d'autant plus difficile de s'en tenir à sa politique de ne pas toucher. Mais il s'y tiendrait, coûte que coûte.

Cette résolution lui pinça le cœur. La voix de l'intuition,

à laquelle il se fiait pour résoudre ses affaires, murmurait à présent à son oreille. Sa règle allait-elle lui coûter une chance qu'il regretterait toujours d'avoir manquée ?

Il posa les yeux sur son cousin et vit que Dallais l'observait avec un sourire entendu. Le pouls de Nolan accéléra. Que révélait son expression ? Il lança à Dallas un regard noir signifiant *Quoi ?* En retour, les yeux de Dallas lui répondirent : *Tu ne peux pas me tromper. J'ai vu comment tu la regardais*. Nolan secoua la tête discrètement. Son cousin haussa les sourcils, ce qui voulait dire : *Tu ne peux nier qu'elle est sexy. Pourquoi ne pas tenter ta chance avec elle ?* Du moins fut-ce ainsi que Nolan l'interpréta. Dallas lui demandait clairement où ils en étaient, Summer et lui. Il secoua la tête avec plus de fermeté.

Avery, qui tenait toujours la petite Ariana dans ses bras, leva les yeux à ce moment. Nolan se hâta de reprendre une expression impassible. S'éclaircissant la gorge, il revint mentalement à la discussion. Melody. Les boutons. L'infirmière meurtrière.

— Apparemment, notre tâche d'aujourd'hui est déjà définie. Y a-t-il autre chose que vous savez qui pourrait nous mettre sur la voie concernant le meurtrier de Patrice ?

Summer leva les yeux.

— Tu disais que Forrest voulait ton aide pour les boutons. Quel est son lien avec cette affaire ?

— Thompson, le chef de la police de Whisperwood, lui a demandé de prêter main-forte sur les affaires de meurtre, dit Dallas.

— Forrest travaille avec la police d'Austin, et on l'a spécialement mandaté pour collaborer avec la police de Whisperwood, ajouta Nolan. C'est l'une des raisons pour lesquelles je veux aller au barbecue demain soir.

Summer acquiesça.

— Bon. Y a-t-il une chance que vous veniez ?

— Non, même si je suis désolée de le rater. Les jumeaux

sont trop petits, et le pédiatre nous a dit qu'il y a des cas de grippe dans la région.

Summer esquissa une moue exagérée.

— Dommage. Je comprends, mais vous allez nous manquer.

Zeke poussa un cri aigu de déplaisir et convulsa son petit corps. Nolan se leva, prenant l'agitation du bébé pour une invitation à partir.

— Nous allons vous laisser pouponner. Zeke a l'air d'être fatigué que nous monopolisions votre attention.

Avery soupira.

— Une petite colique, rien de grave.

Elle sourit d'un air las à Dallas.

— N'est-ce pas, chéri ?

Le sourire de Dallas démontra à Nolan combien son cousin était heureux malgré le manque de sommeil et les taches sur son T-shirt.

Summer prit son sac et son calepin, puis traversa la pièce pour étreindre Avery et Dallas et embrasser les bébés.

— Appelle-moi si tu as besoin de quoi que ce soit.

Dallas se dirigea vers la porte, un Zeke hurlant dans les bras, mais Nolan l'arrêta.

— Ne nous raccompagne pas. Donne son biberon à ce garçon avant qu'il ne s'étouffe de rage.

Une fois dans la voiture de Summer, Nolan dut ravaler l'envie de lui ordonner de rouler directement jusqu'au cabinet d'infirmières. Il lui donna à la place le temps d'assimiler tout ce qu'ils avaient appris. Enfin, elle démarra.

— Alors patron, on va où ?

— On va où, en effet ?

Elle baissa sa vitre pour laisser rentrer l'air frais et prit la direction du centre-ville.

— Même si j'aimerais découvrir ce qui est arrivé à Jane, je ne suis pas certaine qu'il y ait un lien avec notre affaire. Trouver le meurtrier de Patrice est ma priorité. Je propose qu'on parle au reste de ses amis, à ses camarades de classe, et qu'on aille ensuite poser nos questions à sa famille.

— D'accord.

Nolan lui jeta un regard en hochant la tête.

Les cheveux de Summer dansaient dans la brise, le tentant avec leur parfum fleuri attisé par l'air tiède. Faire équipe avec elle sur cette affaire, garder la bonne perspective sur leur relation allait être plus dur qu'il ne l'avait imaginé. Il ne voulait pas se reprocher toute sa vie d'avoir fait du mal à Summer ou trahi leur amitié. S'il ne pouvait refréner son attirance croissante pour elle, sa fascination pour la beauté intelligente qu'elle était devenue, il faudrait qu'il s'éloigne d'elle.

7

— Il doit bien y avoir une raison à la mort de Patrice. Connaissait-elle le tueur ? Était-ce une question d'opportunité ? Se trouvait-elle au mauvais endroit au mauvais moment ? A-t-elle contrarié quelqu'un ?

Summer pensait tout haut en conduisant.

— Était-ce un crime passionnel ? Maria et Amanda ont dit qu'elle n'avait pas de petit ami, mais l'un de ses camarades n'était peut-être pas heureux de cet état de fait ?

— Hum hum, marmonna Nolan.

Elle lui jeta un regard, essayant de ne pas remarquer comme le soleil d'octobre le mettait en valeur. Il avait les yeux fixés sur les commerces, en particulier sur Kain's Auto Shop. Summer ralentit et considéra à son tour le bâtiment, pourvu de baies et d'un petit bureau donnant sur la rue. À travers la vitre, elle crut voir quelqu'un derrière le comptoir.

Elle freina, tentée de satisfaire sa curiosité au sujet de l'homme qu'Avery soupçonnait si fort de faire du trafic de drogue. Nolan lui jeta un regard aigu.

— Changement de plan, Têtard ?

Elle fit la moue et accéléra.

— Pas aujourd'hui. Il y a trop à faire. Mais, quand j'aurai du temps, je pense que je viendrai fouiner chez Kain.

Nolan serra les dents.

— Je ne suis pas sûr d'approuver ça. Si ce type trempe effectivement dans un trafic de drogue, il n'appréciera pas.

Elle lui donna un petit coup sur la poitrine.

— Bon sang, Nolan. Accorde-moi un peu de bon sens ! Ce que je voulais dire c'est… Je crois que je dois faire la vidange de ma voiture.

— Sois juste prudente, d'accord ? lança-t-il.

— Toujours.

Elle désigna du doigt JoJo's Java à une rue de là.

— Je suis prête pour une dose de caféine, pas toi ?

Il hocha la tête avec insouciance.

Summer se gara devant la boutique, et ils y entrèrent. Une odeur de café fraîchement moulu les accueillit. Summer inspira fortement et déclara :

— C'est le paradis. C'est ainsi que sent le paradis.

— Que puis-je pour vous messieurs-dames ? demanda la vendeuse.

Derrière le comptoir, Summer avisa une employée qui sortait un plateau de petits pains à la cannelle du four.

— Je voudrais l'un de ceux-ci et un grand café maison à emporter.

— La même chose.

Nolan sortit son portefeuille et ajouta :

— Je t'invite.

— Merci, Crapaud. Je t'en suis reconnaissante, d'autant plus que ce mois-ci est un peu long.

— Tu as vraiment fait un pari en accrochant ton enseigne, n'est-ce pas ?

Il lui tendit son café et s'empara du sachet contenant les petits pains.

— Peut-être. Mais ça ne m'ennuie pas de compter les sous jusqu'à ce que ça aille mieux. Ça valait la peine de revenir à Whisperwood pour m'installer auprès de mes amis.

— Donc tu es heureuse, ici ? demanda-t-il en buvant son café noir.

— Oui. Très.

Elle lui sourit pour le remercier, et ils regagnèrent la voiture en flânant.

— Une seule chose me rendrait plus heureuse.

Il arqua un sourcil.

— Gagner au loto ?

— Ça aussi, mais… Non. Que tu restes ici. Pour toujours.

Son sourcil s'abaissa, et son sourire disparut.

— Désolé. Je ne crois pas que ça arrivera. Whisperwood est génial pour des vacances, mais mon travail – à supposer que j'en ai toujours un – est à Chicago. Et je suis toujours sur la route. Je vais là où on a besoin de moi. En outre, j'ai investi trop de travail et de temps au FBI pour le quitter sans une bonne raison.

— Oh…

Elle s'efforça de dissimuler sa déception. Qu'est-ce qui serait une bonne raison de quitter le FBI ? Pourquoi ne pouvait-il travailler avec le Bureau au Texas ?

Devant son bureau, elle tendit son café à Nolan pour qu'il le tienne tandis qu'elle déverrouillait la porte. Mais, quand elle essaya de la pousser, celle-ci résista.

— Un problème ? demanda Nolan.

— Pas un problème, un chat, dit-elle souriant

Approchant la bouche de l'entrebâillement, elle cria :

— Je suis là, Yossi ! Ôte-toi de là !

Un doux miaulement l'accueillit, et une patte grise passa par la fente. Elle poussa doucement la porte, et Yossi s'enroula autour de ses jambes en ronronnant bruyamment. Summer prit son chat dans ses bras.

— Gentil chat. Tu as surveillé le bureau pendant que je n'étais pas là ?

Nolan posa les cafés sur le bureau et retira sa veste.

— Donc tu vis ici ?

Elle le vit survoler la petite pièce du regard. La plupart des gens auraient trouvé son mode de vie insensé, mais seule l'opinion de Nolan comptait.

— Oui, dit-elle en lui montrant la kitchenette et la pièce d'archivage transformée en petite chambre.

— Tu as une douche ?

— Au gymnase. Je me lève à 5 heures pour me doucher. Je lave mes vêtements à la laverie et j'ai déjà économisé la moitié d'un mois de caution pour une maison.

Nolan écarquilla les yeux.

— En voilà de la détermination.

Elle entra dans le bureau et posa Yossi sur la table.

— Je rêve d'avoir une vraie maison depuis toujours. Je me disais que, quand je serais grande, j'aurais des racines : un porche avec des rocking-chairs, un jardin avec beaucoup de fleurs et une cuisine fleurant bon le pain chaud.

Elle prit son gobelet et se sourit à elle-même.

— Tu sais faire du pain ? demanda Nolan en prenant une chaise devant le bureau.

Elle rit à s'en étouffer.

— Bien sûr que non ! Mais je peux rêver que ma cuisine sente comme ça, non ?

— Touché.

Nolan désigna de la tête l'ordinateur portable.

— Nous ne devrions pas faire quelques recherches en ligne ?

— Bonne idée.

S'installant dans son fauteuil, elle alluma son ordinateur. L'écran s'anima, montrant une photo de Yossi. Du coin de l'œil, elle vit Nolan lui glisser un regard.

— J'aime mon chat. Ne me juge pas.

— Ai-je dit quelque chose ? s'enquit-il en riant.

Tandis qu'elle se connectait aux réseaux sociaux, Nolan déplaça sa chaise et s'assit à côté d'elle. Son odeur, faite de café, de savon et de quelque chose qui lui appartenait en propre l'enveloppa. Essayant de se concentrer sur sa tâche, elle tomba sur le compte Instagram de Patrice et fit lentement défiler les photos.

— Hum. Tu vois quelque chose d'intéressant ?

— Pas encore, mais son compte est public. Tu ne pourrais pas voir les photos s'il était privé.

Summer fronça les sourcils.

— Tu as raison. Ça nous est utile, mais c'était imprudent de sa part. Les jeunes femmes devraient faire plus attention.

Elle contempla à nouveau Nolan.

— À propos, quand tu retourneras à Chicago…

Le simple fait de prononcer ces mots lui donna une crampe d'estomac.

— … je t'enverrai une requête sur Facebook. Tu regarderas, n'est-ce pas ?

— Je ne suis pas sur Facebook.

— Oh… Je croyais que tu m'avais cherchée sur Facebook.

— J'ai créé un compte temporaire pour te chercher, puis je l'ai supprimé. Dans mon métier, je ne peux pas faire ça. Cela représenterait un danger pour ma famille et mes amis.

Il la dévisagea.

— Même avec les réglages les plus stricts. Je ne peux pas prendre ce risque.

— Oh. Bien sûr. Naturellement.

Les entrailles nouées, elle se remit à étudier les photos de Patrice. Il s'agissait, pour la plupart, de clichés d'elle et de ses colocataires, ou de photos de vacances et de mèmes inspirants.

Nolan posa une main sur sa nuque et lui massa les muscles du cou.

— Summer…

— Hum ? fit-elle sans le regarder.

Il lui était difficile de feindre l'indifférence à ce contact.

— Pas de Facebook ne signifie pas que je ne resterai pas en contact avec toi. Tu ne penses tout de même pas qu'après t'avoir enfin revue je vais te laisser à nouveau disparaître ?

Les yeux de Nolan rayonnaient de quelque chose de chaud et de doux, remplaçant son vernis professionnel habituel. La tendresse de son regard lui coupa le souffle. Avec quelle facilité elle pourrait tomber amoureuse de lui. Si seulement…

Elle se hâta d'écarter cette pensée. Son enfance lui avait appris la douleur qu'il y avait à se séparer des gens qu'on aimait. Même si elle avait choisi de s'installer à Whisperwood pour y faire sa vie, Nolan errait toujours au gré du vent.

Il reposa brusquement les yeux sur l'écran, et son regard laissa place à un sérieux tout professionnel.

— Regarde.

Il tapota une image qui montrait Patrice en train de démonter un moteur.

— Oui ? fit Summer. Nous savons qu'elle étudiait la mécanique auto. Alors… ?

— Regarde au fond. Ce type sourit en se rapprochant d'elle, comme s'il savait qu'on prenait une photo. Mais celui-là…

Il désignait un visage légèrement flou au bord de la photo.

— … lui lance un regard noir.

— Je répète : et alors ?

— Alors… Il n'aime pas le premier. Il est peut-être jaloux de le voir si près de Patrice ?

Summer lui jeta un regard sceptique.

— Ou bien il a une indigestion. Un froncement de sourcils ne fait pas un tueur.

— Je ne dis pas qu'il l'a tuée. Je remarque seulement une dynamique intéressante.

Il tendit le bras pour faire défiler la page. Par mégarde, il effleura le sien, la faisant frissonner. Elle pressa les bras de son fauteuil et inspira profondément avant de dire :

— Tu penses que ce sont les garçons dont nous ont parlé les colocataires ? Ceux avec qui elle traînait parfois ?

— Ce serait logique. Ils ont l'air d'être dans sa classe… Voyons si on peut les trouver sur le campus. On va regarder les horaires sur le site de l'école et y aller…

Il s'interrompit, esquissa une moue d'excuse et fit un geste dans sa direction.

— Si tu penses que ce doit être la prochaine étape.

Elle rit sombrement.

— Visiblement, tu penses que c'est un bon plan.

— Mais c'est toi le patron.

Elle branla doucement de la tête.

— C'est un bon plan.

Se tournant vers l'ordinateur, elle continua de dérouler la page. Quelques autres photos du cours de mécanique apparurent, sans rien d'alarmant.

— Hum, essayons ça.

Summer ouvrit Facebook et chercha le compte de Patrice.

— Mais ses colocataires nous ont dit qu'elle n'utilisait pas Facebook.

Une liste de Patrice Eccleston apparut.

— Ne pas s'en servir ne signifie pas qu'elle n'avait pas de compte. Ah, elle a été taguée dans plusieurs publications. Certaines depuis sa mort.

Elle les lut en les faisant défiler.

— Tu nous manqueras… Jamais oubliée… T'aimerai toujours… Partie trop tôt…

— Reviens en arrière. Qui a écrit « T'aimerai toujours » ? questionna Nolan.

— Euh, son frère.

Elle lui jeta un regard de biais.

— Tu penses qu'elle avait un amoureux secret ?

— Ça ne serait pas la première fois que ça arrive. Il est trop tôt pour tirer des conclusions, Summer.

Son commentaire lui fit l'effet d'une rebuffade. Elle était consciente de vouloir l'impressionner avec ses compétences, et l'entendre lui faire la leçon piquait sa fierté. Bien sûr, il avait davantage d'expérience dans les affaires criminelles.

— Je te taquinais, Crapaud. Détends-toi.

Il la prit la main et la serra dans une offre de paix silencieuse, tandis que son regard se fixait sur l'écran.

— Qu'est-ce que c'est que ça ?

Elle n'eut pas à demander ce qu'il voulait dire. La photo crevait l'écran. Elle cliqua sur l'icône pour l'agrandir. Une Patrice plus jeune avait été taguée par quelqu'un du nom de Gail Schuster. Le titre indiquait « Regarde ce que j'ai trouvé sur mon fil aujourd'hui. Quelle époque ! Vous me manquez les gars ! » La photo avait été prise lors d'une fête d'Halloween, et plusieurs adolescents portaient des costumes sanglants. L'un d'eux posait près de Patrice, ses mains autour de son cou, ses dents découvertes dans un rictus.

Nolan marmonna un juron.

— Je sais, ce sont juste des gosses qui se la jouent pour Halloween. Mais c'est comme ça qu'elle est morte…

— Qui est-ce ? reprit-il.

Elle pointa le visage de l'adolescent qu'il désignait, et une fenêtre s'ouvrit, l'identifiant comme Henry Cunningham.

— Regarde sa page, pour voir où il vit maintenant.

Elle grogna. Elle avait envie de défendre Henry mais elle s'exécuta tout de même.

— Il vit à… Morgantown, en Virginie Occidentale. Il étudie à l'université d'État.

Elle poussa un soupir de soulagement.

— Elle est morte en avril. Avant les vacances de printemps. Il devait être à Morgantown.

— Probablement. On pourra facilement le confirmer en parlant à ses professeurs.

Nolan se frotta la joue.

— Mais oui, il est tout en bas de notre liste de suspects. Voyons ce qu'il y a d'autre sur le compte.

À mesure que s'allongeait la liste de suspects, l'anxiété de Summer croissait. Au début, elle était excitée par la perspective d'avoir une véritable affaire, une chance de lancer la réputation de sa petite agence. Mais que se passerait-il si elle ne la résolvait jamais ? L'entreprise pouvait lui revenir en pleine figure et entacher son nom. Les dents serrées, elle se promit de trouver l'assassin de Patrice. Mais, pour résoudre l'affaire, devrait-elle se débarrasser de la distraction que représentait Nolan ?

8

L'emploi du temps des étudiants en mécanique affichait des cours en milieu d'après-midi le lendemain. Après quelques heures de recherches supplémentaires sur Internet, Nolan emmena Summer dîner à la pizzeria.

Ils y demandèrent si Patrice avait eu un entretien d'embauche, et le gérant leur confirma qu'elle avait déposé une candidature mais qu'ils n'avaient pas d'emploi à pourvoir. Rien ne leur ayant paru bizarre, ils se détendirent devant une pizza saucisse champignons fromage.

En la déposant au bureau après le dîner, Nolan lui donna un chaste baiser sur la joue et lui promit d'être là à 9 heures le lendemain matin.

Quand il arriva le jour suivant, il sentait bon le savon et ses cheveux étaient humides. Summer s'ordonna de penser à autre chose.

— Tu es prêt à y aller ? Notre première visite est pour le père de Patrice.

— Je te suis, dit Nolan en caressant Yossi.

Il la suivit jusqu'à sa Beetle et jeta un regard méfiant au minuscule siège avant.

— On peut prendre ma Cherokee ? J'avais les genoux sous le menton hier, dans cette boîte de sardines.

En riant, Summer rangea ses clés.

— Bien sûr.

Ils arrivèrent quelques instants plus tard dans le quartier

des Eccleston. Summer contempla les maisons, les jolis jardins, les premiers signes de l'automne dans les arbres. Un jour, elle aurait aussi son chez-elle.

La maison était une modeste demeure en brique dans une rue ombragée. Atticus Eccleston leur ouvrit tout de suite. Son visage s'éclaira quand il les vit, et Summer comprit, le cœur serré, qu'elle allait devoir le décevoir.

— Bonjour, mademoiselle Davies. Vous avez des nouvelles ? Vous avez trouvé le meurtrier de ma fille ? demanda-t-il en s'effaçant pour les faire entrer.

Nolan eut droit à un regard perplexe avant qu'Atticus ne repose ses yeux pensifs sur elle. Summer s'efforça de sourire au vieil homme et secoua la tête.

— Pas encore. Mais nous avons rassemblé beaucoup d'informations, donc restons positifs.

Elle désigna Nolan.

— C'est un ami qui m'aide à travailler sur l'affaire.

Les deux hommes se serrèrent la main, puis ils suivirent Atticus dans un salon qui n'avait visiblement pas vu d'aspirateur ou de chiffon à poussière depuis des mois.

— Alors qu'est-ce qui vous amène si vous ne savez pas qui a tué ma Patrice ?

Leur hôte déplaça des piles de magazines et de linge avant de les faire asseoir sur le canapé.

— Nous voulions vous poser d'autres questions et vous mettre au courant de nos progrès. Nous avons pensé que vous pourriez faire la lumière sur certains détails.

Summer s'installa au bord du canapé et sortit son cahier. Nolan s'assit à ses côtés et étudia la pièce et Atticus avec une fausse décontraction.

— Posez toujours, dit Atticus en écartant les mains.

Summer lui décrivit leur entretien avec les colocataires de Patrice la veille.

— Oui, ce sont de gentilles filles. Je suis content qu'elles vous aient aidés.

— Amanda a mentionné le fait que Patrice avait, sur votre

insistance, candidaté pour plusieurs emplois. Savez-vous où ont eu lieu ces entretiens et ce qu'il en est ressorti ?

— Ils se sont bien passés, autant que je sache. Même si elle n'a pas été engagée. Mais je ne crois pas que ça l'ait ennuyée. Maria l'avait découragée d'être serveuse, et la livraison de pizzas l'inquiétait. Trop dangereux.

Il émit un rire sans joie, tandis que ses yeux se remplissaient de larmes.

— Ironique, non ?

Summer lui adressa un regard de sympathie.

— Où s'est-elle présentée ensuite ?

Atticus remua sur sa chaise et essuya le coin de ses yeux.

— Je l'ai conduite à un entretien au garage de Main Street. S'occuper de voitures l'enthousiasmait davantage, mais ça n'a pas marché non plus. Elle n'a pas voulu en parler quand nous sommes repartis, mais elle avait l'air bouleversée. Elle était très susceptible quant au fait d'être une mécanicienne… J'ai supposé que c'était pour ça qu'ils ne l'avaient pas engagée.

Summer connaissait bien le sentiment de ne pas être prise au sérieux dans un domaine traditionnellement masculin.

— Ensuite, elle a déposé une candidature au Whisperwood General Store, continua Atticus.

— Sur Alamo Street ? questionna Nolan.

— Oui, je crois que c'est cette adresse. Mais le magasin n'avait besoin de personne à l'époque.

— A-t-elle jamais parlé d'amis du nom de Barry, Charlie ou Tyler ? demanda Summer.

Atticus se redressa.

— Non. Qui est-ce ?

— Des garçons de sa classe, dit Nolan. Elle sortait avec eux de temps en temps, selon ses colocataires.

— Ces prénoms ne vous disent rien ? insista Summer.

La respiration d'Atticus changea, et il serra les poings.

— Non. Vous pensez que l'un d'eux a fait du mal à mon bébé ?

Summer leva les mains pour calmer l'agitation du père.

— Rien ne montre qu'ils ont quelque chose à voir avec sa mort. Ses colocataires ne connaissaient pas leurs noms, et nous avons pensé qu'elle vous avait peut-être parlé d'eux…

— Non, l'interrompit M. Eccleston d'un ton catégorique. Patrice connaissait mon opinion quant aux relations amoureuses à son âge.

Summer lança un regard à Nolan, se demandant s'il réagissait de la même manière qu'elle. Cette surprotection n'avait pas sauvé Patrice des mains d'un meurtrier.

— Je sais ce que cherchent les garçons et j'avais promis à sa mère qu'il ne lui arriverait rien.

Il étouffa un sanglot.

— Jamais je ne l'aurais laissée seule avec un mécano.

Sentant l'impasse, Summer passa à autre chose.

— Saviez-vous que la police avait trouvé des boutons d'uniforme dans la tombe de Patrice ?

Atticus se frotta les yeux et soupira lourdement.

— Je suis désolé. C'est toujours… dur d'en parler.

— Je comprends, dit-elle en lui laissant le temps de se reprendre.

— Je crois me rappeler qu'ils m'ont parlé de boutons, mais… je ne voyais aucun lien avec Patrice et je…

Le bruit de la porte interrompit Atticus.

— Papa ?

La porte claqua.

— À qui est cette jeep…

Ian apparut sur le seuil du salon et s'immobilisa en voyant Summer et Nolan. Il plissa les yeux.

— Que se passe-t-il ? Qui est ce type ? dit-il en désignant Nolan du pouce.

Nolan se leva et lui tendit la main en se présentant. Ian la prit avec méfiance.

— J'aide Summer à chercher celui qui a tué Patrice. Vous êtes Ian ?

— Oui. Qu'est-ce que ça peut vous faire ? répondit Ian d'un ton rogue.

Puis, à son père :

— Bon sang, papa ! Nous avons déjà parlé aux flics et nous leur avons raconté tout ce que nous savions. Qu'est-ce qu'ils veulent encore ?

Il tourna la tête vers Summer.

— Arrêtez de cuisiner mon père et tirez-vous d'ici. Vous n'allez pas retrouver le meurtrier de ma sœur en harcelant mon père !

La posture de Nolan devint défensive, muscles tendus et épaules rejetées en arrière. Summer bondit et posa une main sur son poignet pour lui demander de ne pas intervenir.

— Nous ne le harcelons pas. Et je suis désolée que nos questions le bouleversent, mais nous devons avoir une image aussi complète que possible de la vie de votre sœur. Si vous n'êtes pas complètement francs à ce sujet, nous ne pourrons pas y arriver.

Ian réagit comme si on l'avait frappé.

— Pardon ? De quoi vous nous accusez ? Vous espérez nous coller ça sur le dos ?

— Personne n'a dit ou même insinué que vous…

— Un peu que vous l'avez insinué ! Je sais comment fonctionne votre engeance ! « Cherchez du côté de la famille. La famille cache quelque chose », cracha Ian d'un ton moqueur. « Épinglez leurs incohérences et traînez-les dans la boue » !

— Ce n'est pas…

Ian fit un pas vers Summer et lui hurla en pleine figure :

— Vous êtes pathétique ! Nous n'avons rien fait de mal !

Sa haine fit frissonner Summer, mais elle ne recula pas.

Nolan la contourna et se planta devant Ian.

— Du calme, mon vieux. Vous reculez et vous vous calmez, d'accord ?

— Ian ! cria M. Eccleston tandis que Summer chuchotait un « non » discret à Nolan.

— Sortez d'ici ! hurla Ian. Soit vous trouvez le meurtrier, soit vous remboursez mon père. Mais, si je vous revois ici, j'appelle les flics !

Atticus bondit sur ses pieds.

— Ian Harold Eccleston, tu dépasses les bornes ! Tais-toi ou bien quitte ma maison !

Ian cilla, stupéfait du ton de son père. Atticus tremblait comme une feuille, et son visage était écarlate. Mais son expression se fissura, et ce fut d'une voix fêlée qu'il dit :

— Je ne permettrai pas que tu manques de respect à des gens qui essaient d'arrêter l'assassin de Pattie.

Ian jeta un regard si glacial à son père que Summer en frissonna de tout son être. Elle se reprit néanmoins, peu désireuse de laisser paraître autre chose que la force, la compétence et la conviction. Se redressant de toute sa hauteur, elle dit fermement :

— Messieurs, s'il vous plaît ! Je comprends qu'il s'agit d'une période éprouvante pour vous, mais Patrice ne mérite pas ces chamailleries.

S'adressant à Ian, elle ajouta :

— Notre intention n'est pas de harceler votre père, et je suis désolée de lui causer du chagrin, mais nous avons besoin de la moindre miette d'information. On ne sait jamais où pourrait nous conduire un minuscule indice.

L'expression hostile de Ian ne changea pas. Summer le considéra avec attention. Elle savait que tout le monde avait sa manière de gérer le chagrin, mais cette colère était-elle le signe d'autre chose ? Avait-elle trop promptement écarté les proches de Patrice de la liste des suspects ?

Inspirant profondément pour se donner une contenance, elle reprit ses questions.

— Patrice avait-elle une amie nommée Melody ?

— Non, grogna Ian.

— Pas que je sache, dit son père.

— Ce prénom a-t-il une signification pour vous ?

— Non.

L'attitude de Ian restait revêche.

— Mademoiselle Davies, dit Atticus, si ça ne vous ennuie

pas, je ne me sens pas bien et je voudrais me reposer. J'ai votre numéro, je vous appellerai si quelque chose me revient.

À côté d'elle, elle sentit Nolan remuer.

— Bien sûr.

Elle prit son sac sur le canapé.

— Merci. Inutile de nous raccompagner.

Nolan lui emboîta le pas. Elle pouvait presque l'entendre grincer des dents. Ian les suivit jusqu'à la porte. Elle sentit son regard lui picoter la nuque quand ils traversèrent le jardin pour reprendre la jeep.

— Waouh, dit-elle dès qu'ils eurent refermé leurs portières. Il a besoin d'une thérapie. Quel caractère !

Nolan grogna son assentiment en démarrant. Puis, pensivement, il ajouta :

— Je crois que je vais me renseigner sur Ian et voir s'il n'y a pas des trucs qui dépassent.

Il la regarda comme s'il s'attendait à une dispute. Mais elle leva une main, paume en l'air.

— Sans doute une bonne idée.

— Où va-t-on ? demanda Nolan. Au bureau ?

— Tout juste. Mais, en chemin, arrêtons-nous au cabinet de Jane Oliver. Peut-être ses collègues savent-ils où elle se trouve ?

— Compris.

— Ensuite, après le déjeuner, nous irons parler aux camarades de Patrice. Ça m'ennuie que son père et ses colocataires en sachent si peu, d'autant que Patrice semblait passer pas mal de temps avec eux. Si son père était aussi surprotecteur qu'il en a l'air, je ne serais pas surprise que Patrice se soit un peu rebellée.

Elle regarda défiler les maisons tandis qu'il quittait le quartier.

— Peut-être couchait-elle même avec l'un d'eux ? Se droguait ? Mentait sur son âge ? Que pouvait-elle faire d'autre dans le dos de son père ?

Un carillon s'éleva, et Nolan s'arrêta au bord de la route pour répondre au téléphone.

— Hé, Stu. Quoi de neuf ?

Summer sentit son estomac se nouer.

— Ah, vraiment ? dit-il en se passant une main sur le visage. Et on peut le prouver ? Ce n'est pas une simple allégation ?

Il écouta un instant.

— Est-ce qu'elles vont témoigner ?

Summer détourna la tête, essayant de ne pas avoir l'air d'écouter, alors qu'elle tendait l'oreille.

— Donc tu penses qu'elle a changé d'avis et que, quand il a découvert la vidéo, elle a dû inventer une nouvelle histoire pour justifier ses actes ?

Summer jeta un regard de curiosité à Nolan. Il leva un doigt pour la faire patienter.

— Quand est prévue ta réunion avec eux ?

Nolan écouta, les yeux fermés.

— Pourquoi pas ? Continue. Bien sûr que c'est pertinent ! Ça pourrait tout expliquer… Bien sûr. Merci de ton appel.

Il raccrocha et fixa le pare-brise plusieurs secondes.

— Stu dit que Charlotte avait l'intention de divorcer du sénateur il y a quelques années parce qu'il l'avait trompée. Il a découvert des amies de Charlotte qui sont prêtes à témoigner que, lors d'un week-end entre filles à Cape Cod, elle a déclaré qu'elle voulait se venger en ayant une liaison de son côté. Elle est allée jusqu'à planifier comment elle lui exposerait son infidélité.

— Elle a parlé de son plan à ses amies ? Ça me semble bien imprudent. Surtout pour un agent du FBI.

Summer agita la main et ajouta :

— Je veux dire que c'est génial pour toi qu'elle l'ait fait !

— Je suis sûr que l'alcool y a joué un rôle mais, oui, c'était imprudent de sa part, quelle que soit la confiance qu'elle plaçait dans ses amies.

— Des « amies », dit Summer en dessinant les guillemets en l'air, qui sont maintenant prêtes à trahir sa confiance. Une fois encore, c'est tant mieux pour toi, mais c'est bizarre que ces femmes se retournent contre elle.

Nolan se contenta de grogner en redémarrant.

— Qu'ont dit d'autre ces amies ?

— Que son plan était de prendre des photos d'elle avec un homme plus jeune pour rendre le sénateur jaloux.

Summer émit un bruit désapprobateur.

— Mais, apparemment, son avocat lui a rappelé que, en vertu du contrat de mariage qu'elle avait signé, si on lui découvrait une liaison, elle n'obtiendrait rien lors du divorce. Le sénateur dispose d'une grande fortune, et sa famille voulait s'assurer que cet argent serait protégé. Charlotte a donc changé d'avis et, au lieu de se venger, s'est contentée de sourire et de supporter les batifolages de son mari.

— Et pourquoi t'accuse-t-elle alors ?

— Ses amies prétendent que le sénateur a découvert les photos de nous sur son ordinateur. Charlotte a dû inventer une explication pour qu'il ne la prive pas de tout l'argent. Je suis donc devenu le bouc émissaire.

Summer poussa un juron très peu féminin, puis déclara :

— Et maintenant, que va-t-il se passer ? Tu disais que ces amies étaient prêtes à témoigner ?

— Oui. Stu travaille à recueillir leurs déclarations avant qu'elles changent d'avis. Il parle aussi d'entamer des poursuites. Mais, vraiment, tout ce que je veux, c'est m'innocenter et reprendre mon boulot.

Summer n'était pas certaine d'être aussi indulgente.

— Mais cette information va faire beaucoup dans ce sens, non ? Je veux dire, si on parvient à convaincre les amies de dire que tu as été piégé, le FBI ne va-t-il pas tout simplement laisser tomber ?

— J'aimerais que ce soit aussi simple. Souviens-toi que le mari est sénateur. Il a du pouvoir et de l'entregent. Stu m'a dit que, quand il a approché ma hiérarchie avec cette information, ils ont refusé de lui parler. Les membres du Bureau ne font confiance qu'aux faits qu'ils découvrent par eux-mêmes. Ils ont promis de parler aux femmes, mais… qui sait ce qu'elles diront quand Charlotte, le sénateur et sa bande d'avocats seront dans la pièce ?

Summer grogna et posa la tête contre l'appui-tête.

— Génial !

Nolan s'engagea dans le trafic, et ils prirent le chemin du cabinet d'infirmières.

Comme prévu, la réceptionniste de Whisperwood Home Health leur confirma que personne n'avait vu Jane Oliver depuis la mort de Horace Corgan.

— Avez-vous une idée de l'endroit où elle a pu aller ? A-t-elle de la famille dans la région ? demanda Summer.

La secrétaire secoua la tête.

— Non, personne. Elle a un ex-mari, mais elle ne le verrait pour rien au monde.

— Pas d'autre famille ? Des parents, des frères et sœurs, des enfants ? insista Summer, frustrée.

— Désolée, non.

La réceptionniste fit signe à une infirmière qui passait.

— Genny, viens ici s'il te plaît. Ces personnes cherchent Jane Oliver. Tu as une idée de l'endroit où elle se trouve ?

Vêtue d'une blouse bleu clair, la dénommée Genevieve les regarda d'un œil méfiant.

— Comme je l'ai dit aux policiers, je ne sais pas où elle est.

— Vous n'avez pas eu de nouvelles d'elle ? demanda Nolan.

— Non.

Genny fit passer la pile de dossiers qu'elle portait d'un bras à l'autre. Son expression parut nerveuse à Summer.

— Parlait-elle d'un lieu de vacances qu'elle aimait ? D'un endroit où elle allait se détendre ? interrogea Nolan.

Genny lâcha un ricanement narquois.

— Qui a le temps de prendre des vacances ? Nous sommes en sous-effectif, et c'est encore pire depuis que Jane est partie. Cela fait quatre jours que je n'ai pas vu mes enfants.

Une idée traversa l'esprit de Summer.

— L'une de vous sait si Jane était une amie de Patrice Eccleston ?

Nolan lui jeta un regard surpris, et les deux femmes échangèrent un regard vide.

— Je ne crois pas, dit la réceptionniste. Ce n'est pas l'étudiante dont on a retrouvé le corps sur le parking de Lone Star Pharma ?

Genny était stupéfaite.

— Vous pensez que Jane a quelque chose à voir avec le meurtre de cette fille ? C'est dingue !

— Je n'ai pas dit ça, tempéra Summer.

La réceptionniste plissa les yeux.

— Vous croyez qu'il y a un lien entre le meurtre de cette fille et la disparition de Jane ?

Summer glissa un regard à Nolan, qui observait les deux femmes avec attention.

— Non. Mais j'essaie de trouver qui a tué Patrice, et je ne peux pas écarter le fait que Jane a aussi disparu. S'il y a un lien, cela pourrait nous aider à découvrir non seulement le meurtrier de Patrice mais aussi ce qui est arrivé à Jane.

— Je ne l'ai jamais entendu prononcer le nom de Patrice. Elle disait qu'elle connaissait la sœur de Thompson, qui a été assassinée, parce qu'elles étaient voisines dans leur enfance.

Summer prit note du lien Oliver-Thompson, même si elle ne voyait pas d'utilité immédiate concernant Patrice. Un sentiment de défaite pesait sur sa poitrine, et elle jeta un regard frustré à Nolan avant de demander :

— Pouvez-vous nous dire quoi que ce soit sur Jane ou sur Corgan qui puisse nous aider à comprendre ce qui lui est arrivé ?

L'agitation de Genny revint, et son visage se plissa d'inquiétude et de réticence.

— Écoutez… Jane est mon amie. Je ne veux pas lui attirer des ennuis. Mais, avant de disparaître, elle se vantait qu'elle allait toucher le « pactole ». Elle ne disait pas comment ni où, mais elle comptait là-dessus pour rembourser ses crédits et verser un acompte pour une nouvelle voiture.

Voiture. Le mot suscita une nouvelle idée chez Summer.

— Vous avez des raisons de croire qu'elle était impliquée dans le trafic d'opiacés dans la région ? Nous avons entendu dire que le propriétaire de Kain's Auto Shop serait le dealer local et qu'il se sert d'infirmières pour les livrer.

Genny se raidit.

— J'ai entendu cette rumeur, et elle ne me plaît pas. Les infirmières sont des soignantes. Aucune infirmière que je connais ne fournirait de médicaments à un drogué.

— Pas même pour un « pactole » ? demanda Nolan.

La réceptionniste en resta bouche bée, et Genny lança un regard noir à Nolan et à Summer.

— J'en ai trop dit. Je ne peux pas croire que Jane trempe dans quoi que ce soit d'illégal et je ne sais pas où elle est. Donc… Le travail m'attend.

Les lèvres pincées, elle s'éloigna. Summer la regarda partir, se demandant ce qu'ils devaient faire de cette information. Mais la réceptionniste interrompit ses pensées en marmonnant :

— Elle n'y croit pas venant de Jane, mais moi si.

9

Surprise, Summer fit face à la réceptionniste.

— Vous croyez que Jane aurait accepté de l'argent pour ça ?

La femme croisa les bras.

— Jane m'a toujours frappée comme étant du genre à céder à la facilité. Qui plus est, je pense qu'il y a du vrai dans les rumeurs sur les infirmières qui prennent part au trafic de drogue. Je connais quelques personnes qui ont soudain pu s'acheter de jolis objets ou voyager en Europe. Des choses que leurs salaires ne leur auraient jamais permises avant.

Nolan fourra les mains dans ses poches.

— Et le lien avec Kain's Auto Shop ? Vous savez quelque chose à ce sujet ?

— Rien que je puisse prouver. Mais ou bien Tom Kain trempe dans un trafic de drogue ou bien quelqu'un est vraiment doué pour le faire croire. Ma façon de voir, c'est que, si ça ressemble à un chat et que ça miaule comme un chat, ce n'est pas un canard. C'est tout ce que je dis.

Le téléphone sonna sur le comptoir, et elle prit l'appel. Se disant qu'ils avaient tiré tout ce qu'ils pouvaient d'elle, Summer désigna la sortie d'un mouvement de tête à Nolan.

Il la suivit sur le parking, où il lui ouvrit la portière passager. Ce geste galant réchauffa Summer jusqu'au fond de son âme. Elle n'était pas surprise que Nolan soit devenu attentionné à l'âge adulte. Enfant déjà, il avait bon cœur. Mais être témoin de ces changements – au-delà de l'évidente transformation physique de l'homme – était délicieux. Elle avait un peu l'impression d'ouvrir des cadeaux de Noël. Chacune des heures qu'ils passaient ensemble, chacune de leurs conversations lui en révélait plus sur l'homme qu'il était devenu. Elle avait été témoin de son esprit aiguisé, de son instinct protecteur, de sa gentillesse. Que la noblesse de son caractère soit remise en cause par les accusations de sa collègue la mettait en fureur.

Après s'être assis au volant, Nolan consulta l'emploi du temps de l'institut technique.

— Si nous nous dépêchons, nous pouvons manger un morceau et arriver à temps pour l'interclasse à l'école.

Summer boucla sa ceinture de sécurité.

— Tu lis dans mes pensées.

— On va au Bluebell ?

Elle mima une expression de choc.

— C'est effrayant ! Tu as mis mon cerveau sur écoute ?

Il se mit à rire.

— Non, je me souviens juste que tu adorais leur poulet frit.

Elle retint son souffle et lui saisit le bras.

— Et leur gratin de pâtes au fromage. Oh mon Dieu ! C'est le meilleur de tous ! Malheureusement, je ne peux pas manger comme quand j'étais enfant et rentrer encore dans mon jean. Je dois réserver ça à des occasions spéciales.

Nolan pencha la tête pour considérer le ciel à travers le pare-brise.

— Aujourd'hui me paraît un jour plutôt spécial.

Il lui jeta un regard espiègle.

— J'y vais si tu y vas.

Summer partit d'un grand éclat de rire.

— Oh ! Nolan ! Combien de fois m'as-tu dit ça quand nous étions petits ?

— La corde pour se balancer à l'étang. Le ragoût d'okras chez ta grand-mère…

— Les pétards derrière la grange !

Il grogna à ce souvenir.

— Les animaux étaient terrifiés, et nous avons eu de sacrés ennuis. Mais c'était l'idée de Donovan.

— Tu m'as toujours fait faire des bêtises avec ce « j'y vais si tu y vas ».

Il lui adressa un sourire penaud.

— Alors, partante ?

— Partante !

La nostalgie l'enveloppa, aussi douce qu'une couverture. Les souvenirs d'enfance les plus chers de Summer avaient plus à voir avec la présence de Nolan qu'avec ce qu'ils avaient fait. L'avoir à nouveau à ses côtés transformait cette journée en un jour spécial. Elle aurait aimé l'embouteiller pour toujours.

Nolan était-il son âme sœur ? L'idée l'ébranla et pourtant… Mais il ne voulait pas d'elle dans ce sens. Il avait insisté pour que leur relation reste platonique. Pour protéger leur amitié ? Sans doute.

Au restaurant, Summer savoura jusqu'à la dernière miette de poulet, de macaroni au fromage et de petits pains maison. Elle finit même par une charlotte au chocolat, se jurant, quand ils reprirent la jeep, de faire dix minutes de plus de sport le lendemain matin.

— Comme si ça suffisait, marmonna-t-elle.

Nolan s'abstint sagement de commenter.

— D'accord, dix minutes supplémentaires pendant une semaine… Un mois, ajouta-t-elle.

Une fossette se creusa sur la joue de Nolan. Sur quoi, elle soupira.

— Oh ! au diable les regrets. On ne vit qu'une fois, pas vrai ?

Il attacha sa ceinture et hocha la tête.

— Absolument. Ne gâche pas le plaisir que t'a donné ce repas avec des regrets, Têtard.

— Tu as raison, bien sûr. Prends vers le sud sur Main Street, ajouta-t-elle en regardant son téléphone.

Quand Nolan fut sur la grand-route, il lui jeta un bref regard.

— J'ai réfléchi à ce que nous avons appris ce matin. Cette

histoire de Jane Oliver mettant la main sur un paquet de fric. Il faudrait qu'on s'assure que Forrest et Thompson le savent.

— Tu penses que Jane a pu être payée pour tuer Horace Corgan ?

Nolan ôta une main du volant pour signifier son accord.

— Elle en a eu l'opportunité, et la promesse d'un gros versement indique un mobile. Ce n'est pas une preuve…

— Mais ça miaule comme un chat, finit-elle.

Il tapota le bout de son nez.

— Si elle a tué Corgan, tu penses qu'elle a pu aussi tuer Patrice ? Une infirmière qui arrondit ses fins de mois avec des meurtres ? Une étrangleuse, en l'occurrence ?

— Intéressante théorie. Mais ça correspond au rapport d'autopsie ?

Elle feuilleta son cahier, où elle avait noté ses remarques.

— Le meurtrier avait des mains modérément larges au vu des lésions sur le cou de Patrice. On ne peut pas écarter qu'il s'agisse d'une femme avec de grandes mains, mais c'est plus probablement un homme.

— La strangulation manuelle demande de la force. Ce n'est pas impossible pour une femme mais, comme tu dis, c'est plus probablement un homme.

Voyant qu'il se concentrait sur sa conduite, Summer contempla le profil de Nolan. Son visage n'avait pas changé au point qu'elle ne puisse plus distinguer le garçon d'autrefois. Mais elle voulait mémoriser ses traits pour le jour où il s'en irait. Quand il réussirait à s'innocenter, il quitterait Whisperwood et rentrerait à Chicago.

— Promets-moi quelque chose.

Il la regarda avec un demi-sourire.

— Quoi donc, Têtard ?

— Que tu ne sortiras pas de ma vie quand tu retourneras à Chicago.

Il devait avoir entendu une note de tristesse dans sa voix, car son sourire s'évanouit.

— Bien sûr que non. Je te l'ai déjà promis. Tu m'as manqué,

Summer. Plus que tu ne t'imagines. Te revoir est la seule bonne chose qui soit sortie de ce bazar.

Elle lui pressa l'épaule.

— Peu importe comment cette affaire tourne, je suis certaine que tu retomberas sur tes pieds. Tout ira bien, et tu accompliras encore de grandes choses.

— Puisse la Providence t'entendre.

Il actionna son clignotant et tourna dans l'allée de l'institut technique.

— Je suis sérieuse, Nolan. Tu vas rebondir, c'est sûr. Le Crapaud que je connais est déterminé, astucieux et d'une bonté à toute épreuve.

Il lui adressa un bref sourire.

— Merci, dit-il d'une voix fêlée. Tu veux me nouer la gorge avant que je joue les méchants flics ?

— Tu es le méchant flic ? lança-t-elle en riant.

Ils sortirent de la jeep.

— Il le faut bien. Personne ne te prendrait au sérieux dans ce rôle.

— Oh ! que c'est gentil.

Elle le heurta de la hanche, puis survola du regard les grappes d'étudiants qui se déversaient dans le hall. Quand ils arrivèrent à la salle où l'on donnait les cours de mécanique, elle choisit un étudiant au hasard et l'arrêta.

— Bonjour. Nous cherchons des garçons nommés Barry, Charlie et Tyler. Vous pourriez nous les montrer ?

L'étudiant dégingandé leva les yeux de son téléphone.

— Euh…

Il survola le hall bondé.

— Là-bas, avec le sweat bleu, c'est Barry. Le type petit à qui il parle est Charlie. Tyler a beaucoup manqué les cours dernièrement. Je ne pense pas qu'il soit là aujourd'hui. Barry sait peut-être où il est, parce qu'ils sont très copains.

— Merci. Vous connaîtriez leurs noms de famille, par hasard ?

— Barry Grainger. Le nom de Charlie est…

Il secoua la tête.

— … un nom de Louisiane, dur à prononcer. Le prof l'écorche toujours.

Ils le remercièrent à nouveau et s'engagèrent dans le couloir pour rattraper Barry et Charlie. Quand ils furent assez près, Summer tapa sur l'épaule de Charlie.

— Excusez-moi. Vous vous appelez Charlie ?

Le garçon tourna la tête, puis s'arrêta et détailla lentement Summer. Il arqua un sourcil brun.

— Qui veut le savoir ?

Barry, qui était plus grand, avec une carrure impressionnante et des cheveux blonds décolorés, s'arrêta en s'apercevant que son ami n'était plus à ses côtés. L'air déconcerté, il contourna une troupe d'étudiants pour les rejoindre. Nolan et Summer se présentèrent et expliquèrent qu'ils avaient besoin d'informations pour une enquête.

— C'est à propos de Patrice, dit Barry d'un ton plus affirmatif qu'interrogatif.

— Oui. Vous avez une minute ? Nous vous paierons à boire.

Summer désigna un petit stand qui offrait du café, des sodas et des sandwichs. Barry et Charlie échangèrent un regard puis haussèrent les épaules.

— C'est pas le genre de truc que je bois, mais d'accord, dit Barry. Pourquoi pas ?

Après que Nolan leur eut acheté à chacun un café, ils s'assirent sur des canapés en vinyle. Summer ouvrit son cahier et nota le nom de Barry.

— Donc vous vous appelez Barry Grainger, c'est ça ? Je suis désolée, je n'ai pas saisi votre nom de famille, Charlie.

— Je ne vous l'ai pas donné. C'est Melançon.

Il le prononça avec un épais accent cajun.

Quand Summer le lui demanda, il l'épela à contrecœur.

— Nous ne savons rien sur la mort de Patrice, ajouta-t-il, ignorant le café que Nolan avait posé devant lui.

Il se frottait les mains sur les jambes de son jean taché d'huile de moteur.

— Vous pourriez être surpris, dit Summer. Parfois de petites choses que l'on croit insignifiantes représentent une pièce décisive dans le puzzle d'ensemble.

— Que voulez-vous savoir ? demanda Barry en jetant un regard méfiant à Nolan.

— Vous connaissiez bien Patrice ? demanda ce dernier.

— Un peu. Pas vraiment.

Barry jeta un coup d'œil désapprobateur à son ami.

— Les colocataires de Patrice nous ont dit que vous deux et Tyler alliez souvent boire un verre ou dîner avec Patrice.

Charlie remua sur le canapé et lança un regard noir à Summer.

— Oui. Et alors ?

— Écoutez, Charlie, je ne suis pas ici pour vous accuser de quoi que ce soit. J'ai juste besoin de connaître les derniers jours de Patrice. Qui fréquentait-elle, que faisait-elle, où est-elle allée…

Penché en avant, Barry déclara :

— Le truc, c'est qu'on sortait seulement pour lâcher la pression. On parlait des cours et des profs, on regardait des matchs et on s'amusait. On n'a jamais eu de conversation sérieuse avec elle, vous voyez ?

— L'un de vous a-t-il eu une relation amoureuse avec elle ?

Charlie s'esclaffa.

— C'est une façon polie de demander si on se l'était faite ?

À côté d'elle, Nolan se hérissa.

— Un peu de respect. Ce n'est pas une façon de parler d'une amie. Vous aimeriez qu'on parle ainsi de votre sœur ou de votre mère ?

Summer s'éclaircit la gorge et lui jeta un regard. Il lui répondit par un bref hochement de tête. Message reçu.

— OK…

Summer leva la main d'un geste conciliant.

— L'un de vous a-t-il couché avec elle ?

— Non, lança Charlie avant de prendre enfin son café.

— Moi non plus. Mais Tyler avait essayé. Il l'avait draguée plein de fois, mais elle lui a battu froid.

Summer prit note de cela et demanda :

— Comment a-t-il réagi ?

Barry et Charlie se consultèrent du regard comme s'ils sentaient un piège. Enfin, Barry dit :

— Il était plutôt déprimé.

— Assez déprimé pour lui faire du mal ? demanda Nolan.

— Mon œil ! dit sombrement Charlie.

Voyant leurs regards curieux, il ajouta :

— Impossible.

— Tyler ne l'a pas tuée, dit platement Barry.

— Qu'est-ce qui vous fait croire ça ? repartit Nolan.

— Parce qu'il ne l'a pas fait !

En colère, Charlie avait repris son accent cajun.

— Tyler l'est beaucoup d'choses, mais c'pas un meurtrier.

— En plus, il l'aimait vraiment. Impossible qu'il lui ait fait du mal, ajouta Barry. Il a peut-être été agacé par sa rebuffade, mais il ne l'a pas tuée.

Summer avait envie de dire qu'un grand nombre d'hommes prétendaient aimer la femme qu'ils violentaient, mais elle se mordit la langue. Inutile de biaiser l'entretien en introduisant des commentaires personnels.

— Ouais, dit Charlie en hochant la tête. Quand elle a disparu, z'était à moitié fou. Manqué les cours, fait rougarouin, buvé. Et quand l'ont trouvée…

Il secoua la tête d'un air sombre.

— … c'était pire.

Summer connaissait assez de Français pour comprendre « moitié fou », mais elle dut demander :

— Que veut dire rouga… ?

Charlie fronça les sourcils avec impatience.

— Rougarouin, ça veut dire… faire des problèmes.

Barry esquissa un sourire de guingois.

— Vous devriez l'entendre quand il a bu. On ne comprend pas la moitié de ce qu'il dit.

Charlie décocha un coup de poing pour rire dans l'épaule de son ami.

Tandis qu'ils se taquinaient, Summer médita l'idée que Tyler avait été bouleversé par le refus de Patrice et avait changé de comportement après sa disparition. Les problèmes qu'il avait provoqués n'étaient-ils qu'une manifestation de son chagrin ou y avait-il autre chose ?

Nolan s'éclaircit la voix et, comme s'il avait lu ses pensées, demanda :

— Quel genre de problèmes a-t-il causé ?

Ramenés au sujet en cours, les camarades de Patrice reprirent leur sérieux. Nolan les considéra tout à tour, les sourcils froncés. Barry et Charlie échangèrent un regard, prenant conscience que leurs remarques avaient jeté la suspicion sur Tyler.

— S'il vous plaît, dit Summer. Vos noms ne seront jamais mentionnés. Patrice était votre amie. Vous ne voulez pas qu'on trouve son meurtrier ?

— Tyler est aussi notre ami. Je ne vous aiderai pas à le pendre pour quelque chose qu'il n'a pas fait, dit Barry en posant son café et en s'adossant au canapé.

— S'il est innocent, les indices le prouveront.

Summer toucha le genou de Barry, essayant d'établir un contact physique pour combattre la distance émotionnelle qu'il avait mise entre eux.

— Nous ne voulons pas plus que vous que la mauvaise personne soit accusée du meurtre de Patrice. Nous voulons la vérité et la justice. Mais nous avons besoin des faits.

Charlie poussa un profond soupir.

— Y se battait, y déblatérait… L'a échoué au dernier semestre pasqu'y s'est pas donné la peine de venir aux exams.

— Et vous avez parlé avec lui de ce qui se passait dans sa tête ? Des raisons pour lesquelles il se comportait ainsi ?

— C'est plutôt évident, grommela Barry.

— Dites-le-nous quand même, intervint Nolan. Les suppositions ne nous servent à rien.

Tous deux restèrent silencieux une minute, puis Barry dit :

— Écoutez. Je vais vous le dire mais vous devez promettre de ne pas en faire une montagne.

Summer sentit son pouls accélérer. Ce genre de préambule indiquait qu'ils arrivaient enfin à la vérité. Charlie tourna vivement la tête et lança un regard d'avertissement à son ami.

— Continuez, dit Summer en lui adressant un regard compatissant et en s'abstenant de faire une promesse.

Barry fit un geste d'apaisement envers Charlie avant de commencer.

— Le dernier soir où on a vu Patrice, Tyler lui a fait des avances. On était allé au Bailey's après les cours pour boire et faire un billard.

Summer prit note avec l'intention de parler aux employés du bar puis leva les yeux pour qu'il continue.

— Tyler nous a dit qu'il l'avait embrassée, qu'elle s'était mise en rogne et qu'elle était partie.

— Elle a quitté le bar ? demanda Summer pour clarifier ce point. Seule ?

Cela correspondrait à ce que disait le rapport de police.

— Normalement, quand on sortait après les cours, l'un de nous ramenait Patrice chez elle, pour être sûr qu'elle rentrait sans problème.

En parlant, Barry caressait le flanc de sa tasse.

— Vous voyez, pour qu'elle soit en sécurité.

— C'était gentil de votre part, dit-elle avec un sourire encourageant.

— Mais, ce soir-là, vous ne l'avez pas fait ? demanda Nolan.

— Non. Elle est partie toute seule, dit Barry. Elle a pris un Uber ou un truc comme ça. Tyler nous a dit qu'elle était furieuse contre lui. Elle n'était pas en cours le lendemain, ni le surlendemain. On l'a déclarée officiellement disparue à la fin de la semaine, puis son corps a été retrouvé et…

Il se frotta le visage à deux mains.

— Et puis, Tyler s'est reproché ce qui lui était arrivé. S'il ne l'avait pas embrassée… peut-être qu'elle n'aurait pas disparu.

— L'un de vous l'a-t-il effectivement vue quitter le bar ? Physiquement franchir la porte ? insista Nolan.

Les deux amis de Patrice froncèrent les sourcils. Ils se regardèrent, hésitants.

— Je..., commença Charlie, avant de secouer la tête. Je ne me souviens pas.

Barry haussa les épaules.

— Pareil pour moi. Je peux pas dire pour sûr.

Puis comprenant la raison de cette question, il ajouta :

— Mais Tyler est resté avec nous toute la soirée. Je l'ai ramené chez lui en voiture, parce qu'il était en miettes après ça. Il était amoureux d'elle, et il n'arrêtait pas de dire qu'elle finirait par changer d'avis. C'est tout ce que je sais.

— À quelle heure Patrice a quitté le bar ? L'avez-vous notée ?

Barry tordit le visage et se gratta la joue.

— Eh bien, on est sortis de cours à 4 heures et demie, on a mangé un hamburger sur le chemin du Bailey parce qu'ils ont rien de bon à manger...

Il hésita, calculant apparemment.

— Je dirais qu'on est restés deux heures à boire.

— Le match De Astros avait déjà commencé. On le voyait à la TV. Je regardais plus ça que la porte, ajouta Charlie. Je dirais quelque part après 8 heures. J'm'souviens que j'ai pensé que c'était bizarre qu'elle se barre avant que la soirée commence vraiment.

Summer nota les heures et les détails concernant le match.

— Mon vieux, vous voulez trouver son meurtrier ? dit Charlie en plantant ses yeux dans ceux de Nolan. Allez parler à son vieux. Il était d'une sévérité dingue avec elle. C'est à cause de lui qu'elle a pris un appart. Elle détestait ses règles.

Nolan se redressa.

— Vous a-t-elle dit quelque chose qui vous a fait penser que son père était violent ? Vous avez vu des bleus sur elle ?

— Nan, mais... Y'a une première fois à tout, pas vrai ? répondit Charlie. J'dis juste que son père a pu la zigouiller aussi bien que Tyler. P'têt qu'il a découvert qu'elle allait boire des coups avec nous après les cours. L'est devenu fou.

Il haussa les épaules.

— C'tout c'que j'dis.

Summer mâchonna le bout de son stylo.

— D'accord. Quelqu'un d'autre qui aurait pu lui causer des ennuis ? Qui la harcelait sur les réseaux sociaux ? Qui la draguait au bar ? Avec qui elle serait sortie en douce ?

Charlie se lécha les lèvres en réfléchissant.

— Pas que je sache.

Summer regarda Barry, qui secoua la tête.

— Non.

— OK. Eh bien, merci de nous avoir donné de votre temps.

Charlie se leva. Après avoir lancé son gobelet dans une poubelle à proximité, il déclara :

— Écoutez, j'espère que vous allez trouver le salaud qui a tué Patrice. C'était une fille sympa et marrante, qui connaissait drôlement bien la mécanique. Elle ne méritait pas qu'on lui fasse ça.

Summer hocha la tête.

— Nous ferons de notre mieux.

Elle referma son cahier, tandis que les garçons faisaient mine de partir.

— Oh ! attendez ! Une dernière chose…

— Ouais ?

— Le nom de famille de Tyler ?

Tous deux se consultèrent à nouveau du regard. Charlie leva les yeux au ciel, et Barry répondit :

— Whitmore.

Summer acquiesça.

— Merci, les gars.

Fourrant les mains dans leurs poches, les deux garçons s'éloignèrent en direction du hall.

— Donc nous sommes d'accord ? On doit avoir une petite conversation avec Tyler.

— C'est certain, dit Nolan en s'effaçant pour la laisser

passer. Il est la dernière personne à l'avoir vue vivante, il faut absolument l'interroger.

Il posa une main au creux de ses reins pour la guider gentiment dans la masse des étudiants. Summer avait vu son père agir de la sorte avec sa mère. Elle avait toujours cru que c'était une manière de ne pas se perdre dans la foule. Mais la chaleur et le poids de la main de Nolan diffusaient une merveilleuse sensation, qui parlait d'affection et d'intimité.

Sa bouche s'assécha à cette idée. Son ami d'enfance était devenu un homme viril, qui exsudait le sex-appeal.

Du calme, ma fille. Même si elle avait envie de se coucher à ses pieds, il avait clairement fixé les termes de leur relation et elle s'y conformerait. Parce qu'elle comprenait ses raisons : il s'était brûlé les ailes avec Charlotte. Parce qu'elle le respectait : c'était un homme honorable, un professionnel consommé qui méritait sa coopération. Et parce qu'elle ne pouvait supporter d'abîmer une amitié qu'elle chérissait.

Même après qu'ils avaient perdu le contact, leur amitié était restée un souvenir lumineux dans sa vie. Maintenant qu'ils s'étaient retrouvés, comment aurait-elle pu faire quoi que ce soit qui les sépare ?

10

Quand ils frappèrent à la porte du ranch, Josephine vint leur ouvrir avec un grand sourire.

— Bonjour Nolan ! Et cette beauté serait-elle Summer ? Mon Dieu, ça fait une éternité !

Nolan déposa un baiser sur la tempe de Josephine. Le soleil de la fin d'après-midi accrochait des fils argent dans ses cheveux blonds et soulignait l'éclat perpétuel de ses joues rondes. Josephine recula d'un pas avec une moue d'excuse.

— Je crains que le dîner ne soit pas prêt. Nous avons commencé à cuisiner assez tard, car nous avons eu des soucis avec le troupeau. Nous mangerons dans une heure environ.

— Quelle sorte de problème ? s'enquit Nolan.

— J'ai dit des soucis, pas des problèmes. Rien dont il faille t'inquiéter, mon cher. Juste les petits tracas du quotidien. Dans l'intervalle, pourquoi n'allez-vous pas faire une promenade à cheval par ce beau temps, Summer et toi ?

Se tournant vers cette dernière, Josephine ajouta :

— Je parie que ça fait longtemps que tu n'as pas chevauché, je me trompe ?

— Non, c'est vrai. La dernière fois, c'était en vacances avec mes parents dans le Colorado. Mais j'espère que c'est comme le vélo, on s'en souvient toujours.

— Dans le cas contraire, répliqua Josephine, une étincelle dans le regard, je suis sûre que Nolan sera ravi de te montrer.

— Bien sûr, approuva Nolan. Qu'est-ce que tu en penses ? Tu veux aller faire une balade ?

— Ça pourrait être sympa… Mais n'étions-nous pas venus parler de l'affaire avec ta famille ? Nous devrions peut-être chercher d'abord Forrest et l'interroger sur ces boutons.

— Bonté divine, chérie !

Josephine la serra contre elle.

— Amuse-toi un peu ! Il sera toujours temps de parler boulot après le dîner. Nous avons prévu de faire un feu pour que les enfants des voisins fassent griller des guimauves.

— Seulement les enfants ? demanda Summer. Moi aussi, j'adore les guimauves.

Josephine se mit à rire.

— Les grands enfants sont les bienvenus ! Et maintenant, ouste ! Va chevaucher avec ton homme et amuse-toi.

Nolan ouvrit la bouche pour dire que Summer et lui ne formaient pas un couple, mais les mots lui restèrent dans la gorge. D'une part, contredire Josephine lui semblait grossier. D'autre part, cela l'amusait de s'imaginer en partenaire de Summer.

Summer haussa les épaules.

— D'accord. Le boulot peut attendre. Montre-moi le chemin.

Posant une main au creux de ses reins, Nolan l'escorta vers les écuries, où ils trouvèrent Hays et Jonah, le fils aîné de Josephine et Hays, en grande conversation.

— Toc, toc, appela Nolan en s'engageant dans le bâtiment. J'ai entendu dire qu'on pouvait louer un cheval ou deux pour une promenade avant le barbecue ?

— Nolan, mon garçon ! s'exclama Hays en lui assenant une claque sur l'épaule.

Avec un grand sourire, Jonah serra la main de Nolan.

— Hé, vieux. Quoi de neuf ?

— Entrez ! dit Hays en se tournant vers Summer. Qui est cette ravissante demoiselle ?

— Tu te souviens de Summer et de ses parents ? Qui habitaient de l'autre côté du lac ?

— La petite Têtard ?

Le rire de Jonah témoigna de sa joie.

— Oh mon Dieu ! Comment vas-tu ?

Il s'avança pour étreindre Summer. Non, il n'était *pas* mal à l'aise avec les manifestations d'affection de ses cousins, songea Nolan. Même si Jonah continuait de tenir Summer par les épaules après une embrassade plus longue que nécessaire. *Calme-toi. Jonah est fiancé à Maggie. Il n'est pas en train de la draguer.*

Il inspira profondément l'odeur de crottin, de foin et de cuir qui flottait dans l'air. Summer adressa un sourire radieux à Hays et à Jonah, et tous trois échangèrent des plaisanteries et des nouvelles.

Enfin, Hays et Jonah les aidèrent à seller Cody, le cheval de Jonah, et Ginger, la jument préférée de Josephine. Nolan et Summer s'éloignèrent en direction du trou d'eau favori de leur enfance. Le soleil de la fin d'après-midi projetait un halo doré, et une brise automnale agitait les feuilles des peupliers et des saules noirs. La paix et la beauté de ce coin, où Nolan avait tant de bons souvenirs, l'aidèrent à se détendre. Le murmure de l'eau sur les pierres du torrent emportait le stress de l'enquête interne et de la sinistre affaire sur laquelle travaillait Summer. Une grande libellule fila devant lui. Il la suivit des yeux, admirant ses ailes auréolées de lumière.

Summer raccourcit les rênes de Ginger et soupira.

— Rien n'a changé ici. Les arbres sont peut-être un peu plus grands, mais tout le reste est tel que je m'en souviens.

Passant une jambe par-dessus sa jument, elle mit pied à terre. En la voyant accrocher les rênes à une branche basse, Nolan l'imita. Il caressa le cou de Cody, et le cheval hennit de satisfaction.

Summer écarta les herbes hautes pour se frayer un passage jusqu'au torrent. Il y avait là un grand rocher plat sur lequel, enfants, ils prenaient le soleil après la baignade. Chassant une abeille qui bourdonnait devant son visage, Nolan la rejoignit en évitant les branches. Elle s'assit en tailleur pour contempler le ruisseau, les arbres et le ciel. Puis, avec un éclat de rire, elle désigna l'autre rive.

— Regarde, Nolan ! Notre cabane ratée est toujours là !

Nolan se retourna pour regarder ce qu'elle lui montrait. Effectivement, une planche gondolée de contreplaqué était calée dans le V d'un gros chêne et des tasseaux cloués au tronc pour former une échelle.

— Ça alors !

Il s'installa auprès d'elle, allongeant les jambes et s'appuyant sur ses coudes.

— Pourquoi ne l'avons-nous pas terminée ? Elle avait bien commencé pourtant.

— Autant que je me souvienne, il a commencé à pleuvoir et le torrent était tellement gros qu'on nous a interdit d'y venir. Dans l'intervalle, nous avons commencé à jouer avec la Xbox que Forrest avait eue pour son anniversaire.

— Ah oui. Ensuite il n'y a pas quelqu'un qui a eu l'idée de construire un fort dans le grenier à foin ?

— Où nous nous sommes servis de la vieille poulie pour faire une balançoire, compléta-t-elle.

— C'est vrai !

Elle se mit à rire, un son qui courut le long de ses nerfs de la plus délicieuse des façons. Son corps bourdonnait d'aise.

— C'était la bonne époque, dit-elle. Jusqu'à ce que Donovan se casse la jambe et qu'on nous interdise d'y jouer.

Nolan se gratta le visage.

— Donovan ? Je croyais que c'était Forrest. Peut-être que je confonds avec sa blessure récente.

— Quelle blessure ? Je n'en ai pas entendu parler.

Nolan lui jeta un regard de biais. Des taches d'ombre accentuaient les traits de son visage.

— Il a reçu une balle dans la jambe. Tu as dû remarquer qu'il boite. C'est l'une des raisons pour lesquelles il est revenu ici. Mais Thompson a compris que c'était un enquêteur hors pair, jambe boiteuse ou non.

— C'est pour ça qu'il a quitté Austin ? Je croyais qu'il

voulait se rapprocher de sa famille et s'engager dans les Cowboy Heroes !

Nolan arqua un sourcil.

— Pardon ? C'est quoi les Cowboy Heroes ?

— Je suis surprise que tes cousins ne t'en aient pas parlé. C'est un groupe de recherche et de sauvetage qu'ils ont rejoint quand l'ouragan Brooke s'est abattu. Des ranchers qui vont à cheval dans les zones inatteignables en voiture. Ils participent aux opérations de secours quand les ressources en hommes sont limitées. Je crois que tous les Colton en font partie. Avery m'en a parlé. Dallas travaillera avec eux à plein temps quand son congé paternité prendra fin.

— Recherche et sauvetage à cheval, dit Nolan comme pour soupeser le poids de ces mots. Intéressant.

Summer se tourna vers lui.

— Le groupe cherche à s'étendre à tout le Texas et à d'autres États. Ça m'étonne que personne ne t'en ait parlé.

Elle prit un air pensif.

— Tu serais doué pour ça. Si… les choses ne tournent pas comme tu l'espères, tu devrais leur demander de t'engager.

Il médita cette idée jusqu'à ce que Summer s'allonge à nouveau sur le rocher. Avec un soupir de satisfaction, elle posa la tête sur son épaule. Sans réfléchir, il lui prit la main et entrelaça leurs doigts. Ce ne fut que quand elle pencha la tête pour lui sourire qu'il prit conscience de l'intimité de leur posture. Dans l'intervalle qui suivit, tandis que son cerveau se mettait en mode analytique, Summer soupira de contentement.

— C'est agréable, hein ? Le silence et le calme.

Nolan repoussa son inquiétude et inspira profondément. L'odeur des feuilles mortes et de la terre humide se mêlait au parfum floral de Summer. Enivrant. Il aurait pu passer des heures seul avec elle, surtout dans un coin comme celui-ci. Il acquiesça d'un bruit de gorge et ferma les yeux pour écouter le babil du ruisseau.

— Comment te vois-tu dans dix ans ? entendit-il soudain.

Il sentit plus qu'il ne vit Summer rouler sur elle-même pour lui faire face. Il resta silencieux un moment, n'ayant pas envie de parler. Car elle voulait davantage qu'un simple « je ne sais pas ».

— Je n'y ai jamais vraiment réfléchi.

— Tu seras marié ?

— J'imagine.

— Tu auras des enfants ?

— Sans doute. Qui n'a pas d'enfants ?

Il s'interrompit et se tourna vers elle.

— Mes cousins ont l'air heureux, alors ça me pousse à réfléchir. Mais je dois d'abord trouver une femme et…

Il laissa sa phrase en suspens.

— Tu seras toujours au FBI dans dix ans ? demanda-t-elle d'un ton beaucoup plus doux.

Il ricana.

— J'imagine que ça dépend de comment tourne l'enquête du Bureau. Peut-être que je ne travaillerai plus nulle part, en dehors de la buanderie de la prison.

Son expression sardonique tentait de dédramatiser le sujet, mais cette idée lui tordait les entrailles.

Summer se redressa d'un air féroce. Le soleil éclairait ses cheveux dorés, ce qui la faisait ressembler à une lionne défendant ses petits.

— Ça n'arrivera pas. Aussi longtemps que je vivrai. Je serai ton témoin de moralité, ton alibi, quoi qu'il en coûte. Je ne les laisserai pas te mettre sur le dos des choses tellement incohérentes avec ta personnalité que…

Les rayons du soleil. Le feu dans son regard. La passion dans sa voix. Quelque chose le fit basculer. L'émotion le gagna, et il posa une main sur la nuque de Summer. Ses yeux se posèrent sur ses lèvres pleines. Il s'approcha, son nez heurta le sien et…

Il se déroba. Le souvenir des accusations de Charlotte le tira en arrière. Il émit un grognement de frustration et retomba à plat sur le rocher. Les dents serrées, il contempla le ciel à travers les branches des peupliers.

Puis le visage de Summer réapparut, les yeux brillants de perspicacité.

— Nolan ?

Il soupira et détourna les yeux.

— Je sais. J'ai failli… C'était juste une impulsion. Oublie ça, d'accord ?

— Oublier quoi ? Il ne s'est rien passé.

— C'est vrai.

Il expira, mais ses nerfs étaient toujours tendus.

— Nolan, dit-elle d'un ton plus déterminé.

Elle posa sa paume fraîche sur sa joue, l'obligeant à la regarder. Un sourire espiègle creusa sa joue, elle pencha la tête et pressa ses lèvres sur les siennes.

11

Le pouls de Summer s'affola dès que sa bouche captura celle de Nolan. Une vague de douceur se déversa en elle. Elle avait embrassé son lot d'hommes auparavant, mais aucun ne l'avait autant émue. Son sang se mit à pétiller dans ses veines. Son intention avait été de lui donner un bécot flirteur sur les lèvres. De le tenter. Une sorte de test.

Plusieurs secondes étourdissantes s'écoulèrent avant qu'elle revienne à elle et se dégage. Elle cligna des yeux, prête à le taquiner sur son manque de spontanéité. Mais les mots moururent sur sa langue devant l'expression fiévreuse de Nolan.

— Dis-le, dit-il d'un ton désespéré. Dis-moi que tu voulais que je t'embrasse aussi.

Le dire ? Son baiser ne parlait-il pas pour elle ?

— Oui, Nolan. Oui.

Avant qu'elle puisse plaisanter, il reprit possession de ses lèvres. Après cela, son esprit s'éteignit et elle se contenta de pures sensations. Ses os parurent fondre, la laissant molle et malléable entre ses bras. Les pensées cohérentes furent remplacées par un tambourinement d'extase dans ses oreilles.

Nolan caressa son corps, s'attardant sur le creux de sa taille et la courbe de sa hanche. Quand ses doigts atteignirent ses fesses, il les pressa gentiment, et de nouvelles vagues de plaisir se déversèrent en elle. Elle se serra contre lui. Elle voulait davantage que cela. Elle avait envie de le sentir dans les endroits les plus intimes. Elle avait besoin de…

Il s'arracha au baiser avec un hoquet. Elle le sentit frémir de tout son corps, tandis que ses yeux embués par le désir se plantaient dans les siens. Quand elle tenta de l'embrasser encore, il prit son visage entre ses mains pour l'arrêter.

— Pourquoi m'as-tu embrassé ? demanda-t-il, le souffle court. Je croyais que nous étions d'accord pour rester sur un mode platonique.

Summer sentit son cœur sombrer. *Quoi ?*

— J'étais… curieuse.

Elle inspira une bouffée d'air et fouilla son regard avant d'ajouter :

— J'ai suivi une impulsion.

Puis, haussant les sourcils, elle lui renvoya la question :

— Pourquoi m'as-*tu* embrassée ? Je croyais que tu voulais une relation strictement professionnelle.

Nolan souffla lentement et se détendit un peu. Les yeux brillants, comme s'il soupesait sa réponse, il dit :

— C'est vrai. Mais nous ne sommes pas au travail, là, non ? Et tu as dit oui.

— Et si j'avais dit non ? le taquina-t-elle.

Mais, voyant un nuage passer dans le regard de Nolan, elle regretta immédiatement sa plaisanterie.

— Alors je me serais abstenu. Je respecte complètement ton droit à dire non, dit-il tristement.

Espérant alléger son humeur, elle lui pinça le menton avec un sourire coquin.

— Alors c'est une bonne chose que j'aie dit oui, hein ?

Puis elle effleura son oreille d'un baiser et murmura :

— Je te défie de le refaire.

Le voyant hésiter, elle posa une main sur sa nuque et approcha son visage pour l'embrasser à pleine bouche, ne laissant aucun doute sur son consentement.

Enfin, il céda et la prit dans ses bras. Sa main posée sur

sa hanche se déplaça dans son dos et s'arrêta, comme en attente, sur l'agrafe de son soutien-gorge.

Summer interrompit leur baiser assez longtemps pour reprendre son souffle. Mais, alors qu'elle ouvrait la bouche pour réitérer son consentement, un bruit perturbant leur parvint de la rive du torrent.

Elle se figea et pencha la tête pour écouter. Le bruit revint, plus fort. Les chevaux hennissaient, agités par quelque chose. Summer posa la main sur la poitrine de Nolan et tourna la tête quand il fit mine de l'embrasser.

— Écoute. Quelque chose inquiète les chevaux.

Il releva la tête et regarda en direction des animaux. L'inquiétude colora son visage et il se mit debout.

— Tu as raison. Viens.

Il lui tendit la main pour l'aider à se lever. Ils se hâtèrent de traverser le cours d'eau, glissant sur les pierres et s'aspergeant d'eau froide.

Les chevaux piétinaient nerveusement, mais Ginger était la plus agitée. À leur approche, elle poussa un hennissement aigu et se cabra, arrachant ses rênes de la branche autour de laquelle Summer les avait noués. Nolan se précipita pour calmer l'animal effrayé et évita de peu une ruade.

— Nolan !

Summer s'approcha en courant, mais il lui fit signe de rester à distance. Ginger se cabra à nouveau, puis s'élança dans la prairie, traînant ses rênes derrière elle. Le cœur de Summer se serra en voyant la jument s'emballer.

Cody tirait aussi sur sa longe, les yeux fous.

Summer survola le sol, cherchant un serpent qui aurait pu effrayer les chevaux. Jusqu'à ce que quelque chose passe devant ses yeux avec un bourdonnement coléreux. Penchée en arrière, elle tenta de chasser la guêpe qui tournait autour d'elle. Une autre suivit, et elle retint son souffle.

— Nolan, des guêpes ! Les chevaux ont dû déranger un nid !

Il frappait l'air pour écarter les insectes de Cody et se hâta de détacher les rênes de l'arbre.

— Recule. Elles sont en colère !

Summer était désolée de laisser Nolan sauver seul Cody, mais il était inutile de s'y prendre à deux pour détacher un cheval. Le cœur battant, elle s'éloigna en trébuchant. Avec un pincement de culpabilité, elle songea qu'elle aurait dû inspecter l'endroit avant d'attacher Ginger. La jument rousse avait disparu sans laisser de traces.

Nolan revint en courant, menant Cody par la bride. Summer lui emboîta le pas à vive allure. Quand ils furent à plusieurs dizaines de mètres de l'essaim déchaîné, il s'arrêta et se plia en deux pour reprendre son souffle. Summer aussi était essoufflée, mais elle caressa le garrot de Cody et l'inspecta pour vérifier qu'il n'avait pas été piqué.

— Du calme, mon beau.

Nolan se mit en devoir d'examiner l'autre flanc du cheval.

— Tu as vu dans quelle direction partait la jument ?

— Oui, mais elle est loin maintenant.

— Il faut la retrouver.

— Bien sûr.

Summer trouva une piqûre sur le cou de Cody.

— Mon pauvre. Je suis désolée que cette saleté t'ait piqué. C'est ma faute.

— En quoi est-ce ta faute ? demanda Nolan en la regardant par-dessus le dos du cheval.

— J'ai choisi cet arbre sans voir le nid.

— J'ai également attaché mon cheval sans regarder. Je suis tout aussi responsable.

Il se déplaça autour du hongre, qui piaffait avec nervosité.

— Tu vas bien ? Tu n'as pas été piquée ?

— Je ne crois pas.

C'est alors qu'elle vit la marque rouge sur le cou de Nolan.

— Oh Nolan ! Combien en as-tu ?

— Deux ou trois, je pense. Ça ira.

Elle le regarda presser une grosseur rouge sur son bras en serrant les dents.

— Retournons au ranch, dit Nolan. Je ne sais pas ce qu'il

faut faire à un cheval qui a été piqué, mais je ne veux pas le faire attendre trop longtemps.

— D'accord.

Ce fut seulement alors qu'elle se rendit compte que son moyen de transport avait pris la fuite.

— Euh…

Nolan continuait de calmer le cheval en murmurant doucement. Il la regarda et devina aussitôt la raison de son hésitation.

— On va marcher un bout de chemin pour donner à Cody le temps de se calmer, puis on le montera à deux. Je pense qu'il pourra le supporter. Pas vrai, mon beau ?

Il caressa l'encolure du cheval, et les oreilles de l'animal se détendirent, signe qu'il se calmait.

— Et Ginger ? Il faut la retrouver.

— Oui, dit Nolan en regardant autour de lui. Ouvre l'œil. Si on ne la retrouve pas sur le chemin, je repartirai la chercher avec un de mes cousins.

Ils prirent la direction de l'écurie, et les pensées de Summer revinrent au moment précédant l'attaque des guêpes. Les baisers qu'elle avait partagés avec Nolan… Ses mains, qui avaient exploré son corps, s'étaient glissées sous son T-shirt…

Nolan semblait perdu dans ses pensées, et elle ne voulait pas lui demander à quoi il pensait. Elle n'imaginait que trop bien qu'il s'accusât d'avoir transgressé ses propres règles. En se rappelant ce qu'il avait dit de Charlotte et de la manière dont elle l'avait poussé à transgresser son éthique, la culpabilité la prit. N'avait-elle pas fait la même chose ?

— Je suis désolée, marmonna-t-elle dans un silence tendu.

Il lui glissa un regard de biais.

— Arrête de battre ta coulpe. Tu ne pouvais pas savoir qu'il y avait un nid de guêpes.

— Non… Je veux dire, le baiser.

Il fit un faux pas et lui jeta un regard fulgurant.

— Tu es désolée que ce soit arrivé ?

Elle rumina la question en se mordillant la lèvre.

— Non.

Inspirant fortement, elle croisa son regard.

— Je suis désolée d'avoir insisté. Tu avais fixé des limites et je les ai ignorées. Je ne suis pas meilleure que Charlotte.

— Waouh…

Il s'arrêta de marcher.

— Tu ne peux pas comparer. C'est tout à fait différent.

— Vraiment ? Je savais que je n'aurais pas dû, mais j'ai laissé mon impulsivité prendre le dessus.

— C'est pour ça que c'est entièrement différent. C'est une émotion authentique qui te motivait.

Elle plissa le nez, pas sûre de comprendre. L'impulsivité et l'émotion étaient des anathèmes pour le Nolan qu'elle connaissait.

— Charlotte m'a piégé. Elle avait tout prévu. Elle m'a utilisé puis, quand elle a changé d'avis, elle a décidé de me sacrifier. Elle se fichait que j'en souffre.

Il se redressa un peu.

— Tu avais l'intention de me faire du mal en m'embrassant ?

Summer en resta bouche bée.

— Non ! Jamais !

— C'est bien ce que je disais.

Son regard s'assombrit, et sa mâchoire se tendit.

— En plus… c'est moi qui t'ai embrassée le premier. C'est moi qui devrais m'excuser.

— Tu m'as *presque* embrassée. C'est moi qui ai pris le relais.

Elle s'approcha de lui et posa une main sur sa poitrine.

— Tu regrettes ?

Il la regarda dans les yeux, les pupilles élargies. Sous sa main, elle sentit les rapides battements de son cœur.

— Non.

Elle sourit, mais il gâcha tout en ajoutant :

— Mais je devrais. Et je sais que ça ne doit plus arriver. Donc promettons-nous de ne plus en parler, d'accord ?

Summer sentit son cœur sombrer dans sa poitrine. Sa réaction lui révélait ce qu'elle n'avait pas osé accepter jusque-là. Elle voulait davantage de son meilleur ami qu'un baiser exploratoire. Elle voulait une relation physique et romantique avec lui.

Une sorte de croassement lui échappa, qu'il prit pour un assentiment. S'approchant de Cody, il caressa l'encolure du cheval et tapota la selle vide.

— Je pense qu'il s'est assez calmé pour que nous le montions. Tu veux un coup de main ?

Elle ravala sa déception et examina son offre. Cody faisait au moins une main de plus que Ginger. Pas facile pour quelqu'un de sa taille. Déchiffrant son hésitation comme un besoin d'aide, Nolan la prit sous les bras.

— À trois. Prête ? Un, deux, trois.

Summer agrippa le bord de la selle, engagea le pied dans l'étrier et essaya de passer la jambe par-dessus le dos de Cody. Elle sentit la main de Nolan se planter au milieu de son derrière. Il poussa, et elle fut enfin assez haut pour s'installer sur la selle. Les joues rouges, elle se demanda si sa gêne tenait au fait d'avoir eu besoin d'aide ou à ce que Nolan l'avait empoignée de manière si intime. Un peu des deux, peut-être. Elle n'eut pas le temps de débattre la question, car Nolan enfourcha Cody derrière elle. Elle avança autant qu'elle put sur la selle, mais il était tout de même plaqué contre elle.

Elle agrippa la corne de la selle et déglutit. Le trajet jusqu'au ranch allait être compliqué.

Nolan éprouvait une forme spéciale de torture, dans laquelle le plaisir lui-même était un tourment. Le derrière de Summer était fermement pressé sur son aine, et aucune tentative de distraction ne suffisait à tenir sa libido en laisse.

Summer ne pouvait pas ignorer son excitation et orientait vaillamment la conversation sur des sujets neutres. Le dernier texto d'Avery. Les questions qu'elle voulait poser aux cousins. L'histoire de son adoption de Yossi.

— J'ai inspecté deux pièces pleines de chats à la Humane

Society et je n'arrivais pas à me décider. Je n'avais pas trouvé celui qui me faisait un … déclic, tu vois ?

Il voyait. Il avait senti ce déclic quand ses lèvres avaient touché celles de Summer. Qu'il s'agisse de destin, de karma ou d'âmes sœurs, il avait été ébranlé jusqu'au fond de lui-même. Et terrifié. Comme un lâche, il avait battu en retraite. Il ne savait pas quoi faire des sentiments intenses qui l'avaient aveuglé. Parce que c'était… Summer !

Il répondait à son quasi-monologue par des monosyllabes. Il était sûr que, s'il en disait plus, elle percevrait dans sa voix la tension sexuelle qui l'habitait.

— J'étais sur le point de partir, quand quelqu'un a montré une rangée de cages au fond. Un petit chat gris était en train de cogner sur la vitre. Quand l'employé du refuge l'a pris, il a presque sauté dans mes bras. Et c'est comme ça que je me suis décidée. C'était celui-là.

Nolan émit un grognement.

Elle soupira.

— Je t'ennuie.

— Non, pas du tout. *Tu m'excites. J'essaie juste de ne pas devenir fou.*

Un faible grondement attira son regard. Deux 4x4 se matérialisèrent au loin, venant vers eux.

— On dirait que la cavalerie arrive, dit-elle.

Quand les véhicules approchèrent, ils virent que Hays conduisait l'un d'eux et Jonah l'autre. Nolan tira sur les rênes de Cody, et les hommes coupèrent les moteurs pour pouvoir parler sans crier.

— Tout le monde va bien ? demanda Hays. Nous nous sommes inquiétés en voyant Ginger revenir sans sa cavalière.

— Ginger est revenue ?

Summer lâcha un rire de soulagement.

— Dieu merci. J'étais consternée à l'idée de vous dire que nous l'avions perdue.

— Oh oui, dit Jonah en souriant. Ginger sait où on sert le dîner et elle n'est pas du genre à manquer un repas.

Hays avait cependant l'air préoccupé.

— Comment s'est-elle échappée ? Elle ne t'a pas jetée à bas, n'est-ce pas ?

Summer secoua la tête et parla du nid de guêpes.

— Je crains que Cody n'ait quelques piqûres. Ginger aussi, sans doute. C'est pour ça qu'elle s'est enfuie. Je suis désolée.

Jonah s'esclaffa.

— On est au Texas ici. Les serpents, les guêpes et les scorpions font partie du paysage. Je suis juste content que vous n'ayez pas de mal tous les deux.

Il pointa un doigt vers Nolan.

— Du bicarbonate de soude et un antihistaminique devraient suffire à vous guérir, toi et Cody.

Hays plissa un œil pour évaluer l'état de Cody.

— Ce vieux canasson a l'air plutôt fatigué. Pourquoi ne pas monter avec l'un de nous, Summer ?

Bien qu'il comprît la sagesse d'épargner un poids supplémentaire à Cody, Nolan ressentit une bouffée de déception. C'était totalement incohérent… puisqu'il venait de maudire le derrière de Summer et le parfum de ses cheveux.

Il suivit les 4x4 jusqu'à l'écurie et aida Jonah à soigner Cody. Ginger avait aussi été piquée plusieurs fois, mais elle mâchonnait du foin frais d'un air satisfait et elle remarqua à peine les soins de ses maîtres.

Hays et Summer laissèrent Nolan et Jonah finir leurs tâches et se dirigèrent vers la maison pour se rafraîchir avant le dîner.

Très vite, une odeur de bois brûlé parvint aux narines de Nolan, suivie du tintement de la cloche. Il sourit en l'entendant. Il se souvenait d'avoir été appelé ainsi quand il était enfant.

— Josephine se sert toujours de cette vieille cloche, hein ?

Jonah gloussa.

— De temps en temps. Je suis un peu comme le chien de Pavlov avec ce truc. Ça suffit à me faire saliver.

Nolan assena une claque dans le dos de son cousin.

— Allons manger alors, lui dit-il en riant.

Tandis qu'ils se dirigeaient d'un pas détendu vers la maison, Jonah donna un coup de coude à Nolan.

— Alors, Summer et toi ? Qui aurait pensé après tout ce temps que vous finiriez ensemble ?

Nolan lança un regard noir à son cousin.

— Nous ne sommes pas en couple. Pourquoi dis-tu ça ? Un homme ne peut pas avoir une amie sans que tout le monde suppose qu'ils sont ensemble ?

Jonah lui sourit d'un air narquois.

— Waouh ! J'ai marché sur un serpent à sonnette ou quoi ?

— Nous ne sommes pas en couple, répéta Nolan.

— Hum hum, marmonna Jonah, mais son ton n'était pas convaincu.

— Non. Et je te serais reconnaissant de ne pas dire une chose pareille devant Summer.

— Hum hum.

Nolan s'arrêta et fit face à son cousin, les bras croisés.

— Pourquoi tu penses qu'on est ensemble ?

Jonah secoua la tête et rit.

— Tu ne peux pas lui parler sans rougir. Tu es un cas, Nolan. J'ai des yeux. Je vois bien comment vous vous comportez l'un avec l'autre. Et cette chevauchée sur Cody… ?

Il jeta un regard entendu à son cousin.

— Que s'est-il passé d'autre durant cette promenade ?

— Rien.

Nolan reprit sa marche, puis s'arrêta à nouveau et dévisagea Jonah.

— Nous nous sommes embrassés, d'accord ? C'est tout. Mais ça n'aurait pas dû arriver. Nous sommes amis, point. C'est tout ce que nous pouvons être. J'ai laissé les choses s'emballer, et du coup ça complique tout.

Il fourragea dans ses cheveux.

— Je ne veux pas perdre son amitié, et j'ai peur de lui faire du mal sans le vouloir en sortant avec elle.

Il souffla d'exaspération.

— J'ai fait des conneries, Jonah, et il faut que je remette de l'ordre dans ma vie. Donc, sois sympa, d'accord ?

Son cousin le contempla longuement puis hocha la tête.

— Bien sûr, vieux. Comme tu veux. Mais, juste pour que tu le saches, je pense que vous allez super bien ensemble. Un peu comme si vous étiez destinés l'un à l'autre, tu vois ?

Le problème, c'était que Nolan ne voyait que trop bien. Si sa vie n'avait pas été aussi bouleversée, il aurait peut-être envisagé une relation différente avec Summer. Mais il ne pouvait pas l'entraîner dans le chaos actuel. Sa carrière au FBI était une inconnue. Tout son avenir était une inconnue. Si on le poursuivait au pénal…

Une bouffée d'acide lui mordit l'estomac. Son avocat devait trouver le moyen de l'innocenter. D'une manière ou d'une autre.

Quand ils atteignirent le jardin de derrière, un feu rugissant les accueillit. Il survola les grappes de gens pour trouver Summer et la vit assise près de la fiancée de Forrest, Rae. Summer tenait un bébé et souriait à l'enfant avec une expression d'amour frappante. Nolan retint son souffle. Summer serait sans nul doute une mère géniale. Il ne pouvait l'imaginer vivre sans son propre bébé à câliner.

Ce qui rendait son propre avenir d'autant plus obscur. Même si, en dépit du bon sens, il voulait explorer l'attirance fiévreuse qu'il éprouvait pour Summer, il ne pouvait lui donner la vie qu'elle méritait. Quand l'affaire serait réglée, soit il retournerait à la vie trouble et imprévisible d'un agent infiltré du FBI, soit il irait en prison.

Comme si elle avait senti son regard, Summer leva les yeux, et son sourire laissa place à un froncement de sourcils. Elle lui fit signe d'approcher d'un signe de tête.

— Pourquoi fais-tu une tête pareille, Crapaud ? lui demanda-t-elle.

— Quelle tête ? Désolé. Je… pensais.

— Eh bien, n'y pense plus. C'est une soirée familiale, et tu fais peur aux enfants.

Il écarta les mains.

— Quels enfants ?

— Connor pour commencer, dit Summer en levant le petit garçon joufflu.

— Tu as déjà rencontré mon fils, Nolan ? demanda Rae.

Nolan se plia en deux et prit la main potelée du bébé dans la sienne.

— Enchanté de te rencontrer, Connor.

Le bébé retira sa main et se mit à pleurer.

— Qu'est-ce que j'ai fait ? s'enquit Nolan.

Rae le reprit à Summer et secoua la tête.

— Rien. Il est timide et il fait ses dents. Il a été grognon toute la soirée. Forrest est le seul qui arrive à le calmer.

— J'entends tinter mes oreilles. C'est à quel sujet ? demanda Forrest en apparaissant avec un verre de thé glacé pour chacune des femmes.

— Tu exerces ta magie sur le bébé, apparemment, dit Nolan.

Une fois qu'il eut remis les boissons à Rae et à Summer, Forrest prit Connor dans ses bras. Le bébé se calma immédiatement.

— Incroyable ! s'exclama Summer. Forrest, tu es un magicien.

— Assieds-toi avec nous, Nolan, dit Rae en désignant une chaise. Summer était en train de me dire qu'elle a été engagée pour retrouver le meurtrier de Patrice Eccleston.

Forrest tourna vivement la tête vers sa compagne.

— Ah vraiment ?

Il prit une chaise face à sa fiancée et étendit sa jambe blessée devant lui.

— Engagée par qui ?

— La famille de Patrice, répondit Summer. Et je n'ai pas l'intention de marcher sur les plates-bandes de la police. En fait, j'aimerais travailler main dans la main avec vous, si possible. Je vous ferai part de ce que j'apprends et j'espère que vous pourrez m'orienter dans la bonne direction.

Forrest tourna Connor vers lui et pencha la tête.

— Qu'est-ce que tu en penses, mon pote ? On les laisse entrer dans le club ?

Connor babilla et gloussa, produisant une bulle de salive.

— Je suis d'accord, dit Forrest en hochant la tête.

Puis à Summer :

— En quoi puis-je t'aider ?

Summer chercha la meilleure façon de commencer à questionner Forrest.

— Je viens d'avoir l'affaire, et nous en sommes encore à rassembler des informations. Nous avons parlé à ses amis et à ses colocataires. Même si j'ai les rapports de la police et du légiste, nous avons encore besoin de préciser des choses.

— Nous ? releva Forrest.

Elle glissa un regard à Nolan, puis revint à Forrest.

— Nolan me fait profiter de son expertise dans l'affaire.

Forrest et Rae échangèrent un regard. Summer tenta d'ignorer le sentiment qu'ils venaient d'avoir toute une conversation avec ce regard. Une conversation remplie de conjectures sur leur partenariat.

— Donc nous devrions peut-être commencer par là ? Quand Atticus est venu me voir, il m'a dit que Patrice avait été étranglée à mains nues. Les contusions et le larynx écrasé le confirment. La suffocation est la cause officielle de la mort, mais il y avait aussi des traces de lutte. Des bleus sur les bras et les jambes, des ongles cassés.

Forrest acquiesça.

— C'est vrai.

— Dallas et Avery ont mentionné la présence de boutons de l'armée. Que peux-tu nous dire là-dessus ?

Forrest haussa une épaule.

— C'est déconcertant. En apparence, cela indiquerait un lien avec Corgan. Mais il a nié être responsable de sa mort.

— Bien sûr. C'est ce que Dallas nous a dit.

Nolan se frotta la mâchoire.

— Vous partez donc de l'hypothèse que Corgan avait un

complice ? Ou que Patrice a été tuée par un copycat ? Ou que les boutons ont été déposés pour dérouter les enquêteurs ?

— Tout est possible, dit Forrest en essuyant la bave de Connor. Et tout mérite réflexion.

Rae se tortilla sur sa chaise.

— Laisse-moi vous jeter un autre os alors.

Summer changea de position pour lui faire face. – Oh ! ça semble épouvantable, surtout à la lumière du meurtre.

La jolie brunette soupira et dit :

— L'un des avocats de mon cabinet, Lukas, Jolley et Fitzsimmons…

Elle regarda directement Summer.

— … a eu une brève liaison avec Patrice.

Summer eut un haut-le-corps.

— Quoi ? Tu es sûre ?

— Oui, cela vient d'une source fiable au bureau. Elle me l'a dit quand je me suis plainte à elle que Kenneth – c'est le nom de l'avocat – me fichait les jetons. Il ne faisait pas mystère de son faible pour moi, bien que je lui aie rappelé qu'il était marié.

Summer remarqua que Forrest s'était rembruni.

— Il trouvait toujours le moyen de me mettre la main aux fesses, ou me fixait dans les réunions et clignait de l'œil. Une fois, il m'a coincée dans la salle de photocopies pour bavarder, soi-disant.

— Berk, dit Summer avec un frisson de dégoût.

— En tout cas, dit Rae en chassant un moustique, sa liaison avec Patrice était bien connue en ville, du moins dans certains cercles. J'ai entendu des gens dire que ça avait duré deux ou trois semaines. On les a vus dîner dans ce restaurant en dehors de la ville…

— La Cantina, dit Forrest.

— C'est ça, La Cantina – des fajitas délicieuses – et on les a vus aussi dans sa voiture à lui, trois jours plus tard.

— Sa femme ne l'a pas appris s'ils s'exhibaient en public comme ça ? demanda Nolan.

— Et le père de Patrice ? questionna Summer. Il jure qu'elle n'avait personne.

Elle fourragea dans ses cheveux, gagnée par l'irritation.

— Je ne sais pas pour son père, mais son frère savait, dit Forrest, tenant toujours le bébé près de s'endormir. Je sais que Ian a affronté Kenneth devant le cabinet. C'était assez violent, mais il est parti avant qu'on appelle la police.

Rae fit la grimace.

— J'ai vu ça. Pouah…

Summer grogna, puis s'exclama de manière théâtrale :

— Oh ! mon royaume pour un client franc !

Nolan se mit à rire et lui massa la nuque brièvement. Elle savoura ce contact, s'apercevant à quel point elle était tendue. Impatiente de prendre des notes sur ce qu'elle entendait, elle regarda autour d'elle.

— Oh ! zut, j'ai laissé mon sac dans la maison !

Repoussant sa chaise, elle prit une serviette en papier.

— Quelqu'un a un stylo ?

Nolan se leva et lui adressa un charmant sourire.

— Je vais chercher ton sac.

Forrest se tourna pour le suivre.

— J'y vais aussi. Je crois que la crevette est prête à s'endormir.

— Merci, chéri, dit Rae avec un sourire heureux en lui tendant la couverture et le doudou de Connor.

Ils se regardèrent en souriant, puis Forrest s'éloigna. Summer laissa Rae baigner dans sa bulle de bonheur un instant avant de ramener la conversation sur le meurtre.

— Donc tu penses que ce Kenneth pourrait être enclin à la violence et mêlé à la mort de Patrice ?

Rae plissa le visage.

— C'est un mari infidèle et un bon à rien, mais violent ? Je ne sais pas.

Elle se leva et prit une assiette qu'elle remplit de crudités, de chips de maïs et de sauce avant de revenir s'asseoir.

— Je t'ai parlé de son aventure avec Patrice parce que je

pense que personne d'autre ne l'a fait. Une liaison pourrait être le mobile d'un meurtre, n'est-ce pas ?

— Hum. C'est vrai.

Rae tendit son assiette à Summer.

— Goûte cette sauce taco, elle est divine.

Summer s'exécuta et signifia son approbation.

— C'est délicieux. La police a-t-elle interrogé Kenneth ? demanda-t-elle la bouche pleine.

— J'aimerais le croire. Je l'ai dit à Forrest le jour même où ils ont trouvé le corps. Mais Kenneth est habile. Sa spécialité est de trouver des failles dans la loi. Je le vois très bien répondre de manière évasive.

Elle porta une autre chips à sa bouche et ajouta :

— C'est gênant de reconnaître qu'il fait partie de notre cabinet, mais son beau-père est le Fitzsimmons de Lukas, Jolley et Fitzsimmons, et son poste est garanti.

Summer prit une lamelle de poivron et songea tout haut :

— C'est une raison de plus de ne pas vouloir qu'on découvre ses liaisons. Son beau-père ne les prendrait pas bien.

Rae pointa un bâtonnet de carotte dans sa direction.

— Tout à fait. Mais il faudra que tu attendes si tu veux interroger Kenneth. Il est en déplacement jusqu'à lundi.

Avec un craquement sonore, elle mordit dans le bâtonnet de carotte.

— Maintenant, dit-elle en lançant un regard derrière elle, parle-moi de Nolan. Visiblement, il se passe quelque chose entre vous.

Summer s'étouffa et se mit à tousser sans vergogne.

— Quoi ? fit-elle d'une voix éraillée.

Rae lui jeta un regard entendu.

— Les effleurements, les regards en coin, les vapeurs de phéromones…

Summer prit son thé et but avidement avant de croiser le regard de Rae.

— C'est si évident que ça ?

— Pour quelqu'un qui est récemment tombée amoureuse et qui a vu d'autres faire de même…

Rae désigna le feu, près duquel Jonah tenait une grande blonde par les épaules, sa fiancée, supposa Summer.

— Oui, c'est évident.

Summer rougit comme une pivoine.

— Tu n'as pas l'air heureuse. Votre relation est-elle censée demeurer secrète ? Parce que je dois te dire, Summer, que, si c'est le cas, tu dois apprendre à mieux contrôler tes expressions faciales, acheva-t-elle avec un sourire.

Summer fixa les perles de condensation sur son verre.

— Le truc c'est que… Nolan résiste.

Voyant Rae lever un sourcil sceptique, Summer se sentit obligée de le défendre.

— Il se débat dans de gros problèmes professionnels en ce moment, et entamer une relation amoureuse ne serait pas…

Elle bafouilla et fit une autre tentative.

— Il ne veut pas mélanger le travail et le plaisir.

Le mot « plaisir » renvoya Summer à leurs baisers près du ruisseau. Une nouvelle rougeur envahit ses joues, et elle reprit sa respiration. Rae ne rata pas ces signes révélateurs.

— Apparemment, tu n'es pas d'accord avec lui là-dessus. Tu as peut-être déjà franchi les limites avec lui ?

Summer but une autre gorgée de thé et tenta de calmer les battements de son cœur.

— Je… Je veux ce qui est le mieux pour Nolan. Je respecte ses désirs et les raisons de ses choix.

— Mais… ?

Rae pencha la tête, sachant manifestement ce que Summer retenait. Cette dernière poussa un gros soupir.

— Oh Rae, je suis stupéfaite de constater que mes sentiments pour lui ont changé. Il est si sexy, si gentil et…

Elle souffla.

— Bonté divine, je passe mon temps à avoir envie de lui arracher ses vêtements.

Rae se mit à rire et prit la main de son amie.

— Alors fais-le ! Quoi de plus excitant que de se peloter en public ?

Épaules basses, Summer secoua la tête.

— Le plus important est de ne rien faire qui puisse gâcher notre amitié. Nous étions amis bien avant que cette attirance insensée vienne tout embrouiller. Je ne peux pas perdre sa confiance ou son amitié, Rae.

Une vague de panique la saisit, lui rappelant la reculade de Nolan après leurs baisers.

— Et j'ai peut-être déjà tout gâché avec lui.

12

Tout en accordant son pas à l'allure de Forrest, Nolan se repassa la conversation.

— Avant que nous déviions sur l'histoire de l'avocat…

Un grondement d'irritation lui parvint de son cousin. Nolan ne dit rien, mais il comprenait le déplaisir de Forrest à l'idée qu'un homme pareil travaille avec sa compagne.

— … nous parlions des boutons qui ont été trouvés avec les femmes assassinées. Que Corgan ait nié ou non avoir tué Patrice, ces boutons établissent un lien avec elles.

Forrest acquiesça.

— Tu te demandes s'il y a d'autres indices en commun ?

— Exactement, dit Nolan en levant une main.

Il ouvrit la porte à Forrest, qui tenait le bébé endormi. En entrant, ils croisèrent Donovan et Bellamy, les bras chargés de saladiers et de plats. Alex, le labrador noir de Donovan, les suivait, flairant avidement l'air. Nolan s'effaça pour les laisser passer.

— Hé, Nolan ! dit vivement Donovan. Quand es-tu arrivé ?

Nolan lui tendit la main, puis se rendant compte qu'il avait les mains occupées, rit et gratta plutôt la tête du chien.

— Il y a quelques heures. Summer et moi sommes allés faire une balade à cheval au ruisseau.

Il fit effort pour ne pas laisser ses pensées s'égarer sur la manière dont ils avaient passé le temps. Il suffisait que Jonah ait déjà deviné ses véritables sentiments pour Summer.

Bellamy éleva le plat qu'elle portait.

— Eh bien, vous allez dans la mauvaise direction. Le souper est servi. Venez pendant que c'est chaud !

Forrest hocha la tête.

— J'arrive. Il faut que je mette Connor au lit.

Nolan avisa le sac de Summer sur le canapé du salon et alla le prendre. Il attendit patiemment devant la maison que Forrest revienne, armé d'un écoute-bébé avec vidéo.

— Je parie que même le FBI ne possède pas ce genre de truc. Il est si sensible au bruit qu'il peut lire tes pensées.

Nolan y jeta un coup d'œil, se rappelant une autre caméra, dans une autre chambre, un souvenir amer.

— Si vous avez parlé à Atticus Eccleston, vous savez que les mains de Patrice étaient ligotées ? reprit Forrest.

Nolan acquiesça.

— Patrice n'était pas momifiée comme les autres femmes.

— Exact. Pas plus qu'elle n'avait de bâillon. Mon sentiment est que le meurtrier de Patrice a entendu parler des boutons, qu'il en a achetés quelques-uns – ce qui est facile, étant donné qu'ils sont très courants – et qu'il les a disposés sur le corps de Patrice en l'enterrant.

Forrest se tourna vers Nolan avant qu'ils atteignent le cercle de chaises autour du feu. Le soleil de la fin d'après-midi jetait des ombres dures sur son visage. Nolan nota les fines ridules enserrant ses yeux et sa bouche, preuve du stress qu'il avait enduré ces derniers mois. Dallas lui avait raconté qu'on avait tenté d'écarter Forrest et Rae de l'enquête sur le tueur à la momie avec des menaces et des tentatives d'assassinat. Ce genre de choses suffisait certainement à creuser des rides de stress.

Bien qu'on eût identifié le tueur, Nolan considérait qu'en enquêtant sur la mort de Patrice Summer pouvait aussi se mettre en danger. Cette pensée le glaçait jusqu'à la moelle.

— Bien sûr, disait Forrest, le fait que le meurtrier l'ait enterrée dans un parking indique son espoir qu'on ne la retrouve pas avant des années. Les boutons sont simplement un moyen de brouiller les pistes si nécessaire.

Nolan posa une main sur le bras de son cousin.

— Forrest, dis-moi honnêtement. En te basant sur ce que la police sait du meurtrier de Patrice, tu penses que la vie de Summer est en danger ?

Forrest prit un air encore plus sérieux.

— Allons, Nolan. Tu es du FBI. Tu connais le comportement des criminels. Il a déjà tué une fois. Qu'est-ce que *tu* penses qu'il fera pour empêcher qu'on le découvre ?

Nolan sentit une remontée acide lui brûler l'estomac.

— C'est ce que je craignais.

— Ton père a tenté de tuer Forrest ? s'exclama Summer.

Son incrédulité était à son comble. Rae branla du chef, les sourcils froncés.

— Quelqu'un le menaçait – ainsi que moi et Connor. Ce quelqu'un n'appréciait pas que Forrest mette son nez dans l'affaire du tueur à la momie et dans le meurtre de Patrice, et pour protéger sa fille et son petit-fils, mon père a tenté de tuer Forrest.

Rae déglutit avec difficulté.

— Nous pensons que celui qui le menaçait est aussi celui qui l'a tué.

Summer la regarda bouche bée.

— Ton père a été tué à cause de l'enquête sur le tueur à la momie ?

— Et de la mort de Patrice.

Summer comprenait maintenant que la lassitude qui émanait de Rae n'était pas seulement due à un bébé grincheux.

— Les premières menaces ont commencé à arriver après qu'on a découvert le corps de Patrice.

Summer se renversa sur sa chaise, l'esprit agité par toutes sortes de suppositions.

— Mais, si je comprends bien, Corgan a admis avoir tué les femmes momifiées.

— Hum hum, fit Rae.

— Alors peut-être est-ce lui qui est à l'origine de la mort de ton père ? Même s'il ne l'a pas tué en personne, il a pu ordonner qu'on le tue… et qu'on te menace ?

— Il a dit que ce n'était pas lui. Il a été tué pendant que nous étions là, et on l'a peut-être fait taire parce qu'il savait qui était derrière tout ça.

Summer réfléchit en se mordillant la lèvre.

— Et il aurait été tué par son infirmière ? Jane Oliver ?

Rae fit la grimace.

— Ce serait logique. Elle était la seule personne présente.

— Nous avons parlé aux collègues de Jane tout à l'heure. Elles ont dit qu'elle se vantait d'être sur le point de mettre la main sur une grosse somme d'argent.

Rae se pencha vers Summer.

— Ah bon ?

— Notre hypothèse, que nous ne pouvons pas encore confirmer, est qu'elle était un pion dans un complot quelconque, du moins qu'elle a été payée pour tuer Corgan ou laisser quelqu'un le tuer.

Rae haussa les épaules, puis posa une main sur le bras de Summer.

— Ça m'a l'air d'être la réponse la plus logique. D'autant plus que nous soupçonnons Jane de faire aussi partie des infirmières qui fournissaient des pilules sur ordonnance.

— Avery nous a parlé de ça. Elle pense que la source de ce trafic est le propriétaire de ce garage sur Main Street…

— Tom Kain.

— C'est ça.

— Je ne peux rien te dire sur les rumeurs concernant Kain, en dehors du fait que nous en avons entendu parler aussi. Forrest a interrogé la police. Ils adoreraient le prendre en flagrant délit, mais jusqu'ici ils n'ont rien trouvé.

— Donc il est aussi habile que ton ami Kenneth.

— Et Kain a des amis haut placés qui jurent que c'est un bienfaiteur et un membre honorable de la communauté.

Summer se rongea l'ongle de l'index en réfléchissant à tout cela.

— Le meurtrier de Patrice pouvait aussi avoir l'infirmière de Corgan en ligne de mire. Nous avons supposé qu'elle avait disparu parce qu'elle avait tué Corgan et s'était servi de son argent pour quitter la ville. Mais si elle s'était enfuie parce qu'on tentait de la tuer ? Si elle pensait que le meurtrier de Patrice s'en prendrait aussi à elle ?

Rae plissa le visage en réfléchissant à ce scénario.

— Oui. C'est possible.

Summer ramena ses cheveux en arrière.

— Donc retrouver l'infirmière fait partie des priorités. Cette affaire a tellement d'angles ! La liste des gens que Nolan et moi devons interroger ne cesse de s'allonger.

— Ai-je entendu mon nom ? lança Nolan en apparaissant derrière elle et en lui tendant son sac.

— Dieu merci, dit Summer en repêchant prestement un stylo dedans. Il faut que je note tout ça. Nous allons avoir une journée chargée demain, Crapaud. Cette affaire continue à prendre de l'ampleur.

13

Le matin suivant, Summer s'éveilla en sentant Yossi lui frôler le visage. Des coups insistants se faisaient entendre à la porte. Repoussant le chat, elle se peigna rapidement avec les doigts et se dirigea d'un pas titubant vers la porte. Elle l'entrouvrit à peine et jeta un coup d'œil. Le soleil matinal faisait briller les cheveux châtains de Nolan et éclairait son expression maussade.

— Bon sang, Summer ! Tu n'as même pas demandé qui c'était avant d'ouvrir ! Tu es folle ?

Elle sourit et ouvrit la porte plus grand pour le laisser entrer, lui et le plateau de JoJo's Java qu'il tenait.

— Bien le bonjour à toi aussi !

— Ça aurait pu être n'importe qui. Tu dois être plus prudente !

Il lui tendit le plateau.

— J'ai apporté des cafés et des petits pains à la saucisse.

— Premièrement, on est à Whisperwood, pas à Chicago. Je ne sais même pas pourquoi je me donne la peine de fermer ma porte le soir.

Elle referma ladite porte et tendit les mains vers la nourriture.

— Et deuxièmement, ces petits pains ont une odeur divine. Je pourrais t'embrasser.

Le regard de Nolan descendit sur ses lèvres, et elle sentit son pouls s'emballer en prenant conscience de ce qu'elle avait dit. Pour dissimuler son embarras, elle le conduisit à la kitchenette et fit mine de contempler le sac et les cafés fumants.

— Celui avec une croix est pour toi.

— Et comment sais-tu comment je l'aime ? demanda-t-elle en bâillant si fort que ses mâchoires craquèrent.

— J'ai remarqué l'autre jour.

Son pouls accéléra encore. Elle savait qu'il avait l'œil pour les détails, mais qu'il l'observe, elle, qu'il prenne note de ses préférences, c'était… très gentil. Presque intime. Le genre de choses que ferait un amoureux.

Elle prit une gorgée de son café parfaitement sucré.

— Quelle heure est-il ?

— 7 heures et demie.

Elle faillit s'étouffer.

— Bon sang, Nolan ! On est samedi ! La plupart des gens sont encore au lit !

— Le monde appartient à ceux qui se lèvent tôt, non ?

Il se baissa pour caresser Yossi.

— En plus, je n'arrivais pas à dormir. Entre l'enquête et mon affaire chez moi, je n'arrivais pas à débrancher.

Elle nota sa référence à Chicago comme à chez lui. Et pourquoi pas ? C'était bien son chez-lui. Le rappel de son prochain départ lui fit venir l'acidité à la bouche. Posant son gobelet sur le petit comptoir, elle prit une serviette en papier et s'essuya la bouche.

— Qu'a-t-on à faire du monde quand on peut avoir des petits pains de chez JoJo's ?

Elle prit le sachet et en sortit un sandwich. Jetant un coup d'œil à Nolan, elle ajouta :

— Merci, au fait. C'est vraiment gentil.

Son regard était fixé à hauteur de sa poitrine, et elle baissa les yeux, se demandant si elle s'était tachée.

— Que…

La question mourut sur ses lèvres quand il lui vint à l'esprit qu'elle avait ouvert la porte en pyjama. Sans soutien-gorge, ses mamelons saillaient sous le fin T-shirt, et le regard de

Nolan ne faisait que les exciter davantage. Une vague de chaleur la parcourut, la réveillant mieux qu'une double dose de caféine. *Tu te mets dans tous tes états pour Nolan. Bon sang de bois, Summer ! Reprends-toi !*

— Euh… Je vais…

Elle pointa le pouce derrière elle.

— … m'habiller.

Elle fit quelques pas à reculons et faillit trébucher sur le chat.

— Ça t'ennuie de nourrir Yossi ? Les boîtes sont dans ce placard.

Elle désigna une porte et s'enfuit.

Dans la salle de bains, elle s'observa dans le petit miroir. Elle avait eu l'intention de faire du sport et de prendre une douche avant tout autre chose. Les desserts et les bons petits plats allaient commencer à la capitonner si elle n'y prenait pas garde. Mais, comme Nolan était déjà là, elle fit de rapides ablutions.

Quand elle fut habillée, ils décidèrent de passer la journée à interroger des gens et à rassembler des faits. Tandis que Nolan conduisait, Summer chercha l'adresse de Tyler sur Google, puis utilisa une application de cartes pour les conduire à son appartement.

Un jeune homme ébouriffé et non rasé leur ouvrit la porte. Il resta là à cligner des yeux comme s'il venait de se réveiller.

— Si vous vendez quelque chose, je n'en veux pas.

— Tyler Whitmore ? s'enquit Summer.

— Qui le demande ? répliqua le jeune homme aux yeux bouffis.

Ils se présentèrent en disant simplement qu'ils aidaient la famille de Patrice. Tyler n'avait pas l'air du genre à s'épancher auprès de quiconque avait à voir avec la loi.

— Qu'est-ce que vous voulez ?

Summer expliqua que, comme il était la dernière personne à l'avoir vue, il pouvait avoir d'importantes informations sur ce qui lui était arrivé. Comme il semblait toujours réticent à leur parler, elle ajouta :

— Vous ne voulez pas nous aider à attraper celui qui l'a tuée ?

Il leva le menton d'un air sombre.

— L'attraper ? J'aimerais l'étrangler comme il a étranglé Patrice.

Après les avoir considérés d'un regard noir, Tyler se frotta le visage à deux mains et recula pour les laisser entrer. En passant devant lui, Summer nota une forte odeur de corps mal lavé, teintée de relents d'alcool. Elle s'assit sur un futon dans le salon faiblement éclairé, face au fauteuil loqueteux dans lequel Tyler s'installa.

L'entretien prit la même direction qu'avec les amis du jeune homme. Tyler confirma qu'ils étaient allés au Bailey's après les cours et que Patrice avait quitté le bar de bonne heure, seule.

— J'aurais dû au moins veiller à ce qu'elle rentre saine et sauve chez elle. Mais elle est partie sans rien nous dire.

Il soupira, et le chagrin lui froissa le visage.

— Vous savez ce qui l'a poussée à partir si tôt ?

Tyler hocha la tête.

— Oui.

Il avoua ses sentiments pour Patrice. Il avait essayé de l'embrasser.

— C'est ma faute si elle est morte.

Il semblait au bord des larmes. Summer jeta un bref regard à Nolan pour jauger de sa réaction.

— Si je ne l'avais pas embrassée, si je l'avais suivie, elle serait encore là.

Nolan alla s'accroupir devant Tyler et lui mit une main sur l'épaule.

— Ce genre de raisonnement est une impasse. Ne vous laissez pas entraîner dans ce piège. La mort de Patrice est due uniquement à celui qui l'a tuée.

Tyler serra les paupières et se pinça l'arête du nez.

— Avez-vous étranglé Patrice, Tyler ?

Le camarade de Patrice releva brusquement la tête, les yeux rouges et affolés.

— Non ! Je l'aimais !

— Alors cessez de vous culpabiliser. La meilleure chose que vous puissiez faire pour elle c'est d'honorer sa mémoire en vivant le mieux possible. Voudrait-elle vous voir vous enfermer et vous soûler comme ça ?

Tyler secoua la tête.

— Alors retournez en cours. Finissez votre année. Coopérez avec la police pour retrouver son meurtrier.

Summer sentit son cœur se réchauffer en écoutant Nolan consoler ce jeune homme au cœur brisé.

— Consacrez votre énergie à être le meilleur de vous-même. En souvenir d'elle.

Tyler leva les yeux sur Nolan et hocha lentement la tête. Nolan pressa encore une fois son épaule.

— Et pour l'amour du ciel, prenez une douche mon vieux, dit-il en souriant

Summer réprima un gloussement déplacé. La compassion de Nolan la touchait profondément. Voilà que son ami d'enfance emportait une autre part de son cœur.

Tyler et Nolan continuèrent de parler à voix basse pendant quelques minutes, puis Nolan se releva et fit signe à Summer qu'il était temps de partir. Elle prit une carte de visite dans son sac et la déposa sur un coin de la petite table de salon.

— Contactez-nous si vous pensez à quelque chose qui pourrait nous être utile.

Tyler regarda la carte, croisa le regard de Summer et branla du chef. De retour dans la jeep, Nolan poussa un grand soupir.

— Ce n'est pas notre homme.

— Alors on passe au suivant ? Kenneth Dawson ? Cette affaire ne cesse de se ramifier. J'ai l'impression de loucher quand je veux tout embrasser du regard.

— Tableau blanc.

— Pardon ?

— C'est le moment de faire un schéma sur un tableau blanc. Il faut mettre en place les pièces du puzzle.

Il le regarda.

— Tu as un tableau blanc ?

Elle plissa le nez.

— Non.

Il mit son clignotant.

— Alors notre prochain arrêt est pour la papeterie.

Yossi les accueillit à la porte. Summer prit son chat dans ses bras tandis que Nolan suspendait le tableau blanc sur un mur inoccupé. Débouchant un marqueur, il nota les noms de tous ceux qu'ils avaient interviewés jusque-là, y compris les colocataires de Patrice, sa famille, ses camarades de classe, ainsi que Jane Oliver, Horace Corgan et toute personne susceptible d'être liée à l'affaire, en mettant une étoile devant le nom de Kenneth Dawson. Dans une autre colonne, il écrivit les faits qu'ils connaissaient sur la vie de Patrice. Les cours qu'elle prenait, les endroits où elle avait posé sa candidature, les lieux qu'elle fréquentait et des informations générales sur ses comptes des réseaux sociaux.

— Nous savons que le Bailey's est le dernier endroit où elle a été vue par Tyler.

Nolan encercla le nom du bar et souligna le nom de Tyler.

— Nous devrions aller au Bailey's et demander la vidéo de surveillance de cette nuit-là. Peut-être qu'ils en ont une copie. Cela fait longtemps, mais ça ne mange pas de pain de demander. J'aimerais étudier les autres visages. Quelqu'un a peut-être suivi Patrice quand elle est partie ?

Nolan nota *vidéo surveillance ?* au-dessus de *Bailey's*. Derrière son bureau, Summer fixait le tableau en se mordillant la lèvre.

— Quand Rae a-t-elle dit que Dawson serait de retour ? Je veux lui parler, surtout à la lumière de ce qu'elle nous a dit, à savoir que Patrice voyait un homme marié.

Nolan la regardait avec une expression bizarre. Il semblait fixer sa bouche.

— Euh, je ne me souviens pas… Tu l'as noté, non ?

— Oui, c'est vrai

Sans s'inquiéter de cet air étrange, elle se pencha sur son cahier et feuilleta les pages.

— Voilà. Il doit revenir lundi. C'est le quatorze.

Sans se redresser, elle lança un regard à Nolan. Il avait le regard fixé sur sa poitrine. Elle se rendit compte soudain que la position dans laquelle elle était faisait bâiller son pull. Sans réfléchir, elle lança d'un ton sarcastique :

— La vue est agréable ?

Nolan rougit violemment. Se détournant, il se passa une main sur le visage. Summer, qui souriait, fut soudain frappée par la profondeur de sa détresse. Il n'était pas simplement gêné. Quelque chose le bouleversait. Il n'était pas difficile de deviner quoi. Tout cela venait de Charlotte.

La règle qu'il s'était imposée venait de son expérience avec Charlotte. Il se méfiait de ses réactions à cause de Charlotte. L'obstacle qui l'empêchait de céder à son attirance avait été érigé par Charlotte.

La fureur l'envahit à l'idée de tout ce que les mensonges de cette femme coûtaient à Nolan et à elle. Et s'ils étaient destinés l'un à l'autre et que l'ombre de Charlotte était la seule chose qui les séparait ?

Elle serra les poings à cette idée. Elle n'était pas du genre à s'effacer et à laisser une garce manipulatrice lui dicter ce qu'elle pouvait faire ou non ! Galvanisée, elle fit le tour du bureau et tira le bras de Nolan. L'index pointé sur son visage, elle lui demanda :

— Nolan Colton, es-tu attiré par moi ?

Les yeux plissés, elle clarifia abruptement :

— Sexuellement attiré ?

Il déglutit avec tant de peine qu'elle vit sa pomme d'Adam monter et redescendre.

— Summer, je suis désolé…

— Arrête de t'excuser et réponds à la question ! Es-tu attiré ou non par moi ?

Un muscle tressauta sur sa joue, et ses yeux prirent une expression brûlante.

— Je pensais que ce qui s'est passé au torrent y avait répondu.

Le rappel des baisers qu'ils avaient échangés suscita une vague de chaleur en elle. Un frisson d'anticipation la parcourut. Carrant les épaules, elle se pencha vers lui.

— D'accord…

Quand elle se mit sur la pointe des pieds pour l'embrasser, il recula.

— Mais ça ne veut pas dire…

Elle grogna de frustration et l'interrompit.

— Au diable les « mais », Nolan ! Et au diable Charlotte, qui t'a rendu si méfiant ! Si tu veux quelque chose, tu dois lutter pour l'avoir !

Elle tapait du pied tout en parlant. Agrippant le devant du T-shirt de Nolan, elle se pressa contre lui.

— Je veux t'embrasser Nolan, et je suis prête à combattre pour avoir ce que je veux !

Elle se dressa sur ses orteils et, tout près de son visage, ajouta à voix basse :

— Parce que je crois que c'est aussi ce que tu veux.

Sur ce, elle prit possession des lèvres de Nolan et l'embrassa. Il ne résista pas. En fait, il s'abandonna au baiser. Elle l'accueillit avec une ferveur égale.

Quand une petite voix lui rappela que Nolan s'en irait bientôt, que sa carrière comptait trop pour qu'il s'engage, elle la fit taire. L'appel du désir était trop fort pour qu'elle puisse prendre en considération les « si ».

Elle imagina plutôt Nolan dans le plus simple appareil. Ses genoux se dérobèrent. S'il n'avait pas passé un bras dans son dos, l'écrasant contre lui, elle aurait sans doute titubé.

Puis ses poumons manquèrent d'oxygène, et elle n'eut d'autre choix que de redresser la tête pour respirer. Gentiment, elle se déprit de ses bras et fit un pas en arrière, pantelante.

Son expression inquiète était presque comique. Presque. Sauf qu'elle connaissait la source de ses doutes et qu'elle avait envie de hurler. Elle savait qu'il battait en retraite dans sa tête, qu'il analysait la situation…

— Summer, tu…

Avant qu'il finisse sa question, elle balaya d'un geste tout ce qui se trouvait sur son bureau. Elle fixa une seconde le désordre et se mit à rire.

— Oh mon Dieu ! J'ai toujours eu envie de faire ça !

Un amusement incrédule se lisait sur le visage de Nolan.

— Tu es vraiment un sacré numéro, tu sais ?

— Oui, je sais, monsieur l'agent du FBI.

Elle agrippa son T-shirt et l'entraîna avec elle en reculant vers le bureau.

— Qu'est-ce que tu dirais de m'embrasser au lieu de parler ?

Elle noua les jambes autour de sa taille et l'attira à elle en s'allongeant sur son bureau.

— Fais-moi l'amour, Nolan.

Un sourire éclaira son visage.

— On ne peut pas faire plus limpide.

Un corps chaud remua à côté de lui, et Nolan sortit de sa léthargie. Summer tourna la tête pour le regarder, et il repoussa de la main les cheveux dorés qui lui tombaient sur le visage.

— Salut, toi, murmura-t-elle d'un ton somnolent.

— Salut, toi. Tu savais que tu ronflais ?

— Ce n'est pas vrai !

— Si.

La voyant ouvrir la bouche pour protester, il lui embrassa le bout du nez.

— Je trouve ça adorable.

— Écoute, c'est la saison des allergies en ce moment, et…

Il rit.

— C'est toujours la saison des allergies au Texas, Sum. Je parie que « Texas » veut dire « allergies » en espagnol.

Elle gigota, et le glissement de sa peau nue contre la sienne l'excita à nouveau.

— Quelle heure est-il ? Je ne voulais pas m'endormir.

Il contempla la petite pièce sans fenêtre et avisa son pantalon, jeté par terre près de la porte.

— Mon téléphone est dans la poche de mon jean. Aller le chercher, ça voudrait dire sortir de ce nid douillet et… te quitter – il pressa un bref baiser sur ses lèvres –, et je n'en ai pas envie.

— Hum…

Elle lui lança un regard mi-sérieux mi-moqueur.

— Et le mien était sur mon bureau avant que je le débarrasse pour que nous soyons plus à l'aise.

Il gloussa en se rappelant son mouvement impétueux.

— Je crois que j'ai cassé mon agrafeuse.

Il se blottit contre elle et lui embrassa le dessus du crâne.

— Je t'en achèterai une neuve pour Noël.

— Noël ? C'est dans deux mois ! Comment vais-je faire pour agrafer des papiers d'ici là ?

— Je ne sais pas… Avec des trombones, peut-être ?

Son téléphone sonna alors qu'il riait. Il envisagea de l'ignorer, mais la possibilité de manquer un message important le poussa à sortir du lit pour aller le chercher. Il jeta un coup d'œil à l'écran. C'était son avocat. Le temps qu'il décroche, l'appel était passé sur la boîte vocale. Comme l'air froid sur sa peau, le rappel de ses ennuis à Chicago lui fit l'effet d'une gifle.

Pourquoi avait-il couché avec Summer ? Pourquoi s'était-il impliqué avec une femme dont il savait qu'elle mettait tout son cœur dans tout ce qu'elle faisait ? Une boule de regret se forma dans son estomac, et il grommela un juron.

Summer s'assit sur l'étroite couchette, le drap plaqué contre sa poitrine.

— Nolan ? Qu'est-ce qu'il y a ? Qui est-ce ?

— Mon avocat. Je… Je vais le rappeler dans la salle de bains.

Il contempla son téléphone avant de ramasser son pantalon et ses chaussettes sur le plancher.

— Écoute, il est 15 h 30. On devrait y aller. Tu n'avais pas prévu d'autres entretiens aujourd'hui ?

Elle se contenta de le fixer, le front plissé.

— Qu'est devenue l'idée de rester à la maison ? Tu n'as pas aimé ça ?

Il inspira lentement, se baissa pour prendre ses chaussures et fixa le mur, incapable de croiser son regard.

— Si, mais…

— Nolan, ne…

— Summer, nous savons tous deux que c'était une erreur.

Il l'entendit souffler de frustration.

— Je ne sais rien du tout. Ça voulait dire quelque chose pour moi !

— Et c'est exactement pour ça que c'était une erreur.

Il lui tourna le dos pour sortir de la pièce, s'arrêtant assez longtemps pour murmurer :

— Je suis désolé, Summer.

14

Summersavait que Nolan réagirait ainsi. Mais cela ne faisait pas moins mal de l'entendre rabaisser ce qui avait été si spécial pour elle.

Elle avait aussi compris qu'il avait envie cogner sur quelque chose. Elle l'avait regardé arpenter son bureau comme un lion en cage, les dents serrées, et elle n'avait pas eu besoin de lumière pour savoir qu'il était aussi tendu qu'une corde de guitare. Comme elle avait aussi besoin de décharger tension et frustration, elle l'avait emmené à la salle de sport. Ils s'étaient tous deux défoulés sur un gros sac de frappe, puis avaient pris une douche avant de repartir pour leurs prochains entretiens.

Même si Nolan semblait plus détendu après l'exercice, Summer était morte de fatigue et très triste. Mais elle refusait de laisser sa vie personnelle interférer avec ses responsabilités.

— Je veux parler à Tom Kain, dit-elle à Nolan tandis qu'il balançait son sac de sport sur le siège arrière.

Il se glissa derrière le volant et lui adressa un regard sombre.

— Tu peux venir avec moi ou non, dit-elle, devinant la raison de cette hésitation. Mais j'y vais.

L'expression de Nolan se modifia, la résignation remplaçant le scepticisme.

— Il y a trop de rumeurs pour que j'ignore la possibilité qu'il ait sa place dans le tableau d'ensemble, ajouta-t-elle.

— Parfait.

Retombant dans le silence, il sortit du parking et prit la direction du centre-ville.

Summer étudia son profil, ses cheveux humides, sa mâchoire tendue.

— Alors ça va être comme ça, maintenant ? Tu vas bouder en silence et répondre par un mot à mes questions ?

Il lui glissa un regard, fronça les sourcils, puis soupira.

— Non. Mais…

Il serra les dents et secoua la tête.

— J'ai besoin de temps pour réfléchir. À nous. À l'affaire.

Il lui lança un bref coup d'œil.

— À l'appel de mon avocat.

— Il t'a donné de mauvaises nouvelles ?

— Non. Pas exactement. Il m'a dit que mon patron l'a appelé. Ils ont terminé l'enquête et ils vont se réunir ce week-end pour revoir les informations avec les affaires internes. Je devrais avoir une réponse sur mon avenir au FBI.

Summer sentit son estomac se nouer.

— Waouh, c'était rapide ! Tu penses que… Ton avocat pense que c'est bon signe ? Qu'ils aient fini si vite ?

Nolan haussa les épaules.

— Il ne me l'a pas dit et je n'ai pas posé la question. C'est cette rue ? demanda-t-il en désignant le carrefour devant eux.

— Oui, à gauche.

Sur la dernière centaine de mètres, ils ne parlèrent plus de l'avenir de Nolan, ni de leur relation, ni de n'importe quelle chose qui tournoyait dans la tête de Summer. Fermant les yeux, elle se prépara mentalement à affronter le présumé trafiquant drogue. Il fallait qu'elle soit au top de sa forme.

Ils s'arrêtèrent devant le garage juste au moment où un mécanicien en combinaison fermait les baies. Summer adressa à l'homme un sourire amical en sortant de la jeep. L'homme hocha la tête.

— Désolé, madame, mais il faudra revenir demain.

— Nous ne sommes pas venus pour une réparation. Nous aimerions parler à Tom Kain, s'il est là.

Summer estima que le mécanicien avait une quarantaine d'années, à en juger par son crâne dégarni et les poils gris émaillant sa courte barbe. L'homme fronça les sourcils et sortit un chiffon de sa poche pour s'essuyer les mains.

— Il est là. Qu'est-ce que vous lui voulez ?

— Nous aimerions lui poser quelques questions, dit Nolan en se joignant à elle.

L'autre homme le dévisagea les yeux plissés.

— Vous êtes flics ?

— Pourquoi pensez-vous cela ?

— Vous en avez l'air, répondit le mécanicien, qu'une étiquette sur sa combinaison identifiait comme « Walter ».

— Vraiment ? dit Summer en penchant la tête. En général, on me dit que j'ai l'air d'une lycéenne.

Elle lui adressa un sourire amical.

— Voudriez-vous dire à M. Kain qu'il a des visiteurs ? Nous promettons de ne pas lui prendre trop de temps.

Walter les considéra avec méfiance avant de hausser une épaule et de se diriger vers la réception. Summer et Nolan le suivirent.

— Attendez ici, leur dit-il.

Il disparut par une porte latérale. De fortes odeurs de pétrole et de moisissure flottaient dans l'air, et Summer survola du regard les bidons d'huile, les filtres et les tuyaux alignés sur les étagères. Le mur perpendiculaire avait une grande vitrine où l'on avait scotché de vieilles coupures de journaux jaunies. Sur l'autre était accroché un calendrier illustré d'une photo de voiture de sport.

Les mains dans les poches, Nolan notait lui aussi les détails. Elle se demanda s'il avait remarqué quelque chose.

— Bonsoir messieurs-dames. Walter m'a dit que vous me cherchiez ?

Cet aimable accueil venait de la porte par laquelle Walter avait disparu. Un homme aux yeux d'un bleu perçant, aux cheveux châtain clair et à la mâchoire carrée s'avançait vers eux. C'était *lui* Tom Kain ? Summer ne s'attendait pas à ce que quelqu'un d'aussi jeune et beau soit le propriétaire d'un garage. Elle avait décidément des préjugés, songea-t-elle avec une pointe de culpabilité. Puis elle se rappela qu'Avery était convaincue que Tom Kain faisait du trafic de drogue, et un autre stéréotype vola en éclats. Kain avait plus l'air d'un assureur ou d'un dentiste que d'un trafiquant de drogue tel qu'on l'imaginait d'ordinaire.

— Que puis-je faire pour vous ? demanda-t-il en leur adressant un sourire de guingois.

Summer lui tendit la main et se présenta comme une enquêtrice associée à Nolan.

— Si vous avez une minute, nous aimerions vous poser quelques questions au sujet d'une enquête que nous menons.

Un air d'excuse voila le sourire de l'homme.

— Je n'ai vraiment qu'une minute, j'en ai peur.

Il regarda la pendule au-dessus de la porte comme pour renforcer cette affirmation.

— Je dois partir pour la réunion du conseil municipal.

— Vous faites partie du conseil municipal ? demanda Nolan.

Kain secoua la tête.

— Non. Je n'ai pas envie de faire de la politique, mais en tant qu'entrepreneur je crois qu'il est de ma responsabilité de me tenir au courant.

— Bien sûr. Eh bien… Nous essaierons de ne pas vous retarder.

Summer nota qu'il ne les invitait pas à entrer dans son bureau, signe qu'il était pressé de se débarrasser d'eux.

— Nous enquêtons sur la mort de Patrice Eccleston, et son père nous a dit qu'elle a passé un entretien d'embauche ici il y a quelques mois. Vous vous en souvenez ?

Kain se gratta le menton, le front plissé.

— Eccleston, vous dites ? Autant que je me souvienne, nous avons fixé un rendez-vous et elle s'y est présentée, mais elle a quitté les bureaux avant que nous puissions parler.

— Elle est partie ? releva Nolan. Pourquoi ?

Kain haussa les épaules, un charmant sourire aux lèvres.

— Je ne pourrais pas vous le dire. Je suppose qu'elle a changé d'avis. Ou peut-être était-elle lasse d'attendre. J'avais été retardé par le maire ce jour-là, et je crains de l'avoir fait patienter un bon moment.

— Combien de retard aviez-vous ? demanda Summer.

Kain souffla bruyamment en réfléchissant.

— Une demi-heure à peu près. En général, je ne suis pas aussi négligent mais, si vous avez rencontré le maire, vous devez connaître son bagou. Comme je cherchais à le convaincre de diminuer les impôts des petites sociétés, je n'ai pas voulu le brusquer.

Nolan se tourna vers Walter, qui se tenait toujours dans l'embrasure de la porte.

— Vous étiez là pendant qu'elle attendait ?

Walter parut alarmé d'être inclus dans la conversation. Il fit passer son poids d'un pied à l'autre et croisa les bras.

— Euh… Oui et non.

— C'est-à-dire ? dit Nolan.

— Je… Euh…

Il regarda Kain, puis de nouveau Nolan.

— J'étais là, mais je ne l'ai pas vue partir. Je travaillais sous une voiture.

Il fixa le bout de ses chaussures de travail.

Summer jeta un bref coup d'œil à Nolan, mais son visage était impassible. Comme elle formulait sa question suivante, Kain s'éclaircit la gorge et redressa un certificat encadré sur l'étagère derrière le comptoir. Elle lut donc les mots en gros caractères, remerciant Tom Kain pour son soutien financier à la bibliothèque de la ville. Kain croisa le regard de Summer et, feignant la modestie, retourna le certificat.

— Je devrais vraiment jeter ce vieux machin, mais je ne voudrais pas que les bonnes gens de la bibliothèque pensent que je n'apprécie pas leur reconnaissance.

Il lui adressa un sourire contraint.

— Pas plus que l'Église baptiste ou le service pédiatrique

à l'hôpital pensent que je recherche leur gratitude en leur faisant des dons.

Summer se mordit la joue pour ne pas rire tout haut de ces manœuvres évidentes. Kain considéra à nouveau la pendule d'un geste théâtral.

— Je dois vraiment y aller. Désolé de ne pas avoir pu vous aider.

Il se prépara à partir, mais Nolan s'interposa.

— Une dernière chose. Le nom Melody vous dit-il quelque chose ?

Du coin de l'œil, Summer vit Walter relever vivement la tête. Sans s'émouvoir, Kain fit une moue pensive.

— Non. Je ne peux pas dire que je connais ce nom-là.

Walter avait repris un air neutre.

— Vous êtes sûr ? Est-ce que cela pourrait avoir un autre sens pour vous ?

Summer inclut Walter dans la question. Les deux hommes échangèrent un bref coup d'œil, dans lequel Summer ne lut rien de significatif. Bon sang ! Elle espéra que Nolan avait déchiffré des subtilités qui lui avaient échappé.

— Si c'est tout…

Kain contourna Nolan et décrocha une veste du portemanteau près de la porte.

— Je dois y aller. Laissez-moi vous raccompagner.

Summer aurait voulu rester pour parler à Walter hors de la présence de Kain, mais l'expression de ce dernier était passée de l'amabilité à une détermination sans faille. Elle tira donc deux cartes de visite de son sac et les remit à chacun d'eux.

— Merci de nous avoir accordé quelques minutes. Si vous pensez à quelque chose qui pourrait nous être utile, appelez-nous s'il vous plaît. Jour et nuit.

Ils suivirent Kain. Pour quelqu'un qui était en retard, il se déplaçait avec une lenteur surprenante. Summer comprit qu'il les observait, voulant s'assurer qu'ils partaient avant lui.

Nolan fit halte près de la portière de sa jeep et regarda Kain se glisser au volant d'une Mercedes Classe S.

Finalement, quand ils sortirent du parking pour retourner au bureau, la Mercedes sortit de l'allée et prit la direction opposée à celle de l'hôtel de ville.

Après avoir ruminé un instant la rencontre avec Kain, Summer rompit le silence.

— Regardez-moi, je donne de l'argent aux bonnes causes, dit-elle d'une voix moqueuse. Je suis un homme d'affaires important et bienveillant.

Nolan se mit à rire.

— Exactement.

L'entendre rire fit merveille sur son humeur. Un petit morceau de leur amitié avait donc survécu ?

— Alors… Des pensées ? demanda-t-elle.

Avant qu'il puisse parler, son téléphone sonna.

— Allô !

— Rejoignez-moi derrière le garage. Kain a des caméras de sécurité partout sauf là. Ne vous garez pas près du garage.

Summer sentit son pouls accélérer.

— Walter ?

— Oui. Rejoignez-moi dans cinq minutes.

L'appel fut coupé.

Nolan lui jeta un regard interrogateur.

— Qu'est-ce qu'il t'a dit ?

— Il veut parler, mais il m'a donné des instructions pour que nous ne soyons pas repérés par les caméras de sécurité.

Elle rangea son téléphone.

— Je crois que nous allons enfin faire une percée dans cette affaire.

15

Avant de quitter la voiture, Nolan prit son revolver dans la boîte à gants. Il le fourra dans son holster et tira le pan de sa veste par-dessus. Summer lui lança un regard grave.

— Il faut que nous soyons prudents. Je veux que tu restes derrière moi. Si Avery a raison à propos de Kain, il pourrait être le patron de Walter à plus d'un égard, si tu vois ce que je veux dire.

— Tu penses que nous avons déclenché quelque chose en parlant à Kain ? demanda Summer, inquiète.

— Nous serions idiots d'ignorer cette possibilité.

Nolan tendit la main pour lui caresser la joue, mais la retira aussitôt. Il ne tiendrait jamais son désir en laisse s'il n'arrêtait pas de la toucher. Il soupira.

— Je ne laisserai personne te faire du mal, Summer, je te le promets.

Ils s'approchèrent prudemment du garage, s'arrêtant tous les dix mètres. Le soleil venait de se coucher, et les ombres brouillaient la vue.

— Le voilà, dit Summer en désignant le bout incandescent d'une cigarette dans la pénombre.

Elle voulut traverser la rue, mais Nolan se hâta de la rattraper par le bras.

— Reste derrière moi, ordonna-t-il d'un ton un peu sec.

Elle se tourna vers lui, bouche pincée.

— C'est mon affaire, Nolan. Ne crois pas que, parce que tu as une arme, tu es le boss.

— C'est pourtant ta meilleure chance de rester en vie si nous sommes attaqués. Tu crois vraiment qu'un dealer apprécie que nous venions lui renifler les basques ?

Il sentit Summer frissonner.

— Tout ce que je dis, c'est que nous devons faire attention. Tu diriges la conversation mais garde les yeux ouverts. Et si je te dis de courir ou de te baisser, fais-le immédiatement. C'est compris ?

Elle s'humecta les lèvres et hocha la tête. Nolan serra les dents. Il était essentiel qu'il se concentre.

La main sur la crosse de son arme, il entraîna Summer. Quand ils furent plus près, ils virent le mégot chuter et s'éteindre sous un pied.

— Montrez-moi vos mains, siffla une voix masculine.

Summer leva les mains, mais Nolan répliqua :

— Vous aussi, mon vieux.

Quand l'homme s'exécuta, Nolan leva les siennes. Mais pas avant d'avoir vérifié qu'il s'agissait bien du mécanicien.

— Rebonjour, Walter, dit Summer Merci de m'avoir appelée.

Elle laissa tomber ses mains. Walter se tendit visiblement.

— Levez-les. Vous portez un micro ?

— Non. Je…

Elle hoqueta quand l'homme fit un pas vers elle.

— Hé !

— Du calme, mon vieux, s'interposa Nolan.

Le mécanicien leva le menton d'un air de défi.

— Je vous fouille ou je m'en vais.

Summer posa une main sur le bras de Nolan.

— Laisse-le faire. Nous n'avons rien à cacher.

À l'adresse de Walter, elle ajouta :

— Mon associé a une arme… mais seulement pour nous protéger. Elle restera dans son étui tant que vous ne nous donnerez aucune raison de la dégainer. Mais donnant-donnant : vous nous fouillez, nous vous fouillons aussi.

L'homme les considéra tour à tour et hocha la tête. Tandis que les palpations s'effectuaient, Nolan continua de surveiller les environs. Enfin Walter recula.

— Avant que je vous dise quoi que ce soit, je veux votre promesse que Kain ne saura jamais que je vous ai parlé. Si vous le lui dites, je nierai et…

— Vous avez notre parole, dit Summer. Tout ce que vous nous direz restera strictement confidentiel. Je protège mes sources à cent pour cent, je vous le promets.

— Vous avez aussi ma parole, dit Nolan.

Walter hocha la tête et fit jouer ses épaules.

— Vous avez parlé de Melody. Pourquoi ?

— Vous connaissez une Melody ? demanda Summer.

— Répondez-moi. Où avez-vous entendu ce nom ?

— Je viens de jurer de ne pas parler de vous. Mes sources méritent la même faveur. Qui est Melody ?

Le mécanicien essuya ses mains sur sa combinaison en soupirant.

— Ce n'est pas qui, mais quoi.

— Que voulez-vous dire ? demanda Summer en sortant son cahier.

Walter le contempla avec malaise.

— N'écrivez rien.

Elle céda et remit le cahier dans son sac.

— Alors qu'est-ce que c'est ?

— Melody est… la Mercedes de Kain.

— Sa Mercedes ? répéta Summer.

Walter acquiesça.

— Melody fait sa fierté. Il est obsédé par cette bagnole.

— Vous parlez de celle qu'il conduisait ce soir ?

Walter eut un mouvement de recul.

— Il a sorti Melody ce soir ? dit-il avec un rire rauque. C'est rare. En général, il la garde sous une bâche au fond du garage. Quand il la sort, c'est pour impressionner les gens.

— Les membres du conseil municipal ? demanda Summer.

— Ouais. Mais il les a déjà mystifiés.

— Qu'est-ce que vous voulez dire par « mystifiés » ? s'enquit Summer.

— Il trompe les gens, dit Walter comme si c'était évident.

— Il les trompe comment ? insista Nolan.

— Écoutez, je ne devrais même pas vous parler.

Walter recula d'un pas et leva les mains.

— S'il le découvre…

— Nous ne le dirons à personne. S'il vous plaît, Walter…

Summer écarta les mains et prit un ton suppliant.

— Nous essayons seulement de rendre justice à cette jeune femme assassinée.

L'agitation de Walter ne fit que croître. Enfin, il dit :

— J'ai menti.

Summer jeta un coup d'œil à Nolan.

— À propos de quoi avez-vous menti ?

— Je l'ai vue – la fille – quand elle est venue au garage.

— Vous avez vu Patrice Eccleston ? Vous lui avez parlé ?

— Oui. Pas longtemps. Je lui ai dit que Kain n'était pas encore là. Elle était censée attendre à la réception, mais…

Il ramassa les épaules.

— Elle s'est approchée de la voiture sur laquelle je travaillais. J'y ai pas vu de mal, puisqu'elle était venue pour un entretien d'embauche.

Il s'essuya le nez en regardant les ombres au loin.

— Et ? le pressa Summer.

— Kain avait garé Melody dans le garage ce jour-là. Il l'avait sortie plus tôt et il n'avait pas encore remis la bâche.

Nolan se demanda si c'était aussi bizarre pour Summer que pour lui d'entendre Walter se référer à une voiture comme à une femme.

— En tout cas, j'étais sous une bagnole comme j'ai dit mais, de là où j'étais, je voyais les pieds de la gonzesse, vous me suivez ?

— D'accord, dit Summer en l'observant de près.

— Eh bien, je l'ai vue marcher vers Melody et regarder

par les vitres. Pourquoi pas ? Cette voiture ferait bander n'importe qui…

Il s'arrêta et jeta un regard d'excuse à Summer.

— Désolé, m'dame. Je veux dire…

— Je sais ce que vous voulez dire. Continuez…

— Eh bien, je ne sais pas ce qui s'est passé. J'ai entendu une sorte de hoquet. Du genre effrayé. J'ai tourné la tête et je l'ai vue qui se relevait. Elle était accroupie près de la roue avant. Elle a reculé et elle a filé.

— Vous l'avez suivie ou vous êtes allé voir ce qui l'avait bouleversée ? demanda Summer.

Walter secoua la tête.

— Ça m'a pas paru utile. Y'a plein d'araignées dans le garage. Je me suis dit que la gonzesse avait eu peur d'une bestiole.

Nolan jeta un regard à Summer. Il était de plus en plus irrité par la manière dont le mécanicien appelait Patrice « la gonzesse ». Que devait-elle ressentir, elle qui était spécialement sensible au sexisme ?

Elle demanda pourtant d'un ton calme :

— Comment a réagi M. Kain quand il a appris qu'elle était partie ?

Walter haussa les épaules.

— Il a rien dit. Jusqu'à ce que je lui dise qu'elle avait admiré Melody. Ce bon vieux Tom n'a pas du tout aimé ça. Il est vraiment protecteur avec elle.

Summer mordilla l'ongle de son index, le front plissé.

— Vous avez dit que Kain a des caméras partout. Ces caméras ont-elles pu lui montrer ce que Patrice avait découvert ?

— C'est sûr. Tom repasse les bandes chaque soir. On peut pas l'accuser de négligence. La seule raison pour laquelle il n'y a pas de caméra ici… c'est qu'il n'y a rien.

— Expliquez-nous sa réaction…

Le mécanicien marmonna un juron.

— Faut que j'y aille. J'en ai déjà trop dit.

— Attendez, dit Summer en le retenant par la manche. Juste une dernière qu…

— Non ! Je n'aurais rien dû vous dire. Je…

Il se rapprocha de Summer au point de la toucher.

— Vous devez me jurer que vous ne le direz à personne.

Nolan plaqua une main sur sa poitrine.

— Reculez, mon vieux.

Sans paraître avoir entendu, Walter leva des yeux suppliants.

— Faut me comprendre. J'ai une famille, une hypothèque. J'ai besoin de ce boulot. Si Kain flaire quelque chose…

Il secoua la tête.

— Je ne peux pas dire si les rumeurs sont vraies ou non. Mais je sais que j'ai pas intérêt à le contrarier.

Comme s'il prenait soudain conscience que c'était exactement ce qu'il avait fait, il recula en titubant.

— Ne lui cherchez pas des poux. Il a très mauvais caractère. Je vous aurai prévenus.

16

— Je veux examiner la voiture de Kain, dit Summer quelques minutes après.

Ils étaient assis en silence dans l'obscurité, digérant ce qu'ils venaient d'apprendre.

— Idem.

Nolan remua la tête pour détendre les muscles de son cou.

— Surtout les roues.

— Oui. Mais comment allons-nous faire pour nous en approcher si Kain protège Melody ?

Summer changea de position pour mieux voir Nolan. Elle sentait son odeur tout autour d'elle. Chacun de ses gestes, chacune de ses inspirations la grisait. Puis ses paroles lui revenaient en tête, et son cœur tombait comme une pierre dans sa poitrine, tuant tout espoir. *C'était une erreur. Je suis désolé, Summer.*

— Nous savons qu'il conduisait la Mercedes ce soir.

La voix de Nolan la ramena au sujet. Elle fit effort pour se concentrer sur Kain et sa voiture bien-aimée tandis que Nolan faisait crisser sa barbe naissante. Un bruit qui lui rappela qu'il lui avait légèrement écorché les seins et les cuisses. Elle serra les poings sur ses genoux et ajouta :

— Il pourrait être n'importe où, en fait.

Nolan mit le contact. Le moteur fit entendre un ronronnement qui évoqua ses grognements de satisfaction quand… *Pour l'amour du ciel, Summer ! Il t'a dit que c'était une erreur ! Alors passe à autre chose !*

— Allons voir s'il est vraiment au conseil municipal, dit Nolan en s'engageant dans la rue menant à l'hôtel de ville.

Dans le parking, un flot de gens et de voitures leur fit comprendre que le conseil était terminé. Summer tendit le doigt.

— Le voilà.

— Avec Melody.

Nolan s'esclaffa.

— Il a donné un prénom à sa voiture !

— Et alors ? dit-elle en croisant les bras.

— Tu ne trouves pas ça… Attends, tu as aussi donné un prénom à ta voiture ?

— Pas ma voiture actuelle, mais… j'ai donné un nom à la première que j'ai eue.

Il dissimula un sourire avec une moue.

— Et comment l'as-tu appelée ?

Elle braqua un regard intense sur lui.

— Nolan.

Il croisa son regard puis cilla, comprenant soudain.

— Tu l'as appelée comme ça ? Nolan ?

— Tu me manquais. Ça me donnait l'impression d'être près de toi. Et la voiture était têtue comme toi, alors…

Ce dernier point était inexact, mais il fallait minimiser l'importance de son aveu. Il fixa à nouveau le pare-brise.

— Je ne sais pas quoi dire.

— Rien. Il n'y a rien à dire.

Elle agita la main en signe de lassitude.

— Tu peux me ramener au bureau ?

— D'accord. Pourquoi ne pas s'arrêter en chemin et prendre une pizza ?

— Non, merci. Je suis fatiguée. Je vais travailler sur mes notes et me coucher tôt.

Dans un lit qui retenait encore l'odeur de Nolan. Pourrait-elle encore y dormir sans penser à lui ?

Summer évita Nolan le jour suivant. Durant la nuit, un front froid était arrivé, avec une couverture nuageuse. Malgré la morosité du temps, elle fit un long jogging. Devant les maisons, des enfants jouaient sur des pelouses taillées au cordeau. Le genre de maison et d'enfants qu'elle avait toujours rêvé d'avoir…

Combattant la dépression, elle pressa le pas. Elle aurait une maison et une famille un jour. Peut-être pas avec Nolan – son cœur battit douloureusement à cette idée – mais un jour. Elle termina par la salle de sport, où elle prit une douche avant de retourner chez elle d'un pas plus lent. Les feuilles d'automne, vibrantes de couleur au soleil, semblaient plus ternes. Elle passa le reste de la journée avec Yossi sur les genoux, lisant, dormant et regardant les derniers épisodes de *Mme Maisel, femme fabuleuse*.

Le lundi matin à la première heure, Nolan se présenta à sa porte, avec du café et des bagels à la cannelle. Elle se força à sourire joyeusement.

— Bonjour.

Nolan posa le sac sur le comptoir, et elle sentit son regard tandis qu'elle mordait dans un bagel encore tiède.

— Est-ce que ça va ? demanda-t-il en s'adossant au comptoir et en croisant les bras.

Elle feignit la nonchalance en parlant la bouche pleine.

— Bien sûr. Tout va bien.

Il continua de la fixer comme s'il lisait en elle. Elle prit une grande gorgée de café et posa le gobelet.

— Il faut faire le suivi de plusieurs choses aujourd'hui. Dawson doit être de retour, et il faut parler à Forrest et à Thompson de ce que nous a dit Walter.

— Hum hum, fit Nolan. Pourquoi tu ne me regardes pas ?

Elle lui jeta un bref coup d'œil.

— Quoi ?

Il soupira et, ouvrant les bras, l'attira contre lui.

— Tu sais que je n'ai pas voulu te faire de mal. J'ai essayé de toutes mes forces d'éviter… ça.

— Je vais bien, Nolan.

Il resserra son étreinte, et elle lui passa un bras autour de la taille, luttant contre les larmes. Elle devait maîtriser ses émotions ou elle n'arriverait jamais au bout de la journée. Il fallait à tout prix lui cacher l'étendue de son chagrin.

— Si tu es sûre…

— Hum hum.

Il l'embrassa sur le haut du crâne et recula.

— Alors, Dawson… Et parler à Forrest et à Thompson de Melody.

Trente minutes plus tard, ils étaient au cabinet Lukas, Jolley et Fitzsimmons, devant la réceptionniste.

— Je crois comprendre que vous vouliez parler à Me Dawson, dit la réceptionniste. Il m'a demandé de vous dire qu'il n'a aucun commentaire à faire. Il est très occupé.

— Ça ne m'étonne pas, dit Nolan d'un ton sarcastique. Où est son bureau ?

— Je suis désolée, je ne peux pas…

Posant les deux mains à plat sur le bureau, Nolan approcha son nez à quelques centimètres de son visage.

— Nous ne partirons pas avant de l'avoir vu, alors dites-nous seulement où le trouver et nous vous ficherons la paix.

La femme pinça les lèvres d'un air découragé.

— C'est un de mes patrons. Il pourrait me renvoyer si…

Une porte s'ouvrit dans le couloir, et un homme d'âge moyen, légèrement dégarni, sortit en hurlant :

— Candace ? J'ai reçu ce fax du cabinet Gieger ?

La réceptionniste se redressa et vrilla son regard dans celui de Summer. C'est lui, chuchota-t-elle discrètement avant de se tourner vers l'avocat.

— Désolée, maître Dawson, je ne l'ai pas encore eu.

— Bon sang ! Ils m'avaient promis qu'ils l'enverraient à la première heure.

Dawson assena une claque sur le mur et se retourna pour rentrer dans son bureau.

— Euh, maître Dawson ? dit Candace derrière lui. Ces personnes aimeraient vous voir quelques minutes.

Il se retourna et dévisagea Nolan et Summer.

— Accident de voiture ? Divorce ? Testament ?

— Enquête pour meurtre, dit Summer.

Dawson agita la main.

— Je ne prends pas les affaires criminelles, mais je suis sûr que quelqu'un au cabinet…

— Nous ne voulons pas vous engager mais vous poser des questions.

Summer tendit la main.

— Summer Davies, de Davies Investigations. Vous connaissiez Patrice Eccleston…

L'homme pâlit visiblement. Ses lèvres s'agitèrent, mais seuls des sons étranglés en sortirent. Il lança un regard de reproche à Candace avant de reporter son attention sur Summer.

Nolan les rejoignit et se présenta également. Sa main tendue fut ignorée. Après quelques secondes de silence embarrassé, Dawson déclara :

— Comme je l'ai dit, je n'ai aucun commentaire à faire. La confidentialité des échanges client-avocat…

— Patrice était votre cliente ? demanda Summer. Pour quelle raison est-elle venue vous voir ?

— C'est, euh…

Dawson s'éclaircit la voix et rejeta les épaules en arrière.

— Je suis très occupé aujourd'hui. Je n'ai vraiment pas le temps de…

— Nous ne vous prendrons que quelques minutes, dit Nolan en contournant l'avocat.

— Hé ! Revenez ici. Vous ne pouvez…

Mais Nolan franchissait déjà la porte que Dawson avait laissée ouverte. Summer dissimula un sourire devant son audace. Se penchant vers Dawson, elle murmura :

— Ne vous inquiétez pas, Kenneth. Ce sont des questions faciles. Comme nous avons déjà entendu parler de votre liaison, il n'y a pas de raison de la dissimuler.

L'homme écarquilla les yeux et glissa un regard coupable à la réceptionniste, qui faisait mine de ne pas écouter.

— Pas ici, dit-il en serrant les dents.

— Bien sûr que non. Après vous.

— Je ne mentais pas en disant que Patrice était ma cliente, dit calmement Dawson dès qu'il eut refermé la porte.

Il ne leur offrit pas de s'asseoir, mais Nolan prit place dans un des fauteuils en cuir dans une posture détendue.

— Expliquez-nous ça.

Summer n'aimait pas son attitude insouciante et s'efforça de le lui signaler. Mais il agita seulement les doigts, comme pour dire *tout va bien, je sais ce que je fais.* Summer prit donc le second fauteuil et se concentra sur Kenneth.

— Un ami de Patrice nous a dit qu'elle avait une liaison avec un homme marié. Était-ce vous, monsieur Dawson ?

L'avocat se laissa lourdement tomber dans son fauteuil et bafouilla :

— Je... Elle ne... Ma femme...

— Nous ne lui dirons jamais, l'assura Summer.

— Bien que, si l'on en juge par les rumeurs, vous devriez envisager de lui en parler, dit Nolan. Et arrêter d'ennuyer les autres femmes. Ça s'appelle du harcèlement et ce n'est pas acceptable. Suis-je clair ?

Kenneth serra les bras de son fauteuil et hocha la tête. Après quelques secondes de silence, il lâcha :

— Au départ, Patrice est venue me voir pour un conseil juridique sur une question particulière, et... en raison de la nature de son problème, je l'ai rencontrée plusieurs fois en quelques jours.

— Quelle était cette question ?

Le cœur battant, Summer ouvrit son cahier. Elle avait le sentiment qu'ils étaient sur quelque chose d'important. Dawson agita l'index dans sa direction.

— Qu'est-ce que vous écrivez ?

— Juste des notes.

— Je ne tiens pas à ce que vous notiez ce que je dis, proféra-t-il les sourcils froncés.

Nolan sortit son téléphone.

— Vous préférez que nous enregistrions la conversation ?

Kenneth les contempla tour à tour.

— Je vous l'ai dit, je ne peux rien vous révéler en raison de la confidentialité des échanges entre elle et moi.

Summer savait qu'ils étaient tout près de résoudre cette affaire. Elle devait trouver un moyen de faire parler Kenneth.

— Mais ne pourriez-vous parler si vous saviez que cela empêcherait un crime ?

L'avocat cilla rapidement et pencha la tête.

— Je vous demande pardon ?

— Est-il possible que ce que Patrice vous a confié puisse être un indice quant à celui qui l'a tuée ?

L'expression de Dawson confirma clairement que c'était le cas. Nerveuse, Summer lança un coup d'œil à Nolan.

— Et si vous pouviez empêcher l'agression ou la mort d'une autre personne, vous ne pensez pas que vous auriez l'obligation morale de le faire ?

Kenneth ferma les yeux et pinça les lèvres d'un air malheureux.

— Vous devez nous aider à arrêter son meurtrier.

Summer avança sur le bord de son fauteuil et plaqua les mains sur le bureau. Oui, elle finassait pour donner à Dawson une raison de parler. Mais son air anxieux indiquait qu'il réfléchissait à ses arguments. Enfin, il laissa tomber les épaules et se pencha en avant.

— Si je parle, ce pourrait être moi la prochaine victime.

Summer et Nolan échangèrent un regard tendu.

— Mon cousin Forrest travaille pour la police, dit Nolan. Je peux demander qu'on vous protège.

Kenneth fixa son bureau, les doigts noués.

— Je veux aussi une protection pour ma famille.

— Ce sera fait.

Summer ignorait comment Nolan pouvait promettre cela, mais elle ne fit aucun commentaire.

— Tout ce que je peux dire, reprit l'avocat, c'est qu'elle avait vu quelque chose. La preuve d'une activité illégale. Elle voulait savoir si la loi l'obligeait à le signaler. Elle avait peur de se mettre en danger.

— Qu'a-t-elle vu ? lâcha Summer.

— C'est tout ce que je peux dire.

— Maître Dawson, pouvez-vous juste…

— Non ! répondit-il d'un ton ferme. Elle avait peur pour sa vie, et je crois que quelqu'un de très dangereux l'a tuée pour la faire taire. Je ne veux pas être la prochaine victime.

Nolan se percha au bord de son siège et intervint :

— Nous pourrions mieux vous protéger si nous savions de quoi ou de qui il s'agissait.

Kenneth sauta sur ses pieds, secouant la tête.

— Non. C'est terminé.

— Mais si nous pouvions…

Il coupa Summer en décrochant son téléphone.

— Voudriez-vous faire raccompagner mademoiselle Davies et monsieur Colton, s'il vous plaît ?

Nolan se leva à son tour.

— Inutile. Nous partons.

Summer éprouvait presque un sentiment de panique à l'idée de voir la chance de résoudre l'affaire leur échapper.

— Mais…

Nolan la prit par le bras et l'entraîna vers la porte.

— Merci de nous avoir accordé de votre temps, maître Dawson. Rappelez-vous ce que je vous ai dit, hein ?

Dawson lui lança un regard noir et retomba dans son fauteuil.

Tandis qu'ils ressortaient du cabinet, Summer se repassa ce qu'avait dit l'avocat. Patrice avait eu peur de signaler sa découverte. *Sa découverte ?* Ce n'était donc pas une action, comme un meurtre ou un vol, mais un objet. Dans la rue, elle plissa les yeux, éblouie par le soleil automnal.

— Nolan, nous sommes partis trop facilement. En insistant, il nous aurait livré la dernière pièce du puzzle.

— Non, répondit Nolan. J'ai vu le moment où il s'est refermé. Celui où un suspect s'aperçoit qu'il en a trop dit.

Summer s'arrêta sur sa lancée et lui jeta un regard aigu.

— Tu penses qu'il est suspect ?

— Non. C'est un crétin qui aime la gaudriole, mais ça n'en fait pas un tueur. Il est terrifié par quelque chose. Ou par quelqu'un.

— Par celui qui a tué Patrice, acheva-t-elle. Donc…

— Retournons au bureau et récapitulons tout. Nous sommes proches de la résolution, je le sens.

Il lui ouvrit la portière passager, et elle hocha la tête.

— Je suis d'accord. Il est temps de nous servir du tableau blanc.

17

Yossi faisait la sieste dans une flaque de soleil sur le bureau quand ils rentrèrent. Summer sentit son cœur battre douloureusement au souvenir de ce qu'elle y avait fait avec Nolan. Nolan qui ne l'aimait pas et avait parlé d'erreur.

Elle repoussa cette pensée douloureuse et inspira à fond. Si elle devait vivre et travailler dans cet espace à l'avenir, il lui faudrait surmonter ces souvenirs. Parce qu'elle n'avait pas les moyens d'acheter un bureau neuf.

Elle incita son chat à abandonner son espace de travail en lui ouvrant une boîte de sa pâtée préférée.

— Allez, Yossi. Le dîner !

Le chat sauta à terre et trotta rapidement vers son écuelle, ronronnant de gratitude. Elle avait terriblement envie de cajoler son ami, mais les responsabilités l'appelaient. Après lui avoir gratté la joue, elle revint vers le bureau, où Nolan inscrivait des commentaires et des schémas sur le tableau.

Durant un instant, elle se tint sur le seuil de la kitchenette, pour l'observer. Son corps mince, ses mouvements efficaces… Son amant. Pour un après-midi unique. Un après-midi qu'elle chérirait le restant de ses jours. Fermant les yeux, elle soupira. *Arrête. Ce n'est pas le moment.*

Nolan et elle avaient un travail important à effectuer. Dawson leur avait livré peu de chose, mais son aveu jetait une nouvelle lumière sur l'enquête. Nolan était-il sur la même longueur d'onde ? Elle le verrait bientôt.

Elle alla ranger son bureau, où Yossi avait poussé les dossiers pour se faire de la place. Prenant son sac, elle sortit son cahier et feuilleta les pages les plus récentes.

— D'accord, ajoute Dawson et une flèche pour le relier à Patrice, que tu appelleras « cliente/liaison ».

Nolan fit un pas de côté pour lui montrer qu'il avait déjà inscrit ces éléments.

— Bien. Alors dans la colonne des faits, ajoute ce que Patrice a vu…

Elle consulta ses notes pour se rappeler les mots de Dawson.

— … la preuve d'une activité illégale.

— C'est ça.

Nolan se tourna vers le tableau. Summer tambourina sur la surface de son bureau, essayant de ne pas se repaître de la vue du fessier et des larges épaules de son partenaire.

— Il n'a pas mentionné le garage de Kain, donc elle aura pu voir n'importe quoi.

Nolan fit la moue, le front plissé.

— Je pense qu'on peut appliquer le rasoir d'Occam ici. L'explication la plus évidente est la bonne.

Elle leva la main, l'encourageant à poursuivre.

— Et quelle explication évidente vois-tu ? Il existe plusieurs options. Nous avons un tueur en série qui a avoué sur son lit de mort. Une infirmière payée pour tuer son patient et qui a disparu. Un camarade de classe à l'amour importun qui est le dernier à avoir vu Patrice vivante. Un père surprotecteur qui ne savait même pas qu'elle avait des camarades ni une liaison avec un homme marié.

Nolan tapota le marker sur sa paume.

— Aucun de tout ça ne me paraît constituer un mobile. Je parle de ceci.

Il pointa Melody avec le marker.

— C'est la voiture qui l'a tuée ? dit Summer avec un sourire ironique.

Mais des picotements sur sa nuque lui dirent qu'ils suivaient le même raisonnement.

— Réfléchis, Summer. Melody était assez importante pour que Corgan prononce son nom avant de mourir.

Summer feuilleta son cahier jusqu'aux pages relatant leur rencontre avec Tom Kain et Walter. Elle lut un instant avant de regarder Nolan.

— Walter a dit que Patrice regardait Melody en attendant son rendez-vous avec Kain. Il l'a entendue hoqueter et elle est partie rapidement.

— Exactement. Donc cette chose dont Dawson dit qu'elle l'a effrayée pourrait-elle être la même qui l'a terrifiée au point de quitter le garage ?

Summer se redressa.

— C'est logique. Et après que Kain a menti, Walter voulait nous parler de la voiture. Mais en dehors du champ des caméras.

— Des caméras qui veulent dire…

Nolan fit face au tableau, le visage animé.

— Que Kain a certainement vu Patrice quand il a visionné les bandes. Walter nous a dit qu'il le faisait tous les soirs.

Nolan se gratta la tête.

— Si les rumeurs sur Kain sont vraies, il a tout intérêt à garder l'œil sur son garage, effectivement.

— Et si Patrice a vu quelque chose et que Kain l'a su…

Un frisson parcourut Summer. Nolan croisa son regard.

— Il a pu la tuer pour la faire taire. De la drogue, peut-être ? Ou de l'argent ?

— Ce serait logique. Mais…

Ayant terminé son dîner, Yossi revint et sauta sur le bureau pour finir sa sieste au soleil.

— Pas maintenant, Yos.

Summer souleva le chat qui s'était étendu sur son cahier.

— Va dormir sur mon lit. Privilège spécial aujourd'hui.

Yossi lui jeta un regard malheureux, et Summer ignora son pincement de culpabilité en feuilletant ses notes.

— Corgan pouvait-il savoir à propos de Kain ? Avoir

non seulement la preuve du trafic de drogue et du lien avec Melody, mais aussi celle du meurtre de Patrice ?

— Kain a pu payer Jane pour tuer Horace s'il parlait de Melody. Ça pourrait être le pactole dont elle se vantait.

Nolan prit son téléphone et composa un numéro.

— Attends, dit-elle en se levant et en s'approchant de lui. Qui appelles-tu ?

— Forrest. Il est grand temps que nous les mettions, lui et Thompson, au courant de ce que nous avons appris.

— Raccroche.

Elle lui prit le bras pour éloigner l'appareil.

— C'est mon affaire, tu te rappelles ! Je ne suis pas prête à la repasser à la police !

— Summer, si nous avons raison, nous devons à Patrice et à sa famille de veiller à ce que Kain soit arrêté dès que possible. En outre, j'ai promis à Dawson que je le ferai protéger jusqu'à ce que les menaces contre lui soient passées.

— Je sais, mais… Faisons d'abord une dernière chose pour confirmer nos soupçons.

— Quoi ?

— Je veux examiner Melody moi-même.

— Et comment comptes-tu faire ça ? lança Nolan, les mains sur les hanches. Kain a des caméras partout, tu te souviens ? Il nous tombera dessus, à supposer que nous puissions même approcher de la voiture. Ce n'est pas comme s'il la garait devant chez lui.

— Mais Melody n'est pas toujours au garage. Il la conduit aux réunions du conseil municipal, tu te souviens ?

— Le conseil vient de se réunir. Je doute qu'ils le feront d'ici quelques semaines. Tu veux vraiment attendre aussi longtemps pour fouiller Melody ?

Summer croisa les bras sur la poitrine et fit quelques pas.

— On pourrait s'arranger pour qu'une réunion extraordinaire soit convoquée. Je suis sûre que ta famille connaît le maire. Tu pourrais demander à Hays de faire en sorte qu'une réunion spéciale soit organisée ce soir.

— Sous quel prétexte ?

— Eh bien, ils pourraient dire qu'il s'agit de sécurité publique, ce qui n'est pas très loin de la vérité si nous devons attraper un meurtrier.

Elle mordillait sa lèvre inférieure en marchant.

— Ou d'une erreur financière inopinée. Les questions d'argent sont toujours une priorité. Une fois le conseil réuni, ils annoncent que l'erreur a été corrigée ou que c'était une fausse alerte et s'excusent. Mais cette ruse nous donne assez de temps pour inspecter la voiture de Kain.

— Sans mandat, fouiller sa voiture est illégal.

Elle grogna de frustration.

— Si ça t'inquiète de te mettre en délicatesse avec le FBI, alors ne viens pas. J'irai seule et je… « Oh mon Dieu ! Quelle magnifique voiture » dit la citoyenne en regardant à travers les vitres.

Nolan lui lança un regard noir.

— Summer…

— Si nous voyons quelque chose de suspect, nous avertirons Thompson.

La désapprobation de Nolan était visible.

— Que puis-je faire d'autre ? dit-elle en écartant les bras. Si ce que Patrice a vu est la clé de l'enquête, il faut que j'examine cette voiture !

— Et si tu te fais tuer aussi ?

Un frisson la parcourut. Était-ce tenter le diable que d'inspecter la voiture ? Probablement. Mais pouvait-elle ignorer tant d'éléments susceptibles de prouver que Kain était lié au meurtre de Patrice ? Elle devait obtenir justice pour la jeune femme. Elle voulait permettre à Atticus de faire son deuil et résoudre sa première affaire. Était-ce téméraire ? Sans doute. Mais faire l'amour à Nolan avait aussi été téméraire, et elle n'aurait échangé ce souvenir pour rien au monde.

Serrant les poings, elle lança un regard têtu à son ami.

— Je vais jeter un coup d'œil à cette voiture de toute façon. Tu vas m'aider ou non ?

18

Ce qu'ils faisaient était une erreur à plus d'un égard. Comment diable avait-il laissé Summer le convaincre ? Et comment avait-elle réussi à persuader Hays et le maire de convoquer une session extraordinaire ?

Dans leur enfance, il avait souvent fait ce qu'elle voulait contre son gré. Parce qu'il voulait qu'elle soit heureuse. Parce qu'au fond de lui il admirait sa désinvolture et son goût de l'aventure. Parce que c'était une vraie tête de mule et qu'il devait la protéger. Au moins, il avait exigé d'avertir Forrest de leur plan.

— Fais en sorte que je n'ai pas à venir vous arrêter pour violation de propriété privée, avait dit ce dernier.

— Tiens-toi seulement prêt. Nous aurons peut-être besoin d'un mandat de perquisition avant la fin de la soirée.

Il avait raccroché avant que Forrest puisse en dire plus. Il espérait que Forrest et Thompson arriveraient à temps pour stopper Summer. Cela pourrait lui sauver la vie.

Réprimant un sentiment de catastrophe imminente, il fourra son arme dans la ceinture de son jean et referma sans bruit la portière de la jeep. Torche à la main, il suivit Summer. La Mercedes noire était garée dans un coin sombre.

Nolan attrapa le T-shirt de Summer.

— Du calme, partenaire. Avant de foncer, il faut nous assurer qu'on ne nous observe pas.

Elle contempla la caméra de sécurité fixée au lampadaire.

— L'angle n'est pas le bon. Je pense que nous ne serons pas dans le champ. C'est pour ça qu'il s'est garé là, non ?

Nolan acquiesça d'un grommellement et survola les alentours du regard.

— Les caméras ne sont pas les seuls yeux à redouter. Kain pourrait avoir posté les siens.

Il feignit la nonchalance en balayant du regard les buissons environnants et les autres véhicules. Summer se retenait, mais il voyait qu'elle rongeait son frein, impatiente de prouver sa théorie contre vents et marées.

— Rappelle-toi Têtard, laisse les indices te guider. N'essaie pas de faire entrer les indices de force dans tes suppositions. Si Kain…

Son téléphone le fit sursauter. S'il ne l'avait pas tenu à la main, il l'aurait ignoré. Mais l'écran affichait le nom et le numéro de son avocat. Il ne débattit que quelques secondes avant de répondre. Summer lui lança un regard irrité.

— Salut, Stu. Ce n'est pas le bon moment. Laisse-moi te rappeler plus tard.

Il raccrocha sans lui laisser le temps de répondre et surprit un air de curiosité sur le visage de Summer. Étant donné les risques, ses propres émotions étaient déjà tumultueuses. Les questions de Summer devraient attendre. Il fourra le téléphone dans la poche arrière de son jean, l'esprit un peu confus.

— Tu ne parles pas à ton avocat ? demanda Summer.

— Pas maintenant. Un cauchemar à la fois, d'accord ? Pour l'instant, je veux me concentrer sur notre tâche.

Il vit un frisson la parcourir, et elle hocha la tête.

— Bien sûr.

Elle se remit en marche.

— Viens. Le maire ne peut pas faire durer cette fausse réunion bien longtemps.

— Summer…

Mais elle ne s'arrêta pas avant d'être à proximité de la voiture noire. Tirant une mini-torche de sa veste, elle l'alluma et éclaira les roues de la berline. Puis, après un coup d'œil derrière elle, elle se hâta de passer de l'autre côté et de s'accroupir pour examiner les enjoliveurs.

Mal à l'aise, Nolan survola du regard le trottoir et le parking mal éclairé.

— Fais vite, Summer. Quelqu'un peut arriver d'une minute à l'autre.

— Patience, Crapaud. Je ne partirai pas avant d'avoir découvert ce que Patrice a vu.

Elle inspecta le bas de caisse.

— Regarde à l'intérieur et sous le capot. Je veux repartir avec quelque chose de concret.

Nolan grogna.

— C'est ce que je te disais. Ne présume pas qu'il y a quelque chose. N'oublie pas que la police a déjà fouillé les propriétés de Kain sans rien trouver.

Il se pencha et éclaira les sièges avant, puis arrière. Le tableau de bord…

— Mais Patrice a trouvé quelque chose. Quelque chose qui l'a menée à la mort. Je sais que c'est ça. Je sens…

Elle s'interrompit avec une exclamation.

— Quoi ?

— Je viens de faire bouger l'enjoliveur. Aide-moi.

— Seigneur, Summer ! Tu vas nous faire jeter en prison. Ou pire.

Mais il s'accroupit à côté d'elle et l'aida à dégager l'enjoliveur à l'aide d'un tournevis.

— C'est très joli. Tout ce chrome étincelant…

Summer prit la pièce dans ses mains. Tandis qu'elle l'inspectait, Nolan s'allongea sur le dos et rampa sous le véhicule, dirigeant sa lampe vers le train avant.

Rien ne lui parut suspicieux et il était sur le point de ressortir quand il s'aperçut qu'une partie du logement était plus propre que le reste. Ou plutôt la saleté avait été comme essuyée. En y regardant de plus près, des empreintes de doigts étaient reconnaissables.

— Summer, passe-moi le tournevis.

Elle s'exécuta, et avec l'outil il tapota la zone essuyée. Elle céda soudain, révélant les bords d'une fausse paroi. Le cœur battant, Nolan introduisit le tournevis pour dégager la paroi. Il éclaira ensuite le logement. Derrière se trouvait une petite cache. Et un sac en plastique zippé, contenant une poudre blanche.

Le pouls de Nolan s'emballa.

— Summer, je crois qu'on vient de toucher le gros lot.

— Qu'est-ce que…, commença-t-elle avant de s'exclamer : Nolan !

Son ton lui donna un coup au cœur, au moment même où une voix masculine résonna :

— Le gros lot, hein ? Dommage que ce soit la dernière chose que vous ferez.

19

Summer recula en titubant. Avant qu'elle ait pu réagir, Kain avait planté une seringue et injecté quelque chose dans la jambe de Nolan. Rien de bon, imagina-t-elle.

Nolan grogna et sortit en rampant de sous la voiture. Puis ses yeux roulèrent en arrière et son corps devint inerte.

Summer chercha une arme, mais elle n'avait plus le tournevis, qu'elle avait passé à Nolan. L'enjoliveur ? Il était trop lourd pour qu'elle le lance avec efficacité.

— Apparemment, j'ai quitté à temps cette mascarade.

Kain rempocha la seringue et sortit un pistolet.

— J'ai compris qu'il y avait anguille sous roche dès que le maire a commencé à lire cette proclamation décousue. Je reconnais une tactique de flibustier quand j'en vois une.

Summer sentit son sang se figer dans ses veines. Elle inspira à fond pour crier. Kain braqua son arme sur Nolan.

— Si vous criez, je le tue.

— Nolan ?

Summer s'accroupit près de lui malgré l'arme.

— Que lui avez-vous injecté ? lança-t-elle à Kain.

Celui-ci contempla Nolan avec un sourire satisfait.

— Un tranquillisant. Jane m'a promis que ce truc faisait effet tout de suite. Elle ne m'a pas menti.

Il sortit une télécommande de la poche de son pantalon. Les portières de Melody s'ouvrirent avec un déclic.

— Dépêchons-nous avant que quelqu'un nous voie.

Summer se crispa. Que voulait-il dire par ça ? Elle lança un coup d'œil à l'entrée de l'hôtel de ville. *S'il vous plaît, faites que quelqu'un sorte…*

Kain ouvrit la portière arrière et gronda :

— Montez. Tout de suite.

Son ton n'admettait aucune réplique. Pourtant, elle hésita. Elle ne voulait pas laisser Nolan. Et elle savait, sans l'ombre d'un doute que, si elle montait dans cette voiture, elle mourrait dans moins d'une heure.

Quand Kain rangea son arme pour attraper les jambes de Nolan, Summer y vit sa chance. Elle bondit, prête à le griffer. Mais il réagit immédiatement et lui assena un coup de poing sur le menton. Elle tomba à la renverse avec un choc à lui ébranler les dents. Aussi vite que possible, elle se secoua et remonta à l'attaque. Cette fois, elle réussit à lui égratigner la joue.

— Garce ! cria-t-il.

Il l'attrapa par les cheveux et la traîna vers la portière ouverte. Malgré ses coups de pied et de poing, elle n'était pas de taille à résister. Il la souleva comme un paquet et la jeta dans la voiture. Elle s'effondra en tas, moitié sur le siège, moitié sur le sol.

En se tordant dans tous les sens, elle réussit à se redresser. Elle agrippa la poignée de l'autre côté pour fuir, quand quelque chose de dur s'abattit sur son crâne. Son champ de vision se rétrécit à un tout petit cercle… puis tout devint noir.

Summer avait terriblement mal à la tête. En tâtonnant maladroitement, elle découvrit qu'elle était avachie dans une position inconfortable. Elle avait mal au flanc. Et à la mâchoire. Elle avait un goût de sang dans la bouche et elle était sonnée.

Cela n'arrangeait rien qu'un corps l'écrase. Ni qu'elle rebondisse comme dans un manège. En grognant, elle entrouvrit les yeux et essaya de s'orienter. Et regretta immédiatement de l'avoir fait.

Elle était dans la voiture. Melody. Nolan était effondré sur elle, inconscient. Elle avait les mains ligotées. Et Tom Kain était au volant, les emmenant Dieu sait où.

Un gémissement de peur lui échappa. Un petit bruit discret mais suffisant pour avertir Kain. Il croisa son regard dans le rétroviseur et grogna.

— Désolé de vous avoir cogné sur la tête, mais je n'avais qu'une seule seringue.

Il fit une pause comme pour réfléchir.

— J'espérais que vous resteriez inconsciente jusqu'à ce qu'on en finisse. Ça aurait rendu les choses plus simples.

Il reporta son attention sur la conduite, puis ajouta avec insouciance.

— Oh tant pis, ça me donne l'occasion de laver ma conscience. De me purger de mes torts.

Il leva à nouveau les yeux, en souriant d'un air fat.

— Peux pas aller voir un curé, après tout. Il est probable qu'il irait trouver la police malgré le secret de la confession.

Il sifflota sur un ton de regret, puis reprit :

— Mais vous savez qui ne trahit jamais la confiance ? Les morts.

Summer sentit la bile remonter dans sa gorge. Déplaçant ses bras, elle agrippa la manche de Nolan et tira dessus, priant pour le réveiller avant que Kain n'exécute son plan. En gigotant un peu, elle parvint à mettre la tête de Nolan sur ses genoux. Dans une meilleure position, elle aurait pu se libérer les mains.

— Quand j'ai tué la fille qui avait découvert la cache de Melody – Patricia quelque chose, le journal donnait son nom…

La colère prit Summer. Non seulement Kain avait tué cette innocente, mais il ne se rappelait même pas son nom.

— … je lui ai tout dit sur le meurtre de Beau Lemmon.

Stupéfaite, Summer releva la tête.

— Le père de Rae ?

Kain parut surpris de l'entendre.

— Vous la connaissez ? Ah, c'est une petite ville. Eh oui, il travaillait pour moi mais il a fini par avoir des remords. J'ai dû le neutraliser avant qu'il parle.

Le cœur de Summer galopait comme un cheval fou. Le père de Rae… Patrice… Cet homme était un monstre.

— Je suppose que je devrais aussi compter Corgan, même si c'est Jane qui s'en est chargée. Ôter son tuyau d'oxygène était une façon stupide de le tuer, puisqu'il était évident qu'il n'y avait qu'elle. Mais je ne l'ai pas payée pour son intelligence, seulement parce qu'elle avait accès à Corgan.

Kain tourna la tête pour la regarder. Dans la faible lumière du tableau de bord, ses traits lui parurent effrayants. Elle n'arrivait pas à croire qu'elle l'avait trouvé beau. Aucun remords dans la ligne dure de sa bouche.

Elle pencha la tête pour essayer de comprendre où il les emmenait. Quoi qu'il en soit, il faisait noir. Pas de lampadaires ni d'enseignes. Le ciel nocturne était rempli de milliers d'étoiles.

The stars at night are big and bright, deep in the heart of Texas. Les paroles de cette chanson, qu'elle chantait autrefois autour du feu, surgirent dans sa tête. Que n'aurait-elle pas donné pour revenir à ces jours insouciants ? À l'époque, ses plus gros soucis étaient les piqûres de moustique et l'obligation d'aller au lit à 21 heures. Et sa relation avec Nolan était franche et sans complications. Pas de déménagements, pas d'événements perturbants, pas de gens vindicatifs. Pas de complications autour du sexe. « Une erreur », avait dit Nolan. Bon sang, ça faisait mal.

Une larme roula sur sa joue et tomba sur Nolan.

Il ouvrit les yeux en cillant. Bouche bée, elle le regarda. Vivement, Nolan secoua la tête, lui intimant en silence de ne rien dire. Elle hocha imperceptiblement la tête. L'élément de surprise était leur seule arme contre Kain.

Savoir que Nolan avait repris conscience la réconforta un peu. Elle se sentait aussi ragaillardie par la preuve que Kain avait tué Patrice. Elle avait résolu sa première grande affaire. Dommage que ce soit aussi sa dernière.

Une sorte d'entêtement la saisit. *Bon sang, si je dois y passer, il faut qu'il réponde à mes questions.* Repoussant sa peur, elle s'adressa au profil dur de Kain.

— Donc les rumeurs sont vraies, vous faites du trafic de drogue si je comprends bien…

Elle sentit Nolan se crisper contre elle. À l'avant, Kain parut sortir d'une profonde réflexion. Il leva les yeux dans le rétroviseur.

— La drogue, oui. C'est très lucratif.

— Comment avez-vous réussi à vous en tirer toutes ces années ? Votre garage et Melody ont été fouillés plus d'une fois, d'après ce que j'ai entendu dire.

Kain sourit fièrement.

— Vous avez bien entendu. Heureusement pour moi, la police doit respecter la loi. Et j'ai un ami bien placé qui m'avertit chaque fois qu'un mandat de perquisition est émis. Grâce à cela, je peux me débarrasser des preuves avant que les flics n'arrivent. Un grand atout, cet informateur.

— Alors c'est vous qui avez fourni la drogue qui a tué le frère de mon amie Avery.

Kain dit d'un ton moqueur :

— Je ne suis qu'un homme d'affaires. Ce n'est pas moi qui la leur injecte dans les veines.

Summer grinça des dents.

— Et vous avez manipulé les infirmières pour qu'elles vous aident à fournir des médicaments. N'est-ce pas ? Jane Oliver, par exemple.

Kain acquiesça.

— Oh ! Mlle Jane a fait plus pour moi que colporter des pilules. Elle s'est révélée une carte précieuse quand Corgan est tombé malade. J'ai appris des choses sur ses meurtres qui m'ont aidé à brouiller les pistes quand j'ai enterré Patricia.

— Patrice, rectifia Summer entre ses dents.

— Qu… Ah oui, c'est vrai. Patrice. Jolie fille. Ça m'a fait

mal au cœur de la faire disparaître, mais elle avait découvert mon secret, alors il fallait que je m'occupe d'elle. J'ai donc profité des travaux sur le parking de Lone Star Pharma pour dissimuler mes péchés.

Le trafiquant de drogue se tut assez longtemps pour consulter une carte sur son téléphone.

— Ah bon sang, j'ai manqué l'embranchement à cause de vos jacassements.

Il ralentit et entreprit de faire demi-tour.

Summer glissa un regard au téléphone, essayant de se faire une idée de l'endroit où ils se trouvaient. Mais, en dehors d'une ligne verte indiquant la route, la carte était vide. En d'autres termes, la cambrousse. L'un de ces espaces vides dont regorgeait le Texas. L'espoir auquel elle se cramponnait piqua du nez.

À quelque distance, Kain obliqua dans un chemin flanqué de peupliers et de broussailles. Des branches éraflèrent les flancs de la Mercedes. Il poussa un juron.

— Ces fichus arbres abîment la peinture de Melody !

Il se tourna vers Summer.

— C'est votre faute. La vôtre et celle de votre amoureux.

— Notre faute ? Ce n'est pas nous qui vous avons demandé de nous emmener au milieu de nulle part.

— En fouinant autour de Melody, vous ne m'avez pas laissé le choix. Si vous vous étiez mêlés de vos affaires, elle ne serait pas ici.

Il se retourna en grommelant :

— Je vais devoir l'emmener à Houston pour réparer ça, et ça va me coûter une fortune.

— Oh bouh-ouh…

Summer ne put se retenir, même en sachant que cela énerverait Kain. Il avait déjà prévu de la tuer, qu'avait-elle à perdre ? Mais elle sentit les doigts de Nolan lui serrer le poignet et elle comprit qu'il l'avertissait de ne pas pousser Kain trop loin. Rappelée à l'urgence de la situation, elle songea qu'elle n'aurait pas d'autre occasion d'obtenir des informations.

— Vous savez où se trouve Jane Oliver ? Où elle est allée après que vous l'avez payée pour tuer Corgan ?

Kain acquiesça.

— Oh je sais où elle est. Là où vous serez bientôt. Sous terre. À moins que vous préfériez que je vous laisse en pâture aux animaux sauvages ? Le cycle de la vie et tout ça ?

L'angoisse noua le ventre de Summer.

— Vous l'avez tuée, elle aussi ?

— Elle en savait trop. Et pourquoi la payer alors que je pouvais économiser cinquante mille dollars ?

Summer dut déglutir plusieurs fois pour ne pas vomir.

— Vous êtes un monstre. Vous le savez, n'est-ce pas ? dit-elle d'un ton grave.

— Ah bon ?

Il plissa le front comme s'il réfléchissait à la question.

— Ça me semble un peu dur. J'ai fait des choses que la plupart des gens considèrent comme des péchés. Mais je suis persuadé que, quand on pèsera ces choses à l'aune de mes bonnes actions, on me pardonnera.

— Des bonnes actions ?

La voiture cahota dans un nids-de-poule mais, une fois qu'ils furent en terrain plat, Kain lui lança un regard.

— Je vous ai parlé de mes dons à la bibliothèque et aux autres organismes, n'est-ce pas ?

— Vous croyez que vous pouvez vous racheter après tout le mal que vous avez fait ?

Elle s'esclaffa, abasourdie par son orgueil démesuré.

— Pas entièrement. C'est pour ça que j'ai passé tellement de temps à me confesser. Je décharge ma conscience, on me pardonne et je peux continuer ma vie.

Summer n'en croyait pas ses oreilles.

— Je ne crois pas que ça marche comme ça. Seul Dieu peut pardonner à ceux qui se repentent vraiment.

— Eh bien, j'imagine qu'on verra ça un jour, hein ?

Il esquissa un sourire qui la fit frissonner.

— Vous plus tôt que moi, bien sûr.

Il jeta un coup d'œil par sa vitre.

— En fait, nous y sommes. Le proverbial milieu de nulle part.

Summer aurait voulu demander ce qui rendait cet endroit si spécial, mais l'anxiété lui nouait la gorge. Kain gara Melody et coupa le moteur.

Summer tendit l'oreille pour identifier leur environnement, mais les battements de son cœur l'empêchèrent d'entendre autre chose que le déclic de la portière quand Kain descendit de voiture. Durant les deux secondes qu'il lui fallut pour atteindre la portière arrière et l'ouvrir, Nolan murmura :

— Suis mon exemple.

Puis la portière s'ouvrit aux pieds de Nolan, et Kain leur jeta un coup d'œil.

— Bienvenue dans votre dernier lieu de repos.

20

Nolan luttait encore contre les vestiges de drogue. Mais une giclée d'adrénaline le galvanisa quand la voiture s'arrêta et que Kain ouvrit la portière. Il balança un coup de pied au trafiquant, l'envoyant tituber à plusieurs pas.

Derrière lui, Summer poussa un cri de stupéfaction. Kain recouvrit son équilibre en quelques secondes et, les dents serrées, poussa un grognement menaçant.

Ayant déjà utilisé l'avantage de la surprise, Nolan pria pour avoir au moins la force de protéger Summer. Il tâtonna à la recherche de son arme.

— C'est ça que vous cherchez ? demanda Kain en la pointant sur lui.

Il sentit son cœur sombrer. Sans elle, il avait peu de chances de maîtriser leur ravisseur. Et s'il n'aimait pas l'idée de mourir, la pensée que Summer soit assassinée le rendait fou de rage.

— Allons mon vieux, dit Kain. Vous ne me croyiez pas assez stupide pour vous charger dans ma voiture sans vous fouiller ? Vos téléphones sont restés sur le parking, mais je me suis dit que ceci pourrait m'être utile.

Il agita l'arme.

— Sortez. Tous les deux.

Nolan serra les dents, fusillant son adversaire du regard. Les mains de Summer étaient attachées, mais elle pouvait lever suffisamment les bras pour agripper sa manche.

— Dépêchons ! lança Kain.

Secouant la tête, Nolan s'adossa au siège.

— Je ne crois pas. Je suis bien ici.

— Nolan ? murmura Summer d'une voix chargée de terreur.

— Parfait.

Kain prit le pistolet à deux mains et visa la tête de Nolan.

— Je vais vous tirer dessus là où vous êtes.

Summer inspira fortement, et son cœur se serra. Il aurait voulu faire plus pour alléger sa peur.

— Je ne crois pas que vous le ferez, dit-il au dealer. Parce que vous ne voulez pas souiller les jolis sièges de Melody avec du sang et de la cervelle.

Kain cilla et pinça fortement les lèvres. Puis, jurant à mi-voix, il baissa son arme et fit le tour de la Mercedes. Ouvrant l'autre portière, il saisit la veste de Summer à pleines mains.

Elle hurla et se débattit.

— Non ! Arrêtez !

La panique mordit les entrailles de Nolan, et il attrapa les jambes de Summer. Cela ralentit Kain, jusqu'à ce qu'il saisisse son bras. En quelques secondes, il la traîna hors de la Mercedes et la laissa tomber brutalement. Son cri de douleur déchira le cœur de Nolan.

— Summer !

Puis Kain braqua son arme sur le crâne de Summer, et Nolan se figea.

— Sortez de la voiture ou j'abats votre petite copine, dit le malfrat à travers ses dents.

Un sentiment d'impuissance envahit Nolan. Le cœur battant, il s'efforça de trouver un moyen de sauver Summer. Il ne pouvait pas la laisser souffrir, quel qu'en soit le prix.

Summer avait un goût de sang dans la bouche. Elle devait s'être mordu la langue en tombant. Les mains ligotées, elle n'avait pas pu amortir sa chute. Mais au moins elle n'était plus sur ce siège étroit.

En gigotant, elle réussit à passer ses jambes sous elle.

Mais, au moment où elle allait se redresser sur les genoux, Kain l'attrapa par les cheveux et pressa le canon de son arme sur sa tempe.

Ses oreilles bourdonnèrent et son pouls parut ralentir. Si Nolan sortait de la voiture, elle savait qu'ils mourraient tous deux en quelques minutes. Mais elle savait aussi que Nolan ferait tout pour la sauver. Elle le regarda se déplacer lentement sur la banquette, une expression meurtrière dans les yeux. La faible lueur dispensée par le plafonnier jetait une lumière dramatique sur la scène.

— Vous savez qu'en nous tuant vous signez votre arrêt de mort. Mes cousins vous enverront dans le couloir de la mort.

— Vos cousins ? s'esclaffa Kain. Vous parlez de ces cowboys du ranch Colton ?

Il secoua la tête.

— Ils ne me font pas peur. Le vieux Hays pense qu'il a de l'influence en ville, mais c'est moi qui ai le vrai pouvoir. Le pouvoir de l'argent. Des vilains secrets.

Quand Nolan atteignit le bord du siège et tendit les jambes au-dehors, Kain agita l'arme.

— Allez, sortez. Mettez-vous à plat ventre, bras tendus.

Le temps était compté pour Summer. Elle ne pouvait attendre une meilleure occasion, qui ne viendrait sans doute jamais. Déglutissant pour rassembler son courage, elle se dressa sur ses genoux, cria comme un putois et ramena d'un coup sec ses bras contre son ventre. La tension rompit ses liens.

Son hurlement fit sursauter Kain. Durant un instant, il parut désorienté. Les mains libérées, elle se jeta en avant. Son ravisseur tenait toujours ses cheveux, si bien que son bond faillit lui en arracher une pleine poignée. Mais elle réussit à lui donner un coup de coude dans le plexus solaire et à faire sauter le pistolet de sa main.

C'était la diversion dont Nolan avait besoin. Il se jeta sur Kain, épaule en avant, le labourant comme un rugbyman.

Kain lâcha Summer pour se défendre, mais la force du

coup de Nolan le renversa sur le dos. Nolan allait-il en profiter pour le tuer ?

Summer reprit son équilibre et pivota pour faire face aux hommes. Kain décocha un coup de poing à Nolan. Elle se crispa en le voyant lui assener également un coup de crosse. En chancelant Nolan balança son poing, qui atteignit Kain à la joue. L'attention de Summer se braqua sur l'arme que tenait Kain. Si elle pouvait mettre la main dessus…

Au moment où cette pensée lui traversait l'esprit, Kain inclina le revolver… et tira.

21

La détonation déclencha une vague de douleur dans le crâne de Nolan, et le cri angoissé de Summer le terrifia. Avait-elle été touchée ? La simple idée qu'elle puisse être blessée le rendit furieux. Il canalisa cette colère dans ses muscles affaiblis. Le coup de feu avait été tiré au hasard. Kain n'avait qu'une main sur l'arme, et son bras était en partie écrasé sous le genou de Nolan.

Son seul avantage était sa position dressée au-dessus de lui, et il pouvait perdre cette supériorité à tout moment. Il devait frapper fort et vite, avant que le trafiquant n'ait la possibilité de lui mettre une balle dans le cœur.

Nolan serra le poing et l'abattit sur la gorge de Kain. Celui-ci s'étrangla et s'étouffa. Nolan referma la main sur son cou en pressant sa pomme d'Adam. Kain se débattit, cherchant à attraper la main qui l'étouffait. Tandis qu'il s'efforçait de respirer, Nolan lui enfonça les doigts dans les yeux. C'était une bagarre déchaînée, sans retenue.

Mais Nolan sentait ses forces s'épuiser. Le pic d'adrénaline qui lui avait permis d'entrer en action déclinait.

Agrippant toujours son arme, Kain lui balança un coup de poing qui l'atteignit à la tempe. Ses oreilles tintèrent et sa vision se brouilla. Tandis qu'il cillait, Kain se cabra. Il arracha la main de Nolan de sa gorge et se mit à quatre pattes, cherchant l'air.

Une ombre passa entre eux, trop rapidement pour que Nolan

réagisse. C'était Summer. Le cœur au bord des lèvres, il la vit se jeter sur Kain par-derrière. Nouant ses jambes autour de la taille du dealer, elle lui passa un bras autour du cou et de sa main libre empoigna ses cheveux. Kain cria de douleur.

— Ça fait mal, hein, salopard ! grogna Summer.

— Summer ! cria Nolan en tentant de se redresser.

Comprenant qu'il ne pouvait se débarrasser de Summer en se tortillant, Kain se rejeta en arrière et atterrit sur le dos. La tête de Summer heurta le sol avec un bruit terrifiant.

— Summer !

Nolan rampa vers elle, rempli de peur. Elle ne bougeait plus.

Elle n'arrivait pas à respirer. Ses poumons étaient paralysés. Des élancements lui traversaient le crâne et un bourdonnement emplissait ses oreilles. Des bruits étouffés lui parvenaient, des images floues bougeaient devant elle.

Son esprit s'éclaircit un peu, et l'horreur de la situation la frappa à nouveau. Mais si son cerveau se remettait en route, elle devait toujours lutter pour respirer. Sa chute l'avait privée d'oxygène.

— Summer ?

Nolan apparut à côté d'elle, caressant son visage.

— Tu m'entends ?

Elle battit des paupières et réussit à hocher brièvement la tête. Puis une voix glaçante se fit entendre.

— Je dois dire que la dame est coriace. Jane et Patrice se sont contentées de me supplier.

Aspirant une petite bouffée d'air, Summer répliqua :

— Je déteste… qu'on me traite de coriace

Kain rit en levant son arme.

— Vous voyez ? Bagarreuse jusqu'au bout.

Nolan se plaça devant elle, bras écartés.

— Espèce de salaud…

Trois fortes détonations déchirèrent la nuit, se répercutant entre les arbres. Summer sursauta et ferma vigoureusement les yeux, dans l'attente de la douleur.

— Jetez votre arme ! cria une voix derrière eux.

Encore des coups de feu. Nolan prit Summer dans ses bras et se jeta avec elle sur le sol caillouteux.

— Police ! Jetez votre arme et allongez-vous !

Étourdie par leur roulade, Summer eut l'impression que la terre ondulait sous elle. D'autres détonations, puis le bruit de pieds courant dans l'herbe sèche.

Au-dessus d'elle, Nolan grogna. Summer tremblait des pieds à la tête. La nausée la prit. Des mains la secouèrent.

— Ça va ? Réponds-moi !

Elle souleva les paupières pour distinguer le visage de Nolan et bougea imperceptiblement la tête.

En entendant d'autres cris, elle lança un regard aux silhouettes. L'une courait pliée en deux, forte et agile. La seconde avait une allure plus lente mais non moins menaçante, avec son arme braquée. Les deux hommes fondirent sur Kain, allongé à plat ventre dans l'herbe.

Nolan poussa un soupir tremblé.

— C'est fini, chérie. La cavalerie est arrivée.

Elle posa sur lui ses yeux pleins de larmes.

— Dieu merci. Oh ! Nolan, je suis désolée. Tu avais raison. Je n'aurais jamais dû…

— Chut, lui dit-il en la serrant contre lui.

Il grogna quand elle lui rendit son étreinte. En suivant la direction de son regard, elle remarqua une tache sombre sur sa chemise.

— Nolan ! Tu as reçu une balle ?

Elle tira sur son T-shirt pour le décoller de la blessure.

— Allonge-toi. Ne bouge pas !

Il tressaillit quand elle le repoussa en arrière.

— Ça va. Ce n'est qu'une égratignure.

Mais elle avait relevé son T-shirt et examinait l'orifice.

— Ce n'est pas une égratignure. Oh mon Dieu !

Elle pressa la blessure à deux mains.

— Nolan est blessé ! Il lui faut de l'aide !

Les deux hommes levèrent les yeux. L'un d'eux marmonna quelque chose à son compagnon, qui vint voir Nolan en boitant. Quand il pénétra dans le cercle de lumière provenant de la voiture, Summer reconnut Forrest.

— Montre-moi, dit ce dernier en s'agenouillant maladroitement à côté d'elle.

Nolan haussa les épaules. Forrest prit une torche et éclaira le flanc de son cousin.

— C'est beaucoup plus qu'une éraflure, Nolan. Tu dois aller aux urgences.

Summer s'assit sur ses talons.

— Nous n'avons plus nos téléphones, Kain les a détruits.

— Ce sera plus rapide de vous conduire que d'attendre une ambulance ici, décréta Forrest.

Il éteignit la torche et leur jeta un regard.

— Comment Kain a-t-il pu vous enlever tous les deux ?

— On en parlera plus tard, répondit Nolan d'un air honteux

Summer fit la grimace. Elle ne voulait pas qu'on lui fasse de reproches.

— C'est ma faute. J'ai insisté pour fouiller Melody.

— Melody ?

— La Mercedes. Nous avions des raisons de penser qu'elle contenait de la drogue et que c'est pour ça que Kain a tué Patrice Eccleston.

Elle reprit sa respiration avant d'ajouter :

— Et elle était là. Nous avons trouvé un compartiment secret et un paquet de ce qui doit être de la méthamphétamine.

Forrest arqua un sourcil et jeta un coup d'œil à la voiture.

— Forrest, continua Summer, Nolan a été drogué. Kain avait une seringue, il la lui a plantée dans la jambe et…

— Ce n'est pas une excuse, intervint Nolan.

— … il lui a injecté un tranquillisant…

— Waouh, waouh, waouh, fit Forrest en levant les mains. Nous verrons tout ça au commissariat. Quand tu auras été examiné, ajouta-t-il en contemplant son cousin.

Il se remit sur pied avec un grognement de douleur et frotta sa jambe abîmée.

— Pour l'instant, je vais aider Dallas à arrêter Kain.

— Forrest ? le rappela Summer.

Il s'arrêta et la regarda.

— Merci.

L'émotion lui nouait la gorge.

— Merci de nous avoir sauvé la vie.

Il souffla et lui adressa un sourire, l'air soulagé.

— Je t'en prie.

Bien qu'on les eût d'abord emmenés dans deux salles d'examen séparées, quand on confirma à Summer qu'elle n'avait qu'une commotion mineure, elle alla attendre avec Nolan les résultats de ses analyses.

La majorité du clan Colton s'était déplacée aux urgences après que Forrest les y avait déposés.

Le trajet de retour en ville avait été intéressant. Forrest conduisait, Summer ruminait et Kain, menotté, était assis entre Dallas et Nolan. Le dealer s'était refermé comme une huître depuis son arrestation. Melody avait été laissée dans les bois, de sorte que l'équipe scientifique puisse la fouiller et rassembler des preuves au matin.

— Comment nous avez-vous trouvés ? avait demandé Nolan à ses cousins en les regardant tour à tour.

Forrest lui avait lancé un regard dans le rétroviseur.

— Beaucoup de chance et quelques faveurs. Après ton appel, j'ai sauté sur le téléphone pour appeler Dallas, étant donné qu'il vit près de l'hôtel de ville.

— J'ai vu ta jeep sur le parking mais pas la Mercedes et j'ai tout de suite eu le sentiment que quelque chose avait mal tourné, dit Dallas en prenant le relais. Une vieille dame qui vit de l'autre côté de la rue m'a fait signe pour me dire qu'elle avait entendu des cris, puis vu une Mercedes partir vers le sud.

— Comme la police le surveillait, nous connaissions déjà l'opérateur téléphonique de Kain et nous lui avons demandé d'écouter ses appels. Une fois que nous avons su en gros dans quelle direction il était parti, Dallas et moi sommes venus le plus vite possible grâce aux infos données par l'opérateur.

Summer pencha la tête, le nez plissé.

— Mais, aussi loin de la ville, les antennes-relais sont rares. Elles ne pouvaient pas vous donner un lieu aussi précis. Comment avez-vous fait pour arriver jusqu'ici ?

— Bonne question, madame la détective, dit Forrest. Nous avons pensé qu'il se rendrait dans un lieu particulier. J'ai demandé à Dallas d'appeler mon contact au cadastre du comté pour qu'il cherche les propriétés de Kain. L'employé s'est rappelé avoir enregistré le mois dernier la vente d'un terrain pour un club de chasse. Kain n'était pas répertorié comme membre, mais il y avait une TKI Inc.

— TK… Tom Kain, dit Summer.

— En atteignant l'embranchement qui vient jusqu'ici, nous avons entendu les coups de feu, ajouta Forrest.

— J'ai sauté de la voiture et j'ai couru comme un fou en direction des détonations.

Dallas tamponna les éraflures sur sa joue.

— Des ronces m'ont égratigné la figure, mais ça valait la peine de tomber sur le type qui est indirectement responsable de la mort du frère d'Avery.

Dallas avait laissé son portable à Nolan et à Summer jusqu'à ce qu'ils puissent remplacer les leurs. Quand le médecin les autorisa à repartir, Summer s'empressa d'appeler Atticus Eccleston.

— Nous l'avons trouvé, monsieur. Nolan et moi avons trouvé l'homme qui a tué votre fille.

Elle entendit un long soupir tremblé, puis :

— Qui est-ce ?

— Tom Kain.

— Le propriétaire du garage ?

— Oui. Il faisait bien autre chose que réparer des voitures, et nous pensons que Patrice en a eu la preuve en se rendant au garage pour un entretien d'embauche. Il s'en est rendu compte grâce aux vidéos de sécurité et l'a tuée pour la faire taire.

Un long silence suivit. Quand il reprit la parole, la voix d'Atticus était chargée d'émotion.

— Je vais tuer ce salopard.

— Je comprends vos sentiments, monsieur, mais il est probable que l'État du Texas le fera pour vous. Il a tué d'autres personnes, directement ou indirectement, et le district attorney pourrait requérir la peine de mort.

Elle ne prit pas la peine d'informer Atticus que Kain avouait tout ce qu'on voulait dans l'espoir d'éviter le couloir de la mort. Il fallait laisser ce père se réjouir que le meurtrier de son enfant soit enfin derrière les barreaux. Le procès et la sentence viendraient bien assez tôt.

— Je vous donnerai des détails plus tard. Cela a été une longue nuit, mais je voulais que vous sachiez que le meurtrier de Patrice a été arrêté.

Elle entendit un petit sanglot, puis :

— Merci, mademoiselle Davies.

Entre-temps Jonah était allé récupérer la jeep sur le parking de l'hôtel de ville, Maggie et Josephine avaient acheté un repas chaud au Bluebell Diner, et Forrest avait appelé pour dire que Thompson n'interrogerait pas Kain avant que son avocat n'arrive d'Austin. Il allait passer la nuit en prison et serait inculpé au matin.

L'adrénaline qui avait permis à Summer de poursuivre sur sa lancée les derniers jours et surtout les dernières heures se dissipa une fois le danger passé. L'épuisement s'abattit sur elle quand ils retournèrent à son bureau pour se changer avant d'aller dîner avec les Colton.

Elle se réjouissait du bouclage d'une affaire qui avait entraîné tant de morts, mais elle s'excusa au dernier moment.

— Je crois que j'ai rendez-vous avec un dîner léger,

quelques ibuprofènes et mon lit, dit-elle à Jonah. Dis merci à Josephine et à Maggie pour le repas et transmets mes meilleurs vœux à tout le monde.

Jonah jeta un regard à son cousin.

— Et toi ? Tu viens avec moi ou tu restes avec ta femme ?

— Ce n'est pas…, commença Nolan.

Il était fatigué de devoir expliquer la nature de leur relation à son cousin. Il préféra s'adresser à Summer.

— Tu veux de la compagnie ou tu préfères que je ne sois pas dans tes jambes ?

Ce qu'elle voulait, c'était se perdre dans une étreinte avec lui, mais il était vain de l'espérer. En outre, il avait l'air aussi fatigué qu'elle, et elle savait que la meilleure option pour tous deux était la tranquillité. La solitude. Le lendemain matin, il serait temps de commencer à démêler tout ça.

— Disons-nous bonne nuit. Je te verrai plus tard.

Avec un bref hochement de tête, Nolan la laissa seule avec Yossi.

Le lendemain matin, la première pensée de Summer fut pour Nolan. Maintenant que l'enquête était terminée, ils pouvaient se concentrer sur leur relation. À supposer qu'il y ait encore une relation. Son insistance idiote à rôder autour de Melody avait failli coûter la vie à Nolan. Elle lui avait forcé la main une fois de plus.

En le séduisant avait-elle ruiné leurs chances de rester amis ? Elle chercha le téléphone à carte qu'ils avaient acheté après leur départ de l'hôpital et, écartant ses cheveux de son visage, composa le numéro du nouvel appareil de Nolan. Puis elle s'arrêta.

C'était une conversation qu'ils devaient avoir face à face. Après avoir repoussé Yossi, elle sortit du lit, s'habilla rapidement et se mit en chemin pour le ranch Colton.

Josephine vint lui ouvrir la porte avec un grand sourire.

— Entre, chérie. Qu'est-ce qui t'amène de si bon matin ?

Summer pénétra dans la maison et sentit un gâteau aux épices en train de cuire dans le four.

— Je voudrais parler à Nolan. Il est là ?

La mine de Josephine s'allongea.

— Chérie, il ne te l'a pas dit ? Il est parti hier soir.

Le cœur de Summer se serra.

— Parti ? dit-elle d'une voix rauque.

— Oui. Il a reçu un appel de Chicago et il a filé. Il n'a même pas pris la jeep. Il a dit qu'il attraperait un vol d'Austin. Donovan l'a conduit à l'aéroport.

— Heu..., balbutia Summer en essayant ses mains sur son jean. Que s'est-il passé ? Pourquoi...

— On l'attendait pour une réunion importante aujourd'hui. Pas le temps de rentrer en voiture.

L'affaire avec Charlotte ? Sans doute. Mais n'aurait-il pas pu appeler de l'aéroport ? Envoyer un texto ?

— Je vois, dit Summer d'une voix fêlée. Sa blessure...

Josephine lui passa un bras autour des épaules.

— Je m'inquiétais aussi. Je lui ai fait promettre de prendre ses antibiotiques à l'heure. Ne t'inquiète pas, ma chère Summer. Il reviendra. Il doit reprendre sa voiture de toute façon.

Mme Colton lui sourit.

— Puisque tu es là, pourquoi ne goûtes-tu pas la tourte à la courge que je viens de sortir du four ? Nous ferions mieux de nous y mettre tout de suite. Quand les hommes arriveront, elle disparaîtra en un clin d'œil.

— Merci, mais... non.

Le parfum d'épices qui l'avait d'abord attirée lui donnait maintenant la nausée. Nolan était parti. Sans un mot.

Elle savait qu'il finirait par retourner à Chicago, mais elle pensait avoir au moins l'occasion de lui dire au revoir. Son silence était-il le signe des dégâts qu'elle avait causés à leur relation ? Son cœur sursautait douloureusement, et elle se retint de justesse de s'effondrer sur le plancher.

— Chérie, tu es toute pâle. Ça va ? demanda Josephine.

Summer ne pouvait ouvrir la bouche. Les larmes qu'elle retenait lui nouaient la gorge. Elle se força à hocher la tête.

— Tu veux que je lui transmette un message quand il reviendra ?

Elle s'enfonça les ongles dans les paumes.

— Non, merci, réussit-elle à dire faiblement.

Si elle s'écroulait maintenant, tout le clan Colton, y compris Nolan, apprendrait son abattement dans l'heure. Et elle refusait de lui faire savoir combien son départ l'avait blessée. C'était à elle de supporter cela. Elle était tombée amoureuse. Malgré les avertissements, malgré la conscience qu'elle avait des dommages irréparables causés à leur amitié. Levant la main dans un au revoir pathétique, elle pivota sur ses talons et se rua dehors.

Sa vue se brouilla tandis qu'elle s'éloignait en voiture. Elle serra les paupières en se morigénant. Il l'avait plus d'une fois prévenue qu'il ne voulait que faire revivre leur ancienne amitié. Il s'était comporté en gentleman en toute occasion, et elle avait enfoncé ses défenses platoniques au bulldozer. Parce que c'était ce qu'*elle* voulait. Ce qu'elle croyait bon pour eux deux.

Eh bien maintenant, tu as ce que tu mérites. Rien. Tu as insisté alors que tu aurais dû respecter son vœu. En quoi es-tu meilleure que Charlotte ?

Elle ne lui avait peut-être pas procuré d'ennuis sur le plan professionnel, mais elle avait ignoré ses souhaits et mis leur amitié en danger. Elle se sentait misérable. Pire que ça, nulle.

Nolan était assis autour de la table de conférence, fixant Charlotte. Elle refusait de croiser son regard. Si elle l'avait fait, elle y aurait vu la colère qu'il n'essayait pas de dissimuler. Il continua de fixer sans scrupule son accusatrice, tandis que Stu réglait les détails de l'échange. Le chef de Nolan et un représentant des affaires internes siégeaient à l'autre bout de la table, et le mari de Charlotte était assis à côté d'elle, avec leur avocat.

— Vous êtes conscient que mon client pourrait vous poursuivre en diffamation ? Cette épreuve a eu des répercussions sur sa réputation et sur sa carrière.

— Il a récupéré son boulot et ma femme a retiré ses accusations. Nous allons payer les frais légaux. N'est-ce pas assez ? demanda le sénateur Dell, le visage marbré de taches rouges.

— Ça vous suffirait, sénateur ? Agent O'Toole ? demanda Stu.

Charlotte soupira, le regard fixé sur la table, et marmonna :

— Sans doute pas.

Le sénateur lança un regard dégoûté à sa femme.

— Tu ne m'aides pas. Tu veux qu'ils nous saignent ?

L'avocat lui posa la main sur le bras et lui lança un regard d'avertissement.

— Ce n'est pas mon but, intervint Nolan. La vengeance ne m'intéresse pas.

Le sénateur agita la main en direction de Nolan.

— Voilà. Il ne veut pas de réparations. Alors signons ces papiers et mettons un point final à ce malheureux épisode.

À côté de lui, Stu se tourna sur sa chaise.

— Tu es sûr, Nolan ? Tu es satisfait par cet accord ?

— Je le suis. Je ne veux qu'une chose.

Enfin, deux. Mais ni l'agent spécial O'Toole ni le sénateur du Nebraska ne pouvaient lui donner ce qu'il voulait vraiment, à savoir défaire ce qu'il avait fait à Summer.

— Laquelle ? demanda le sénateur Dell d'un ton soupçonneux.

Il plaqua les mains sur la table.

— Je veux l'entendre de la bouche de Charlotte.

L'interpellée ferma les yeux, la tête toujours baissée.

— Ellc n'a pas dit un mot depuis que nous avons entamé cette procédure, poursuivit Nolan.

Voyant qu'elle ne répondait pas, il l'appela d'une voix sonore.

— Charlotte !

Elle leva le menton, et ses yeux effarés croisèrent les siens.

— Tu n'as rien à dire ? demanda-t-il avec incrédulité. Tu te fiches de ce que tu m'as fait ?

Elle déglutit et sa gorge se convulsa.

— Je…

Le sénateur tambourina impatiemment sur la table.

— Bon sang, Charlotte. Donne-lui ce qu'il veut, ou…

— À toutes fins utiles, dit Nolan en lançant un regard dur au sénateur, je n'apprécie pas non plus que vous la harceliez.

L'expression du sénateur, choqué et énervé à la fois, était presque comique. Mais Nolan ne trouvait rien de drôle dans ce qui se passait. Il reposa les yeux sur Charlotte.

— Eh bien ?

Elle laissa tomber les épaules, et son visage se plissa de culpabilité.

— Je n'aurais jamais dû t'entraîner dans mes problèmes personnels.

Il arqua un sourcil. Voyant qu'elle se taisait à nouveau, il pencha la tête.

— Trois mots, Charlotte. Je ne les ai pas encore entendus.

Elle s'humecta les lèvres, déglutit encore une fois et murmura :

— Je suis désolée.

Nolan se tourna vers Stu et hocha la tête.

— C'est bon.

Prenant un stylo, il gribouilla son nom au bas du document et se leva. Le soulagement n'avait jamais été aussi doux.

Il aurait dû se sentir ivre de joie de retrouver son travail et de reprendre sa vie. Mais rien ne lui semblait à sa place depuis qu'il avait quitté Whisperwood. Summer lui manquait. Son sourire et son énergie lui manquaient. Voir son nez se plisser quand elle réfléchissait lui manquait. Même Yossi lui manquait !

Comment avait-il pu désirer quelqu'un d'aussi moralement dépravé, égoïste et lâche que Charlotte ?

Summer avait lancé sa propre affaire, elle avait construit la vie qu'elle voulait en travaillant dur et en faisant des sacrifices.

Et elle avait affronté ses revers avec grâce et bonne humeur, partageant sa joie de vivre avec tout le monde. Summer était… inspirante. Elle lui remontait le moral. C'était une perle. Et elle méritait mieux que le bazar qu'il avait laissé derrière lui.

En se dirigeant vers l'ascenseur, il prit son téléphone et écrivit :

> Summer – Charlotte s'est rétractée et on m'a officiellement réintégré dans mon poste. Je me suis dit que tu aimerais le savoir.
>
> Tu me manques. Tu es la meilleure chose qui me soit jamais arrivée et…

Il s'interrompit et soupira. Puis il effaça les dernières lignes et pressa la touche « envoyer ». Il ne ferait pas l'erreur de lui donner encore de faux espoirs. Il avait récupéré son poste, sa carrière était de nouveau sur ses rails, et Summer lui avait fait comprendre qu'elle ne rêvait pas d'un mari qui la quitterait pendant des mois.

Un porche avec des rocking-chairs, un jardin avec de grandes plates-bandes et une cuisine qui sentira le pain chaud. C'était ça, son rêve. En pénétrant dans l'ascenseur, il dut s'avouer que cette vision lui plaisait aussi.

Il se passa une main sur le visage. *À quoi tu penses, Colton ? Tu viens juste de récupérer ton boulot.*

Lorsque les portes s'ouvrirent au rez-de-chaussée, il traversa le hall et sortit dans le vent froid d'octobre. Quand il avait quitté le Texas, il faisait encore 21°. À Chicago, il faisait à peine 3°, sans compter les effets du vent glacial. Il se recroquevilla dans sa veste et se retourna pour contempler l'édifice de verre et d'acier du FBI. Les grandes fenêtres reflétaient le ciel gris. Ce sévère building n'avait rien de commun avec le charme des bâtiments en brique et en pierre de rivière de la grande rue de Whisperwood. Un autre pincement au cœur.

Whisperwood. Summer. Tu ne vas pas quitter le FBI et retourner au Texas, si ?

Et pourtant cette idée n'était pas si folle que ça. Se rapprocher de ses cousins, travailler avec Summer, faire l'amour avec Summer, lui paraissait si juste.

Malgré la froidure, une vague de chaleur le parcourut. Allait-il laisser tomber le FBI pour commencer une nouvelle vie avec Summer ?

— Je vais me gêner !

Se souriant à lui-même, il héla un taxi inoccupé. Il avait des plans à faire.

L'espoir ténu d'avoir des nouvelles de Nolan s'amenuisa à mesure que les heures s'écoulaient. Donner à Atticus et Ian Eccleston les détails de la détention et des aveux de Kain ne suffisait pas pour alléger le poids qui pesait sur le cœur de Summer. Elle aurait voulu annoncer cela à ses clients avec Nolan. Il l'avait aidée, guidée et soutenue tout au long de cette affaire et il aurait dû être là pour partager ce moment gratifiant.

Assise sur le canapé des Eccleston, elle regardait le père et le fils s'enlacer, pleurant de joie et de soulagement.

Elle jeta un coup d'œil à son téléphone en l'entendant biper. Son cœur fit un bond. Nolan, enfin ! Aussi rapidement qu'elle le put, elle dit au revoir aux Eccleston et se précipita vers sa voiture. À l'abri dans l'habitacle, elle lut le texto. Il était bref et direct. Nolan était vengé et avait récupéré son travail. Aussi heureuse qu'elle fût de ces nouvelles, le laconisme du message lui fit mal. Si elle avait encore des doutes, il répondait à ses questions. Nolan était retourné pour de bon à Chicago, et elle devait reprendre sa vie.

Quelques jours plus tard, assise à son bureau, Summer grattait Yossi entre les oreilles, quand un coup se fit entendre à la porte. N'avait-elle pas retourné le panneau du côté

« Ouvert » ? Elle jeta un coup d'œil par la fenêtre et eut un hoquet. *Nolan ?*

En allant ouvrir, elle se rappela que Josephine lui avait dit qu'il devait venir reprendre sa jeep. Peut-être voulait-il seulement dire au revoir, mettre un point final. La gorge nouée, elle ouvrit avec un pâle sourire.

— Eh bien, eh bien, mais qui voilà ? Le héros conquérant.

— Salut, Summer. Tu es occupée ?

Elle envisagea de dire que oui. Elle n'était pas certaine de pouvoir supporter de longs adieux. Mais elle haussa les épaules.

— J'imagine que Yossi va s'occuper de mon dossier. Qu'est-ce qui t'amène ?

— J'ai quelque chose à te montrer.

— Ah bon ? dit-elle avec une certaine amertume.

Il la prit par le coude pour l'entraîner dans la rue jusqu'à un pick-up bleu rutilant.

— J'ai échangé ma jeep contre un pick-up. Qu'est-ce que tu en penses ?

Summer plissa le front, perplexe.

— Il est bien. Et… grand.

— Parfait pour transporter des trucs.

Son visage brillait de joie, comme celui d'un enfant. Après un instant de silence embarrassé, elle demanda :

— C'est ce que tu voulais faire ? Me montrer ta voiture ?

— Non, il y a autre chose.

Il tira un journal replié de sa poche.

— J'ai vu cette annonce de maison à vendre dans Bonita Street. Le prix est correct, et j'ai pensé que ça t'intéresserait de la visiter. Qu'est-ce que tu en dis ?

Elle regarda l'annonce qu'il désignait et secoua la tête.

— C'est très gentil, Nolan, mais c'est trop cher pour moi. Il me faut une maison plus petite…

— Attends !

Il lui prit la main et la conduisit près de son pick-up.

— J'ai aussi un cadeau de Noël en avance. Ou plutôt trois.

— Nolan, je ne…

Il la fit taire en posant un doigt sur ses lèvres.

— Attends…

Elle le suivit jusqu'au plateau, où une bâche recouvrait quelque chose.

— Qu'est-ce que c'est…

Il sourit et retira la bâche d'un grand geste pour découvrir deux rocking-chairs sculptés.

— Pour le porche de devant.

Summer sentit son cœur se serrer et des larmes lui piquetèrent les yeux.

— Nolan, ils sont magnifiques !

— Je les ai vus dans une boutique de meubles artisanaux sur le chemin de l'aéroport et j'ai immédiatement pensé à toi.

Elle pressa une main sur sa bouche. Il ne fallait pas qu'elle pleure ou elle ne pourrait plus s'arrêter. Et pleurer devant Nolan était la dernière chose qu'elle voulait faire. Il ne devait pas savoir combien il lui était douloureux de le perdre.

— Merci. Ils sont… parfaits.

Il sourit fièrement.

— Bon. Je me disais que tu les aimerais. Ensuite, je t'ai acheté ces…

Il ouvrit la portière et lui tendit un sachet en papier. Elle regarda à l'intérieur et resta perplexe.

— Des bulbes de fleurs, dit-il, confirmant son idée première. La dame de la jardinerie m'a dit que c'est un mélange de jacinthes, tulipes, crocus et jonquilles. Il faut les planter maintenant pour qu'ils fleurissent au printemps.

— Mais… Où ?

Elle contempla le trottoir devant son bureau. Il ressortit la liste de maisons à vendre et la tapota.

— La maison de Bonita Street a un grand jardin.

Summer sentit son cœur battre la chamade quand la signification de tous ces présents prit forme.

— Et comme je sais que tu n'as jamais fait de pain…

Il prit un autre sac sur le siège arrière. Trois boîtes étaient nichées à l'intérieur, disant « prêt à cuire ».

— Il faut juste décongeler la pâte, la laisser gonfler et la cuire cinquante minutes. J'ai pris du pain au levain, du pain complet et du pain à la cannelle.

Des larmes roulèrent sur ses joues.

— Pour que ma cuisine sente le pain tout juste cuit, dit-elle au milieu de ses larmes.

— C'était ton rêve, non ? Ton but pour le foyer parfait ?

Son sourire s'évanouit quand il s'aperçut qu'elle pleurait.

— Summer, qu'est-ce qui ne va pas ? Je croyais que tu allais adorer tout ça. Tu m'as dit que c'était ce dont tu avais envie depuis ton enfance.

Elle baissa la tête et s'essuya le nez.

— Je l'ai dit. Et c'est génial que tu t'en souviennes…

Sa voix se fêla, et elle s'interrompit pour inspirer profondément.

— Le truc, Nolan, c'est que, ces dernières semaines, j'ai trouvé une faille dans mon rêve.

— Une faille ?

— Quelle faille ?

— Je me suis rendu compte que mon rêve n'avait rien à voir avec les rocking-chairs et les plates-bandes fleuries.

Il poussa un soupir de déception.

— Ça n'a même rien à voir avec Whisperwood… ou n'importe quelle ville en l'occurrence.

— Je ne comprends pas, dit Nolan. Tu disais que tu voulais des racines et…

— Je sais. Mais mon véritable rêve, c'est de construire ce foyer avec quelqu'un. Les racines, la famille, l'amour. C'est ça, un foyer.

Il hocha la tête.

— Je vois.

— Mon rêve concerne… ce quelqu'un.

Elle avait la gorge nouée par l'émotion, mais elle déglutit. C'était l'occasion ou jamais de lui dire ce que son cœur savait depuis toujours. Levant le menton, elle articula d'une voix rauque :

— Il te concerne… toi.

Nolan recula d'un pas et inspira fortement. Elle agrippa le devant de sa veste pour l'empêcher de reculer encore.

— Je ne dis pas ça pour te mettre la pression… Je n'aurais pas dû te le dire du tout, d'ailleurs…

— Summer…

— Je sais que tu as tes propres plans pour l'avenir. Tu as un métier que tu adores et que tu viens juste de récupérer…

— J'ai quitté le FBI.

Elle dut répéter ces mots dans sa tête pour être sûre d'avoir bien entendu.

— Mais… Tu m'as dit que tu avais travaillé trop dur pour le quitter, dit-elle d'une voix confuse.

— Autant que je me souvienne, j'ai dit que je ne partirais pas sans une bonne raison. Et toi, ma chère, tu es une sacrément bonne raison.

— Moi ?

Elle avait peur de bouger, peur de respirer. Elle tenta de réprimer l'excitation qui gonflait en elle. Nolan leva les yeux au ciel, comme il le faisait quand ils étaient enfants. Ses grandes mains chaudes se posèrent sur ses joues froides.

— Oui, toi, espèce d'idiote. Ça a toujours été toi, même quand j'étais trop stupide pour voir la vérité. Je t'aime, Têtard. C'est pour toi que j'ai acheté ce pick-up. Pour Whisperwood. Je veux en faire mon foyer, parce que tu es ici. Je t'aime. Accepteras-tu que je sois la raison d'être de ta maison. Voudras-tu m'épouser ?

La joie éclata en elle et, avec un cri de bonheur, elle lui sauta dans les bras.

— Oh mon Dieu ! Oui, oui ! Un millier de fois oui !

Épilogue

Un mois plus tard

— À Emily Virginia Colton ! cria Hays en levant son verre de champagne.

Toute la famille était rassemblée dans le salon du ranch.

— Santé ! crièrent-ils en entrechoquant leurs verres.

Sur le canapé où elle était assise, son nouveau-né dans les bras, Bellamy sourit à Donovan et embrassa le crâne de sa fille.

Nolan survola les visages de ses cousins, leurs épouses et leurs enfants et, plus important, celui de Summer, à côté de lui. Le bonheur, plus enivrant et pétillant que le champagne, monta en lui. La famille. L'amour. Un avenir radieux. Il était riche de toutes les manières possibles.

— À Maggie et Jonah qui ont enfin fixé une date ! cria Forrest en levant son verre.

— Bravo ! renchérit Nolan tandis qu'ils buvaient aux fiancés.

Près de lui, Summer leva son verre.

— À Davies et Colton Investigations !

— Qui sera bientôt Colton et Colton Investigations, corrigea Nolan en faisant un clin d'œil à sa fiancée.

— À votre nouveau partenariat, dit Dallas, et je ne parle pas seulement de votre agence de détectives.

— Oui ! Santé ! s'exclama Avery en buvant une gorgée.

La famille leur porta un toast, et Nolan attira Summer contre lui pour lui donner un baiser.

— Et à l'excellent bilan de santé des jumeaux, ajouta Summer en retournant un toast à sa meilleure amie.

Avery la remercia d'un geste et ajouta :

— Et au fait qu'ils ont dormi cinq heures d'affilée la nuit dernière, si bien que papa et maman ont pu enfin se reposer !

— C'est drôle, je ne me rappelle pas m'être reposé, lança Dallas en agitant les cils d'un air séducteur.

— À Dallas qui…, commença Jonah.

Maggie lui donna un coup de coude dans les côtes en faisant les gros yeux. Les Colton éclatèrent de rire et levèrent à nouveau leurs verres.

— Au poste de Forrest dans la police de Whisperwood ! dit Donovan.

En entendant la voix de son maître, son chien émit un joyeux aboiement. Des « Santé ! » tonitruants s'élevèrent dans la pièce.

— Waouh, dit Rae en vacillant un peu sur ses pieds. Je crois que je vais être ivre avant que nous ayons fini de célébrer toutes les bonnes nouvelles !

Parmi les rires, Josephine lança :

— Alors tant mieux ! Après ces mois traumatisants, nous méritons bien une série de bonnes nouvelles !

— À l'ivresse des bonnes nouvelles ! cria Forrest en engloutissant le reste de son champagne.

Un chœur de « Bravo » et de « Bien dit » lui répondit.

— À…, dit Jonah, qui s'interrompit en hésitant. Il doit bien y avoir autre chose à célébrer. J'ai l'impression que nous ne faisons que commencer.

Se déplaçant au centre de la pièce, Hays leva les mains.

— Aux Colton ! Que l'amour, le rire et la joie continuent de vivre chez nous !

Toutes les flûtes s'entrechoquèrent.

— Aux Colton !

BARB HAN

Troublante énigme

Traduction française de
KAREN DEGRAVE

BLACK ROSE

HARLEQUIN

Titre original :
WHAT SHE KNEW

1

En général, Amber Kent ne répondait pas au téléphone quand elle ne reconnaissait pas le numéro. Elle était en train d'attendre qu'Harvey Baily finisse de charger des bottes de foin dans son camion. Il avait insisté pour qu'elle reste au chaud dans la cabine.

Il faisait à peine cinq degrés, et le soleil était caché par de gros nuages gris. Elle fixa son téléphone qui sonnait. Il pouvait s'agir d'un parent éloigné. Depuis la mort de sa mère et de son père, quelques années plus tôt, il arrivait qu'un membre de sa famille l'appelle à cette période. On était juste après le nouvel an.

Elle jeta un coup d'œil dans le rétroviseur. Harvey était loin d'avoir fini son travail. Elle avait quelques minutes devant elle.

— Allô ?

Le silence au bout du fil l'incita à penser qu'elle avait eu tort de décrocher.

— Bonjour, Amber. C'est Rylan Anderson.

Elle reconnut sa voix immédiatement. Celle-ci était un peu plus grave, mais elle la faisait toujours autant frissonner. Depuis combien de temps ne s'étaient-ils pas parlé ? Huit ans ? Neuf ?

— J'ai entendu dire que tu étais revenu, mais j'ai cru qu'on se moquait de moi, répondit-elle.

Elle avait eu du mal à croire qu'il soit revenu à Jacobstown, au Texas, après presque une décennie d'absence.

— Oui, je suis revenu. Je suis désolé de ne pas être resté en contact.

C'était une réponse étrange. Avait-il l'intention de la voir, à un moment ou à un autre ?

— Ce n'est pas grave, s'empressa-t-elle de répondre.

— Je sais qu'on ne s'est pas vus depuis longtemps, mais j'ai besoin d'un service.

Au moins, il ne faisait pas semblant de l'appeler pour prendre de ses nouvelles. Alors pourquoi était-elle déçue ?

Elle réprima un soupir avant de demander :

— Que puis-je faire pour toi ?

Elle entendit un bruit derrière lui sans réussir à l'identifier. Cela pouvait être une télévision.

— Je n'avais personne d'autre à appeler qui soit capable de gérer…

Il laissa sa phrase en suspens, ce qui éveilla la curiosité d'Amber. Il avait l'air perturbé par quelque chose… Mais qu'en savait-elle ? Elle avait perdu tout contact avec lui depuis qu'il avait quitté Jacobstown pour s'engager dans l'armée.

— Que se passe-t-il ? demanda-t-elle.

Pourquoi donc l'appelait-il après tout ce temps ?

— C'est difficile à expliquer. Peux-tu venir chez moi ?

— D'accord, répondit-elle sans comprendre pourquoi. As-tu des ennuis ?

— En quelque sorte, répondit-il. Je ne sais pas…

— La banque est fermée, si tu as besoin…

— Ce n'est pas ça, coupa-t-il sur un ton défensif. Laisse tomber. J'ai eu tort de t'appeler.

— Attends, Rylan…

Trop tard. Il avait raccroché.

Bien décidée à ne pas le laisser s'en tirer comme cela, Amber le rappela.

Il décrocha dès la première sonnerie. De nouveau, elle entendit un bruit étrange derrière lui.

— Où es-tu ? demanda-t-elle ? Que se passe-t-il.

Il soupira.

— Je peux passer chez toi, ajouta-t-elle. Ne sois pas têtu comme une mule.

— Tu me rendrais un grand service, répondit-il après un long silence.

Il avait la voix de quelqu'un qui avait une migraine, et elle se demanda tout à coup s'il avait un problème de santé.

— Ça va ? s'inquiéta-t-elle. Je veux dire… Tu n'es pas blessé, ou quelque chose de ce genre ?

— Non, ce n'est pas ça.

Au moins, elle pouvait exclure un passage aux urgences.

— Envoie-moi ton adresse par texto, conclut-elle.

Elle aurait sans doute dû partir dans la direction opposée. Mais elle considérait l'ancien meilleur ami de son frère comme l'un de ses propres amis. Comment pouvait-elle refuser de lui venir en aide ? Le texto arriva juste après qu'elle eut raccroché. Elle connaissait bien l'endroit. C'était l'ancienne maison de Mme Parker, une veuve à qui Amber avait souvent apporté des repas avant qu'elle ne déménage.

Harvey frappa sur la paroi du camion après avoir fermé le hayon, puis agita la main. Il avait terminé. Amber baissa sa vitre pour le remercier. Elle dut crier pour se faire entendre par-dessus les hurlements du vent. Elle frissonna et s'aperçut que la température avait encore baissé. La nuit serait glaciale.

Jacobstown se trouvait à une heure de route au sud de Fort Worth. C'était une banlieue résidentielle parfaitement sûre jusqu'à ce qu'un individu dérangé se mette à tuer des animaux en mutilant leur patte avant gauche. Il était passé progressivement de petits animaux à des génisses. Il en avait tué plusieurs sur le ranch des Kent, qu'Amber possédait avec ses cinq frères.

Amber se dirigea vers l'ancienne maison de Mme Parker. On était samedi et il n'y avait pas grand monde sur la route. Elle repensa à son échange avec Rylan en tapotant le volant. Quelque chose ne tournait pas rond. Elle aurait peut-être dû lui demander de venir au ranch… Mais c'était à peine un détour pour elle, et elle supposait qu'il ne lui avait pas donné de nouvelles depuis son retour parce qu'il s'était brouillé avec son frère Will avant de partir. Leur problème devait avoir été sérieux s'ils s'en voulaient encore huit ans plus tard.

Personne ne savait ce qui s'était passé entre eux – ce qui était extraordinaire dans une ville où tout le monde semblait tout savoir sur tout le monde en temps réel. Ce n'était pas parce que les gens étaient curieux. Les familles qui vivaient dans des ranchs avaient l'habitude de se soucier les unes des autres.

Un quart d'heure plus tard, Amber se gara devant la maison de Rylan. Au moins, celle-ci n'était pas en feu. Amber s'attendait presque à trouver l'endroit dévoré par les flammes – sauf qu'il aurait appelé les pompiers, pas elle, si cela avait été le cas.

Elle avait imaginé une dizaine de scénarios sur le trajet. Aux dernières nouvelles, Rylan était un Marine. Il y avait sans doute très peu de choses qu'il ne pouvait pas gérer tout seul.

Pourquoi avait-il besoin d'elle ? D'après ce qu'on avait dit à Amber, Rylan était arrivé à Jacobstown depuis deux semaines. Il n'avait pas jugé bon de lui faire signe jusque-là. Il était sorti de sa vie huit ans plus tôt après leur unique baiser… Mais ce n'était pas le moment d'y penser – d'autant moins qu'il devait l'avoir oublié.

Amber sortit de son camion, inspira profondément et se dirigea vers la porte. Le perron était encombré de pots de peinture, et elle dut enjamber une échelle.

Elle frappa. Elle eut l'impression d'attendre un temps fou que la porte s'ouvre en sachant parfaitement que ce n'était pas le cas. Elle était nerveuse. Elle avait essayé de se ressaisir pendant le trajet et elle avait échoué, visiblement.

— Merci d'être venue, Amber, dit Rylan, qui avait à peine entrouvert la porte.

Elle le trouva un peu trop séduisant, et son cœur s'emballa, ce qui la contraria. Elle ne voulait pas que son béguin d'adolescente se réveille. Elle était adulte, à présent. Il n'y avait pas de place dans sa vie pour des sentiments aussi puérils.

Rylan avait maintenant les cheveux courts, ce qui ne retirait rien à son charme. L'armée lui avait aussi fait gagner des muscles, et Amber eut du mal à s'arracher à la contemplation de son torse, qui avait toujours été à la hauteur de ses yeux.

— De rien, répondit-elle en essayant vainement de regarder derrière lui. Que se passe-t-il, Rylan ? Je reste sans nouvelles de toi pendant huit ou neuf ans…

— Huit, précisa-t-il.

— Soit : huit. Et puis tu m'appelles au secours ? Ta maison ne brûle pas et tu ne me laisses pas entrer. Je vois mal ce que je fais là.

Il grommela quelque chose qu'elle ne comprit pas, puis répondit :

— C'est plus dur que je ne le croyais.

— Quoi donc, Rylan ? Pourquoi m'as-tu appelée ? insista-t-elle en commençant à s'impatienter. As-tu acheté cette maison ?

Elle espéra que Mme Parker allait bien. La veuve avait déménagé six mois plus tôt pour se rapprocher de sa fille, qui vivait à San Antonio.

— C'est en cours, répondit-il. Ça fait plaisir de te voir, Amber.

Il tira un peu plus la porte contre lui. Avec les muscles qu'il avait gagnés ces dernières années, il lui était facile de bloquer complètement le champ visuel d'Amber.

Celle-ci planta un poing sur sa hanche.

— Que se passe-t-il donc de si important que mon foin doive attendre ? grommela-t-elle.

Un bébé cria.

— Entre et vois par toi-même, répondit-il avec un air perdu.

— Qu'as-tu donc fait, Rylan Anderson ? s'écria-t-elle.

Elle franchit la porte et se figea, bouche bée. Il y avait un bébé couché par terre, sur une couverture, entouré de coussins de canapé.

— Est-ce le tien ? finit-elle par demander.

— Je ne sais pas, répondit Rylan.

— Comment ça, tu ne sais pas ?

Certes, elle avait une idée générale de ce que cela pouvait signifier, mais comment cela avait-il pu se produire ? Comment pouvait-il ne pas savoir s'il était le père de ce bébé ?

— Un inconnu a frappé à ma porte et m'a donné cette petite fille, répondit Rylan en regardant, désemparé, l'enfant qui s'était rendormie.

— Où est sa mère ? demanda Amber après avoir balayé la pièce du regard.

— C'est une très bonne question, dit Rylan avec un mélange de frustration et de désespoir.

— Comment cela a-t-il pu se produire ? balbutia Amber en s'approchant de la fillette.

Celle-ci ne devait avoir que quelques mois. Grâce aux enfants de ses frères, Amber s'y connaissait un peu en bébés.

Alors qu'elle contemplait le petit ange endormi, son cœur se serra, et il lui devint difficile de respirer. Elle ne pourrait plus jamais regarder un bébé aussi petit sans se souvenir de celui qu'elle avait perdu… Et elle n'était toujours pas capable d'y penser sans avoir l'impression que le monde s'effondrait autour d'elle. Elle reporta son attention sur son ancien ami.

Rylan la regardait comme s'il lui avait poussé des antennes.

— Ça va, grommela-t-elle. Je ne suis pas si naïve. Je sais *comment* ça s'est produit. Je voulais juste comprendre… Laisse tomber. As-tu du café ?

Elle aurait besoin d'une bonne dose de caféine pour y voir clair. Elle retira son manteau. Rylan s'empressa de le lui prendre et le posa dans un fauteuil, près de la porte.

— Je viens d'en préparer, répondit-il. Je vais…

— Non, j'y vais, proposa-t-elle. Reste ici, au cas où elle se réveillerait.

Amber s'enfuit dans la cuisine pour ne pas avoir à expliquer pourquoi elle avait les larmes aux yeux.

Elle repéra tout de suite la cafetière, placée près de l'évier, mais elle dut ouvrir plusieurs placards avant de trouver des tasses. Il y avait une pile de cartons dans un coin.

— Tu en veux un ? lança-t-elle à Rylan.

— Oui, s'il te plaît.

Amber s'essuya les yeux, remplit deux tasses et les emporta dans le salon.

— Tiens, dit-elle en en tendant une à Rylan.

Elle but une gorgée de café, puis s'installa par terre près du bébé.

— Viens ici, s'il te plaît, dit-elle.

Rylan s'approcha et s'assit en face d'elle.

— Je sais que tu t'es déjà mis dans des situations délicates, mais ça ? chuchota Amber. Tu ne sais pas si tu es le père de cette petite fille ?

— C'est la première fois que je pose les yeux sur elle, répondit-il. Je ne savais pas qu'elle existait jusqu'à ce que quelqu'un frappe à ma porte, l'air paniqué, me demande de la tenir et s'enfuie en courant. Elle pleurait, et je n'ai pas su quoi faire. L'homme a dit que c'était sa mère qui lui avait demandé de me la confier, que j'étais son père, puis il s'est excusé et il est parti sans que je puisse le retenir.

Amber baissa les yeux vers la fillette endormie. Elle avait les boucles brunes de Rylan, ce qui ne prouvait rien. Il semblait juste *possible* qu'elle soit sa fille. L'idée que Rylan ait un enfant fit l'effet d'un coup de poing dans l'estomac à Amber.

— Très bien, dit-elle. Tu vas acheter un test d'ADN à la pharmacie. Je crois qu'ils sont assez faciles à utiliser. Si tu es bien son père, nous passerons aux étapes administratives.

Sa suggestion ne provoqua pas la réaction qu'elle espérait.

— Sont-ils vraiment fiables, ces tests ? demanda Rylan, l'air encore plus perdu. Je dois retrouver la mère, mais je ne peux pas si je ne sais pas qui c'est.

— Combien de femmes as-tu fréquentées ? demanda-t-elle avant de s'empresser de lever la main. Non ! Ne réponds pas. Ça ne me regarde pas.

— C'est une situation compliquée, mais je ne suis pas un salaud qui met des femmes enceintes pour les jeter ensuite, Amber, argua-t-il. Je viens juste de finir mon engagement.

Oui, j'ai fréquenté quelques femmes, mais je n'ai eu aucune relation sérieuse et j'ai toujours été prudent.

Son indignation donna envie de sourire à Amber. Rylan était séduisant, intelligent et drôle. Il aurait très bien pu jouer les play-boys.

— Je ne t'accuse de rien, je t'assure, répondit-elle en prenant conscience qu'elle avait tort de le regarder droit dans les yeux alors qu'ils étaient si près l'un de l'autre.

Rylan baissa la tête et but une gorgée de café.

— Peu importe, dit-il. Elle est là, et je ne sais pas qui elle est, d'où elle vient, ni si c'est ma fille. Je n'arrive pas non plus à imaginer qu'il puisse s'agir d'une plaisanterie.

— L'homme qui te l'a confiée t'a-t-il donné autre chose ? demanda-t-elle.

— Un sac. Je l'ai posé là-bas, répondit Rylan en indiquant le coin du canapé.

— L'as-tu fouillé ?

Il secoua la tête.

Amber alla chercher le sac, en inspecta toutes les poches et soupira.

— Je ne vois rien.

Alors elle s'aperçut qu'un prénom était brodé en petits caractères sur la poche de devant. *Brooklyn*. Elle le montra à Rylan.

— Ce sac peut avoir été emprunté à quelqu'un, mais on n'a qu'à l'appeler Brooklyn pour le moment, suggéra-t-elle.

— C'est un début, lui accorda-t-il.

— Et les réseaux sociaux ? demanda-t-elle. Si tu as fréquenté la mère de ce bébé, vous deviez avoir différents contacts…

Discuter de la vie sexuelle de Rylan était très loin de ce qu'elle avait envisagé de faire après les fêtes. Elle refoula la jalousie qui la gagnait. Un homme aussi charmant avait forcément une vie sexuelle. Elle n'avait pas le droit de juger. Elle aussi avait eu une vie sexuelle, d'ailleurs. La seule différence était qu'ils parlaient de celle de Rylan pour le moment.

— Je ne m'intéresse pas vraiment à ces choses, répondit Rylan, qui avait retrouvé son air désemparé. Mais, Amber… Si j'ai bien un enfant, comment est-il possible que je ne le sache pas ?

2

Rylan ne s'attendait pas à ce que revoir Amber lui fasse l'effet d'un coup de poing dans la mâchoire. Ce fut le cas. Quand il l'avait appelée au secours, il savait juste qu'il était dépassé par la situation et qu'il avait besoin d'un point de vue féminin. Son esprit s'était immédiatement tourné vers Amber. Il s'était dit que c'était parce qu'il était sorti avec la plupart des filles qu'il avait connues au lycée et qu'Amber lui semblait sans risque. Il faillit éclater de rire. Amber Kent. Sans risque.

La cadette de la famille Kent n'était que feux d'artifice et tentation. Elle était toujours aussi belle. Non : elle était encore plus belle qu'avant – ce qui n'était pas bon pour le cœur de Rylan.

Ses cheveux, de la couleur de la cannelle, étaient tressés. Quelques mèches, qui s'étaient échappées de la tresse, encadraient son visage en forme de cœur. Elle avait des yeux cuivrés, des lèvres roses et une peau laiteuse. Elle devait mesurer environ un mètre soixante-dix et elle avait des jambes interminables. Ses hanches étaient plus marquées que dans son souvenir, ce qui la rendait encore plus sexy – mais il savait qu'il ne devait pas laisser ces pensées improductives occuper son esprit.

Par ailleurs, Amber était bien plus qu'une belle femme. Pendant leur adolescence, il avait d'abord été attiré par son intelligence et son humour. Elle avait traversé ces années avec une facilité stupéfiante. Pas lui. Il s'était laissé gagner par la colère, ce qui l'avait incité à fréquenter les mauvaises personnes et à se brouiller avec son meilleur ami – mais ce n'était pas non plus le moment de sombrer dans la honte et les regrets.

— Je ne vois vraiment pas qui peut être la mère, dit-il.

C'était très embarrassant, mais il n'en avait pas la moindre idée. Il n'avait pas non plus d'excuses.

— Ce bébé a l'air d'avoir dans les trois mois, déclara Amber.

— Comment le sais-tu ?

Il aurait été incapable de le deviner.

— On a eu un baby-boom au ranch.

Elle le regarda comme si elle venait juste de se rendre compte qu'il n'avait pas suivi la vie de sa famille.

— Ne me pose pas de questions, ajouta-t-elle.

Il jeta un coup d'œil discret à sa main gauche et fut soulagé de ne pas voir d'alliance alors que rien ne l'y autorisait.

— Je n'en avais pas l'intention, répondit-il.

— Tant mieux. Alors, où étais-tu il y a environ douze mois ?

Rylan baissa les yeux et se gratta le menton.

— Il y a un week-end dont je me souviens mal, répondit-il. Je devais avoir trop bu.

— Personne ne boit au point de ne pas se rappeler où il était ni avec qui, protesta Amber.

Il se concentra sur le week-end en question, mais rien ne lui vint.

— Pour être honnête, j'avais pris l'habitude de boire et ça m'a attiré beaucoup d'ennuis, avoua-t-il. J'ai arrêté. Mais, même quand je buvais, je n'ai jamais été assez désinvolte pour…

Il laissa sa phrase en suspens et montra le bébé.

— C'est bon à savoir, répondit Amber. Cette petite fille n'est sans doute pas la tienne. C'est sûrement un malentendu.

Amber tira un bout de papier du sac.

— Je n'avais pas vu ça, dit-elle.

— Qu'est-ce que c'est ?

— Un mot. De la mère, peut-être ?

La culpabilité gagna Rylan. Il se souvint qu'il s'était réveillé dans une chambre d'hôtel, ce week-end-là. Il était seul, mais il avait eu l'impression qu'il y avait eu une femme avec lui pendant la nuit. Ses souvenirs, complètement brumeux, ressemblaient plus à un rêve qu'à la réalité. Il s'était senti vaseux pendant plusieurs jours, après cela, sans doute parce qu'il avait trop bu d'un coup après plusieurs années de sobriété.

— Le mot n'est pas signé, dit Amber. Mais il t'est adressé et la petite fille s'appelle bien Brooklyn.

Rylan continua à s'interroger sur ce week-end. Était-ce un an plus tôt ? Il lui semblait que c'était plus ancien. Quelles étaient les chances pour que les dates coïncident ? Elles devaient être minces…

— Le mot dit-il autre chose ? demanda-t-il.

— C'est tout, répondit Amber en haussant les épaules. Au moins, on connaît le nom du bébé.

— Il faut que j'appelle Zach, dit-il.

Zach, le shérif de Jacobstown, était aussi le cousin d'Amber.

— Que peut-il faire ? demanda-t-elle.

— Je ne sais pas. Prévenir les services sociaux ? répondit-il sans conviction. Retrouver la mère du bébé ?

— Et si c'était ta fille ? s'écria Amber. L'abandonnerais-tu ?

Rylan la trouva encore plus belle en colère.

— Bien sûr que non, répondit-il sincèrement.

Rylan avait lui-même été abandonné par son père. Quand il était petit, sa mère lui avait dit que celui-ci était parti camper. Rylan n'avait compris que plus tard que l'homme qui lui avait donné la vie avait quitté femme et enfant sans aucun scrupule. Rylan n'avait pas un seul souvenir de lui.

Sa mère avait cumulé deux emplois, parfois trois, pour payer les factures. Rylan l'aimait et la respectait, mais il ne la connaissait pas vraiment. Elle était toujours en train de travailler pour assurer leur survie. Rylan était au lycée quand elle était tombée malade. Après sa mort, il s'était rebellé et avait perdu le contrôle de ses émotions. Alors il y avait eu la nuit qu'il n'oublierait jamais.

Quand il s'était engagé, les Marines, puis ses camarades des SEAL, étaient devenus sa seule famille. Pourtant, il n'avait jamais vraiment réussi à effacer Jacobstown de sa mémoire.

À la fin de son engagement, comme il n'avait pas l'intention de passer sa vie entière dans l'armée, il était retourné là où il avait grandi, sauf qu'il ne reconnaissait plus rien. Naïvement, il avait cru que le lieu de son enfance resterait figé dans le temps en son absence. Les choses ne marchaient pas comme cela. La vie continuait. Les gens grandissaient et vieillissaient.

— Tu m'écoutes ? lui lança Amber, interrompant le fil de ses pensées.

— Oui. Désolé. Que disais-tu ?

Il but une gorgée de café pour s'éclaircir les idées. Il avait passé une partie de la nuit à déballer les cartons de la cuisine, qui était presque vivable maintenant. Il avait l'intention d'abattre le mur qui la séparait du salon et de faire d'autres travaux. Après avoir rénové la maison, il se demanderait s'il voulait rester à Jacobstown ou la revendre.

— Où est ton ordinateur ? demanda Amber en posant sa tasse sur la table basse.

— Là-bas.

Il alla le chercher et s'assit à côté d'elle. Elle lui demanda de lui ouvrir le compte du réseau social dont il se servait le plus et se mit à éplucher les profils des gens – des femmes, pour la plupart – qui le suivaient.

— Ça fait beaucoup de monde, soupira-t-elle.

— J'ai beaucoup voyagé, expliqua-t-il.

— Merci d'avoir servi le pays, dit-elle avec une pointe d'admiration qui lui fit chaud au cœur.

— De rien, répondit-il par réflexe.

Il avait entendu cette phrase des dizaines de fois, mais elle lui procurait davantage de fierté dans la bouche d'Amber. Il essaya aussitôt de se convaincre qu'il ne pouvait pas se permettre de se soucier de ce qu'elle pensait de lui. Ce fut un échec.

— Très bien, dit-elle. Prenons-les dans l'ordre.

Elle lui montra des photos l'une après l'autre. Il n'avait que de vagues souvenirs de toutes ces femmes et il lui semblait n'avoir fréquenté aucune d'elles à l'époque où le bébé devait avoir été conçu.

— Ça ne sert à rien, grommela-t-il.

— Nous finirons par trouver, lui assura Amber.

C'était facile à dire… Mais tout était facile dans la vie d'Amber Kent. Elle était belle, intelligente, elle avait une famille formidable qui l'aimait et qui ne manquait pas d'argent…

— Le charme des Kent ne peut pas tout régler, plaisanta-t-il en lui donnant un petit coup d'épaule.

Il crut recevoir une décharge électrique à ce simple contact. Il venait de commettre une erreur – qu'il n'avait pas l'intention de reproduire.

Le désir que lui inspirait Amber était plus puissant que jamais, mais il n'avait pas oublié la promesse qu'il avait faite à son meilleur ami. Will Kent connaissait Rylan mieux que personne. Si Will pensait que Rylan ne devait pas sortir avec sa sœur, il avait forcément raison. Point.

Il n'était pas question que Rylan trahisse cette promesse.

— Très drôle, répliqua Amber. La chance sourit plus souvent aux gens qui portent des salopettes qu'à ceux qui n'aiment pas se salir les mains, tu sais.

— C'est vrai, répondit-il en prenant sa main pour lui montrer ses ongles parfaitement manucurés.

— Ce n'est pas parce que je sais prendre soin de moi que je ne travaille pas, se défendit-elle.

Le bébé changea de position. Rylan retint son souffle et pria pour qu'il ne se réveille pas tout de suite. Heureusement, Amber était arrivée avant que la petite fille ne se remette à crier. Ses pleurs avaient failli briser le cœur de Rylan.

Il ne s'était jamais senti aussi inutile ni désemparé. Il devait avoir usé la moquette à force de tourner en rond en tenant la petite contre son épaule. C'était la seule chose qui semblait vaguement la calmer.

— Je sais que tu travailles dur, accorda-t-il à Amber.

Je sais aussi que tu es plus intelligente que moi. Alors que faisons-nous d'elle ? Parce que je suis complètement dépassé. Je rends les armes.

— On peut appeler Zach, comme tu l'as suggéré, répondit-elle. Mon cousin viendra tout de suite – et les nouvelles circuleront vite. Tout le monde sauraque tu as peut-être un enfant et que j'étais ici.

Il comprit au regard qu'elle lui lança qu'elle se demandait s'il était prêt à l'assumer devant son frère.

— Es-tu disposé à laisser les services sociaux s'occuper d'elle le temps qu'on sache qui sont ses parents ? demanda-t-elle.

Il n'avait pas envisagé les choses sous cet angle. Jusque-là, il avait seulement voulu ne pas rester seul avec le bébé trop longtemps. Mais la question d'Amber méritait réflexion.

— Non, répondit-il. Si c'est ma fille, je veux qu'elle reste avec moi. Et je tiens à savoir qui est sa mère dans tous les cas. Je ne veux pas avoir la surprise de voir quelqu'un débarquer dans six mois pour la réclamer.

Il n'aimait pas les surprises – surtout quand l'enjeu était aussi élevé.

3

Le cousin d'Amber, Zach McWilliams, n'était pas très loin quand celle-ci l'appela pour lui demander de passer chez Rylan. Le shérif promit de venir le plus vite possible. Rylan avait l'esprit envahi de questions qui exigeaient des réponses précises et rapides. Il n'arrivait pas à imaginer comment on pouvait abandonner un bébé aussi gentil. Même quand elle avait pleuré, au début, Brooklyn l'avait fait presque timidement.

Sa délicatesse et sa fragilité éveillaient l'instinct protecteur de Rylan. Elle avait des joues rondes, d'épais cheveux bouclés et les traits les plus angéliques qu'il ait jamais vus.

Soit, il n'avait pas vu beaucoup de bébés et il n'avait pas l'intention d'en avoir un avant de stabiliser sa situation. C'était l'une des raisons pour lesquelles il espérait qu'il n'était pas le père de Brooklyn. Néanmoins, s'il devenait père un jour, il aurait de la chance d'avoir un bébé de ce genre.

On frappa à la porte, et Amber s'empressa d'aller ouvrir à Zach.

— Merci d'être venu si vite, dit-elle à son cousin en s'écartant pour le laisser passer.

— C'est bon de te revoir, répondit Zach.

Il avait l'air inquiet, ce qui était compréhensible dans ces circonstances. Au téléphone, Amber lui avait simplement demandé de venir en promettant de tout lui expliquer quand il serait là.

Celle-ci serra son cousin dans ses bras. Zach regarda Rylan

et Amber, puis le bébé qui dormait paisiblement au milieu du salon et les cartons encore empilés dans tous les coins.

— Je n'ai pas fini de m'installer, expliqua Rylan, un peu embarrassé.

— J'avais entendu dire que tu étais de retour, répondit Zach. Sois le bienvenu.

Rylan le remercia. Il devait avouer qu'il redoutait un peu l'accueil que lui réserverait la famille Kent à son retour, même s'il savait que Will n'était pas du genre à répandre des rumeurs.

— Assieds-toi, proposa Amber à Zach en indiquant le canapé.

— Je suis bien debout, répondit le shérif, qui écarta un peu les jambes comme s'il se tenait prêt à tout. Alors, que se passe-t-il ?

— Un type a frappé à ma porte, répondit Rylan. Il tenait un porte-bébé avec un bébé dedans et un sac. J'ai cru qu'il s'était trompé d'adresse ou qu'il venait voir Mme Parker, l'ancienne propriétaire.

— Je sais qu'elle a déménagé à San Antonio il y a quelques mois, répondit Zach. Pour se rapprocher de sa fille, il me semble.

Le shérif tira un carnet et un crayon de sa poche et prit quelques notes.

— Oui. Comme la maison était inoccupée, j'ai proposé de la lui acheter, dit Rylan.

— Alors tu as l'intention de rester à Jacobstown ? demanda Zach.

Rylan jeta un coup d'œil discret à Amber avant de répondre :

— Pour le moment. Je pourrai toujours louer si je décide d'aller vivre en ville.

Zach hocha la tête.

— Avais-tu déjà vu ce type ? demanda-t-il.

— C'était la première fois, répondit Rylan sans hésiter. Il a demandé si j'étais Rylan Anderson. J'ai répondu oui. Son téléphone a sonné, ce qui a réveillé le bébé, qui s'est mis à pleurer. Le type m'a demandé si je pouvais tenir le porte-bébé le temps qu'il réponde. Dès que je l'ai pris, il a posé le sac à mes pieds, m'a dit que le bébé était ma fille et s'est enfui.

— L'as-tu poursuivi ? demanda Zach.

— Le temps que je pose le porte-bébé et que j'écarte le sac, l'homme avait déjà une bonne longueur d'avance. Et je n'ai pas osé laisser le bébé tout seul…

À vrai dire, Rylan n'avait pas encore digéré de s'être fait avoir aussi bêtement.

— À quoi ressemblait-il ? demanda Zach.

— C'était un blond aux yeux bleus qui mesurait autour d'un mètre quatre-vingt. Il était jeune – entre vingt et vingt-cinq ans – et mince. Il avait le physique de quelqu'un qui fait du jogging et les traits fins.

— Crois-tu pouvoir travailler avec un dessinateur pour un portrait-robot ?

Rylan acquiesça sans hésiter. La petite fille se réveilla à ce moment-là et se mit à pleurer. Rylan jeta un regard désemparé à Amber.

— Elle doit avoir faim, dit celle-ci avant de prendre le bébé dans ses bras comme si ce geste lui était parfaitement naturel. Je vais lui préparer un biberon. As-tu un micro-ondes, Rylan ?

— Oui.

Rylan essaya de reporter son attention sur Zach, mais le bébé cria plus fort dans la cuisine. Amber avait sans doute besoin d'aide.

Il la rejoignit.

— Que puis-je faire ? demanda-t-il.

À vrai dire, il avait besoin de faire quelque chose. Il ne pouvait pas laisser Amber s'occuper de tout. Il n'était pas un salaud.

Zach le suivit dans la cuisine et attendit avec la patience d'un enfant de chœur.

— Rien, répondit Amber.

Elle prépara le biberon avec une facilité déconcertante et

le donna à la fillette, qui se calma aussitôt. Malgré lui, Rylan admira le naturel avec lequel Amber tenait le bébé. *Son* bébé ?

— Je ne sais pas si cette petite est ma fille, dit Rylan à Zach. Je sais que j'ai passé une nuit avec quelqu'un dont je me souviens mal, mais je ne suis même pas sûr que les dates concordent.

Zach posa quelques questions de routine auxquelles Rylan fut incapable de répondre.

— Et maintenant ? demanda Rylan, qui avait besoin de savoir ce qui arriverait à la fillette.

— C'est le moment où j'appelle les services sociaux, répondit Zach.

— Et si je disais que ce n'est pas une option ? demanda Rylan.

Amber lui jeta un bref regard.

— Le bébé pourrait aussi être gardé par l'un de ses parents, dit Zach.

— Sauf que nous ne savons pas qui sont ses parents, rappela Rylan.

Qu'il soit son père ou non, aucun enfant ne méritait d'être abandonné, songea-t-il. Être rejeté par les deux personnes qui étaient censées vous aimer le plus était un mauvais départ dans la vie. Même si Rylan n'avait jamais été un délinquant, il s'était attiré un certain nombre d'ennuis, surtout au lycée. Le mal qu'il avait fait à la famille Willow par pure stupidité était l'une des raisons de son retour. Il avait une dette immense envers eux et il était revenu avec la ferme intention de s'en acquitter.

— J'appelle les services sociaux, annonça Zach avant de quitter la pièce.

Rylan regarda la petite fille, qui semblait parfaitement heureuse dans les bras d'Amber.

Zach revint deux minutes plus tard et déclara :

— Elise Shelton viendra dès qu'elle pourra.

— Que lui arrivera-t-il ? demanda Rylan en indiquant Brooklyn d'un signe de tête.

— Elle sera placée dans une famille d'accueil jusqu'à ce qu'on établisse son identité et qu'on localise ses parents, répondit Zach.

Rylan apprécia que Zach ne parte pas du principe qu'il était le père. Mais, si c'était bien le cas, il ferait tout son possible pour que la petite se sente bien dans sa maison – dans *leur* maison.

— Est-il possible qu'elle reste ici le temps qu'on y voie plus clair ? demanda-t-il.

Il n'avait aucun droit sur cette enfant, pour le moment, mais le système comportait peut-être une faille du système dans laquelle il pouvait se glisser…

Le shérif haussa les sourcils.

— Tu serais prêt à la garder ? C'est très noble de ta part, Rylan, mais les bébés exigent beaucoup de travail. Sais-tu seulement préparer un biberon ou changer une couche ?

Rylan haussa les épaules.

— Je ne me porterais pas volontaire dans l'absolu, mais elle est là, répondit-il. Ça a dû être traumatisant pour elle d'être déposée ici et ça ne me paraît pas juste de l'envoyer ailleurs. Et si c'était ma fille ? Elle serait encore déplacée pour revenir au point de départ ?

— Tu marques un point, admit le shérif. Mais si elle n'était pas ta fille ? Si sa mère était une criminelle en fuite, par exemple ? Celle-ci peut très bien avoir relevé ton nom sur ta boîte aux lettres et choisi quelqu'un au hasard pour te raconter cette histoire…

— Raison de plus pour que je la garde, répondit Rylan. Je peux la protéger.

Il était tout à fait sérieux. Grâce à son entraînement militaire, il était parfaitement qualifié pour gérer n'importe quelle menace.

— Sais-tu t'occuper d'un bébé ? demanda encore Zach. Ne le prends pas mal, mais je peux t'assurer que ce n'est pas facile.

Rylan soutint son regard. Il savait qu'il devait bien réfléchir à sa réponse.

— Je resterai pour aider Rylan jusqu'à ce qu'on sache qui est le père, déclara Amber.

Zach tourna vivement la tête vers elle. Elle haussa les épaules pour qu'il n'aille pas s'imaginer qu'elle avait d'autres raisons d'intervenir – un faible pour Rylan, par exemple.

— Tu es sûre que c'est une bonne idée ? s'enquit le shérif ?

— Je ne tournerai pas le dos à un ami qui se retrouve dans une situation délicate, répondit-elle. À ma connaissance, Rylan ne s'est jamais occupé d'un bébé – et tu viens de rappeler à quel point c'était difficile.

Renvoyer ses arguments à son cousin marchait presque toujours quand ils étaient en désaccord. Elle savait qu'il se souciait d'elle, mais elle savait aussi ce qu'elle voulait.

— As-tu vraiment envie de voir cette petite fille changer de foyer en permanence ? ajouta-t-elle. Et Rylan a raison : il est possible que tu la ramènes ici dans quelques jours, de toute manière.

Quand Zach baissa les yeux, elle comprit qu'elle gagnait du terrain.

— Je suis sûre que tu perceras vite ce mystère, ajouta-t-elle pour le flatter un peu. Alors je retournerai m'occuper de mes affaires au ranch.

— Que se passera-t-il si on découvre que Rylan est bien le père ? demanda Zach.

— Il devra trouver une solution pour la suite le moment venu, dit-elle. En attendant, j'ai l'intention de lui donner un coup de main.

Rylan aurait besoin d'engager quelqu'un pour prendre soin de la petite. Elle connaissait quelques grands-mères de Jacobstown qui avaient du temps libre et qui n'auraient rien contre le fait de s'occuper d'un bébé. Elle pourrait suggérer des noms à Rylan. Aucune de ces femmes ne s'en sortirait toute seule, mais il serait sans doute possible d'organiser quelque chose.

— Tu as bon cœur, Amber, répondit Zach. Mais tu as beaucoup de travail au ranch…

— Je peux faire toutes les tâches administratives d'ici, le coupa-t-elle. Et les mises bas, qui exigent qu'on soit présents en permanence, n'auront lieu que dans quelques semaines. Ça me laisse un peu de temps.

Zach pouvait lui donner des conseils, mais elle était assez grande pour faire ses choix et sa décision était prise. Vu le regard que son cousin lui jeta, il était bien conscient qu'il ne la ferait pas changer d'avis.

— Si c'est ce que tu veux…, soupira-t-il. Il ne me reste plus qu'à trouver les parents de cette petite.

— Ne vendent-ils pas des tests de paternité à la pharmacie ? demanda Amber. Sais-tu s'ils sont fiables ?

— Parfois ils marchent, parfois ils ne marchent pas, répondit Zach. C'est trop important pour laisser une part au hasard.

— Absolument, intervint Rylan en croisant les bras.

— Et le tribunal voudra un dossier solide, ajouta Zach. Je vais demander au docteur Logan de passer prélever des échantillons. Je vais aussi dire à Elise que ce n'est pas la peine qu'elle vienne. Je suis sûr qu'elle s'en réjouira, par ce temps.

Amber prit brusquement conscience que Rylan était peut-être père, ce qui lui fit un choc. Elle n'arrivait pas à l'imaginer se réveiller à 3 heures du matin pour donner un biberon ou changer une couche. Pourtant, son expression indiquait qu'il était prêt à tout pour le bien de ce bébé.

Amber songea que la mère de la petite fille pouvait apparaître un jour, et son cœur se serra. C'était absurde. Elle n'était jamais sortie avec Rylan et il n'était pas question qu'elle ait une relation avec l'ancien ami de son frère aîné – d'autant moins que personne ne voulait lui expliquer pourquoi ils s'étaient brouillés. Mais savoir tout cela ne l'empêchait pas d'être jalouse.

Était-ce parce qu'elle voulait un autre enfant ? Le bébé

qu'elle avait eu avec son ex-mari était mort quelques heures après sa naissance. Cela avait failli la briser. Son mari et elle avaient divorcé juste après.

Mais si elle y réfléchissait honnêtement… Non. Elle avait trop de responsabilités au ranch.

Ses sentiments ambigus lui semblaient curieux. Plus jeune, elle ne rêvait pas d'enfants et de famille. Elle avait essayé quand même et cru que la perte de son bébé et le divorce avaient répondu définitivement à cette question.

Elle avait vu plusieurs de ses frères trouver le bonheur. Le mariage leur avait clairement fait du bien, mais elle ne se voyait pas réessayer. Et puis elle avait tant à faire… Il faudrait vraiment qu'elle tombe sur quelqu'un de spécial pour que ces désirs renaissent – et encore plus pour qu'elle assume une nouvelle grossesse.

Elle n'était même pas prête à chercher cette personne.

Pourtant, elle ne pouvait pas nier que le bébé qu'elle tenait dans ses bras – qui était peut-être la fille de Rylan – éveillait quelque chose en elle.

C'est parce que tu es trop mignonne, gamine, songea-t-elle.

Amber reporta son attention sur la conversation entre Zach et Rylan. Il était question de médecin, de tribunal et de paternité. Rylan aurait besoin de mûrir vite si ce n'était pas une erreur… Elle contempla son torse, que ses années de service avaient élargi, et songea qu'il avait sans doute déjà un peu mûri.

Amber se sentir rougir quand leurs regards se rencontrèrent. Il l'avait surprise en train d'admirer sa musculature.

Il s'approcha d'elle tandis que Zach composait un numéro – sans doute celui du Dr Logan.

— Merci d'avoir proposé de m'aider, Amber, dit-il. Tu me rends un grand service.

Elle s'empressa de lever la main pour l'empêcher de poursuivre.

— Ce n'est rien, lui assura-t-elle en ignorant les protestations de son cœur. Je ne te laisserai pas te débrouiller tout seul.

Combien de temps faudrait-il pour qu'ils obtiennent des réponses ? se demanda-t-elle avec angoisse.

4

— Je suis sûr que quelqu'un aurait pensé à m'en parler si tu avais eu un bébé, dit le Dr Logan. Alors à qui est ce petit haricot ?

Il sourit à Brooklyn, qui lui rendit son sourire. Amber fut impressionnée. Le médecin savait y faire avec les bébés !. Il rentrait de l'hôpital quand Zach l'avait appelé et avait volontiers fait un détour pour leur donner un coup de main.

Amber et sa famille connaissaient le Dr Logan depuis toujours. Ses frères et elle n'avaient jamais été soignés que par lui. C'était un homme chaleureux aux yeux verts et assez grand – même s'il était bien plus petit que Rylan. Ses cheveux grisonnaient, mais il se maintenait en forme en faisant du jogging.

Il arrivait à Amber de le voir courir quand elle se rendait en ville, tôt le matin. C'était un homme honnête, qui était toujours marié à la femme dont il était tombé amoureux au lycée et qu'il avait épousée juste après. Ils avaient eu cinq enfants. Les gens du coin disaient pour plaisanter qu'il ne leur en manquait qu'un pour égaler les Kent. Mme Logan et la mère d'Amber avaient été très proches. Le cœur d'Amber se serra. Même si elle avait perdu ses parents des années plus tôt et qu'elle aurait dû s'y faire depuis le temps, sa mère lui manquait toujours autant. Son père lui manquait aussi, bien sûr… Mais elle aurait aimé pouvoir s'appuyer sur sa mère quand elle avait perdu le bébé. Depuis que ses parents n'étaient plus là, les vacances de Noël la faisaient toujours déprimer.

— Non, ce petit ange n'est pas à moi, répondit Amber, qui était allée ouvrir la porte au médecin. On essaie de découvrir si c'est la fille de Rylan Anderson.

— J'avais entendu dire qu'il était revenu à Jacobstown, mais j'ignorais qu'il nous avait amené une famille, dit le médecin.

— Zach et Rylan sont dans la cuisine, répondit-elle. Rylan vient juste de découvrir l'existence de cette petite et il ne sait pas si c'est sa fille.

— Oh ! J'avais mal saisi la situation, désolé, s'excusa le médecin. Le grand âge, sans doute.

Son sourire rappela celui de son père à Amber. Il aurait à peu près le même âge que le médecin, à présent. Ils se ressemblaient assez – sauf que les yeux de son père étaient noisette.

— Ce n'est pas grave, répondit Amber. Merci pour votre délicatesse.

Ses émotions menaçaient de l'envahir. C'était embarrassant. Elle tenta d'en faire abstraction, essuya discrètement une larme et se concentra sur le bébé qu'elle avait dans les bras.

Elle suivit le Dr Logan dans la cuisine, surprise par l'intensité de sa réaction. Elle croyait avoir fait le deuil de ses parents depuis longtemps.

— Merci d'être venu si vite, docteur, dit Zach en tendant la main au médecin.

Le Dr Logan serra vigoureusement la main de Zach, puis celle de Rylan.

— Si tu t'asseyais ? suggéra-t-il à Amber. Ça ne prendra qu'un instant.

Il amusa Brooklyn pendant quelques secondes en lui faisant des grimaces, puis ouvrit sa sacoche et en tira un coton-tige. Il le frotta à l'intérieur de la joue de la petite fille, puis le glissa dans un sac en plastique.

Rylan faisait les cent pas derrière Amber.

Celle-ci évitait le regard de son cousin, qui affichait un

air réprobateur. Elle était certaine que l'idée qu'elle passe du temps avec Rylan lui déplaisait parce qu'elle déplairait à Will.

Amber accordait à Will que Rylan avait commis quelques erreurs. Mais elle savait que son frère tenait toujours à son ancien ami, au fond de lui, même s'il refusait d'en parler. Dès que quelqu'un mentionnait Rylan, Will lui jetait un regard hostile et quittait la pièce. Elle n'avait pas la moindre idée de ce qui s'était passé entre eux. Elle avait essayé de le découvrir à plusieurs reprises, mais personne ne le savait ou ne voulait rien dire. Tel qu'elle connaissait son frère, c'était [illegible] Rylan et lui. Will n'avait rien dit et Rylan s'était engagé dans l'armée.

Will était une vraie tête de mule, surtout quand il croyait avoir raison.

Le problème était qu'elle n'avait plus la moindre idée de ce que son frère ressentait pour Rylan. Ses relations avec ses frères avaient changé depuis la mort de leurs parents. D'un côté, celle-ci les avait rapprochés, de l'autre, elle avait eu des répercussions qui n'étaient pas toutes positives. Tout le monde, au ranch, avait été très occupé, ces dernières années.

Amber avait l'impression qu'ils n'avaient pas encore trouvé une nouvelle forme de normalité. Mais elle était peut-être la seule à ressentir cela. Après tout, c'était elle qui avait vécu une tragédie.

Brooklyn fit encore les yeux doux au Dr Logan, qui était décidément doué avec les bébés. Amber avait sans doute des choses à apprendre de lui.

L'idée que Rylan avait peut-être un enfant l'ébranla étrangement une fois de plus. Elle devait se ressaisir. Ils n'étaient que de vieux amis. Il avait demandé son aide, et elle avait accepté à cause de leur passé et parce qu'elle se sentait toujours mélancolique après les fêtes. C'était tout. Son corps réagissait de façon inappropriée en sa présence, mais elle savait qu'elle ne devait pas en tenir compte.

Elle devait admettre que la musculature qu'il avait gagnée à l'armée lui allait bien, mais ce n'était pas tout. Il avait changé. Ils avaient huit ans de plus et ils avaient changé tous les deux.

— Plus qu'un échantillon à prélever, dit le Dr Logan à Rylan.

Rylan devait vouloir connaître les résultats le plus vite possible – et elle aussi. Elle n'arrivait toujours pas à imaginer qu'il puisse être père… Il lui semblait trop jeune, mais il ne l'était pas. Plusieurs des frères d'Amber s'étaient mariés et avaient eu des enfants.

Elle eut l'impression de recevoir une gifle. À quel moment étaient-ils tous devenus si vieux ?

Soit, on n'était pas si vieux que cela quand on avait la vingtaine ou la trentaine… Mais depuis quand étaient-ils tous devenus assez mûrs pour avoir leur propre famille ? Elle avait l'impression qu'hier encore qu'elle courait dans les champs avec ses frères.

Le temps qu'elle cligne des yeux, tout avait changé.

— Pourrez-vous communiquer les résultats à Rylan dès que vous les aurez ? demanda-t-elle au médecin.

— Si le shérif n'y voit pas d'inconvénient, répondit le Dr Logan.

Tout le monde se tourna vers Zach.

— Ça ne me dérange pas, répondit le shérif en se passant la main dans les cheveux. Si c'était moi, j'aimerais avoir la réponse le plus vite possible. L'essentiel, c'est que le tribunal ait une preuve.

Amber lut un peu de soulagement dans le regard de Rylan.

— Merci, dit-elle.

Le médecin termina vite. Il tendit des échantillons à Zach et plaça les autres dans sa sacoche.

— Je n'aurai pas les résultats avant lundi, prévint-il. Le laboratoire est fermé pendant le week-end.

— Merci, dit Rylan avant de raccompagner le médecin à la porte.

Amber se tourna vers Zach.

— Il y a un mot dans le sac, lui précisa-t-elle.

— Alors je l'emporte, répondit-il.

Il sortit et revint deux minutes plus tard avec un sac en papier.

— Dans cette poche, précisa Amber.

Zach tira délicatement le mot du sac.

— Avec un peu de chance, on trouvera des empreintes, commenta-t-il.

— Vous trouverez au moins les miennes, répondit Amber. Désolée.

Même si cela faciliterait leurs recherches, elle n'était pas sûre de vouloir que la mère de Brooklyn soit dans le fichier de la police.

Amber eut un nouveau frisson de plaisir quand Rylan revint dans la cuisine.

— J'y vais, annonça Zach. Tenez-moi informé si vous avez des nouvelles du Dr Logan, d'accord ?

— C'est promis, répondit Amber.

Après le départ du shérif, Rylan proposa un café à Amber.

Elle accepta volontiers en essayant de faire abstraction du fait qu'elle se sentait parfaitement à l'aise dans sa cuisine. Après tout, il y avait beaucoup de choses qu'elle ignorait sur Rylan – à commencer par la manière dont il avait occupé ses huit dernières années.

— Qu'as-tu fait dans l'armée ? s'enquit-elle.

Il fit rouler sa tête sur ses épaules avant de répondre :

— Pas grand-chose. J'étais plongeur.

Amber avait déjà entendu cette phrase dans la bouche d'un SEAL qu'elle connaissait. Cela signifiait qu'il ne lui dirait rien de plus. Elle balaya la pièce des yeux.

— Tu n'as pas encore fini de t'installer, alors ?

— Non, répondit-il avant de lui renvoyer la balle. Et toi ? Qu'as-tu fait depuis huit ans ?

— C'est moi qui pose les questions, riposta-t-elle.

— Pourquoi ? demanda-t-il en remplissant sa tasse.

— C'est toi qui m'as appelée à l'aide, non ?

Elle n'avait pas l'intention de parler de son passé avec qui que ce soit.

— Alors c'est comme ça que ça marche ?

— Si tu veux que je reste, le taquina-t-elle.

— Oui. C'est donc toi qui commandes.

— Pourquoi mon frère et toi vous êtes-vous brouillés ? fit-elle sans préambule.

Rylan se figea un instant, mais il se ressaisit aussitôt et remplit la deuxième tasse.

— Les gens changent, répondit-il.

— Qu'est-ce que ça veut dire ?

Elle n'avait jamais vu d'amis se tourner le dos en si peu de temps. Elle savait qu'il arrivait que les gens prennent des directions différentes dans la vie, mais cette rupture avait été brutale.

— Ce n'est pas important, répondit-il en posant les deux tasses sur la table. Ce qui est important, c'est cette petite fille. Elle est ma priorité pour le moment.

Amber berça Brooklyn, qui lui sourit. Elle était contente de pouvoir se rendre utile. Et elle n'était peut-être pas trop maladroite avec les bébés, finalement… Ceux de ses frères lui avaient fourni l'occasion de s'entraîner.

— Il y aura une vague de froid demain, annonça Rylan.

— Ça arrive à cette période de l'année, répondit-elle.

Noël n'était passé que depuis quelques semaines. C'étaient les vacances préférées d'Amber, autrefois, mais ce n'était plus le cas depuis la mort de ses parents. Elle ressentait davantage leur absence à cette période de l'année, même si elle passait de bons moments avec ses frères et leurs familles.

— Je n'ai que ce qu'il y a dans le sac, dit-il après avoir bu une gorgée de café. Elle va geler avec ce qu'elle a sur le dos.

— Ne dramatise pas, répliqua-t-elle. Tu n'auras qu'à l'envelopper dans des couvertures.

— Et si elle les repousse ? Je n'arrête pas de bouger dans mon sommeil. Et si elle était comme moi ?

Amber trouva son inquiétude émouvante.

— Commençons par déjeuner, suggéra-t-elle. On s'occupera du couchage ensuite.

Rylan se tut pendant quelques minutes. Il avait l'air inquiet et fatigué.

— Tu sais que tout va bien se passer, j'espère ? finit-elle par demander.

— Non, ça ne va pas bien se passer.

Rylan ne savait pas comment être un père. Il abîmerait sans doute irrémédiablement la petite s'il se trouvait que c'était la sienne. Une part de lui s'agrippait à l'espoir qu'il y avait eu une erreur. Ce n'était pas la faute de Brooklyn. La gamine était adorable. C'était lui, le problème.

En plus, sa mère devait être désespérée pour l'avoir confiée à quelqu'un qu'elle n'avait pas vu depuis un an et qui ne connaissait pas l'enfant. Pour ne rien arranger, il n'avait aucun souvenir de cette femme – ce qui faisait de lui un salaud.

— Dis-moi ce que tu penses, Rylan.

La voix d'Amber – à laquelle il avait pensé bien plus qu'il n'oserait l'admettre – interrompit le fil de ses pensées. Dire à son meilleur ami qu'il avait embrassé sa petite sœur avait été un désastre, surtout après les autres erreurs qu'il avait commises. Il n'en voulait pas à Will de s'être méfié de lui. Il n'avait pas mérité sa confiance.

Néanmoins, la réaction de Will l'avait fait sortir de ses gonds. Will s'était énervé. Rylan s'était senti offensé. Il était prêt à se battre contre la terre entière, à cette époque, et même contre son meilleur ami qui ne réagissait pas comme il l'avait espéré.

Mais ce n'était pas tout. Rylan jouait avec les limites et cela commençait à devenir dangereux. Will avait essayé d'intervenir pour l'empêcher de faire des choses stupides. Comment Rylan avait-il réagi à l'inquiétude de son ami ? Il lui avait dit d'aller se faire voir et il avait commis une bêtise monumentale.

— Je pense que je suis dans une sacrée merde, répondit-il sincèrement.

Il était rentré à Jacobstown pour essayer de réparer ses erreurs, et sa vie devenait infiniment plus compliquée.

— Eh bien… Ça ne sert à rien de t'apitoyer sur ton sort, répondit Amber.

Il ne put s'empêcher de sourire.

— Ce n'était pas ce que je faisais.

— Comment tu appelles ça, alors ?

Ses yeux pétillaient de malice, ce qu'il trouva sexy alors qu'il n'aurait pas dû.

Ses conversations avec Amber lui avaient manqué. Elle avait l'esprit vif et beaucoup d'humour. C'était ce qui l'avait d'abord attiré chez elle. Il avait espéré que la revoir lui permettrait d'arrêter de penser à elle. Ce plan – comme la plupart de ceux qu'il échafaudait ces derniers temps – avait lamentablement échoué.

Elle était encore plus belle depuis qu'elle avait pris des formes. Ses cheveux étaient un peu plus longs que dans son souvenir, ce qui lui allait bien.

— Où est sa mère, à ton avis ? demanda Amber, qui avait dû remarquer la manière dont il la regardait, à en juger par sa rougeur.

— C'est une excellente question.

— Il faut être vraiment désespéré pour convaincre un inconnu de déposer un ange pareil chez quelqu'un qui ne s'y attend pas…, commenta-t-elle. Quelle est la vraie raison de ton retour à Jacobstown ?

Rylan haussa les épaules. Il y en avait plusieurs et il n'était pas disposé à en parler.

— J'ai grandi ici, se contenta-t-il de répondre.

— Je pensais que tu t'installerais en ville, dit-elle.

— Fort Worth ? Non.

— Non. J'imaginais quelque chose de plus loin que Fort Worth. Austin, peut-être. Ou San Antonio. Je pensais que tu ne reviendrais pas ici.

— Austin est sympa, mais j'ai du travail ici.

Plus précisément, il avait une dette à payer. Il ne pourrait jamais s'engager dans la vie comme un homme s'il ne réparait pas les torts qu'il avait causés.

Et il avait une autre raison de rentrer à Jacobstown : il n'avait nulle part où aller.

— Tu es revenu pour un emploi ? demanda-t-elle.

— Quelque chose comme ça. Pourquoi toutes ces questions ? Tu penses que je n'aurais pas dû revenir ?

— Je n'ai pas dit ça, s'empressa-t-elle de répondre. Je suis surprise, c'est tout. Je pensais que tu avais laissé cette ville derrière toi.

— Je me suis engagé dans l'armée, pas à vivre sur Mars.

S'il était honnête, une part de lui aurait aimé ne pas revenir à Jacobstown. C'était plus difficile qu'il ne s'y attendait. Mais il ne pourrait pas aller de l'avant tant qu'il n'aurait pas corrigé son passé. Les Willow le méritaient amplement.

— Pourquoi pas ? fit-elle avec un sourire espiègle.

— Parce qu'il n'y a pas de Jacobstown sur Mars, répliqua-t-il.

— Tu disais toujours que tu avais hâte de quitter cette ville et de faire quelque chose d'important dans le monde, lui rappela-t-elle.

Elle but une gorgée de café – ce qui n'était pas facile avec un bébé sur les genoux.

— J'avais quinze ans la dernière fois que j'ai dit ça. Qu'est-ce que je savais sur la vie ?

Il se leva et marcha jusqu'à la fenêtre. Le vent était devenu assez violent pour secouer le chêne de son jardin.

— Tu avais la tête pleine de projets…, ajouta-t-elle. As-tu fini par trouver ce que tu cherchais ?

Il ne répondit pas.

Il but une gorgée de café et contempla la tempête.

— Ça ne va pas s'arranger, dehors, dit-il. Tu es sûre de vouloir rester là ?

Il tourna la tête.

— Ce n'est pas une tempête qui me fera peur, Rylan, répondit-elle en soutenant son regard.

5

— Il est important que tu prennes la marque à laquelle elle est habituée, sinon elle risque d'être malade, dit Amber en tendant une liste à Rylan. Tu réussiras à tout trouver tout seul ?

— Oui.

Sa réponse brève et crispée prouvait qu'il était tellement loin de son élément naturel qu'il ne savait pas par où commencer.

Amber ne put s'empêcher de sourire. Son cœur s'affolait dès qu'elle pensait qu'elle allait passer la nuit seule avec l'ancien SEAL. Elle reconnaissait qu'elle avait eu un faible pour le meilleur ami de son frère, quand elle était adolescente – ce dont tout le monde s'était aperçu. De plus, elle avait encore beaucoup de questions sur ce qui s'était passé entre Will et lui. D'après la conversation qu'elle avait eue avec Rylan un peu plus tôt, elle n'obtiendrait pas facilement de réponses.

— Qu'est-ce qui t'amuse ? demanda-t-il en fouillant ses poches.

— Rien, répondit-elle. Quand as-tu fait des courses pour la dernière fois ?

— Hier, grommela-t-il.

— Tes clés sont sur la table de la cuisine, si c'est ce qui te manque, dit-elle, le sourire aux lèvres, pour le délivrer de ses recherches vaines.

— Merci, répondit Rylan sans même essayer de cacher sa frustration.

Il partit dans la cuisine, et Amber entendit ses clés cliqueter deux secondes plus tard.

— Tu es sûre que ça ira si tu restes seule avec elle ? lui lança-t-il.

— Oui.

Le fait qu'il s'inquiète pour la petite attendrit profondément Amber. Les hommes virils qui devenaient vulnérables quand il s'agissait de protéger un bébé étaient incroyablement sexy à ses yeux.

Elle se rappela à l'ordre. Brooklyn avait une mère, quelque part, qui pouvait frapper à la porte et réclamer la petite d'un instant à l'autre. Cette femme savait visiblement où il habitait.

— Où est la liste que je t'ai donnée ? demanda-t-elle quand il réapparut.

Il fouilla encore ses poches. Cette fois, il en sortit triomphalement le bout de papier chiffonné.

— Je devrais venir avec toi, dit-elle.

— Il n'y a pas de siège pour bébé dans ma jeep, tu te souviens ? répondit-il.

Elle lut un peu de soulagement dans son regard – ce qui n'aurait pas dû l'amuser.

— Très bien. Je la promènerai pendant ce temps-là, dit-elle. Un peu d'air frais lui fera du bien.

— Tu es sûre qu'il ne fait pas trop froid pour un bébé ? s'enquit-il.

— Va-t'en, Rylan. Tout se passera bien de notre côté. Je l'envelopperai dans une couverture en cas de besoin. Et appelle-moi si tu as un problème, d'accord ? J'aurai mon téléphone sur moi.

Il hocha la tête et sortit.

Amber balaya le paysage des yeux. C'était une partie de son âme, comme le ranch de sa famille. Le Texas était tout pour elle.

Rylan hésita avant de monter dans sa jeep et la regarda pendant quelques secondes.

— Tu me rends un sacré service, Amber, lui dit-il. Merci beaucoup.

— Va-t'en ! répéta-t-elle.

Comment pouvait-elle garder ses distances émotionnelles vis-à-vis de lui quand il la regardait de cette manière ? Elle avait un besoin urgent de reprendre le contrôle de ce qu'elle ressentait.

Il lui décocha un sourire dévastateur avant de monter en voiture.

Comme il faisait vraiment froid, Amber opta pour la couverture. Elle entra dans la chambre en essayant d'ignorer le plaisir que lui procurait le fait d'envahir l'espace personnel de Rylan.

— Existe-t-il une couverture qui ne t'avalera pas tout entière ? demanda-t-elle au bébé.

Brooklyn lui sourit.

— Tu es vraiment mignonne, dit Amber.

En rendant son sourire à l'enfant, elle ne put s'empêcher de penser à celui qu'elle avait perdu. Elle essuya une larme et se ressaisit. Elle ne pouvait pas se permettre de penser à lui. Cela faisait encore trop mal, même si cela s'était produit des années plus tôt.

Elle ne trouva pas d'autre couverture que celle qui était sur le lit. Comme elle ne voulait pas se servir de celle dans laquelle Rylan dormait, elle alla dans la salle de bains et chercha une serviette bien épaisse. Elle remarqua au passage que la salle de bains était d'une taille parfaite pour une personne.

En fait, même si elle avait deux chambres, cette maison était conçue pour une personne seule. Elle était complètement en désordre – ce qui était bien compréhensible, puisque Rylan emménageait – et ce n'était pas un endroit pour un bébé. L'un des murs semblait devoir être démoli prochainement. Le vieux papier de la chambre de Rylan et celui de la salle de bains se décollaient. La moquette paraissait aussi vieille que la maison. Elle avait dû être d'un joli beige, autrefois. À présent, elle était tachée et l'usure lui avait donné des plis sur lesquels on pouvait trébucher. Il n'était pas envisageable de laisser un bébé ramper sur un tel nid à microbes.

— Il est là depuis combien de temps, déjà ? demanda-t-elle à Brooklyn parce que la petite semblait aimer le son de sa voix.

Elle trouva une serviette épaisse et la renifla.

— Elle est propre, annonça-t-elle. As-tu envie d'aller te promener ?

Brooklyn enfonça un poing dans sa bouche et bava.

— Fais-tu déjà tes dents ? s'étonna Amber.

Même si trois mois était un peu jeune pour faire sa première dent, ce n'était pas impossible. Cela se produisait plutôt autour de six mois, en général. Mais Amber avait appris, en observant ses neveux et ses nièces, que chaque enfant était unique.

Sans eux, elle aurait été complètement débordée par cette situation. Elle n'avait jamais fait de baby-sitting avant que son frère Mitch et sa femme n'aient leurs jumeaux. Rea et Aaron étaient les premiers bébés Kent de la nouvelle génération. Ils avaient lancé un baby-boom auquel Amber ne comptait pas participer personnellement. Elle adorait son rôle de tante, mais elle ne se sentait pas capable de vivre une nouvelle grossesse après ce qui lui était arrivé.

En plus, elle aimait travailler à l'extérieur, dans le ranch. Elle aurait peut-être dû être une enfant gâtée, puisqu'elle était la cadette, mais elle avait hérité de la détermination de son père. Les tâches domestiques l'ennuyaient. Elle ne cuisinait que pour sa survie et pour Noël – parce que sa mère avait lourdement insisté. Lydia Kent était révolutionnaire pour sa génération. Elle estimait qu'il ne revenait pas aux femmes de faire la cuisine, et Amber était parfaitement d'accord. Elle avait obligé tous ses enfants à participer à la préparation du repas de Noël. Tout le monde s'en était plaint sur le coup et lui en était reconnaissant aujourd'hui.

Grâce à l'idéalisme et à l'entêtement de leur mère, ses frères et elle préparaient toujours un vrai festin pour Noël. Ils y consacraient toutes les soirées de la semaine qui précédait.

Et ils avaient le sourire aux lèvres dès qu'ils se retroussaient les manches. Quand leur mère était encore parmi eux, elle réglait la radio sur une chaîne qui ne diffusait que des chants de Noël. Elle dansait presque dans la cuisine. Elle avait l'habitude de dire que leur père les avait pour lui presque toute l'année, mais que Noël lui appartenait.

Amber avait refoulé ces souvenirs quand elle avait perdu sa mère. Son père, un mari dévoué, était mort quelques années après sa femme.

Sa mère était comme le phare de la famille.

Brooklyn ramena Amber à la réalité en s'agitant dans ses bras. La jeune femme mit son manteau, enveloppa le bébé dans la serviette et sortit. Elle était toujours un peu mélancolique à cette période. Ce n'était pas plus grave que cela.

Rylan vivait dans un quartier résidentiel dont toutes les maisons avaient des jardins. Amber adorait le ranch, mais elle trouva cet environnement plaisant. Les enfants devaient aimer avoir des voisins. Elle-même n'avait fréquenté que ses frères et les employés du ranch quand elle était petite. Son seul répit était sa cousine Amy, qui était aussi sa meilleure amie.

À ce propos, elle devait appeler Amy. C'était elle qui l'avait avertie du retour de Rylan à Jacobstown. Amber avait été surprise que sa cousine aborde le sujet avec prudence. Elle craignait sans doute qu'une rencontre entre Rylan et Will ne produise des étincelles.

Il y avait un terrain de jeux pour enfants à deux pâtés de maisons de chez Rylan.

— Je suis sûre que tu aimeras les terrains de jeux, dit-elle à Brooklyn, consciente de parler à quelqu'un qui ne pouvait pas lui répondre.

Elle essayait de se distraire pour ne penser ni à ses parents ni à Rylan.

Ce terrain de jeux méritait d'être rénové, songea-t-elle en grimpant les quatre marches du plus petit des toboggans. Brooklyn éclata de rire quand elle se laissa glisser. L'aire de jeux était constituée de deux toboggans, trois balançoires et une cage à écureuils. Amber se dirigea vers une balançoire en se promettant de visiter les autres terrains pour enfants de Jacobstown. S'ils étaient dans le même état, elle formerait un comité qui se chargerait d'évaluer l'urgence des réparations et de lever des fonds.

Elle devait aussi appeler le ranch pour prévenir qu'elle ne rentrerait pas ce soir. Et quelqu'un devrait venir récupérer son camion chargé de foin à un moment ou à un autre. Leur livraison habituelle avait été retardée. Ce foin leur permettrait de tenir en attendant.

— Tu aimes la balançoire, on dirait, commenta Amber, ravie de faire plaisir à la petite fille.

Elle attendait un peu des nouvelles de Rylan. Le fait qu'il ne l'appelle pas était peut-être bon signe, mais cela l'inquiétait. Comment s'en sortait-il ? Était-il trop embarrassé pour l'appeler à l'aide ? Elle savait que ses frères ne demanderaient du secours à quelqu'un que si leur voiture était en feu.

— Tu es prête à recommencer ? demanda-t-elle à Brooklyn, qui lui offrit un grand sourire.

Si le toboggan lui plaisait, la balançoire semblait être brusquement devenue le plus grand bonheur de sa vie. Amber continua à se balancer en la tenant sur ses genoux jusqu'à ce qu'elle commence à avoir mal aux bras.

— Très bien, mademoiselle. Il est temps de rentrer, annonça-t-elle.

Brooklyn aurait sans doute bientôt faim.

Comme il faisait froid, elles avaient le jardin d'enfants pour elles toutes seules. Vu la taille du quartier, il méritait peut-être aussi d'être agrandi.

Alors qu'elle repartait vers la maison de Rylan, Amber eut l'impression désagréable d'être observée. Cela devait être le jouet de son imagination…

Elle jeta quand même un coup d'œil par-dessus son épaule et pressa le pas. Il n'y avait personne dans les rues bordées de grands pins. Le vent soufflait plus fort, et Amber trouvait que la température baissait de seconde en seconde.

Alors elle aperçut quelque chose ou quelqu'un au bout de la

rue. Un mauvais pressentiment la fit accélérer encore. Elle se sentirait mieux derrière une porte fermée. Malheureusement, cela supposait qu'elle aille dans la direction de cette personne, qui venait de se cacher derrière un arbre.

Elle serra le bébé plus fort. Brooklyn, qui n'avait aucune conscience du danger potentiel, babilla joyeusement.

Encore dix mètres, et elles seraient toutes les deux en sécurité chez Rylan.

La personne se remit en mouvement. À en juger par sa taille et sa musculature, c'était un homme.

Brooklyn laissa échapper un petit gémissement. Le cœur affolé, Amber lui caressa les cheveux.

Elle ne voyait plus l'homme, et ses nerfs étaient à vif. Comme la maison de Rylan était toute proche, elle se mit à courir. Brooklyn se plaignit bruyamment d'être secouée.

— Tout va bien, lui dit Amber en se forçant à ralentir.

Elle traversa la pelouse en diagonalc. Elle ne pouvait pas aller très vite avec un bébé dans les bras, et Brooklyn devait ressentir son stress. Elle avait lu quelque part que les bébés étaient capables d'absorber les émotions. Elle essaya de retrouver son calme.

Il était trop tôt pour être soulagée, mais elle eut l'impression de remporter une victoire quand elle grimpa les marches du perron. Elle entendit un bruit derrière elle et se retourna.

Elle recula brusquement et se cogna le dos contre la porte. L'homme était bien trop près. Elle n'avait aucune chance d'entrer avant qu'il ne l'attrape.

Il portait un jean, un sweat-shirt à capuche, une écharpe et des lunettes de soleil. Son visage était presque entièrement dissimulé.

— Au feu ! hurla-t-elle.

Son cousin Zach lui avait expliqué que c'était ce qu'il fallait crier si l'on voulait faire réagir les gens. S'ils n'étaient pas nécessairement prêts à se porter au secours d'un inconnu, ils avaient toujours peur que les flammes ne gagnent leur propriété. Elle trouvait que c'était une vision trop pessimiste de l'humanité, mais elle n'en moquait éperdument à cet instant.

Brooklyn se mit à pleurer, et Amber pria pour que les hurlements du bébé ne couvrent pas les siens.

L'homme fit un pas vers elle en ricanant. Seuls son nez et sa bouche étaient visibles. Son haleine empestait le tabac.

— Au feu ! cria-t-elle encore.

Mais elle craignait que les voisins ne soient trop loin. Toutes les fenêtres étaient fermées à cause du froid et le vent hurlait. Que faire ? Elle supposait que l'homme voulait Brooklyn, et il n'était pas question qu'elle le laisse emporter une enfant innocente sans la défendre.

S'enfuir ne servirait à rien. Elle n'irait pas vite en portant un bébé. En plus, ce type avait dû courir derrière les maisons, pour la surprendre comme il l'avait fait, et il n'avait même pas l'air essoufflé.

Elle s'efforça de mémoriser le peu qu'elle voyait de son visage. Sa peau était très claire et ses sourcils roux. Il avait un grain de beauté sur le côté gauche du nez.

— Je n'ai rien pour vous, dit-elle avec plus d'assurance qu'elle n'en ressentait. Allez-vous-en !

Il tendit ses mains gantées vers le bébé. Il était clairement plus fort qu'elle. Elle devait agir sur-le-champ.

Elle le laissa s'approcher et lui donna un coup de genou dans les parties génitales, puis elle s'empressa de le contourner alors qu'il grimaçait et grognait.

Elle n'avait gagné que quelques secondes. Sa meilleure option était de courir jusqu'à son camion. Elle avait laissé les clés sous le siège du conducteur. Par miracle, elle réussirait peut-être à monter dans le véhicule avant que l'homme ne la rattrape. Bien sûr, conduire avec un bébé sur les genoux n'était pas idéal.

Brooklyn hurla de plus belle quand Amber dévala les marches du perron. Celle-ci ne fit que deux pas avant que l'homme ne lui saisisse le bras. Elle essaya de lui échapper, mais il avait une poigne de fer.

Il était trop fort pour elle, et Brooklyn s'agitait tant qu'elle avait du mal à la tenir.

L'instant suivant, l'homme la retourna. Elle ne pouvait pas le laisser enlever Brooklyn. Mais elle ne pouvait pas non plus l'en empêcher…

Il la lui arracha.

Amber songea subitement qu'il aurait le même problème qu'elle : il était presque impossible de courir avec un bébé dans les bras. Elle s'agrippa au cou de l'homme. Elle avait peur de faire du mal à Brooklyn, mais qui savait ce qui lui arriverait si cet homme l'emportait ? Quel genre de personne volait des bébés ?

Alors que l'homme l'entraînait, Amber réussit à atteindre ses lunettes de soleil et les écrasa sur son visage.

Il grogna et la repoussa si brutalement qu'elle le lâcha. Tout en continuant à crier « Au feu ! » et en priant pour que quelqu'un l'entende, elle saisit le bras droit de l'homme. Après s'être encore laissé entraîner sur un mètre ou deux, elle réussit à se placer devant lui. À l'instant où elle lui reprenait Brooklyn, elle entendit un véhicule approcher. Elle jeta un coup d'œil dans la rue et vit une jeep.

Son assaillant devait l'avoir vue aussi, parce qu'il s'élança dans la direction opposée.

Les yeux emplis de larmes, Amber serra Brooklyn contre son cœur et s'assura qu'elle n'était pas blessée.

La jeep approcha à vive allure et s'arrêta net devant elle. Deux secondes plus tard, Rylan en sortait pour se lancer à la poursuite de l'agresseur, qui avait disparu derrière la maison d'un voisin.

Amber fonça dans celle de Rylan et verrouilla la porte.

Alors qu'elle tremblait comme une feuille, elle réussit à calmer Brooklyn en la berçant.

Quand celle-ci arrêta de pleurer, Amber s'accorda quelques secondes pour admettre qu'elle était secouée avant d'appeler Zach.

6

Rylan perdit de vue l'homme à la capuche à deux pâtés de maisons de chez lui. Ce type courait vite et il devait avoir un véhicule dans le coin, ce qui laissait supposer que l'attaque était préméditée.

Rylan avait du mal à contrôler sa frustration. Le gars ne lui aurait peut-être pas échappé s'il n'avait pas hésité quelques instants avant de se lancer à sa poursuite en se demandant s'il devait rester auprès d'Amber et du bébé pour les protéger.

C'était son besoin de savoir qui était la fillette qui l'avait incité à courir. L'inconnu devait avoir des informations sur elle s'il voulait l'enlever.

Rylan était fou de rage. Il n'était pas nécessaire que cette petite fille soit la sienne pour qu'il éprouve le besoin instinctif de la protéger.

Était-ce pour cela que la mère de Brooklyn la lui avait confiée ? Était-il seulement le père de l'enfant ? Ou bien une femme désespérée lui avait-elle fait remettre son bébé parce qu'elle le savait déterminé et qu'elle n'avait pas d'autre choix ?

Rylan était mal placé pour juger les actions des autres. Il avait fait bien des faux pas dans sa vie. Il était allé jusqu'à s'enfuir de Jacobstown sur un mensonge honteux auquel il avait mêlé son meilleur ami. À cause de cela, il s'était brouillé avec celui qu'il considérait comme le frère qu'il n'avait jamais eu. Will Kent n'était pas un menteur, et pourtant il avait menti pour permettre à Rylan d'échapper à la prison. Rylan était jeune et stupide, à cette époque. Il avait commis beaucoup d'erreurs parce qu'il pensait qu'il ne valait rien. Même son meilleur ami n'avait pas réussi à le convaincre du contraire.

Rylan devait admettre qu'il était buté. Juste pour prouver à son ami qu'il se trompait sur son compte, il s'était mis à boire et à traîner avec des délinquants de la ville voisine de Collinsville. Il avait fait des choses dont il avait honte. Il avait joué la carte de l'enfant abandonné, mais il savait, au fond de lui, que ce n'était pas une excuse. L'armée l'avait aidé à se délivrer de sa colère. Il avait cherché une bataille et il l'avait trouvée. Il espérait que cela avait fait de lui un homme meilleur.

Si ce bébé se trouvait être le sien, il assumerait ses responsabilités. Pour commencer, il devait trouver sa mère et comprendre la situation.

— Que s'est-il passé ? s'écria Amber en lui ouvrant la porte. J'étais terrifiée. Entre !

Rylan entra et ferma la porte derrière lui.

— Il m'a échappé, répondit-il.

— Au moins, il n'a pas eu Brooklyn, soupira Amber. J'ai appelé Zach. Il devrait arriver bientôt. L'homme portait des lunettes de soleil, une capuche et une écharpe, alors je n'ai pas bien vu son visage. Je sais qu'il a la peau pâle et des sourcils roux. Il a aussi un grain de beauté sur le côté gauche du nez. Comme je lui ai écrasé ses lunettes sur le visage, il y a peut-être un morceau de verre avec son ADN sur la pelouse. Je suis à peu près sûre de l'avoir griffé, aussi. Ça devrait le rendre facilement reconnaissable et il y a peut-être son ADN sous mes ongles.

Rylan, plein d'admiration, la complimenta chaleureusement.

— C'était malin. Bravo, Amber. Tu as eu la meilleure réaction possible.

Il aurait dû se douter qu'elle était assez intelligente pour fournir des indices à Zach. Des griffures sur le visage étaient difficiles à cacher, et tous les policiers de Jacobstown seraient vigilants.

— Et des empreintes ? demanda-t-il.

— Zach n'en trouvera pas, répondit Amber. L'homme portait des gants.

Rylan se mit à faire les cent pas.

— Tu sais quoi ? dit-il. Après avoir fait ta déposition, tu rentreras chez toi, au ranch. Je me débrouillerai avec Brooklyn.

L'idée de passer la nuit seul avec un bébé le terrifiait, mais tant pis.

— Certainement pas ! s'écria Amber.

— Je vais chercher les courses dans la jeep, annonça-t-il pour ne pas entendre la suite.

Il pouvait être têtu quand c'était nécessaire, et la situation l'exigeait. Il n'avait jamais été question de mettre Amber en danger. Maintenant qu'il avait pris conscience de son erreur, il la corrigerait.

— Ne t'enfuis pas lâchement ! répliqua Amber. Je ne te laisserai pas seul avec elle. Sais-tu seulement changer une couche ?

— Ça ne peut pas être bien difficile, grommela-t-il. Des tas de gens savent le faire.

Amber croisa les bras.

— Ne fais pas ta tête de mule, ajouta-t-il. Quand je t'ai appelée, je ne savais pas quels risques je te faisais courir. S'il t'arrivait quelque chose…

— Tu m'as appelée parce que tu savais que je pourrais t'aider. Comment aurais-tu pu deviner que quelqu'un essaierait d'enlever le bébé ? Puisque je ne t'abandonnerai pas alors que tu as besoin d'aide, ça ne sert à rien de se disputer. En plus, la petite m'aime bien. Je continuerai à m'occuper d'elle jusqu'à ce qu'on sache qui est sa mère et pourquoi elle a jugé bon de te la confier. Maintenant que ce problème est réglé…

Des coups frappés à la porte interrompirent la tirade d'Amber.

— Ça doit être Zach, dit Rylan en se dirigeant vers la porte avec soulagement.

Il connaissait assez bien Amber pour savoir quand il était

inutile d'insister. Elle semblait encore plus déterminée que pendant son adolescence.

Rylan ouvrit la porte et invita Zach à entrer.

— Est-ce que le bébé va bien ? demanda Zach avant de franchir le seuil.

— Oui.

— Et Amber ?

— Oui.

— Assure-toi que ça reste comme ça, dit Zach sur un ton menaçant.

— Du calme, Zach, répondit Rylan en posant une main sur l'épaule du shérif. Je viens de passer cinq minutes à essayer de la convaincre de retourner au ranch. Tu penses bien que si j'avais su…

— Ce n'est pas ce que j'ai dit, lâcha le shérif.

Rylan laissa retomber son bras. Ils étaient aussi tendus l'un que l'autre – sans doute parce qu'ils pensaient tous les deux à la conversation que Rylan devrait avoir avec Will un jour ou l'autre.

Amber décrivit son assaillant à Zach du mieux qu'elle put. Son cousin prit des notes en hochant la tête de temps en temps. Elle savait qu'il faisait de gros efforts pour ne pas exprimer son inquiétude.

Il voulait sans doute la voir retourner au ranch autant que Rylan. Mais elle était déjà sous le charme de Brooklyn et elle ne pouvait pas l'abandonner alors que l'avenir de la fillette était si incertain. En plus, les Kent n'étaient pas du genre à fuir le danger. Ses frères et son cousin n'aimaient pas l'admettre dans des situations comme celle-ci, mais elle leur ressemblait. Elle aidait de son mieux ceux qui en avaient besoin. Bien sûr, le fait qu'elle soit la cadette de la famille incitait les autres à vouloir la protéger – mais elle était parfaitement capable de se défendre, puisqu'elle avait grandi avec cinq frères.

Soit, la tentative d'enlèvement lui avait mis les nerfs à vif, mais elle avait repoussé l'assaillant. Brooklyn était saine et sauve grâce à elle.

— Je lui ai écrasé ses lunettes sur la figure, dit-elle à Zach pour finir. J'espère qu'on en retrouvera un morceau sur la pelouse.

Zach se leva aussitôt. Amber le suivit avec Brooklyn dans les bras.

Le soleil s'approchait lentement de l'horizon. À cette période de l'année, cela signifiait qu'il était un peu après 17 heures.

— C'est là que ça s'est passé, dit Amber en montrant l'endroit à Zach.

Un frisson la parcourut. Les choses auraient pu tourner bien différemment. Alors Brooklyn aurait été entre les mains de cet homme, qui ne pouvait pas la vouloir pour de bonnes raisons. S'il avait eu des intentions louables, il aurait frappé à la porte et les aurait expliquées calmement. Seul quelqu'un qui avait quelque chose à cacher essayait de prendre un enfant de force.

Amber savait qu'elle devait laisser Zach faire son travail et éviter de piétiner la scène de crime. Rylan semblait le savoir aussi. Il resta auprès d'elle, l'air furieux. Il était sans doute en colère à cause de ce qui avait failli arriver à Brooklyn, mais une part d'Amber espéra qu'il s'inquiétait aussi pour elle.

C'était une idée idiote, qu'elle rangea dans un coin de sa tête avec toutes celles qui lui venaient dès que Rylan était près d'elle. Il avait toujours eu cet effet sur elle. Non, pas toujours. Elle se souvenait qu'elle le trouvait franchement agaçant au collège. Elle avait changé d'avis au lycée. Mais alors la mère de Rylan était morte, et il s'était renfermé sur lui-même. Il avait cessé de voir ses anciens amis et – d'après les rumeurs – il s'était mis à fréquenter des délinquants de Collinsville.

De son côté, elle avait été très occupée entre ses études et le travail au ranch, pendant ces années-là, puis sa mère était tombée malade. Ses frères et elle étaient devenus orphelins quand leur père était mort à son tour, quelques années après leur mère. Même s'ils étaient adultes quand cela s'était produit, ils ne s'en étaient pas vraiment remis. S'en remettait-on jamais ?

Ils avaient d'autant plus souffert du décès de leurs parents que leur famille était très unie. Sous le choc, les uns et les autres s'étaient repliés sur les familles qu'ils construisaient. Il était acquis qu'ils se soutiendraient toujours, mais ils ne parlaient jamais de la mort de leurs parents, qui avait tout changé.

— J'ai trouvé quelque chose ! s'écria Zach.

Il alla chercher un sac en papier et des gants en caoutchouc dans sa voiture. Il retourna prudemment à l'endroit de sa découverte et s'accroupit. Il ramassa un morceau de monture de lunettes qui brilla au soleil entre ses doigts.

— Entre ça et l'ADN que tu dois avoir sous les ongles, Amber, on a sans doute ce qu'il nous faut pour l'identifier, commenta-t-il.

Amber avait suffisamment fréquenté les forces de l'ordre pour savoir qu'il était trop tôt pour se réjouir. Les échantillons seraient envoyés à un laboratoire, et il s'écoulerait peut-être des semaines avant qu'ils n'aient les résultats.

Zach examina encore un moment les environs, puis invita Rylan et elle à rentrer dans la maison. Il les rejoignit deux minutes plus tard, après avoir rangé le sac en papier dans sa voiture.

Il se tourna vers Rylan dès qu'il eut fermé la porte derrière lui.

— Tu veux bien nous laisser seuls un moment ? lui demanda-t-il.

Rylan interrogea Amber du regard.

Elle acquiesça.

— Je serai dans la cuisine, si vous avez besoin de moi, dit-il.

Il lui décocha un clin d'œil qui la fit sourire avant de quitter la pièce.

— Je n'aime pas que tu sois mêlée à cette affaire, dit Zach sans préambule tandis qu'elle s'asseyait sur le canapé.

C'est trop dangereux. Je sais bien que je n'ai pas le droit de te donner d'ordres et que tu n'es pas du genre à en recevoir, mais j'aimerais quand même que tu m'écoutes, parce que je me soucie de toi.

— Je t'écoute, répondit-elle.

— Tu ne l'as pas lâchée depuis ton arrivée, n'est-ce pas ? demanda-t-il en regardant le bébé.

— Non.

Et elle n'avait aucune intention de l'abandonner ni de s'en justifier.

— Je m'en doutais, soupira Zach.

— Et alors ? répliqua-t-elle. Tu sais aussi bien que moi que je m'occuperai de cette petite fille jusqu'à ce qu'elle soit entre de bonnes mains. Elle a déjà subi beaucoup de choses. Je ne la traumatiserai pas davantage en l'abandonnant.

Elle entendit sa voix faiblir sur ces derniers mots et se l'éclaircit avant de poursuivre :

— Je sais que cette situation est inquiétante, mais cette petite n'y est pour rien. Elle s'est déjà attachée à moi, et je n'ai pas envie de laisser Rylan se débrouiller tout seul alors qu'il n'a aucune expérience des enfants.

Brooklyn posa sa tête au creux du cou d'Amber, qui lui caressa le dos.

— Et si ce type revenait ? demanda Zach. Et s'il ne revenait pas seul ? Nous ne savons pas à quoi nous avons affaire.

— C'est juste, répondit Amber. C'est pour ça que je songeais à proposer à Rylan de venir au ranch et…

— Je n'irai pas là où je ne suis pas le bienvenu, intervint Rylan en apparaissant à la porte de la cuisine.

Amber se doutait qu'il écoutait leur conversation.

— Je viens juste de t'inviter, répliqua-t-elle.

— Ce n'est pas toi le problème, dit Rylan en croisant les bras.

— Alors qui ?

— C'est entre ton frère et moi. Crois-moi quand je te dis que cette porte est close.

Il parlait d'une voix calme, et Amber se demanda quels efforts cela lui coûtait. Son frère et lui avaient été proches. Il était absurde qu'ils soient toujours brouillés.

— Je peux parler à mon frère…

— Je te le répète : ce n'est pas une option, trancha Rylan. Pouvons-nous en rester là ?

Son expression était indéchiffrable, et il pouvait être une vraie tête de mule quand il le voulait.

— Tu n'es pas partie quand je te l'ai demandé, lui rappela-t-il. J'ai respecté ta décision. Maintenant, tu devrais me rendre cette faveur.

Il marquait un point.

— On n'est peut-être pas en sécurité ici, objecta-t-elle. L'as-tu pris en considération ?

Il parut y réfléchir quelques secondes, puis il hocha la tête.

— À quoi avons-nous affaire, à ton avis ? demanda-t-il à Zach.

— Le pire scénario serait un réseau illégal d'adoption, répondit le shérif. Ceux qui ne peuvent pas adopter légalement s'en remettent à ces gens. Ils sont prêts à donner beaucoup d'argent, ce qui attire de très bons criminels dans cette branche.

— Mais j'ai empêché l'un d'eux de prendre Brooklyn grâce à l'entraînement que mes frères et toi m'avez donné, lui rappela Amber.

— Le problème, c'est qu'ils savent que vous êtes capables de vous défendre, maintenant, répondit Zach. Ils reviendront mieux préparés.

— Nous aussi, nous serons mieux préparés, répliqua-t-elle. Et…

Son cousin leva la main pour l'empêcher de poursuivre.

— Je t'accorde que tu as peut-être sauvé le bébé, tout à l'heure, dit-il. Et je suis fier de toi. Mais on ne sait pas qui elle est. Tant qu'on n'a pas le résultat du test de paternité, on n'a aucun droit légal sur elle.

Ces mots firent plus de mal à Amber qu'elle ne s'y attendait. Elle savait depuis le début qu'elle ne s'occuperait de Brooklyn que de manière provisoire. Alors pourquoi s'était-elle déjà autant attachée à la petite ?

Ce ne devait être que de l'instinct protecteur. Qui n'aurait pas voulu assurer la sécurité du bébé ? Et elle avait peut-être un peu d'instinct maternel, après tout. Elle en avait douté quand elle avait perdu son enfant quelques heures après sa naissance. Avant de tomber enceinte, elle n'avait jamais rêvé de mariage et de famille. À présent, le fait d'être une tante formidable lui suffisait.

Et elle adorait travailler au ranch, aider sa famille à constituer son héritage. Que ferait-elle si elle avait des enfants ? Se résigner à travailler moins ? Être épuisée tout le temps ? Aucune de ces options ne lui plaisait.

— Quelque chose cloche, dit Amber. Ces groupes ne s'en prennent-ils pas aux nouveau-nés d'habitude ?

— Pas forcément, répondit Zach. Les couples qui adoptent illégalement veulent des bébés, mais ça reste une menace pour les enfants jusqu'à un an, un an et demi.

Il rangea son carnet dans la poche de sa chemise et regarda Amber droit dans les yeux.

— Si tu tiens à rester ici, je ferai patrouiller le quartier, déclara-t-il.

— Merci, Zach, répondit-elle.

Cela pouvait dissuader son agresseur de faire une deuxième tentative.

— Et fais-moi confiance quand je te dis que ton frère n'aimerait pas apprendre ce qui se passe par quelqu'un d'autre que l'un de vous, ajouta son cousin.

— Les choses peuvent s'éclaircir dès demain, quand nous aurons le résultat du test de Rylan, répondit-elle.

Quelles étaient les chances qu'il soit le père de Brooklyn, après tout ? Il ne se souvenait pas avoir fréquenté qui que ce soit au moment où elle avait été conçue.

Et puis, ce serait elle qui appellerait son frère.

De l'eau avait coulé sous les ponts. Ce qui s'était passé entre Rylan et Will ne devait plus peser très lourd. À quel point ce problème avait-il été grave ?

7

Zach était parti. Brooklyn était repue, propre et endormie. Amber s'était débarbouillée et brossé les dents – par chance, Rylan avait une brosse à dents de rechange. Ils avaient mangé les restes d'une pizza. Amber, qui se levait à 4 heures du matin pour travailler au ranch, était à bout de forces après une journée aussi mouvementée.

— As-tu quelque chose à me prêter pour dormir ? demanda-t-elle à Rylan, qui se tenait à la porte de la salle de bains avec Brooklyn dans les bras.

C'était peut-être à cause des événements de la journée, mais il avait été impossible de faire dormir Brooklyn sur un lit improvisé par terre. Ses yeux s'étaient ouverts dès qu'elle avait cessé d'être en contact avec un humain. Heureusement, elle s'était rendormie quand Amber l'avait prise dans ses bras.

C'était Rylan qui la tenait, à présent, et son air mal à l'aise amusait Amber. C'était la première fois qu'elle n'avait pas la petite dans les bras depuis qu'elle l'avait rencontrée et elle essayait d'ignorer l'impression qu'il lui manquait quelque chose.

Brooklyn était un bébé adorable. Amber ne s'autoriserait pas à examiner ses sentiments de plus près. Et c'était sans doute le baby-boom du ranch qui lui permettait de se sentir à l'aise avec la petite. Si cela s'était produit quelques années plus tôt… Amber s'interdit d'aller plus loin sur cette voie.

Les affaires de la famille ne s'étaient jamais aussi bien

portées. Le fait d'avoir adopté des méthodes biologiques avait largement contribué au succès de l'élevage.

Amber reconnaissait qu'elle avait parfois l'impression qu'il lui manquait quelque chose, mais ce « quelque chose » ne pouvait pas être un bébé. Elle avait consacré beaucoup de temps à s'en convaincre. Néanmoins, elle devait admettre que le contact de Brooklyn lui faisait du bien. C'était sans doute le développement récent de la famille Kent qui l'incitait à douter de sa résolution. De toute manière, elle était sûre de ne pas survivre à une nouvelle tragédie si les choses tournaient mal.

— Je te la reprendrai quand je serai installée, dit-elle.

Elle lut une émotion dans les yeux de Rylan qu'elle aurait prise pour du désir dans d'autres circonstances. Mais c'était sûrement son imagination qui lui jouait des tours. Rylan l'avait toujours considérée comme une gamine agaçante qui les suivait, Will et lui, à la manière d'un chien perdu. Soit, se comparer à un chien perdu était peut-être exagérément dramatique.

— Suis-moi, répondit-il.

Elle essaya de ne pas accorder trop d'attention à ses fesses. Elles étaient dignes d'intérêt, c'était certain, mais ce n'était pas ce qu'elle appréciait le plus chez Rylan.

Son béguin du lycée avait des qualités ambiguës et mystérieuses. C'était un mauvais garçon particulièrement sexy qui avait bon fond. N'était-ce pas ce que voulaient toutes les filles ? Trouver un garçon de cette sorte était comme posséder un cheval doux et rapide ou rencontrer une licorne.

Amber chassait ces pensées improductives de son esprit lorsqu'elle faillit percuter Rylan, qui venait de s'arrêter brusquement. C'étaient sans doute les émotions de la journée qui l'incitaient à s'abandonner à des rêveries d'adolescente.

Avant tout, Rylan et elle avaient été amis, même s'il était deux niveaux au-dessus d'elle au lycée.

Elle avait toujours pensé que c'était quelqu'un de bien. Il s'était engagé sur une mauvaise voie, à un moment, mais l'armée semblait l'avoir ramené sur le droit chemin.

Un homme moins généreux et moins responsable se serait débarrassé du bébé le plus vite possible. Il aurait demandé à Zach de le confier aux services sociaux. Quoi que Rylan pense de lui-même, c'était un homme droit et bon.

— Il y a des shorts dans ce tiroir et des T-shirts dans celui du dessous, dit-il en lui montrant la commode.

Le bébé était si confortablement endormi sur son épaule qu'elle trouva Rylan encore plus séduisant. Les hommes virils qui savaient se montrer tendres étaient vraiment irrésistibles.

Rylan se dirigea vers la porte et hésita quelques instants avant de quitter la chambre. Amber se sentit rougir et éprouva un trouble parfaitement déplacé en présence d'un bébé. Rylan inspira profondément avant de sortir de la pièce en fermant la porte derrière lui.

Quand Amber alla dans le salon après s'être changée, Rylan consultait son téléphone.

— Tu es sûre de ne pas vouloir dormir dans la chambre ? demanda-t-il sans la regarder.

— Absolument.

Elle n'avait aucune envie de dormir dans des draps imprégnés de son parfum masculin. Elle n'était pas stupide. Elle ne s'infligerait pas une torture pareille. Il était idiot qu'elle soit toujours aussi attirée par Rylan après toutes ces années. Et embarrassant. D'autant plus qu'il était évident qu'il la voyait encore comme une amie. Et même si ce n'était pas le cas, que se passerait-il ? Leur relation ne tiendrait jamais dans la durée. Ils étaient aussi différents que deux personnes pouvaient l'être. Elle aimait la stabilité du ranch et de sa famille, alors que Rylan semblait suffoquer dès qu'il restait un moment au même endroit. Il éprouverait le besoin de repartir dès qu'il aurait fini de rénover cette maison. De toute manière, elle n'avait pas l'intention de se remarier. Elle avait essayé à dix-huit ans et elle avait renoncé à cette option quand son mariage s'était brisé après la mort de son enfant.

Elle s'était lancée dans cette aventure parce qu'elle était jeune et amoureuse. Elle n'avait jamais été le genre de fille à rêver de mariage. D'ailleurs, si elle se remariait – ce qui lui semblait très improbable –, elle organiserait une cérémonie aussi simple que possible.

Pour être honnête, elle devait reconnaître que son mariage avait été la période la moins heureuse de sa vie. Avant cela, elle se sentait libre et l'avenir lui semblait rempli de possibilités. Quand elle était petite, ses frères les taquinaient, Amy et elle, en les traitant de chevaux sauvages. Surtout elle, parce qu'elle avait l'habitude de se faufiler dans l'écurie pour ouvrir les boxes. Son père perdait un temps fou à ramener les chevaux et la grondait chaque fois, mais elle se défendait. Rien ne pouvait l'arrêter quand elle croyait avoir raison. Elle se souvenait très bien des discours qu'elle tenait à son père. Il disait qu'il fallait briser les chevaux sauvages pour les dompter. Pas les aimer : les briser. Il lui semblait qu'il n'y avait pas de pire destin.

À ses yeux, le mariage ressemblait beaucoup au fait d'être enfermée dans un box. Elle avait accepté sur un coup de tête. Quand elle était tombée enceinte, six semaines plus tard, elle avait déjà compris que le mariage n'était pas fait pour elle. Elle avait préservé les apparences dans l'intérêt du bébé en essayant de se convaincre que c'était son destin. Quand elle avait divorcé, elle s'était juré de ne plus jamais aller à l'encontre de son instinct. Il ne se trompait presque jamais.

À présent, Amber était la seule célibataire du ranch. Même Amy était en couple. Elle sortait depuis quelques années par périodes avec Isaac, qui supervisait la sécurité du ranch Ils n'étaient vraiment pas doués pour garder leur relation secrète Et, apparemment, ils venaient de se remettre ensemble.

Rylan avait arrangé les coussins du canapé et y avait étalé une couverture.

— Tu vas user la moquette si tu continues à tourner comme ça, lui dit Amber.

— J'ai peur qu'elle se réveille si je m'arrête, répondit-il. Je n'aimerais pas que tu passes une nuit blanche parce que j'aurais fait une erreur de débutant.

— Tu veux que je la reprenne ? suggéra Amber en tendant les bras. On dirait que tu as finalement trouvé ton maître, Rylan Anderson.

Il lui tendit le bébé avec un air à la fois résigné et soulagé.

— As-tu besoin de quelque chose ? demanda-t-il.

— Non, tout ira bien, chuchota-t-elle pour ne pas réveiller Brooklyn. Éteins juste les lumières.

Rylan éteignit toutes les lampes sauf une petite, à la lumière tamisée.

— Tu vas dormir ? demanda Amber en réprimant un bâillement.

— Je ne suis pas sûr d'en être capable, répondit Rylan avant de s'asseoir dans un fauteuil.

— L'agent Perry est garé devant la maison, lui rappela-t-elle. Je suis sûre que Zach fera des patrouilles dans le quartier toute la nuit. Nous sommes dans les meilleures conditions pour prendre quelques heures de sommeil, mais on peut faire des tours de garde, si ça te rassure.

Son cousin ferait tout pour qu'il ne lui arrive rien. Il s'était toujours montré aussi protecteur que ses frères. Et il était plus tendu que jamais depuis qu'on avait découvert la première génisse mutilée, quelques semaines plus tôt.

— Je te réveillerai si je sens que je fatigue, mais j'ai l'habitude de me priver de sommeil, répondit-il.

Évidemment, songea-t-elle. Il sortait tout juste de l'armée. Il n'avait pas dû dormir au Ritz tous les soirs quand il était en mission.

Le silence s'installa. Pendant de longues minutes, on n'entendit plus que la respiration du bébé. Les idées se bousculaient dans l'esprit d'Amber. Techniquement, elle ne connaissait plus Rylan. Il ignorait tout de ce qu'elle avait vécu depuis la dernière fois qu'ils s'étaient vus et elle ne savait pas qui il était devenu.

— Pourquoi m'as-tu appelée ? finit-elle par demander.

— Tu veux une réponse sincère ?

— Si tu en as une, rétorqua-t-elle pour le taquiner.

— Je n’en sais rien. Tu étais la dernière amie que j’avais à Jacobstown et tu es la première personne qui me soit venue à l’esprit. Tu as changé…

— Toi aussi, coupa-t-elle sur un ton défensif.

— Ce n’était pas une insulte, assura-t-il. Tu es plus âgée et…

Elle l’interrompit en grognant.

— Ce que je veux dire, c’est que tu n’es plus une adolescente, se corrigea-t-il. Tu es une femme. Une belle femme.

— C’est un peu mieux, concéda-t-elle.

Il n’avait dû ajouter le compliment que pour l’apaiser, mais elle en tira quand même du plaisir.

— As-tu pensé à avoir des enfants ? s’enquit-elle.

— Non. Je suis loin d’en être là où je voudrais dans la vie et je ne veux pas faire subir ça à un enfant. Mais ce que je pense n’a pas beaucoup d’importance si le test prouve que Brooklyn est ma fille, n’est-ce pas ?

Ce n’était pas une question, et son ton ne permettait pas de douter de son intention d’assumer ses responsabilités.

Il y eut un nouveau silence. Après toutes ces années, elle aurait dû trouver bizarre d’être dans une pièce obscure avec un ami d’adolescence. Mais c’était Rylan. Elle s’était toujours sentie à l’aise avec lui. Une petite voix l’avertissait qu’elle était seule avec un inconnu, mais il lui était facile de la faire taire.

— Que ferons-nous s’il revient ? demanda-t-elle.

— Cette fois, nous serons prêts, répondit-il avec assurance.

Il avait sans doute assez d’expérience pour pouvoir se permettre d’être aussi sûr de lui.

Une fois de plus, la détermination de Rylan à protéger le bébé éveilla en elle des sentiments auxquels elle ne pouvait pas laisser libre cours.

Amber ne pouvait plus garder les yeux ouverts et elle sombra dans le sommeil. Quand elle se réveilla, elle entendit la respiration régulière de Rylan. Il avait retiré son T-shirt.

La vue de son torse nu à la faible lumière de la lampe réveilla la libido d’Amber.

Rylan ouvrit les yeux dès qu'Amber changea de position.

— Tu es réveillé, dit-elle, l'air surpris.

— Je ne dormais pas, répondit-il. Je me reposais seulement les yeux.

Il se gratta le menton, puis se passa la main dans les cheveux.

— C'est ce que disent tous les hommes que qui sont effectivement en train de dormir, répliqua Amber.

Elle éclata de rire. Elle avait un rire musical, comme sa voix d'ailleurs. Ce n'était pas le moment de se demander pourquoi il avait pensé à son rire quand un ennemi lui avait posé le canon de son fusil sur le front. Il était naturel que des souvenirs d'enfance reviennent à l'esprit de quelqu'un qui se croyait sur le point de mourir. Et Amber avait un rire merveilleux.

— Je pensais à ce que je faisais il y a douze mois, dit-il. J'étais en poste à San Antonio, et nous avons eu quelques week-ends de permission. Il nous est arrivé d'aller à Austin pour nous amuser.

L'air déçu d'Amber lui fit l'effet d'une gifle.

— Je n'ai pas bu depuis six ans et trois cent vingt-quatre jours, précisa-t-il. À part peut-être un week-end.

— Oh ! dit-elle sur un ton plein d'une compassion qu'il ne voulait pas lui inspirer. Je suis désolée. J'ignorais que tu avais un problème avec l'alcool. Je me souviens que tu buvais pas mal avant de partir, mais…

— Je suis tombé très bas, mais ça a eu un bon côté : ça m'a permis de comprendre que j'avais un problème. Un matin de gueule de bois, je me suis vu dans le miroir et j'ai pris conscience que je ne voulais pas être cet homme. Pas les week-ends, pas en permission… Plus jamais. Avant ça, j'ai fait un certain nombre de choses stupides – mais je n'ai jamais oublié de mettre un préservatif, quels que soient la femme avec laquelle j'étais et le nombre de verres que j'avais bus.

Les femmes qu'il avait fréquentées n'avaient pas eu de mauvaise surprise. Il avait toujours été parfaitement clair et s'était toujours détourné de celles qui voulaient plus qu'une nuit de plaisir.

— Je suis désolée que tu aies traversé tout ça, murmura-t-elle.

En entendant tant de sincérité dans sa voix, Rylan se rendit compte qu'il avait été très seul pendant toutes ces années.

Ce n'était pas grave. Il l'avait choisi. Mais il n'y avait jamais vraiment pensé. Ce devait être la possibilité de la paternité qui l'incitait à réfléchir sur sa vie et à se demander s'il était digne d'élever cette petite fille tout seul. Il n'était sûr que d'une chose : il n'avait pas l'intention de la laisser tomber.

Le bébé émit un petit gémissement quand Amber se redressa.

— J'ai besoin d'aller aux toilettes, dit-elle. Penses-tu pouvoir la tenir quelques minutes ?

Il hocha la tête en songeant qu'il lui faudrait sans doute la tenir bien plus que quelques minutes. Cette idée aurait dû l'angoisser. C'était un peu le cas, mais pas autant qu'il s'y attendait. Elle avait eu quelques heures pour se frayer un chemin dans sa tête.

Il ne pouvait plus revenir en arrière, à présent. Si le test confirmait qu'il était le père de Brooklyn, il l'assumerait. Il ferait en sorte qu'elle ait une enfance heureuse avec des poupées et des cours de danse, même s'il devait cumuler deux emplois pour la lui offrir. Une évidence le frappa. N'était-ce pas exactement ce que sa mère avait fait ? Il ne voulait pas que Brooklyn ne le voie presque jamais. Cela signifiait qu'il ne lui serait peut-être pas possible de rester à Jacobstown. Les emplois y étaient rares. Il aurait plus de chances d'en trouver un et serait mieux payé s'il s'installait à Fort Worth ou à Dallas.

L'idée de quitter Jacobstown le perturba plus qu'il ne s'y attendait, mais il pourrait louer la maison, quand il aurait fini de la retaper. Cela lui ferait une source de revenu… Il s'interdit d'y réfléchir davantage. Chaque chose en son temps. Il n'avait pas besoin de savoir comment le voyage s'achèverait, il suffisait de faire les premiers pas. Cela signifiait qu'il devait être prêt à accepter le résultat du test, quel qu'il soit.

Cela signifiait aussi qu'il devait retrouver la mère du bébé et découvrir quels ennuis elle avait. Seule une femme désespérée pouvait abandonner son enfant de cette manière.

Brooklyn grimaça et poussa un petit cri. La panique gagna Rylan. Avait-elle faim ? Avait-elle besoin qu'on change sa couche ? Sans doute. Les bébés ne faisaient-ils pas leurs besoins presque en permanence ?

Par chance, Amber revint avant que Brooklyn ne se mette à pleurer pour de bon. Et elle avait préparé un biberon. Elle lui avait montré comment nourrir Brooklyn un peu plus tôt, et il s'en chargea parce qu'il avait besoin d'entraînement. La petite se calma dès qu'elle se mit à téter le biberon.

— Veux-tu que je la fasse roter ? proposa Amber quand Brooklyn eut fini.

Il acquiesça. Il y avait une émotion étrange dans les yeux d'Amber dès qu'elle regardait la fillette. Rylan n'arrivait pas à l'identifier, mais il sentait qu'elle était intense.

— Peux-tu me montrer comment la changer ? demanda-t-il en essayant de ne pas avoir l'air aussi désemparé qu'il l'était.

— C'est plus facile que tu ne le crois. Viens, répondit-elle d'un air espiègle.

Elle avait le don de transformer l'activité la plus banale en aventure.

Amber lui rendit Brooklyn, puis elle alla chercher le sac de couches et une serviette, qu'elle étala par terre.

— Pose-la sur le dos, lui dit-elle.

Il devait avoir l'air très mal à l'aise, mais il réussit à poser le bébé assez délicatement. Malheureusement, Brooklyn se mit à pleurer dès qu'il écarta ses mains. Sa tristesse lui brisa le cœur.

— Quelle bêtise ai-je faite ? s'inquiéta-t-il.

— Du calme, chérie, dit Amber en tapotant le ventre de la fillette.

Brooklyn continua à pleurer, mais elle se mit à rire quand

Amber la chatouilla. Il était évident que sa voix calmait la petite. Qu'aurait-il fait sans Amber ? Il n'arriverait jamais à s'acquitter de la dette qu'il avait envers elle.

— Prends une couche, lui dit-elle.

Il obéit et s'efforça d'ignorer la vague de désir qu'il ressentit quand son bras effleura l'épaule d'Amber.

Celle-ci ouvrit la grenouillère de Brooklyn et en sortit ses petites jambes. Ses gestes étaient si fluides qu'on aurait cru que c'était facile. Elle ouvrit et referma plusieurs fois les attaches de la couche de Brooklyn pour lui montrer le procédé.

— Ouvre la tienne, dit-elle. Vois-la comme un objet à démonter. Ce n'est pas bien compliqué.

Une nouvelle vague de désir submergea Rylan quand ils se touchèrent par accident.

— Les enfants de mes frères avaient tous des couches différentes, à cet âge, reprit Amber. L'un avait besoin d'une protection anti-fuites, un autre d'un tissu spécial pour la nuit…

— Tu veux dire qu'il y en a plusieurs sortes ?

Il ne comprenait pas pourquoi.

— Assurément, répondit Amber.

Il manipula la couche pendant quelques secondes.

— Ça m'a l'air assez basique, finit-il par conclure.

— Tant qu'on n'essaie pas de la mettre à un bébé qui gigote.

Amber produisit une série de sons qui fascinèrent Brooklyn.

Cela semblait le moment idéal pour tenter l'expérience.

Retirer la couche sale fut facile. Mettre l'autre se révéla un peu plus compliqué mais, avec l'aide d'Amber, il réussit son premier changement de couche.

— A-t-elle des vêtements de rechange ? demanda Amber en prenant Brooklyn dans ses bras.

Il fouilla le sac.

— Non, juste ce qu'elle portait aujourd'hui et ce pyjama, répondit-il.

Le sac ne contenait que du lait en poudre, des couches et des lingettes – mais c'était déjà beaucoup, vu la manière dont on lui avait confié Brooklyn.

— Quelqu'un se soucie d'elle, n'est-ce pas ? demanda-t-il.

— Je l'espère, répondit Amber en rhabillant la petite.

— Qui prend le temps d'écrire un mot, de préparer un sac avec des couches et des lingettes sans y mettre des vêtements de rechange ? demanda-t-il, réfléchissant à voix haute. S'il existe plusieurs variétés de couches, comme tu viens de me l'apprendre, la mère a dû faire en sorte qu'on ait les bonnes…

— Sans doute, répondit Amber. Ça donne l'impression qu'elle a réfléchi à ses options pendant au moins quelques jours.

— Brooklyn n'est peut-être pas ma fille, dit-il. C'est peut-être juste la fille de quelqu'un que je connais.

Mais la mère devait savoir qu'il ne prendrait pas la parole d'un inconnu pour argent comptant et qu'il ferait un test de paternité.

— Dans ce cas, la mère s'est peut-être dit qu'il faudrait quelques jours pour qu'on ait le résultat du test, que ça lui suffirait pour régler ses problèmes et qu'elle pourrait venir récupérer sa fille, suggéra Amber. Elle t'a peut-être choisi parce que tu es loyal et que tu étais le seul homme qu'elle connaissait capable de gérer une situation dangereuse.

Si cette hypothèse était juste, il y avait assez peu de chances que Brooklyn soit sa fille. D'un autre côté, il n'avait sans doute passé qu'une ou deux nuits avec la femme en question. Cela ne suffisait pas pour connaître quelqu'un. Et l'idée que cette femme était assez désespérée pour lui confier sa fille le perturbait de plus en plus.

Amber sursauta quand on frappa à la porte.

8

Amber regretta d'avoir fait peur à Brooklyn en sursautant. Elle devait essayer de mieux gérer son stress. Les bébés étaient très sensibles aux émotions des gens qui les entouraient.

— Tout va bien, princesse, murmura-t-elle.

— J'y vais, annonça Rylan.

Il récupéra une arme derrière le coussin du fauteuil dans lequel il avait passé la nuit. Le soleil était levé, mais il était encore tôt.

Les questions se bousculèrent dans l'esprit d'Amber. Était-ce la mère de Brooklyn qui venait la chercher ? Elle aurait dû s'en réjouir, mais son cœur se serra parce qu'une part d'elle ne voulait pas voir Brooklyn s'en aller si vite. L'homme qui l'avait attaquée la veille était-il revenu ? Cette idée la fit frémir. Cela signifierait que l'agent Perry avait été neutralisé – ou pire.

Mais cela pouvait aussi être de bonnes nouvelles. Zach avait-il retrouvé l'homme qui avait essayé de lui arracher Brooklyn ?

Rylan regarda par l'œil-de-bœuf.

— Une seconde, Zach ! lança-t-il.

Il alla remettre l'arme dans sa cachette avant d'ouvrir au shérif.

Amber comprit que quelque chose n'allait pas dès qu'elle vit les traits tendus de son cousin.

— Tu dois rentrer au ranch, Amber, dit Zach. On a trouvé

un corps près de Rushing Creek. Une femme d'une trentaine d'années. Je peux t'y conduire si tu veux.

— C'est horrible, balbutia-t-elle alors que les pires scénarios se bousculaient dans son esprit. Est-ce que tout le monde va bien à la maison ?

— Oui, j'ai appelé tes belles-sœurs et Amy pour m'en assurer, répondit Zach avant de froncer les sourcils. Mais tu m'as fait une peur bleue. J'ai essayé de te joindre au moins dix fois.

— Mon téléphone n'a pas sonné, répondit-elle. Ma batterie doit être morte.

Elle regretta aussitôt de l'avoir formulé de cette manière, mais cela ne changeait rien à ce qui s'était passé au ranch. C'était triste et terrifiant.

— Ils se sentiraient tous mieux si tu étais là-bas, reprit Zach. Et ils aimeraient discuter des derniers événements avec toi.

Amber berça Brooklyn pour lutter contre la panique qui la gagnait. Une femme était morte. Une famille allait recevoir la pire des nouvelles et souffrir terriblement. Son cœur se serra.

— Il ne manque personne parmi les employés non plus, ajouta Zach.

Cela ne procura qu'un léger soulagement à Amber. Une femme était quand même morte.

— C'est le mode opératoire de l'Amputeur de Jacobstown, poursuivit Zach.

Elle jeta un coup d'œil à Rylan, qui avait les sourcils froncés. Il ne devait pas être au courant des dernières nouvelles de Jacobstown. C'était logique. Il s'était coupé de la famille Kent et, à la connaissance d'Amber, il n'avait eu de contact avec personne d'autre.

— Quelqu'un tue des animaux depuis quelques semaines, lui expliqua-t-elle. Il leur tranche toujours la patte gauche. Il ne s'en était pris qu'à des animaux, jusqu'ici, mais tout le monde craignait qu'il finisse par tuer des humains. Cette crainte était justifiée, apparemment.

— Je ne le savais pas, répondit Rylan d'une voix triste et pleine de compassion.

— Viens avec moi, s'il te plaît, dit-elle.

Elle ne voulait pas qu'il reste seul avec le bébé. Ce qui s'était passé entre son frère et lui des années plus tôt était secondaire dans ces circonstances. S'il le fallait, elle prendrait tout le temps nécessaire pour l'en convaincre.

— Je vais chercher ton manteau, annonça-t-il.

Amber se réjouit qu'il ne proteste pas comme elle le craignait. Ils n'avaient pas le temps. Une femme s'était fait tuer. Cela mettait Amber d'autant plus en colère que cela s'était produit sur les terres de sa famille.

Rylan alla chercher son manteau dans le placard où il l'avait rangé et l'aida à l'enfiler. Zach attendit près de la porte. Il observait attentivement la manière dont elle se comportait avec le bébé, et elle savait très bien ce qu'il pensait.

Un problème vint subitement à l'esprit d'Amber.

— On n'a pas de siège pour la petite, dit-elle.

— J'en ai emprunté un à l'agent Perry, répondit Zach. Il est en train de l'installer dans ma voiture.

Ils sortirent, et Rylan verrouilla la porte de la maison. Celle-ci se trouvait à une demi-heure de route du ranch. Comme il était encore très tôt, ils n'eurent aucun problème de circulation.

Isaac, le responsable de la sécurité, montait la garde près du portail. Il les salua et leur ouvrit. Quand ils se garèrent devant le bâtiment principal du ranch, Amber essaya d'ouvrir les boucles du siège de Brooklyn, mais ses mains tremblaient trop. Rylan les prit dans les siennes et la regarda droit dans les yeux. Il ne dit pas un mot, mais sa présence suffit à la réconforter.

Elle inspira profondément son parfum masculin et en tira un réconfort supplémentaire.

— Vas-y, lui dit-il. Je te rejoins.

— D'accord.

Il ne pouvait pas être facile pour Rylan de revoir sa famille, et elle lui était très reconnaissante d'être venu. C'était étrange parce qu'elle n'avait passé qu'une journée avec le bébé et lui, mais elle avait déjà l'impression qu'ils faisaient aussi partie de sa famille. C'était sans doute parce que Rylan et Will avaient été inséparables jusqu'à l'été pendant lequel la mère de Rylan était morte. Alors Rylan avait cessé de venir, et Will avait eu l'air un peu perdu sans son meilleur ami. Amber avait demandé plusieurs fois à son frère pourquoi il avait abandonné Rylan au moment où celui-ci avait le plus besoin de lui, mais elle n'avait jamais obtenu la moindre explication.

Mitch, l'aîné de la famille, l'accueillit dans l'entrée. Rylan entendit un bourdonnement de conversations dans la cuisine. Il lui fit l'effet d'un ciel s'alourdissant avant l'orage.

— Les enfants sont chez moi, avec Joyce, dit Mitch en la serrant dans ses bras. Et tout le monde est là, – y compris Will.

Joyce, qui travaillait pour eux depuis une éternité, était devenue la nourrice de la famille depuis la naissance des jumeaux de Mitch – les premiers Kent de la nouvelle génération. Comme Mitch était l'aîné, il se sentait sans doute plus responsable que les autres du bien-être de toute la famille. C'était sûrement pour cela qu'il avait pris Amber à part pour lui annoncer la nouvelle quand sa femme était tombée enceinte. Il avait choisi ses mots très prudemment. Il avait bien conscience qu'elle ne s'était pas remise de la perte de son bébé. Elle avait apprécié la délicatesse de Mitch, même si elle pensait que ses frères ne devaient pas s'empêcher de vivre à cause de son deuil.

— Will sait-il où j'étais et avec qui ? demanda-t-elle à son frère.

Elle assumait pleinement ce qu'elle avait fait au cours des dernières vingt-quatre heures. Elle voulait juste savoir ce qui l'attendait.

— Oui, répondit Mitch.

— Alors, allons-y ! dit-elle après avoir inspiré profondément.

Quatre frères et trois belles-sœurs étaient assis à la grande table de la cuisine. Sept paires d'yeux se posèrent sur Amber quand elle entra dans la pièce. Elle regarda d'abord Will pour lui signifier qu'elle était prête à lui faire face. Sa femme, Kelly, était assise à côté de lui. Le couple avait vécu un enfer quand Kelly avait failli être obligée d'épouser un millionnaire.

Un autre frère d'Amber, Deacon, et sa femme Leah, étaient assis en face de Will et de Kelly. Leah avait travaillé pour la police de Fort Worth pendant un temps et elle avait été prise comme cible par un meurtrier. C'était au cours de cette enquête qu'elle avait rencontré Deacon et en était tombée amoureuse.

Le dernier couple attablé était Nate et Chelsea. Chelsea était venue vivre à Jacobstown après avoir hérité d'une tante qu'elle ne connaissait pas. Elle avait vite eu des ennuis à cause de cet héritage, et Nate les avait protégées, sa fille et elle. Ils étaient tombés amoureux et Chelsea, sa fille et sa mère, Linda, étaient venues vivre avec Nate dans l'une des maisons du ranch. Dans la fratrie, seuls Jordan et Amber étaient encore célibataires.

Mitch s'assit à côté de sa femme, Andrea, et lui prit la main. Amber fut frappée par le réconfort que ses frères et leurs épouses s'apportaient mutuellement. Elle ne s'était jamais sentie seule. Alors d'où sortait cette impression bizarre de manque qui l'assaillait tout à coup ?

Au lieu de la déception et de la colère à laquelle elle s'attendait, Amber ne lut que de l'inquiétude dans le regard de Will. Il lui offrit un sourire un peu forcé. C'était sans doute la gravité de la situation qui l'incitait à cacher sa réprobation.

Zach entra dans la pièce après elle. Tandis que tous les regards se tournaient vers lui, elle s'assit sur un tabouret du comptoir en granit. Elle ne pouvait pas se trouver dans cette cuisine à la période de Noël sans songer à la joie qui y régnait quelques années plus tôt. Il était peut-être temps qu'elle surmonte sa nostalgie. Il était si facile, dans la vie, de se concentrer sur ce qui nous manquait plutôt que d'apprécier ce qu'on avait…

— Voilà ce qu'on sait pour le moment, dit Zach en ouvrant

son carnet. Je précise que ces informations ne doivent pas sortir de cette pièce.

— Ça va sans dire, répondit Mitch.

— Nous ne connaissons pas encore l'identité de la victime, commença Zach d'un air grave.

Comme il se souciait sincèrement de la sécurité des habitants de Jacobstown, ce meurtre devait beaucoup l'ébranler.

— C'est Lone Star Lonnie qui l'a trouvée ce matin, près du ruisseau, en chassant un sanglier, poursuivit-il. D'après le médecin légiste, la victime a été tuée moins de douze heures plus tôt. J'ai des agents qui passent les lieux au peigne fin et Lonnie y est toujours.

Lone Star Lonnie était le contremaître du ranch.

Cela n'aurait pas dû se produire, songea Amber en serrant les poings.

— A-t-on au moins des hypothèses concernant l'identité de la victime ? demanda-t-elle.

— Pas encore, répondit Zach. Lonnie a pris soin de garder ses distances pour ne pas contaminer la scène de crime. Mike me préviendra dès qu'il saura quelque chose.

Zach parlait de Mike Travis, le médecin légiste du comté.

Une idée horrible vint à l'esprit d'Amber. La victime était-elle la mère de Brooklyn ? Était-ce ce que craignait Rylan, qui était encore dehors avec la petite ? Le cœur d'Amber se serra davantage. Brooklyn était-elle orpheline alors qu'elle n'avait que quelques mois ?

— La ville voudra des réponses sur la victime, son meurtrier et la manière dont il l'a tuée, dit Mitch.

Celui-ci pensait toujours avec deux coups d'avance. C'était l'une des qualités qu'Amber appréciait chez lui.

— Toutes les femmes des environs regarderont par-dessus leur épaule jusqu'à ce qu'on ait attrapé le coupable, intervint Deacon.

— Je ne demande qu'à aider si je peux me rendre utile, dit Leah.

Zach la remercia.

— Mon bureau ne livrera aucune information tant que l'enquête n'aura pas sérieusement avancé, mais ça ne peut pas faire de mal de dire aux gens de verrouiller leurs portes et de garder les clés de leurs véhicules sur eux, répondit-il.

Rylan entra dans la pièce avec Brooklyn dans les bras. Son expression était si grave qu'Amber fut certaine d'avoir deviné juste et qu'il craignait, lui aussi, que la victime ne soit la mère du bébé.

— Si vous voulez bien m'excuser, dit Will avant de sortir par la porte de derrière.

Les traits de Rylan se durcirent encore. Un instant, Amber songea à suivre son frère. Will avait besoin d'air, mais il avait aussi besoin d'accepter le fait que Rylan et elle étaient amis. Certes, elle avait l'impression que ce n'était pas que de l'amitié et il lui semblait que Rylan était aussi troublé qu'elle quand ils étaient dans la même pièce, mais ce n'était pas le moment d'analyser cet aspect du problème.

Amber reporta son attention sur Will et décida qu'il valait mieux le laisser tranquille. Le pourchasser n'aiderait pas sa cause, et ils risqueraient tous les deux de dire des choses qu'ils regretteraient.

Mitch fut le premier à tendre un rameau d'olivier à Rylan.

— Sois le bienvenu, lui dit-il. Je te serrerais bien la main, mais je vois que les tiennes sont prises.

— Merci, répondit Rylan avec sincérité.

— Qui est cette adorable petite fille ? demanda Kelly, la femme de Will, après s'être présentée.

— C'est une très bonne question, répondit Rylan. Je ne suis sûr que d'une chose : elle s'appelle Brooklyn.

Il expliqua succinctement ce qui se passait depuis la veille.

Leah comprit tout de suite que la victime était peut-être la mère de Brooklyn. Après s'être présentée, elle proposa à Rylan :

— Je peux t'accompagner à la morgue, si tu veux. J'ai été policière dans une vie antérieure.

— Je te remercie, mais j'espère que ce ne sera pas nécessaire, répondit Rylan.

Amber fut émue de voir tout le monde, à part Will, l'accueillir à bras ouverts.

Andrea, puis Chelsea, se présentèrent à Rylan.

Pendant ce temps, Amber repensa à ce que Rylan lui avait dit sur sa sobriété. Même si la victime était la mère de Brooklyn, il ne serait peut-être pas capable de la reconnaître. Il semblait avoir des souvenirs si confus du week-end sur lequel il avait un doute… Il devait s'en vouloir terriblement pour cet écart. De toute évidence, il avait pris son sevrage très au sérieux.

— J'ai enregistré ta description de l'homme qui a déposé Brooklyn chez toi dans nos fichiers, dit Zach à Rylan en regardant son téléphone. Et je viens de recevoir un message de notre portraitiste. Elle peut te voir cet après-midi, si ça te convient.

Rylan acquiesça.

— Bien sûr, répondit-il. Je suis à ta disposition.

— Je suis peut-être trop optimiste, mais il est possible que la mère du bébé vienne le reprendre, non ? demanda Chelsea.

— Ce serait le meilleur scénario pour la petite, répondit Zach. Bien sûr, la mère aurait des comptes à rendre pour l'avoir abandonnée comme elle l'a fait.

— Dans tous les cas, c'est une situation compliquée, dit Rylan alors que Brooklyn commençait à s'agiter.

La petite fixait Amber, qui s'était clairement fait une amie.

Amber rencontra le regard de Mitch et y lut de la méfiance. Ses frères allaient s'inquiéter pour elle. Deacon était plus discret, mais il l'observait aussi. Amber resta impassible. Elle voulait que sa famille se soucie de la victime dans l'immédiat, pas de ce qu'elle faisait avec Rylan – en plus d'aider un ami qui se retrouvait dans une situation invraisemblable.

— Ma maison n'est pas sûre, dit Rylan quand il put enfin parler à Amber.

Tout le monde avait voulu être présenté à Brooklyn, ce qu'il comprenait. Il était le premier à admettre que c'était un bébé adorable et il appréciait la gentillesse dont la famille Kent avait fait preuve à son égard.

Le fait que Will sorte quand il était arrivé lui avait fait l'effet d'un coup de poing dans la figure. Même s'il savait bien qu'il l'avait mérité, cela l'avait fait souffrir.

Amber soupira.

— Vu ce qui vient de se passer au ranch, je pense qu'aucun endroit n'est sûr, répondit-elle. Je t'accompagne.

— J'aimerais t'en dissuader, mais je te connais trop bien pour essayer, grommela-t-il.

Son téléphone sonna. Il le sortit de sa poche et consulta l'écran.

— C'est le médecin, annonça-t-il.

Amber et lui échangèrent un regard lourd de sens. Cet appel avait le pouvoir de déterminer l'avenir de Brooklyn.

— Je la tiens, dit Amber.

La fillette parut ravie de changer de bras.

Il décrocha et s'approcha de la fenêtre. Le jardin était baigné de soleil.

— Merci de me rappeler aussi vite, docteur Logan, dit-il.

— J'ai donné un échantillon à Zach pour le tribunal et j'ai fait analyser l'autre, dit le médecin. Un ami m'a fait la faveur d'ouvrir le laboratoire pour s'en occuper tout de suite. Si j'étais à ta place, j'aimerais connaître le résultat le plus vite possible.

Le médecin s'interrompit brièvement avant d'annoncer d'une voix solennelle :

— C'est ta fille.

Ces mots auraient dû assommer Rylan. Ce ne fut pas le cas. La petite s'était déjà frayé un chemin dans son cœur. Une part de lui était même soulagée. Il essaya de se convaincre que c'était parce qu'il était plus capable de la protéger que quelqu'un d'autre – ce qui était vrai, même si ce n'était peut-être pas la seule raison.

— Merci, docteur, répondit-il.

— J'espère que c'est la nouvelle que tu voulais entendre, ajouta le médecin.

— C'est gentil, docteur, conclut Rylan avant de raccrocher.

Il regarda par la fenêtre un long moment, le temps d'intégrer l'information, puis il se tourna vers Amber.

— C'est bien ma fille, lui dit-il.

— Comment le prends-tu ? demanda-t-elle.

— C'est une chouette gamine, répondit-il sincèrement. Elle mérite que quelqu'un se soucie d'elle. Je suis prêt à être cette personne. Bien sûr, ce n'est pas comme ça que je m'imaginais devenir père. Pour être honnête, je n'ai jamais rêvé d'avoir une femme et des enfants. Mais elle est là, maintenant. J'ai l'intention de faire de mon mieux.

— Excusez-moi, dit Zach en s'approchant derrière eux.

Rylan se retourna.

— Mon adjoint vient de m'appeler. On tient l'homme qui a déposé le bébé chez toi hier matin, annonça-t-il. Je sais ce que tu vas dire et je voudrais sûrement faire la même chose si j'étais à ta place…

— J'en doute, le coupa Rylan. Je t'accompagne à ton bureau.

— Je n'allais pas t'empêcher de venir, répondit Zach. J'ai besoin que tu l'identifies. Mais tu ne pourras pas lui parler. Je veux que tu me promettes de rester de l'autre côté du miroir et de ne pas essayer de l'intercepter dans un couloir. Si nous nous y prenons bien, nous avons une chance de trouver les parents de la petite.

— Je viens de recevoir un appel du Dr Logan, dit Rylan. Tu auras le résultat officiel bientôt : je suis le père de Brooklyn.

9

Après avoir annoncé la nouvelle, Rylan estima qu'il n'avait pas grand-chose d'autre à dire. Tous les regards étaient braqués sur lui. Il se tourna vers Amber. Il avait envie de la dissuader de l'accompagner, mais cela aurait été une perte de temps.

— Tu es prête ? lui demanda-t-il à la place.

— Oui, répondit-elle avec assurance avant de se tourner vers ses frères. Pouvons-nous vous emprunter quelques vêtements pour bébé ?

— Je vais chercher ça, dit Mitch.

— Je pars maintenant, annonça Zach. J'ai besoin de cinq minutes d'avance.

Amber prit le sac de Brooklyn et regarda les membres de sa famille comme si elle les mettait au défi de faire un commentaire. C'était l'opinion de Will que Rylan aurait aimé connaître, mais celui-ci était encore dehors, sans doute dans l'écurie. Il était toujours bon de travailler quand on avait besoin de s'éclaircir les idées et cela aidait aussi à gérer la colère – une émotion que Rylan ne connaissait que trop bien, malheureusement.

— Merci beaucoup pour votre hospitalité, dit Rylan à tout le monde.

Mitch revint avec des vêtements pour bébé, qu'il donna à Amber.

— Je vais prendre quelques affaires. Je n'en ai que pour

une minute, annonça-t-elle après avoir rangé les vêtements dans le sac de Brooklyn.

Alors qu'elle quittait la pièce, Mitch posa une main sur l'épaule de Rylan.

— Je sais qu'il fallait du courage pour venir ici, lui dit-il. On t'a toujours vu comme un membre de la famille. Si tu as besoin de quoi que ce soit…

— Merci, mais je doute que tout le monde partage ton sentiment, enchaîna Rylan en indiquant la porte de derrière d'un signe de tête.

— Tu connais Will. Il a besoin d'un moment pour accepter la situation, mais il se calmera, répondit Mitch, qui semblait y croire.

— Certaines personnes ne méritent pas d'être pardonnées, dit Rylan.

— Tu te trompes : tout le monde mérite d'être pardonné, répondit Mitch avant de se pencher vers son oreille. Amber me tuerait si elle m'entendait, mais essaie d'être délicat avec elle.

Rylan laissa échapper un grognement.

— Amber peut très bien…

— Elle ne te l'a sans doute pas dit, mais elle a été mariée, le coupa Mitch.

— Amber ?

Non, elle ne lui avait pas parlé d'un mari. Pourquoi cela le blessait-il autant ?

— Ça ne s'est pas bien passé pour elle, ajouta Mitch. Il y avait un enfant…

Cela aida Rylan à comprendre pourquoi toute la famille avait regardé Amber d'un air bizarre au moment où elle avait pris Brooklyn dans ses bras. Avait-elle été mariée à un homme qui avait déjà un enfant ? S'était-elle disputée avec la mère de celui-ci ? Cela expliquerait pourquoi elle semblait méfiante envers lui.

— Vu la tête que tu fais, tu n'en savais rien, dit Mitch, les sourcils froncés.

— Non, répondit Rylan en s'efforçant d'intégrer ces informations.

— Je n'aurais pas dû t'en parler, reprit Mitch. Ce ne sont pas mes secrets. C'est juste que je n'aimerais pas la voir encore…

— Tu essaies juste de la protéger, rétorqua Rylan. Je comprends.

Amber revint dans la cuisine. Elle s'arrêta net quand elle vit que Mitch avait une main sur l'épaule de Rylan et elle planta ses poings sur ses hanches.

— Que se passe-t-il, ici ? demanda-t-elle.

— On discutait, c'est tout, répondit Rylan.

Amber grogna avant de répliquer :

— Ça, je m'en étais aperçue. Pourriez-vous me dire de quoi vous parliez ?

— On en discutera sur le trajet. As-tu pensé à prendre ton chargeur de téléphone ? demanda Rylan en espérant la distraire.

Cela fonctionna. Elle quitta la cuisine pour y revenir deux minutes plus tard.

— On est venus avec Zach, lui rappela Rylan.

Et le shérif ne les avait pas attendus.

— J'ai plusieurs véhicules. On n'aura qu'à installer un siège pour bébé dans l'un d'eux, répondit Amber en jetant des regards sévères à Mitch et à lui. De quoi parliez-vous, tout à l'heure ?

— Je donnais juste des conseils à Rylan sur les enfants, expliqua Mitch.

— Tu es sûr que c'est tout ? insista Amber.

— Je lui ai aussi demandé d'être délicat avec toi, ajouta-t-il en s'approchant de sa sœur pour poser ses mains sur ses épaules. Je lui ai dit qu'il me trouverait devant sa porte s'il te faisait du mal. Tu sais bien que mon instinct protecteur est plus fort que moi.

— Et tu sais que je suis une grande fille, Mitch, répliqua Amber. J'apprécie que tu me soutiennes, mais je suis capable de mener mes propres combats.

— J'estime peut-être que tu ne devrais plus combattre, répondit Mitch avant de la serrer dans ses bras. Je t'aime, petite sœur.

— Je le sais, soupira Amber en lui rendant son étreinte. Il faut qu'on y aille.

Rylan alla dans l'entrée avec Brooklyn dans les bras. Il voulait savoir ce qui était arrivé à Amber. Il voulait… Non : il avait besoin de savoir si cela avait un rapport avec la gravité qu'il lisait parfois dans son regard. À l'adolescence, elle n'était que joie de vivre et son cœur était plus grand que le ciel du Texas. Elle avait toujours ces qualités, mais quelque chose avait diminué la flamme qui l'animait. Cela avait-il un lien avec son ex-mari et le fait qu'on lui ait retiré un enfant ?

Il ravala la colère que cette idée lui inspira.

Leah les arrêta alors qu'ils étaient sur le point de franchir la porte.

— Et si vous laissiez la petite ici pendant que vous allez au bureau de Zach ? suggéra-t-elle. On peut s'occuper d'elle, et il y a plein d'autres enfants dans le ranch. On ne verra même pas la différence.

— Elle sera plus en sécurité avec nous, et Rylan ne sera pas capable de se concentrer s'il n'a pas un œil sur elle, répondit Amber.

C'était vrai, et Rylan fut surpris qu'elle le comprenne aussi bien.

— Mais merci de l'avoir proposé, ajouta Amber.

— Prévenez-nous si vous changez d'avis, répondit Leah. N'importe lequel d'entre nous peut passer la chercher au bureau de Zach si ça s'éternise ou si la situation devient trop tendue.

Quand Deacon s'approcha pour enrouler un bras autour de la taille de sa femme, Rylan fut frappé par l'aura de bonheur qu'ils dégageaient.

Tandis que Rylan les remerciait chaleureusement, Amber plaça une couverture sur Brooklyn, puis ils sortirent.

— Ça s'est encore rafraîchi depuis notre arrivée, constata Amber en frissonnant.

Le ciel était chargé de gros nuages, ce qui créait une atmosphère crépusculaire.

Mitch fournit un siège pour bébé à Amber, qui le plaça à l'arrière d'une petite voiture, y installa Brooklyn et l'attacha soigneusement.

— De quoi Mitch t'a-t-il réellement parlé ? demanda-t-elle à Rylan en lui tendant les clés du véhicule.

— De certaines choses qui me donnent envie d'en savoir plus sur ton passé, admit-il avant de se mettre au volant.

Amber entra dans la voiture et ferma sa portière un peu trop brutalement.

— T'a-t-il dit que j'avais été mariée ? demanda-t-elle.

— Oui.

Il démarra et passa la marche arrière.

— Qu'a-t-il dit d'autre ? insista Amber avec un calme qui n'était peut-être pas rassurant.

Comme il était inutile de tourner autour du pot et qu'il n'avait pas envie de lui cacher quoi que ce soit, il cracha le morceau.

— Ton mari avait-il un enfant ? demanda-t-il.

— Pas tout seul : j'ai eu un enfant, Rylan, répondit-elle. Il est mort quelques heures après sa naissance.

— Je suis désolé, balbutia-t-il, mal à l'aise. Ça ne me regarde pas. Tu n'es pas obligée d'en parler si tu n'en as pas envie.

Le cœur serré, il remit le levier de vitesse au point mort et tira le frein à main pour se tourner vers elle.

— Mitch a eu tort de m'en parler, ajouta-t-il. Il n'aurait pas dû rouvrir une vieille blessure.

— Ça fait partie du problème, répondit-elle. Je n'en parle jamais avec personne. Mes frères et leurs femmes évitent le sujet et marchent sur des œufs en ma présence. Je les comprends… Ils ont peur de me faire souffrir et ils veulent me protéger. D'après ce que j'ai pu constater, ça ne se passe pas comme ça dans toutes les familles et j'aimerais sincèrement que plus de gens aient des proches qui se soucient autant d'eux.

Elle s'interrompit et prit une grande inspiration. Des larmes roulèrent sur ses joues.

— Mais ce n'est pas le moment d'en parler, reprit-elle. On a une petite fille à l'arrière qui a besoin de toute notre attention.

— Je serai là pour toi si tu as envie d'en parler, quand tu voudras, assura-t-il.

Des dizaines de questions se bousculaient dans l'esprit de Rylan, mais ce n'était pas le moment de les poser. Perdre son bébé avait dû briser le cœur d'Amber. Ce devait être pour cela qu'il y avait parfois de la tristesse dans ses yeux quand elle regardait Brooklyn.

— Merci, Rylan, dit-elle. J'apprécie vraiment.

Quand elle tourna la tête vers lui, il effleura sa joue pour essuyer l'une de ses larmes.

— J'aimerais pouvoir dire ou faire quelque chose pour que tu aies moins mal, murmura-t-il.

— Personne ne peut me délivrer de ma douleur, répondit-elle. Cette blessure ne guérira pas. Mais tu peux faire quelque chose pour moi.

— Tout ce que tu voudras, dit-il sincèrement.

— Embrasse-moi.

— Ce n'est pas une bonne idée répondit Rylan sans conviction.

Quand elle se pencha vers lui, son parfum masculin l'enveloppa et lui fit perdre le peu de bon sens qu'il lui restait.

— Non, ce n'est pas une bonne idée, lui accorda-t-elle. Mais c'est trop tard pour moi.

Il pressa ses lèvres contre les siennes. Alors qu'elle aurait dû l'éviter à tout prix, embrasser Rylan parut absolument parfait à Amber.

Mais elle devait admettre qu'elle avait souvent pensé à l'unique fois où ils s'étaient embrassés pendant l'adolescence. Cela ne l'empêchait pas d'être réaliste. Elle savait qu'il avait bu. Elle avait senti de l'alcool dans son haleine et l'avait accusé de l'embrasser parce qu'il était ivre. Il avait éclaté de rire et lui avait répondu qu'il l'embrassait parce qu'il venait de se rendre compte qu'elle était très belle. Ce soir-là, dans l'un des appartements que le ranch mettait à la disposition des employés, il l'avait regardée comme s'il la voyait pour la première fois. Elle avait changé pendant l'été précédent. Elle avait grandi de cinq centimètres pour atteindre sa taille définitive.

Depuis que Rylan lui avait ouvert sa porte la veille, elle avait envie de l'embrasser une nouvelle fois pour voir si ce serait aussi magique que ce soir-là.

Rylan prit son visage entre ses mains, et elle glissa ses doigts dans ses cheveux.

Elle n'avait jamais embrassé un autre homme aussi passionnément – pas même celui qu'elle avait accepté d'épouser.

Le talent avec lequel Rylan l'embrassa incita Amber à songer à tous les autres plaisirs qu'il pouvait lui procurer. Avec autant de fougue et de délicatesse, il devait être un véritable artiste entre des draps…

Brooklyn se mit à babiller à l'arrière, ce qui ramena Amber à la réalité.

Quand elle s'écarta de Rylan, il la retint quelques instants et la regarda si intensément qu'elle eut l'impression qu'il pouvait voir le fond de son âme.

— Mince alors, murmura-t-il.

Amber songea que c'était peut-être la chose la plus sexy qu'elle ait jamais entendue.

Elle pouffa et haussa un sourcil.

— Ce n'est pas une réaction à laquelle je suis habitué dans ce genre de circonstances, commenta-t-il, le sourire aux lèvres.

— Je suis sûre que tu as beaucoup d'expérience en la matière, répliqua-t-elle.

— Peut-être, mais je n'ai jamais ressenti ça.

— Mince alors, dit-elle à son tour.

Rylan la lâcha pour se mettre en route.

Elle ne lui demanda pas combien de temps il comptait rester.

À partir de dix-huit ans, il avait eu l'air de trouver suffocant de rester au même endroit. Avant cela, il n'avait jamais été doué pour conserver quelque chose plus de quelques mois. C'était une sorte de cycle. Il s'achetait une moto et en raffolait pendant quelques semaines. Puis il s'en lassait et la vendait pour s'acheter un quad. Elle était certaine qu'il se lasserait de son dernier jouet et passerait à autre chose – ou à quelqu'un d'autre – tôt ou tard. Ce devait être dans la nature de certaines personnes. Ils passaient leur temps à changer de ville, de travail et de vie… Elle ferait bien de ne pas l'oublier, parce que Rylan était déjà sorti de sa vie une fois. Sauf qu'une petite voix dérangeante lui souffla qu'il était revenu à Jacobstown et que ce n'était pas *elle* qu'il avait quittée.

Avoir une fille le changerait, mais il ne s'assagirait jamais complètement. Comme sa mère n'était pas riche, il avait dû travailler pour gagner tout ce qu'il avait dépensé – mais il n'avait pas dépensé son argent intelligemment pour autant. Elle se souvint d'une fois où il avait acheté une vieille jeep et s'en était lassé avant d'avoir fini de la payer, ce qui lui avait fait perdre beaucoup d'argent. Mais ce n'était pas l'argent qui inquiétait Amber. Les adolescents n'abordaient pas les finances de la même manière que les gens qui avaient des responsabilités. C'était la vitesse à laquelle il se lassait de tout qui la dérangeait.

De gros nuages filaient dans le ciel. Amber eut un étrange mauvais pressentiment.

Heureusement, Brooklyn, qui avait le ventre plein, babillait joyeusement dans son siège. Il n'y avait personne sur la route, ce qui n'était pas surprenant pour un dimanche. La température continuait à baisser. Il ne devait plus faire que deux ou trois degrés… Il ne gelait pas, au moins, et la route était sèche.

Cela risquait d'empirer encore, mais l'un des bons côtés du Texas était que la météo y changeait rapidement. Les Texans se plaisaient à dire que, si vous n'aimiez pas le temps qu'il faisait, vous n'aviez qu'à attendre cinq minutes. Cinq minutes ne suffiraient peut-être pas, cette fois, mais le temps s'adoucirait sans doute d'ici un jour ou deux.

Rylan jeta un coup d'œil dans le rétroviseur et jura.

Une voiture noire les suivait. Amber en mémorisa la plaque.

— Cette voiture est louche, commenta-t-elle.

— On devrait peut-être faire demi-tour et regagner le ranch, où on ne serait pas seuls, répondit Rylan.

Ils étaient à mi-chemin du bureau de Zach.

Amber envisagea d'appeler à l'aide. Elle avait suffisamment rechargé son téléphone au ranch pour passer un coup de fil. Mais qui pourrait leur porter secours à temps alors qu'ils étaient au milieu de nulle part ? Son cœur s'affola. Rylan avait sans doute raison : faire demi-tour était l'option la plus sûre. Elle observa plus attentivement le véhicule qui les suivait.

— Ça ressemble à une voiture banalisée, dit-elle.

— Que feraient des policiers en civil sur cette route de campagne ? demanda Rylan.

C'était une excellente question.

— J'aimerais le savoir, grommela-t-elle. J'ai un mauvais pressentiment. Les autres agences ne viennent quasiment jamais dans le coin, et Zach est au courant, en général. On devrait peut-être l'appeler pour vérifier.

— Bonne idée, répondit Rylan.

Amber appela son cousin, qui décrocha dès la première sonnerie.

— Il y a une voiture bizarre qui nous suit, et on est avec Brooklyn, lui dit-elle. Sais-tu s'il y a des agents fédéraux dans la région ?

— Je n'en ai pas entendu parler, répondit Zach. Mais ce n'est pas impossible si Brooklyn vient d'un autre État. À quoi ressemble le véhicule ?

Amber le décrivit.

— Quel est le numéro d'immatriculation ? demanda Zach. Je peux faire une recherche dans nos fichiers – mais je ne trouverai rien si ce sont des agents en civil.

— Ça vaut la peine d'essayer, répondit Amber avant de réciter le numéro de la plaque.

Zach se tut quelques secondes le temps d'entrer le numéro dans son moteur de recherche avant de reposer quelques questions.

— Dans quelle voiture êtes-vous ?

— Dans ma petite voiture de ville, répondit Amber.

— Es-tu armée, au cas où vous auriez des ennuis ?

Elle sortit son SIG Sauer de la boîte à gants. En général, c'étaient ses frères qui traquaient les braconniers, mais elle savait se défendre et, comme tout le monde, elle était toujours armée en dehors de la propriété. Il pouvait y avoir un coyote derrière n'importe quel buisson. Les sangliers étaient des créatures dangereuses – et rusées. Et puis il y avait les braconniers. Elle ne comptait plus les coyotes et les sangliers dont elle avait croisé le chemin. Par chance, elle n'était encore jamais tombée sur des braconniers.

— J'ai un appel de la police de la route. Il faut que je te mette en attente, annonça Zach.

— Très bien, répondit-elle.

— Je ne te demanderai pas si tu sais te servir de cette arme, dit Rylan, le sourire aux lèvres. Tu te souviens du jour où tu as fait un trou dans ma casquette préférée ?

Elle pouffa.

— Tu as eu de la chance qu'elle ne soit pas sur ta tête à ce moment-là, répliqua-t-elle.

Elle perdit son sourire lorsqu'elle vit la voiture qui les suivait s'approcher rapidement de leur pare-chocs.

— Qu'est-ce qu'on fait, maintenant ? s'écria-t-elle.

10

La voiture noire qui les suivait sortit un gyrophare. Amber pria pour que Zach reprenne la communication et leur dise ce qu'ils devaient faire.

— Si quelqu'un nous menace avec une arme, on se défend sans hésiter, dit Rylan alors qu'il se garait au bord de la route.

— Je n'aime pas ça, murmura-t-elle.

— Si la petite et toi n'étiez pas là, je serais comme un poisson dans l'eau, répondit Rylan avec un sourire dévastateur.

Amber essaya de se convaincre que ce qu'elle ressentait était un effet de l'adrénaline, pas une attirance bien réelle et croissante pour Rylan.

— Mais je ne pourrai pas tout me permettre puisque vous êtes là, ajouta-t-il.

— Je croyais que tu avais confiance dans ma capacité à me servir d'une arme à feu, répliqua-t-elle avec une moue boudeuse.

— Je veux juste dire que je ne me le pardonnerais pas s'il vous arrivait quelque chose, précisa-t-il.

Sa voix grave et musicale avait toujours fait fondre Amber. Elle était sûre qu'elle pourrait passer des journées entières à l'écouter.

Un frisson la parcourut quand il posa sa main sur la sienne. Qu'elle le veuille ou non, sa présence masculine lui faisait désirer des choses auxquelles elle aurait mieux fait de ne pas penser.

— Je peux prendre Brooklyn et courir me cacher dans les bois, proposa-t-elle. Personne ne connaît les environs mieux que moi et ça te permettrait de gérer ces types sans avoir à t'inquiéter pour nous.

La voiture noire s'était garée derrière eux, le gyrophare allumé, mais personne n'en était encore sorti. Il devait bien s'être écoulé deux minutes, à présent.

Une camionnette apparut sur la voie d'en face et s'approcha à vive allure.

— Quoi qu'il arrive, je suis contente que tu sois revenu, Rylan, dit-elle.

Elle voulait… Non : elle avait *besoin* qu'il le sache.

— Je ne suis pas encore vaincu, Kent, répliqua-t-il avec un petit sourire sexy.

Oui, il était bien dans son élément.

Un homme vêtu d'un uniforme qui semblait authentique sortit de la voiture noire.

— Je sens que quelque chose cloche, mais je n'arrive pas à mettre le doigt dessus, dit-elle.

La camionnette qui arrivait en face s'approchait en même temps que l'homme.

— Tu n'aurais pas attendu, à sa place ? demanda Rylan. Pourquoi sortir de sa voiture à un moment où un véhicule fonce vers nous ?

C'étaient de bonnes questions.

— Je suis inquiète, dit-elle. Zach n'arrête jamais une voiture sans avoir la main sur la crosse de son arme, au cas où. Je n'ai jamais vu de policier marcher comme celui-ci. Et ne trouves-tu pas qu'il manque beaucoup de choses à sa ceinture ?

Rylan grommela un juron, tourna vivement le volant et écrasa l'accélérateur.

— Retire le cran de sûreté et prépare-toi à tirer s'il dégaine, ordonna-t-il.

Rylan fit demi-tour dans des crissements de pneus et dépassa la voiture noire.

— J'espère que tu as un plan qui n'implique pas de se faire rentrer dedans par une camionnette qui pèse bien plus lourd que ma voiture, commenta-t-elle.

Elle se prépara à l'impact et songea aussitôt à Brooklyn. Même bien attachée dans son siège, elle pouvait être blessée par le choc.

Rylan accéléra juste à temps pour éviter d'être percuté par la camionnette.

L'homme qui était sorti de la voiture noire s'empressa d'y remonter et celle-ci fit demi-tour pour se lancer à leur poursuite.

Zach reprit la communication à cet instant. Amber lui expliqua qu'ils étaient suivis par deux véhicules, puis raccrocha.

— Il a promis de nous envoyer sa patrouille la plus proche, dit-elle à Rylan. Il va aussi appeler mes frères pour le prévenir. On devrait avoir des renforts dans quelques minutes.

Rylan poussait la petite voiture à la limite de ses capacités, et sa conduite impressionna Amber. Il était vraiment doué avec un volant entre les mains. Malgré la présence de Brooklyn et la sienne, qui ne lui facilitaient pas la tâche, Rylan conduisait avec assurance.

Amber était prête à tirer, mais elle espérait qu'ils n'auraient pas à s'engager dans une fusillade alors qu'ils avaient un bébé dans la voiture.

La route se mit à zigzaguer, et Rylan aborda les virages comme un pilote de rallye. Amber le vit se détendre après avoir jeté plusieurs coups d'œil dans le rétroviseur. Il avait semé leurs poursuivants.

— Ils ne sont plus là, dit-il. Mais j'ai une mauvaise nouvelle pour toi : tu es coincée avec moi jusqu'à ce que la situation soit éclaircie.

— On ferait bien de se cacher, répondit-elle. Mais où peut-on aller avec un bébé ?

Voyager avec un enfant n'était pas simple. Il suffisait que Brooklyn pleure au mauvais moment pour qu'ils se fassent repérer.

— Appelle Mitch, dit Rylan. Explique-lui ce qui vient de se passer. Il faut renforcer la sécurité du ranch immédiatement. Nous devons partir du principe que tout le monde est en danger.

Il avait raison.

Le coup de téléphone fut rapide. Le ranch était déjà en état d'alerte à cause du meurtre de la veille. Amber avait hâte de se retrouver dans le bureau de Zach et d'entendre ce que l'homme qui avait déposé Brooklyn chez Rylan avait à dire. Il était certainement capable de décrire la femme qui lui avait confié le bébé. Cela réveillerait peut-être la mémoire de Rylan. S'agissait-il de la victime du meurtre ?

Ils avaient très peu d'éléments pour le moment. Rylan attribuait sa perte de mémoire à l'alcool, mais Amber trouvait cette hypothèse de moins en moins vraisemblable. Elle commençait à croire qu'ils découvriraient une autre explication en cherchant bien.

— Crois-tu que les types qui nous suivaient aient l'intention de nous tendre une embuscade sur la route du ranch ? demanda-t-elle. Ils ont pu prendre un autre chemin.

— Nous n'allons pas au ranch, répondit Rylan. Nous allons au bureau de Zach, mais je vais faire un détour.

Il s'engagea sur de petites routes qui leur permirent de repartir en direction de la ville.

— Je suis vraiment désolé que tu te retrouves mêlée à ça, finit-il par dire.

— Tu n'as rien fait de mal, lui rappela-t-elle.

Comment aurait-il pu deviner que la situation deviendrait aussi compliquée ?

— Je ne sais pas dans quoi la mère de Brooklyn est impliquée, mais ce n'est pas bon et je suis à peu près sûr que c'est illégal, dit-il, les doigts crispés sur le volant.

Elle entendit de la détermination dans sa voix, mais aussi une pointe de résignation qui lui déplut.

— Nous le découvrirons bientôt, lui assura-t-elle. L'homme que détient Zach nous mènera à la mère de Brooklyn et…

— Qui n'est peut-être plus en vie, la coupa-t-il.

— On n'en sait rien pour le moment. Je suis sûre que sa description te dira quelque chose. On la retrouvera et on découvrira ce qui l'a incitée à s'enfuir en abandonnant cette magnifique petite fille. On sait qu'elle se soucie d'elle puisqu'elle a trouvé un moyen de la confier à son père.

— Et si..., commença-t-il. Non, rien.

— Vas-y, insista-t-elle. Dis ce que tu penses.

— Je n'ai presque aucun souvenir de ce week-end, Amber. Et si la description de cette femme ne me disait strictement rien ? Alors je t'aurais mise en danger pour rien.

Le découragement le gagnait, et Amber n'aimait vraiment pas cela.

— Il est aussi possible que ça te revienne, répondit-elle. D'une manière ou d'une autre, nous devons retrouver cette femme parce qu'elle doit être en danger. Regarde ce petit ange, à l'arrière. La mère de Brooklyn s'est bien occupée d'elle pendant trois mois. Il est évident qu'elle l'aime et qu'elle n'est pas irresponsable. Il est possible qu'elle ait eu de gros ennuis et qu'elle ait demandé de l'aide aux mauvaises personnes. La situation s'éclaircira, tu verras. Alors tu pourras penser à la suite. Tu pourras prendre le temps de faire la connaissance de ta fille. N'est-ce pas une perspective joyeuse ?

Elle essuya discrètement une larme alors que Rylan entrait sur le parking du bureau du shérif. Il se gara le plus près possible de la porte.

Rylan avait semé les deux voitures, mais il savait que ceux qui avaient essayé de les intercepter reviendraient à la charge – et qu'ils seraient mieux préparés la fois suivante. Ils voulaient certainement Brooklyn puisqu'ils n'avaient pas tiré.

Ils devraient lui passer sur le corps. À en juger par l'expression d'Amber alors qu'ils entraient dans le bureau de Zach, elle aussi était prête à défendre la petite au péril de sa vie.

Rylan avait connu de mauvais jours. À vrai dire, il n'avait

presque connu que de mauvais jours après la mort de sa mère. Mais la petite fille qu'Amber tenait dans ses bras lui donnait de l'espoir. C'était sans doute parce que l'innocence des enfants obligeait les adultes à adopter un nouveau point de vue sur la vie. Brooklyn était une petite fille joyeuse et agréable, ce qui prouvait qu'on s'était bien occupé d'elle jusque-là. Et elle avait toute la vie devant elle.

Que se passerait-il s'ils ne retrouvaient jamais sa mère ? Pire : sa mère était-elle la victime du meurtre ? Les scénarios tragiques se succédèrent dans l'esprit de Rylan. La mère de Brooklyn était-elle malade ? Lui avait-elle confié sa fille dans un ultime effort pour qu'elle ait une chance dans la vie ?

Mais toutes ces pensées étaient improductives et aboutissaient à la même conclusion : il s'occuperait de Brooklyn. Était-il possible qu'un tribunal lui retire la garde de la petite ? Il espérait bien que non. Parce qu'il était maintenant prêt à tout pour assurer l'avenir de sa fille. C'était un sentiment étrange, mais il ne pouvait pas nier son intensité.

Il frappa à la porte du bureau de Zach et l'ouvrit.

— On va au bout du couloir, dit Zach en se levant. Et je suis désolé de vous dire qu'on n'a rien trouvé sur la voiture dont vous m'avez fourni le numéro.

— On reverra ces types, dit Rylan.

— On sera prêts, répondit Zach.

Il était si déterminé que Rylan le crut presque capable de gérer tous les problèmes qui surgissaient dans son comté. Mais Rylan n'était pas du genre à nourrir de faux espoirs. Ce à quoi ils avaient affaire dépassait Zach et ses hommes – qui avaient un meurtre sur les bras, par ailleurs.

— Suivez-moi ! dit le shérif.

Rylan posa sa main sur les reins d'Amber et s'efforça d'ignorer les désirs qui s'éveillèrent en lui. Ce n'était pas le moment de penser à leur attirance mutuelle ni à leur baiser. Ce n'était pas non plus le moment d'admettre qu'aucune femme ne lui avait jamais fait autant d'effet.

Il chassa toutes ces pensées de son esprit et se concentra sur ce qui les attendait.

La petite pièce au bout du couloir avait une lumière tamisée pour permettre de mieux voir à travers la glace sans tain. Elle était presque de la taille d'un placard. La pièce qui se trouvait de l'autre côté du miroir était deux fois plus grande et meublée d'une table et de deux chaises. Le sol était couvert d'un carrelage blanc qui rappelait ceux des hôpitaux et les murs étaient nus et gris. Seule une pendule circulaire avec de grands chiffres noirs rompait leur monotonie. Elle était accrochée au-dessus de la porte.

Tout était fait pour que les gens qu'on amenait dans cette pièce se sentent mal à l'aise – et c'était très bien fait, parce que Rylan se sentait mal à l'aise rien qu'à la regarder.

La porte s'ouvrit, et l'agent Perry entra avec un homme menotté. Rylan reconnut aussitôt l'homme qui lui avait confié Brooklyn la veille et se raidit. Il fit rouler ses épaules pour essayer de se détendre, mais cela ne servit à rien.

— C'est lui ? demanda Amber, qui devait avoir déjà deviné la réponse en l'observant.

— Oui, c'est lui, répondit-il.

L'homme portait une veste de chasseur, un jean et des bottes. Il était plus petit que Rylan – il mesurait sans doute moins d'un mètre quatre-vingts.

L'agent Perry lui ordonna de s'asseoir. L'homme était assez près de Rylan pour que celui-ci le voie clairement. C'était sans doute l'une des raisons pour lesquelles cette salle d'interrogatoire était aussi petite.

Amber se mit à bercer le bébé.

— Comment vous appelez-vous ? demanda l'agent Perry.

— Chester Hunter III, mais mes amis m'appellent Chess.

Chess, qui était assis au bord de la chaise, essuya ses mains sur son jean. Elles devaient être moites. Rylan repéra d'autres signes de nervosité. Chess avait de la sueur sur le front et il clignait trop vite des yeux. Il parlait trop vite, aussi, et sa voix était un peu plus aiguë que ce dont Rylan se souvenait.

Zach ouvrit la porte de la pièce d'observation et demanda à Rylan :

— Peux-tu m'assurer que c'est lui ?

— Oui, je suis sûr que c'est lui.

— Il ne nie pas, dit Zach. Perry lui pose des questions de routine, puis on lui fera signer une déposition.

Le shérif posa sa main sur l'épaule de Rylan.

— Espérons qu'on aura les réponses qu'on cherche, ajouta-t-il.

— Vivez-vous à Jacobstown ? demanda l'agent Perry.

— Non. J'habite à Bremmer City.

Bremmer City se trouvait au sud de Jacobstown. Rylan était allé s'y amuser quelques fois avant de s'engager dans l'armée.

— Avez-vous déposé un bébé dans une maison de Jacobstown hier ? demanda Perry en prenant des notes.

Sa posture contrastait vivement avec celle de Chess. Il était assis bien au fond de sa chaise, les jambes écartées et les coudes sur la table.

— Oui, monsieur, répondit Chess, dont la jambe droite se mit à trembler.

— Quelle est votre profession ? demanda Perry.

— Maçon, répondit Chess. Je travaille dans l'entreprise de mon père.

Perry posa encore quelques questions personnelles avant de demander :

— Pouvez-vous décrire l'enfant ?

— C'était une petite fille, répondit Chess, qui se mit à taper du pied. Assez petite pour tenir dans l'un de ces porte-bébés qu'on voit partout. Elle avait des cheveux bruns et bouclés. Elle était mignonne.

— Quel âge avait-elle ? demanda Perry, parfaitement calme.

— Je n'ai pas assez d'expérience avec les enfants pour le savoir, répondit Chess. Tout ce que je peux vous dire, c'est qu'elle était assez petite pour tenir dans le porte-bébé.

— Y avait-il autre chose avec elle ?

— Oui, un sac.

— Pouvez-vous me dire comment cette enfant s'est retrouvée sous votre garde ?

— Bien sûr. Je prenais de l'essence sur la 401, près de la ferme de l'Oreille de Cochon. Je vais toujours là-bas parce que l'essence est moins chère qu'à l'entrée de l'autoroute, répondit Chess.

L'agent Perry acquiesça.

— J'étais donc en train de remplir mon réservoir quand une femme s'est précipitée vers moi avec un porte-bébé. Elle avait l'air terrifiée, comme un animal aux abois. Elle m'a supplié de l'aider. J'ai regardé autour de nous, pensant voir quelqu'un qui voulait l'agresser…

— Pouvez-vous la décrire ? l'interrompit l'agent Perry.

Rylan tendit l'oreille.

— Elle était jolie, répondit Chess. Elle avait des cheveux bruns et des yeux marron, de la couleur du café. Elle était à peu près de cette taille.

Il plaça la main sous son menton, ce qui devait faire environ un mètre soixante-dix.

Cette description ne rappela strictement rien à Rylan.

— Pouvez-vous me dire ce qu'elle portait ? demanda Perry en continuant à prendre des notes.

— Oui. Elle portait un genre de chemisier et un jean. Le chemisier n'avait pas de manches. Oh ! et elle portait des tongs. J'ai trouvé ça bizarre qu'elle n'ait pas de manteau ni de vraies chaussures alors qu'il faisait si froid.

Il fixait le mur comme quelqu'un qui se concentre sur une image dont il essaie de se souvenir.

Il semblait sincère à Rylan. C'était bien l'homme qui lui avait confié Brooklyn. Il en était certain. Il s'était demandé si Chess avait quelque chose à se reprocher, mais les réactions de ce dernier l'incitaient à penser que ce n'était pas le cas.

L'agent Perry leva les yeux de son carnet.

— Vous avez dit des tongs ?

— Oui, j'ai vraiment trouvé ça bizarre, répéta Chess.

Mais la gamine était bien emmitouflée. Elle était sous une couverture et elle portait un bonnet.

Des tongs par un tel froid. Pas de manteau. La femme mystérieuse était pressée, ce qui laissait supposer qu'elle était en danger. Était-elle de la région ?

Le témoignage de Chess incitait Rylan à penser que la femme avait découvert au dernier moment que quelqu'un allait s'en prendre à elle ou au bébé. Mais qui était la cible ?

C'était sans doute la petite fille – sa fille – puisque quelqu'un avait essayé de l'enlever la veille. Qu'était devenue la mère de Brooklyn. Avait-elle réussi à disparaître à temps ?

Ils avaient toujours plus de questions que de réponses.

Amber jeta un regard interrogateur à Rylan.

— Non, je ne vois pas qui c'est, répondit-il en secouant la tête.

L'agent Perry reporta son attention sur son carnet.

— Avait-elle une marque distinctive ? demanda-t-il. Une cicatrice ? Une tache de naissance ? Un tatouage ?

— Je ne crois pas, répondit Chess.

Il fixa de nouveau le mur, puis fronça les sourcils.

— Maintenant que vous en parlez, oui, elle avait une tache de naissance sur la gorge, près du col de son chemisier, reprit-il. Du côté gauche.

Cela rappela très vaguement quelque chose à Rylan. Ce n'était pas une excuse, mais il s'était retrouvé posté à San Antonio après une mission à Kandahar au cours de laquelle il avait très peu dormi pendant plusieurs semaines.

Il y avait eu une période de sa vie pendant laquelle il n'aurait pas été surpris d'apprendre qu'il avait conçu un enfant pendant un week-end de beuverie. Il n'en aurait pas été fier, mais cela ne l'aurait pas étonné.

La honte le submergea. Il avait vraiment perdu le contrôle de sa vie pendant un temps. Maintenant qu'il avait l'esprit clair, il voyait bien qu'il s'était servi de l'alcool pour gérer le chagrin d'avoir perdu sa mère dès le lycée. Il avait travaillé dur et il avait employé encore plus d'énergie à s'enivrer jusqu'au jour où il avait été si soûl qu'il avait mis le feu au champ des Willow. Il avait bien failli en mourir. Cela lui avait servi d'avertissement. Après cela, il s'était rendu compte qu'il devait gérer ses émotions refoulées d'une manière plus saine. Il avait voulu devenir un homme meilleur – d'autant plus que Will avait été forcé de mentir pour le protéger.

Devenir sobre n'avait pas été facile. Apprendre à s'ouvrir et à parler aux autres au lieu de tout garder au fond de soi non plus.

Cela lui avait été d'autant plus dur que l'armée, si elle l'avait cadré, n'était pas un milieu dans lequel on étalait ses sentiments. Mais il avait fini par comprendre qu'on était plus adulte et responsable quand on reconnaissait ses erreurs et ses faiblesses. Se regarder une bonne fois dans le miroir avait été la chose la plus difficile de sa vie.

Il savait qu'il devait réparer les erreurs qu'il avait commises à Jacobstown s'il voulait avoir une chance de se délivrer de sa culpabilité et de sa honte. Il devait présenter ses excuses à la famille Willow et à Will Kent. Il devait aussi rembourser les Willow. Mais comment pouvait-il s'acquitter de la dette qu'il avait envers Will ? Comment être quitte envers un homme qui s'était accusé à votre place ?

M. et Mme Kent avaient aidé les Willow à se relever de ce désastre. Rylan ne pouvait plus leur présenter ses excuses, mais il avait une dette immense envers leur famille. Il pouvait faire au moins une chose pour honorer leur mémoire : s'assurer qu'Amber ne se retrouve pas mêlée à sa vie.

11

Amber regardait l'homme qui avait confié Brooklyn à Rylan. Entendre parler de la femme avec laquelle Rylan avait eu une aventure n'aurait pas dû l'ébranler. Alors pourquoi était-ce le cas ?

Un baiser, aussi passionné fût-il, ne faisait pas une relation. De plus, s'engager dans une relation avec Rylan aurait été une erreur – ce qu'il semblait comprendre aussi bien qu'elle.

Elle berça Brooklyn en se répétant qu'elle n'avait aucun droit sur Rylan. Ils étaient amis et il lui avait demandé de l'aide, pas une relation. Étaient-ils attirés l'un par l'autre ? Il aurait été absurde de le nier. Plus jeunes, ils plaisantaient et riaient facilement quand ils se voyaient, et elle avait toujours ressenti une petite étincelle en sa présence. Cette étincelle s'était transformée en un incendie ravageur.

Elle était vraiment stupide.

Le fait que Rylan ait un enfant à présent – et elle était certaine qu'il s'en occuperait bien – ne changeait pas sa nature. Il serait toujours sur le départ. Cette évidence n'aurait pas dû lui faire l'effet d'un coup de poignard dans le cœur.

Elle s'écarta un peu de lui en espérant prendre ainsi une distance émotionnelle et elle scruta le visage de l'homme que l'agent Perry interrogeait. Il était étrange qu'il ne lui dise absolument rien alors qu'il vivait dans la ville voisine. Les habitants de Jacobstown avaient l'impression de tous se connaître, mais ce n'était pas tout à fait vrai. Des gens venaient s'installer dans le coin et repartaient sans se mêler à la population locale.

Zach entra dans la salle d'observation.

— Comment ça va, là-dedans ? demanda-t-il.

En réalité, ce qu'il voulait savoir, c'était si Rylan se souvenait de quelque chose.

— Pas aussi bien que je le voudrais, répondit Rylan.

— Le médecin légiste va nous envoyer des photos de la victime, au cas où notre homme pourrait l'identifier, dit Zach avec une gravité de pasteur.

Amber regarda Brooklyn, et son cœur se serra. Il était logique que sa mère l'ait confiée à quelqu'un si elle craignait que quelque chose ne lui arrive. Cette femme avait-elle vu la mort venir ? Était-ce pour cela qu'elle avait agi dans la précipitation pour faire remettre l'enfant à Rylan ?

Il était étrange que la mère de Brooklyn soit liée à l'Amputeur de Jacobstown. Mais l'était-elle ? Amber se pencha vers Rylan et lui demanda :

— Quelles sont les chances pour que la mère de Brooklyn soit liée à l'Amputeur de Jacobstown, à ton avis ?

— L'idée m'est venue, répondit-il en croisant ses bras sur son large torse. Mais elle pourrait aussi être une victime innocente qui a croisé son chemin par hasard.

Amber serra Brooklyn un peu plus fort. Elle n'arrivait pas à imaginer ce que c'était que de grandir sans une mère. Il était très difficile de la perdre quand on était adulte, alors enfant… Elle se réjouit d'avoir eu des années à partager avec la sienne.

D'un autre côté, cette femme n'était peut-être pas la mère idéale. Il était évident qu'elle s'était attiré des ennuis. Mais elle avait fait de son mieux pour assurer la sécurité de sa fille.

Qu'avait-il bien pu lui arriver pour qu'elle soit obligée de cacher sa fille ? Comment s'était-elle retrouvée à Jacobstown en tongs et sans manteau en plein mois de janvier ?

Et comment avait-elle pu confier son enfant à un inconnu

avec tous les risques que cela comportait ? Une seule chose était certaine : c'était un acte de désespoir.

Amber prit brusquement conscience qu'elle s'était perdue dans ses pensées et reporta son attention sur l'interrogatoire, qui se poursuivait dans la pièce voisine.

— Avez-vous demandé son nom à cette femme ? demanda l'agent Perry.

— Non. Je n'y ai pas pensé sur le coup.

— Une femme vous jette quasiment son bébé dans les bras et ça ne vous rend pas curieux ? insista Perry en haussant un sourcil.

— Ça ne s'est pas passé comme ça. Elle m'a supplié de prendre son bébé. Elle a dit qu'elle avait besoin d'aide. Alors je lui ai dit d'entrer dans la station et de demander à l'employé d'appeler le shérif, mais…

Il parlait de plus en plus vite et dut s'interrompre pour reprendre son souffle.

— Elle a dit qu'elle ne pouvait pas prévenir la police, reprit-il en cachant son visage dans ses mains. J'avais fini de remplir mon réservoir, à ce moment-là, et j'ai raccroché la pompe. J'ai d'abord cru qu'elle n'était pas dans son état normal, et puis j'ai compris qu'elle était juste terrifiée.

— Et comment avez-vous réagi ? demanda calmement l'agent Perry.

Amber se savait trop émotive pour travailler dans les forces de l'ordre. L'idée qu'un homme refuse d'aider une femme terrifiée l'aurait mise hors d'elle. Elle n'aurait jamais été capable d'être aussi diplomate que l'agent Perry. C'était l'une des nombreuses raisons pour lesquelles elle travaillait dans un ranch au lieu de porter un badge.

— Je me suis dit que c'était peut-être une femme battue et j'ai cherché des signes, répondit Chess.

— En avez-vous vu ? demanda Perry.

— Non, j'ai juste vu la marque de naissance. Mais elle pouvait avoir des bleus cachés sous ses vêtements. Elle m'a donné une adresse et m'a dit d'y emmener le bébé le plus vite possible. Elle m'a aussi dit de m'assurer que je n'étais pas suivi.

— Qu'avez-vous répondu ?

— Que je ne pouvais pas l'aider. Qu'elle devait appeler la police.

Chess jeta un regard méfiant à l'agent Perry et ajouta :

— J'ai un cousin qui s'est fait tirer dessus en essayant d'aider une amie qui était battue par son fiancé, ajouta-t-il. Je ne me mêle pas des affaires des autres.

Les violences domestiques étaient un problème grave. Zach avait souvent dit à Amber que c'étaient les missions les plus dangereuses des policiers avec les contrôles de véhicules.

Mais quand même… Tous les frères d'Amber aideraient une personne en danger sans hésiter. D'après l'expression de Rylan, c'était aussi son cas. Il n'était peut-être pas capable de tenir en place, mais il n'était pas du genre à refuser d'aider quelqu'un qui le suppliait.

— Que s'est-il passé ensuite ? demanda l'agent Perry.

— Elle a eu l'air encore plus paniquée, comme si elle s'attendait à ce que quelqu'un surgisse de derrière la pompe. Comme j'avais fini, je lui ai dit que je devais aller payer. Je lui ai proposé de m'accompagner pour appeler la police. Alors elle s'est enfuie. J'ai cru que l'incident s'arrêterait là mais, quand je suis sorti de la station, j'ai trouvé le bébé dans ma voiture.

— Comment vous êtes-vous souvenu de l'adresse ? demanda Perry.

C'était une bonne question.

— Facile : ma mère est venue dans le coin quand mes parents ont divorcé. Je lui ai rendu visite plusieurs fois. C'était la voisine de Mme Parker.

Chess parut très satisfait de sa réponse.

— Est-ce que ça pourrait être lui ? demanda Amber à Zach.

— Si la victime est la mère de Brooklyn, il est le dernier à l'avoir vue en vie, ce qui en fait notre suspect numéro un, répondit Zach. Il vient aussi d'admettre qu'il connaît les environs.

Un frisson parcourut Amber. Elle scruta le visage de Chess. Saurait-elle reconnaître instinctivement un tueur ? Et Chess admettrait-il si facilement qu'il connaissait la région s'il était l'Amputeur de Jacobstown ?

— Votre mère vit-elle toujours à la même adresse ? demanda Perry.

— Non, elle a déménagé il y a deux ans. Mon beau-père a trouvé du travail à Houston, alors ils sont partis là-bas.

— Vous arrive-t-il de revenir à Jacobstown pour voir des amis ?

— Je n'en ai pas, répondit Chess. J'allais déjeuner chez ma mère le dimanche tous les quinze jours. On ne sortait pas. Je regardais un match avec Paul – son mari – et puis je rentrais chez moi.

Le téléphone de Zach tinta.

— Ce sont les photos, annonça-t-il après avoir consulté l'écran.

Amber scruta le visage de Rylan. Même s'il n'avait pas eu de véritable relation avec la femme qui pouvait être la victime, ce ne serait pas facile. Il avait passé du temps avec elle. Ils avaient eu un enfant. Certes, Rylan ne connaissait l'existence de Brooklyn que depuis deux jours, mais un enfant liait les gens, qu'ils le veuillent ou non. Elle songea à celui qu'elle avait perdu et à son ex, Red Coker. La mort de leur enfant avait mis fin à leur relation. Chaque fois qu'elle pensait à son bébé, le chagrin l'assaillait comme si cela s'était produit la veille.

Elle refoula ses émotions et se concentra sur Zach, qui faisait apparaître une photo.

Il avait dû envoyer un texto à Perry, parce que celui-ci ordonna à Chess de rester tranquille et quitta la pièce voisine.

Chess s'agita un moment, puis il posa ses coudes sur ses genoux sans cesser de taper du pied.

Zach regarda la photo avant de la montrer à Rylan.

— Il n'y a pas de tache de naissance sur son cou, dit celui-ci. Ça ne peut pas être elle.

— Je peux voir ? demanda Amber.

Elle tendit Brooklyn à Rylan avant de s'approcher de son cousin. Même si elle savait que Brooklyn ne serait pas capable de reconnaître ce qu'elle verrait, l'instinct d'Amber lui ordonnait de protéger l'innocence de l'enfant. Il ne lui fallut qu'une seconde pour reconnaître la victime.

— Je sais qui c'est, dit-elle. C'est Breanna Griswold.

Zach grommela un juron.

— Je me souviens de cette famille, dit-il.

— Ils ont déménagé il y a quelques années, reprit-elle. Je me souviens qu'ils voulaient prendre un nouveau départ parce que Breanna avait eu trop d'ennuis ici. On a été dans la même classe, mais on ne se fréquentait pas. Elle séchait beaucoup les cours. Je crois qu'elle a redoublé sa seconde à cause de ça. Elle avait toujours l'air triste…

Un jour, Amber lui avait proposé de déjeuner avec elle, mais Breanna avait refusé.

— Elle était toujours toute seule, poursuivit-elle. Une fois, je l'ai vue avec les frères McFarland – et on sait comment ils ont tourné.

Quand elle vit Rylan se raidir, elle se souvint qu'elle l'avait entendu se disputer avec Will à propos de ces garçons, lorsqu'ils étaient au lycée. D'après le comportement de Will, il était évident qu'il n'avait pas pardonné à Rylan ce qu'il lui reprochait.

— La connaissais-tu ? demanda-t-elle à Rylan.

Il secoua la tête.

— Je ne vois vraiment pas ce qu'elle faisait dans le ranch, murmura Amber.

Brooklyn commença à s'agiter et essaya d'enfoncer tout son poing dans sa bouche.

— Elle doit avoir faim, dit Amber en ignorant le regard que Zach lui lançait.

Il pouvait la regarder autant qu'il le voulait, il ne l'empêcherait pas d'apprendre à connaître la fille de Rylan. Et Rylan avait besoin d'aide. Il avait reconnu qu'il ne savait pas s'occuper d'un bébé et il n'avait pas vraiment le temps d'apprendre. Brooklyn lui était littéralement tombée dans les bras la veille.

— On peut aller faire chauffer un biberon dans la salle de détente, suggéra-t-elle.

Rylan jeta un coup d'œil à Zach.

— À moins que vous ne vouliez que je vous laisse seuls, répondit-il.

Il avait perçu la tension qui régnait dans la pièce, mais ce n'était pas elle qui l'avait générée.

— As-tu quelque chose à me dire, Zach ? demanda-t-elle en plantant ses poings sur ses hanches.

— Non, répondit son cousin d'un air résigné.

— Alors c'est réglé, dit Amber à Rylan. Il y a un four à micro-ondes dans la salle de détente. Suis-moi.

— Tu nous tiendras au courant si Chess dit quelque chose d'important ? demanda Rylan à Zach.

— Bien sûr, répondit le shérif.

Rylan rejoignit Amber dans le couloir.

— Je ne suis pas sûr qu'elle m'aime beaucoup, dit-il alors que Brooklyn s'agitait de plus en plus.

— Tu prendras le coup, lui assura-t-elle. Ne désespère pas. Vous venez juste de vous rencontrer.

Elle regarda la petite, qui se préparait à pousser un cri retentissant, et son cœur se serra. Elle n'aspirait qu'à réconforter Brooklyn dès que celle-ci n'était pas pleinement satisfaite. Oui, elle se mettait en danger.

— Très bien. Je vais la prendre et tu prépareras le biberon, dit-elle.

— Elle t'a rencontrée après moi, lui rappela Rylan, désemparé, en lui tendant l'enfant.

Amber l'entraîna dans la salle de détente. Tout en lui expliquant comment préparer le biberon, elle berça Brooklyn et la consola du mieux qu'elle put alors que celle-ci voulait juste se remplir l'estomac.

Un quart d'heure plus tard, Brooklyn tétait joyeusement son biberon. Oui, il était dangereux de trop s'attacher, songea Amber en regardant les beaux yeux marron de la petite, qui ressemblaient beaucoup à ceux de son père.

Alors elle songea à Breanna et à sa famille, qui s'apprêtait à recevoir la pire des nouvelles. Aucun parent ne devrait vivre cela. Elle avait entendu dire que c'était une famille désunie, mais cela changeait-il quoi que ce soit ?

De son point de vue, le chagrin était le chagrin et le deuil était le deuil. Elle regretta de ne pas avoir fait plus d'efforts pour se rapprocher de Breanna quand elles étaient au lycée. Cela aurait-il changé quelque chose ? Elle voulait croire que toutes les bonnes actions comptaient. Se leurrait-elle ?

Surtout, elle n'avait pas envie de vivre dans un monde dans lequel elles ne compteraient pas.

En regardant Brooklyn, qui était l'innocence même, Amber avait plus que jamais envie de croire que chacun pouvait transformer la vie des autres. Elle était déjà prête à tout pour la petite fille qu'elle tenait dans ses bras, et c'était une pensée dangereuse.

Était-elle capable d'ouvrir son cœur une nouvelle fois ?

12

Rylan observa Amber, qui caressait les cheveux de Brooklyn endormie dans ses bras. Ellen Haiden, la secrétaire de Zach, avait tamisé les lumières de la salle de détente et Amber s'était installée sur un canapé en cuir.

— Je suis désolé pour ton amie, dit-il.

— Ce n'était pas mon amie, répondit-elle.

Il haussa un sourcil.

— Je savais qu'elle avait des problèmes chez elle, expliqua-t-elle. J'avais entendu des rumeurs. Un jour, je l'ai invitée à déjeuner avec moi, mais elle a refusé. Je n'ai pas insisté alors que je savais que j'aurais dû.

Il était évident qu'elle le regrettait.

— Quel âge avais-tu ? demanda-t-il.

— J'étais en troisième, assez grande pour savoir que j'aurais dû l'aider, répondit-elle.

— La plupart des gens ne s'intéressent qu'à eux-mêmes, à cet âge, dit-il. Le fait que tu aies remarqué qu'elle avait des problèmes prouve que tu étais très mûre.

Il s'assit sur le bras du canapé et effleura la joue d'Amber. Le reste du bâtiment bourdonnait d'activité. Mais dans cette pièce, avec Amber, l'atmosphère était intime et le temps semblait avoir ralenti son cours. Se retrouver seul avec elle réveillait des choses en lui. Il ne comprenait pas ce que cela signifiait, mais cela l'intriguait. Jamais personne n'avait autant attiré son attention. Il ne s'était jamais senti aussi proche de qui que ce soit et il n'avait jamais autant eu envie de caresser une femme.

Voilà pourquoi il devait écraser la pédale de frein.

Amber était une amie – sans doute sa seule amie. Il ne devait pas gâcher cela. Tant qu'il serait à Jacobstown – et il envisageait de s'installer quelque part pour la première fois de sa vie –, il aurait besoin de cette amie.

Il eut envie de l'expliquer à Amber, mais il réprima cette tentation. Il n'avait besoin de personne. En revanche, il appréciait son aide. Et il ne répondrait pas à sa gentillesse en couchant avec elle, même si elle semblait en avoir envie et si son propre corps essayait de le convaincre que cela ne les mènerait pas au désastre.

De plus, Will le haïssait assez comme cela. Il ne voulait pas faire davantage de mal à son ancien meilleur ami.

Quand Rylan avait appelé Amber, il pensait lui demander un service qui lui prendrait quelques heures. Il ne l'aurait certainement pas appelée s'il avait su dans quoi il l'embarquait.

— Es-tu sûre de vouloir continuer ? lui demanda-t-il.

— Continuer quoi ? répondit-elle après avoir réprimé un bâillement.

— Rester avec moi. Je me rends bien compte que tu es en danger. Il y a des endroits où tu serais plus en sécurité.

— Comme le ranch ? On sait à quel point Breanna y a été en sécurité, ironisa-t-elle.

Elle marquait un point. Et cela lui rappela que personne ne savait ce que Breanna faisait sur les terres du ranch.

— Et puis tu m'as peut-être sauvé la vie, ajouta Amber.

Là, elle allait trop loin.

— Comment ça ? demanda-t-il.

— Si j'avais été au ranch, j'aurais pu être la victime. Le tueur était peut-être embusqué en attendant une occasion de frapper. Et si j'avais croisé son chemin à la place de Breanna ?

Il ne pouvait pas réfuter son argument et il apprécia qu'elle essaie d'alléger son fardeau.

— Soit, admit-il. On se connaît depuis longtemps et je

sais que tu es une femme indépendante, alors je ne voudrais pas que tu le prennes mal, mais… je ne me le pardonnerais jamais s'il t'arrivait quelque chose parce que tu m'as aidé.

Elle le fixa un long moment. Alors qu'il s'attendait à ce qu'elle proteste, elle parut réfléchir mûrement ses paroles.

— Je comprends, finit-elle par répondre.

Il n'ajouta rien pour lui laisser le temps de changer d'avis.

— Je t'assure que je te comprends, insista-t-elle. Mais j'ai décidé de vous aider, ce bébé et toi, quoi qu'il arrive. Tu as une famille, Rylan. N'est-ce pas merveilleux ?

Elle leva une main pour l'empêcher de protester.

— Je sais que les circonstances sont loin d'être idéales. Mais on retrouvera la mère de Brooklyn et on découvrira de qui elle a peur. Quoi qu'il en soit, tu as une petite fille magnifique en parfaite santé. C'est une chance que certaines personnes n'ont jamais.

Ses paroles firent l'effet d'un coup de poing dans l'estomac à Rylan. Amber, qui avait perdu un enfant, devait le trouver bien égoïste. Il ne pouvait pas nier que Brooklyn était magnifique, mais ce dans quoi sa mère les avait tous embarqués l'inquiétait vraiment. D'après le témoignage de Chess, cette femme était terrorisée.

— Nous ne savons pas à quoi nous avons affaire, rappela-t-il à Amber. Au moins, je te promets de faire tout mon possible pour te protéger.

— Je le sais et j'apprécie ta réaction, répondit-elle. Mais tu as besoin de moi. Tu ne sais pas comment t'occuper de ce petit ange.

Elle serrait tendrement Brooklyn contre son cœur, et il était évident qu'elle n'avait aucune envie d'en être séparée.

Rylan savait reconnaître une bataille perdue et il avait effectivement besoin de l'aide d'Amber. Il avait juste terriblement peur de la perdre.

Il se mit à faire les cent pas en attendant que Zach leur donne des nouvelles.

Une demi-heure plus tard, celui-ci vint les informer que Chess travaillait avec un portraitiste.

L'homme ne demandait qu'à coopérer. À leur connaissance, il était la dernière personne à avoir vu la mère de Brooklyn en vie. Rylan espéra qu'elle l'était toujours. Il était évident qu'elle était en grand danger.

Il se souvenait avoir passé une bonne partie de son temps libre avec un ancien camarade de l'armée, l'année précédente. Il décida de l'appeler. Il sortit son téléphone de sa poche, dit à Amber qu'il devait passer un coup de fil et quitta la pièce. Sans savoir pourquoi, il avait l'impression qu'il la trahirait s'il parlait du temps qu'il avait passé avec une autre femme devant elle.

Roger Hendricks répondit dès la première sonnerie.

— Rylan ! Es-tu en ville ?

— Salut, Roger. Non, je suis à Jacobstown.

— Quand j'ai appris que tu avais quitté l'armée, je me suis dit qu'il faudrait fêter ça, dit Roger.

— Une autre fois, répondit Rylan sans avoir la moindre intention de le faire. Je t'appelle parce que j'ai besoin d'un coup de main.

— Tout ce que tu voudras, comme tu le sais.

Ils avaient été entraînés ensemble avant d'être expédiés dans des endroits différents du monde. Ils étaient restés en contact. Rylan s'était efforcé d'entrer dans les corps d'élite et Roger avait rempli son engagement avant de « foutre le camp de là », comme il le disait lui-même. Il disait aussi qu'il ne voulait plus voir de sable que sur des plages américaines. Rylan pouvait le comprendre. Les endroits comme Kandahar n'étaient pas faits pour tout le monde.

— Je cherche une femme, commença Rylan.

— Tu me prends pour un site de rencontres ? plaisanta Roger.

— C'est drôle. Il s'agit d'une femme qu'on a vue l'an dernier. Une amie de Sandy.

Sandy était la petite amie de Roger.

— Ah, Sandy ! On a passé du bon temps ensemble… Mais on s'est séparés il y a plusieurs mois, répondit Roger.

— Quel est le nom de famille de Sandy ? demanda Rylan. Je peux peut-être la retrouver grâce aux réseaux sociaux, et la femme que je cherche aussi. C'est important. Je crois qu'elle a des ennuis et j'aimerais l'aider.

— Les réseaux sociaux devraient marcher, répondit Roger. Sandy s'appelle Bonds.

— Merci. Je te revaudrai ça, répondit Rylan avant de raccrocher.

Il n'avait pas envie de parler du bébé à son ancien camarade. Pas tout de suite, du moins. Il n'avait pas encore pleinement intégré le fait qu'il était le père de Brooklyn.

Il se rendit dans le bureau de Zach, qu'il trouva en train de fixer son ordinateur d'un air grave.

Rylan frappa à la porte ouverte.

— Désolé, dit Zach en sursautant. Je ne t'avais pas vu. Entre. J'ai le portrait-robot.

Il prit une feuille sur son bureau et la lui tendit.

Le visage du dessin ne lui parut que vaguement familier.

— Je ne sais pas, grommela-t-il en se creusant la tête. Ça ne me dit pas grand-chose.

— Dommage, répondit Zach.

— Je viens d'appeler un camarade que je voyais régulièrement l'an dernier, dit Rylan. Il m'a donné le nom de son ancienne petite amie, qui connaît notre femme mystérieuse. Je pense qu'on a une chance de l'identifier grâce aux réseaux sociaux. Aurais-tu une tablette à me prêter ?

— Excellente idée, répondit Zach.

Il déplaça les dossiers empilés sur son bureau et finit par déterrer une tablette, qu'il lui tendit.

— Tiens !

Rylan le remercia et emporta la tablette dans la salle de détente. Il s'assit à côté d'Amber.

— Voyons ce qu'on peut trouver là-dessus, dit-il.

— Que cherche-t-on ? demanda Amber.

Leurs épaules se frôlèrent, et la libido de Rylan se réveilla par réflexe. Il l'ignora et se promit de gérer ce problème plus tard – ce qui n'empêcha pas le souvenir de leur baiser de lui trotter dans la tête.

— J'ai le nom d'une amie de la mère de Brooklyn : Sandy Bonds, expliqua-t-il. Maintenant qu'on a le portrait-robot de la fugitive, on la retrouvera peut-être sur les réseaux sociaux.

Il posa le portrait sur sa cuisse, se rendit sur un site populaire et entra « Sandy Bonds » dans le moteur de recherche. Plusieurs visages apparurent, et il reconnut vite l'ex de Roger.

— C'est elle, dit-il. C'est Sandy Bonds.

Amber examina la page.

— Qui a plus de sept cents amis ? murmura Rylan.

Il pouvait compter ses amis proches sur les doigts d'une main et sa meilleure amie était assise à côté de lui. C'était l'une des raisons pour lesquelles il fallait qu'il arrête de penser à leur baiser et d'en vouloir un autre.

— Je ne fréquente les réseaux sociaux que pour le ranch, dit Amber. Ça nous a aidés à nous faire connaître quand on s'est mis au bio.

Rylan se souvint d'avoir lu un article qui présentait les Kent comme des pionniers dans l'industrie du bœuf. Il admirait d'autant plus le talent commercial d'Amber qu'il savait qu'elle respectait ses bêtes.

Il fit défiler des photos à la recherche d'une femme qui ressemblait au dessin. Zach les rejoignit et s'assit de l'autre côté d'Amber.

Alors le moment qu'il espérait arriva. Le visage qu'ils cherchaient apparut sur l'écran.

— Alicia Ward, dit Zach.

Rylan soupira.

— Nous avons un nom, répondit-il. Il ne me dit rien, mais nous avons un visage et un nom, au moins. Essayons de découvrir qui elle est. Clique sur son profil, Amber.

— Je m'en charge, intervint Zach avant de poser son doigt sur le portrait.

Cela ressemblait à un progrès, sauf que le mur d'Alicia Ward ne contenait presque que des photos d'animaux assorties de légendes mignonnes.

— Quelles informations les gens doivent-ils fournir pour apparaître sur ces sites ? demanda Rylan.

— Pas grand-chose et toutes les informations peuvent être bidon, répondit Amber. Ce n'est pas aussi contrôlé qu'on pourrait le croire. N'importe qui peut créer un profil, à la seule condition de ne pas poster des contenus tordus ou pornographiques.

Zach fit défiler les photos d'animaux.

— Ça ne dit rien sur elle, pas même où elle habite, grommela-t-il. Sait-on seulement si elle vit au Texas ?

— On s'est rencontrés à Austin quand j'ai été affecté à San Antonio, dit Rylan. Je n'y suis resté que quelques semaines. Je suis allé plusieurs fois à Austin, surtout pour des concerts. Ma dernière mission avait été stressante, et Roger pensait que j'avais besoin de sortir.

Il fouilla sa mémoire. Il y avait une magnifique petite fille qui portait son ADN. Comment pouvait-il ne pas se souvenir de sa mère ?

— Sandy devrait être facile à localiser, au moins, répondit Zach, qui semblait avoir retrouvé son assurance. Il y a beaucoup d'informations sur son profil. Et si Alicia est son amie…

— Oui, dit Rylan.

Il ne se souvenait que des soirées qu'il avait passées avec Roger à Austin. La plupart étaient parfaitement claires dans son esprit. Il n'y en avait qu'une qui lui échappait, et cela le contrariait profondément. Non : cela lui inspirait de la honte et de la culpabilité. Il lui semblait impossible qu'il ait perdu les pédales sans le savoir. Pourtant, la preuve dormait dans les bras d'Amber.

Il rappela Roger.

— Je suis désolé de te déranger une deuxième fois, lui dit-il. Est-ce que je peux te poser une question bizarre ?

— Bien sûr, répondit Roger.

— Est-ce que j'étais sobre les soirs où on s'est vus ?

— Tu ne t'en souviens plus ? demanda Roger, clairement surpris.

— Je sais que je n'ai pas bu de mon plein gré. Mais ce n'est pas la même chose qu'être sobre…

— Je ne t'ai rien fait boire de force, en tout cas, plaisanta Roger.

Rylan pouffa pour préserver la légèreté de la conversation, qui l'embarrassait profondément. Pourquoi une soirée lui échappait-elle ? Comment avait-il pu oublier la mère de son enfant ?

— Laisse-moi réfléchir. Ça fait un bail et tu étais vraiment un saint. Tu ne buvais jamais. Mais oui… Il y a eu une fois où je me suis posé des questions.

— Pourquoi ?

— Tu avais la voix pâteuse et… tu n'étais pas toi-même. Je t'ai demandé ce que tu avais bu et tu as répondu : « Rien. » J'ai trouvé ça bizarre, parce que tu n'avais aucune raison de me mentir.

— Tu souviens-tu si j'étais en compagnie d'une femme, ce soir-là ? l'interrogea Rylan.

Il se tourna vers Zach et demanda :

— Peux-tu lui envoyer la photo ?

Zach acquiesça. Rylan lui donna le numéro de Roger, et le shérif envoya la photo d'Alicia à son camarade.

— Oh oui, je me souviens d'elle ! s'écria Roger quelques secondes plus tard. Comment s'appelle-t-elle ?

— Alicia Ward, répondit Rylan.

— On n'oublie pas une fille aussi jolie qu'elle – surtout quand elle se jette sur son ami, dit Roger. J'aurais été jaloux si je n'avais pas été avec Sandy. Elle était super sexy et elle ne s'intéressait qu'à toi. Vous n'êtes pas restés en contact ?

— Non. Et je ne me souviens quasiment pas d'elle, ce qui me perturbe parce que j'avais arrêté de boire.

— Si une femme aussi belle se jetait sur moi, je m'en souviendrais, commenta Roger.

Amber laissa échapper un grognement. Zach lui jeta un regard interrogateur, mais il ne dit rien. L'expression d'Amber devait l'avoir dissuadé de s'exprimer.

Malgré lui, Rylan se réjouit du fait qu'Amber semblait jalouse.

— Je n'ai presque aucun souvenir de toute cette soirée, pour être honnête, dit-il à Roger. Est-ce que j'ai fait quelque chose d'embarrassant ?

— J'étais occupé de mon côté et ça remonte à loin…, répondit Roger. Mais je ne crois pas.

Rylan estima qu'il était encore trop tôt pour éprouver du soulagement et ils étaient encore loin d'avoir des réponses, mais Roger l'aurait su s'il avait perdu les pédales. Du coup, il ne comprenait toujours pas pourquoi il avait oublié Alicia. Il ne se souvenait que d'avoir bu du café, cette nuit-là.

— Merci, dit-il. Peux-tu me rappeler si quelque chose te revient ?

Cela valait la peine de le demander, même s'il avait peu d'espoir. Un an, c'était long – surtout pour se souvenir de ce qui était arrivé à quelqu'un d'autre.

— C'est promis.

Rylan le remercia et raccrocha.

— Je vais demander à ma secrétaire de chercher l'acte de naissance de Brooklyn, dit Zach. Maintenant que nous connaissons ses deux noms de famille possibles, ça ne devrait pas être trop difficile.

— Je me demande pourquoi les policiers qui ont essayé de nous arrêter sont restés si longtemps dans leur voiture avant d'en sortir et pourquoi ils n'ont pas tiré quand on s'est enfuis, dit Rylan, réfléchissant à voix haute.

Les pièces du puzzle ne s'assemblaient pas dans son esprit.

— Ils ont dû faire des recherches sur votre voiture, répondit Zach. Ils voulaient sûrement savoir qui était impliqué et évaluer votre dangerosité pour la prochaine fois.

— Parce qu'il y aura une prochaine fois ? demanda Amber, qui n'avait rien dit depuis plusieurs minutes.

— Il est évident que quelqu'un veut Brooklyn, répondit Zach en se grattant le menton. À mon avis, la mère s'est attiré de gros ennuis ou a décidé de vendre le bébé à un réseau d'adoptions illégales. Il y circule beaucoup d'argent. Il est possible que l'enfant ait été promis à un couple et que la mère ait changé d'avis au dernier moment. Ou bien elle n'a jamais voulu abandonner sa fille, mais elle a cru qu'elle n'avait pas le choix. Dans tous les cas, j'imagine qu'elle a paniqué à la dernière minute et s'est enfuie. Des gens sont à sa poursuite. Les réseaux d'adoptions illégales sont sans scrupule et ils ont l'habitude de prendre ce qu'ils veulent. Je vais charger l'un de mes hommes d'interroger Sandy Bonds. Je vous préviens qu'on n'en saura peut-être pas plus avant plusieurs jours. J'ai besoin de temps pour enquêter et j'ai besoin de vous savoir en sécurité, tous les trois, pendant que j'enquête. Vous pouvez vous installer chez moi, si vous voulez.

Brooklyn commença à s'agiter. D'après ce que Rylan avait compris à ce stade, elle avait faim et besoin d'une couche propre.

— Je te remercie, mais on trouvera un endroit sûr, répondit-il à Zach.

— Comment a-t-on pu abandonner un bébé aussi adorable ? murmura Amber en posant Brooklyn sur le canapé pour changer sa couche. Même si elle avait des ennuis, comment sa mère a-t-elle pu la confier à un inconnu et s'enfuir ? Elle ne pouvait pas être sûre que Chess irait chez toi. Il aurait pu faire n'importe quoi de cette petite fille.

Rylan ne répondit rien. Concevoir un enfant sans s'en souvenir ne faisait pas de lui un excellent exemple.

La culpabilité l'envahit une fois de plus. Comment cela avait-il pu se produire ? Il avait déjà passé des soirées avec de belles femmes et il n'avait jamais perdu le contrôle de lui-même. L'envie de boire n'avait pas disparu, mais il lui était de plus en plus facile de rester sobre, les années passant. Il ne se souvenait même plus de la dernière fois où il avait dû résister à la tentation.

— Si vous voulez bien m'excuser, le travail m'attend, dit Zach en se levant. Je vous préviendrai dès que j'aurai du nouveau.

Il tendit sa main à Rylan, qui la serra.

— Je sais que je te l'ai déjà dit, mais sois le bienvenu à Jacobstown, ajouta-t-il.

13

— Le bureau d'un shérif n'est pas un endroit pour un bébé, dit Amber.

Elle avait changé Brooklyn et lui avait donné un biberon, mais la petite ne voulait pas se rendormir malgré tous leurs efforts pour la calmer.

— Elle doit ressentir notre stress, ajouta-t-elle. Et il y a bien trop d'activité dans ce bâtiment pour qu'elle trouve le sommeil.

— Les bébés en sont capables ? s'étonna Rylan, qui faisait les cent pas dans la salle de détente en berçant sa fille depuis un quart d'heure.

Voir un homme si fort se montrer aussi tendre avec un bébé fragilisait la muraille qu'Amber avait dressée autour de son cœur.

— De sentir le stress des gens ? demanda-t-elle. Oui. Je l'ai souvent constaté avec mes nièces et mes neveux. Si ce n'est pas ça, elle a peut-être de la fièvre.

Rylan s'arrêta devant elle pour lui permettre de toucher le front de Brooklyn.

— Alors ? A-t-elle de la fièvre ?

— Non, répondit Amber. Je ne veux pas qu'elle soit malade, bien sûr, mais ça expliquerait pourquoi elle est aussi agitée.

Rylan recommença à faire les cent pas.

— Son univers a complètement changé, et tout ce qu'elle

a connu pendant trois mois a disparu, dit-il. Sa mère lui manque peut-être.

C'était possible.

— Je n'arrive pas à imaginer des circonstances dans lesquelles je serais prête à abandonner mon enfant, murmura-t-elle en se sentant rougir.

— Je ne me souviens absolument pas de sa mère, dit Rylan. Ça fait de moi un salaud, n'est-ce pas ? Comment peut-on concevoir un enfant sans s'en rendre compte ?

— C'est bizarre, tu ne trouves pas ? répondit-elle. Tu ne te rappelles pas avoir bu, et je te crois. Tu n'as que des souvenirs très vagues de cette soirée – la seule que tu aies oubliée. As-tu envisagé la possibilité que cette femme ait mis quelque chose dans… ton soda, ton thé ou ce que tu buvais ce soir-là ?

— Mon café.

— À une soirée ?

Amber n'était pas très portée sur l'alcool, qui lui donnait des migraines, et elle adorait le café, mais il ne lui arrivait jamais d'en boire le soir.

— C'était l'hiver, expliqua-t-il. Il faisait froid et je n'aime pas beaucoup les sodas.

La précision de sa réponse amusa Amber et acheva de la convaincre. Elle était tout à fait certaine qu'il n'avait pas bu d'alcool, ce soir-là, même si tout semblait prouver le contraire.

— Je venais juste de rentrer de mission, ajouta-t-il. J'ai appelé Roger dès ma première permission. Je n'aspirais qu'à sortir de la base et à passer une soirée sans voir de bottes de combat.

Venait-il de lui confier quelque chose d'intime ? Lorsqu'ils étaient adolescents, il sortait toujours une plaisanterie ou changeait de sujet quand une discussion devenait trop personnelle. Amber fut émue qu'il s'ouvre à elle. Elle voyait bien que beaucoup de choses le préoccupaient, et il ne devait pas lui arriver souvent de se confier à quelqu'un.

— S'est-il passé quelque chose quand tu étais en mission ? demanda-t-elle.

Était-ce pour cette raison qu'il semblait douter de lui-même ?

— Il s'est passé beaucoup de choses quand j'étais sur le terrain et je n'ai le droit de te parler de presque rien, répondit-il. Mon pire souvenir, c'est le jour où une grand-mère a attaché une bombe à son petit-fils et l'a envoyé vers nous.

Il s'arrêta, le regard perdu dans le vide. Brooklyn s'agita encore plus, et il se remit aussitôt à marcher.

— Ça a dû être horrible, murmura Amber, qui n'arrivait pas à imaginer qu'un parent ou un grand-parent puisse faire une chose pareille.

— L'enfant n'est pas arrivé jusqu'à notre groupe, dit Rylan. Aucun d'entre nous n'a été blessé L'enfant a été sacrifié pour rien. Bien sûr, je n'aurais pas voulu qu'on meure, mes camarades et moi…

— Je comprends, le coupa-t-elle. Cet enfant était jeune et innocent. S'il devait mourir, tu aurais préféré que sa mort ait un sens.

Il s'arrêta, et ils se regardèrent un long moment. Ce fut comme si le temps s'était figé. Amber avait bien conscience que c'était dangereux. Elle avait un faible pour Rylan depuis le lycée, et ses sentiments n'avaient fait que s'intensifier depuis deux jours. Elle ne pouvait pas les laisser évoluer de la sorte parce qu'elle éprouvait aussi de la compassion pour lui.

Elle baissa les yeux, s'éclaircit la voix et concentra ses pensées sur Brooklyn.

— Elle a peut-être juste besoin de sortir d'ici, dit-elle. Et tu dois avoir mal aux bras après l'avoir autant bercée. Veux-tu que je prenne la relève ?

Elle garda les yeux baissés parce qu'elle se sentait trop vulnérable pour soutenir son regard.

— Non, ça ira. Il faut bien que je prenne l'habitude, de toute manière, puisque je me retrouverai seul avec elle un jour ou l'autre. J'apprécie ton aide, mais je dois apprendre à m'occuper de ma fille.

— Tu veux entendre un scoop ?

Il hocha la tête.

— Tu seras un père formidable, Rylan. Ça ne fait aucun doute.

— J'en doute, mais j'ai l'intention de faire de mon mieux, répondit-il. Si j'échoue, ce ne sera pas faute d'avoir essayé.

Il tapota le dos de Brooklyn, qui se mit à pleurer pour de bon.

— Et si tu essayais de t'asseoir avec elle ? suggéra Amber avant de jeter un coup d'œil à la pendule. D'ailleurs, il est temps de lui donner un autre biberon. Elle s'endormira peut-être quand elle aura le ventre plein.

Il se faisait tard. Ils étaient dans le bureau du shérif depuis plus de douze heures. Ils savaient l'un et l'autre qu'ils devraient partir à un moment. Ils ne pouvaient pas passer la nuit là. Brooklyn avait besoin de plus de confort, et ils étaient eux-mêmes épuisés.

Amber prépara un biberon – ce qui tombait bien parce qu'elle avait besoin de s'occuper les mains pour canaliser sa nervosité.

Rylan s'assit sur le canapé et donna le biberon à Brooklyn. Celle-ci se calma aussitôt. Il esquissa un sourire satisfait qui émut Amber malgré tous ses efforts pour contrôler ses sentiments.

— Ce sera plus facile de la déplacer quand elle dormira, dit Rylan. On aura quelques heures devant nous pour trouver un endroit sûr où s'installer avant qu'elle n'ait besoin d'autre chose.

— Où irons-nous et comment ? demanda-t-elle.

Zach entra dans la pièce au même instant.

— Ma secrétaire a trouvé l'acte de naissance, annonça-t-il. Il a été établi au nom de Brooklyn Ward, et l'accouchement a eu lieu dans un hôpital de San Marcos. Sa mère a déclaré qu'elle était femme au foyer et que la petite était de père inconnu.

— Ce qui n'est pas très surprenant dans ces circonstances, commenta Rylan.

— L'hôpital dans lequel Alicia Ward a accouché a la réputation de couvrir des adoptions illégales, même si rien n'a encore été prouvé, poursuivit Zach. On dirait que mon intuition était juste.

— Le bébé peut-il être adopté sans l'accord du père ? demanda Rylan.

Amber n'avait pas beaucoup de connaissances juridiques, mais la question lui parut raisonnable.

— Tant que le père n'est pas identifié sur l'acte de naissance, la mère peut faire tout ce qu'elle veut, répondit Zach.

Rylan se sentait oppressé.

— Peut-on savoir si un processus d'adoption a été entamé ?

— Une chose est sûre : on ne pourra plus te prendre Brooklyn dès que ta paternité aura été officiellement établie, lui assura Zach. Pourquoi ai-je l'impression que vous étiez sur le point de partir ?

— Ces bureaux ne conviennent pas à un bébé, répondit Amber. Brooklyn a besoin d'un bain, de vêtements propres et de calme.

— Comptez-vous l'emmener au ranch, alors ? demanda Zach.

— Ce n'est sans doute pas une bonne idée, répondit Amber. Le ranch sera au centre de l'attention générale dès que la nouvelle du meurtre de Breanna circulera. Ton bureau sera envahi aussi. Comment pourrions-nous protéger cette petite fille s'il y a du monde de tous les côtés ? Tu sais aussi bien que moi que la ville est en émoi depuis que l'Amputeur sévit. Puisque tout le monde craignait ce qui vient de se produire, on peut s'attendre à beaucoup d'agitation, ces prochains jours.

— On a déjà commencé à recevoir des appels de citoyens inquiets, dit Zach. La nouvelle va se répandre comme une traînée de poudre.

— Où pourrions-nous aller ? murmura Amber, réfléchissant à voix haute.

— Je connais un endroit où on devrait être en sécurité, annonça Rylan avec une assurance qu'elle aurait aimé partager. Et il vaudrait peut-être mieux qu'on ne dise à personne où on va.

Amber avait l'impression qu'il n'y avait pas de bonne solution. Si la police savait où ils étaient, il pouvait y avoir une fuite ; si elle ne le savait pas, ils ne pourraient pas compter sur le soutien d'une patrouille.

L'agent Perry apparut à la porte.

— Un couple qui veut vous parler, shérif, dit-il. Il y a un avocat avec eux.

— Est-ce que ça peut attendre ? demanda Zach. Je suis occupé.

— Ces gens disent qu'ils sont les parents de Brooklyn Ward, répondit Perry.

— C'est impossible ! s'écria Amber en bondissant sur ses pieds. Zach…

— Je sais, intervint Zach d'un ton rassurant. Laissez-moi deux minutes pour les faire entrer dans la salle d'interrogatoire. J'enverrai quelqu'un vous chercher. Attendez ici.

Amber, qui avait les nerfs à vif, observa l'expression déterminée de Rylan. Elle aurait aimé avoir ne serait-ce que la moitié de sa force pour faire face à l'inconnu.

Zach quitta la pièce.

— Écoutons ce qu'ils ont à dire. Je suis sûre qu'ils se trompent, dit-elle à Rylan avec moins d'assurance qu'elle ne le voulait.

— C'est ma fille, répondit-il. Ils devront me passer sur le corps pour la prendre.

L'agent Perry revint quelques minutes plus tard et les entraîna dans la pièce où ils avaient écouté le témoignage de Chess. Brooklyn avait fini par s'endormir sur l'épaule de son père.

Après les avoir fait entrer dans la pièce d'observation, l'agent Perry entrouvrit la porte de la salle d'interrogatoire et fit un signe de tête à Zach.

— Comment vous appelez-vous ? demanda Zach, qui avait un carnet devant lui et une posture détendue.

Trois personnes lui faisaient face : un couple d'une cinquantaine d'années et un homme vêtu d'un costume bleu marine qui devait coûter très cher. Celui-ci était assis bien droit et il avait l'air autoritaire de ceux qui avaient l'habitude qu'on leur obéisse. C'était le genre d'homme qui n'avait qu'à commander un hamburger pour que tout le personnel du fast-food soit terrifié à l'idée de commettre une erreur.

L'autre homme et la femme étaient aussi très bien habillés. Il y avait visiblement beaucoup d'argent en face de Zach. Amber supposa que c'était une famille riche depuis plusieurs générations parce que leurs vêtements étaient discrets et classiques. Les nouveaux riches avaient tendance à étaler davantage leur fortune.

Les propriétaires de ranchs, même riches, étaient d'une autre espèce. Ils ne faisaient pas de chichis. Il suffisait que quelqu'un soit honnête et travailleur pour que les parents d'Amber l'invitent à dîner. Tous les employés étaient conviés aux légendaires dîners du dimanche de sa mère, qui lui manquaient terriblement.

C'était sans doute pour cela qu'elle n'était pas sensible aux charmes des hommes sophistiqués. Si Rylan et elle ne s'étaient pas connus depuis si longtemps, il aurait été exactement le genre d'homme avec lequel elle aurait voulu sortir. En vérité, elle n'avait pas eu envie de sortir avec grand monde, ces dernières années. À sa décharge, elle travaillait quatorze heures par jour, ce qui ne lui laissait pas beaucoup de temps pour une vie sociale. Elle avait réussi à se convaincre que cela lui convenait, même si une part d'elle avait le sentiment qu'il lui manquait quelque chose.

C'était sans doute parce que presque tout le monde trouvait le bonheur autour d'elle. Amy était amoureuse d'Isaac, Zach venait de renouer avec le grand amour de sa vie…

— Mes clients s'appellent Veronica et Cornell Robinson,

dit l'homme au costume bleu. Ils ont été informés que leur fille adoptive se trouvait dans votre bureau.

L'homme, qui était visiblement un avocat, tira un dossier de sa sacoche en cuir noir, le posa sur la table et le poussa vers Zach du bout des doigts. Ce dernier n'y accorda aucune attention, ce qui parut agacer l'avocat,

— D'où M. et Mme Robinson tiennent-ils cette information ?

Amber avait déjà vu son cousin en action de nombreuses fois. Zach avait vraiment trouvé sa vocation. Il était doué pour dissiper les écrans de fumée et aller droit à l'essentiel. Il savait faire parler les gens. Il était fait pour être shérif.

— Ouvrez le dossier et vous le verrez par vous-même, dit l'avocat avant de croiser bras et jambes.

— Ce qui se trouve là-dedans ne tiendra pas devant un tribunal, répondit Zach.

Ce fut au tour de Mme Robinson de prendre un air indigné.

— On peut employer la manière forte, mais je vois que vous êtes un homme occupé et il n'y a aucune raison pour que nous perdions tous notre temps, dit l'avocat.

Il ne se rendait pas compte qu'il avait déjà perdu la partie. Amber avait l'impression de voir une équipe de football amateur jouer contre des professionnels.

Zach s'enfonça dans sa chaise comme s'il avait été dans un hamac aux Caraïbes. Amber regretta de ne voir que le dos de son cousin, mais elle imaginait facilement son expression, parce qu'elle l'avait vu bien des fois sur le point de remporter une victoire.

— Est-ce que ces gens te disent quelque chose ? demanda-t-elle à Rylan.

— Je ne les ai jamais vus de ma vie, répondit-il.

Il semblait faire de gros efforts pour rester parfaitement impassible, et elle apprécia qu'il ait pris au sérieux le fait que les bébés ressentaient les émotions des personnes qui les entouraient.

— C'est étrange, murmura-t-elle. Les gens qui se trouvaient dans la voiture qui nous a arrêtés auraient pu prendre

Brooklyn s'ils l'avaient voulu. Ils nous ont laissés partir. Je t'accorde que tu as conduit comme un pilote de rallye, mais ils nous ont quand même laissés partir.

— J'ai pensé qu'ils nous observaient pour préparer une attaque plus musclée, mais je ne m'attendais vraiment pas à ça, reconnut Rylan. Maintenant, je pense qu'ils n'ont pas couru le risque de blesser Brooklyn parce que ces gens la veulent en un seul morceau.

— Mes clients exigent de ramener leur fille chez eux, dit l'avocat. Si vous ouvrez ce dossier, vous verrez qu'ils sont dans leur droit et que tous les malentendus peuvent être dissipés.

Mme Robinson portait son tailleur et ses perles à la perfection. Ses cheveux, coupés au carré, mettaient son visage ovale en valeur. Elle était assez maquillée pour que cela dissimule toute imperfection de sa peau. C'était presque trop parfait. Amber l'observa plus attentivement. Elle était vraiment très maquillée. Cachait-elle quelque chose ? Était-elle malade ? Son mari la battait-il ?

Le couple semblait pouvoir adopter un enfant sans la moindre difficulté. L'argent n'était visiblement pas un problème. S'ils s'étaient adressés à un réseau d'adoptions illégales, ils devaient avoir quelque chose de louche. Amber était du même avis que Rylan. Ces gens devraient aussi lui passer sur le corps pour prendre Brooklyn.

Zach tendit la main à l'avocat.

— Veuillez pardonner mes mauvaises manières, lui dit-il. Je m'appelle Zach McWilliams.

L'avocat lui serra la main.

— Pourquoi êtes-vous si sûrs qu'il y a un bébé dans mon bureau ? s'enquit Zach.

— Le niez-vous ? répliqua l'avocat en soutenant son regard.

Amber leva les yeux au ciel. Répondre à la question par une autre question était bien une méthode d'avocat.

— Zach marque un point, dit Rylan. Comment peuvent-ils savoir que le bébé qu'ils cherchent est ici ?

— La mère biologique de Brooklyn Ward, Alicia Ward, a abandonné ses droits parentaux à mes clients, ajouta l'avocat.

— Désolé, je n'ai pas retenu votre nom, dit Zach en ramassant son stylo pour le noter sur son carnet.

— Teague Thompson.

Amber le trouvait bien trop détendu. Soit c'était un homme aussi important qu'il en avait l'air, soit c'était un bluffeur de génie.

Zach sortit son téléphone de sa poche, le regarda, puis dit :

— Si vous voulez bien m'excuser…

Teague Thompson pinça les lèvres avant d'acquiescer.

Mme Robinson soupira profondément.

— Vois-tu des larmes dans ses yeux ? demanda Rylan, qui l'observait.

— Non. Et ça m'étonnerait qu'il lui arrive de courir le risque d'abîmer son maquillage en pleurant, répondit Amber.

Zach sortit de la salle d'interrogatoire, ouvrit la porte de la pièce où ils se trouvaient et leur fit signe de le rejoindre dans le couloir.

L'agent Perry montait la garde devant la salle d'interrogatoire. Il se tenait dos à la porte, les bras croisés, et faisait penser à un taureau qu'il ne fallait surtout pas contrarier. Amber savait que son cousin n'embauchait que les hommes les plus déterminés et les plus loyaux. Il avait l'habitude de dire qu'il pouvait enseigner le métier à ses agents, mais pas la personnalité, ni l'éthique, ni la loyauté.

— C'est un rebondissement inattendu, dit Zach en se passant la main dans les cheveux.

— Que penses-tu du couple ? demanda Amber.

— Je pense que la femme est soit malade soit battue, répondit-il sans hésiter, confirmant l'opinion qu'elle s'était faite.

— C'est aussi mon avis, dit-elle.

Amber, qui avait déjà confiance en son instinct, estima qu'il n'y avait plus le moindre doute si Zach partageait son point de vue. Et si Mme Robinson était battue, aucune agence d'adoption officielle ne confierait un enfant au couple.

— Je peux enquêter sur eux parce qu'ils ont un lien avec la mère de Brooklyn, qui a disparu, reprit Zach. Je peux les menacer de les placer en garde à vue et les interroger autant que je veux. Mais ils ont déjà un avocat et je suis sûr que ce brave homme leur a expliqué comment répondre aux questions que je risquais de poser.

Il avait raison, songea Amber. Même si Rylan et elle avaient la loi de leur côté, un bon avocat savait altérer la vérité et trouver des failles dans le système.

— Penses-tu qu'on devrait rester ? lui demanda Rylan.

Elle avait envie de croire que la loi gagnait toujours, mais elle savait que c'était un conte de fées.

— Si vous n'êtes pas là, ils ne risquent pas de voir la petite par accident, intervint Zach. Je ne peux pas leur mentir, mais rien ne m'oblige à leur fournir des informations.

— J'aimerais vraiment entendre ce qu'ils ont à dire, répondit Amber.

— Alors restez, dit Zach. Mais sachez que la situation risque de devenir compliquée s'ils reconnaissent la petite.

Brooklyn s'étira dans les bras de Rylan. Se retrouver au milieu d'un conflit était bien la dernière chose dont elle avait besoin, songea Amber. Zach avait raison. Brooklyn dormait, pour le moment, mais elle finirait par se réveiller et par faire du bruit.

— Quelles sont les chances que leur requête soit justifiée ? s'enquit Rylan, les mâchoires crispées.

Amber sentit à quel point il lui avait été difficile de poser cette question.

14

— Je dirais qu'on a la main, mais j'ai appris à ne rien tenir pour acquis en matière de justice, répondit Zach. Comme ces gens ont l'air d'avoir beaucoup d'argent, ils peuvent aussi avoir des relations, ce qui signifie que je pourrais recevoir un coup de téléphone… Alors je me retrouverais les mains liées et j'ai horreur de ça. Par ailleurs, un bon avocat pourrait faire traîner l'affaire pendant des mois, voire des années. Et, même si on finit par obtenir justice, le couple pourrait avoir filé en Europe ou au Mexique avec Brooklyn dans l'intervalle.

Rylan l'écouta attentivement, bien que ce ne fût pas ce qu'il avait envie d'entendre.

Personne ne lui prendrait Brooklyn maintenant qu'il savait qu'elle était sa fille.

— Je voulais juste que vous compreniez bien la situation actuelle, ajouta Zach. Je vais retourner dans cette pièce et il faudra bien que j'ouvre ce dossier à un moment ou à un autre. Alors je verrai quels sont leurs arguments. Si Brooklyn est ici et qu'ils l'entendent ou la voient, il me sera plus difficile de dire que je ne sais pas où elle se trouve. Je suis sûr qu'ils ont quelque chose de louche pour être venus la réclamer comme ça, mais j'ai juré de servir la loi. Mon instinct doit passer après mon serment.

Rylan le comprenait très bien.

— Qu'as-tu l'intention de leur dire ? demanda-t-il.

— Que tous les citoyens qui se trouvent dans ma juridiction méritent ma protection, même ceux qui ne sont pas en âge de se défendre, répondit Zach. Le problème, c'est que ta paternité n'a pas encore été officiellement reconnue. Sans le soutien d'un juge, je pourrais tomber dans une faille juridique.

Il se gratta le menton.

— Ils bluffent peut-être, ajouta-t-il. Mais le fait qu'ils aient débarqué comme ça pour exiger qu'on leur remette Brooklyn m'incite à penser qu'ils ont encore des cartes dans leur manche.

Rylan acquiesça.

— J'y retourne, annonça Zach. Réfléchissez bien à tout ça, de votre côté.

Rylan le remercia et serra les poings. Les voitures qui leur avaient tendu une embuscade sur le trajet pouvaient les attendre dehors. Leurs options étaient de moins en moins nombreuses. Ils ne pouvaient pas retourner chez lui. Ils ne pouvaient pas non plus aller au ranch. Il y aurait trop de témoins, et il ne voulait rien demander de plus à la famille Kent.

Amber l'attira dans la pièce d'observation et ferma la porte derrière eux.

— Nous avons le droit d'exiger de voir notre fille, puisqu'elle est là, dit M. Robinson sur le ton autoritaire de quelqu'un qui a l'habitude de commander à la fois chez lui et sur son lieu de travail.

Rylan aurait parié qu'il possédait une affaire et n'avait aucun supérieur.

— Quel âge a votre fille ? demanda Zach.

— Trois mois et deux jours, répondit timidement Mme Robinson.

Amber avait raison : quelque chose clochait chez cette femme. L'idée qu'elle était battue par son mari semblait de plus en plus probable à Rylan. Elle semblait… brisée. Elle se tenait bien droite, mais cela avait l'air de lui coûter et il était évident qu'elle n'avait pas le réflexe de s'imposer. Son mari, en revanche, avait une posture agressive.

— Quand avez-vous vu la mère du bébé pour la dernière fois ? continua Zach, le stylo en main.

— Personne n'a jamais dit que mes clients avaient rencontré la mère, intervint l'avocat.

Mme Robinson jeta un regard inquiet à son mari, qui fixait Zach avec assurance.

L'avocat prit la main de Mme Robinson. Celle-ci baissa la tête, et ses épaules tremblèrent comme si elle sanglotait. Elle sortait le grand jeu.

— Mes clients étaient censés se faire livrer leur fille il y a trois jours, dit l'avocat. La mère biologique ne s'est pas présentée au rendez-vous. Si vous prenez la peine d'ouvrir le dossier, vous trouverez toutes ces informations dans le rapport. Comme vous pouvez le constater, mes clients sont désemparés. Ils aimeraient régler cette affaire au plus vite et rentrer chez eux.

Se faire livrer leur fille ? Régler cette affaire ? Rylan n'aimait vraiment pas ces personnes. Alicia avait-elle changé d'avis quand elle les avait rencontrées ? Il s'efforça de contrôler sa colère pour ne pas perturber Brooklyn, qui dormait toujours.

— De quels modèles sont les voitures que vous conduisez ? demanda Zach.

— Pardon ? s'écria l'avocat, que la question semblait prendre de court. Les voitures que mes clients et moi-même conduisons n'ont aucun rapport avec le problème qui nous occupe.

— C'est à moi d'en juger, répondit Zach tandis que Mme Robinson sortait un paquet de mouchoirs d'un sac de grand couturier. Et quel mal y a-t-il à me le dire ?

— Mes clients n'ont pas à répondre à cette question, insista l'avocat. Leur fille est ici…

— Comment le savez-vous, au juste ? rétorqua Zach en soutenant son regard.

Comme l'avocat ne répondait pas, Zach ouvrit le dossier et examina le premier document qu'il contenait.

— D'après ce que je vois, vos clients habitent à Fort

Worth – à Arlington Heights, plus précisément, poursuivit-il. Comment pouvez-vous savoir ce qui se passe dans ma ville si vous vivez à presque deux heures de route ?

Rylan, qui connaissait Fort Worth, savait que c'était un quartier huppé – ce qui n'était pas surprenant. Comme Zach, il aurait bien aimé comprendre comment ces gens avaient localisé Brooklyn s'ils n'étaient pas en contact avec les occupants des voitures qui avaient tenté de les arrêter.

— Très bien, répliqua l'avocat. J'espérais que nous n'aurions pas à en arriver là, mais nous voulons signaler un enlèvement.

Voilà l'une des cartes qu'il avait dans sa manche pour parer les coups de Zach, songea Rylan. Le prix du costume qu'il portait permettait de deviner qu'il était prêt à tout pour l'emporter.

— Je n'admets même pas que cette enfant se trouve dans mon comté, répliqua Zach. Néanmoins, si elle est à Jacobstown, sachez qu'elle n'en partira pas sans un test d'ADN et la décision d'un juge…

— Mes clients sont dans leur droit, riposta l'avocat, très sûr de lui. Si vous regardez le deuxième document que contient le dossier, vous verrez qu'un juge est de cet avis.

— Et j'ai le droit d'enquêter sur une disparition…

— Il s'agit d'un enlèvement…

— Je parle d'Alicia Ward, la mère biologique. Je parie que vous savez déjà qu'elle a disparu. Ce que je ne comprends toujours pas, c'est pourquoi vous croyez que le bébé se trouve dans mon comté.

Zach ferma le dossier et le poussa vers l'avocat.

Rylan se tourna vers Amber.

— Allons-nous-en, dit-il.

— Très bien, mais où allons-nous ? demanda-t-elle.

— Dans un endroit sûr, répondit-il. Je préfère ne pas t'en dire plus entre ces murs.

— Ces gens auraient pu élever ta fille, et tu ne l'aurais jamais su, dit Amber, qui se retenait d'exprimer cette pensée horrible depuis trop longtemps.

Elle ne savait pas quel genre de personne était Alicia Ward, mais elle devait avoir un peu de cœur pour avoir changé d'avis à la dernière minute.

— J'ai tellement de questions…, murmura Amber.

— Lesquelles ?

Rylan s'était assuré que personne ne s'intéressait de trop près à ce qu'ils faisaient pendant qu'elle plaçait Brooklyn dans son siège, puis il s'était mis au volant. Il était 21 heures passées. Ils étaient restés plus de treize heures dans le bureau du shérif. Amber avait mal au dos et ne supportait plus d'être assise.

— Si Alicia avait décidé de faire adopter son bébé, pourquoi avoir attendu trois mois ? demanda-t-elle. Bien sûr, je me demande aussi pourquoi elle a changé d'avis. Est-elle tombée enceinte exprès pour vendre son bébé ? A-t-elle décidé de le garder en cours de route ? Est-ce pour ça que quelqu'un l'a pourchassée et qu'elle t'a confié Brooklyn alors que tu ne savais même pas que tu étais son père ?

— Ce sont d'excellentes questions, répondit-il en sortant du parking. Je ne me souviens toujours pas d'elle ni de cette soirée.

— Et tu ne trouves pas ça bizarre ?

— J'ai commis une erreur. J'ai dû perdre les pédales…

— Et si ce n'était pas le cas ? le coupa-t-elle.

— Je ne mérite pas qu'on me cherche des excuses, répondit-il. Ça s'est déjà produit.

— Il y a des années, lui rappela-t-elle. Mais tu dis toi-même que cette soirée-là n'était pas pareille.

Il n'était pas question qu'elle le laisse culpabiliser s'il était innocent.

— Ça ne veut rien dire, grommela-t-il.

— Tu laisses la culpabilité t'aveugler, reprit-elle. Si tu as effectivement bu ce soir-là, c'est ton problème. Mais…

— Il n'y a pas de « mais » qui tienne. Ne comprends-tu

pas à quel point il est facile pour quelqu'un comme moi de glisser sur cette pente ? J'étais très stressé après ma dernière mission. J'ai pu commander une bière.

— Mais tu ne t'en souviens pas, insista-t-elle.

— Ça ne veut pas dire que je ne l'ai pas fait !

Sa frustration était aussi palpable que sa honte et sa culpabilité.

— Je crois en toi, dit-elle calmement.

— Tu as tort.

Elle attendit quelques secondes pour ne pas le brusquer, puis demanda :

— Je peux te poser une question ?

— Vas-y.

— Les autres fois où tu as perdu les pédales, comme tu dis, te souviens-tu du premier verre ?

— Oui, très bien.

— Mais pas cette fois-là, répéta-t-elle.

— Es-tu devenue procureur sans que je le sache ? s'emporta-t-il, les doigts crispés sur le volant. Je t'ai déjà dit que je ne me souvenais de rien. Es-tu satisfaite ?

— Oui, soupira-t-elle.

— Je comprends ce que tu dis, ajouta-t-il. Il est possible que cette fois ait été différente parce que je n'ai pas bu le premier verre de mon plein gré. C'est une hypothèse séduisante et je t'assure que j'aimerais y croire. Mais j'ai été alcoolique, ce qui signifie que je n'ai pas le droit de me dédouaner. Je dois être responsable de mes actes, point. Et je ne changerai pas de position tant qu'on ne m'aura pas prouvé que je n'ai pas bu ce premier verre volontairement.

Elle l'avait rarement entendu parler sur un ton aussi dur. En général, il cachait ce qu'il ressentait sous des sourires et de clins d'œil.

— Je crois en toi, Rylan, reprit-elle. Je crois que tu as changé. Je crois que tu es sobre, maintenant. Je comprends ce que tu dis et je comprends pourquoi tu tiens à ton point de vue. Il doit être très dur pour toi de penser que tu as cédé à la tentation. Je veux juste que tu admettes la possibilité que ce ne soit pas ta faute. Nous ne savons pas quelles étaient les intentions d'Alicia. Elle pouvait s'être engagée à tomber enceinte…

— Qui ferait une chose pareille ? lança Rylan.

— Nous ne savons pas dans quelle situation elle se trouvait. Attendons de voir ce que donne l'enquête de Zach. Tu sais qu'il est doué. Il découvrira la vérité.

Elle avait tellement envie de rassurer Rylan… Sa détermination à protéger sa fille incitait Amber à se sentir encore plus proche de lui. Quand elle avait annoncé sa grossesse inattendue à Red, il l'avait soutenue dans un premier temps. Mais ses véritables sentiments avaient vite fait surface. Il ne voulait pas d'enfants. Bien sûr, elle ne l'avait compris qu'après le mariage. Elle était jeune et naïve, à dix-huit ans. Était-elle amoureuse de Red ? Non. Mais elle éprouvait de la tendresse pour lui. Et elle croyait que le fait de fonder une famille leur permettrait d'apprendre à s'aimer. Et puis leur enfant était mort. Red avait fait ses bagages avant même qu'elle ne soit sortie de l'hôpital. À la réflexion, il lui avait rendu service, parce que le fait d'être une Kent l'aurait poussée à s'accrocher à cette relation. Les Kent ne baissaient pas les bras.

Elle avait reçu la demande de divorce un mois plus tard. Red était parti en Californie et il voulait déjà se remarier. Alors que cela aurait dû la faire souffrir, elle n'avait éprouvé que du soulagement. Depuis, elle n'avait laissé personne devenir trop proche d'elle.

À propos de famille, elle avait une idée : c'était au ranch qu'ils seraient le plus en sécurité, mais pas dans la maison principale. Cependant, avant de la soumettre à Rylan, elle voulait éclaircir la situation.

— Que s'est-il passé entre mon frère et toi ? demanda-t-elle.

— C'est entre ton frère et moi, répondit-il sèchement.

— Il faut que je le sache.

— Pourquoi ? À quoi ça pourrait bien te servir ?

Il serrait le volant si fort que ses articulations étaient blanches.

— J'ai changé d'avis. Je pense qu'on devrait s'installer au ranch pour quelques…

— Pas question, trancha-t-il.

— Il y a un système de sécurité au ranch, insista-t-elle. Je n'ai pas oublié ce qui est arrivé à Breanna, mais elle s'est fait tuer dehors, et tu sais aussi bien que moi que la propriété est immense.

— Je n'aime quand même pas cette idée, répondit-il.

Elle était bien décidée à ne pas lâcher l'affaire.

— On ne peut pas rouler toute la nuit. Et si les voitures de ce matin nous retombaient dessus ?

— Tu as dit toi-même que la sécurité du ranch avait des failles, répondit-il.

Il pouvait être vraiment borné quand il le voulait.

Elle réprima un bâillement.

— Il y a tout ce qu'il faut pour s'occuper d'un bébé, là-bas. Comment pouvons-nous prendre soin de Brooklyn en étant pourchassés par des criminels ?

— On trouvera une solution, répondit Rylan avant de jeter un coup d'œil dans le rétroviseur, ce qui conforta Amber dans sa certitude qu'ils étaient en danger.

— Comment ?

— Tu me sous-estimes, grommela-t-il, l'air vexé.

— Je t'ai vu en action, répliqua-t-elle. Je t'assure que je n'aurais pas le moindre doute si tu devais juste affronter ces hommes. Mais tu as deux handicaps : moi et un bébé qui a besoin d'être nourri régulièrement et manipulé avec soin. Brooklyn pourrait pleurer au mauvais moment, et je ne te serai pas d'une grande utilité si je suis en train de m'occuper d'elle. Tu sais que je suis capable de me servir d'une arme, mais on est dans une situation délicate. Même si tu es parfaitement entraîné, tu dois bien te rendre compte que tu ne peux pas faire face à toutes les éventualités. Je sais que tu es fort, à la fois physiquement et mentalement…

Cela le fit grogner ironiquement.

— Tu l'es, Rylan, insista-t-elle.

— Nous devons trouver Alicia Ward et nous ne pouvons pas faire ça depuis le ranch, dit-il.

— C'est vrai, mais on ne peut pas à la fois trouver Alicia Ward et protéger Brooklyn. Si les hommes de main des Robinson nous tombent dessus, nous risquons d'être obligés de leur donner ta fille et d'attendre qu'un tribunal prenne une décision. Tu as entendu Zach. Ça pourrait durer des mois, voire des années. L'avocat de notre famille te dirait la même chose si on l'appelait.

Comme elle sentait qu'elle progressait, elle fit une pause pour lui laisser le temps d'intégrer l'argument.

— Le ranch est l'endroit le plus sûr pour Brooklyn, finit-elle par ajouter.

— C'est un coup bas, grommela-t-il.

— Peut-être, mais je suis prête à tout pour protéger ce petit ange et je sais que tu l'es aussi. Les Robinson quitteront le bureau de Zach sans leur bébé. Qu'ils aient raison ou non, ils pensent avoir des droits sur Brooklyn. Tant que ta paternité ne sera pas officiellement prouvée, nous n'aurons pas la meilleure main. Pourrais-tu te le pardonner si on te prenait Brooklyn ? Et ce n'est pas le pire des scénarios. Pour l'instant, nous supposons que les voitures qui ont essayé de nous arrêter sont liées aux Robinson. Et si ce n'était pas le cas ? Brooklyn pourrait être vendue et disparaître pour toujours.

Elle jeta un coup d'œil à Rylan et vit que son insistance commençait à porter ses fruits.

Elle décida de se taire pour le laisser réfléchir.

Après avoir fait trois fois le tour d'un pâté de maison, il prit la direction du ranch.

— Je n'aime pas du tout l'idée de mettre ta famille en danger, dit-il.

— La mort de Breanna Griswold prouve que tu ne peux pas protéger tout le monde, répliqua-t-elle. Nous avons besoin de nous reposer et nous devons offrir un peu de calme à

Brooklyn. Je peux récupérer des provisions dans la maison sans me faire remarquer.

— Et où comptes-tu nous faire dormir pour que personne ne s'aperçoive qu'on est là ?

— Dans le dortoir.

Elle le sentit se raidir et comprit qu'il n'aimait pas l'idée de retourner à l'endroit où ils s'étaient embrassés huit ans plus tôt.

15

Ils firent le reste du trajet en silence, mais c'était le vacarme dans la tête de Rylan. Des pensées se disputaient son attention. La frustration lui nouait l'estomac. Et il ne pouvait pas s'empêcher de penser à la dernière fois qu'il avait embrassé Amber – un baiser qui avait été infiniment plus intense que celui du dortoir. Ce baiser plein de promesses avait prouvé qu'il y avait une alchimie unique entre eux. Rylan était tout à fait sûr de n'avoir jamais vécu cela avec personne d'autre. Était-ce ce que l'on ressentait quand on éprouvait plus que de l'attirance physique pour quelqu'un ?

Il se répétait inlassablement et en vain que ces pensées étaient une pente glissante. De plus, même si cela pouvait paraître absurde, maintenant qu'il était adulte, la promesse qu'il avait faite à Will quand ils avaient dix-huit ans avait toujours de la valeur à ses yeux. Leur dispute et la situation impossible dans laquelle il avait placé Will comptaient toujours. À vrai dire, tout cela comptait peut-être encore plus maintenant qu'il était adulte.

Surtout, ce n'était vraiment pas le moment de réfléchir à ce que lui inspirait la petite sœur de son ancien meilleur ami. L'idée de « petite sœur » faillit le faire éclater de rire. Amber Kent était une vraie femme, à présent. Elle avait aidé à développer l'affaire familiale dans des proportions impressionnantes alors qu'elle n'avait pas encore trente ans. C'était une femme qu'il ne fallait pas sous-estimer. Elle avait l'esprit vif, le rire facile et un cœur énorme. Même si elle s'était un peu renfermée sur elle-même, sans doute à cause de la perte de son bébé, c'était toujours la femme la plus ouverte qu'il ait jamais rencontrée. Il avait l'impression qu'il lui suffisait de plonger son regard dans le sien pour voir son âme.

Il essaya de se ressaisir. Passer en revue les qualités d'Amber ne l'aiderait pas à tempérer les désirs qu'elle lui inspirait – et qu'il devait garder sous contrôle.

Son esprit s'orienta vers d'autres inquiétudes. Un tribunal risquait-il de lui retirer la garde de sa fille ? Il ne se souvenait pas de la mère de l'enfant. Cela ne jouait pas en sa faveur. Ses habitudes de play-boy risquaient d'avoir des conséquences funestes, et ce serait Brooklyn qui en paierait les conséquences.

Mais les Robinson assumeraient-ils de passer devant un tribunal si l'adoption avait quelque chose de louche ? Et n'était-ce pas pour cette raison qu'ils avaient sorti l'artillerie lourde dès le début ? Ils étaient entrés dans le bureau du shérif comme si l'endroit leur appartenait. Teague Thompson avait joué la carte de l'assurance. M. Robinson semblait furieux. C'étaient des attitudes compréhensibles si le bébé qu'on leur avait promis avait disparu. Mme Robinson semblait perturbée. Quelque chose en elle mettait Rylan mal à l'aise. Par ailleurs, Zach avait sans doute raison de supposer que la famille avait des relations haut placées.

— Je connais un détective privé qui devrait pouvoir nous aider à enquêter sur les Robinson, dit Amber alors qu'ils approchaient du portail du ranch. Comme ça, on n'aura pas l'impression de perdre notre temps à nous reposer.

— C'est une bonne idée, répondit Rylan en s'arrêtant devant la guérite.

Isaac Vanguard mesurait plus d'un mètre quatre-vingt-dix. C'était le responsable de la sécurité du ranch. La plupart des femmes devaient le trouver séduisant, avec ses cheveux blonds coupés court et ses yeux bleus.

Isaac sortit de la guérite et se pencha tandis que Rylan baissait sa vitre.

— Amy s'inquiète pour vous, dit-il à Amber. Elle n'arrive pas à vous joindre, et il paraît que vous étiez censées organiser un déjeuner pour lever des fonds destinés à un foyer.

Amber se pencha pour répondre à Isaac, et son parfum floral enveloppa Rylan. Avait-elle toujours senti aussi bon ?

— Je suis désolée, dit-elle. J'avais complètement oublié. La batterie de mon téléphone s'est vidée, et je n'ai pas pensé à la recharger. Si tu la vois avant que je ne l'aie appelée, peux-tu lui dire que je le ferai dès que je pourrai ?

— C'est promis, répondit Isaac avant de jeter un coup d'œil à Brooklyn.

Il rentra dans la guérite sans faire de commentaire et appuya sur un bouton pour ouvrir le portail. Il y avait un autre garde, à l'intérieur, que Rylan se rappelait avoir vu la fois précédente. Les Kent avaient visiblement renforcé la sécurité, et il en fut soulagé.

— Qui est l'autre garde ? demanda-t-il à Amber.

— Il s'appelle Blaise Dillinger, répondit-elle en se massant les tempes.

— Ça va ?

Il fallait admettre que leur journée avait été stressante, entre l'embuscade du matin et l'apparition des Robinson dans le bureau de Zach.

— Oui, sauf que des idées me trottent dans la tête, répondit Amber. Et si mon cousin était forcé de participer à une enquête sur Brooklyn ? Les Robinson pourraient nous prendre par surprise en produisant un avis de recherche officiel. Mes frères ne nous dénonceraient pas, bien sûr, mais ils se retrouveraient dans une situation délicate s'ils savaient qu'on est là. Ils nous protégeraient sans hésiter, et ça pourrait leur coûter cher.

— On est là. Qu'est-ce qu'on fait, maintenant ? demanda-t-il.

Il lui semblait que les dés étaient déjà jetés.

— J'aimerais dire deux mots à Isaac, répondit Amber.

Rylan passa la marche arrière et recula jusqu'au portail.

Isaac, qui devait les avoir regardés s'éloigner, sortit de la guérite pour courir vers eux.

— Vous avez besoin de quelque chose ? demanda-t-il.

— Si quelqu'un demande qui est au ranch, tu n'as pas à répondre…, commença Amber.

— Je sais, coupa Isaac.

— Je ne te demande pas de mentir…

— J'ai juré de protéger cette famille, reprit-il. Je connais mes droits et je sais qu'il est possible que je réponde de mes actes devant un tribunal. Je ne réponds à aucune question si je n'en ai pas envie. Jamais. Sauf si je suis à la barre et que c'est un juge qui la pose. C'est à moi de décider si je suis prêt à me mettre en porte-à-faux avec le système. Au cas où vous ne le sauriez pas déjà, votre famille peut compter sur ma loyauté.

— Je le sais très bien, répondit Amber. C'est juste que je ne veux pas te placer dans une situation délicate.

— Avec tout le respect que je vous dois, c'est à moi de décider des risques que je suis prêt à courir, insista Isaac.

Rylan trouva son attitude admirable et songea qu'il aurait fait un bon soldat. Il avait les qualités qu'il fallait : l'honnêteté, la loyauté et la bravoure. Tout le reste pouvait s'apprendre.

Amber pinça les lèvres. Elle devait s'être rendu compte qu'Isaac avait parfaitement conscience de la situation.

— Merci, Isaac, finit-elle par répondre. Tu es quelqu'un de bien et tu n'imagines pas à quel point nous apprécions ce que tu fais pour nous.

Isaac lui offrit un sourire timide avant d'acquiescer.

Rylan se remit en route et contourna le bâtiment principal en direction de l'écurie. Entre les membres de la famille et les employés, il y avait assez de voitures sur le parking pour que la leur ait une bonne chance de passer inaperçue.

— Il y a des chambres dans l'écurie, si tu préfères…, commença Amber.

— Je sais, répondit-il.

Il avait travaillé avec son meilleur ami, Will, trois étés consécutifs. Mince… Il avait l'impression que tous ses bons souvenirs étaient liés à la famille Kent, une famille qui l'avait toujours traité comme s'il en faisait partie alors que son père était un bon à rien et que sa mère travaillait bien trop pour passer du temps avec lui.

— Je ne veux pas être séparé de toi, ajouta-t-il. Pas dans ces circonstances.

Amber esquissa un sourire avant de sortir un trousseau de clés de son sac.

— Je vais chercher quelques affaires dans la maison, annonça-t-elle. On se retrouve au dortoir.

L'idée de se retrouver seul avec Brooklyn faillit faire paniquer Rylan. C'était sa fille, se répéta-t-il. Il devait apprendre à être seul avec elle. Il avait séjourné dans des pays en guerre. Il avait fait face à des ennemis équipés de toutes sortes d'armes. Il avait survécu aux environnements les plus hostiles.

Il n'aurait jamais imaginé qu'une menace qui ne pesait presque rien aurait raison de lui.

Il décida de prendre le porte-bébé, dans lequel Brooklyn dormait toujours. Ce que les Kent appelaient le dortoir était en réalité un appartement aménagé au-dessus des bureaux du ranch.

Dans quelques heures, Lonnie serait réveillé et prêt à commencer sa journée. Comme il n'était pas rare que l'un des Kent passe la nuit dans cet appartement, Lonnie ne les dérangerait pas et ne chercherait même pas à savoir qui était là.

Le fait d'entrer en cachette dans le ranch dans lequel il s'était presque senti chez lui mit Rylan mal à l'aise. Cet endroit réveillait tant de souvenirs… Ils étaient presque tous bons. C'était surtout sa dernière année à Jacobstown, après la mort de sa mère, qui avait été un enfer.

Les bureaux sentaient toujours les chevaux et la paille. Si quelqu'un l'avait vu, il aurait offert un sacré spectacle avec un porte-bébé et un sac rose à l'épaule. Personne, parmi ceux qui l'avaient connu autrefois, n'aurait cru cela possible. Il n'était pas sûr de le croire lui-même.

En montant l'escalier en bois, il balaya du regard les

bureaux dans lesquels il avait passé beaucoup de temps dans son enfance.

L'appartement était petit mais confortable. Les meubles n'avaient pas été déplacés depuis sa dernière visite. Il y avait une kitchenette dans la pièce principale. Un grand écran plat était fixé à l'un des murs, en face du canapé le plus confortable sur lequel Rylan ait jamais dormi.

La kitchenette se trouvait dans un coin. Par sécurité, à cause de la proximité des bureaux et de l'écurie, elle n'était équipée que d'un évier, d'un réfrigérateur et d'un four à micro-ondes. Cela suffisait pour un bref séjour. Cet appartement n'avait pas été conçu pour être une résidence permanente. Une table rectangulaire était placée contre un mur. Il y avait une chaise à chaque bout et deux autres sur sa longueur. On pouvait y manger confortablement à deux ou à trois. On était serrés à quatre, même s'il y avait quatre chaises.

Rylan y avait dîné avec Will et des employés du ranch de nombreuses fois. Se retrouver là lui rappela tout ce qu'il avait perdu – sa mère, puis ses amis –, et sa faiblesse d'autrefois lui inspira de la colère.

Il baissa les yeux vers sa fille et n'éprouva que du chagrin à l'idée qu'elle ne rencontrerait jamais sa grand-mère. Pouvait-il dire que sa mère avait été là pour lui ? Non. Mais elle avait travaillé dur pour qu'il n'ait jamais le ventre vide et elle n'avait rien demandé en échange. À ses yeux, cette femme était une sainte. Même s'il ne l'avait pas vraiment connue, il l'aimait de tout son cœur. Sa mort l'avait fait tomber dans un gouffre. Cela lui avait coûté tout ce à quoi il tenait et l'essentiel de sa confiance en lui.

La porte s'ouvrit, et Amber entra, les bras chargés de matériel pour bébé.

— Tu as fait vite, commenta-t-il.

Il essaya d'ignorer sa joie de la revoir et à quel point elle lui avait manqué alors qu'ils n'étaient restés séparés que quelques minutes.

Il repensa au soir où ils s'étaient embrassés sur le canapé

de cette pièce, huit ans plus tôt. Ç'avait été une surprise qu'il n'oublierait jamais. Elle s'était tournée vers lui, l'avait regardé droit dans les yeux, puis elle avait pressé ses lèvres contre les siennes. Il aurait dû la repousser et il avait fini par le faire, mais seulement après un baiser torride qui lui avait fait désirer des choses qu'il devait s'interdire.

— Je savais où tout se trouvait, répondit-elle.

Il s'empressa de l'aider. Elle avait apporté un autre porte-bébé, plus petit et plus confortable que celui de la voiture. Elle le posa près du canapé.

— Quand elle se réveillera pour un nouveau biberon, ce qui ne devrait plus tarder, on la couchera dans celui-là après l'avoir changée, dit Amber. Elle y sera mieux que dans l'autre.

Rylan la regarda déplier l'objet sans pouvoir se rendre utile.

— J'ai mis deux parts des lasagnes de Joyce dans le grand sac, poursuivit-elle.

— Sa cuisine me manque, reconnut-il.

— Réchauffe-les donc pendant que j'installe les choses de ce côté, suggéra-t-elle.

Ce n'était pas le moment de se perdre dans ses souvenirs, songea Rylan. Il savait bien qu'il ne devait pas s'émerveiller de la musicalité de la voix d'Amber. Il ne devait pas non plus songer à leur baiser d'autrefois, et encore moins le comparer à ceux de toutes les autres femmes qu'il avait connues. Un seul lui avait fait davantage d'effet : celui qu'Amber lui avait demandé dans la voiture la veille.

Amber Kent était une perturbation gigantesque dans une vie qu'il trouvait déjà bien trop compliquée. Et qui pouvait changer d'une seconde à l'autre. Cela s'était déjà produit quand sa mère était morte.

Dans le ranch des Kent, il ne pouvait pas s'empêcher de repenser à son passé – y compris à la partie de son passé dont il n'était pas fier. Mais il ne le changerait pas s'il le pouvait. Les erreurs qu'il avait commises avaient contribué à faire de lui l'homme qu'il était devenu. Un homme qui assumait ses responsabilités, quoi qu'il lui en coûte. Un homme qui était prêt à aider ceux qui en avaient besoin sans un instant d'hésitation.

Ce qu'Amber lui avait dit pendant le trajet commença à prendre racine dans son esprit. Peut-être n'avait-il pas bu le premier verre de son plein gré. Il l'espérait, évidemment, parce que le contraire prouverait qu'il n'avait pas changé, malgré tous les efforts qu'il avait faits pour devenir sobre.

Brooklyn se réveilla et se mit à pleurer. Amber la prit dans ses bras pendant qu'il préparait un biberon. Ils commençaient à former une bonne équipe, et il ne voyait pas comment il aurait pu s'en sortir sans elle. La réalité le frappa comme un poing dans l'estomac. Quand cette période chaotique s'achèverait, Amber reprendrait le cours normal de son existence au ranch et lui retournerait à sa vie. Pour la première fois, il se demanda s'il avait bien fait de revenir à Jacobstown. Mais où pouvait-il aller ?

De toute manière, il n'avait pas encore vu la famille Willow. C'était une étape nécessaire pour devenir l'homme qu'il voulait être. Il devait présenter ses excuses à tous ceux à qui il avait fait du mal. Il avait gardé Will et les Willow pour la fin. Il savait que ce serait particulièrement difficile et il voulait être fort.

Amber donna son biberon à Brooklyn pendant qu'il mettait la table. Il fut interrompu par la sonnerie de son téléphone et consulta l'écran.

— Du nouveau, Zach ? demanda-t-il en décrochant.

— J'ai fait quelques recherches sur M. Robinson et…, commença Zach.

— Attends une seconde, je mets le haut-parleur, coupa Rylan.

Il alla s'asseoir sur le bras du canapé, mit le haut-parleur et plaça le téléphone entre Amber et lui.

— Amber est avec moi, expliqua-t-il. Tu disais que tu avais fait des recherches sur M. Robinson ?

— C'est ça, répondit Zach. Il se trouve qu'Alicia Ward était l'une de ses employées. Elle a démissionné il y a environ un an.

— C'est-à-dire à peu près au moment où elle est tombée enceinte, dit Amber en levant les yeux vers Rylan.

— Des plaintes pour violences domestiques et coups et blessures ont été déposées contre M. Robinson par sa femme et une dénommée Charlotte Pemberton, poursuivit Zach. Nous avons retrouvé cette dernière : c'est une escort girl qui travaille à Dallas. Toutes les plaintes ont ensuite été retirées.

Un tableau commença à se former dans l'esprit de Rylan et son estomac se noua.

— Si elles ont été retirées, ces plaintes suffisent-elles à empêcher les Robinson d'adopter un enfant de manière légale ? demanda Amber.

— Toute agence d'adoption sérieuse trouverait ça problématique, répondit Zach. Et un bon psychologue comprendrait vite la situation de la famille.

Zach s'interrompit quelques instants avant d'ajouter :

— Nous avons aussi découvert que M. Robinson finançait la campagne de réélection du juge de son comté. Ce juge a beaucoup d'influence au Texas.

Les pensées se bousculèrent dans l'esprit de Rylan. Les Robinson avaient-ils payé Alicia pour tomber enceinte parce qu'ils ne pouvaient pas avoir d'enfant ? Alicia avait-elle changé d'avis en cours de route parce qu'elle avait estimé qu'elle ne pouvait pas faire une chose pareille à sa fille ? À l'homme qu'elle avait choisi pour être le père de cet enfant ?

— Par ailleurs, nous savons qu'Alicia a une sœur qui vit à Austin, dit Zach. Elle s'appelle Adeline. Celle-ci dit qu'elles étaient proches et qu'elle n'a plus de nouvelles de sa sœur depuis six mois.

— Nous savons qu'elle était au moins en vie jusqu'à la naissance de Brooklyn, intervint Rylan. Et même plus tard, puisqu'elle correspond à la description de Chess.

— Effectivement, répondit Zach. Techniquement, je peux placer M. Robinson en garde à vue pour soixante-douze heures, mais ce serait une démarche risquée. Les Robinson sont toujours dans mon bureau. Pour l'instant, je les traite comme des victimes, pas comme des suspects. Je voulais juste que vous sachiez où on en était.

— Merci, dit Rylan.

— Est-ce que je peux te poser une question sur un autre sujet ? demanda Amber d'une voix douce, presque timide.

— Vas-y.

— C'est à propos de Breanna. Je sais que vous êtes très occupés, mais avez-vous retrouvé ses parents ?Rylan lut de la tristesse dans ses yeux.

— Non, pas encore, répondit le shérif. Mais j'ai chargé un de mes hommes de les chercher.

— J'ai entendu dire qu'ils avaient déménagé à San Antonio il y a quelques années, dit Amber.

Elle hésita quelques instants avant d'ajouter :

— J'ai aussi entendu dire que Breanna était revenue à Jacobstown et qu'elle se droguait toujours. Je sais que ça ne vous incitera pas à chercher son meurtrier plus vigoureusement, mais… Je me disais juste que vous pourriez vous intéresser à cette communauté pour savoir où elle était et qui elle fréquentait ces derniers temps.

— Je me pencherai sur cette piste, promit Zach. Merci pour l'information.

— De rien. Avez-vous toujours les mêmes suspects ?

— Reggie Barstock est toujours notre suspect principal, répondit Zach. On essaiera de trouver un lien entre Breanna et lui. Comme il n'y a pas de traces de lutte, nous pensons qu'elle connaissait son assassin.

Amber frissonna, sans doute à l'idée que quelqu'un de son entourage ait pu commettre un acte aussi horrible.

— Encore une chose, dit Zach. J'ai demandé à Perry de faire des recherches sur le cabinet de Teague Thompson. Il a déjà eu affaire à des réseaux d'adoptions illégales. Ce type est corrompu, mais il a aussi le bras long. Son oncle est sénateur et sa famille a beaucoup de relations au Texas.

— On dirait qu'on est tombés sur une sacrée toile d'araignée, grommela Rylan.

— C'est le cas, répondit Zach. Et c'est pour ça qu'on doit monter un dossier en béton afin que Brooklyn et toi restiez ensemble. Perry est en route pour Austin. Il a rendez-vous avec la sœur d'Alicia. Il se trouve qu'Alicia a laissé son ordinateur chez elle.

Zach était un excellent enquêteur, songea Rylan. Maintenant qu'il tenait une piste, ils avaient de bonnes chances de découvrir la vérité.

— Faites-vous discrets encore quelque temps, ajouta Zach. Je cuisine les Robinson, mais je n'ai pas encore les moyens de les retenir. Si Perry trouve de quoi étayer notre hypothèse, j'arrêterai M. Robinson.

— Toujours aucune nouvelle d'Alicia ? reprit Rylan.

Même si personne n'en avait parlé, tout le monde devait envisager la possibilité que M. Robinson l'ait retrouvée et tuée.

— Non, répondit Zach. On espère que son ordinateur nous fournira des pistes.

Rylan le remercia de les avoir tenus au courant et raccrocha.

— Je me souviens très vaguement de Reggie Barstock… Quel est son problème ? demanda-t-il à Amber.

— C'est le fils de Maddie, répondit-elle.

— Je me souviens d'elle. Une femme très gentille.

Mais Rylan connaissait mal cette famille et n'avait presque aucun souvenir de Reggie.

— Elle a tenu une boutique en centre-ville pendant des décennies, non ? ajouta-t-il.

— C'est bien ça, répondit Amber. Je me souviens surtout que Reggie était très solitaire, à l'école. Il ne pratiquait aucun sport et je crois qu'il n'était pas un très bon élève. Deacon a été dans sa classe, à un moment. Je me souviens qu'il a été surpris que Reggie obtienne son bac. Il avait redoublé plusieurs fois. Maddie Barstock était une sainte. Mais le père de Reggie était un bon à rien, et tout le monde a pensé que c'était pour ça qu'il avait mal tourné. Tu sais comment sont les gens, une fois qu'ils se sont fait une opinion sur quelqu'un… Sa mère, en tout cas, avait une excellente réputation. Tous ceux qui ont travaillé pour elle l'ont adorée. Elle est morte l'année dernière en déshéritant Reggie. Elle a tout légué à l'une de ses nièces, Chelsea.

Rylan haussa un sourcil.

— Celle que j'ai rencontrée ici l'autre jour ? demanda-t-il.

— Oui, c'est bien elle. C'est une femme formidable. Elle tient la pizzeria qui se trouve sur la grande place.

Il y avait de la fierté dans sa voix. Rylan savait qu'Amber avait toujours accordé beaucoup d'importance à la famille, et les Kent étaient très proches les uns des autres. Rylan l'avait vu de près et il comprenait mieux la valeur que cela avait, maintenant qu'il était adulte.

— Reggie n'a pas dû apprécier que son héritage atterrisse entre les mains de quelqu'un qu'il ne connaissait pas, commenta-t-il.

— Et Zach a d'autres raisons de le suspecter, répondit Amber. On a découvert qu'il faisait des passages discrets à Jacobstown depuis quelques années. Et comme il boite du côté gauche…

— C'est louche, si l'Amputeur de Jacobstown tranche le sabot gauche des bêtes qu'il tue. Et puisque le pied gauche de Breanna…

Amber lui jeta un regard affolé, comme si elle ne pouvait pas l'entendre finir cette phrase, même si elle savait aussi bien que lui ce qui était arrivé à Breanna.

— Il a disparu après le lycée, et tout le monde a cru qu'il était parti pour de bon, reprit-elle. Il est réapparu l'an dernier, rempli d'amertume et pas ébranlé le moins du monde par la mort de sa mère. Il ne se souciait que de son héritage. Il a essayé de forcer Chelsea à quitter la ville. Ça a été horrible… Apparemment, il avait vécu en Louisiane entre-temps et il s'y était attiré des ennuis.

— Quel genre d'ennuis ? demanda-t-il.

— De petits délits, d'après Zach. Mais tout le monde pense qu'il faut le garder à l'œil. Ce qui est sûr, c'est qu'il connaît bien Jacobstown, puisqu'il y a grandi. Il fait un bon suspect, mais Zach n'est pas pleinement convaincu, essentiellement parce que l'Amputeur semble être bien plus intelligent que ne l'est Reggie.

Quand elle soupira, il comprit à quel point ce sujet de conversation lui était pénible.

Amber baissa les yeux vers Brooklyn, qui s'était endormie après avoir fini son biberon. C'était le bon moment pour manger et inciter Amber à se reposer. Il voyait bien qu'elle prenait soin de tout le monde autour d'elle. Mais qui prenait soin d'elle ?

— Je vais la coucher, annonça Amber avec une tendresse qui émut profondément Rylan.

Subitement, il se rendit compte qu'il avait été comme mort, à l'intérieur, pendant bien trop longtemps.

— Je pense que les lasagnes sont prêtes, répondit-il.

Une odeur délicieuse flottait dans la pièce.

Amber plaça Brooklyn dans le porte-bébé et le rejoignit à table. Même épuisée et inquiète, elle était magnifique. Elle devait être affamée, parce qu'elle ne prononça pas un mot avant d'avoir mangé la moitié de sa part.

— J'ai toujours su que Joyce était une bonne cuisinière, mais c'est absolument délicieux, finit-elle par dire.

Rylan contempla son assiette vide et sourit.

— Oui. Je n'ai rien mangé d'aussi bon depuis une éternité, répondit-il.

— Quand j'aurai terminé, j'irai prendre une douche, puis il faudra que tu m'expliques pourquoi, annonça Amber.

16

Rylan fit du café. Il avait réussi à éviter le sujet de sa brouille avec Will jusque-là, mais il savait qu'il devait une explication à Amber. Elle méritait de comprendre parce qu'il avait enfin réussi à identifier l'émotion qu'il lisait dans ses yeux quand elle l'interrogeait : elle se reprochait de l'avoir embrassé, huit ans plus tôt, et pensait que c'était à cause d'elle qu'il s'était engagé dans l'armée. Elle devait aussi croire que c'était à cause d'elle qu'il s'était brouillé avec Will.

Il se doucha dans la salle de bains des bureaux pendant qu'Amber occupait celle de l'appartement. Il connaissait tellement bien le ranch qu'il lui était facile d'y circuler même s'il y avait très peu de lumière. Il savait aussi où les choses étaient rangées. Il trouva des vêtements propres qui lui allaient à peu près et se brossa les dents. Il s'était déjà réinstallé à table, devant une tasse de café, quand Amber sortit de la salle de bains.

Ses cheveux détachés cascadaient dans son dos. Elle portait un short à peine visible sous un T-shirt bien trop grand pour elle. Ses jambes longues et pâles semblaient douces comme de la soie. Il serra les poings, puis il prit sa tasse de café et se força à détourner les yeux de ses charmes. Après avoir bu une gorgée, il se leva.

— Veux-tu un café ? proposa-t-il.

— Ne bouge pas. Je me sers, répondit-elle.

Elle lui décocha un sourire qui le terrassa. Décidément,

il avait beaucoup de mal à rester objectif quand ils étaient dans la même pièce.

Elle se servit un café, le sucra, puis vient s'asseoir en face de lui.

— Tu devrais te reposer, lui dit-il.

— Ça m'étonnerait beaucoup que je réussisse à dormir, répondit-elle. Je n'arrête pas de penser à ce qui est arrivé à Breanna. Il y a tellement de choses qu'on ignore… En plus, si je suis vraiment fatiguée, ce n'est pas une tasse de café qui m'empêchera de dormir.

Elle esquissa un sourire qui parut forcé à Rylan.

— Veux-tu qu'on parle ? proposa-t-il.

Il aimait discuter avec Amber, alors qu'il était plutôt du genre silencieux.

— Quand tu t'es disputé avec mon frère et que tu es parti, j'ai cru que je ne te reverrais jamais, dit-elle d'une voix triste.

Elle rougit et baissa les yeux.

Quand elle releva la tête, il lut dans son regard un mélange de chagrin et de défaitisme qui lui brisa le cœur.

— Je suis désolé d'avoir disparu comme ça, répondit-il. J'avais pris un mauvais tournant et…

— Est-ce à cause de notre baiser ? s'enquit-elle. Parce que j'ai beaucoup pensé à ce qui s'est passé dans cet appartement, ces derniers temps, et c'était ma faute. Tu ne m'as pas embrassée, Rylan. Je me souviens très bien que c'est *moi* qui t'ai embrassé.

Elle fixa sa tasse et rougit davantage. Il ne put s'empêcher de la trouver encore plus belle.

— C'était bien plus compliqué que ça, s'empressa-t-il de répondre, navré qu'elle se soit sentie coupable pendant toutes ces années. Ma vie était devenue chaotique. C'est pour ça que je t'ai rendu ton baiser et…

Elle ne le laissa pas terminer.

— Tu n'as pas d'explication à me fournir.

— Une minute, dit-il en regrettant d'avoir formulé les choses comme il venait de le faire. Ce n'est pas ce que je voulais dire. Ce que je veux dire, c'est qu'il y a des lignes qui ne devraient pas être franchies. Embrasser la petite sœur de son meilleur ami dans le dos de celui-ci n'est pas franchement glorieux. Ma relation avec Will était déjà tendue… Je n'avais pas le droit de faire ça.

Amber se leva et ramassa les assiettes.

— Tu n'as pas non plus besoin de te défendre, murmura-t-elle.

— Ce n'est pas ce que je faisais, protesta-t-il.

Il la rejoignit dans la kitchenette, qui était à peine assez grande pour une personne.

Elle ouvrit le robinet et se mit à faire la vaisselle, dos à lui. Elle ne tournait le dos aux gens que lorsqu'elle était en colère ou trop embarrassée pour parler. Rylan s'en voulut d'avoir provoqué cette réaction.

Il avait tout gâché.

— Amber…

— Arrête, Rylan, dit-elle sans se retourner. Je ne suis pas d'humeur à me faire insulter par la personne que je suis en train d'aider. Une personne qui refuse de me dire pourquoi elle ne veut pas mettre les pieds dans le bâtiment principal. Une personne qui s'est engagée dans l'armée après s'être disputée avec mon frère et qui ne veut même pas m'expliquer pourquoi.

— Tu crois vraiment que je n'ai pas jeté un regard en arrière ?

Il était si près d'elle que son parfum floral l'étourdissait. Il était assez près pour la toucher, alors il le fit. Il posa ses mains sur ses épaules et la sentit tressaillir. Ce simple contact suffit à lui donner une érection difficile à cacher dans un pantalon de jogging.

— N'est-ce pas ce que tu as fait, Rylan ? demanda-t-elle en parlant très vite, comme toujours quand elle était stressée. N'est-ce pas ce que tu feras de nouveau quand la poussière retombera et que l'ennui te gagnera ? N'est-ce pas pour ça que tu allais à Collinsville, à l'époque ? N'est-ce pas comme ça que tu t'es attiré des ennuis ?

Il dut mobiliser toute sa volonté pour forcer ses mains à rester immobiles. Il n'aspirait qu'à la caresser et à couvrir sa nuque de baisers.

Avant qu'il ne trouve le courage de s'écarter d'elle, elle recula d'un pas et pressa son dos contre son torse.

Il devait bien admettre qu'elle lui inspirait des sentiments intenses – et que la tendresse avec laquelle elle s'occupait de sa fille rendait plus intenses encore. Mais il savait aussi que tomber amoureux d'une Kent était une grave erreur.

Il ne la méritait pas, même si elle ne le reconnaîtrait jamais.

— As-tu l'intention de me répondre ? demanda-t-elle.

— Que veux-tu que je te dise ? Veux-tu entendre que je te trouve merveilleusement belle ? Que tu m'incites à désirer des choses que je ne mérite pas ? Je ne les mériterai jamais, et il se trouve que ton frère est d'accord avec moi. Parce que je peux te dire tout ça. Et après ? Tu auras pitié de moi et…

Elle fit volte-face et le fusilla du regard, ce qu'il trouva follement sexy.

— Je n'aurai jamais pitié de toi, Rylan, déclara-t-elle. Quant à mon frère, ce n'est pas à lui de décider de ce qui est bon pour moi.

Ses seins se pressaient contre son torse à chacune de ses inspirations. Il laissa retomber ses bras pour les enrouler autour de sa taille. Il la désirait tant qu'il en avait perdu toute lucidité.

— Tout ce que je peux dire, c'est que je ressens la même chose pour toi, ajouta-t-elle.

Les larmes qui brillaient dans ses yeux n'aidèrent pas Rylan à reprendre le contrôle de lui-même.

— C'est une mauvaise idée, répondit-il.

Amber glissa ses doigts sous le T-shirt de Rylan en le regardant droit dans les yeux.

— Vraiment ? répliqua-t-elle. Parce que je ne vois pas une seule bonne raison pour qu'on se l'interdise. On est des adultes, maintenant – des adultes parfaitement capables de décider de passer une nuit merveilleuse ensemble.

Elle se hissa sur la pointe des pieds et l'embrassa. Il se raidit pendant quelques secondes, puis la serra dans ses bras.

— Je ne nierai pas que tu as grandi, Amber, murmura-t-il contre ses lèvres. Tu es intelligente, belle et forte…

Elle s'écarta un peu de lui, plongea son regard dans le sien et comprit qu'elle jouait avec le feu. Plus elle passait de temps avec Rylan, plus les sentiments qu'il lui inspirait se développaient. Elle n'avait aucun contrôle sur la situation. Ce qu'elle ressentait en sa présence ne ressemblait à rien de ce qu'elle avait déjà vécu. Leur alchimie promettait des plaisirs dont elle ignorait tout.

Il lui serait extrêmement facile de se perdre dans l'instant présent avec cet homme, de tout oublier de leur passé et de leur histoire…

Et c'était bien ce qu'elle avait l'intention de faire au moins une nuit.

Les doigts tremblants, elle souleva son T-shirt. Rylan lui vint en aide, et le T-shirt se retrouva par terre quelques secondes plus tard.

Quand elle voulut retirer le sien, il prit l'une de ses mains et la porta à ses lèvres. Il la fit frissonner de plaisir en embrassant ses doigts, puis sa paume et son poignet.

— Je te l'ai déjà dit et je te le dirai encore : tu es magnifique, Amber Kent, dit-il d'une voix rauque et terriblement sexy. Tu es encore plus belle que dans mon souvenir. Je n'aurais pas cru que c'était possible.

Il lui retira son T-shirt, qui rejoignit le sien par terre, puis il prit ses seins dans ses mains. Elle dégrafa son soutien-gorge en laissant échapper un soupir. Il avait les mains calleuses, et elle adora les sentir lui caresser la peau.

— Pourquoi as-tu disparu après m'avoir embrassée ? ne put-elle s'empêcher de demander.

Cette question la hantait depuis bien trop longtemps.

— Tu veux vraiment qu'on en parle maintenant ? répondit-il

en laissant courir ses doigts sous la ceinture de son short. Parce que j'ai autre chose à l'esprit et que ça me paraît bien mieux que de déterrer le passé. Je pense au présent, à toi et à moi. J'attends cet instant depuis très longtemps.

Comme pour étayer sa réponse, il se pencha et couvrit sa gorge de baisers. Une douce chaleur envahit Amber.

— Ça peut attendre, murmura-t-elle.

Elle voulait ce qu'ils étaient sur le point de faire. Non : elle en avait besoin – autant qu'elle avait besoin de respirer.

Elle était peut-être aveuglée par la passion, mais elle s'en moquait. Elle avait négligé ses pulsions trop longtemps. Elle fit glisser le pantalon de jogging de Rylan sur ses hanches. Quelques secondes plus tard, son short rejoignit la pile de vêtements, bientôt suivi par le boxer de Rylan et sa culotte.

Alors Rylan Anderson se tint nu devant elle dans toute sa gloire. Le clair de lune caressait son corps spectaculaire et mettait ses muscles en valeur. Un nouveau frisson la parcourut quand il l'attira contre lui et pressa son érection contre son ventre. Elle avait déjà l'impression qu'ils ne faisaient plus qu'un.

Combien de fois avait-elle fait le vœu que cela se produise quand elle était encore assez naïve pour croire aux vœux ? Ce qui clochait dans sa relation avec Red, c'était qu'il n'était pas Rylan et ne le serait jamais. Elle s'était ordonné d'oublier son béguin d'adolescence et de passer à autre chose. Elle croyait sincèrement l'avoir fait… jusque-là. À présent, elle comprenait qu'elle avait juste refoulé ses émotions assez profondément pour ne plus rien ressentir.

Elle glissa ses doigts dans les cheveux de Rylan et inspira son parfum viril. Tandis que ses seins se pressaient contre son torse, il lui caressa le dos, puis posa ses mains sur ses fesses. Une vague de désir la submergea. Tout à coup, elle ne songea plus qu'à le sentir en elle.

Avant cet instant, elle ne savait pas que deux personnes pouvaient générer une alchimie aussi intense. Même si c'était le mot « alchimie » qui lui venait à l'esprit, elle sentait bien que ce n'était pas seulement physique. Rylan était un homme extrêmement séduisant, mais le lien qui les unissait était plus profond que la simple attirance sexuelle.

Elle enroula ses jambes autour de sa taille lorsqu'il la souleva pour l'emporter dans la chambre et la déposer délicatement sur le lit.

Il fallut moins d'une minute à Rylan pour trouver un préservatif et le dérouler sur son membre érigé. Quand elle voulut l'embrasser, il la couvrit de baisers si follement qu'elle en eut un vertige. Il se plaça au-dessus d'elle, appuyé sur un coude, et fit rouler les pointes de ses seins entre ses doigts. Alors que celles-ci se tendaient par réflexe, Amber se cambra et laissa échapper un gémissement qui ressemblait à un miaulement.

Alors Rylan l'embrassa comme pour le recueillir dans sa bouche.

— Je veux te sentir en moi, balbutia-t-elle.

Elle n'eut pas besoin de l'encourager davantage.

Il glissa son érection entre ses plis en faisant bien attention à ne pas trop peser sur elle. Folle de désir, elle enroula ses jambes autour de sa taille.

Pendant quelques secondes, il la provoqua en restant immobile, mais il plongea en elle quand elle enfonça ses ongles dans ses épaules. Alors il se mit à aller et venir en l'embrassant passionnément.

Elle épousa son rythme, qui s'accrut jusqu'à ce qu'ils perdent le souffle.

Le désir les poussait de plus en plus loin, de plus en plus vite.

— Rylan, gémit-elle.

Il s'écarta pour plonger son regard dans le sien et répondit :

— Tu es extraordinaire, Amber Kent.

Elle adora l'entendre prononcer son nom d'une voix rauque. Elle crut l'entendre dire autre chose – quelque chose qui ressemblait à « je t'aime » – mais c'était sans doute son imagination qui lui jouait des tours. Alors il lui fit tout oublier en la propulsant vers l'orgasme le plus intense de sa vie.

Il continua à aller et venir en elle quelques instants, puis il se figea et la rejoignit dans la jouissance avec un grognement sourd.

Quand il s'effondra à côté d'elle, elle se tourna vers lui et se glissa au creux de son bras. Après l'avoir embrassé, elle contempla son visage. Son sourire était éblouissant, et elle ne vit pas la moindre trace d'inquiétude ni de regret dans ses yeux. C'était un spectacle addictif et dangereux.

— J'espère que tu n'es pas à bout de forces, parce qu'une fois ne me suffira pas, prévint-il.

17

Faire l'amour à Amber avait changé beaucoup de choses pour Rylan. Maintenant qu'il avait entrouvert cette porte, il espérait de tout son cœur que les sentiments qu'elle lui inspirait étaient partagés. Allongé auprès d'elle, peau contre peau, il se rendait bien compte qu'il commençait juste à percevoir leur intensité.

Amber s'était endormie et il ne voulait pas la déranger. Brooklyn réclamerait bientôt un nouveau biberon. Il s'écarta doucement d'Amber et se leva sans faire de bruit pour ne pas risquer de la réveiller. Elle avait besoin de se reposer. Si elle entendait Brooklyn pleurer, elle se précipiterait auprès de la petite avant qu'il n'ait enfilé son boxer.

Il sortit de la chambre, alla dans la kitchenette et prépara du café. De toute manière, il n'arriverait pas à dormir parce que l'idée que la mère de Brooklyn était peut-être morte lui trottait dans la tête. Sa propre mère était morte quand il était au lycée. Avec le recul, il n'éprouvait que de la gratitude : il avait quand même pu passer du temps avec elle.

Il faisait preuve d'une maîtrise de lui-même admirable en se retenant de foncer au bureau de Zach pour forcer M. Robinson à parler. Le shérif devait respecter les lois, et Rylan connaissait d'autres méthodes pour obtenir des réponses. Il était vraiment tenté d'y aller… Et si les Robinson n'étaient plus là, il pourrait toujours les traquer. Mais il n'avait plus laissé sa colère le gouverner depuis qu'elle lui avait fait prendre de mauvaises décisions au lycée. Il avait fini par comprendre que ses actes irréfléchis faisaient du mal aux gens auxquels il tenait. Cependant les situations comme celle-ci mettaient sa patience à l'épreuve. La vie d'une femme était peut-être en jeu.

Et la patience n'avait jamais été son point fort.

Il avait presque fini sa deuxième tasse de café quand Brooklyn s'étira. Il regarda sa fille et craignit un instant de perdre tous ses moyens.

Mais il éprouva une immense fierté, un quart d'heure plus tard, après l'avoir nourrie, fait roter et lui avoir changé sa couche. Comme il avait agi vite, elle ne s'était jamais tout à fait réveillée. Cela avait grandement facilité le changement de couche. Il devait une fière chandelle à Amber pour lui avoir enseigné les rudiments de cet art.

Très content de lui, il replaça Brooklyn dans le porte-bébé. Pour la première fois depuis qu'elle était tombée du ciel, il croyait qu'il serait peut-être capable de s'occuper d'elle.

Encore mieux : Amber dormait toujours. L'idée qu'il veillait sur elle lui réchauffa le cœur. Bien sûr, Amber Kent était une femme forte et indépendante. Mais il trouvait particulièrement émouvant qu'une femme de sa trempe s'autorise à se montrer vulnérable devant lui, et il était fier de prendre soin de quelqu'un qui s'occupait autant des autres.

Il repensa à M. Robinson. Le tableau qui commençait à se former dans son esprit lui donnait la nausée. Avait-il forcé Alicia, par un chantage ou des menaces, à porter un enfant pour lui ? Un homme qui avait son caractère et ses pulsions de domination pouvait certainement obliger sans aucun scrupule une employée à faire quelque chose contre son gré. S'il ne traitait pas avec respect la femme qu'il était censé aimer plus que tout, comment traitait-il les gens qu'il considérait comme des pions ?

D'autres idées trottaient dans la tête de Rylan. Pourquoi Alicia avait-elle changé d'avis ? En observant Amber avec Brooklyn, il constatait que l'instinct maternel était un moteur puissant. Alicia s'était-elle attachée au bébé pendant la grossesse ? Il avait entendu dire que les femmes enceintes produisaient beaucoup d'hormones. Elles avaient forcément une utilité, qui devait être de favoriser la survie de l'enfant.

Les informations que Zach leur avait fournies incitaient aussi Rylan à accorder plus de crédit à l'hypothèse d'Amber, même s'il était loin d'être prêt à se considérer comme une victime dans cette affaire. Néanmoins, tout les incitait à penser qu'Alicia voulait désespérément tomber enceinte. Il était possible qu'elle l'ait choisi comme géniteur pendant la soirée qu'il avait oubliée et qu'elle ait mis quelque chose dans son café.

C'était possible, mais il n'arrêterait de se suspecter d'avoir flanché que lorsqu'il en aurait la preuve.

Il sortit un calepin et un crayon d'un tiroir de la cuisine et se mit à prendre des notes.

Quand il releva la tête, un quart d'heure plus tard, Amber se tenait à la porte de la chambre et le fixait.

— Bonjour, beauté ! lui lança-t-il.

Elle lui offrit un sourire.

— Bonjour, Rylan, répondit-elle.

Elle était presque timide, et il devina pourquoi.

— Tu es très importante à mes yeux, lui dit-il. Cette nuit a changé beaucoup de choses pour moi, même si je ne comprends pas encore bien quoi.

Il crut lire de la déception dans son regard quand elle s'approcha de lui.

Il lui prit la main, l'attira sur ses genoux et l'embrassa. Il aurait aimé pouvoir lui livrer toutes ses pensées, mais il lui était difficile de s'ouvrir pleinement à qui que ce soit. Il n'était sûr que d'une chose : l'idée de perdre Amber lui faisait l'effet d'un coup de poignard dans le cœur.

Ils entendirent des pas dans l'escalier et se levèrent aussitôt. Ils s'empressèrent tous les deux de récupérer leur arme, et Amber ramassa le porte-bébé.

— Emmène-la dans la chambre, s'il te plaît, dit Rylan.

Amber savait se servir de son revolver. Elle protégerait sa fille s'il échouait.

— Sois prudent, répondit-elle.

— Ferme la porte, mais prends le temps de regarder qui l'ouvre avant de tirer, dit-il en lui décochant un clin d'œil dans l'espoir de détendre un peu l'atmosphère.

Ce fut un échec. Amber fronça les sourcils.

— Je suis coriace, ajouta-t-il pour la rassurer. Je suis même plutôt doué dans ces situations.

Amber lui sourit, mais son regard resta inquiet. Elle emporta Brooklyn dans la chambre et le regarda une dernière fois avant de fermer la porte. Il crut l'entendre murmurer qu'elle l'aimait – c'était sans doute son imagination qui lui jouait des tours.

On frappa à la porte de l'appartement.

— C'est Will. Ouvrez !

La porte de la chambre s'entrouvrit, et Amber réapparut avec Brooklyn dans les bras.

— Je vous laisse discuter entre hommes pendant que je câline ce petit ange, lui dit-elle.

Le tableau que sa fille et Amber formaient fit fondre Rylan. Il offrit un sourire à Amber, puis tourna les talons.

Ayant ouvert la porte, Rylan se trouva nez à nez avec Will.

— Comment as-tu su que j'étais là ? lui demanda-t-il .

— Où est ma sœur ? répondit Will. Est-elle en sécurité ?

Son inquiétude émut Rylan, mais il n'y avait rien d'étonnant à ce qu'un Kent se soucie d'un autre Kent.

— Elle est là. Veux-tu entrer ? proposa Rylan en s'écartant.

Will le fixa quelques instants, puis acquiesça.

— Il s'est passé beaucoup de choses depuis notre dernière discussion, dit Rylan. Veux-tu un café ?

Le soleil n'était pas encore levé, mais les journées commençaient à 4 heures du matin, au ranch. Rylan aurait dû savoir qu'ils ne duperaient pas la famille d'Amber et que leur présence dans la propriété serait remarquée.

— Je veux bien, répondit Will en s'asseyant. Noir, s'il te plaît.

Rylan remplit deux tasses, en posa une devant son ancien meilleur ami et s'assit à son tour.

— Avant que tu ne dises quoi que ce soit, j'aimerais te présenter mes excuses, commença-t-il.

— Il n'y a aucune raison de remuer le…

— Au contraire, dit Rylan. J'ai arrêté de boire et c'est une étape importante de ma thérapie.

Will écarquilla les yeux.

— Je suis sobre depuis plusieurs années, maintenant, mais te faire face est la partie la plus difficile du processus, reconnut Rylan.

— Pourquoi ?

Will but une gorgée de café en l'observant attentivement.

— Parce que je dois être prêt à me pardonner si tu acceptes mes excuses, répondit Rylan. Je n'en suis pas encore là, mais…

— Ne crois-tu pas que perdre une amitié est une punition suffisante ? demanda Will.

Sa sincérité fit l'effet d'un coup de poing dans l'estomac à Rylan.

Leur amitié avait-elle autant manqué à Will qu'à lui-même ?

— Tu m'as couvert cette nuit-là, dit-il. Ce que j'ai fait était mal et tu m'as tiré d'affaire alors que je ne le méritais pas. Je n'étais qu'un gamin stupide…

— Tu avais perdu ta mère, et je n'ai pas réussi à t'aider à te relever ni à retrouver le droit chemin, enchaîna Will.

— C'est moi qui n'ai pas été à la hauteur, pas toi, s'indigna Rylan. Et j'ai porté un coup terrible à la famille Willow en mettant le feu à leur champ. Je ne sais pas ce qui m'a pris de…

— Une minute ! Tu crois que c'est *toi* qui as allumé cet incendie ? demanda Will.

— C'est moi qui étais là-bas. Tu l'as dit toi-même. C'est là que tu m'as trouvé. Tu t'es accusé pour que je n'atterrisse pas dans un centre de détention pour mineurs.

C'était ce dont il se souvenait, du moins.

— Ce sont les frères McFarland qui ont allumé cet incendie et ils l'ont fait exprès, répondit Will. Malheureusement, je ne pouvais pas le prouver. Ils étaient soûls et ils ont trouvé amusant de détruire ce champ, apparemment. Tu étais plongé dans un coma éthylique. Ces salauds t'auraient laissé mourir. Je t'ai trouvé juste avant que les flammes ne t'atteignent… Ça s'est joué à peu. Si je t'en voulais, c'était parce que tu avais renoncé à notre amitié pour traîner avec ces crétins. Tu n'as rien à voir avec l'incendie. Mes parents ont aidé les Willow à se remettre en selle, c'est vrai, mais tu as failli perdre la vie.

Will abattit son poing sur la table.

— J'ai failli arriver trop tard, ce soir-là, mais ce n'est pas ce pour quoi je m'en veux le plus. Les choses n'auraient jamais dû en arriver là. J'aurais dû être un meilleur ami.

Rylan eut besoin d'un peu de temps pour intégrer cette révélation. Il avait passé des années à se sentir coupable pour rien ? Il avait endossé toute cette honte et tous ces regrets pour un forfait qu'il n'avait pas commis ? C'était aussi horrible qu'absurde.

Mais il ne regrettait pas les années qu'il avait passées dans l'armée pour autant. Elles l'avaient aidé à se ressaisir. La discipline militaire lui avait fait du bien.

— Merci de m'avoir dit ça, Will, finit-il par répondre.

— J'ai essayé de te l'expliquer avant que tu t'en ailles, mais tu m'as dit que tu ne voulais pas revenir sur le passé.

Si seulement il avait su de quoi il s'agissait…

— Le fait d'être une tête de mule n'est pas ma plus grande qualité, admit-il.

Will pouffa, ce qui détendit l'atmosphère.

— Tu crois ?

— Je suis désolé pour le mal que je t'ai fait, ajouta Rylan. Notre amitié m'a terriblement manqué. C'est l'une des raisons pour lesquelles j'ai décidé d'arrêter de boire.

— Je suis content d'entendre ça, répondit Will avant de lui tendre la main. Si on reprenait là où on s'est arrêtés en ne gardant que les bons moments ?

— Je suis partant.

Il serra la main de Will avec gratitude.

— Par ailleurs, je tiens à te dire que je n'avais pas la moindre idée de ce dans quoi j'entraînais ta sœur quand je l'ai appelée, ajouta-t-il.

Will ne répondit pas aussitôt. Il parut y réfléchir sérieusement avant de dire :

— Oui, mais j'ai compris que tu ne ferais rien qui risquerait de mettre ma sœur en danger.

— Je tiens beaucoup à elle, Will.

— Je m'en suis aperçu l'autre jour. C'est pour ça que je suis sorti pour m'éclaircir les idées. Pendant toutes ces années, j'ai imaginé que les choses se passeraient autrement si on se retrouvait un jour dans la même pièce.

Il lui décocha un grand sourire.

— Je me représentais quelque chose de plus physique, précisa-t-il.

— Je l'aurais bien mérité après avoir gâché notre amitié comme je l'ai fait, répondit Rylan.

— À vrai dire, je croyais que ce serait toi qui donnerais le premier coup de poing.

— Je reconnais que j'étais bien trop agressif à l'époque.

Rylan but une gorgée de café avant d'ajouter :

— Maintenant, le seul homme à qui j'aimerais donner un coup de poing est celui qui essaie de me prendre ma fille.

Il expliqua la situation à Will et lui dit ce qu'il savait sur Alicia et les Robinson.

— Zach a promis de nous tenir informés s'il y avait du nouveau, conclut-il.

Il posa sa tasse et regarda Will droit dans les yeux.

— Ta sœur est dans la chambre, si tu veux lui dire quelque chose, proposa-t-il.

— Je n'ai rien à dirc, répondit Will. Je veux juste te demander de bien prendre soin d'elle. Elle est forte, mais elle a reçu un sacré coup et personne ne veut la voir souffrir comme ça une nouvelle fois. Ça nous a brisé le cœur de la voir dans cet état… Son salopard d'ex-mari a fichu le camp tout de suite – mais elle ne tenait pas autant à lui qu'elle tient à toi.

Will plissa les yeux.

— Tu as compris que ma sœur avait des sentiments pour toi, au moins ? demanda-t-il.

— Je l'espère, en tout cas, répondit prudemment Rylan.

Il était sûr d'avoir des sentiments pour Amber, mais il ne savait pas ce que cela impliquait sur le long terme. Dans l'immédiat, il ne songeait qu'à voir M. Robinson derrière des barreaux et à être rassuré quant à la sécurité d'Amber et de Brooklyn. Le plus urgent était de retrouver la mère de sa fille.

— Tant mieux, parce que je ne l'ai jamais vue regarder son mari comme elle te regarde.

Ces mots ébranlèrent profondément Rylan.

— Pour être honnête, je sais que je ne suis pas assez bien pour ta sœur, chuchota-t-il parce qu'il savait qu'Amber protesterait si elle l'entendait.

— Tu sais quoi ? À une époque, j'aurais été entièrement d'accord avec toi, mais je ne le suis plus. Tu en feras ce que tu voudras, mais je pense que tu es exactement l'homme qu'il lui faut.

Will posa sa tasse, se leva et se tourna vers la porte de la chambre.

— Tu as entendu, Amber ? lança-t-il.

— Très bien, répondit-elle à travers la porte.

Will s'en alla, et Amber sortit de la chambre.

— Il faudra qu'on parle quand les problèmes seront réglés, dit-elle.

Rylan n'aima pas l'hésitation qu'il entendit dans sa voix. Avait-elle des doutes ? Trouvait-elle que leur relation évoluait trop vite ? Il eut l'impression d'être en pleine tempête. Pour le moment, son navire tenait bon. Mais risquait-il d'être retourné par une vague et de sombrer ?

Amber caressa les cheveux de Brooklyn. Elle ne pouvait pas laisser ce petit ange lui faire perdre sa lucidité. D'un autre côté, comment pouvait-elle éviter cela ? La tenir dans ses bras lui semblait si naturel… Être avec Rylan lui semblait si naturel… Sauf qu'elle n'était pas la mère de Brooklyn.

Elle entendit des pas dans l'escalier et regarda la table pour savoir ce que Will avait oublié. Quand elle se tourna vers la porte, celle-ci s'ouvrit brutalement et M. Robinson apparut.

Il pointait une arme sur elle.

— Restons calmes ! dit Rylan.

Son téléphone, qui était posé sur la table, se mit à sonner.

— Approche ! ordonna M. Robinson à Amber.

Son regard rappelait à la fois celui d'un dément et celui d'un prédateur qui a repéré une proie.

Amber était paralysée par la terreur. Elle ne pouvait que serrer Brooklyn contre son cœur. Si elle avait été la seule en danger, elle se serait défendue ou aurait essayé de se mettre à couvert sans une seconde d'hésitation. Mais le fait de tenir un bébé la ralentissait considérablement. La moindre erreur pouvait donner l'avantage à M. Robinson. Il avait déjà l'avantage et cela la rendait furieuse. Elle n'avait jamais tenu le rôle de la victime et elle n'avait pas l'intention de commencer maintenant. En revanche, elle était prête à faire tout ce qu'il faudrait pour assurer la sécurité de Brooklyn.

Rylan était près de la table, de l'autre côté du canapé. Son téléphone sonnait toujours. Même un soldat bien entraîné comme lui ne pouvait pas faire un saut pareil avant que M. Robinson n'ait appuyé sur la détente.

— Laissez-la partir, dit Rylan. C'est moi que vous voulez.

Les mains de M. Robinson tremblaient et une veine palpitait sur son front.

— C'est moi qui décide qui m'accompagne, répliqua-t-il.

— Où est la mère du bébé ? demanda Rylan.

— Elle ne reviendra pas, répondit Robinson avec un

sourire mauvais. Je l'ai tuée de mes propres mains. Cette idiote n'était même pas capable de suivre des instructions simples. Elle devait juste avoir le bébé et nous le donner. J'aurais préféré un fils. Les femmes sont si faibles… Mais ma femme en voulait quand même.

Amber jeta un coup d'œil à Rylan. Elle s'attendait à moitié à ce qu'il tente quelque chose tout en sachant qu'il ne pouvait pas. Elle n'en revenait pas de l'indifférence avec laquelle cet homme parlait du meurtre de la mère de Brooklyn. Alicia n'aurait peut-être pas été une mère parfaite pour ce petit ange, mais elle ne méritait pas de mourir.

Amber se tenait près de la porte, et l'arme était pointée sur elle.

Il était de toute façon hors de question qu'elle laisse ce fou tirer sur le bébé. Elle se retourna pour faire un rempart de son corps à Brooklyn.

— Tout va bien, Rylan, dit-elle le plus calmement possible.

Robinson était visiblement instable. Elle ne devait rien faire qui pouvait l'inciter à appuyer sur la détente.

— Personne ne t'a autorisée à parler ! cria Robinson.

Cette remarque exaspéra Amber. Il était temps que ce salaud se réveille. On n'était plus dans les années 1950. Les femmes avaient le droit de vote. Elles pouvaient gérer des ranchs et avoir toutes sortes de carrières. Certaines, comme elle, savaient même se servir d'une arme. Alors il avait intérêt à surveiller son langage…

— S'il m'arrive quelque chose, vous n'aurez pas ce que vous êtes venu chercher, dit Amber. Le bébé mourra avec moi. Vous aurez perdu. Vous serez arrêté. Mon cousin, Zach McWilliams, ne s'accordera pas une minute de repos avant de vous avoir jeté en prison. On est dans une impasse, on dirait.

— Pendant que son cousin vous pourchassera avec les moyens que la loi lui offre, je traquerai votre famille, ajouta Rylan d'une voix parfaitement calme. Votre femme, votre mère… Tous ceux à qui vous tenez. Et je finirai par vous.

Vous saurez que je vous tuerai, mais vous ne saurez pas quand et vous ne pourrez rien faire pour m'en empêcher.

— Tu me suis avec le bébé ! ordonna Robinson à Amber.

Alors il pointa son arme sur Rylan et tira.

18

Rylan était touché. Il tomba à la renverse, heurta le mur, s'effondra lourdement sur la table et roula par terre. Ce salaud devait payer. Quoi qu'Alicia ait pu faire, elle ne méritait pas de mourir. Il était bien placé pour savoir ce que c'était que de commettre des erreurs. Tout le monde méritait d'avoir une deuxième chance.

Amber cria, et son regard horrifié emplit Rylan de culpabilité. Oui, il avait pris une balle, mais il s'était déjà retrouvé dans de pires situations. Un bon soldat était capable de se détacher émotionnellement de l'opération en cours et de rester logique. Il laisserait tout son entraînement refaire surface dès que Robinson franchirait la porte avec Amber et Brooklyn.

Faire semblant d'être plus gravement blessé qu'il ne l'était lui donnait un avantage – et il en avait peu pour le moment.

Robinson poussa Amber dans l'escalier. La terreur que Rylan lut dans son regard quand elle lui jeta un dernier coup d'œil le hanterait jusqu'à la fin de ses jours si son plan échouait. S'il ne jouait pas bien ses cartes, ce serait la dernière image d'elle gravée dans son esprit.

Il passa à l'action dès que Robinson et Amber eurent disparu dans l'escalier. Il marcha sans un bruit jusqu'à la fenêtre de la kitchenette, l'ouvrit, grimpa sur le bord de l'évier et se glissa dehors.

En se suspendant au rebord de la fenêtre, il réduisit nettement la hauteur de la chute. Il atterrit derrière les bureaux.

Le soleil venait de se lever, ce qui signifiait que Lonnie et les autres employés vaquaient déjà à leurs occupations.

Où était Will ?

La colère le gagna quand il songea qu'il avait pu arriver malheur à son ami. Non… C'était impossible. Amber et lui auraient entendu quelque chose. Robinson devait s'être caché quelque part et avoir attendu que Will s'éloigne.

Du sang s'écoulait du poignet gauche de Rylan, que la balle avait entaillé. Ce n'était pas grave. Il était capable de neutraliser Robinson d'une seule main.

Il longea une rangée de buissons à grands pas jusqu'à ce qu'il ait repéré sa cible. Robinson tenait le poignet d'Amber, ce qui mit Rylan encore plus en colère.

Il s'accroupit aussitôt et observa Robinson à travers les branches des buissons. La chance commençait à lui sourire : celui-ci se dirigeait vers l'endroit où il se trouvait. Ce salaud était une tête brûlée, pas un criminel professionnel. Rylan devait juste être patient et attendre que Robinson commette une erreur.

Rylan ne pouvait compter que sur sa main droite, ce qui n'était pas idéal – mais il était droitier, heureusement. Il ne doutait pas de sa capacité de remporter ce combat. Ses émotions l'avaient paralysé dans l'appartement. Comment aurait-il pu en être autrement ? C'étaient Amber et sa fille qui étaient menacées – une fille qu'il ne connaissait que depuis quelques jours, mais sans laquelle il n'imaginait déjà plus vivre. Le petit ange s'était vite frayé un chemin jusqu'à son cœur.

Il s'efforça de contrôler sa poussée d'adrénaline, qu'il devait en partie à sa blessure et en partie à la situation. Il devait se concentrer sur le succès de sa mission. Mais son cœur était engagé dans la bataille… Il n'était plus capable de faire entièrement abstraction de ses émotions pour n'obéir qu'à la logique. C'était étrange, parce qu'il ne lui arrivait presque jamais d'être débordé par ses émotions.

Apparemment, il était devenu un autre homme depuis qu'il

entrapercevait un avenir. Et cet avenir concernait Amber et le bébé qu'elle tenait dans ses bras, si Amber voulait bien de lui.

Il avait l'intention de faire tout son possible pour compenser l'absence d'Alicia dans la vie de Brooklyn.

Quand Robinson s'approcha, Rylan comprit qu'il avait un net avantage. Ce salaud contrôlait à peine ses nerfs. Il était tout à fait possible qu'il n'ait tiré sur personne avant aujourd'hui. N'avait-il dit qu'il avait tué Alicia que pour se donner de l'importance ?

Rylan était certain qu'Alicia était morte, mais c'était peut-être l'un des hommes de main de Robinson qui s'était chargé de l'éliminer. D'après l'expérience de Rylan, les gens qui donnaient effectivement la mort éprouvaient rarement le besoin de s'en vanter.

À force de jeter des regards de plus en plus nerveux dans toutes les directions, Robinson finit par bouger le bras et ne plus viser Amber.

Il ne fallut qu'une fraction de seconde à Rylan pour bondir de derrière le buisson et le plaquer au sol sans laisser le temps au cerveau de ce salaud de donner des instructions à son doigt.

Rylan désarma Robinson sans difficulté en lui frappant le bras. Un coup de feu partit quand l'arme atterrit par terre à quelques pas d'eux, ce qui fit crier Amber.

Rylan roula sur le sol avec Robinson pour le désorienter, puis il s'arrêta à un moment où il était dessus et il immobilisa ses bras de toute la force de ses cuisses. Il ne pouvait peut-être pas se servir de l'une de ses mains, mais ses jambes étaient plus puissantes que ses bras.

Quand Robinson essaya de se débattre, Rylan se contenta de lui sourire.

Amber appelait déjà à l'aide.

— Tu passeras le reste de ta misérable vie derrière des barreaux, dit Rylan. Vu ta personnalité, je suis sûr que tu te feras plein de nouveaux amis. Et si l'un de tes hommes de main a l'idée de mettre les pieds dans ce comté, il n'en sortira pas vivant. Est-ce bien clair ?

Il conclut sa tirade en abattant son poing sur la figure de l'homme qui avait fait tuer la mère de son enfant et failli tuer l'amour de sa vie.

Quand il tourna la tête vers Amber, il la vit tendre Brooklyn à sa cousine Amy, puis il avisa une tache rouge sur son T-shirt. Quoi ? Quand ?

Dès qu'Amber s'effondra, Rylan eut l'impression que tout se passait au ralenti. Des gardes du ranch apparurent. Isaac retourna Robinson, pressa un genou dans son dos et le menotta.

Rylan se précipita aussitôt auprès d'Amber.

Sa vie n'avait aucun sens sans elle. Il tomba à genoux dans l'herbe à côté d'elle.

— Ne m'abandonne pas, lui dit-il, en larmes. Je t'aime, Amber. J'ai besoin de toi. Reste avec moi, s'il te plaît.

Elle esquissa un sourire, mais elle avait du mal à garder les yeux ouverts et ses lèvres étaient violettes. Elle perdait beaucoup de sang. Il souleva son T-shirt et vit un trou de la taille de son poing à l'endroit où la balle était sortie. Rylan n'était pas sûr de croire en Dieu, mais il prit le visage d'Amber entre ses mains et murmura une prière de protection qu'on lui avait enseignée quand il était petit.

Il entendait comme de très loin qu'on criait et pleurait autour de lui.

— Je t'en supplie, Amber…

Elle ne répondit pas. Il s'empressa de retirer son T-shirt et d'en faire une boule pour la presser contre sa blessure.

— Appelez une ambulance ! cria-t-il

Son T-shirt était déjà entièrement détrempé.

Rylan n'aurait pas su dire combien de temps l'ambulance mit à arriver. Il avait l'impression que le temps s'était arrêté. Amber avait un pouls, mais sa respiration était faible et saccadée.

Rylan était certain que son cœur cesserait de battre au même instant que le sien si elle mourait.

Les ambulanciers se mirent au travail dès leur arrivée. Ils placèrent un masque à oxygène sur le visage d'Amber, firent pression sur sa blessure et la stabilisèrent assez pour la transporter à l'hôpital général du comté, qui se trouvait à vingt minutes de route.

Will, qui avait traîné Rylan dans sa voiture, suivait l'ambulance de près. Sur la route, il suggéra à son ami de chercher un T-shirt dans le sac de sport qui se trouvait sur la banquette arrière et de l'enfiler. Ce fut un peu compliqué d'une seule main, mais il y parvint.

Will passa tout le trajet à essayer de rassurer Rylan, mais celui-ci n'entendit presque rien. Il y avait un grand vide au creux de sa poitrine. L'ambulance atteignit l'hôpital en dix minutes et Will s'arrêta à l'entrée des urgences.

— Vas-y ! ordonna-t-il. Je te rejoindrai dès que je me serai garé.

— Merci, dit Rylan avant de bondir hors de la voiture pour suivre la civière d'Amber.

Il s'engouffra dans les urgences, où une équipe attendait Amber, ce qui n'était pas bon signe.

Une infirmière s'approcha de lui.

— Êtes-vous blessé, monsieur ? demanda-t-elle.

Il était couvert de sang. Il y avait un peu du sien et beaucoup de celui d'Amber. L'infirmière baissa les yeux vers son poignet. Il était si inquiet qu'il ne ressentait plus aucune douleur.

— Je vais bien, répondit-il. Ce n'est pas mon sang.

L'infirmière haussa un sourcil.

— Je m'appelle Ophélia et j'aimerais quand même jeter un coup d'œil à votre poignet, si ça ne vous dérange pas, répondit-elle.

— La seule personne qui ait besoin de soins se trouve derrière ces portes, grommela-t-il. Quand pourrai-je avoir de ses nouvelles ?

Il n'avait plus qu'une idée à l'esprit. Rien d'autre ne comptait.

Will le rejoignit au pas de course.

— Je suis avec lui, annonça-t-il.

— Alors pourriez-vous le convaincre de me laisser soigner son poignet ? demanda Ophélia.

— Pas avant que quelqu'un ne lui ait dit que la vie de ma sœur, Amber Kent, était sauvée, répondit Will.

Ophélia écarquilla les yeux.

— Votre famille a été si généreuse envers cet hôpital…, dit-elle. Suivez-moi, s'il vous plaît.

Pour une fois, Rylan se réjouit que les Kent soient fortunés. Il était lui-même prêt à donner toutes ses économies à l'hôpital si cela lui permettait d'avoir des informations sur l'état d'Amber.

— Elle est forte et courageuse, lui dit Will alors qu'Ophélia les entraînait dans un salon privé.

Celui-ci était meublé de fauteuils en cuir au lieu de chaises en bois. Il y avait une table couverte de viennoiseries, ainsi qu'une machine à café et un distributeur de boissons fraîches contre un mur. Ce dernier contenait plus de variétés de sodas et d'eaux gazeuses que Rylan n'en connaissait.

— Servez-vous à boire ou à manger autant que vous voudrez, dit Ophélia. Je vais me renseigner et je reviendrai vous voir dès que j'aurai des nouvelles.

À partir de là, une infirmière vint leur parler toutes les demi-heures. Deux visites plus tard, tous les Kent et leurs épouses étaient dans la pièce. On informa Rylan que Joyce s'occupait de Brooklyn et qu'elle était déjà tombée sous le charme de la petite. Brooklyn ne pouvait pas être entre de meilleures mains. Joyce avait fourni une aide précieuse aux Kent à mesure que la famille s'élargissait.

Zach était le seul membre de la famille qui ne se trouvait pas dans la salle d'attente. Il était en train d'arrêter Mme Robinson pour complicité de meurtre – un meurtre qui ne faisait plus de doute depuis que le corps d'Alicia avait été retrouvé, une heure plus tôt. Zach appela Rylan pour l'informer que Perry avait trouvé des recherches sur des drogues comme la kétamine et le fentanyl dans l'historique de l'ordinateur d'Alicia.

Alors que cette nouvelle aurait dû le soulager, elle parut sans importance à Rylan parce qu'il ne pouvait pas l'annoncer à Amber. Le son de sa voix, la douceur de sa peau, son humour et son sourire lui manquaient terriblement…

La lumière qu'Amber irradiait avait peut-être été tamisée par le deuil, mais il l'avait vue redevenir éblouissante en deux jours.

Après vingt-quatre heures d'une attente horrible, pendant lesquelles Amber avait reçu trois transfusions, une infirmière entra dans la pièce une fois de plus. Elle était rousse et avait la quarantaine. Tout le monde se tut.

— Elle est en réanimation, annonça-t-elle. Elle s'est réveillée et elle demande à voir Rylan Anderson et son frère Will.

Ils se tenaient tous les deux près de la machine à café. Rylan avait accepté qu'on soigne son poignet une heure plus tôt, quand on les avait informés que tous les fragments de balle qui s'étaient logés dans la hanche d'Amber avaient été retirés.

Rylan et Will suivirent l'infirmière dans un long couloir.

— Le chirurgien ira bientôt parler à la famille, mais je peux vous dire qu'il se réjouit de la manière dont l'opération s'est déroulée, déclara l'infirmière. La patiente sera transférée dans une chambre dans les heures qui viennent. Nous la garderons en observation pendant quelques jours pour nous assurer que sa convalescence est en bonne voie.

L'infirmière s'arrêta devant une porte.

— Elle est là, annonça-t-elle.

Rylan s'empressa d'entrer dans la pièce, suivi de près par Will.

Amber avait les yeux fermés. La voir dans cette pièce, reliée par des tubes à des machines qui bipaient, brisa le cœur de Rylan.

Will et lui se postèrent de part et d'autre du lit. Rylan prit l'une des mains d'Amber entre les siennes.

Elle ouvrit les yeux, le regarda et sourit.

Un quart d'heure s'écoula avant qu'elle n'ouvre les yeux une nouvelle fois pour rester consciente un peu plus longtemps.

— Pensais-tu ce que tu as dit, Rylan Anderson ? murmura-t-elle avant de tousser. J'ai la gorge aussi sèche qu'un cactus.

Rylan ne put s'empêcher de pouffer. Il remplit un verre d'eau et aida Amber à glisser la paille entre ses lèvres.

— Merci, dit-elle après quelques gorgées. Ça va mieux. Où est le bébé ?

— Tu nous as fait une peur bleue ! intervint Will.

— Je vous assure que je ne l'ai pas fait exprès, répondit-elle en lui offrant un sourire qui s'évanouit presque aussitôt. Est-ce que tout le monde va bien ? Est-ce que Brooklyn va bien ?

— Oui, répondit Rylan. Les Robinson sont en prison et au moins M. Robinson y passera le restant de ses jours. Brooklyn est avec Joyce. Elle est impatiente que tu ailles mieux pour retrouver tes bras. Et oui : je pensais ce que j'ai dit. Je t'aime, Amber. Je n'imagine pas vivre sans toi.

Les yeux d'Amber pétillèrent de joie.

— Tu as entendu ça, Will ? demanda-t-elle.

Will éclata de rire.

— Oui.

— Alors tu peux partir, le taquina-t-elle.

— J'aimerais qu'il reste encore un peu, si ça ne te dérange pas, intervint Rylan.

Son ton était si sérieux qu'Amber et Will le fixèrent sans dire un mot.

— Ton père était quelqu'un de bien, Amber, reprit Rylan. Il a toujours été bon avec moi. Je regrette qu'il ne soit plus parmi nous, surtout maintenant, parce que j'aurais aimé lui demander ta main. Mais si Will veut bien remplir son rôle pendant quelques minutes, c'est à lui que je vais la demander.

Will regarda sa sœur avec une tendresse infinie. Celle-ci avait un grand sourire qui révélait des dents parfaitement blanches et impeccablement alignées.

— Permission accordée, répondit Will.

Rylan mit un genou à terre sans lâcher la main d'Amber et déclara :

— Tu es ma meilleure amie et la première personne avec qui j'ai envie de parler, quoi qu'il se soit passé dans ma journée. Mon cœur t'appartient. Je suis sûr que je ne pourrais aimer personne plus que je t'aime ni trouver une meilleure partenaire avec qui passer ma vie. Alors me feras-tu le grand honneur d'accepter de m'épouser ?

— Tu as toujours été le seul pour moi, Rylan, répondit-elle. Depuis notre premier baiser, quand j'avais seize ans, je sais qu'il y a quelque chose d'exceptionnel entre nous, quelque chose que je n'aurais pu trouver avec personne d'autre.

Des larmes roulèrent sur ses joues.

— Alors oui, poursuivit-elle. Je veux être ta partenaire et ta femme. Je jure de t'aimer jusqu'à mon dernier souffle.

Rylan se releva et se pencha au-dessus du lit pour embrasser la femme qu'il aimait. Il avait enfin trouvé sa place dans le monde.

— Que penses-tu de la Saint-Valentin pour le mariage ? demanda Amber.

— C'est bientôt, répondit-il. Tu es sûre de ne pas vouloir plus de temps pour organiser les choses ?

— Je ne veux pas d'un grand mariage. Et je ne peux pas imaginer un plus beau cadeau de la Saint-Valentin que de rendre notre famille officielle.

Ces mots émurent profondément Rylan.

— Alors marions-nous à la Saint-Valentin, répondit-il.

Will contourna le lit pour serrer Rylan dans ses bras.

— Tu as toujours été comme un frère pour moi, dit-il. Sois le bienvenu dans la famille.

Rylan ne pouvait pas imaginer une meilleure manière de passer le reste de sa vie qu'au sein d'une vraie famille, avec sa fille et la femme qu'il aimait de tout son cœur.

DEBRA WEBB

Un dangereux partenaire

Traduction française de
VÉRONIQUE MINDER

BLACK ROSE

HARLEQUIN

Titre original :
CLASSIFIED

Ce roman a déjà été publié en 2012.

1

Chicago, 10 octobre, 22 h 15

Tapi dans l'ombre d'un immeuble que la nuit rendait plus épaisse, Lucas Camp attendait l'agent spécial avec qui il avait fixé ce rendez-vous exceptionnel.

Le brouillard estompait les contours du mobilier urbain et le silence ouaté de l'impasse était assourdissant. Cette atmosphère évoquait celle, mystérieuse, inquiétante et un rien déliquescente, de certains romans d'espionnage.

Cette pensée amena un sourire sur les lèvres de Lucas et lui fit oublier, quelques instants, sa nervosité et son agitation.

En trente ans de carrière à la CIA, il n'avait jamais redouté ses ennemis, tout au moins, tant qu'il connaissait leurs buts, si terrifiants soient-ils. Rien n'est pire, en effet, que de se mesurer à l'inconnu ; on se trouve de ce fait dans l'incapacité d'élaborer une riposte appropriée.

Les rares fois où Lucas avait été confronté à des affaires nébuleuses, il avait toujours eu l'impression de se trouver au bord d'un gouffre où le moindre faux pas pouvait le faire basculer.

Vieux routard des missions impossibles, désormais en retraite, il pensait ne plus jamais devoir affronter des situations périlleuses ou des menaces mal identifiées mais réelles. Or depuis plus d'un an, il avait le sentiment, lequel s'était récemment mué en certitude, de se déplacer sur un champ de mines, et d'être, telle une marionnette, manipulé aux fins les plus sinistres.

Mais il allait reprendre la situation en main. C'est précisément pour cette raison qu'il se tenait au fond de cette ruelle déserte nappée de brouillard à une heure si tardive. Il attendait l'agent qui allait agir en son nom et se sentait l'âme d'un guerrier.

Un soupir lui échappa.

Tout au long de sa vie, il avait côtoyé le meilleur comme le pire. Si au cours de son existence il avait vécu des heures noires, il avait eu la chance inouïe de connaître un bonheur porté à sa perfection.

L'amour indéfectible qui l'unissait à Victoria Colby et l'univers harmonieux qu'ils avaient réussi à créer, malgré l'adversité, contrebalançaient la violence, la corruption et le crime qui composaient leur quotidien. C'est grâce à leur amour qu'ils avaient pu résister et sortir vainqueurs, grandis de l'épreuve. À la pensée de son épouse tendrement aimée, Lucas sourit de nouveau.

Il ne regrettait en aucune façon le chemin parcouru. Pour rien au monde il n'aurait échangé sa vie, même avec ses pires difficultés.

Malheureusement, depuis un an, son inquiétude et sa méfiance n'avaient fait que croître. L'optimiste qu'il était pourtant percevait, avec de plus en plus d'acuité, la menace et le péril qui planaient sur sa vie et sur celle de ses proches.

Un violent frisson, dont la froidure de cette nuit d'automne n'était pas responsable, le saisit et effaça le sourire qui subsistait sur ses lèvres. Puis ce fut la colère qui gronda en lui.

Il serra les poings. Il se sentait complètement impuissant, et cependant, ce n'était pas faute d'avoir enquêté et sollicité les services d'anciens collègues de la CIA. Or, en dépit de ses efforts, il n'était pas parvenu à infirmer ni à confirmer ses soupçons sur cette menace vague mais omniprésente. Sous pression, il était conscient que la peur insidieuse qui l'avait envahi l'empêchait de penser lucidement.

Il était certain que la vérité était proche, et même qu'il la connaissait déjà, inconsciemment, mais il continuait d'errer.

C'était à devenir fou.

Cela faisait près d'un an, peut-être plus, que Slade Keaton l'épiait comme un prédateur épie sa proie avant de donner l'assaut final.

Slade Keaton était habile et très intelligent. Il avait tissé sa toile, telle une araignée venimeuse et patiente, autour de lui et de Victoria, s'immisçant dans leur vie. Depuis le pique-nique organisé par l'agence Colby en l'honneur de la fête nationale du 4 juillet, trois mois plus tôt, il était devenu un proche de l'agence Colby. Il était désormais régulièrement invité à divers événements familiaux.

Lucas jura tout bas.

Keaton avait réussi à s'attirer les bonnes grâces de Victoria, qui avait fait fi de ses avertissements et de ses intimations répétées à la vigilance et à la prudence. Même Jim, le fils de Victoria, était maintenant convaincu que Slade Keaton était inoffensif.

L'homme se trouvait dans la place.

Il était agréable, quoique un peu réservé. Jamais il n'avait été pris en défaut. Au contraire, il avait récemment collaboré, avec succès, avec l'agence Colby.

Mais Lucas demeurait sur ses gardes.

Il était rongé par le doute. Ses questionnements sur les véritables motifs qui animaient Keaton usaient ses nerfs et sa patience. N'y tenant plus, il avait décidé d'en finir et de découvrir toute la vérité sur cet individu énigmatique, quels que soient les moyens nécessaires pour mener à bien cette délicate entreprise.

Il ne laisserait pas ce qu'il appelait en son for intérieur « la menace Keaton » troubler sa tranquillité et peser sur l'existence des siens plus longtemps.

Il était doté d'un instinct aiguisé par trente ans de métier, et chaque fois que Keaton franchissait une nouvelle étape pour mieux s'installer dans sa vie et celle de sa famille, son intuition l'avertissait que le danger, mortel, se rapprochait inéluctablement.

Dernièrement, les faits semblaient lui avoir donné raison.

Trois semaines plus tôt, Lucas et Victoria avaient failli perdre la vie au cours d'un attentat à la voiture piégée lors de leurs vacances au Mexique. Son auteur avait été identifié, arrêté et mis sous les verrous par la police mexicaine, mais Lucas soupçonnait Keaton d'en être le commanditaire.

Victoria s'obstinait à penser le contraire. Si Keaton avait eu les pires intentions à leur égard, affirmait-elle lorsqu'ils évoquaient le sujet, mille fois il aurait eu l'occasion de passer à l'acte. Aussi, non seulement elle l'avait absout, mais elle le recevait à bras ouverts.

Lucas hocha la tête. Victoria semblait avoir oublié les nombreux incidents les concernant, ou concernant l'agence Colby, auxquels Slade Keaton avait été mêlé, même indirectement, et dont le plus notoire était son enlèvement, qui remontait au mois de juin.

Il le lui avait rappelé, mais Victoria refusait de voir l'évidence. Elle objectait qu'elle avait été libérée et qu'elle avait échappé à une mort certaine grâce à Keaton. Dans ces conditions, comment croire qu'il avait voulu la tuer ?

Elle avait renouvelé sa confiance en Keaton après l'attentat qui avait failli leur coûter la vie, au Mexique : Slade n'avait aucune raison de vouloir les supprimer. Il était au-dessus de tout soupçon.

Lucas avait feint de se ranger à son opinion, et décidé, sans en aviser Victoria, de tout tenter pour mettre Keaton hors d'état de nuire. C'était la première fois qu'il agissait sans consulter sa femme… « Mais nécessité fait loi », se dit-il pour calmer ce dernier tourment. La plus grande discrétion était la condition d'une efficacité maximale.

Il se résuma les rares éléments sur Slade Keaton qu'il avait en sa possession. Sous des dehors séduisants, Keaton était un personnage trouble et ambigu, mais surtout, il n'avait pas de passé. D'emblée, cela avait ravivé la méfiance de Lucas :

ses efforts pour rassembler, d'une façon ou d'une autre, des informations sur son enfance ou sa jeunesse s'étaient tous soldés par de cuisants échecs.

Il n'aurait pas de repos tant qu'il n'aurait pas découvert la vérité sur Slade Keaton, se dit-il.

Au même instant, une jeune femme émergea sans hâte des nappes de brouillard. Elle était vêtue de noir, comme lui : tailleur pantalon, veste de cuir et derbys à semelles de crêpe.

Lucas contint un sourire à la vue de la forme gracile et un peu mystérieuse qui s'approchait. De nouveau, il se sentit évoluer dans l'atmosphère chère aux romans d'espionnage.

Les clichés avaient décidément la vie dure.

Clichés ou non, un bon agent devait savoir se fondre dans son environnement afin de passer inaperçu.

— Bonsoir Lucas. Mon oncle m'avait avertie que tu étais de la vieille école : rendez-vous tard dans la nuit et dans des lieux écartés et déserts. Je constate qu'il ne se trompait pas… Mais il faut le voir pour le croire ! badina la jeune femme.

Elle passa sous un lampadaire urbain qui révéla, au travers d'un halo de brume, la blondeur miellée de ses cheveux rassemblés en un petit chignon sous un élégant borsalino.

Lucas sourit à sa filleule.

— Bonsoir Casey. Thomas ne se trompe jamais : voilà ce qui le rend unique.

Il lui ouvrit les bras et l'étreignit. Casey Manning l'embrassa sur les deux joues.

— Je suis vraiment contente de te revoir, Lucas. Cela faisait longtemps…

Elle se tut et ajouta avec ce grand sourire qui était sans conteste son plus grand charme :

— J'adore mon oncle, mais je vais te révéler un secret : tu as toujours été mon idole. Ne le lui dis surtout pas, il serait jaloux !

— Ah ah ! Je te le promets.

Casey Manning était la nièce de Thomas Casey, agent toujours en activité à la CIA et de surcroît, l'un de ses plus vieux amis. Thomas ne s'était jamais marié et il n'avait pas d'enfants, en conséquence de quoi il considérait Casey, qu'il adorait, comme sa fille. Thomas avait été consterné lorsque cette dernière avait décidé de faire carrière à la CIA, comme son père et son oncle. Il avait tenté de l'en dissuader, mais Casey était trop entêtée pour renoncer à ses ambitions.

— Venons-en au fait, reprit Casey qui scruta la rue déserte avant de reporter son regard sur Lucas. Quel est le motif d'un rendez-vous aussi secret ? Oncle Thomas prétend que tu redoutes d'avoir perdu ta célèbre objectivité. Tu n'arriverais pas à cerner la personnalité, et les motifs, d'un certain individu que tu soupçonnes d'être très dangereux.

Comme à l'accoutumée, l'intuition de Thomas avait fait merveille, songea Lucas avec une pensée amusée pour son vieil ami.

— Que dirais-tu de faire une petite balade en voiture ? Nous serons mieux pour parler, biaisa-t-il, lui montrant d'un geste ample sa voiture garée non loin.

— Avec plaisir, répondit Casey qui traversait déjà la route d'un pas décidé. Mais seulement si nous nous arrêtons en route pour acheter un café.

Lucas se remit à rire et lui ouvrit la portière passager.

— L'affaire est déjà réglée, ma belle. Je t'ai acheté un café mocha, c'est bien ta boisson préférée ? Sirop de chocolat blanc, coulis de chocolat, chantilly et copeaux de chocolat. Et du café, accessoirement...

Ce disant, il eut un geste vers un gobelet en polystyrène logé dans le porte-gobelet près du tableau de bord, à côté de son propre café, un pur arabica de Colombie sans sucre ni crème.

— Voilà l'exemple parfait de ce qui sépare ta génération de la mienne : toi au moins, tu sais comment traiter les femmes, lâcha Casey avec un gros soupir.

Elle se laissa tomber sur le siège passager et Lucas lui jeta un regard faussement perplexe.

— Y aurait-il certain jeune homme de ta connaissance qui mériterait quelques leçons de savoir-vivre ?

— Plus maintenant.

Casey ponctua ses propos par une œillade. Ses prunelles bleues pétillaient d'intelligence et de gaieté.

— Je lui ai donné quelques leçons de mon cru qui l'ont fait déguerpir en moins de temps qu'il n'en faut pour le dire ! ajouta-t-elle férocement.

Lucas éclata de rire et referma la portière. L'homme qui parviendrait à gagner le cœur de l'exquise mais énergique Casey n'était pas encore né ! pensa-t-il avec tendresse. Cela ne laissait pas de tourmenter Thomas, qui avait à cœur le bonheur de sa nièce ; il se demandait souvent si l'exigeante, désinvolte et obstinée Casey ne resterait pas seule comme lui… Dernièrement, après quelques verres, il avait avoué à Lucas combien son célibat lui pesait.

Lucas avait compati et, à part lui, s'était félicité d'avoir rencontré Victoria, qui lui avait apporté l'amour et les plus grands bonheurs de son existence. Sans elle, sa vie aurait été bien sombre.

— Bon, revenons à nos moutons, lança Casey quand Lucas eut démarré. Explique-moi quelle sera ma mission. Tout ce que je sais, c'est que Victoria ne doit pas en avoir vent, du moins tant que tu n'auras aucun élément tangible en ta possession. Prudence et sûreté, donc.

Casey s'empara du gobelet en polystyrène et l'approcha de son visage pour en humer les effluves chocolatés.

Lucas sourit malgré lui. Sa filleule le connaissait presque aussi bien que Thomas.

— C'est exact. Notre client s'appelle Slade Keaton. Depuis un an, voire plus, Keaton observe l'agence Colby, plus précisément, il nous observe et nous épie, Victoria et moi. Mon instinct me souffle qu'il représente une menace très réelle, malheureusement, rien n'étaie mes soupçons : il est irréprochable. En apparence du moins.

— Tu n'as jamais reçu de menaces directes ? Une déclaration de guerre en bonne et due forme ?

— Non. Rien de tel justement, grommela Lucas. Cela

dit, les incidents où Slade Keaton s'est trouvé mêlé, indirectement, et où il s'est illustré, ont été nombreux. À mes yeux, ça n'est pas un hasard.

Il secoua la tête, toujours frustré par l'incertitude.

— Comme tu le sais, je ne crois pas au hasard. Or les coïncidences n'ont cessé de s'accumuler, au cours de ces derniers mois. Ainsi je suis certain que notre homme est lié à l'enlèvement de Victoria, en juin dernier, et à l'attentat dont nous avons été victimes, au mois de septembre, au Mexique.

— Victoria a une autre vision de la situation, n'est-ce pas ?

— Oui. Il faut dire que Slade Keaton est adroit et intelligent. Il a œuvré pour se rapprocher de Victoria et gagner sa confiance. Il trouve toujours un moyen pour lui prêter assistance. Lorsqu'elle a été enlevée, par exemple, c'est lui qui lui a porté secours et l'a tirée de ce mauvais pas. Voilà qui devrait plaider en sa faveur, or il y a quelque chose qui cloche : il est toujours là au bon moment… Sa présence paraît providentielle, mais à mon avis, elle ne l'est pas. Je le sens, Casey. J'en ai l'intuition aiguë. D'une certaine façon, je pense que Victoria ne s'est pas départie de sa méfiance, mais je crois aussi que, ne se jugeant pas en réel danger, elle a cessé de se poser des questions. Je crains toutefois que Keaton ne finisse bientôt par laisser tomber le masque et ne mette définitivement la paix et la sérénité de notre couple, donc de notre famille, en péril. Alors il sera trop tard pour réagir. Nous serons perdus.

— Tu me sembles jaloux de l'influence que Keaton a sur Victoria, je me trompe ?

Casey se tourna franchement vers lui, comme si elle cherchait, malgré la pénombre, à discerner sa réaction.

Dans un sens, Keaton agissait en amoureux transi prêt à tout pour flatter et conquérir sa dulcinée, mais Lucas pressentait qu'il se servait de son épouse dans le but de l'atteindre lui.

— J'en conviens, son attitude est pour le moins ambiguë, mais je ne suis pas jaloux, Casey. Je me fais seulement beaucoup de souci.

— Qu'attends-tu de moi au juste ?

— J'y viens. Il y a trois semaines, Victoria et moi étions donc au Mexique pour y passer une seconde lune de miel. En dépit des précautions considérables que nous avions prises pour voyager incognito et assurer notre sécurité, nous avons été agressés à Mineral de Pozos.

— A-t-on voulu vous enlever pour demander une rançon ? La pratique est habituelle, en Amérique du Sud. Les touristes américains, considérés comme fortunés, sont des cibles de choix.

— Non, c'est un attentat à la voiture piégée qui a failli nous coûter la vie. Loin d'une tentative d'enlèvement, c'était une tentative de meurtre en bonne et due forme.

— Je vois.

— Et j'ai peut-être une piste, ajouta Lucas d'une voix prudente.

Mais, en proie au doute, il se tut brusquement.

Il hésitait à parler de la femme qu'il avait cru apercevoir, dans la foule, à Puerto Vallarta. Il n'en avait soufflé mot à personne, pas même à la police mexicaine, car il n'était sûr de rien. Il ne savait même pas si cette lointaine connaissance se trouvait au Mexique, actuellement. À la vérité, cela faisait trente ans qu'il ne l'avait pas vue et qu'il n'avait aucune nouvelle de sa part… Il avait donc pu se tromper, d'autant qu'il ne voyait aucun rapport entre cet épisode d'un passé désormais lointain et la menace que Keaton incarnait.

Il décida finalement de passer cette information sous silence, toussota avec embarras et poursuivit :

— Un ancien agent de l'agence Colby, Trevor Sloan, a enquêté à Pozos, puis dans les environs, à San Miguel de Allende et à Querétaro, en montrant inlassablement la photo de Keaton. Un habitant de Pozos l'a reconnu. Pure coïncidence ? J'en doute ! Malheureusement, l'homme a refusé d'en dire davantage, sinon qu'il n'avait pas vu Keaton depuis longtemps. Parce qu'il avait menti en prétendant le connaître ? Parce qu'il a eu peur de parler ? Il faut explorer cette piste, la seule que nous ayons actuellement, en retournant interroger cet individu.

— Keaton était-il au Mexique au moment de cet attentat ? S'il est aussi prudent et intelligent que tu le prétends, il a sûrement un alibi. Où se trouvait-il, officiellement du moins, pendant votre séjour à Pozos ?

— Sur la côte Ouest, répondit Lucas songeur. La compagnie d'aviation qu'il a utilisée a confirmé qu'un individu avait voyagé à son bord sous cette identité. L'hôtel où il est descendu a quant à lui attesté sa présence pendant cinq nuits consécutives.

— Cela ne prouve rien, tout au moins, cela ne prouve pas qu'il n'est pas lié à l'attentat.

Lucas soupira. C'est mot pour mot ce qu'il avait dit à Victoria.

— Je suis d'accord avec toi… Cela dit, après un an de tâtonnements, j'ai mon premier témoin : ce Mexicain qui affirme l'avoir reconnu et qui, s'il n'a pas menti, en sait selon moi beaucoup plus qu'il ne veut le dire.

Il se tut.

— Je veux savoir qui est Keaton, Casey, martela-t-il. Je veux savoir quels sont ses buts.

Jamais il ne s'était senti aussi impuissant.

Depuis qu'il avait commencé à enquêter sur Keaton, personne, pas même sa meilleure informatrice, Jennifer Ashton, n'avait réussi à lui fournir le moindre indice sur ce dernier. Son cœur se serra au souvenir de Jennifer, qui avait préféré se suicider que de lui apprendre ce qu'elle avait découvert sur Keaton.

Il ne se passait pas une journée sans que Lucas pense à Jennifer et ne frémisse en songeant à la portée et au sens de son geste.

— Victoria n'est pas au courant de ma démarche, continua Lucas, qui à ces mots, se sentit repris par la culpabilité. Elle ne doit rien savoir. Je ne veux surtout pas qu'elle se fasse du souci.

Ou qu'elle soit contrariée par son obstination à confondre

Keaton, ajouta-t-il in petto. Victoria refusait désormais toute conversation ayant trait à Keaton.

— De plus, comme je ne connais par les motifs de Keaton, ou ses éventuels complices, la discrétion seule peut garantir le succès de l'opération.

— C'est bien compris : mission top secret, déclara Casey. As-tu les informations dont j'ai besoin ?

Lucas sortit une grande enveloppe du vide-poche et la lui donna.

— À l'intérieur, tu trouveras une photo de Keaton avec ses empreintes digitales et les rares éléments sur son passé en ma possession. À vrai dire, ceux-ci n'ont rien de certain : je les tiens de Keaton lui-même, et n'ai rien pu découvrir par ailleurs. Tu trouveras également le nom du Mexicain de Pozos qui a affirmé le connaître, ou le reconnaître. Enfin, bien entendu, cette enveloppe contient des billets d'avion et de l'argent liquide. Tu as carte blanche, Casey.

Lucas marqua une pause.

— Dernière chose : ton oncle m'a répété cent fois que ta sécurité primait. Je ne peux qu'abonder dans son sens : je ne veux pas que tu prennes des risques inconsidérés. Tu enquêtes, mais sans compromettre ta sécurité, nous sommes bien d'accord ?

Casey lui adressa un grand sourire.

— Ne te fais pas de souci, Lucas ! Tu sais bien que je suis blindée. Au propre et au figuré !

Lucas n'insista pas. Il savait que c'était inutile et, de plus, il risquait de blesser son amour-propre.

Casey Manning était une force de la nature : lors de missions pour la CIA, par trois fois elle avait été grièvement blessée et s'était retrouvée dans le coma, par trois fois elle avait survécu.

D'où son sentiment d'invincibilité.

Mais l'expérience avait appris à Lucas que ce sentiment était illusoire et que dans leur métier, il ne fallait jamais se départir de la prudence la plus élémentaire.

Il savait aussi que Thomas était soulagé que la CIA ait confiné Casey à du travail administratif et l'ait finalement contrainte à prendre un congé. La jeune femme était quant à elle contrariée d'avoir été, comme elle l'affirmait avec indignation, « rétrogradée » et « mise au placard ».

— Quoi qu'il en soit, conclut Lucas, cette mission au Mexique ne devrait pas être très difficile. Ce sera même une promenade de santé pour un agent de la CIA aussi aguerri que toi !

Mais il se ravisa en se remémorant les menaces et agressions que lui et Victoria avaient subies, au cours de l'année passée. Cette mission serait peut-être très dangereuse. Toute personne s'intéressant de près ou de loin à Keaton pouvait se trouver en danger.

Il garda le silence.

Il espérait que cette mission ne mettrait pas la vie de sa filleule bien-aimée en péril.

À la même heure, à Chicago...

Victoria Colby-Camp venait d'expliquer en détail quelle serait sa mission à son agent. Ce dernier l'avait écoutée sans l'interrompre et elle attendait maintenant sa réaction avec un mélange d'impatience et d'anxiété.

Le temps avait passé vite, en tout cas plus vite qu'elle ne le pensait. Il était plus de 23 heures, et Lucas lui avait annoncé qu'il serait de retour à la maison vers minuit. Victoria espérait être rentrée avant lui. Elle ne tenait pas à lui mentir. Il la percerait vite à jour. Or elle ne pouvait pas lui dire pourquoi elle avait dû s'attarder à l'agence.

D'un autre côté, elle devait prendre le temps nécessaire pour résoudre l'affaire Keaton.

Les événements récents avaient confirmé ses angoisses.

Elle pressentait que Slade Keaton était sur le point de passer à l'action, plus précisément, de signer son dernier coup d'éclat.

Keaton n'était pas leur allié. Personne ne savait qui il était, pour qui il travaillait, et surtout, dans quel but.

— Très bien. Quand est-ce que je pars ? s'enquit Levi Stark d'une voix décidée.

La réponse de Levi était à la hauteur de ses attentes. Un vif soulagement envahit Victoria, et elle lui adressa un grand sourire.

Elle avait choisi Levi Stark parce qu'il correspondait en tout point au profil de l'agent qu'elle recherchait pour cette mission qui devait rester absolument secrète.

Levi avait été embauché à l'agence Colby à peine deux ans plus tôt et depuis, travaillait dans le département Recherches : comme il n'avait jamais été en mission sur le terrain, il était donc inconnu des nombreux ennemis que l'agence s'était faits au cours des ans. Voilà qui plaidait en sa faveur.

Levi Stark était bien entraîné, aguerri et surqualifié. Il était également féru d'art, un détail qui avait plus d'importance qu'il n'y paraissait. De nombreux artistes avaient en effet élu domicile dans le petit village mexicain de Pozos où il devait se rendre. Il se ferait passer pour un peintre en mal d'inspiration et se fondrait sans mal dans la population locale.

— J'ai déjà tout organisé : vous prendrez l'avion pour Acapulco demain dans la matinée. Cela vous convient, Levi ?

Deux semaines avaient été nécessaires pour mettre au point les détails relatifs à cette mission inhabituelle sans que personne à l'agence, surtout Lucas, ne se doute de quoi que ce soit.

Victoria s'en voulait d'agir seule, mais les circonstances étaient exceptionnelles : elle devait agir vite, avec discrétion et efficacité. Elle avait compris que Keaton s'intéressait exclusivement à Lucas. Lucas en danger, elle voulait désamorcer la menace, devenue imminente, sans plus attendre.

C'était la seconde fois en l'espace de quelques mois qu'elle agissait en cachette de Lucas. Cette pensée la tourmentait.

« Oui mais, cette fois encore, c'est pour son bien », se dit-elle sans parvenir à éloigner son sentiment de culpabilité.

La première fois, c'était en juin. À l'époque, elle avait dû faire face à l'éventualité d'être atteinte par une grave maladie. Afin de ne pas inquiéter inutilement Jim et Lucas, elle avait décidé de leur taire la vérité jusqu'à ce qu'un premier traitement suivi de nouveaux examens médicaux confirment, ou infirment, la gravité de son état de santé.

Il s'était avéré que les toutes premières analyses, dont les résultats avaient été si alarmants, avaient été falsifiés à des fins criminelles : le matin où elle devait subir la première phase de son traitement, elle avait été enlevée, puis détenue dans un hôpital psychiatrique. Elle l'avait échappé belle et, honteuse de l'inquiétude qu'elle avait causée à Lucas, elle avait fait amende honorable et lui avait promis de ne plus avoir aucun secret pour lui. Aujourd'hui, cependant, la situation était différente, et Victoria espérait que ce nouveau silence n'aurait pas des conséquences fatales.

Après son enlèvement, elle avait jugé la méfiance de Lucas envers Keaton hors de propos : n'est-ce pas un agent de Keaton et Keaton en personne qui lui avaient sauvé la vie ? Mais en constatant que Lucas ne se départait pas de son inquiétude, elle était restée vigilante, jusqu'à ce que le doute la saisisse après l'attentat de Pozos, où le nom de Keaton avait surgi une fois de trop. Même si aucun lien n'avait été établi entre Keaton et l'attentat qui les avait visés, la coïncidence était tout de même étonnante.

Victoria ne croyait pas aux coïncidences.

Depuis, elle avait bien observé Keaton, qui lui paraissait éprouver à l'égard de Lucas un mélange d'admiration et de répulsion aussi étonnant que troublant.

Victoria avait donc résolu d'en avoir le cœur net, d'en finir une fois pour toutes avec les soupçons qui faisaient de leur vie un enfer.

Elle aurait pu demander à Jim ou à Sloan de se rendre de nouveau à Pozos. La démarche aurait certes été plus simple, mais ni Jim ni Sloan n'auraient pu cacher le but de leur mission à Lucas. De plus, la discrétion la plus totale était de mise, elle devait continuer d'agir comme si elle gardait sa confiance en Keaton afin de mieux déjouer des plans qu'elle devinait machiavéliques. Encore une fois, elle agissait pour le bien de Lucas, se répéta Victoria pour calmer ses affres.

— Demain, c'est parfait, répondit Levi Stark. Quelle sera ma couverture ?

— Artiste peintre. Ou créateur d'objets d'art. À vous de choisir. Mineral de Pozos a autrefois été fondée pour répondre au boom économique provoqué par la découverte et l'exploitation de mines d'argent, d'or, de cuivre et de quartz. C'était aux XVIIIe et XIXe siècles. L'exploitation de ces mines a cessé au début du XXe siècle, et Pozos, de ville minière, est devenue une ville fantôme. Mais depuis une dizaine d'années, les lieux ont été réinvestis : des familles et des artistes, ou des artisans, attirés par les prix assez bas de l'immobilier, s'y sont installés.

Levi sourit.

— Je n'aurai aucun mal à me faire passer pour un artiste : j'ai étudié aux beaux-arts. De plus, mon père est peintre et ma mère sculpteur.

Victoria sourit.

— Vous pourrez ainsi questionner les habitants sans éveiller les soupçons.

L'agence Colby embauchait des enquêteurs et des agents issus des milieux les plus diversifiés, et avec plusieurs cordes à leur arc. Leur polyvalence s'avérait utile lors d'enquêtes ou de missions d'infiltration. C'est ce qui établissait, en partie, l'immense réputation de l'agence dans le pays.

— Entendu.

Il y avait maintenant deux ans que Levi Stark avait quitté sa Floride natale pour s'installer à Chicago. Il n'aimait guère le climat rude de l'Illinois, mais comme il était d'humeur égale et avait une excellente faculté d'adaptation, il en avait vite pris son parti. D'un naturel affable, il s'entendait à merveille avec ses autres collègues. Son travail dans le département Recherches de l'agence Colby avait été si remarquable que Victoria aurait apprécié qu'il y fasse carrière, mais, comme la plupart des jeunes agents, Levi voulait travailler sur le terrain.

— Le nom de la personne avec qui vous devez prendre contact à votre arrivée se trouve dans ce dossier avec toutes les informations nécessaires. J'aimerais que vous me teniez avisée de l'évolution de la situation aussi souvent que possible. C'est d'accord ?

Contrairement à son habitude, Victoria était hésitante. La mission de Stark avait toutes les apparences de la facilité, mais les apparences seulement.

— Faites très attention, Stark, ajouta-t-elle avec empressement. Ne prenez pas de risques inutiles. Votre sécurité est votre priorité.

— C'est compris.

— Encore une fois, Lucas ne doit absolument rien savoir. Personne ne doit rien savoir. Je compte sur votre discrétion. Pour les autres employés de l'agence, vous êtes censé être en congé.

— Vous pouvez me faire confiance : mission top secret.

Sur ces mots, Levi se leva et quitta son bureau avec son dossier. Victoria le suivit des yeux.

La culpabilité l'effleura de nouveau lorsqu'elle songea à Lucas. Elle agissait par amour, se dit-elle. Elle ne cherchait qu'à le protéger en prenant les devants pour enquêter sur Keaton et désamorcer la menace.

Elle travaillait depuis trop longtemps dans une agence d'investigation pour ne pas se fier à son intuition, or celle-ci lui soufflait que Lucas était en danger.

Les jeux étaient faits.

Bientôt, la vérité éclaterait. Ce n'était plus qu'une question de jours.

2

Mineral de Pozos, Mexique, 11 octobre, 14 h 30

Casey Manning sortit sur le petit balcon de sa chambre et offrit son visage à un soleil doux particulièrement agréable. Elle prêta l'oreille au son cristallin d'un carillon éolien agité par la brise et eut un soupir de plaisir. La vue était superbe. Mineral de Pozos était un village pittoresque où passé et présent étaient en synergie ; les maisons autrefois abandonnées étaient de nouveau habitées et logeaient de nombreuses galeries d'art contemporain.

L'hôtel où elle était descendue surplombait l'une des places du centre de Pozos, ce qui lui permettait de surveiller les allers et venues à son aise. Des bougainvillées de toutes les couleurs s'entrelaçaient aux torsades en fer forgé de son balcon, qui dominait le patio. L'agencement de l'hôtel lui rappelait la maison où elle avait grandi, dans le sud de la Californie.

La musique du bar qui se trouvait en contrebas était pour l'instant à peine audible, mais plus tard dans la soirée, des airs mexicains au rythme endiablé y créeraient cette ambiance volcanique qu'elle aimait tant. C'était précisément dans ce bar, que, dans quelques heures, elle avait rendez-vous avec son « client ».

Chaque soir, l'homme fréquentait le Well, autrement dit le Puits. Pour autant, il n'y consommait jamais d'eau.

Il s'appelait Paulo Fernandez et avait quarante-neuf ans,

mais il en paraissait davantage. Il avait réhabilité une vieille hacienda qui se trouvait aux confins du village en poulailler et bergerie ; aux yeux des habitants de Pozos et des environs, il vivait, placidement, de ses chèvres et de ses poulets. Il possédait une boutique, sur la place au centre de Pozos, où il vendait les produits de son terroir à une clientèle fidèle.

Mais son caractère a priori paisible et la modestie de son mode de vie n'étaient qu'un leurre.

Casey avait effectué quelques recherches sur Fernandez et ses ascendants. Elle avait ainsi découvert que ses ancêtres avaient trahi la cause de la révolution mexicaine, au début du XXe siècle, et que trahison et dénonciation étaient ensuite devenues une tradition familiale, à laquelle Fernandez n'avait pas dérogé : traître à sa façon, il était depuis plusieurs années un précieux informateur de la police mexicaine, les *federales*. Plus généralement, il informait quiconque pouvait le payer en dollars, à défaut en pesos. Il n'avait pas hérité de la vieille hacienda, sa résidence actuelle, comme la plupart des habitants de Pozos le pensaient : il l'avait achetée et rénovée grâce aux émoluments de ses activités parallèles. Les poules et les chèvres n'étaient qu'une couverture.

Casey avait vite cerné l'individu. Rude, implacable mais charismatique, opportuniste et faussement charmant à ses heures.

Elle haussa les épaules. Fernandez ne lui faisait pas peur. Elle réussirait à le manipuler à ses propres fins sans le moindre problème.

Après avoir consulté l'heure sur son portable — seul service que pouvait lui rendre l'appareil car, depuis son arrivée à Pozos, elle ne captait aucun réseau —, Casey quitta sa chambre. Elle avait un premier rendez-vous.

Comme la CIA ne l'avait jamais envoyée en mission au Mexique, elle n'y avait pas d'informateurs, mais elle avait joint deux ou trois collègues qui lui devaient quelques faveurs afin qu'ils lui révèlent le nom et le numéro de la personne la plus susceptible de bien l'informer. Elle traversa la cour pavée de l'hôtel, admirant au passage la façade où se déployaient, avec munificence, les dernières fleurs de la saison, et repéra le foulard de soie rouge écarlate d'Eva Sanchez, son informatrice.

Leur signal de reconnaissance.

Eva Sanchez était mince, élégante et plutôt raffinée. Sa chevelure noire, très épaisse, lui arrivait jusqu'au milieu du dos.

Une besace évidemment griffée — tout en Eva Sanchez respirait le luxe — se trouvait posée à ses pieds. Ses ballerines noires et sa jupe en mousseline de soie blanche, avec le petit haut assorti, lui donnaient un chic presque incongru dans ce village sans affectation. Son foulard de soie rouge attirait quant à lui tous les regards, surtout ceux des hommes. La jeune femme était nonchalamment attablée devant un verre nanti d'une tranche de citron vert.

Casey l'observa jusqu'à ce que leurs yeux se croisent. Alors elle s'approcha.

— Mademoiselle Manning ? Vous êtes plus jeune que je ne m'y attendais, déclara Eva Sanchez avec un sourire.

Elle lui fit signe de s'asseoir.

— Vous voulez boire quelque chose ? Je vous recommande une eau pétillante. Très rafraîchissant et surtout, sans risque.

— Je ne prendrai rien, merci, répondit Casey en s'installant. Vous n'avez rencontré aucun problème pour remplir la mission que je vous ai confiée ?

Dans la situation présente, aucune entrée en matière ne s'imposait. Casey n'avait ni le temps ni l'envie de lier conversation avec son informatrice.

Un agent digne de ce nom devait être rationnel et efficace, et Casey se félicitait d'avoir un caractère bien trempé et surtout, de ne pas être émotive. Ce qui, aux yeux de son dernier petit ami en date, était un défaut rédhibitoire. Elle écarta ce souvenir désagréable.

— J'ai obtenu tout ce que vous désirez, repartit Eva Sanchez dont l'expression était redevenue sérieuse. Vous trouverez deux pistolets dans la besace. Un Beretta 9mm et un Ruger MKII calibre 22. Un holster pour chacun. Des munitions. Et enfin, un couteau à cran d'arrêt.

— Très bien. Vous avez reçu mon virement ?

Ne jamais payer de la main à la main. C'était une règle qui ne souffrait aucune exception.

— Bien entendu.

Sanchez lui adressa un sourire convenu qui n'atteignit pas son regard.

— Dans le cas contraire, croyez bien que je ne serais pas présente à ce rendez-vous.

Sur ces mots, Eva Sanchez sortit une élégante minaudière de la besace toujours à ses pieds et en tira quelques pesos pour payer sa consommation.

— Nous sommes quittes, ajouta-t-elle.

— J'en suis ravie, déclara Casey sans en penser un mot.

Eva Sanchez la dévisagea.

— Soyez très prudente, mademoiselle Manning. Les enlèvements de touristes en général et de touristes américains en particulier ont atteint des proportions inégalées dans cette région. Vous êtes blonde aux yeux bleus, donc très typée : vous ne passez pas inaperçue. Faites très attention.

Sur ces mots, Eva Sanchez se leva avec grâce.

— Je vous souhaite bonne chance pour la suite de votre mission. J'ai été enchantée de vous rencontrer.

Casey se leva à son tour, avec moins de grâce que Sanchez mais avec plus d'assurance.

— Je vous remercie. Tout le plaisir était pour moi.

Elle ne daigna pas préciser à cette inconnue qu'elle ne s'était jamais fiée à la chance, pour accomplir une mission.

La chance, c'était le dieu des incapables.

Lorsque Eva Sanchez eut franchi le portail, Casey s'empara de la besace et revint dans sa chambre en hâte.

Inutile de vérifier que le contrat avait été bien rempli : Eva Sanchez, lui avait-on assuré, était une informatrice de première main.

En clair, cela signifiait que Sanchez remplissait ses contrats avec rapidité et efficacité, même lorsque sa sécurité personnelle était en jeu.

Casey estimait ce genre de femme.

Toute mission sans danger était à ses yeux ennuyeuse et contreproductive.

Le Well, 21 h 45

Des airs de huapango s'élevaient ; le volume était si fort que toute conversation s'avérait presque impossible. Le feu de cheminée faisait quant à lui oublier la fraîcheur de la soirée. Le Well était le seul bar décent à plusieurs kilomètres à la ronde et Casey ne s'étonnait pas qu'il soit bondé.

Elle sourit. Elle n'aurait pu rêver mieux pour passer inaperçue. Tout se déroulait selon ses prévisions, elle avait même déjà repéré Fernandez. Dès son arrivée, il s'était frayé un chemin dans la foule en distribuant des poignées de main et des commentaires avec l'aisance d'un homme politique en pleine campagne.

Il n'avait pas manqué de glisser un regard bref dans sa direction, prenant ainsi note de sa présence, de la place où elle se trouvait, sans jamais cesser de sourire ou de saluer ses connaissances.

À l'évidence, il était connu, respecté voire craint à Pozos.

Pour ce rendez-vous à haut risque, Casey avait pris ses précautions : elle était armée. Fernandez n'étant pas un enfant de chœur, il devait s'en douter. Le Beretta 9mm se trouvait logé dans un holster en cuir à sa cuisse droite et elle portait aussi son cran d'arrêt, noué par un foulard de soie, à sa cuisse gauche.

Pour se déplacer sans mal et sans laisser deviner qu'elle était armée jusqu'aux dents, elle avait choisi de porter une jupe multicolore longue et ample, mais ravissante avec ses broderies ethniques. Casey, coquette à ses heures, était ravie d'avoir joint l'utile à l'agréable.

Elle attendit, en buvant son eau pétillante à petites gorgées, que Fernandez la rejoigne. Or il prit tout son temps.

À dessein, bien entendu.

Fernandez savait qu'il avait la main et qu'elle attendrait son bon vouloir aussi longtemps que nécessaire. Casey n'en conçut aucune irritation, et le laissa jouir de ce pouvoir éphémère et surtout illusoire. Telle était sa fonction à cette étape de sa mission, la plus simple mais aussi la plus fastidieuse. Si la CIA lui avait enseigné l'art d'endosser de nombreux rôles, elle lui avait aussi appris la patience. Un agent passait les trois quarts de son temps à attendre.

Enfin, Fernandez s'approcha.

— Bonsoir, mademoiselle Manning.

Il parlait anglais avec un accent assez prononcé et une chaleur que démentait son regard dur et scrutateur.

Casey dévisagea l'homme qui affirmait avoir des informations sur Slade Keaton.

— Bonsoir, monsieur Fernandez, répondit-elle d'un ton faussement affable.

Elle lui tendit la main. Il la lui prit et se courba pour la baiser. Si elle n'avait pas eu connaissance du passé trouble de Fernandez, elle aurait été surprise de lui voir ces manières de gentleman. Le client assis à côté d'elle quitta son tabouret sur un bref regard de Fernandez, qui prit sa place.

— On en vient tout de suite aux faits, *chiquita*, ou, comme toutes les femmes, vous préférez les préliminaires ?

Voilà un homme qui avait le sens de l'humour, songea Casey en le jaugeant avec mépris.

Fernandez avait des airs de séducteur, dans son pantalon de lin blanc et sa chemise de coton, blanche également et destinée à rehausser son teint mat, mais Casey y demeura indifférente. Elle se trouvait en mission et ces propos badins l'horripilaient plus qu'ils ne l'amusaient.

— Je n'ai pas de temps à perdre et vous non plus, répliqua-t-elle sans se laisser démonter.

Le rire de Fernandez s'éleva, sonore. Puis son visage se ferma tandis que son regard devenait plus brillant.

Il se pencha sur elle.

— Vous serez ravie d'apprendre que le *señor* Keaton a une *hermana*.

Une sœur ?

Intéressant.

Du moins si le renseignement était avéré.

— Vous avez vérifié l'authenticité de cette information ? répliqua Casey.

Elle remua son eau pétillante avec la paille rose qui y était fichée.

— Parce que les rumeurs ne m'intéressent pas, ajouta-t-elle froidement.

Fernandez leva deux doigts à l'adresse du barman avant de reporter son regard sur elle.

— Je ne peux ni confirmer ni infirmer que cette dame est sa sœur, mais c'est la stricte vérité. Elle vit au même endroit, sous la même identité, et exerce le même métier depuis plusieurs années. Son ancien amant était le neveu d'une amie intime.

Il se rapprocha pour conclure sur le ton de la confidence :

— Slade Keaton est un faux nom, malheureusement, je ne connais pas sa véritable identité.

Casey l'observait maintenant avec perplexité. Fernandez vivait à Pozos, où Lucas et Victoria avaient failli perdre la vie. Il avait des informations plutôt précises sur Keaton et il était prêt à vendre son âme au diable pour un bon prix.

Cette somme de coïncidences ne devait évidemment rien au hasard.

Paulo Fernandez était-il à la solde de Keaton ? Était-il payé par Keaton pour l'égarer ?

À cet instant, le barman posa deux petits verres remplis de

tequila devant Fernandez. Ce dernier acquiesça, approbateur, et en fit glisser un vers Casey.

— Portons un toast à notre affaire, *chiquita.*

Comme elle restait immobile, il fit un geste vers le verre.

— Buvez sans crainte. C'est la meilleure tequila de tout le Mexique.

Casey prit le verre de Fernandez, ignorant celui qu'il lui destinait, et le leva.

— *Salute.*

Fernandez eut un sourire en coin tandis qu'il levait à son tour le verre qu'elle venait de dédaigner. Il fit écho à son toast sans la quitter des yeux et avala son contenu d'un coup.

Casey reposa son verre, le regard rivé au sien.

— Il me faut le nom et l'adresse de la dame en question, reprit-elle posément. Vous recevrez la moitié de l'argent maintenant et l'autre quand j'aurais la certitude qu'il s'agit bien de la sœur de Slade Keaton.

— Je serais ravi de vous communiquer ces informations ce soir, mais…, fit Fernandez en reposant son verre.

Il soupira avec exagération.

— … malheureusement, je ne le peux pas, acheva-t-il, avec un air de regret évidemment feint. Il y a ici un homme, un de vos compatriotes, qui recherche les mêmes informations que vous. Je me trouve donc dans une situation particulièrement difficile…

Casez se raidit, ses instincts en alerte.

— De quoi voulez-vous parler ?

La situation se compliquait. Ce n'était pas pour lui déplaire.

— Il y a un *gringo*, là-bas au fond. Il porte une veste en lin bleu foncé.

Casey tourna les yeux dans la direction que Fernandez lui indiquait et toisa son concurrent.

Il avait à peu près le même âge qu'elle, à savoir la petite trentaine. Des cheveux noirs, un peu longs. Un artiste ? Peut-être. La plupart des Américains qui habitaient à Pozos étaient peintres ou sculpteurs. Mais cet Américain-là s'intéressait lui aussi à Slade Keaton.

De plus, il les observait sans s'en cacher.

— Allez donc le saluer ! lança Fernandez redevenu jovial. Ensuite, qui sait, je vous transmettrai peut-être mes dernières informations ?

Sur ces mots, Fernandez revint auprès de ses acolytes, et conversa avec eux comme s'il ne s'était jamais interrompu pour venir échanger quelques mots avec elle.

Casey se désintéressa de Fernandez pour reporter son attention sur l'inconnu. Elle le dévisagea ouvertement, sans lui cacher son animosité.

Qui était cet importun ?

Il n'y avait qu'une façon de le savoir. Elle tira un billet de sa besace et le posa sur le comptoir, puis elle se fraya un chemin jusqu'à lui parmi les tables et les clients debout. Il la regardait tranquillement s'approcher. Une fois qu'elle fut à sa hauteur, il ne fit pas un geste pour prendre la fuite ou pour l'accueillir. Où était donc passée la galanterie des hommes comme son oncle ou Lucas Camp ?

Elle posa ses deux mains bien à plat sur la table de l'homme et se pencha sur lui. Les effluves suaves de son après-rasage chatouillèrent ses narines.

À l'évidence, il avait du goût et les moyens d'en avoir, songea-t-elle, soudain distraite.

— Il faut qu'on parle ! commença-t-elle.

Mais elle s'interrompit en croisant son regard.

Il avait les yeux verts.

Comme des émeraudes. Le feuillage des arbres au printemps.

Casey cilla. Il avait les yeux verts, oui, bon, et alors ?

L'inconnu continuait de la fixer, impassible.

— Excusez-moi, mais on se connaît ?

C'était bien un Américain. Sa voix avait un timbre riche et velouté, songea Casey, déconcertée d'y être aussi sensible. Elle frémit comme si la brise nocturne s'était subrepticement introduite dans la salle.

Elle se secoua. Ce n'était pas le moment d'avoir ce genre de pensées.

— Si vous ne me connaissez pas, vous allez bientôt me connaître intimement, murmura-t-elle entre ses dents.

À ces mots, l'inconnu sourit largement. C'était un simple sourire mais empreint d'une telle séduction que Casey en oublia de respirer. Pour la troisième fois en l'espace de quelques secondes, elle s'admonesta.

— Voilà au moins une proposition sans détours, et j'aime ça. Pourquoi ne pas vous asseoir ? proposa l'inconnu avec amabilité.

Il lui indiqua la chaise en face de lui.

Une brusque colère envahit Casey.

En colère ? Mais pourquoi ? Parce qu'elle avait la sensation très déplaisante d'être manipulée, pardi ! Par Fernandez d'abord, par cet individu ensuite. À la vérité, elle était surtout en colère d'être aussi sensible à son charme.

— Allons plutôt dehors régler nos comptes ! lâcha-t-elle sèchement.

Elle n'attendit pas sa réponse. Énervée par cet imprévu qui pimentait sa mission tout en la compliquant, elle louvoya pour sortir.

Il y avait trop de monde dans la cour, s'avisa-t-elle, de plus en plus contrariée. Elle ne voulait pas de témoin à la discussion qui allait l'opposer à l'homme aux yeux verts. En revanche, au-delà de la courette où se pressaient les clients, la route était déserte.

Aussi continua-t-elle de marcher.

Sans se retourner.

Elle devinait, non, elle savait, que le séduisant inconnu la suivait, et pourtant, tel un félin, il ne faisait pas le moindre bruit. Elle percevait sa présence avec une étrange intensité qui accélérait les mouvements de son cœur.

Arrivée au coin de la rue, Casey souleva un pan de sa longue jupe et d'un geste preste, sortit son Beretta de son holster. Bras tendus, elle fit volte-face — et se figea en constatant que le bel inconnu avait eu la même impulsion : il braquait son 9mm sur elle, sans trembler.

Elle aurait dû anticiper son geste, mais à l'évidence, cet individu avait un don pour la déconcerter.

— Qui êtes-vous ? s'enquit-il.

— Honneur aux femmes ! riposta Casey. Qui êtes-vous ? Pourquoi me suivez-vous ?

Elle resserra sa main sur la crosse de son Beretta et recula sans le lâcher des yeux. Elle n'avait pas l'intention de tirer en pleine rue, mais si c'était nécessaire, elle n'hésiterait pas.

Il étrécit le regard.

— Qui vous a dit que je vous suivais ? Je viens à peine d'arriver à Pozos, je suis en vacances. De plus, c'est vous qui venez de m'inviter à vous suivre.

Il avait le sens de la répartie.

— Vous partez toujours en vacances armé ? reprit-elle.

— Non. Mais j'ai dû pressentir notre rencontre, et je m'en félicite.

— Baissez votre arme et je baisserai la mienne !

Casey fut étonnée de le voir obéir. La surprise passée, elle faillit éclater de rire. Il était complètement stupide !

Elle changea son arme de main et s'approcha. L'inconnu restait immobile, bras ballants.

— Qui êtes-vous ? répéta-t-elle, en posant le canon de son Beretta sur son menton.

La voix de Fernandez s'éleva alors derrière elle.

— Laissez-moi plutôt faire les présentations, *chiquita*.

Casey pétrifiée sentit le canon de son arme sur sa nuque. Fernandez reprit la parole pour s'adresser au complice qui se profilait derrière l'inconnu.

— Prends le pistolet du *gringo*, moi, je m'occupe de la *chiquita*, ordonna-t-il tout en lui confisquant son Beretta. Assure-toi aussi qu'il ne porte pas d'autres armes.

— Mains en l'air, *pendejo* ! dit le complice de Fernandez à l'inconnu.

Il lui donna une bourrade dans le dos qui le précipita contre

Casey. La collision la fit reculer et heurter Fernandez qui la tenait toujours en respect.

— Bon sang, Fernandez, on avait conclu un accord ! lui lança-t-elle, indignée, par-dessus l'épaule.

Cet homme n'avait donc aucun sens de l'honneur ?

— Et moi, j'ai un accord qui supplante le tien, *chiquita*, répliqua-t-il, lui tirant les cheveux avec une telle violence que sa tête partit en arrière.

Casey grimaça, mais elle ne se laissa pas abattre.

— Très bien. Dans ces conditions, je vous paie le double de ce qu'il vous paie ! riposta-t-elle, tentant de redresser la tête pour lancer un regard hostile au bel inconnu.

Personne n'avait jamais doublé Casey Manning. Ça n'allait pas commencer aujourd'hui ! songea-t-elle, furieuse.

— Et moi le triple ! renchérit l'inconnu la défiant de son regard vert.

Il était toujours les mains en l'air tandis que le complice de Fernandez le fouillait.

Mais enfin, qui était cet homme ? Pour qui travaillait-il ? se demandait Casey qui allait de surprise en surprise.

Ignorant la douleur qui parcourait son cuir chevelu, car Fernandez ne l'avait pas lâchée, Casey essaya de se retourner pour lui dire sa façon de penser et relancer les enchères. Mais Fernandez anticipa son mouvement et lui tira de nouveau les cheveux.

Casey serra les dents.

— Vous m'avez doublé, Fernandez. Je vous jure que vous me le paierez très cher.

Elle était en colère contre elle, contre l'inconnu aux yeux verts, et la douleur amplifiait sa fureur. Elle aurait volontiers donné un coup de genou bien placé à Fernandez, mais elle n'en fit rien, de peur qu'il ne riposte en tirant.

Sa sécurité était prioritaire, lui avaient répété son oncle et Lucas.

— Non, c'est vous deux qui allez payer votre curiosité et votre impudence, répliqua Fernandez avec mépris.

— Attention ! s'écria l'inconnu quelques secondes avant que Fernandez ne l'assomme.

Casey chancela. Une violente douleur irradiait dans sa tête.

Il était trop tard pour riposter.

Elle s'effondra.

3

Elle n'était pas morte.

Levi en était soulagé.

Enfin presque.

Parce que cette inconnue pour le moins intrépide semblait être son ennemie au moins autant que les deux hommes à l'avant du pick-up.

Cela dit, maintenant qu'elle était comme lui prisonnière, il ne savait plus très bien dans quel camp elle se trouvait. Il décida donc de lui accorder le bénéfice du doute.

Le pick-up roulait sur une route très accidentée et les cahots l'envoyaient sans cesse rouler contre elle. Il essaya de s'éloigner d'elle, mais comme il avait les mains et les chevilles liées, il n'avait pas une grande amplitude de mouvements et il finit par renoncer.

Qui était cette jeune femme ? se demanda-t-il de nouveau, en l'enveloppant d'un regard curieux et perplexe.

Lors de sa première entrevue avec Fernandez, ce dernier avait refusé de lui révéler son identité. Peut-être ne la connaissait-il même pas, d'ailleurs. Levi, intrigué et inquiet, avait essayé de prendre une photo d'elle avec son portable, dans l'intention de l'envoyer à Victoria, afin qu'elle tente de l'identifier, mais jamais l'inconnue ne se trouvait seule ou isolée. Elle était toujours, à dessein sans doute, bien entourée, ce qui rendait tout bon cliché impossible.

Quant à envoyer sa description…

Elle avait de longs cheveux blonds miellés et soyeux, des yeux bleu indigo très brillants auxquels il était difficile de rester indifférent. Elle était mince, agile, et cependant, avait des courbes féminines généreuses. Incontestablement, elle était superbe.

Levi sentit soudain son parfum, qui lui fit penser à celui des fleurs après une ondée de printemps. Cette fragrance délicate et un peu sucrée lui donna envie de se rapprocher d'elle pour mieux la humer.

Or, même si elle portait un parfum délicieux, même si elle était adorablement belle, elle était aussi piquante et dangereuse que les rosiers du jardin de sa mère, à Tallahassee, en Floride.

Un nouveau cahot projeta Levi contre la jeune femme, qu'il heurta violemment cette fois. Elle grommela et ouvrit les yeux, lança des regards égarés autour d'elle. À l'évidence, elle cherchait à comprendre ce qui lui était arrivé et où elle se trouvait. Une fois qu'elle eut recouvré ses esprits, elle se figea ; mais elle se ressaisit bien vite. Enfin elle se tortilla pour se redresser et chercha à se libérer de ses liens.

Levi l'observait avec intérêt.

— Vous n'y arriverez pas, nous sommes solidement ligotés, déclara-t-il enfin. Si cela vous intéresse, nous roulons depuis déjà une dizaine de minutes. Je suis certain que cette balade au clair de lune sera la dernière que nous ferons sur cette bonne vieille Terre.

Malgré la pénombre, il vit son expression se renfrogner.

— Et si vous me disiez plutôt qui vous êtes ? répliqua-t-elle, méfiante et frémissante.

Levi soupira. Il avait affaire à une forte tête.

— Je suis détective privé. J'ai la nette impression que nous recherchons la même personne.

Elle le toisa et se remit à gigoter. Bon sang, elle allait finir par alerter leurs ravisseurs, songea Levi irrité.

— Il ne faut pas attirer leur attention, alors calmez-vous, souffla-t-il.

Il n'avait pas terminé sa phrase qu'elle avait réussi, par

une incroyable contorsion qui témoignait de sa souplesse, à faire glisser ses mains liées derrière le dos dans le pli de ses genoux ramenés sous le menton. Au prix de quelques efforts supplémentaires, elle parvint à passer sa jambe droite dans la boucle formée par ses bras, puis sa jambe gauche. Quand elle eut terminé, elle avait toujours les mains liées, mais devant elle désormais.

Levi était épaté. Bien qu'en bonne condition physique, il aurait été absolument incapable d'en faire autant.

Il n'eut pas loisir de s'émerveiller plus longtemps de son agilité, car elle passait maintenant ses mains liées sous sa jupe ample et colorée, lui dévoilant des jambes fines et bien galbées. Levi d'abord stupéfait se ressaisit en entendant un petit bruit de métal, puis un clic évoquant un canif que l'on ouvre. L'inquiétude le gagna. Quelles étaient ses intentions ?

— Tournez-vous ! ordonna la jeune femme à mi-voix.

Il fixa son couteau à cran d'arrêt sans répondre.

— Je vous ai demandé de vous tourner, fit-elle avec impatience.

Levi obéit, préférant croire qu'elle allait sectionner ses liens et non le poignarder.

De toute façon, avait-il le choix ? Non.

Une fois qu'elle l'aurait libéré, il parviendrait facilement à la maîtriser. Lorsqu'il sentit la lame de son couteau couper ses liens, il retint un soupir de soulagement.

— Maintenant, à vous, dit-elle quand il eut retrouvé l'usage de ses mains.

Levi hésita. À bon droit. Elle avait tout de même voulu le tuer, tout à l'heure. Et c'est elle qui avait déclenché les hostilités, sans paraître éprouver la moindre peur.

Mais Levi écarta ses doutes et lui prit son couteau. Il attendit que le pick-up cahote moins pour glisser la lame sur la corde qui liait ses poignets. À peine fut-elle libérée qu'elle se massa vigoureusement les bras.

Levi coupa ensuite les liens à ses chevilles et aux siennes. Il la sentit frémir, au moment où il effleura sa peau, par ailleurs extraordinairement douce. Il s'ébroua, étonné de s'être laissé distraire par une pensée si futile dans une situation aussi grave.

Il devait se concentrer et ne pas perdre ses objectifs de vue.

Il referma donc le couteau d'un geste résolu.

— Merci, dit-elle, le lui prenant des mains sans autre forme de procès.

Elle se redressa, prête, sans doute, à sauter du pick-up.

— À votre place, je ne bougerais pas, dit Levi en la retenant sans ménagement.

Elle se débattit comme une tigresse.

— Si jamais vous portez de nouveau la main sur moi, vous n'y survivrez pas, chuchota-t-elle, furieuse, en brandissant son couteau.

— Calmez-vous ! Je ne vous veux aucun mal. Mais ces hommes sont armés, asséna-t-il avec autorité. Si jamais ils remarquent que nous nous sommes libérés et que nous tentons de nous enfuir, ils n'hésiteront pas à nous tuer !

— Vous proposez donc qu'on reste bien au chaud dans ce maudit pick-up et qu'on attende qu'ils nous conduisent Dieu sait où pour nous supprimer ?

Sous son accablant regard de mépris, Levi se sentit pitoyable.

— Non. Je propose que nous gardions l'effet de surprise en notre faveur, répondit-il avec calme. Nos ravisseurs ne savent pas que nous nous sommes débarrassés de nos liens. Ils ne savent pas non plus que nous avons un couteau. C'est seulement quand ils s'arrêteront et qu'ils viendront nous chercher que nous agirons. Serez-vous capable d'utiliser votre couteau, quand le moment sera venu ?

Elle partit d'un grand rire qu'elle étouffa en plaquant sa main sur sa bouche. S'il n'avait pas été aussi contrarié qu'elle se moque ouvertement de lui, il aurait adoré son rire de gorge.

— Écoutez, je ne sais pas qui vous êtes…

— Levi Stark, pour vous servir, lâcha-t-il sans réfléchir.

Il maudit son impulsivité.

Mais cette femme lui faisait perdre l'esprit…

— Je m'appelle Levi Stark, reprit-il posément, et j'ai été entraîné au maniement des armes à feu et des armes blanches.

— Ravie de vous l'entendre dire, Levi Stark, mais je préfère me fier à mes propres talents.

— Vous ne m'avez pas dit comment vous vous appeliez…

S'ils faisaient équipe pour se tirer de ce mauvais pas, ou s'ils mouraient ensemble, il préférait connaître son identité. Cela rendrait leur situation peut-être plus humaine.

— Casey, répondit-elle d'une voix brève et sans lui accorder un regard. Casey Manning.

Joli prénom.

— Nous devrions fouiller ce pick-up, et essayer de trouver quelque chose, n'importe quoi qui pourrait aussi nous servir d'arme, reprit-il. Il faut se préparer à l'affrontement.

— Bonne idée.

Au moins, ils étaient d'accord sur un point…

Ils passèrent l'arrière du pick-up au crible, se déplaçant aussi silencieusement que possible. Le véhicule était ancien, encombré d'objets divers. Enfin, Levi sentit sous ses doigts un outil en acier, ou en fer, dont le froid, après l'avoir fait frissonner, le fit sourire.

Voilà tout juste ce qu'il lui fallait. Il revint auprès de Casey, s'efforçant malgré les cahots de garder son équilibre.

— Je n'ai rien trouvé, et vous ? s'enquit-elle.

— Un démonte-pneu.

Il avait hâte de l'utiliser et d'assurer sa revanche sur les deux hommes qui l'avaient neutralisé après avoir assommé Casey. À cette pensée, Levi fronça les sourcils. Il ne lui avait pas demandé comment elle se sentait.

— Vous n'avez pas trop mal à la tête ?

— Ça peut aller, dit-elle en se frottant la nuque. J'ai une bosse, mais rien de méchant.

Levi garda le silence, estomaqué par sa robustesse et son courage. Où avait-elle acquis un tel sang-froid ? Il était aussi impressionné par son arrogance et son impudence : n'avait-elle pas elle tenu tête à un criminel qui menaçait de la tuer ? Casey Manning avait une hardiesse et une énergie qui le fascinaient et le déroutaient.

— Votre plan a malheureusement un défaut, Stark.

— Un défaut ? Comment ça ?

Son plan était tout de même plus sensé que le sien, qui consistait à sauter du pick-up en marche et ainsi donner l'alerter à leurs deux ravisseurs, puis foncer dans la nuit noire, dans l'inconnu. Si elle avait une meilleure idée, qu'elle l'en informe au lieu de le critiquer.

— Quand nos ravisseurs se rendront compte que nous ne sommes plus ligotés, l'effet de surprise ne jouera plus en notre faveur. Du moins, il ne durera que quelques secondes, pas davantage.

Levi en convint. Il réfléchit.

— Nous allons donc leur laisser croire que nous le sommes toujours, reprit-il.

— Exactement. Je m'occupe de lier vos chevilles.

Elle joignit le geste à la parole.

— Pour les poignets, un lien lâche et une boucle suffiront, poursuivit-elle. Dites-moi, vous savez où ils nous conduisent ? Vous les avez entendus parler ?

Par l'une des vitres, Levi regarda le paysage, paisible sous un beau clair de lune. Ils roulaient en pleine campagne, mais rien ne lui permettait d'identifier l'endroit où il se trouvait. À la vérité, il ne connaissait pas très bien cette région du Mexique ; de plus, ses connaissances en espagnol, scolaires, ne lui avaient pas permis de comprendre ce que disaient leurs deux ravisseurs.

— Je ne sais pas où nous allons.

— Sans doute envisagent-ils de nous tuer ? Ou de nous abandonner quelque part, ce qui revient au même. La région est en effet dangereuse et truffée d'exploitations minières aujourd'hui fermées, murmura-t-elle.

Le pick-up ralentit soudain avant de tourner à gauche. Levi se tendit.

— Je pense que nous allons bientôt connaître le but de notre balade.

Il coinça le démonte-pneu dans sa ceinture et rabattit le pan de sa veste dessus.

— J'ai une question à vous poser, dit Casey.

— Allez-y.

— Si nous réussissons à maîtriser nos ravisseurs, qu'est-ce qui me prouve que vous n'allez pas ensuite vous retourner contre moi ?

Elle le dévisagea avec un air de défi qui lui parut exagéré.

À moins qu'elle n'ait peur ? songea-t-il subitement. L'idée qu'elle soit vulnérable ne fut pas pour lui déplaire et éveilla même en lui un instinct protecteur. D'un autre côté, il devinait que Casey Manning n'avait pas froid aux yeux et qu'elle était parfaitement capable d'assurer sa sécurité seule. Mais si ses airs bravaches l'attendrissaient, il restait méfiant. Qui était Casey Manning ? Pour qui travaillait-elle ? Quoi qu'il en soit, pour le moment, il était contraint de s'allier avec elle.

— Vous avez un couteau. Vous pouvez vous défendre, pas moi.

— Si : vous avez le démonte-pneu !

— Si vous voulez, on échange, mais je vous préviens, ce n'est pas vous qui gagnerez au change…, plaisanta-t-il.

Au même instant, le pick-up freina, et s'arrêta.

— Prêt ? chuchota-t-elle.

Le moteur continuait de tourner. Par-dessus son ronronnement s'élevaient les voix de leurs ravisseurs.

Levi essaya de saisir leur conversation.

Sans succès.

Dépité, il soupira. Il regrettait de n'avoir pas été plus assidu à ses cours d'espagnol. Cela dit, il comprit, comme le ton montait, que les deux hommes étaient en désaccord et se disputaient.

— Le chauffeur veut que son complice s'occupe de nous pendant qu'il attend dans le pick-up, dit Casey d'une traite. L'autre n'est pas d'accord.

Levi allait lui adresser un compliment sur son bilinguisme aussi déplacé que ridicule dans leur situation, lorsqu'il entendit la portière passager s'ouvrir, puis un bruit de pas. Enfin, le hayon du pick-up s'ouvrit.

À son côté, il sentit Casey se raidir.

Un tout jeune homme en jean et sweat-shirt noirs s'adressa à eux en espagnol, sur un ton qui ne laissait rien présager de bon.

Levi préférait encore que ce soit ce jeune homme un peu falot qui soit en charge des opérations plutôt que le conducteur du pick-up, lequel s'était d'évidence autoproclamé chef, en usant sans doute de la violence.

Le jeune homme saisit Casey par les chevilles, afin de la faire glisser vers lui. Casey hurla et agita la tête dans tous les sens, comme si elle était terrorisée. Levi contint un sourire. Quelle actrice ! L'effet de surprise n'en serait que plus grand.

Le jeune Mexicain sectionna les liens autour de ses chevilles, puis braqua son pistolet sur elle et lui fit signe de se lever. Casey s'exécuta, chancela et s'écarta de lui, comme si elle ne parvenait pas à contenir sa peur et sa répulsion. Levi comprit ensuite que le Mexicain lui ordonnait de ne plus bouger. Casey se figea aussitôt, conformément au rôle de victime épouvantée qu'elle avait endossé pour mieux tromper l'ennemi.

Lorsque Levi fut à son tour délivré des liens qui entravaient ses chevilles, il s'approcha de Casey et, protecteur, se plaça devant elle. Leur ravisseur prononça quelques mots, toujours en espagnol, et leur fit signe de se diriger vers le bord de la route. Levi obéit, suivi par Casey toujours docile.

Enfin, l'homme alluma sa lampe de poche, dont le halo éclaira faiblement la nuit. Les contours de cactus et d'haciendas en ruine se profilèrent, sur fond de collines arides.

Sur un nouvel ordre de leur ravisseur, ils se mirent en marche, s'éloignant du pick-up.

Ils marchaient depuis quelques minutes quand Casey trébucha et tomba à genoux. Levi ferma les poings et se raidit pour s'empêcher de lui prêter secours. Il ne devait surtout pas se trahir.

Le ravisseur contrarié lui donna un coup de pied. Levi serra les dents. Casey geignit et pleurnicha, comme si elle s'était fait très mal, puis elle feignit d'avoir beaucoup de peine à se relever. L'homme vociféra des ordres et des insultes dans un sabir d'anglais et d'espagnol. Après avoir placé sa lampe de poche sous le bras mais gardé son arme en main, il se pencha pour l'aider. Levi ne le quittait pas des yeux.

C'était le moment de passer à l'action.

Il se jeta sur l'homme et lui arracha son arme. Ce dernier hurla, et lâcha sa lampe de poche qui en tombant s'éteignit. Levi comprima son artère carotide pour provoquer une syncope ; l'homme s'effondra. Il se désintéressa de son sort pour tendre la main à Casey qui se relevait d'un bond.

— Pourquoi ne l'avez-vous pas carrément assommé ? lui reprocha-t-elle en ramassant la lampe de poche.

— Si je n'y avais pas réussi du premier coup, il aurait eu le temps de riposter et de tirer, argumenta Levi.

La tactique qu'il avait adoptée lui semblait donc la plus efficace.

— Dites, je trouve que vous avez la critique facile ! reprit-il avec humeur. Que faisiez-vous pendant que je le neutralisais ?

Elle aurait tout de même pu lui prêter main-forte.

Casey ignora sa question pour tourner les yeux vers le pick-up.

— Attention, Stark ! Le chauffeur descend ! Vite ! Filons !

À peine avait-elle prononcé ces mots que des coups de feu retentirent dans la nuit.

Levi se précipita à la suite de Casey qui courait. Elle n'avait pas allumé la lampe de poche ; mieux valait courir à l'aveuglette que de se faire repérer et tuer.

— Il faut que nous prenions des directions différentes, dit-elle, hors d'haleine, lorsqu'il arriva à sa hauteur.

C'était une bonne idée, car cette manœuvre déconcerterait

le chauffeur. D'un autre côté, Levi ne tenait pas à se séparer de Casey.

De nouveaux coups de feu déchirèrent le silence. Levi hésita à s'arrêter pour riposter, mais il ne voulait surtout pas se laisser distancer par Casey.

À l'évidence, la jeune femme poursuivait les mêmes buts que lui, et il voulait savoir pourquoi et pour qui.

Il lui saisit le bras avec fermeté avant qu'elle ne le distance.

Surprise, elle essaya de se dégager.

— Bon sang, qu'est-ce que vous fabriquez, Stark ?

— Je veux m'assurer que vous n'allez pas filer et me semer !

Casey ne perdit pas de temps à discuter et continua de courir.

Levi soutint son rythme sans peine, mais il faillit trébucher lorsque tout à coup le sable céda la place à un terrain plus meuble. De la terre, et des planches, s'il en croyait le bruit qui s'élevait sous leurs pas.

— Oh ! ça suffit ! s'exclama Casey, qui essaya de nouveau de se dégager de son emprise.

En lui résistant, Levi chancela. Au même instant, Casey tomba comme si la terre se dérobait sous ses pieds. Levi qui regagnait à peine son équilibre se sentit propulsé à sa suite avec une violence qui lui coupa le souffle. Il resserra sa pression autour de sa main d'instinct, sans savoir si c'était pour la retenir ou se retenir. Entraîné par le poids de la jeune femme, il glissa à son tour dans le trou où elle venait de dégringoler.

Bon sang, que s'était-il passé ? se demanda Levi tout étourdi quand le silence fut revenu.

Une main accrochée à la végétation qui bordait le trou et l'autre retenant Casey désormais suspendue dans le vide, il sentit l'arête d'une planche écorcher sa poitrine et brider sa respiration. Il tremblait sous l'effort qu'il effectuait pour ne pas tomber et lâcher Casey.

À l'évidence, ils étaient tombés dans le puits d'une mine. L'arme qu'il avait confisquée à leur ravisseur avait dû quant à elle disparaître au fond du puits, à moins qu'elle n'ait roulé à ses alentours. Mais c'était désormais le dernier de ses soucis…

Le bruit d'un moteur rompit soudain le silence.

Levi prêta l'oreille, concentré au maximum, s'attendant à entendre retentir de nouveaux coups de feu, mais apparemment, le pick-up s'éloignait. Le conducteur devait soupçonner que la situation avait mal tourné et il prenait lâchement la fuite en abandonnant son complice à son sort.

— Dites, vous pouvez m'aider à remonter ? cria Casey.

Levi tenta de la hisser. Il fléchit le bras en serrant les dents sous l'effort. Les planches craquèrent de façon sinistre. Ce vieux puits avait été étayé par des planches maintenant à moitié pourries qui n'allaient pas tarder à céder sous son poids et celui de Casey, songea-t-il, désespéré. Il n'avait pour l'instant d'autre solution que de rester immobile et concentré pour continuer d'agripper les broussailles sans lâcher la main de Casey.

Mais il ne se faisait pas d'illusions : il ne tiendrait pas longtemps dans cette posture.

— Je ne peux pas ! souffla-t-il à regret.

Il sentait son épaule droite se tendre douloureusement, et de nouveau il serra les dents.

— Alors si vous ne le pouvez pas, lâchez-moi ! ordonna Casey.

— Vous êtes complètement folle !

Il la retiendrait aussi longtemps que ses forces le lui permettraient.

— Mais si nous tombons tous les deux, plus personne ne pourra venir à notre aide ! répliqua-t-elle.

Après une hésitation, elle reprit :

— Nous ne savons pas si ce puits est profond. La lampe de poche m'a échappé en tombant, je ne peux donc pas le vérifier. Quoi qu'il en soit, il y a de gros risques pour que nous soyons blessés ou que nous trouvions la mort si vous tombez aussi. La meilleure solution, à mon sens, c'est que vous me lâchiez et que vous filiez en ville chercher du secours.

Elle était complètement folle, se répéta Levi, resserrant la pression autour de son poignet.

— Il n'en est pas question, dit-il avec difficulté, luttant contre la douleur.

— Bon sang, ça n'est pas le moment de jouer les héros, Stark ! Lâchez-moi et allez chercher de l'aide en vitesse ! Sinon, on est tous les deux fichus ! Vous le savez aussi bien que moi !

Levi ferma les yeux et essaya de se soulever. En vain.

De son côté, Casey s'agitait pour l'obliger à lâcher prise.

— Je vous ai dit de me lâcher, Stark !

— Non ! Ne bougez pas, surtout !

En dépit de l'air froid, il transpirait à grosses gouttes. La voix de Casey s'éleva de nouveau.

— Oh… attendez !

Levi entendait son cœur battre jusque dans ses oreilles, il pouvait à peine penser.

— Je crois qu'il y a une aspérité, poursuivit Casey. Je devrais pouvoir y poser le pied. Cela vous soulagera.

L'espoir souleva sa poitrine.

Il sentit Casey bouger et grimaça comme une douleur aiguë se propageait de son bras à son épaule.

— C'est bon ! lança Casey, vous pouvez me lâcher maintenant !

Elle avait parlé avec calme et naturel, comme si elle était hors de danger.

Or elle mentait.

— Si c'est vrai, pourquoi est-ce que je sens toujours votre poids au bout de mon bras ?

Casey jura. Levi retint un rire. Elle avait voulu jouer les héroïnes, comme lui voulait jouer les héros. C'était absurde ! Elle avait raison, quand elle lui intimait l'ordre d'aller chercher de l'aide, mais Levi ne pouvait se résoudre à la lâcher et risquer ainsi qu'elle se rompe le cou.

Soudain, il sentit une pression sur sa main accrochée à la végétation au bord du puits.

Il leva les yeux et découvrit le jeune homme en sweat-shirt

noir qui, revenu de son évanouissement, s'était approché et le toisait.

— Que se passe-t-il ? s'enquit Casey.

Levi n'eut ni la force ni le courage de lui répondre. Pour lutter contre le jeune Mexicain, il devait lâcher Casey. Et encore, même en ayant retrouvé ses deux mains, il n'aurait jamais le dessus. Ils étaient donc perdus…

Le Mexicain avait compris son dilemme. Avec un rictus, il se baissa et saisit son poignet des deux mains pour l'obliger à lâcher prise.

— Meurs, *gringo* ! s'écria-t-il avec une joie sadique.

Ne pas lâcher ! s'intima Levi en fermant les yeux pour mieux se concentrer.

C'était peine perdue.

Ses doigts glissaient inexorablement. Il se rattrapa à la jambe du Mexicain. Mais ce dernier se dégagea avec un rire atroce.

Levi tenta de se raccrocher au sable, au bois, à n'importe quoi, mais ses doigts ne se refermèrent que sur le néant, et il tomba à son tour, enveloppé par le rire sardonique du Mexicain et le cri d'épouvante de Casey.

4

Chicago, 22 h 50

Victoria Colby-Camp reposa sa brosse à dents et étudia son reflet dans le miroir.

Elle avait dénoué ses nattes et ses cheveux retombaient somptueusement sur ses épaules. Au cours de ces dernières années, les mèches argentées qui parsemaient sa chevelure de jais s'étaient multipliées, mais son regard demeurait vif et étincelant. Mieux, elle était restée svelte et musclée. Non, décidément, elle ne paraissait pas son âge, sauf bien sûr les jours où elle s'avouait fatiguée.

Pour autant, l'agression de Pozos, qui avait suivi son enlèvement déjà perturbant du mois de juin, l'avait éprouvée et fragilisée. Peut-être était-il temps que Lucas et elle prennent leur retraite ?

Son fils Jim était capable de diriger l'agence Colby. Pourquoi hésitait-elle encore à lui passer le relais ? Elle pourrait profiter de la vie avec Lucas, voyager et passer plus de temps avec leurs petits-enfants. En se retirant des affaires, peut-être retrouveraient-ils une décontraction et une sérénité qu'ils avaient perdues au contact journalier du crime et du danger ?

Cette perspective, si sage et séduisante soit-elle, effrayait Victoria.

Cela faisait en effet presque trente ans qu'elle dirigeait

l'agence. C'était une tâche à laquelle elle s'était totalement consacrée, à la disparition de son fils et à la mort de son mari. D'une certaine façon, elle lui avait permis de se maintenir en vie.

De là à croire que sans l'agence il ne lui serait pas possible de vivre…

Et puis, serait-elle capable de changer de vie ? C'était tout le problème.

Elle prit une grande inspiration pour chercher à calmer cette appréhension irrationnelle qui l'envahissait dès qu'elle se posait cette question.

Elle avait dû tout de même faire face à des situations autrement plus terrifiantes au cours de son existence !

Trop fatiguée pour se tourmenter plus longtemps, elle alla rejoindre son mari, qui se trouvait déjà au lit. À sa vue, Lucas sourit, posa son journal sur la table de nuit et, dessus, ses lunettes de lecture.

Lucas lisait toujours en fin de soirée, c'était donc le seul moment où elle le voyait porter ses lunettes qui par ailleurs lui donnaient un charme fou. Sous le sourire aimant de son mari, Victoria sentit l'allégresse l'envahir. Lucas était un être d'exception, se dit-elle, la joie au cœur.

Elle doutait que de tels hommes existent encore. Le moule avait sûrement été cassé.

Sans cesser de sourire, Lucas rejeta la couette pour l'inviter à venir s'allonger à son côté. Une fois qu'elle se fut couchée, il l'attira à lui d'un geste ample et rassurant. Victoria se blottit aussitôt dans ses bras où elle se sentait si bien protégée.

Ils se comprenaient à la perfection, leurs corps s'épousaient avec la même harmonie après des années de vie conjugale.

Il n'y avait pas de meilleur havre au monde que l'étreinte de Lucas, pensa Victoria subitement apaisée, avec un soupir d'aise.

Quel que soit le lieu où ils choisiraient de vivre, dans les prochaines années, quelle que soit leur nouvelle existence, leurs sentiments ne changeraient jamais.

Sa place auprès de lui non plus.

5

Mexique

Casey porta la main à sa tête douloureuse, sous le choc.

Que s'était-il passé ?

La voix de Stark, toute proche, lui parvint.

— Surtout, ne bougez pas !

Casey se figea, puis cilla à plusieurs reprises alors que lentement elle recouvrait ses sens. Si elle souffrait, c'est qu'elle était vivante. Si Stark parlait, c'est qu'il l'était aussi. C'était déjà ça.

En tout cas, là où ils se trouvaient maintenant, il faisait noir comme dans un four.

Une fois qu'elle se fut plus ou moins ressaisie, elle essaya d'évaluer leur situation. Manifestement, ils étaient tombés au fond du puits minier.

Non, impossible, se ravisa-t-elle. Si tel avait été le cas, ils seraient déjà morts. Non seulement ces mines étaient profondes, mais elle avaient été inondées, plusieurs dizaines d'années plus tôt, et des nappes d'eau, de plomb et d'arsenic, mortelles, y croupissaient. Elle l'avait lu dans un guide sur cette région du Mexique.

Elle tendit le bras et tâtonna, à la recherche de la paroi de la galerie qui aurait normalement dû se trouver à portée de main. Étonnamment, ses doigts ne rencontrèrent que le vide.

— Je crois que nous avons atterri sur une espèce de… de plateforme, dit Levi en se rapprochant d'elle avec précaution.

— Les puits de ces vieilles mines s'enfoncent à plusieurs centaines de mètres sous terre et aucune plateforme n'en ponctue la descente, le contredit Casey. Les mineurs étaient autrefois hissés et descendus dans des cages.

Avait-elle vu un chevalement de puits de mine avant de tomber ?

Elle n'arrivait pas à s'en souvenir. Tout s'était déroulé à une telle vitesse, et de surcroît, dans la nuit noire… Elle n'avait eu ni le temps ni l'occasion de remarquer quoi que ce soit.

Elle serra les poings, frustrée, puis contint son désir de se déplacer pour explorer l'endroit. Elle devait rester prudente ; elle risquait de tomber de nouveau et cette fois, de trouver la mort. Elle tenait trop à la vie.

Avant d'entreprendre quoi que ce soit, il fallait donc bien réfléchir.

Levi reprit la parole.

— À mon avis, nous avons fait une chute d'environ trois à quatre mètres. Ce n'est pas beaucoup, mais quel que soit l'endroit où nous avons atterri, il n'est pas stable.

Casey avait jusque-là été trop occupée à garder son équilibre et à rester immobile pour s'intéresser à la fermeté du socle, ou de la plateforme, où ils se trouvaient.

À la vérité, elle se sentait toujours en état de choc et elle avait encore de la peine à raisonner, aussi était-elle soulagée que Stark ait toute sa lucidité.

— Il est possible que nous ne soyons pas tombés dans un puits minier, déclara-t-elle.

Peut-être étaient-ils au fond d'une décharge sauvage ? Elles étaient nombreuses au Mexique, avait-elle lu aussi.

Face à cette éventualité, elle sentit l'espoir l'envahir, d'autant que les informations de Stark semblaient la corroborer. N'avait-il pas évoqué une plateforme instable et une chute d'environ trois mètres ? Mais rien n'était encore sûr. Sous eux se trouvaient peut-être ces nappes d'eau contaminées dont la seule évocation faisait froid dans le dos.

— Vous auriez dû me lâcher lorsque je vous l'ai ordonné ! se plaignit-elle. Vous seriez déjà revenu avec de l'aide !

À cause de son héroïsme, ils se trouvaient dans une situation impossible, pesta-t-elle en silence. Non seulement ils allaient mourir dans cette espèce de trou infect, mais par-dessus le marché, ils allaient assister à leur agonie mutuelle.

— C'est ça, vous avez raison, riposta Stark. Tout est ma faute, et non celle du crétin qui a écrabouillé ma main avec un plaisir sadique. J'essayais tout de même de vous tirer de là, quand il a surgi ! Sans moi, Dieu sait où vous seriez, à présent !

— Oh ! par pitié, Stark, ne vous cherchez pas d'excuses ! Tout est affaire de timing, dans la vie. J'insiste, vous auriez dû me lâcher au moment où je vous l'ordonnais. Vous auriez ainsi eu largement le temps de réagir à l'agression de cet homme, de l'assommer et de partir chercher des renforts. Nous sommes bien avancés, maintenant !

Elle avait raison, et lui tort, se dit-elle rageusement. Stark avait laissé passer une occasion unique ; désormais, ils étaient tous les deux piégés.

Malgré tout, ils avaient eu de la chance, puisque leur chute avait été stoppée et amortie par cette espèce de socle instable. D'un autre côté, si jamais ce socle bougeait et dégringolait, elle ne donnait pas cher de leur peau, qu'ils s'écrasent au fond d'un vulgaire trou ou soient empoisonnés par le plomb et l'arsenic qui corrompaient les sols des puits miniers.

Casey eut soudain une pensée pour son oncle.

Pour Lucas.

Sa mission était à peine commencée qu'elle se soldait par un échec.

— Je vous propose d'explorer, avec toute la prudence requise, l'endroit où nous sommes, reprit Stark avec optimisme.

Il avait raison. Casey tendit la main et se leva lentement.

Elle sentit tout à coup une paroi. Elle y frotta le bout de ses doigts et les porta à son nez.

C'était de la terre.

Si elle se souvenait bien de sa lecture du guide touristique, le soutènement des trois cent et quelques mines de la région était généralement boisé. Quant aux galeries en forme de voûte, elles étaient construites en maçonnerie ou en pierres sèches.

Nouvel espoir. Se trouvaient-ils bel et bien dans une décharge ? La situation n'était peut-être pas aussi catastrophique qu'elle le paraissait.

Et mieux valait tenter le tout pour le tout que de croupir dans l'obscurité.

Soudain, quelque chose frôla sa jambe. Casey laissa échapper un cri.

Un rat !

L'horreur passée, un sourire lui vint aux lèvres.

Si des rats étaient entrés dans ce trou, ils pouvaient donc en sortir. Par où passaient-ils ?

Du reste, s'ils ne se trouvaient qu'à trois ou quatre mètres de la surface du sol, comme Stark l'avait subodoré quelques instants plus tôt, n'auraient-ils pas dû voir le ciel étoilé ?

Elle se hissa sur la pointe des pieds et leva les bras. Ses mains rencontrèrent un tas d'objets divers en caoutchouc et en ferraille. Un grincement sinistre frappa ses oreilles.

— Qu'est-ce que vous faites ? s'exclama Levi en lui saisissant le bras. Faites attention !

— Ne vous inquiétez pas, j'essaie seulement d'écarter ce qui se trouve au-dessus de nous, et de grimper, expliqua-t-elle, ignorant son geste et, par la même occasion, la décharge d'électricité qui l'avait saisie à son contact.

Elle se remit sur la pointe des pieds et, toujours prudente, tendit les deux bras.

Cette fois, ce fut la plateforme qui grinça.

Casey se figea. Stark aussi.

Il ne lui adressa aucun reproche, mais il grommela une

suite de paroles inintelligibles où elle décela plus d'inquiétude que de colère.

Revenue de sa frayeur, Casey continua de déplacer ce qui se trouvait au-dessus de leurs têtes, toujours lentement et en effectuant de nombreuses pauses. Bientôt, ses efforts furent récompensés : elle distingua le ciel nocturne et les étoiles qui y étincelaient.

— Vous aviez vu juste, Stark ! lança-t-elle par-dessus son épaule. Nous avons fait une chute de quelques mètres, pas plus !

Elle se propulsa sur la pointe de ses pieds. L'ouverture du trou se trouvait à près de deux mètres.

Inaccessible.

— J'ai l'impression que ce socle est devenu plus stable, pas vous ? fit Stark.

Il avait raison. Avec un peu de chance, ils seraient tirés d'affaire dans quelques minutes.

— Vous pensez que vous pouvez soutenir mon poids, Stark ?

Il tourna les yeux vers elle. Ils brillaient.

— Je pense, oui. N'oubliez pas que je vous ai retenue au péril de ma vie, tout à l'heure.

— C'est vrai. Bon, tenez-vous prêt.

Sur ces mots, Casey se plaça derrière lui, posa ses mains sur ses épaules et sentit aussitôt ses muscles se tendre. Il devait souffrir de courbatures, se dit-elle avec une pensée compatissante.

De son côté, elle évita de s'appesantir sur l'étrange chaleur qui envahissait son corps avec une grande douceur. C'était étrange, chaque fois qu'ils s'effleuraient ou se touchaient, elle ressentait cette impression aussi agréable que déroutante.

Casey se secoua et prit une grande inspiration.

— Ne regardez pas sous ma jupe, s'il vous plaît ! lui intima-t-elle alors qu'elle posait un pied, puis l'autre, sur ses épaules.

Elle se félicita de porter cette jupe longue, qui lui donnait une grande liberté de mouvement.

Une fois qu'elle fut en équilibre, Casey se redressa et émergea du trou.

Libre ! Enfin presque…

Elle observa les abords pendant dix bonnes secondes.

Personne.

Le jeune Mexicain semblait avoir disparu. Le pick-up aussi. Le silence était total. Elle chercha donc une prise afin de se hisser hors du trou. Ses mains glissèrent.

— Vous pouvez me pousser un peu plus haut ? cria-t-elle.

Pour toute réponse, elle sentit la main de Stark envelopper le cou de son pied droit, qu'elle leva en se retenant aux planches à moitié pourries qui étayaient le trou, afin qu'il puisse en envelopper le talon de sa paume. La manœuvre fut plus difficile pour le pied gauche, mais Stark resta solidement arrimé. Ainsi portée, Casey parvint à s'agripper à des touffes d'herbe et à sortir totalement du trou. Ce faisant, elle se griffa aux planches et déchira l'ourlet de sa jupe.

Lorsqu'elle fut enfin à plat ventre sur le sol, elle y pressa sa joue, savourant son soulagement. Puis elle reprit son souffle, fit demi-tour et se pencha pour regarder dans la direction de Stark.

— J'ai réussi !

— Je n'en ai jamais douté.

Si sa voix était détendue, elle y décela de l'inquiétude. Sans doute s'interrogeait-il sur ses intentions.

Mais elle ne l'abandonnerait pas à son sort, elle se demandait au contraire comment le sortir de là.

Même s'il tendait le bras, elle ne pourrait pas le hisser. Rester à plat ventre et se pencher pour atteindre sa main ? Elle risquait de basculer de nouveau.

Il aurait fallu une corde. Casey réfléchissait toujours quand elle crut entendre un bruit qui la fit s'immobiliser.

— Stark ? Vous avez toujours votre démonte-pneu ?

Elle espérait qu'il était toujours armé, car dans sa chute, elle avait lâché son couteau à cran d'arrêt. Leur ravisseur ou quelque autre sinistre individu pouvait rôder dans les environs et surgir à tout moment. Autant anticiper le danger.

— Tenez !

Stark lui tendit le démonte-pneu. Elle se pencha au maximum pour s'en emparer et le posa à portée de main. Soulagée d'être désormais en mesure de réagir face à une éventuelle agression, elle reporta son attention sur Stark et se remit à réfléchir. Le trou était beaucoup trop large pour qu'il puisse remonter en appuyant les paumes de mains et les pointes ses bottes de chaque côté de la paroi.

Soudain une idée lui vint.

— Stark ? Retirez votre ceinture !

Cela ne suffirait peut-être pas, mais ça ne coûtait rien d'essayer.

Elle entendit le frôlement du cuir contre le tissu, signe qu'il obtempérait. Tandis qu'elle attendait, Casey fut prise d'un frisson irrépressible et se rendit compte qu'elle était épuisée et mourait de froid.

Stark jeta la ceinture hors du trou, et elle la rattrapa du premier coup. Elle la noua autour de son poignet, en ferma la boucle et serra bien fort. Elle laissa ensuite pendre son extrémité et se prépara à agir.

— C'est bon ? Vous arrivez à la saisir ?

— Ça ne marchera pas. Vous ne pourrez jamais me tirer hors du trou. Au contraire, je vais vous y faire dégringoler.

Il paraissait las.

— On ne le saura pas tant qu'on n'aura pas essayé ! répliqua-t-elle pour l'encourager.

En son for intérieur, elle savait qu'il avait raison. Elle était exténuée et souffrait plus qu'elle ne voulait se l'avouer du coup de Fernandez. Elle se savait forte, mais en ce moment, elle se sentait particulièrement faible.

Tant pis, elle devait tout de même essayer.

— Repartez plutôt en ville ! lui dit Stark. Allez chercher de l'aide.

— Prenez cette ceinture au lieu de discuter, bon sang ! Vous commencez à me fatiguer !

— Bon. J'espère que vous n'allez pas retomber, conclut-il en en saisissant enfin l'extrémité. On sera bien avancés…

Casey leva les yeux au ciel. Si elle avait été un homme, jamais Stark n'aurait tenu de tels propos.

Elle crut le voir fléchir les genoux et planter la pointe de sa botte dans la paroi. Quand il se fut solidement amarré, il leva les yeux.

— Prête ?

— Montez donc au lieu de jacasser ! On perd du temps, là !

Casey resserra la ceinture autour de son poignet, la tint des deux mains et tira de toutes ses forces. Elle sentit la ceinture glisser entre ses doigts et lui échapper. Elle poussa un cri.

Stark lâcha aussitôt.

Le bruit de sa chute monta du trou.

Casey baissa les yeux sur lui. Dieu merci, il allait bien.

— Allez chercher de l'aide ! lança Stark. Vous voyez bien que ça ne marche pas !

Casey secoua obstinément la tête. Plutôt mourir que de s'avouer vaincue.

Elle regarda autour d'elle mais ne vit rien. Peut-être trouverait-elle quelque chose dans les ruines qui s'élevaient à proximité ?

— Je reviens !

Elle s'arma du démonte-pneu, et s'approcha des ruines avec prudence. Elle n'avait pas envie de tomber dans un autre trou ou quelque autre piège. Elle avisa divers objets, un seau rouillé, un petit banc de bois et de grosses pierres. Rien qui puisse lui servir.

Elle passa le dos de sa main sur son front avec lassitude. Que faire ? À chaque minute qui passait, le danger grandissait. Les hommes de Fernandez pouvaient revenir sur les lieux. La plateforme où se trouvait Stark pouvait se dérober sous ses pieds à tout moment.

Une nouvelle idée lui vint.

Ragaillardie, elle revint devant le trou, et se laissa tomber à genoux.

— Stark ? Retirez votre jean !

Un profond silence suivit ces propos.

Puis sa voix retentit.

— Vous avez des intentions malhonnêtes à mon endroit ? Est-ce bien le moment ?

— Je vous ai demandé de retirer votre jean, pas d'avoir des idées mal placées !

— Et si vous me disiez plutôt quelle est votre nouvelle stratégie ?

Sa voix était empreinte de perplexité.

— Faites-moi confiance, un point c'est tout ! repartit-elle avec une impatience grandissante. Lancez-moi ce jean.

— Vous faire confiance ? Vous plaisantez ?

Casey ne put s'empêcher de sourire.

— Bon, pourquoi pas, après tout ? reprit-il. Au point où j'en suis…

— Ravie de vous l'entendre dire. Allez, dépêchez-vous, il fait vraiment très froid.

Il porta la main à sa braguette.

— Ne vous sentez surtout pas obligée de regarder !

Casey leva les yeux au ciel. Elle recula, s'assit et, pour se réchauffer, noua ses bras autour de ses genoux remontés sous le menton. Bon sang, il avait raison : elle aurait dû retourner en ville au lieu de perdre son temps et son énergie à chercher une solution pour le sortir de ce trou. Elle serait peut-être déjà revenue, à l'heure qu'il était. Au lieu de ça, elle gelait dans ces étendues désertes et sinistres en attendant qu'un inconnu retire son pantalon.

Un individu qui, de surcroît, polluait sa mission.

À cet instant, le jean atterrit devant ses yeux. « Bien visé, Stark. »

Elle le prit et ne put s'empêcher d'en regarder la marque.

— Dites, vous ne vous refusez rien, Stark !

Maintenant, il fallait espérer que ce jean griffé soit aussi solide qu'il était onéreux.

Après avoir jeté une jambe du pantalon dans le trou, elle se plaça derrière le plus solide des arbustes, en étreignit le tronc et des deux mains serra l'autre jambe de pantalon. Casey voulait croire que les racines de l'arbuste seraient assez profondes pour supporter le poids de Stark.

— Prête ? s'écria-t-il.

— Prête comme jamais !

Qui que soit Stark et quels que soient ses buts, elle ne pouvait l'abandonner à son sort. De plus, elle avait beau être aguerrie, elle n'avait pas particulièrement envie de se retrouver seule dans ce désert lugubre.

Casey secoua la tête. Balivernes ! Elle ne redoutait pas d'être seule !

À peine s'était-elle fait cette réflexion qu'une phrase de sa mère fusa dans son esprit.

« Continue de mener une vie pareille et tu finiras comme ton oncle Thomas ! Seule ! »

Ridicule !

Sa mère exagérait la situation à dessein, parce qu'elle désirait ardemment avoir des petits-enfants et que Casey, fille unique, était la seule à pouvoir combler ses vœux.

Le jean se tendit. Casey s'arracha à ses pensées pour se concentrer.

— Allez, allez, murmura-t-elle.

L'arbuste craqua.

— Allez, Stark ! cria-t-elle.

Elle ne tiendrait plus très longtemps. *Plus vite*. Elle planta ses talons dans le sol pour faire levier.

La tête de Stark, puis ses épaules apparurent.

Il sortit une jambe, et enfin l'autre. Il roula en dehors du trou, mais, étonnamment, il ne se leva pas.

Était-il blessé ?

Casey s'approcha, sourcils froncés.

— Ça va, Stark ?

Elle remarqua qu'il portait un boxer à motifs cachemire et des bottes western. Ce spectacle la fit rire, sans qu'elle comprenne pourquoi.

Stark la fixa jusqu'à ce qu'elle ait recouvré son calme.

— Je vais bien, dit-il d'un air hautain, mais je ne me lèverai que lorsque j'aurai récupéré mon jean, merci d'avance.

Casey partit d'un nouvel éclat de rire. Elle se sentait euphorique. Grisée par le soulagement ?

Quoi qu'il en soit, Stark ne trouvait pas la situation très drôle. Il continuait de l'observer avec un air pincé.

Il roula enfin sur le flanc et se leva d'un mouvement souple sans doute destiné à l'impressionner. Il retira ses bottes, s'approcha d'elle et se baissa pour ramasser son jean avec dignité. Il en secoua la poussière, l'enfila sans la quitter des yeux, la défiant ainsi de se moquer de lui. Mais Casey ne songeait plus à rire, elle était perdue dans la contemplation de cet homme qu'elle ne connaissait pas, mais qui ne laissait pas de la séduire.

Quand il eut boutonné la braguette et remis ses bottes, elle lui montra les environs.

— Votre ceinture doit être par là.

Une fois qu'il l'eut retrouvée, elle reprit la parole.

— Bon, eh bien je ne sais pas pour vous, mais moi, je vais aller rendre une petite visite à notre ami Fernandez.

Ce triste sire lui devait encore quelques informations, si ce n'était des explications.

Stark brandit son démonte-pneu.

— Je vous suis. Vous pensez que cela suffira pour le faire parler ? Il va se faire prier, sans aucun doute.

— Je sais… mais je suis venue au Mexique dans un but bien précis et je ne rentrerai pas tant que je n'aurais pas mené ma mission à son terme.

Casey croisa les bras, plus pour se réchauffer que pour prouver sa détermination à Stark, puis elle le considéra avec intérêt. Elle l'aurait volontiers interrogé sur ses visées et l'identité de son client.

— Figurez-vous que je me trouve dans la même situation que vous, déclara-t-il avec complaisance.

Il planta les mains sur ses hanches.

— Nous poursuivons les mêmes objectifs, alors pourquoi ne pas collaborer ? Je vous ai prouvé ma fiabilité et mon sérieux. Vous m'avez prouvé les vôtres.

Casey resta songeuse. S'agissait-il d'une ruse ? Et si leurs clients étaient ennemis ?

— J'accepte à une condition : que vous me donniez l'identité de votre client.

Il leva les mains et secoua la tête.

— Pas question. C'est confidentiel. Top secret.

Casey en resta pantoise. Il faisait d'une simple mission un secret d'État ? Grotesque !

— Vous voulez que l'on fasse équipe, mais vous refusez de me dévoiler ne serait-ce que l'identité de votre client ?

— Donnez-moi le nom du vôtre, je vous donnerai le nom du mien.

Casey se tendit. Mission secrète, lui avait dit Lucas.

— Désolée, mais c'est impossible. Ce sont les ordres de mon client.

Stark soupira et haussa les épaules.

— Nous prenons la même direction, alors autant y aller ensemble, non ?

Cette perspective la remplit d'une inexplicable allégresse.

— Je ne vous le fais pas dire !

Stark fit un geste vers la route.

— À vous l'honneur, dit-il galamment.

Les épaules tendues et en proie aux émotions les plus déconcertantes, Casey passa devant lui. Stark la rattrapa en deux enjambées et posa sa veste autour de ses épaules sans ralentir le pas.

— Vous avez froid.

Elle s'arrêta et le dévisagea sans aménité.

— Je n'ai pas froid.

Elle lui tendit sa veste d'un geste raide. Il ne daigna pas

la lui prendre, car il était occupé à boutonner les poignets de sa chemise.

— Gardez donc ma veste. Nous avons du chemin jusque chez Fernandez et il fait vraiment froid.

Casey exhala sa frustration dans un soupir.

— Si vous le dites.

Elle l'enfila. Aussitôt, la chaleur et l'odeur de Stark l'envahirent. Prise de vertige, elle ferma les yeux.

Elle se ressaisit, un peu étonnée, et se remit en marche, ignorant l'homme dont la présence troublait ses sens.

Il la rejoignit vite.

— Merci encore de m'avoir tiré de ce trou, lança-t-il avec bonne humeur.

— À votre service.

— Jolie petite culotte, si je puis me permettre. Rose avec de la dentelle, je crois ? Tout un programme, insinua-t-il malicieusement.

Casey, humiliée et furieuse, resta silencieuse.

— Détendez-vous ! Je tente de réchauffer l'atmosphère ! reprit-il en riant.

Elle serra les poings. Il avait de la chance qu'elle ait froid, qu'elle soit fatiguée et lui doive la vie, sinon elle lui aurait fait ravaler ses paroles impudentes.

6

Si l'hacienda de Paulo Fernandez semblait aussi délabrée qu'à l'époque lointaine où il en avait fait l'acquisition, il suffisait de jeter un coup d'œil à l'intérieur pour s'apercevoir qu'il y avait effectué d'importants travaux de rénovation et même engagé les services d'un décorateur professionnel.

Fernandez n'était pas un homme raffiné, mais l'argent lui permettait d'avoir bon goût, conclut Casey, postée près de l'une de ses fenêtres.

Il n'y avait aucun éclairage extérieur susceptible de trahir leur présence. Étonnamment, Fernandez n'avait pas muni ses fenêtres de volets. Par négligence ? Parce qu'il ne redoutait ni les maraudeurs ni les voleurs, rebutés par l'apparence pitoyable de son hacienda ? À moins qu'il ne jouisse du respect de ses pairs et suscite la peur dans toute la région malgré ses airs bonasses ?

Casey voyait ses deux sbires, qui, têtes baissées et muets, subissaient les foudres de Fernandez, lequel arpentait son élégant salon en vociférant à grands renforts de gestes.

Elle l'entendait par intermittence leur reprocher leur incapacité en des termes très crus. Sans cesse il répétait que leur châtiment serait terrible s'ils ne retrouvaient pas les deux *americanos* morts ou vifs. « Pas aussi terrible que ce que je leur réserve, une fois que je les aurai sous la main », se dit-elle en serrant les poings.

Casey retrouvait toute son énergie, et cette incroyable

sensation d'ivresse que lui procuraient les missions de terrain dont ses supérieurs de la CIA l'avaient injustement privée en la confinant dans les bureaux et en lui imposant un congé.

Ils réprouvaient son imprudence, qui selon eux frôlait l'inconscience, parce qu'à trois reprises au cours de ces deux dernières années, elle avait failli perdre la vie et mis la vie d'autrui en danger.

Était-ce sa faute si, lors de sa dernière mission, l'otage avait été blessé pendant son exfiltration en catastrophe, dans des conditions rocambolesques de surcroît ? Non, bien sûr ! Car l'otage, tout prince héritier soit-il, n'était qu'un enfant gâté et immature en dépit de ses vingt-cinq ans. S'il n'avait pas été si capricieux, s'il avait obéi à ses consignes, il n'y aurait certainement pas eu cette petite dispute qui avait tourné à l'incident diplomatique et dont elle avait fait les frais.

Casey refoula ces souvenirs désagréables.

Son confinement sur le site de Langley, le célèbre QG de la CIA, puis son congé, étaient destinés à la faire réfléchir et à calmer ses impulsions, mais la mission que lui avait confiée Lucas prouverait à tous qu'elle était prudente et circonspecte. Pour le moment, d'ailleurs, tout se déroulait relativement bien. Même si Fernandez l'avait doublée et même si un autre détective était dans la course, il n'y avait encore eu aucun blessé ou tué. Bref, aucune bavure.

— Quand Fernandez aura terminé de leur passer son savon, et que ses hommes se seront retirés, nous aurons le champ libre pour intervenir, murmura Stark dont la voix, tout contre son oreille, la fit sursauter.

Elle recula d'instinct. Pour une raison qu'elle s'expliquait mal, elle ne contrôlait pas ses réactions face à la trop grande proximité de Stark.

— Avant, il va falloir neutraliser ces imbéciles et leur faire une belle peur pour qu'ils parlent !

Stark la considéra avec perplexité. Encore une fois, ses yeux vers la fascinèrent. Pourquoi était-elle donc si sensible à son regard ?

— Une fois que nous aurons neutralisé leur patron, objecta Stark avec calme, ces deux individus seront plus doux que des agneaux. Vous avez constaté comme moi que c'était des incapables, de plus ils ne doivent rien savoir, alors pourquoi leur faire peur ? À mon avis, il vaut mieux opérer en douceur et se concentrer sur Fernandez.

— Bon sang, vous rêvez, Stark ! vitupéra-t-elle à voix basse. Ces deux imbéciles ne sont pas doux comme des agneaux. Ce sont des criminels. Ils sont armés, ils ont voulu nous supprimer. Quant à Fernandez, ne me dites pas qu'il est inoffensif ! C'est un fourbe, un menteur et un traître !

Pourquoi Stark discutait sa décision ? Ils perdaient un temps fou en palabres. Ils étaient associés, oui ou non ?

— J'en conviens, laissa-t-il tomber avec simplicité.

Il reporta son attention sur la scène qui se déroulait à l'intérieur.

— Mais Fernandez est malin, poursuivit-il. La patience est donc de mise. Lorsque ses hommes auront regagné leurs pénates, nous ferons irruption chez lui et nous le neutraliserons. Ensuite, évidemment, nous l'interrogerons dans les règles de l'art.

Stark avait choisi la stratégie la moins risquée. Depuis le début de cette aventure, il se montrait maladivement prudent. C'était agaçant.

Tout à l'heure, en prenant la route, ils n'avaient pas fait vingt mètres qu'il se ravisait pour revenir sur leurs pas. Il voulait passer la zone autour du trou au peigne fin, dans l'espoir d'y retrouver l'arme qu'il avait arrachée au jeune Mexicain en sweat-shirt.

Casey avait eu beau lui dire qu'il ne trouverait rien dans cette obscurité, rien n'y avait fait.

Non seulement Stark était circonspect, mais il ne lui faisait pas confiance. Leur collaboration s'annonçait difficile.

En arrivant à proximité de l'hacienda de Fernandez, Stark avait décidé d'inspecter d'abord sa dépendance, une bâtisse décrépite qui servait manifestement de logis à ses deux hommes de main. Il voulait s'assurer qu'elle était vide avant de continuer à avancer. Par chance elle l'était, sinon, ils en seraient encore à attendre Dieu sait quoi !

— C'est là tout votre plan ? demanda-t-elle, à bout de patience.

— Oui, pourquoi ? Vous pensez qu'il vaut mieux foncer et attaquer ? N'oubliez pas que mis à part ce démonte-pneu, nous ne sommes pas armés, dit-il en brandissant l'objet de telle façon que Casey le trouva dérisoire, en effet.

— Si on faisait un compromis ? reprit-elle, mue par une inspiration. Attendons que les hommes de Fernandez reviennent dans leurs quartiers. Nous les y surprenons, nous leur confisquons leurs armes, puis nous nous occupons de Fernandez. Qu'est-ce que vous en pensez ?

Stark réfléchit si longtemps qu'elle se contint pour ne pas le secouer. Certaine que sa réponse allait le contrarier, elle se sentit envahie par une exaspération grandissante.

Palabrer sur une stratégie qui allait de soi était une perte d'énergie et de temps ! Voilà précisément pourquoi elle préférait travailler seule.

— Vous aimez bien avoir le dernier mot, n'est-ce pas ?

La surprise rendit Casey muette. Elle était sûre qu'il allait discuter son plan, or il biaisait en lui adressant une remarque personnelle qui confinait au reproche.

Elle haussa les épaules avec indifférence.

— Bon alors, c'est oui ?

De nouveau Stark tarda à répondre. Pour l'amour du ciel, ils perdaient du temps ! Fernandez avait cessé de parler et de faire les cent pas. À l'évidence, il allait bientôt congédier ses deux hommes.

— Pourquoi pas ? fit Stark, qui reporta lui aussi son attention sur le salon de Fernandez.

Enfin, ça n'est pas trop tôt ! pensa Casey. C'était la première fois qu'elle collaborait avec un détective privé. S'ils étaient tous aussi conventionnels et aussi lents, c'était à se demander comment ils réussissaient à accomplir leurs missions.

Elle se désintéressa vite de la question pour revenir auprès de la dépendance. Stark l'y rejoignit.

La bâtisse n'était pas fermée à clé ; à vrai dire, la porte n'était même pas munie de serrure. Les deux hommes de main de Fernandez ne s'inquiétaient guère de leur sécurité. Voilà qui leur facilitait la tâche.

Casey poussa la porte. Les gonds, anciens et mal entretenus, gémirent. Elle s'y était attendue, mais elle se raidit tout de même. À l'intérieur, une odeur prononcée de tabac froid et de poussière l'assaillit.

La pièce, carrée, était rustique et meublée de façon spartiate. La lueur de la lune, insuffisante, ne permettait pas de prendre la mesure de l'espace, d'autant que les vitres des petites fenêtres étaient sales, mais le sol lui parut jonché de détritus.

Tout au fond, deux lits en fer recouverts de minces couvertures étaient séparés par une commode chargée de vêtements en désordre. Au centre se dressait une table branlante croulant sous les bouteilles de bière vides et entourée de fauteuils en osier disparates. Une ampoule nue oscillait au-dessus. Dans un coin, un vieux réfrigérateur — qui ne contenait que de la bière — ronronnait bruyamment.

Casey se posta près de l'une des fenêtres pendant que Stark se positionnait juste derrière la porte. Elle fureta ensuite autour d'elle, cherchant un objet qui puisse lui servir d'arme.

Ses yeux se posèrent sur les bouteilles de bière vides. Elle sourit, en prit deux et revint à son poste près de la fenêtre au moment où les deux *hombres* de Fernandez sortaient de l'hacienda.

Casey se renfonça dans l'ombre, tout en sachant cette précaution inutile. Les deux Mexicains étaient si occupés à se disputer et à se rejeter mutuellement la responsabilité du fiasco de leur prise d'otage qu'ils ne se méfiaient pas.

Elle regarda Stark, qui s'était fondu dans la pénombre derrière la porte, et se plaqua contre le mur. C'est à peine si elle osait respirer.

Les deux hommes entrèrent. Les gonds de la vieille porte se remirent à grincer. Ils continuaient de se disputer.

L'un tira une chaise dont les pieds raclèrent le sol et se laissa tomber dessus avec lassitude. Casey redouta qu'il ne tire sur le cordon, juste au-dessus de sa tête, pour allumer la lumière, mais il n'en fit rien. Il semblait accablé.

Elle crut reconnaître le jeune homme au sweat-shirt noir qui les avait fait sortir du pick-up et les avait poursuivis à travers ce qu'elle appelait « le champ de mines ».

Son acolyte écumait toujours de colère. Il ne cessait de reprocher à son complice de ne pas avoir tiré tout de suite une balle dans la tête des deux *americanos*. Tout en braillant, il ouvrit le réfrigérateur. La lumière qui s'en échappa forma un halo autour de lui. Casey resta absolument immobile, le sang bouillonnant dans ses oreilles, le cœur battant avec violence. Par chance, le halo ne l'atteignit pas.

L'homme referma le réfrigérateur, fulminant toujours. Il était furieux de devoir attendre le petit jour pour fouiller les puits ou les décharges sauvages qui pullulaient dans les alentours, retrouver leurs corps et ainsi avoir l'assurance qu'ils étaient bien morts.

Soudain, un mouvement accrocha le regard de la jeune femme. Stark s'approchait à pas de loup dans la direction du chef autoproclamé. Il l'assomma avec son démonte-pneu. Son complice alarmé bondit avec une telle brusquerie que sa chaise tomba à la renverse.

Casey ne lui laissa pas le temps de réagir et le frappa avec la bouteille de bière, qui se fracassa sur sa tête sans l'étourdir. L'homme fit volte-face, en dégainant. Avant qu'il n'ait tiré, elle l'assomma avec sa deuxième bouteille. Il s'effondra comme venait de le faire son *amigo*.

Elle lui prit son 9mm et le coinça dans sa ceinture, puis elle fouilla dans le linge sur la commode. Elle trouva des chemises, idéales pour ligoter les hommes. Elle en lança deux à Stark.

En hâte, sans échanger un mot, ils lièrent fermement les

mains et les pieds des deux hommes, puis ils leur fourrèrent une chaussette dans la bouche en guise de bâillon.

Casey se redressait quand elle sentit la main de Stark se poser sur son épaule. Elle leva les yeux vers lui, de nouveau agitée par un tremblement incoercible. C'était incroyable. Pourquoi tremblait-elle dès qu'il la touchait ? Fort heureusement, Stark ne parut rien remarquer.

— Procédons avec méthode, lui dit-il. Nous devons faire parler Fernandez, pas le tuer ou l'assommer, c'est entendu ? Pas d'imprudence !

Ces propos agacèrent Casey. Elle n'avait jamais eu l'intention d'entrer dans l'hacienda en tirant des coups de feu à tort et à travers ! En cet instant, Stark avait le même air grave que ses supérieurs de la CIA.

Vexée, elle lui tourna le dos et sortit de la dépendance sans répondre. Elle n'était pas imprudente, elle était brave, audacieuse et efficace. Elle n'était ni faible ni pusillanime, et d'ailleurs, ces mots ne faisaient même pas partie de son vocabulaire.

Le vent s'était levé, la nuit avait encore fraîchi. Casey se protégea des volutes de terre poussiéreuse en enfonçant sa tête dans ses épaules. Suivie par Stark, elle s'approcha de l'hacienda.

Elle se posta devant la même fenêtre que tout à l'heure et regarda à l'intérieur avec précaution.

Fernandez s'était affalé dans un grand fauteuil, un verre de tequila à la main. À en juger par le contenu de la bouteille à ses pieds, il avait déjà beaucoup bu. En tous les cas, il semblait plus calme, presque songeur.

Casey entendait agir vite et frapper fort. Elle s'accroupit devant la fenêtre et attendit que Stark la rejoigne.

— Voilà ce que je vous propose, lui dit-elle tout bas. Nous allons entrer par la porte par laquelle les deux hommes de main sont sortis. Je doute qu'elle soit fermée à clé.

— Parfait : si Fernandez nous entend, il pensera que c'est l'un des deux qui revient.

Il l'avait comprise à demi-mot, se dit-elle, agréablement surprise.

La perspective de prendre bientôt sa revanche sur Fernandez la fit sourire aux anges. Elle allait s'en donner à cœur joie, du moins si Stark ne s'avisait pas de lui mettre des bâtons dans les roues.

Elle passa à croupetons sous la fenêtre pour gagner la porte, se releva, plaqua son dos au mur et prêta l'oreille. Stark alla se poster de l'autre côté de la porte.

Casey attendit. Le silence persistant la contrariait. C'était dommage que Fernandez ne regarde pas la télévision ou n'écoute pas de musique. Le son aurait couvert le bruit qu'ils risquaient de faire. Le parquet pouvait craquer ou une chaise, heurtée par mégarde, racler le sol. Même si Fernandez penserait que c'était l'un de ses hommes qui revenait, rien n'était gagné.

Sans crier gare, Casey entra, afin que Stark n'ait pas le temps de la retenir.

La porte donnait dans la cuisine, et de là, dans un large couloir doté d'alcôves conduisant dans le salon et à la salle à manger. Le couloir était modérément éclairé par la lumière provenant du salon.

Casey s'arrêta dans l'une des alcôves, où était logée une armoire vitrée en marqueterie. Un meuble délicat, incongru dans cet endroit. Y étaient exposées des collections de ravissantes figurines en biscuit de Sèvres des XVIIIe et XIXe siècles. À l'évidence, l'argent avait développé les goûts de Fernandez.

— Qu'est-ce que vous voulez encore ? hurla Fernandez du salon. Je vous ai dit de filer et de ne plus revenir !

Casey sourit. Il pensait bel et bien que ses deux hommes étaient revenus.

Un bruit de vaisselle cassée monta de la cuisine où était resté Stark. Casey sourit plus largement encore. Stark essayait d'attirer leur proie.

— Si jamais vous brisez l'un de mes sujets en porcelaine, vous le regretterez ! s'écria de nouveau Fernandez, dont la voix et les pas se rapprochaient.

Lorsqu'il passa devant le beau meuble vitré, Casey pressa le canon de son arme sur sa tempe.

— C'est peut-être vous qui allez le regretter, lâcha-t-elle d'une voix glacée.

Au même instant, Stark alluma la lumière du plafonnier, et braqua sur le front de Fernandez le 9mm qu'il avait pris à l'un de ses hommes.

— Vous allez devoir vous expliquer, poursuivit Casey.

Fernandez grimaça.

— J'avais des ordres.

— Qui vous les a donnés ? intervint Stark.

En son for intérieur, Casey reconnut qu'il avait l'air particulièrement menaçant.

— Je ne dirai rien. Pas un mot, répliqua Fernandez en secouant la tête frénétiquement. Sinon, elle me tuera.

— Ça ne nous pose aucun problème, vous savez, repartit Casey d'une voix allègre.

Elle resserra sa main autour de la crosse de son pistolet.

— Je peux même mettre fin à vos tourments dans la seconde, si vous voulez, reprit-elle, prête à tirer.

— Non ! Attendez ! fit Stark avec vivacité.

Casey lui lança un regard excédé, tandis que Fernandez devenu livide reprenait peu à peu des couleurs et soupirait de soulagement. Stark approcha une chaise et força Fernandez à s'asseoir.

— Prenez donc l'une ces charmantes figurines, dit Stark à Casey. Notre ami Fernandez semble beaucoup y tenir. Elles sont en biscuit, n'est-ce pas ? Le biscuit, c'est bon. On va lui en faire manger.

Casey sourit.

— Volontiers !

Elle mit son arme à la ceinture de sa jupe, ouvrit le meuble vitré et s'empara de deux statuettes de la série des quatre saisons figurant l'hiver et l'été.

Quand elle se détourna, elle remarqua que Stark avait ligoté Fernandez redevenu blême à l'aide de ficelle de cuisine.

Il avait eu une idée judicieuse en décidant de rester dans ce couloir pour mener leur interrogatoire : ils se trouvaient loin des fenêtres dépourvues de rideaux et de volets. Personne ne pouvait deviner ce qui se passait actuellement dans l'hacienda.

— Pour commencer, il faut émietter l'un de ces précieux biscuits, vous voyez ce que je veux dire ? reprit Stark.

Son ton autoritaire lui aurait déplu si elle n'avait autant apprécié le spectacle de Fernandez blafard et suant à grosses gouttes. Elle s'approcha de lui, tenant entre deux doigts une précieuse figurine en biscuit tendre.

C'était dommage de la briser ; d'un autre côté, la fin justifiait les moyens.

Fernandez ouvrit de grands yeux. Ses lèvres tremblaient comme si elle s'apprêtait à commettre un véritable sacrilège. Mais il secoua la tête.

Casey leva les yeux au ciel.

— Tuez-le, Stark, qu'on en finisse. Je commence à me lasser.

Stark haussa les épaules.

— Vous avez peut-être raison…

— Attendez !

Le regard de Fernandez était égaré.

— Si je vous parle, si elle le découvre… je… vais mourir. Elle me tuera.

— C'est la deuxième fois que vous nous le dites, fit Casey en soupirant.

Fernandez hésita, puis il reprit la parole.

— La sœur de Keaton habite à Acapulco. Elle est danseuse au club Delicia. Elle s'appelle Alayna. Elle vous dira tout ce que vous voulez savoir sur son frère.

Il riva son regard à celui de Casey.

— Je vous jure qu'elle connaît toutes les réponses à vos questions.

— Un nom de famille, Fernandez ! Et vite ! répliqua Casey.

— Elle n'a pas de nom de famille, répondit Fernandez avec un rire bref et sans joie. Du moins, personne ne lui en connaît. Je vous le jure. Vous devez vraiment me croire quand je vous dis que vous n'aurez aucun mal à la trouver. Tout le monde connaît Alayna à Acapulco.

— Vous nous avez déjà doublés une fois, alors donnez-nous une seule bonne raison de vous croire, dit Stark en pressant le canon de son arme dans la tempe de Fernandez.

Fernandez partit d'un rire nerveux. En réalité, il était mort de peur.

— La confiance est un mot inconnu dans ce genre de situation, *señor* Stark. Vous devriez le savoir.

Casey perdait patience. Elle reprit son pistolet à sa ceinture, le braqua sur la tête de Fernandez, pour le seul plaisir d'accroître sa terreur.

— Si vous nous avez menti, nous reviendrons pour vous supprimer.

Fernandez secoua la tête, fataliste.

— Ah, *chiquita*... quand vous reviendrez, je ne serai plus de ce monde.

Fernandez était vraiment terrorisé. La sueur perlait à son front, son teint était à présent cireux.

— Quand elle saura que j'ai parlé, elle me tuera, ajouta-t-il. Pour moi, c'est terminé.

— Lorsque vous en aurez terminé avec moi, seulement ! répliqua Casey.

Elle eut un geste vers Stark.

— Et avec lui aussi, précisa-t-elle. Si vous nous avez menti, nous vous retrouverons.

— Et vous le regretterez, renchérit Stark avec un sourire froid.

Un long rire échappa à Fernandez. Son regard était fou.

— Vous ne comprendrez donc rien ! Je n'ai pas peur de vous. J'ai peur d'*elle*.

— Vous nous sous-estimez, dit Stark avec la même fureur que Casey sentait bouillonner en elle. Vous devriez nous redouter.

— À quoi bon ? Je vous répète que je suis déjà mort ! riposta Fernandez. Et vous aussi, vous êtes en sursis. Si jamais vous retrouvez sa trace, vous n'aurez pas le temps de partager ses secrets avec qui que ce soit. Oui, croyez-moi, votre temps est compté. Vous ne savez pas ce qui vous attend. Ce dans quoi vous vous engagez.

7

12 octobre, 2 h 45

— Laissons la jeep, son réservoir est presque vide, dit Levi. Prenons plutôt le pick-up.

Plus vite ils auraient quitté les lieux, mieux ce serait. Fernandez et ses hommes étaient pour l'instant hors d'état de nuire, sans armes et sans portables, mais il ne se passerait pas longtemps avant que l'un ou l'autre parvienne à se libérer et que Fernandez lance ses hommes et peut-être d'autres à leurs trousses.

— D'accord, fit Casey en passant devant lui. Crevez les pneus de la jeep pour retarder le moment où ils se lanceront à notre poursuite.

Levi sourit.

— Excellente idée.

Le cran et l'aisance dans le danger de Casey ne cessaient de l'impressionner.

Levi n'était pas mécanicien, mais il savait que s'il arrachait les câbles d'allumage et les fils des bougies, la jeep ne démarrerait pas. Cela leur permettrait de gagner encore un peu de temps sur Fernandez et ses sbires.

Quand il eut saboté la jeep, il s'apprêta à monter sur le siège conducteur, mais il s'immobilisa sur le marchepied en voyant Casey déjà au volant.

— Où nous rendons-nous, pour commencer ? demanda-t-il, renonçant à conduire, sans discuter.

— À Pozos. Montez vite.

Il s'installa. Casey démarra.

— Regardez, ma besace était abandonnée sur le siège passager ! lança-t-elle en la brandissant. Les hommes de Fernandez ont fouillé dedans, mais tout y est. Même mes cartes de crédit. Sacrée chance, n'est-ce pas ?

Levi allait lui dire que leurs ravisseurs avaient seulement cherché d'éventuelles informations sur son client et n'avaient sans doute pas voulu s'encombrer, par prudence, mais déjà Casey reprenait :

— De toute façon, j'ai d'autres cartes de crédit avec plusieurs fausses identités, à l'hôtel. On n'est jamais trop prudent.

Levi n'en crut pas ses oreilles. Le charmant attirail ! Ce n'était décidément pas le trousseau d'une touriste ordinaire… Mais qui était Casey Manning ?

— Écoutez, Casey, je ne vous demande pas de me donner le nom de votre client, mais j'aimerais savoir quelle est votre fonction, votre métier, votre grade, que sais-je, dit-il alors qu'elle s'engageait sur la route. Détective ?

— À quoi va vous servir cette précieuse information, Stark ?

— À rien peut-être, mais ça m'intéresse.

Casey accéléra. Levi s'accrocha à la portière. Le pick-up fit un bond en avant.

— Je suis un homme curieux, ajouta-t-il.

Elle soupira.

— Tout ce que je peux vous dire, c'est que je ne suis pas missionnée par mon employeur. En réalité, je rends un service à un ami. Officiellement, je suis en congé.

— C'est drôle, moi aussi ! dit-il, amusé par la coïncidence.

Elle coula vers lui un regard en biais. Il faisait bien trop sombre, dans l'habitacle, pour qu'il puisse discerner l'expression de son visage ou de ses yeux.

— En effet, c'est très drôle, commenta-t-elle froidement. À hurler de rire.

À l'évidence, elle se méfiait.

— Quel est votre plan ? reprit-il sans se démonter.

S'il lui laissait penser qu'elle dirigeait les opérations, peut-être se détendrait-elle ?

Nouveau regard en biais.

— Vous n'en avez pas la moindre idée ? J'en doute.

Elle reporta son attention sur la route.

— Allez-y, Stark, dites-moi le fond de votre pensée. Je sais que vous en mourez d'envie.

Il leur fallait se rendre à Acapulco pour retrouver la dénommée Alayna et l'interroger. C'était leur but actuel, mais il y avait divers moyens pour y parvenir.

— Pour commencer, répondit-il, nous allons récupérer nos affaires à Pozos. Comme nous sommes descendus dans le même hôtel, ce sera rapide.

— Hum. Encore une coïncidence, j'imagine ? ironisa-t-elle en lui jetant un bref regard ombrageux.

— Bah, fit-il en souriant, je me suis renseigné, lorsque Fernandez m'a dit qu'une compatriote cherchait des informations sur Keaton. Mineral de Pozos est une toute petite ville, vous savez… Ensuite, nous quitterons Pozos au plus vite pour rallier Acapulco et retrouver la dénommée Alayna.

Casey resta silencieuse, concentrée sur sa conduite. Levi en profita pour admirer son port de tête royal, ce profil résolu dont la fermeté et la beauté avaient déjà frappé son imagination.

Mais il détourna vite les yeux. Il ne devait pas se laisser distraire par la fascination croissante qu'il éprouvait envers Casey Manning.

Ils étaient tous les deux en compétition.

Leur association jusqu'à Acapulco s'avérait nécessaire mais sans doute était-elle temporaire. Tout dépendrait de ce qu'il découvrirait sur Casey et sur son client, au cours des prochaines heures.

Il poursuivait deux buts : réunir des informations sur Keaton et garder sa mission secrète.

Il ne divergerait pas de cette ligne.

Pozos dormait lorsque Casey se gara dans une petite rue sombre à l'écart de leur hôtel.

— Faisons vite. Nous ne devons surtout pas nous faire repérer, dit-elle en ouvrant sa portière.

Elle remontait la rue à grands pas que Levi sortait à peine de la voiture. Il lui emboîta le pas. C'était le mode opératoire de leur équipe. Être à la traîne ne le gênait pas, cela lui permettait de contempler le mouvement de ses hanches.

Un spectacle très agréable.

À cette heure tardive, le hall de leur hôtel était silencieux. Le vent pénétrait par les fenêtres ouvertes et faisait osciller les carillons éoliens, qui tintinnabulaient avec une douceur hypnotique.

Ce grand calme nocturne agitait plus Levi qu'il ne l'apaisait. Le danger rôdait à Pozos. Il avait hâte de se mettre en chemin, même s'il savait que ces prochaines heures seraient dangereuses.

Quatre heures de route environ séparaient Mineral de Pozos d'Acapulco et, dans ce laps de temps, tout pouvait arriver.

Fernandez alerterait-il Alayna de leur arrivée imminente ? La peur que cette dernière lui inspirait avait impressionné Levi. Qui était cette femme ? La sœur de Keaton a priori, mais encore ?

— Rendez-vous devant le pick-up dans cinq minutes, murmura Casey quand ils atteignirent le deuxième étage de leur hôtel.

Elle tourna à gauche. La chambre de Levi était à l'autre extrémité du couloir.

Il avait discrètement interrogé le personnel de l'hôtel sur Casey Manning, et avait ainsi appris que cette jeune Américaine particulièrement jolie était arrivée dans une voiture de location et occupait la chambre 104.

Autant dire qu'il ne savait rien sur elle ; aussi, toujours méfiant, il ne voyait pas d'un très bon œil une séparation, même momentanée. Elle pouvait décider de lui fausser compagnie et partir seule à Acapulco. Jamais il n'aurait dû lui laisser empocher les clés du pick-up.

— Non. On ne se quitte pas, lâcha-t-il.

Casey fronça les sourcils.

— On ne sait jamais, précisa-t-il d'une voix sans réplique.

La jeune femme étrécit le regard, comme si elle cherchait à comprendre son sous-entendu.

— Comme vous le dites, répondit-elle enfin, glaciale. Excellente idée, Stark. Mais ne perdons pas de temps.

Elle remonta le couloir sans attendre sa réponse. Arrivée devant sa porte, elle sortit la clé de sa besace.

— Vous m'attendez ? Je reviens dans une minute et demie.

— Je vous attends.

Levi s'adossa au chambranle de la porte restée entrouverte et surveilla le couloir en regardant distraitement Casey réunir ses affaires. Elle ouvrit le tiroir de sa table de nuit et en sortit une arme et un holster qu'elle fourra dans sa besace.

Réussirait-elle à boucler son sac en quatre-vingts secondes, comme elle le lui avait annoncé avec condescendance ? Il savait d'expérience que les femmes ne voyageaient *jamais* léger.

Lui, en tout cas, n'avait qu'un sac de voyage dont il n'avait même pas sorti ses effets personnels.

La voix de la jeune femme le tira ses pensées.

— Je suis prête. À vous maintenant.

Levi incrédule scruta la chambre.

— Vous avez tout ce qu'il faut ?

— Évidemment, qu'est-ce que vous croyez ? Que je suis en vacances ? Bon, alors, on y va ? reprit-elle avec impatience, tandis que, les yeux écarquillés, il continuait de regarder derrière elle.

— C'est la 114…

— Vous venez ou vous comptez prendre racine ? lança-t-elle en enfilant déjà le couloir.

Levi s'arracha à son immobilité et alla prendre son sac dans sa chambre pendant qu'elle attendait devant la porte, comme lui tout à l'heure.

— Prêt, annonça-t-il.

— Vous n'aviez pas de balcon ? demanda-t-elle, regardant à l'intérieur. Quel dommage ! La vue est magnifique… Qui s'est donc chargé de vos réservations ?

Levi eut un sourire amusé.

— On y va ? On ne va pas y passer la nuit, se contenta-t-il de répondre.

L'air vexé, Casey se détourna et descendit l'escalier. Il ne put encore une fois s'empêcher d'admirer la sensualité de sa démarche.

Il soupira.

Il n'était pas au bout de ses peines avec Casey.

Cette fois, ce fut lui qui arriva le premier devant le pick-up. Il prit le volant d'autorité.

Avant de démarrer, il observa les environs pour s'assurer que tout était normal. La rue plongée dans une nuit épaisse était toujours déserte et le silence total. Avec un peu de chance, ils atteindraient Acapulco sans encombre, et surtout, sains et saufs.

Au cours de leur quatre heures de route, peut-être aurait-il l'occasion d'en apprendre davantage sur sa mystérieuse équipière ? Pourquoi ne pas mettre à profit cette excursion pour faire la conversation ?

À moins que Casey ne choisisse de rester silencieuse… Qu'à cela ne tienne, il la ferait parler. Il voulait savoir si elle était un atout dans sa quête ou, au contraire, une sérieuse entrave, voire un danger.

Quoi qu'il en soit, elle représentait un véritable défi, et ce n'était pas pour lui déplaire.

— Il fera jour lorsque nous serons à Acapulco, fit-elle remarquer.

Elle fouilla dans sa besace et ajouta :

— Nous descendrons dans un bel hôtel à proximité du club. Nous nous y changerons et nous prendrons un peu de repos. Si Alayna est bel et bien artiste de cabaret, elle se couche et se lève tard. Autant en profiter pour nous préparer à la prise de contact. En espérant qu'Alayna n'aura pas été avertie de notre arrivée par Fernandez et ses complices.

Elle se pencha et observa la console du pick-up.

— Que cherchez-vous ? demanda Levi intrigué.

— Une prise pour recharger mon portable. Pour l'instant, je ne capte aucun réseau, et c'est agaçant. J'espère que j'aurai plus de chance à Acapulco.

Levi doutait que ce vieux pick-up antédiluvien comporte un simple allume-cigare, alors un chargeur micro USB…

Au terme de recherches évidemment infructueuses, Casey poussa un soupir écœuré et se laissa retomber sur son siège.

— Formidable. Je vais devoir attendre que nous soyons dans notre chambre d'hôtel pour le recharger.

— Notre chambre ? s'étonna Levi, sans quitter la route des yeux.

Il sentit l'attention de la jeune femme se poser sur lui avec autant de vigueur qu'un soleil au zénith frappant en plein désert.

— Vous pensez vraiment que je vais vous quitter des yeux ? répondit-elle avec une légère impatience. Pas question, mon cher associé.

Levi ne daigna pas répondre. C'était cocasse que ce soit une femme qui lui demande de partager sa chambre, pour une fois. Cela dit, les circonstances étaient particulières.

— Nous sommes donc vraiment associés ? s'enquit-il avec intérêt.

— N'en rajoutez, pas, Stark, par pitié. Nous sommes réunis par la nécessité, pas par choix.

— Oh oui, naturellement. Le destin nous a joué un drôle de tour, quand on y réfléchit bien.

— Exactement ! Vous pouvez remercier votre bonne étoile ! s'exclama Casey avec complaisance. À la vérité, je vous aurais volontiers supprimé, mais j'ai déjà bien assez de soucis. Et puis entre nous, cela aurait fait du grabuge si mes supérieurs avaient appris que j'avais été obligée de tuer un civil et pour quelle raison, alors que je suis censée être en vacances ! Je n'ose même pas penser aux titres des journaux si les médias avaient eu vent de l'histoire…

Levi la dévisagea. Casey travaillait donc pour l'armée américaine ou la CIA. Elle en avait les manières si elle n'en avait pas le physique.

Voilà qui expliquait bien des choses, pensa-t-il. Il avait donc eu de la chance ? C'était une façon comme une autre de voir la situation…

— Ravi de constater que je ne suis qu'un civil à vos yeux. Ravi, aussi, de n'être qu'un simple enquêteur au service d'une agence. Moi au moins, je n'ai pas à redouter de faire les gros titres des journaux si je tue quelqu'un.

— Ravi ? Mon œil. Quel comédien vous faites, Stark ! En vérité, vous fulminez intérieurement.

Le silence retomba.

Dommage, c'était juste au moment où ils commençaient à faire un peu connaissance, songea Levi en coulant un regard à sa nouvelle associée.

Casey avait posé la tête contre la vitre de la portière et fermé les yeux. Sans doute allait-elle prendre un peu de repos.

Levi se concentra sur la route. Avant-hier, il avait atterri à Acapulco, de là, il avait conduit jusqu'à Pozos. Il connaissait donc leur itinéraire. C'était heureux, car le pick-up ne comportait évidemment pas de GPS. Ce ne serait pas facile de s'orienter dans les rues d'Acapulco…

La voix de Casey s'éleva.

— Vous n'êtes pas californien, ni new-yorkais, n'est-ce pas ?

Il sourit.

Elle avait posé sa question au moment où il s'y attendait le moins, sans doute dans l'espoir que, pris de court, il y réponde spontanément.

— Vous n'arrivez pas à dormir, Casey ? La curiosité vous dévore ?

— Moi, je suis née dans le sud de la Californie, répondit-elle sans l'écouter.

— On ne peut pas dire que cela me renseigne beaucoup sur vous.

D'autant qu'il l'avait déjà plus ou moins deviné. Grande, mince, bronzée, très blonde et sportive, Casey avait le physique des Californiennes.

— Plus précisément, je suis née à Los Angeles, ajouta-t-elle. Et vous ?

— En Floride.

Silence.

— Vous ne voulez pas parler de votre vie en Floride, Stark ? demanda-t-elle avec un peu de condescendance.

À quoi bon ? Il habitait désormais à Chicago où il n'y avait ni plage ni soleil radieux, et où il travaillait comme un damné.

— J'ai déménagé depuis quelque temps, déjà. C'est loin, la Floride.

— Je parie que vous détestez le climat de la ville où vous habitez maintenant.

Casey cherchait à lui en faire prononcer le nom.

— Pas trop, non, répondit-il du bout des lèvres.

Silence.

— Marié ?

— Non.

— Fiancé ?

— C'est un interrogatoire ?

— Si je vous interrogeais vraiment, Stark, ce serait sous la menace d'une arme et vous ne vous feriez pas prier pour me répondre, rétorqua-t-elle avec un beau sourire.

Là-dessus, elle consulta l'écran de son portable. Pour vérifier l'heure, sans doute, car il doutait qu'elle capte un réseau.

— Je me posais quelques questions sur vous, histoire de tuer le temps.

— Je vois. Et vous ?

— Moi quoi ?

— Mariée ? Fiancée ?

— Ni l'un ni l'autre.

— Vous avez… je dirais, vingt-cinq ans, c'est ça ?

C'était toujours risqué d'essayer de deviner l'âge d'une femme, mais il était presque certain de ne pas se tromper.

— J'aurai vingt-neuf ans le mois prochain.

— Sans blague ?

— Inutile de me flatter, cela ne vous mènera à rien, Stark.

Casey allongea les jambes sur le tableau de bord et croisa les chevilles.

Il suivit son mouvement des yeux, puis cilla, comme rappelé à l'ordre, et reporta son attention sur la route obscure.

— Et vous, Stark ?

— Moi ? Je viens d'avoir trente ans.

— Vous êtes enquêteur depuis longtemps ?

— Deux ans.

— Et avant ?

— Analyse cyber sécurité pour le gouvernement.

Silence.

— Et vous ? Vous ne m'avez toujours pas dit ce que vous faisiez, dans la vie, Casey.

Une minute passa.

Il eut la certitude qu'elle ne répondrait pas.

— Si je vous le révèle, la dynamique de notre association va s'en trouver considérablement altérée, dit-elle enfin, l'air moqueur. Ce serait dommage, non ?

Levi freina et se gara sur le bas-côté.

— Écoutez, répliqua-t-il avec humeur, je n'ai pas envie de mieux faire votre connaissance. Tout ce qui m'intéresse, pour le moment, c'est notre association, ou notre partenariat, appelez-le comme vous le voulez. Je suis venu au Mexique dans un seul but : remplir la mission qui m'a été confiée. C'est tout ce qui compte. Alors on en reste là, côté vie privée, et on continue jusqu'à Acapulco.

— D'accord avec vous, Stark.

Il reprit la route.

Il devait rester focalisé sur sa mission.

Casey Manning ne l'intéressait pas.

8

6 h 48

Casey aurait tout donné pour une tasse de café, mais Acapulco était encore relativement loin.

Tiendrait-elle jusque-là ? Pas sûr.

Elle jeta un regard sur Stark, qui s'était assoupi sur le siège passager une petite heure plus tôt. Après avoir dormi quant à elle deux bonnes heures, elle avait constaté qu'il luttait contre le sommeil ; elle l'avait donc sommé de lui passer le volant. Face son refus catégorique, elle l'avait menacé de braquer son Ruger sur lui s'il n'obtempérait pas dans les cinq minutes.

Il avait donc cédé. Il était temps. À peine avaient-ils échangé leurs places qu'il s'était endormi.

Le jour commençait à se lever. La circulation était inexistante et la route, monotone. Casey profitait des premières lueurs de l'aube pour glisser par intermittence des regards sur Stark.

Sa curiosité — son principal défaut, reconnaissait-elle à contrecœur — ne lui laissait aucun repos.

Mais contempler Stark était bien agréable.

Il avait étendu ses jambes devant lui et posé ses pieds sur la console du pick-up. Il portait son jean avec une indiscutable élégance…

À la vérité, elle n'avait jamais vu homme si séduisant.

Et surtout, avec des yeux pareils.

Qui était-il ? Pour qui travaillait-il ? Dans quel but ?

Malheureusement, elle n'aurait des réponses à ses questions que si elle répondait aux siennes.

C'était évidemment impossible.

Pff... Il y avait des jours où elle se sentait bien seule avec ses secrets et ses choix de vie...

La solitude, quelle plaie !

La phrase favorite de sa mère, que sans cesse elle lui répétait, s'était greffée dans son esprit et, à l'évidence, elle y portait ses fruits. Casey secoua la tête, contrariée. Le coup qui l'avait assommée, tout à l'heure, avait manifestement entamé son bon sens...

Cela dit, si elle avait eu très mal, elle avait eu la chance de s'en être tirée avec une migraine diffuse que ses deux heures de sommeil avaient atténuée.

Bercée par le ronronnement du moteur, elle laissa ses pensées de nouveau dériver. Tout juste sortie de l'université de Californie, elle était entrée à la CIA. Son père et son oncle y travaillaient, son enfance avait été bercée par les récits extraordinaires de leurs aventures, elle en rêvait.

Trois ans plus tard, elle avait eu sa première mission sur le terrain et été confrontée aux réticences de son père et de son oncle, qui craignaient pour sa vie. Casey s'était ri de leurs angoisses et ne s'était pas laissé décourager. Rien ni personne ne l'avait jamais empêchée de faire ce qu'elle voulait.

Son travail, c'était sa vie.

Une vie passionnante. Inattendue. Imprévisible !

À l'opposé de ses relations affectives et sentimentales, sans saveur et répétitives...

À quoi bon organiser toute sa vie autour d'un seul être ? Surtout quand l'être en question était bien souvent indigne de confiance et d'amour. Toutes ses relations amoureuses, aussi loin qu'elle s'en souvenait, avaient été consternantes, la dernière en date ayant été la pire...

Dans ces conditions, le célibat n'était-il pas préférable ? Mieux valait être seule que mal accompagnée. C'était ce que professait son oncle. Lucas aussi, enfin, jusqu'à ce qu'il rencontre et épouse Victoria. Il avait eu une chance inouïe de rencontrer le véritable amour.

Casey soupira. Sa mère avait décidé de mener campagne pour qu'elle ne reste pas seule. Dernièrement, elle avait accumulé les sous-entendus sur son horloge biologique et l'approche de la trentaine. Elle lui prédisait que les regrets la tarauderaient, que la dépression menacerait dans les années à venir. Que lui importait ce sombre tableau, Casey n'avait aucune envie de se marier et d'avoir des enfants.

Son métier était trop exigeant.

Plus exactement, *elle* était trop exigeante.

La solitude, avait-elle un jour décrété, c'était un état d'esprit. Tout le monde en souffrait à un moment ou à un autre, mais il s'agissait de la maîtriser. Quant à l'amour, il n'avait aucune réalité. C'était une invention maladroite de l'humanité pour tromper l'ennui. Si pour être heureux, il fallait enchaîner son destin à celui d'autrui, qu'était-ce que le bonheur sinon un esclavage ? Les aventures éphémères étaient plus gratifiantes. D'entrée de jeu, la situation était sans ambiguïté.

Levi Stark n'était pas le candidat rêvé pour une liaison. Casey n'aurait su dire pourquoi, d'ailleurs, car sur le plan physique, il avait toutes les qualités pour faire un amant de rêve.

Tout à coup, il s'étira. Casey, gênée, détourna le regard et se massa la nuque.

— Vous avez bien dormi, Stark ?

— On est arrivés ? demanda-t-il en regardant tout autour de lui.

Sa voix grave, profonde et chaude fit frémir Casey, qui garda son attention obstinément fixée sur la route.

— Presque. J'aimerais boire un café. Pas vous ?

— Oh oui. Dites, vous voulez que je conduise ?

Casey lui jeta un regard en biais pendant qu'il se redressait. Son odeur et les derniers effluves de son eau de toilette lui parvinrent. Aussitôt, les battements de son cœur s'affolèrent. Elle soupira encore. Elle se sentait sale, fatiguée, et lui semblait en pleine forme. Mieux, il sentait… bon.

— Non, ça va aller. Je vous remercie.

Son cœur battait à un rythme alarmant. Les plus étranges pensées montaient en elle depuis qu'elle avait croisé son regard vert, la veille au soir, dans le bar de Pozos.

Est-ce qu'il embrassait bien ? Était-il un bon amant ? Un homme digne d'être aimé ?

L'amour… toujours l'amour. Partout.

Chanté, psalmodié…

Mais l'âme sœur n'existait pas. C'était une chimère !

Quelques lumières mornes surgirent soudain sur sa droite. Peu après un panneau indiqua une station-service, quelques commerces dont un café. Ça tombait bien, il fallait faire le plein.

— On va s'arrêter, dit-elle en ralentissant.

Elle repéra le café, déjà ouvert, et s'engagea devant les pompes à essence.

Quand elle se fut arrêtée, Stark ouvrit sa portière.

— Laissez, je m'en occupe.

Casey prit sa besace et descendit à son tour. Elle s'étira avec une petite grimace. Elle avait mal partout.

— Moi je vais payer.

Elle en profiterait pour se débarbouiller dans les toilettes. Stark qui retirait déjà le bouchon du réservoir d'essence se contenta d'opiner.

— À tout de suite.

Casey tira sur sa jupe et lissa sa chemisette en lin. Mais ses efforts pour se rendre présentable étaient vains, se dit-elle en croisant son reflet dans la vitre de la station-service : elle avait tout l'air d'une gitane dans sa jolie jupe ethnique brodée et sa chemise fripée. D'une femme qui avait passé la nuit dans les bras de son amant.

Par chance, personne ne remarquerait la saleté sur sa jupe multicolore et sur sa chemisette bleu indigo. Mais son ourlet n'allait pas tarder à se défaire complètement ; un pan de tissu traînait.

La fraîcheur de l'air matinal lui arracha un frisson, et elle resserra la veste de Stark autour de ses épaules. Mon Dieu, porter sa veste, c'était comme se serrer dans ses bras… Dès que le soleil se lèverait et l'aurait un peu réchauffée, elle la lui rendrait et romprait le charme dont elle se sentait enveloppée.

Casey s'apprêtait à entrer dans la boutique de la station lorsqu'une odeur de pain grillé lui mit l'eau à la bouche. Elle sourit de plaisir en tournant les yeux vers le petit café d'en face, et poussa la porte de la boutique.

— *Hola señorita !* la salua le vendeur.

C'était un Américain, en tout cas, il en avait l'accent. Sa prononciation fit d'ailleurs rire deux Mexicains nonchalamment attablés non loin.

— *Hola*, lança-t-elle aimablement. *Bani publico ?*

Le gérant lui indiqua la porte derrière lui.

— Je vous préviens, il n'y a pas de papier dans les toilettes, lui dit-il, en anglais cette fois.

Les deux Mexicains avaient sans doute compris, car ils se répandirent en remarques salaces.

Casey n'avait pas la force de riposter. Elle passa devant eux d'un pas résolu. « Crétins », pensa-t-elle avec dédain.

À son vif soulagement, les toilettes étaient assez propres. Elle se lava les mains et le visage avec un soupir d'aise. Puis elle se coiffa, prenant tout son temps pour remettre de l'ordre dans sa chevelure embroussaillée. Sa brosse rangée dans sa besace, elle considéra son reflet, puis, en souriant, lissa la veste de Stark. Le tissu était agréable au toucher. Et cette odeur enivrante…

Son émerveillement était pathétique. Elle sortit.

Mais elle dut s'y reprendre à deux fois pour ouvrir la porte. Lorsqu'elle se retrouva dans le couloir, elle tomba nez à nez avec l'un des deux Mexicains.

— Vous avez besoin d'aide, *señorita* ? demanda-t-il d'une voix onctueuse.

L'homme était agréable. Elle ne pouvait en dire autant de ses intentions.

— Dans une autre vie peut-être, *tonto*, répliqua-t-elle.

Cette réponse déplut à l'homme, qui lui bloqua le passage.

— Téméraire ?

Casey sourit.

— Vous n'avez même pas idée, mon pauvre ami.

Elle se préparait à lui donner un coup de genou bien placé quand son interlocuteur tout à coup fut propulsé contre le mur par Stark.

— Ce sont les toilettes des femmes ! rappela-t-il au Mexicain.

Ce dernier leva les mains en signe de reddition.

— *Si. Si.* Vous avez raison. C'est ma faute, *señor.*

Stark le lâcha.

— Je vous conseille d'être plus attentif, la prochaine fois.

Bras croisés, Casey attendait. Quand Stark reporta son attention sur elle, elle soutint hardiment, du moins l'espérait-elle, son regard vert.

— J'avais la situation sous contrôle, vous savez, Stark.

— Je n'ai jamais prétendu le contraire, mais je ne supporte pas les machos.

Sur ce, il disparut dans les toilettes des hommes. Casey resta coite, surprise et attendrie par ces derniers mots. Elle se ramollissait. Sans doute à cause de la fatigue et de la faim…

En attendant Stark, elle chercha le rayon des eaux minérales. Les deux Mexicains et le gérant la suivirent des yeux dans la boutique, mais restèrent silencieux.

Stark en avait imposé en remettant le plus impudent des trois à sa place. Elle revoyait, non sans complaisance, ses yeux étinceler d'une juste colère. Pour l'amour du ciel, allait-elle cesser une minute de songer à ses yeux ? Ne pouvait-elle pas être obsédée par autre chose ?

Si.

Par un bon petit déjeuner !

Lorsqu'elle s'approcha de la caisse pour payer son eau minérale et le plein d'essence, les Mexicains lui tournèrent ostensiblement le dos. Peu après, Stark la rejoignit et, prévenant, lui ouvrit la porte de la boutique.

De nouveau Casey fondit. À son corps défendant, elle lui trouvait toutes les qualités.

— Vous n'avez pas faim ? lui demanda-t-elle.

Stark suivit son regard vers le café.

— Si. Ça sent vraiment bon. Allez donc vous installer, pendant ce temps je vais garer le pick-up. Je reviens tout de suite.

Elle lui tendit ses deux bouteilles d'eau.

— Tenez, prenez-les.

Sans le vouloir elle effleura ses doigts, et eut l'impression d'être traversée par une décharge d'électricité. Sous le choc, elle tressaillit et recula, en espérant que Stark n'avait pas remarqué sa réaction. Il s'éloigna. Elle le suivit des yeux et s'enveloppa de ses bras. Elle grelottait. C'était à cause du froid, évidemment !

Sans cesser de pester contre le froid, elle entra dans le café. Comment Lucas et Victoria supportaient-ils le climat de Chicago, où le froid régnait en maître ?

À ce propos, elle avait promis de joindre Lucas pour le tenir informé de la progression de sa mission. Elle s'en occuperait sitôt qu'elle capterait un réseau, et qu'elle serait seule. Elle en profiterait alors pour demander à Lucas d'effectuer quelques recherches sur Levi Stark… Elle n'aurait ainsi plus besoin de cuisiner le beau détective. Sa curiosité assouvie, elle se concentrerait exclusivement sur son enquête.

Le grincement de la porte du bar la fit sursauter, mais, toujours perdue dans ses pensées, elle la laissa se refermer sans se retourner.

La salle était presque déserte. Deux hommes occupaient une table et un couple était installé au fond. Les fenêtres n'étaient pas munies de rideaux, mais la tringle poussiéreuse toujours en place indiquait qu'il y en avait eu autrefois. Les chaises étaient bancales, les tables, en mauvais état. Les carreaux du sol inégal auraient eu besoin d'un bon coup de serpillière, mais les délicieuses odeurs qui s'élevaient de la cuisine compensaient amplement ces désagréments.

La serveuse la salua avec un grand sourire et lui proposa de s'installer où elle voulait. Casey choisit la table la plus proche des cuisines et, par prudence, prit place dos contre le mur.

Stark la rejoignit quelques minutes plus tard. Discret comme toujours, il referma soigneusement la porte et la chercha du regard. Quand il l'eut repérée, il lui sourit et s'approcha.

Casey le fixa, galvanisée et étonnée de l'être.

Comment pouvait-elle être attirée par un homme et ne pas en vouloir dans sa vie ? Comment Stark avait-il réussi à réveiller en elle les désirs les plus sensuels ?

Elle secoua la tête pour recouvrer sa lucidité. Puis ouvrit un menu, mais les lettres se brouillaient devant son regard toujours distrait : l'image de Stark s'y superposait. C'était inconcevable. Elle le voyait même quand elle ne le regardait pas.

— *Huevos rancheros*, cela vous va ? lui dit-elle sans lever les yeux du menu.

C'était un petit déjeuner à la mexicaine. C'était le premier plat, le seul dont elle ait pris connaissance.

— Du moment que ça se mange, volontiers.

Il lui sourit, elle frémit. Non, rectifia-t-elle in petto, c'est la faim qui la faisait trembler !

Pour cacher son trouble, Casey fit de grands signes à la serveuse, et lui commanda deux *huevos rancheros* avec du café.

— Nous ne sommes plus qu'à une petite heure d'Acapulco, déclara Stark en s'adossant à sa chaise avec un soupir d'aise.

Casey le dévisagea et soudain, sentit ses mains devenir moites.

À la lumière du jour, elle avait l'impression de le découvrir.

Elle avait rencontré Stark dans un bar enfumé, et ne l'avait ensuite côtoyé que dans la nuit ou la semi-pénombre. Mais maintenant que les premiers rayons du soleil atteignaient son visage bien modelé et régulier, elle le voyait dans toute sa splendeur…

Son ombre de barbe ajoutait à son charme et le manque de sommeil ne le déparait pas. Son regard, dont la couleur forçait son admiration chaque fois qu'elle le croisait, était un peu cerné, comme si toute la nuit il avait…

La serveuse revint avec des mugs de café et du jus de fruit.

— *Gracias*, dit Stark, lui adressant un sourire qui la fit rougir et retourner vers le comptoir.

Casey, toujours sous le charme, soupira. Elle se sentait sans volonté devant Stark. La fatigue et la faim expliquaient sans doute son désarroi actuel, se répétait-elle, mais au fond, elle n'était pas dupe.

— Dès notre arrivée, il faudra trouver un hôtel ! dit-elle tout à coup.

Elle se tut, consternée d'avoir parlé avec l'enthousiasme d'une jeune mariée pressée de se retrouver seule avec son mari.

Par chance, le retour de la serveuse avec leur petit déjeuner lui épargna d'en rajouter et de s'humilier davantage.

Casey oublia vite sa maladresse en humant ses œufs sur le plat, ses haricots avec leur sauce au chili et son guacamole.

Le jus de carotte, betterave et concombre était un délice, mais le café avec ses arômes riches et puissants et sa petite note de cannelle était inégalable.

Voilà qui lui rappelait le restaurant mexicain de son quartier, à Los Angeles, où la famille Manning dînait chaque mercredi, songea-t-elle avec nostalgie.

Affamée, elle avala plus qu'elle ne mangea son petit déjeuner et le termina en savourant son café, qu'elle but jusqu'à la dernière goutte. Elle pouvait maintenant faire face à n'importe quelle épreuve ! Comme elle reposait sa tasse, elle eut un soupir de contentement, auquel fit écho un petit soupir de Stark.

Il l'observait — plus précisément, il la dévorait des yeux, la fourchette à mi-chemin entre ses lèvres et son assiette.

— Eh bien, vous aviez faim !

— À qui le dites-vous ! Je n'arrive pas à croire que l'on serve un petit déjeuner aussi succulent dans un endroit aussi sinistre…

Elle n'arrivait pas non plus à croire que, sa faim assouvie, elle continuât de frémir sous son regard comme si elle était toujours en hypoglycémie.

Stark s'arracha à son immobilité pour porter sa fourchette à sa bouche.

— Moi je ne suis pas surpris. Les meilleurs restaurants que je connaisse se trouvent entre Tallahassee et…

Casey s'adossa à sa chaise, impatiente d'entendre la suite, mais il n'alla pas plus loin.

Il avait failli prononcer le nom de la ville où il habitait.

Dommage.

Un silence gêné tomba jusqu'à ce qu'une femme entre avec deux enfants en pleurs.

Stark termina ses œufs et sirota son café pendant que Casey consultait son portable pour éviter de le regarder ou de lui adresser la parole. Elle n'avait toujours pas de réseau, c'était insensé !

— Vous avez payé l'essence, je vous offre le petit déjeuner.

Casey opina et se leva.

— Très bien, merci. Je vous attends dehors.

Avant de sortir, elle survola des yeux le parking et la station d'essence et, toujours prudente, se dirigea vers leur pick-up. Lorsque Stark l'eut rejointe, il inspecta l'arrière du pick-up pendant qu'elle examinait la cabine.

À priori, tout était normal.

Satisfaite, elle monta sur le siège passager. Elle lui laissait volontiers le soin de se repérer dans les rues d'Acapulco. Elle fouilla dans sa besace et en tira son Ruger, qu'elle posa sur le siège.

— Vous connaissez un hôtel à Acapulco ? demanda Stark en démarrant.

— Non. Mais nous devons en trouver un à proximité du Delicia.

— Comme vous maîtrisez bien l'espagnol, je vous laisse gérer l'aspect pratique de notre arrivée : trouver un plan de la ville, interroger les gens, etc.

Casey ne fit aucun commentaire, mais en son for intérieur,

elle trouvait étrange qu'une agence de détectives envoie un homme en mission dans un pays dont il ne parlait pas la langue.

Les agences les plus importantes employaient des individus avec une formation complète. Stark travaillait donc dans une agence de taille modeste. Une agence *minable* ? Non. Il avait de la classe, à la différence des petits détectives privés. Ses collègues de la CIA qui avaient eu l'occasion de coopérer avec certains d'entre eux, par la force des choses, en gardaient un souvenir épouvantable.

— Ça me va, dit-elle seulement.

Elle regarda par la vitre de sa portière tandis que Stark s'engageait sur la route. La pensée de collaborer avec un inconnu, séduisant de surcroît, la stimulait et ajoutait à son impatience de passer à l'action.

Toutes ses missions avaient eu leur lot de surprises, toutes avaient comporté de nombreux risques et dangers, mais c'était la première fois qu'elle faisait équipe avec un homme dont elle ignorait tout — elle en savait davantage sur le plus insignifiant de ses informateurs, c'est dire. Et surtout, avec un homme qui l'attirait.

Elle fronça les sourcils. Elle devait rester sur ses gardes. Cette situation, si palpitante soit-elle, pouvait tourner à son désavantage. Éventuellement, faire échouer sa mission.

Si seulement il avait au moins accepté de lui révéler le nom de son client…

— Stark, il faut vraiment qu'on parle…

Un coup de feu tiré derrière eux l'interrompit.

Casey prit son Ruger et se baissa. Stark fit une embardée.

— J'ai l'impression que Fernandez a déclenché les hostilités ! lâcha-t-il.

— Continuer de rouler, je m'en occupe, répliqua Casey.

9

Un nouveau coup de feu retentit. Levi braqua cette fois si violemment sur la gauche que Casey retomba sur lui, mais elle se redressa à temps pour tirer par deux fois sur la jeep à leurs trousses.

— Accélérez, Stark !

Une balle brisa le rétroviseur extérieur. Levi donna un nouveau brusque coup de volant, sur la droite. La jeep emboutit le pare-choc arrière du pick-up, les projetant vers l'avant. Casey se cogna au tableau de bord et poussa un cri. Levi la regarda brièvement.

— Ça va ?

— Ça va !

Elle s'agenouilla sur son siège tandis qu'il se concentrait sur la route.

Il n'y avait pas de circulation. De part et d'autre, des plaines à perte de vue. Levi songeait que l'aventure pouvait s'arrêter là lorsque le pare-brise arrière éclata sous l'impact d'une nouvelle balle, laquelle termina sa course au milieu du tableau de bord.

Il s'efforça de garder le contrôle du pick-up et accéléra au maximum. Casey était en train de baisser la vitre de sa portière.

— Qu'est-ce que vous faites ?

L'air qui passait par sa vitre ouverte déséquilibrait le pick-up en pleine vitesse.

— Je vais tout vous expliquer. Écoutez-moi bien, Stark.

— Oh oh, je n'aime pas votre ton…

Une autre balle atteignit le pick-up.

— Continuez d'accélérer. Les hommes de Fernandez sont de toute façon les plus rapides et ils ne vont pas tarder à arriver à notre hauteur. À ce moment-là, vous braquerez à gauche et vous relâcherez la pédale d'accélérateur afin qu'on reste en parallèle.

Levi était perplexe. Quel était son plan ?

Casey toujours à genoux sur son siège tira sur la jeep par le pare-brise arrière.

— Vous allez aussi serrer ma cheville de toutes vos forces !

Elle posa son pied droit sur sa cuisse. Le cœur battant d'appréhension, incrédule, il obtempéra et noua ses doigts autour de sa cheville.

— Ça y est, ils nous rejoignent ! annonça-t-il.

Quand la jeep fut presque à la hauteur du pick-up, il suivit les instructions de Casey. Le pick-up ralentit brusquement et la jeep se trouva exactement à leur niveau.

— Surtout, ne me lâchez pas, Stark !

Il resserra sa pression autour de sa cheville tandis que la jeune femme se penchait au maximum par la vitre de sa portière. Elle tendit le bras et tira à trois reprises.

La jeep fonça dans le pick-up qui, déséquilibrée, zigzagua. Avec une seule main, Levi eut de la peine à redresser le véhicule. Lorsqu'il eut l'occasion de regarder dans le rétroviseur arrière, il constata que la jeep perdait de la vitesse et louvoyait, puis s'arrêtait brusquement sur le bord de la route. Les deux Mexicains à leurs trousses en bondirent et restèrent bras ballants.

Levi redressa le pick-up qui virait sur la droite, puis lorgna Casey.

— Tout va bien ?

Comme elle s'accroupissait, un rire de victoire jaillit de sa gorge.

— On a eu chaud, mais on les a eus ! s'exclama-t-elle.

— Je ne vous le fais pas dire…

Il devait avouer que ces dernières secondes, il avait bien failli paniquer.

— Vous pouvez me lâcher maintenant, reprit-elle en se dégageant.

Il avait complètement oublié qu'il la tenait toujours. Il obtempéra avec un hochement de tête sidéré. Il avait encore du mal à prendre conscience de ce qui venait de se passer.

Casey prit l'une des deux bouteilles d'eau minérale et en vida la moitié.

— Ne ralentissez surtout pas, dit-elle ensuite. Ces types sont têtus.

Face à son silence, elle reprit d'une voix plus posée :

— Ça va, Stark ? Je vous sens tendu, tout à coup. Je vous jure qu'on n'avait pas le choix.

Levi restait silencieux, toujours incrédule. Ces dernières minutes avaient été dignes d'un film catastrophe. Qui était Casey Manning ? Pour qui travaillait-elle ? Les questions se pressaient dans sa tête et, cette fois, elle avait intérêt à y répondre, se dit-il tandis qu'une brusque colère l'enflammait.

Après ce dernier épisode, il avait le droit de savoir. Il ne pouvait continuer de collaborer avec une inconnue qui avait des manières de mercenaire !

Il garda le pied au plancher jusqu'à ce qu'ils atteignent les faubourgs d'Acapulco. Dès qu'il aperçut un petit centre commercial, il tourna dans le parking et s'y gara.

Casey, surprise, ramassa sa besace qui avait glissé de ses genoux.

— Qu'est-ce qui vous prend, Stark ?

Il coupa le moteur.

— Il nous faut de l'eau pour le radiateur, dit-il d'une voix brève.

Il n'en était pas certain, qu'importe.

— Mais… attendez, Stark, on a de l'eau !

Levi l'ignora. Il claquait déjà sa portière.

Il marcha sans se retourner. Avant de l'affronter et de lui dire sa façon de penser, il devait se calmer.

Cette jeune femme imprévisible et intrépide dont la chevelure blonde et les grands yeux bleu indigo évoquaient la plus douce des sirènes lui faisait perdre tout sens commun. Il avait admiré ses longues jambes fuselées et glissé un regard indiscret sur sa petite culotte en dentelle, lorsqu'il l'avait aidée à sortir du trou, quelques heures plus tôt, une éternité à présent. Il revoyait la sensualité avec laquelle elle avait savouré son petit déjeuner, tout à l'heure. Bon sang, elle avait sucé sa petite cuillère avec une telle délectation qu'il en avait oublié de respirer pendant quelques secondes.

Comment une femme aussi belle pouvait-elle être aussi... inconsciente ? matamore ?

Levi ne ralentit le pas que lorsqu'il fut entré dans le magasin. Il ignora Casey qui l'avait rejoint et feignit d'examiner les denrées.

— Vous allez me dire ce que vous avez ? demanda-t-elle sans détour. Le pick-up est en bon état de marche. Nous devrions déjà être à Acapulco, mais au lieu de ça, nous traînons dans ce magasin ! Nous perdons du temps, Stark !

Elle avait raison, bien sûr. Levi prit un sachet de chips au hasard et un Coca-Cola. Il n'avait pas faim, il n'avait même pas soif, mais ça n'avait aucune importance.

— Stark ? reprit-elle avec impatience et d'une voix plus forte.

Il leva les yeux vers elle, comme les cinq autres clients qui se trouvaient à proximité.

— Vous allez vous calmer et m'expliquer ce qui vous énerve !

Se calmer ? Ce qui l'énervait ?

Levi reposa le paquet de chips et le Coca, lui prit le bras et l'entraîna au bout du supermarché, où se trouvaient les journaux et magazines. Là, personne ne pouvait les voir ni les entendre.

Casey ne résista pas, sans doute pour ne pas davantage attirer l'attention. À moins qu'elle ne soit surprise ?

Quand il fut certain qu'ils étaient hors de portée de voix, il prit la parole.

— Qui êtes-vous à la fin ?

Ils venaient de survivre à une scène digne d'un film de James Bond, et Casey y avait tenu brillamment le premier rôle. Il voulait comprendre qui elle était et savoir pour qui elle travaillait.

Casey ne parut pas irritée par sa question. Elle avait bien un peu pâli, mais elle resta impassible. Elle se dégagea.

— Nous perdons du temps. Vous voulez aller à Acapulco, oui ou non ?

Elle ne s'en tirerait pas comme ça.

— Qui êtes-vous, nom d'un chien ?

Elle étrécit le regard.

— Ah je vois. Vous avez eu peur, Stark ? Sans blague !

Un sourire étira ses lèvres.

— La course poursuite vous a flanqué la trouille à ce point ?

— Là n'est pas la question. *Qui êtes-vous ?*

— Reconnaissez l'évidence, Stark : vous avez eu la frousse de votre vie, tout à l'heure. Vous n'avez pas l'habitude des missions de terrain, et cette petite fusillade a été la goutte d'eau qui fait déborder le vase.

Furieux, Levi serra les poings pour ne pas la prendre aux épaules et la secouer.

— Arrêtez, dit-il entre les dents. Casey Manning, c'est votre véritable nom ?

Elle retoucha le col de sa chemise avec condescendance.

— Vous savez quel est votre problème, Stark ?

Il ne devait pas la regarder, encore moins river son regard au sien parce que…

Bonté divine, s'il n'avait pas vu cette étincelle de malice jaillir au fond de ses yeux bleus, s'il n'avait pas soudain eu la sensation que le monde s'arrêtait de tourner, il aurait pu se maîtriser, mais il n'était plus maître de ses pensées et de ses actes.

Il céda donc à la force d'attraction irrésistible qu'elle exerçait sur lui depuis leur rencontre et fondit sur ses lèvres.

Casey ne lui résista pas.

Il l'embrassa, ou bien était-ce elle qui l'embrassait ?

Qu'importait. Soudain, il n'y avait plus ni colère ni frustration.

Il n'y avait plus que la douceur insensée de ses lèvres contre les siennes.

Sa bouche veloutée avait le goût des mûres sauvages, songea-t-il éperdu. C'était l'aphrodisiaque le plus puissant auquel il ait jamais goûté.

Il noua ses mains autour de sa taille et l'attira à lui avec impétuosité. Ses doigts se perdirent dans ses cheveux, puis caressèrent avidement son visage.

Il la voulait tout à lui, intimement. Dans son élan, il heurta un portant de magazines qui tomba à grand fracas.

Perdu dans le goût et la saveur de ce baiser d'exception, il mit un temps avant de comprendre qu'on lui tapait sur son épaule avec autorité.

Ce geste le ramena à la réalité.

Il se détourna. Casey recula. La caissière l'apostrophait, mais il ne comprenait pas un traître mot de sa harangue. Aurait-elle parlé en anglais qu'il ne l'aurait pas davantage comprise. Il arrivait à peine à comprendre ce qui venait de se passer.

Casey ramassa les magazines et s'excusa platement en espagnol.

Toujours dérouté, Levi l'aida. Il ne reprit son souffle et ses esprits que lorsque la caissière fut retournée à sa caisse.

— C'est bon, on y va, Stark, dit Casey en replaçant le dernier magazine.

Elle se dirigea vers la sortie sans l'attendre.

Stark, pétrifié, était furieux contre lui.

Pas parce qu'il avait cédé à son désir de l'embrasser, mais parce qu'il fixait maintenant ses hanches.

Il n'en avait décidément pas fini avec Casey Manning… À moins qu'elle n'en ait pas fini avec lui.

9 h 32

Levi gara le pick-up dans une petite impasse tranquille à deux blocs de leur hôtel. Ils avaient définitivement semé les deux sbires de Fernandez, mais on n'était jamais trop prudent.

Ils étaient descendus à l'hôtel Americana, qui se trouvait en face du Delicia et qui, cerise sur le gâteau, donnait sur la baie d'Acapulco.

Un petit quart d'heure plus tard, ils entraient dans la suite sur laquelle Casey avait jeté son dévolu, malgré ses réticences. Levi ferma la double porte capitonnée, posa son sac et resta immobile, bras ballants, pendant que Casey se rendait dans la salle de bains et y déposait ses affaires. Ébahi, il contempla la luxueuse suite. Une nuit ici équivalait au bas mot à un quart de son salaire. Le caprice de Casey était ridicule.

La jeune femme revenait de la salle de bains. Un sourire épanoui aux lèvres, elle ouvrit les fenêtres qui donnaient sur le balcon et aspira l'air marin à pleins poumons.

— Qu'est-ce que je vous disais, Stark ? Ce petit balcon est une splendeur.

— À ce prix, c'est la moindre des choses, lâcha-t-il avec froideur.

Il la rejoignit tout de même sur le balcon. La vue était de toute beauté, en effet. À la vérité, ça n'était pas seulement la baie d'Acapulco qui suscitait sa fascination, mais le visage expressif de Casey toute proche. Il en détourna les yeux avec effort. C'était étrange, il était pris de vertige, tout à coup. La fatigue ?

— Arrêtez de râler, Stark, dit-elle en lui tapotant l'épaule benoîtement. Nous venons d'échapper par deux fois à la mort. Certes, nous sommes toujours traqués, mais cela fait partie du jeu.

Un jeu ?

— Puisque vous le dites, fit-il avec lassitude. Bon, vous voulez prendre votre douche la première ?

Il avait besoin de solitude pour recouvrer ses esprits.

Casey eut un geste d'indifférence.

— Allez-y. Je compte prendre un long bain moussant et parfumé dans cette immense baignoire… Vous n'aurez jamais la patience d'attendre votre tour.

Levi se garda donc bien d'insister. Il sortit ses affaires de toilette et se retira dans l'immense salle de bains. Une fois seul, il s'adossa à la porte et s'efforça de chasser les visions de Casey se prélassant nue parmi des bulles irisées.

Ça n'était pas le manque de sommeil ou la faim qui l'éprouvaient, mais l'impression d'être sans cesse à l'épreuve. Il avait les nerfs à vif.

D'un autre côté, ils avaient réussi à rallier Acapulco malgré les embûches et dans quelques heures, ils interrogeraient Alayna…

Tout aurait dû aller pour le mieux, or il ne parvenait pas à rester concentré. Ça ne lui était jamais arrivé.

Il avait déjà été mêlé à une fusillade, il avait reçu une solide formation, alors pourquoi se sentait-il la proie d'un tel désarroi ?

Pour le moment, il n'avait pas de réponse…

Il s'approcha de l'espace douche, plus grand que la baignoire et doté de plusieurs jets réglables par une simple pression. Il s'y trouvait aussi de nombreuses savonnettes et des mini-flacons de shampoings, comme dans tout hôtel de luxe qui se respecte. Levi se dévêtit en un tournemain et actionna le robinet.

Il se plaça sous le jet et fit la grimace. Trop chaud. Il régla la température. Peu après, il soupirait d'aise. La tension quittait enfin ses muscles tendus et endoloris. Il offrit sa nuque au jet. Il occuperait la salle de bains peut-être plus longtemps que prévu…

Tant pis pour Casey. Elle allait regretter de lui avoir cédé son tour.

Il ne craignait pas qu'elle lui fausse compagnie. Si l'un essayait de doubler l'autre, ils se retrouveraient confrontés aux mêmes problèmes qu'à Pozos. De plus, interroger Alayna à deux serait plus facile.

Pour l'instant, ils devaient continuer de collaborer.

Mais… jusqu'à quel point ?

Dès que cette pensée l'effleura, Levi sentit son sang couler plus rapidement dans ses veines. Dans son esprit se rejouait le baiser qu'ils avaient échangé dans le petit supermarché aux confins d'Acapulco. Le désir l'envahissait. Il était excité.

Soudain, un souffle froid l'enveloppa. Il ouvrit les yeux.

Casey entrait. Elle croisa son regard.

— Désolée, lui dit-elle sans exprimer la moindre contrition, j'ai juste besoin de prendre quelque chose dans mon sac.

Là-dessus, elle le regarda de la tête aux pieds et s'attarda sur son sexe en érection avec une telle complaisance qu'il eut l'impression de sentir ses lèvres se poser dessus… Quand elle eut terminé son examen, elle le gratifia d'un immense sourire.

Levi, gêné, prit un flacon de shampoing, en vida, dans son trouble, le contenu entier sur sa tête, et se frotta vigoureusement le cuir chevelu. La mousse dégoulina sur son visage et lui piqua les yeux. La douleur eut au moins le mérite de conjurer l'image de Casey.

Il lui fallut tout de même dix bonnes minutes pour se rincer les cheveux. Il enrageait. Il se comportait comme un imbécile…

Quand il eut terminé, il vérifia que la salle de bains était déserte avant de sortir de la douche. Il renonça à se raser, s'habilla et revint dans le salon.

L'irruption de Casey pendant qu'il se douchait avait bien failli lui faire perdre la tête, mais il commençait à voir clair dans son petit manège. Elle jouait avec lui pour le distraire de sa mission. Parce qu'elle était consciente de son pouvoir.

La jeune femme s'était endormie sur le canapé.

Ses cheveux blonds se déployaient avec grâce sur le coussin de soie rouge et bleu. Ses traits étaient détendus. La douceur et la féminité qu'elle cherchait à masquer éclataient dans l'abandon du sommeil. Elle était d'une beauté à damner tous les saints. Ses lèvres esquissaient une petite moue qui donnait envie de les embrasser. Levi sentit sa bouche fourmiller.

Il secoua la tête. Ne venait-il pas de recouvrer ses esprits ? Son bon sens et sa lucidité ?

Il sortit sur le balcon et fit le point, le regard fixé sur le panorama somptueux de la baie.

La mission que lui avait confiée Victoria Colby-Camp aurait dû être une simple enquête de routine, or la situation prenait un tour imprévu inquiétant.

Casey travaillait-elle pour Keaton ? C'était peut-être une habile comédienne, choisie par ses soins pour l'égarer et entraver le cours de son enquête ?

L'appréhension et le doute l'envahissaient.

D'un autre côté, Casey l'avait aidé. Sans elle, il n'aurait jamais pu sortir de ce trou, à Pozos.

Mais jamais il n'y serait tombé, si elle ne l'avait pas interpellé dans le bar et attiré, malgré elle, dans un guet-apens…

À la vérité, il s'était méfié sitôt que Fernandez lui avait révélé qu'une compatriote se trouvant à Pozos s'intéressait aussi à Keaton. Cela dit, d'emblée, il s'était méfié de Fernandez…

À sa décharge, Casey avait réussi à défaire et semer les hommes de ce dernier olibrius. Et ni l'un ni l'autre n'avait été blessé, dans l'échange de coups de feu et dans l'assaut final.

Mais il s'en était fallu d'un cheveu…

Le doute le reprit.

Et si cette course poursuite avait été une mise en scène destinée à endormir sa confiance ? Avait-elle reçu l'ordre de le faire échouer dans sa mission et de le mettre sur une fausse piste ?

Si elle était elle aussi en mission secrète, elle aurait dû agir avec discrétion et s'efforcer de passer inaperçue. On était loin du compte…

Qui était Casey Manning ?

Pourquoi avait-elle tant de pouvoir sur lui — sur ses sens et sa volonté ?

10

Club Delicia, 21 h 45

— Dans un premier temps, il faut qu'on se sépare.

Levi n'en était pas convaincu. Il scruta Casey, perplexe, puis se reprocha de la dévisager avec trop d'insistance et se retint d'humecter ses lèvres. Enfin il sourit, désarmé par les efforts de la jeune femme pour arborer une expression dure qui contrastait avec son élégante toilette, si féminine, et son chignon exquisément flou qui adoucissait son visage.

Casey Manning semblait devenue princesse.

Elle portait une courte robe rouge en mousseline de soie vaporeuse et aérienne ; le bustier ajusté révélait les courbes de son buste et la finesse de sa taille. Ses escarpins allongeaient encore les jambes fines et galbées dont il avait déjà eu un divin aperçu. Son chignon lâche ne demandait qu'à être défait par un amant empressé…

Levi brûlait de passer les mains dans sa chevelure luxuriante et d'attirer à lui cette jeune femme si troublante, si paradoxale et si étonnamment belle, pour prendre de nouveau ses lèvres et s'y abreuver.

À cet instant, il ressentait une immense tendresse teintée de désir, et il déglutit pour dissiper la boule logée dans sa gorge.

— Stark ? fit-elle avec un peu d'impatience. Vous m'écoutez, oui ou non ?

Il revint instantanément à la réalité et soupira. Il continuait de se méfier de Casey mais elle l'attirait inexorablement.

— Désolé. C'est à cause de votre robe. Elle me distrait.

À quoi bon mentir ? Elle avait bien remarqué l'effet que sa toilette produisait sur lui.

— Cela dit, le rouge n'est pas ma couleur préférée.

Casey lissa sa robe.

— Ravie de vous l'entendre dire, Stark. Entre nous, c'était mon intention.

Levi fronça les sourcils sans comprendre. Casey sourit et ajouta :

— Je me suis mal exprimée : ça n'est pas vous que j'ai l'intention de distraire, mais les clients du club.

Le sourire conquérant, elle survola la foule rassemblée dans la salle. Levi y vit beaucoup d'autres jolies femmes, mais aucune n'avait le charme insolent de Casey.

— Ils en ont de la chance, commenta-t-il en passant un doigt dans le col empesé de sa chemise.

Ils avaient acheté l'incendiaire robe griffée et son élégant costume dans les boutiques de luxe de leur hôtel. Mais lui, à la différence de Casey, allait se fondre dans le paysage.

— Bon, c'est parti, reprit-elle en scrutant les visages. On se sépare pour aller à la pêche aux informations.

— J'accepte que nous nous séparions, mais à une condition : que nous soyons toujours en contact visuel.

À cette étape de leur mission, ils devaient être plus solidaires que jamais.

— Vous avez mon numéro de portable, Stark, rétorqua-t-elle, moqueuse. Si vous avez besoin de moi, passez-moi donc un coup de fil !

Sur ces mots, elle s'éloigna et se mêla à la foule.

Levi se sentit partagé entre le désir de rester à côté d'elle et celui de se concentrer. Il était jaloux des hommes qui n'allaient pas manquer de vouloir attirer son attention, mais il était aussi inquiet pour la sécurité de Casey. Chaque jour, des femmes étaient enlevées au Mexique.

Il se ressaisit et secoua la tête.

S'il avait jamais rencontré une femme capable d'assurer sa sécurité, c'était bien Casey.

Il s'approcha du bar sans cesser d'observer les lieux, un peu ostentatoires à son goût dans un genre oriental et lascif. Les murs et les plafonds étaient tendus de velours de soie brodé de fil d'or, le sol composé de zelliges et de mosaïques aux motifs rouges, or et bleus, enfin à ce qui lui sembla. Il y avait tant de monde qu'il était difficile de bien voir.

Les clients, vêtus avec élégance, excentricité ou décontraction, étaient au bar ou attablés. Des couples enlacés occupaient une piste au centre. Un petit balcon la surplombait et les escaliers qui encadraient la scène en permettaient l'accès. Pour les atteindre, il fallait se frayer un passage dans la foule et contourner les danseurs.

Levi repéra Casey à l'autre extrémité de la salle. Entourée par des admirateurs, elle riait et rejetait la tête en arrière, telle une star de cinéma.

Il soupira.

Pendant l'après-midi, ils avaient effectué des repérages aux abords de l'hôtel et du club, en feignant de jouer les touristes avides de nuits explosives et de plages dorées.

La petite robe bleue à fleurs qu'avait revêtu Casey en cette occasion avait convenu à son nouveau rôle de petite amie. Levi avait dû quant à lui se montrer empressé, un rôle qu'il n'avait eu aucun mal à tenir et dont il regrettait la brièveté.

Ce soir, il devait jouer les séduisants célibataires en quête d'aventures épicées. Comme Casey. Un autre regard dans sa direction lui confirma qu'elle jouait son rôle à merveille. Il fut de nouveau contrarié qu'elle dispense ses charmes à d'autres que lui, et pour ne plus y penser il récapitula les informations qu'ils avaient glanées au cours de l'après-midi.

Alayna habitait le quartier, mais curieusement, personne n'avait été en mesure de leur donner son adresse ou son nom de famille. Fernandez ne leur avait donc pas menti sur ce point. Après avoir été employée au Delicia pendant une dizaine d'années, elle en était devenue la gérante trois ans plus tôt. Au final, leur enquête n'avait pas éveillé la méfiance et ils n'avaient pas non plus été suivis.

Levi s'installa au bar et se commanda une eau pétillante avec une rondelle de citron vert. Il était temps de s'atteler à la tâche et d'agir en professionnel.

Il y avait de grandes chances pour que les clients du club connaissent sa patronne. Il allait engager la conversation avec son voisin de bar lorsque les têtes se tournèrent en direction de la scène et des applaudissements retentirent.

Levi se retourna aussi. Une balançoire décorée de rubans descendait lentement du balcon. Une jeune femme en justaucorps garni de sequins adressa un petit signe coquet à ses admirateurs. Ses jambes croisées étaient gainées de soie fumée. Ses cheveux blonds brillaient comme si elle y avait semé des paillettes.

C'était la fameuse Alayna.

Lorsqu'elle toucha terre et bondit de sa balançoire avec grâce, la foule devint hystérique. Puis des danseurs surgirent sur la scène. La musique devint plus languissante, et le spectacle commença.

Levi quitta le bar et louvoya entre les clients galvanisés à la recherche de Casey.

Sans la trouver.

Pourquoi avait-elle disparu justement maintenant ? Bon sang, il aurait dû rester sur ses gardes ! Elle savait à merveille distraire les pensées d'un homme, et elle l'avait envoûté. Séduit par sa beauté et son piquant, il s'était laissé mener par le bout du nez !

Il n'avait été qu'un jouet entre ses mains et lui, l'imbécile, il lui avait fait confiance, malgré les avertissements de son intuition.

Alayna était aussi blonde et belle que Casey. Avait-elle le même talent pour faire tourner la tête des hommes ? En tout cas, elle savait entretenir le mystère qui l'entourait. Aucune des personnes qu'ils avaient interrogées n'avait pu leur dire quoi que ce soit sur son passé. Pourtant, elle habitait dans ce quartier depuis de nombreuses années.

Levi posa son verre sur le plateau d'un serveur qui passait et se remit à se regarder avidement autour de lui. Les visages se succédaient, tous semblables, mais il n'aspirait à en voir qu'un seul.

Sa certitude d'avoir été trompé et mené en bateau depuis son arrivée à Pozos s'accentua.

— Ah vous voilà !

Levi se retourna sur Casey qui le tirait par la manche.

Elle noua son bras autour de son cou.

— Vous m'invitez à danser, Stark ?

Sa colère disparut comme par enchantement. Le sourire éblouissant de Casey l'attirait telle une lumière dans la nuit.

Il l'enlaça. Puis il fouilla ses yeux dans l'espoir d'y lire la vérité. Elle ne se déroba pas et lui adressa un regard des plus énigmatique — pour enfin se hisser sur la pointe des pieds et poser sa joue contre la sienne.

— Je sais qui est son imprésario, lui dit-elle à l'oreille. Un client bavard m'a fait de nombreuses confidences.

Elle resserra ses bras autour de son cou.

— Je me suis laissé dire que cet imprésario était plus proche d'elle que sa propre mère.

La mère de Keaton ? Du moins, si Alayna était vraiment sa sœur.

Les cheveux de Casey frôlaient ses lèvres, et le perturbaient, mais ses propos étaient trop intéressants pour qu'il perde toute lucidité.

— C'est seulement par le biais de son imprésario que nous pourrons rencontrer Alayna, conclut-elle en caressant sa nuque.

— Vous avez noué contact avec lui ? demanda Levi, conscient de se montrer jaloux.

Vu la façon dont Casey se pressait tout contre lui, c'était un miracle que son cerveau fonctionne encore.

La jeune femme soupira. Son souffle tiède effleura son

oreille. Levi frémit. Elle le mettait au supplice… Lorsque la musique cessa de jouer, le soulagement détendit ses muscles crispés, et il recula.

Mais Casey ne le lâcha pas. Elle se serra au contraire davantage contre lui et approcha de nouveau ses lèvres de son oreille.

— Je crains de ne pas être le genre dudit imprésario.

Il recula de nouveau, et la regarda droit dans les yeux.

— Ce qui signifie ?

Casey mordilla sa lèvre inférieure avec tant d'intensité qu'il la fixa avec envie.

— Que ledit imprésario est une femme et d'après ce que je me suis laissé dire, une grande amoureuse.

Vexé, il comprit où elle voulait en venir. Si elle n'avait pas eu besoin de lui pour entrer en contact avec Alayna, elle ne lui aurait rien soufflé de ses découvertes. Elle se serait débrouillée pour l'interroger et l'aurait ignoré sans le moindre sursaut de conscience.

Cela dit, il fallait voir le bon côté de la situation. Casey avait réussi à obtenir des informations et lui demandait sa coopération. N'était-ce pas l'essentiel ?

— Venez Stark. C'est par là.

Casey prit sa main pour leur frayer un passage dans la foule et Levi ne songea plus qu'à la pression ferme mais douce de ses doigts.

Il devait avoir perdu la tête, car il ne se souciait plus de savoir s'il devait ou non lui faire confiance. Il ne pensait qu'à son désir de l'étreindre, de la caresser, de la humer… Comment en était-il arrivé là ? Comment Casey avait-elle réussi à l'envoûter, dans des circonstances aussi peu romantiques et en moins de vingt-quatre heures ?

La musique toujours langoureuse du spectacle d'Alayna s'insinuait en lui et amplifiait son trouble. Des couples s'embrassaient à la faveur d'une lumière de plus en plus tamisée. Tout le ramenait à son désir et l'autorisait en quelque sorte à s'y abandonner.

Casey le conduisit vers le carré VIP qui se trouvait au-delà de la scène où évoluaient Alayna et ses danseurs. Un sofa en cuir et quelques fauteuils confortables s'y trouvaient séparés du reste de la salle par un agencement de tissus moirés et de voiles de satin qui donnaient une impression de grande intimité.

Levi entrevit une femme élégante sur le sofa tandis que derrière lui s'élevaient les applaudissements qui saluaient la performance d'Alayna.

— Jazz, dit Casey, je vous présente Levi Stark.

D'autorité elle le fit asseoir. Levi se laissa faire.

— C'est le producteur de cinéma dont je vous ai parlé tantôt, continua Casey.

Producteur de cinéma ? Voilà autre chose.

Levi s'efforça de garder une expression impassible.

À cet instant, Jazz — « mon Dieu quel nom ! », pensa-t-il — lui tendit sa main garnie de bagues. Il eut la présence d'esprit de la baiser.

— Bienvenue au Delicia, cher monsieur Stark, dit-elle d'une voix mélodieuse.

Les tentures étouffaient la musique et permettaient de se parler sans crier.

— Tout le plaisir est pour moi, Jazz.

La jeune femme était plus petite que Casey, plus ronde aussi. Son visage de poupée était encadré par des cheveux coupés court. Elle portait une robe trapèze noire qui aurait été un modèle de sobriété si elle n'avait été recouverte de sequins de toutes les couleurs.

— Ne m'en voulez pas, Stark, reprit Casey, je n'ai pas pu m'empêcher de raconter à Jazz que vous étiez à Acapulco pour faire des repérages en vue de votre prochain film.

Levi fulmina intérieurement. Casey aurait au moins pu l'informer de son plan, mais non, elle le mettait devant le fait accompli !

— Parlez-moi de votre film, dit Jazz d'un air encourageant. Je suis très intriguée.

Elle ajouta à l'adresse de Casey :

— Le Delicia est célèbre dans tout Acapulco. Des vedettes du monde entier y sont venues. Vous n'auriez pas pu mieux choisir pour vos repérages.

Levi sourit pour gagner du temps et trouver l'inspiration.

— C'est une comédie musicale, commença-t-il en espérant que Casey n'avait pas précisé le genre de ce prétendu film. J'aimerais tourner mon film dans un club comme celui-ci.

— Vous avez déjà trouvé votre actrice vedette ? s'enquit Jazz avec un vif intérêt.

— En réalité, répondit Levi, ravi de pouvoir orienter la conversation sur le sujet qui l'intéressait, Alayna en a l'étoffe. Elle a une jolie voix, elle danse à ravir et surtout, elle est belle.

Jazz sourit.

— Je vous le concède.

Levi ne renchérit pas. Il imaginait que les producteurs de cinéma dignes de ce nom, blasés de voir défiler les plus jolies filles, ne se répandaient guère en compliments.

— Vous pouvez me parler des disponibilités actuelles d'Alayna ?

À cet instant, Casey poussa un cri de midinette.

— Oh Stark ! J'adore cet endroit ! Il faut absolument que vous y tourniez votre film !

Pour donner plus de poids à ses propos, elle posa sa main sur sa cuisse. Son contact lui fit l'effet d'une brûlure.

Jazz souriait largement.

— Je vais y réfléchir, rétorqua Levi en tapotant benoîtement la main de Casey, qui s'attardait sur sa cuisse.

Jamais il n'avait autant désiré une femme qu'à cet instant, et pourtant il devait rester lucide comme jamais.

— J'aimerais m'entretenir avec Alayna à la fin de la soirée, reprit-il à l'intention de Jazz. Pouvez-vous m'organiser une entrevue au pied levé ?

Jazz ne répondit pas tout de suite et fit même mine d'hésiter.

— Je suis au regret de vous répondre par la négative, cher monsieur Stark. Alayna est assez réservée et elle n'aime guère les mondanités, en dépit du fait qu'elle est une vraie star. J'espère que vous n'en prendrez pas ombrage ?

— Non. Pas du tout, dit Levi en se levant.

Il lui tendit la main.

— J'apprécie que vous nous ayez accordé quelques minutes de votre précieux temps, Jazz. Malheureusement, le mien l'est tout autant. Je dois rentrer aux États-Unis demain. Je vous souhaite une excellente fin de soirée.

Un silence choqué suivit ces mots.

Casey s'était figée. Jazz était bouche bée. Puis un sourire se dessina sur son visage qui s'était pétrifié sous l'effet de la surprise.

— Attendez, monsieur Stark, nous allons sans doute trouver un compromis ! dit-elle en se levant à son tour. Je pense tout de même pouvoir vous organiser une petite entrevue après le spectacle. Je suis certaine qu'Alayna serait déçue si, par ma faute, elle manquait une si belle occasion !

Levi contint un sourire.

— Mmm, dans ce cas, c'est parfait. Je vous laisse organiser cette entrevue avec mon assistante. Vous m'excusez ? À tout à l'heure.

Là-dessus, Levi s'éloigna.

Il avait désormais la certitude de rencontrer Alayna dans quelques heures. Malgré son euphorie, il était si tendu qu'il alla s'installer au bar et se commanda une bière. Là, il soupira pour relâcher la pression que ces dernières minutes avaient accumulée en lui.

Il était assez satisfait de lui. Il avait l'impression d'avoir repris la main et d'avoir été à la hauteur de la situation avec l'imprésario d'Alayna. Il devait tout de même une fière chandelle à Casey, qui avait réussi à mettre la main sur Jazz et à l'introduire auprès de cette dernière.

Une fois que le serveur lui eut servi une bière bien fraîche, il se désaltéra avec plaisir, puis reposa son verre et poussa cette fois un soupir d'aise.

Il aperçut le reflet de Casey qui s'approchait dans le miroir d'en face. Impossible de ne pas la voir avec cette robe rouge. Elle était comme une flamme dans la pénombre du club.

Elle noua ses bras autour de son cou et lui planta un baiser sur la joue.

— Bravo Stark. Vous avez été génial. Que serais-je sans vous ?

Là-dessus, elle sourit au serveur. Ce dernier, même débordé, oublia ses autres clients pour se diriger vers elle.

— Pourquoi buvez-vous une bière, Stark ? reprit-elle en avisant sa chope. Nous sommes au Mexique ! Vous devez boire une tequila ! C'est la loi !

Elle claqua des doigts pour commander une seconde tequila au serveur.

Lorsqu'ils furent servis, Casey leva son verre.

— À notre fructueuse association !

— À notre association, grommela-t-il en levant son verre à son tour.

Il le vida d'un coup, et eut la sensation qu'une coulée de lave dévalait son gosier.

Casey se rapprocha.

— Nous avons rendez-vous à 1 heure du matin avec Alayna, dans le restaurant qui se trouve en face du Delicia.

L'impatience effaça les frustrations de ces dernières heures et, de nouveau, Levi se sentit en pleine possession de ses moyens.

— Ce restaurant est encore ouvert à cette heure ?

Casey opina. L'excitation faisait briller ses yeux.

— Échange de bons procédés entre le Delicia et ce restaurant : Alayna s'y produit pour certains clients.

— Je suis étonné que Jazz ait si facilement mordu à l'hameçon.

— Ne chantez pas victoire, Stark. Rien n'est encore gagné.

Casey descendit de son tabouret.

— Nous avons quelques heures devant nous, avant ce rendez-vous. Autant bien les employer… Venez.

Levi paya leurs consommations et hésita.

— Qu'avez-vous encore derrière la tête ?

— Vous verrez bien. Venez, je vous dis !

Elle le prit par la main. Il résista. Elle se détourna, étonnée. Il secoua la tête et se rapprocha pour se faire entendre par-dessus la musique.

— Dites-moi où nous allons. Je déteste les surprises. Enfin, vos surprises.

— Faites-moi confiance !

Casey humecta ses lèvres.

— Vous allez adorer celle-là…

Voilà justement pourquoi il aurait dû refuser de la suivre.

Mais il avait perdu toute volonté, et il la suivit.

11

Casey se félicitait que le destin ait placé Levi Stark sur son chemin. Pas seulement pour le baiser qu'ils avaient échangé, dans le supermarché, et qui était le plus fabuleux qu'elle ait jamais reçu, mais pour l'équipe qu'ils formaient.

— Où allons-nous ? répéta Stark avec impatience.

Elle retint un sourire, amusée. À la vérité elle n'aimait rien tant que diriger les opérations et rendre chèvre ses partenaires en les prévenant le moins possible de ce qu'elle comptait faire. Elle aimait prendre des risques, parier et jouer. Avoir toujours un coup d'avance.

Avec Stark toujours si prudent, c'était un pur plaisir. Par moments, elle le trouvait étonnant de naïveté. Touchant. Et si charmant.

Elle se retourna. Stark avait froncé les sourcils et ses lèvres pincées exprimaient sa contrariété. Elle approcha sa bouche de son oreille.

— Faites-moi donc confiance. Je ne vous ai jamais laissé tomber jusqu'à maintenant, n'est-ce pas ?

Casey effleura, à dessein, son oreille de son souffle tiède. Elle crut le sentir frémir, et fut certaine qu'elle avait vaincu ses dernières réticences quand elle l'entraîna. Stark était bien trop confiant ! Tout au moins, il lui faisait facilement confiance.

Elle-même ne faisait plus confiance à personne depuis déjà bien longtemps…

Quelques années plus tôt, elle avait été déçue et trompée

dans ses attentes. Par esprit de revanche, à moins que ça ne soit par instinct de survie, elle avait appris à jouer sur les apparences, à endosser des rôles auxquels elle ne croyait que le temps de les tenir. Grâce à ce recul qui confinait à de la froideur, elle portait désormais sur le monde un regard acéré. Elle analysait les motifs de ses interlocuteurs, amants, amis ou ennemis avec une précision clinique, et décelait très vite superficialité et cupidité, mensonges et malhonnêteté… Bref, elle réussissait à se faire une vue d'ensemble des défauts les plus pitoyables de la nature humaine sans jamais remarquer, ou rarement, les qualités susceptibles de les contrebalancer.

Casey restait à la lisière des sentiments profonds et ne voulait d'aventures que sans lendemain. L'un de ses ex-petits amis, furieux, l'avait surnommée « princesse des neiges ». Et alors ? Son réalisme faisait-il d'elle une créature inconstante et égoïste, qualificatifs dont il l'avait également affublée au moment de leur rupture ? L'amour, c'était pour les faibles ! L'amour n'existait pas et n'était qu'une vue de l'esprit.

Elle s'arracha à ses pensées en entrant dans le hall du Delicia, très chic, qui donnait sur le couloir des loges des artistes, et de là, sur la sortie leur étant réservée. C'était précisément ce couloir qui l'intéressait. Son accès n'était possible que grâce à une carte magnétique, aux seuls artistes.

Et elle avait justement subtilisé sa carte magnétique à l'un des artistes du Delicia. Sans doute cet imprudent jeune homme penserait l'avoir perdue.

Il restait deux heures avant leur rendez-vous avec Alayna, récapitula Casey.

C'était beaucoup.

Ou pas.

Tout dépendait de ce qu'ils trouveraient dans la loge de la mystérieuse jeune femme.

Son but, c'était d'entrer dans ce couloir sans que la caméra de surveillance du hall n'enregistre sa manœuvre. Le Delicia était doté d'un système de surveillance particulièrement sophistiqué ; il aurait découragé n'importe quel amateur, mais pas un professionnel de l'étoffe de Casey.

Elle s'approcha de la sortie du club.

— Vous venez, Stark ? J'ai besoin de prendre l'air.

Il obtempéra de nouveau. Une fois dans la rue, elle resta à proximité de l'entrée, puis noua ses bras autour de la nuque de Stark et sourit largement aux badauds et clients sortis comme eux prendre l'air.

Stark enlaça sa taille comme si ce geste lui était naturel.

— C'est ça votre surprise ? souffla-t-il.

— Disons que c'est la première étape. Les préliminaires, si vous préférez.

Sous le regard redevenu méfiant de Stark, Casey faiblit. Elle tenta de garder un air détaché, mais elle perdit toute contenance en croisant ses yeux si verts.

Il avait vraiment des yeux d'une couleur incroyable. Elle avait beau être immunisée contre le charme masculin, elle ne l'était pas contre le regard de Levi Stark.

L'air décontenancé, Stark lui adressa un petit hochement de tête.

À l'évidence, son attitude mystérieuse l'agaçait. Mais il était trop courtois et bien trop gentil pour exprimer sa contrariété avec trop de virulence.

Cette réflexion suscita en elle une sensation inconnue et troublante et elle se raidit.

Stark n'était ni gentil ni courtois ! Il était en mission et il se servait d'elle, comme elle se servait de lui. Il était donc inutile de ressentir du remords, de la compassion, voire de la sympathie envers lui.

L'essentiel, c'était d'assurer le succès de la mission que Lucas lui avait confiée.

Par tous les moyens.

Soudain, un petit groupe de fêtards gravit les marches qui menaient dans le hall du Delicia.

— Vite. À nous de jouer, souffla Casey, l'entraînant pour qu'ils s'y mêlent.

S'il fut surpris, Stark le lui cacha bien. Il la suivit sans poser de questions.

Ils entrèrent dans le hall, mêlés aux fêtards qui s'y pressaient dans un joyeux désordre. Le tenant toujours par la main, Casey se pressa vers la porte qui donnait accès aux loges. Un œil sur le groupe qui avait envahi tout le hall, elle introduisit prestement la carte magnétique dans le lecteur. Une lueur verte s'alluma, la porte s'ouvrit.

Avant de s'engager dans le couloir, elle chercha une caméra de surveillance. Elle sourit à part elle en constatant qu'il n'y en avait pas. On n'en avait installé que dans les zones d'afflux. Quelle erreur.

— Vous voulez visiter les loges ? s'enquit Stark à voix basse.

— Celle d'Alayna. Je sais qu'elle se trouve au fond du couloir.

Casey s'y dirigea à grands pas. Elle avait lâché la main de Stark qui la suivait comme à son habitude avec plus de pondération. Il arriva devant le seuil de la loge d'Alayna alors qu'elle y était déjà entrée.

À l'intérieur flottait un parfum capiteux. Le silence était presque total, c'est à peine s'ils entendaient la musique jouer.

— Je ne sais pas comment vous avez obtenu cette carte magnétique, mais je vous dis bravo, fit Stark, l'air admiratif.

Casey, occupée à examiner la loge, ne répondit pas.

La pièce aveugle comportait un placard où se trouvaient rangés des costumes de scène et des ballerines. Casey le fouilla.

— Rien… Pourtant, je pensais bien trouver quelque chose là-dedans, murmura-t-elle, frustrée.

Stark l'observait, l'air intrigué.

— Je pourrais vous aider si je savais ce que vous cherchez. Des photos ? Des documents ?

— Non, rien de tel.

— Alors quoi ?

Casey soupira.

— Toutes les personnes que nous avons interrogées ne savent pas où Alayna habite. De plus, elle sort rarement. Donc…

— Donc, il y aurait un accès secret de ce club à l'extérieur, acheva Stark.

Son regard vert étincela.

— Bien joué, Casey !

Ils explorèrent la loge avec minutie, mais ils n'y virent que des costumes, des chaussures, des justaucorps. Sur la table de maquillage se trouvaient de nombreux produits de coiffage et tout l'attirail nécessaire à une artiste.

Étonnamment, la loge ne portait pas la marque d'Alayna, exception faite des photos la représentant avec de nombreuses célébrités qui décoraient les murs. Il n'y avait ni biscuits ni chips ou bouteilles d'eau minérale. Aucune photo strictement personnelle, des lettres ou des notes.

Casey s'approcha des clichés et étudia longuement le visage d'Alayna. Elle avait de grands yeux bruns expressifs et des cheveux aussi blonds que les siens. Son visage était bien modelé et ses lèvres, pulpeuses. Elle souriait rarement. Elle était vraiment très belle, mais était-ce la sœur de Keaton ? La ressemblance ne sautait pas aux yeux.

Elle se détourna. Stark était immobile devant un immense miroir en pied.

— Vous savez que ce costume vous va très bien ? dit-elle subitement.

En son for intérieur, elle lui trouvait même une élégance naturelle rare.

Stark ne réagit pas à sa remarque. Il étudiait toujours le miroir, sourcils froncés.

— S'il y a un accès secret, il se trouve là. Forcément.

Casey avait déjà examiné le miroir, mais il était solidement fixé au mur et elle n'y avait rien découvert. Qui sait, un détail lui avait peut-être échappé ?

— Vous croyez ? fit-elle en s'approchant.

— On va s'en assurer.

Ils passèrent leurs mains sur l'encadrement, le tirèrent. Rien ne vint.

— Il suffit peut-être de le pousser, dit Casey.

Bingo. Le miroir céda.

L'adrénaline jaillit dans ses veines. Voilà comment Alayna sortait et entrait dans le club.

Ils découvrirent derrière le miroir l'entrée d'un couloir sombre et très étroit.

— Il y a bel et bien un passage, mais il y fait noir comme dans un four…

La lumière de la loge y laissait passer une clarté malheureusement insuffisante.

Stark passa devant elle, son arme à la main.

— J'ouvre la marche. C'est plus prudent. Attendez un peu avant de me suivre, jeta-t-il par-dessus l'épaule.

Il marqua une brève hésitation avant de reprendre :

— En attendant, effacez les traces de nos doigts sur le miroir, avant de le refermer derrière vous.

Casey ne prit pas la peine de lui dire qu'elle y avait déjà pensé. Elle avait tout de même plus d'expérience que lui ! Elle avisa un chiffon sur la table, le passa sur la surface réfléchissante. Une fois qu'elle l'eut replacé derrière elle, le noir devint à peu près total. Elle attendit, pendant que Stark tâtonnait.

Une faible lueur perça soudain la pénombre.

— Vous pouvez venir, mais restez près de moi. Un interrupteur se déclenche automatiquement quand il perçoit un mouvement dans un périmètre limité, expliqua Stark.

L'impatience, de nouveau, monta en elle.

Ils atteignirent un étroit escalier en colimaçon qui montait. Ils l'empruntèrent et se retrouvèrent dans un long couloir. Le silence y était à peu près total. L'odeur de renfermé, de poussière et d'humidité y était très prononcée.

Grâce au détecteur de mouvements, ils avaient un peu de lumière, pour autant, ils ne savaient pas où ils se trouvaient, ni où ils allaient.

Brusquement, Stark s'immobilisa.

— Que se passe-t-il ? demanda-t-elle, le voyant effleurer la paroi.

— Les murs suintent.

Casey l'effleura à son tour.

— Vous avez raison.

— Je crois que nous nous approchons de la plage.

— Sur laquelle donne notre hôtel ?

Stark acquiesça.

— Si j'en crois notre itinéraire, oui.

Ils se remirent à marcher en silence.

Le bruit du ressac et une odeur saline les accueillirent tout au bout du passage, mais ils n'en avaient pas terminé ; ils n'accédèrent à la plage qui s'étendait derrière leur hôtel qu'après de nombreux tours et détours.

Casey retira ses escarpins pour mieux marcher sur le sable.

— Attendez-moi, Stark !

Quand elle se releva, ses escarpins à la main, elle croisa son regard intéressé sur elle. Il avait eu cette même expression d'admiration, lorsqu'il l'avait vue vêtue de sa robe rouge en début de soirée.

— J'ai l'impression que aimez beaucoup ma robe, Stark, je me trompe ?

Elle ne pouvait s'empêcher de sourire.

— Je suis certain que je ne suis pas le seul, commenta-t-il sobrement.

— Dans ce cas, je me félicite de mon choix… Bon, alors, que pensez-vous de la situation ?

— Je pense qu'Alayna pourrait résider dans cet hôtel à l'année.

— Je pense comme vous.

Casey frissonna. L'air marin était douceâtre, mais le froid mordant. L'odeur de l'océan lui rappelait sa Californie natale. Ses journées si chaudes et ses nuits plus fraîches mais si agréables…

Une vague de nostalgie la saisit. La Californie lui manquait. Dès cette mission terminée, elle irait y passer quelques jours, se promit-elle.

Elle tressaillit en sentant Stark poser sa veste sur ses

épaules. Sa chaleur l'enveloppa tandis qu'il en resserrait les pans autour d'elle.

— Vous avez froid.

— Un peu. Merci.

Casey sourit, puis se raidit. Elle ne devait pas se laisser impressionner par la gentillesse ou la courtoisie de Stark.

— Si je me souviens bien, notre suite se trouve au quatrième étage ? reprit ce dernier, songeur.

Casey suivit son regard vers la façade de l'hôtel.

Un ascenseur discrètement logé dans un angle, à l'extérieur, desservait le cinquième étage de l'établissement, lequel prétendait n'offrir des chambres que sur quatre étages.

— On dirait un ascenseur privé…

— Qui donne accès à une chambre, ou à une suite réservée, continua Stark. Cela dit, nous n'avons pas la preuve qu'il s'agit de l'endroit où vit Alayna.

Casey sourit.

Spéculer, c'était le lot des agents de la CIA. L'absence de certitudes les contraignait à élaborer des scénarios jusqu'à ce que l'un d'entre eux s'avère conforme à la réalité.

— Je crois en tout cas que nous sommes sur une piste.

— Je suis entièrement d'accord avec vous, renchérit Casey en consultant l'heure sur son portable. Il est bientôt 1 heure du matin. Nous devons retourner au club pour notre rendez-vous.

Ils rebroussèrent chemin sur la plage faiblement éclairée par un croissant de lune. Bercée par le ressac, Casey se sentit bientôt dans les dispositions d'esprit les plus étranges.

La plage était déserte, mais peut-être des amoureux s'y trouvaient cachés à la faveur de l'obscurité ? songeait-elle avec envie.

Elle soupira. Sa vie amoureuse était soit ennuyeuse soit houleuse, et le plus souvent inexistante. Ce désir de silence et d'intimité à deux sous une nuit étoilée ne lui ressemblait vraiment pas.

Elle regarda Stark en cherchant à se convaincre que sa subite nostalgie n'avait rien à voir avec le charme puissant qu'il exerçait sur elle. Sans doute était-ce cette belle plage, qui évoquait sa Californie natale, qui éveillait en elle un si poignant sentiment… À moins qu'elle ne soit émue de se savoir revenue sur le terrain après avoir passé ces six derniers mois dans des bureaux du site de Langley.

Au fond, elle savait que c'était faux… Stark seul était la raison de cette douce euphorie sous-tendue par une curieuse tristesse, et soudain, elle eut presque envie de pleurer.

— Vous avez des frères et sœurs à Los Angeles ?

La voix de Stark l'arracha à ses pensées, et amplifia ce sentiment insolite et finalement bien agréable qu'elle éprouvait au cœur de cette nuit douce et océane.

— Non, répondit-elle, je suis fille unique. Je suis toute seule.

Seule.

Casey regretta cette formulation. Elle n'était pas seule, il se trouvait juste qu'elle était très occupée. Elle n'avait pas le temps d'avoir une vie à deux. Ni l'envie.

— Moi aussi, confia Stark dont la voix lui parut mélancolique. Ma mère me rappelle régulièrement que je suis son seul enfant et qu'elle n'a plus personne dans sa vie…

— Vous n'avez plus votre père ? demanda Casey qui regretta aussitôt sa question.

Elle ne voulait pas mieux le connaître et recueillir ses éventuelles confidences.

— Mon père est mort il y a six ans, dit-il sobrement.

— Votre mère ne s'est jamais remariée ? s'enquit-elle tout en maudissant sa curiosité.

— Elle n'a jamais voulu. Moi j'aurais bien aimé, à vrai dire, je me sentirais plus serein. Mais ma mère affirme que jamais elle n'aimera un homme comme elle a aimé mon père.

— Elle ne souffre pas trop de la solitude ?

— Bien sûr.

Stark paraissait étonnée par sa question.

— Ma mère a cinquante-cinq ans, et l'homme qu'elle a aimé, avec qui elle a vécu pendant vingt-sept ans est mort. La solitude lui est évidemment très cruelle.

Casey garda un silence prudent.

Ils revenaient sur la route. Déjà, le bruit de la circulation rompait l'étonnant silence qui avait bercé leurs pas jusque-là.

La magie n'allait pas tarder à être totalement rompue…

— Vous avez déjà été amoureuse ? Au point de vous fiancer ? De désirer vous marier ? demanda-t-il.

— Non.

Elle eut envie de lui retourner la question, mais n'osa pas.

— Moi, j'aimerais bien, j'en rêve… mais j'ai trop de travail, dit-il en fourrant les mains dans ses poches avec un petit soupir. La plupart de mes cousins sont mariés. Ils ont des enfants et une grande maison…

Il rit.

— Ma mère me téléphone dès que l'un d'entre eux annonce ses fiançailles… J'entends l'espoir dans sa voix, quand elle m'apprend la grande nouvelle.

Seigneur, sa mère était comme la sienne : elle avait hâte qu'il se marie et fonde une famille.

— Ma mère est convaincue que j'ai changé de carrière pour éviter tout investissement sentimental, dit-il encore.

— Et c'est vrai ?

Casey se mordit la lèvre, consternée par son impulsivité, et encore plus contrariée d'attendre sa réponse avec impatience.

— Pas du tout. Je ne désespère pas de rencontrer l'âme sœur. En vérité, j'ai changé de carrière parce que je m'ennuyais.

Il surprit son regard brillant de curiosité, et sourit. Piégée, Casey se renfrogna.

— J'avais besoin de mieux connaître le monde et je m'imaginais pouvoir le changer pour qu'il devienne meilleur, ajouta-t-il, rêveur.

— Vous êtes donc un battant, un gagnant comme moi, en fin de compte. Je me trompe ?

Stark s'arrêta de marcher et soutint son regard si longtemps qu'elle regretta d'avoir dit ces derniers mots.

— Voilà donc votre conception de la vie, Casey ? Avoir le dessus coûte que coûte ? Comme vous l'avez fait en prenant des risques inutiles, sur la route d'Acapulco ? Ou en achetant une robe rouge sexy pour vous amuser de mon trouble, assurer votre pouvoir de séduction sur moi et les autres hommes ? En faisant tout votre possible pour me déstabiliser ? En me faisant passer pour un producteur de cinéma sans me prévenir ? Gagner et avoir le dessus, c'est tout ce qui compte à vos yeux ?

Il secoua la tête.

— Si c'est le cas, je vous plains.

Casey s'énerva. Jamais personne ne lui avait tenu de pareils propos.

— Si vous ne voulez pas gagner, à quoi bon ? répliqua-t-elle, vexée.

Elle allongea le pas. Parler sous le coup de la colère était inutile.

Lorsqu'ils arrivèrent aux abords du Delicia, la foule affluait. Il était plus de minuit et demi, et l'ambiance était à son comble. Ils revinrent dans le club. Casey constata qu'Alayna et ses danseurs terminaient leur spectacle sur une note presque érotique.

Des odeurs de sueur et de parfum montaient de la foule et se mêlaient à celles de l'alcool. C'était à la fois grisant et excitant. Casey regarda la prétendue sœur de Keaton onduler au rythme d'une musique qui devenait de plus en plus douce. Chaque mouvement et chaque pas étaient à eux seuls un envoûtement des plus pur.

Elle avait hâte de la voir aux prises avec Stark, dont le charme était tout aussi troublant.

Levi était pensif. Les propos que lui avait tenus Casey tantôt étaient en contradiction avec sa vision de la vie et des gens.

Il était idéaliste, elle était ambitieuse.

Il était pondéré et calme, elle était froide et mordante.

Arrivé au bar, il commanda une eau pétillante et demanda

à Casey ce qu'elle désirait. Elle retira sa veste et la posa sur le comptoir.

— Faites-moi plutôt danser, Stark.

Sans répondre, il la dévisagea. Il était préférable de refuser...

Elle prit sa main pour l'attirer à lui.

— Je ne joue pas, Stark. Maintenant, nous devons vraiment avoir l'air d'un couple si nous voulons réussir. Pour faire un producteur de cinéma crédible, vous devez profiter de votre jeune et naïve assistante, une véritable cruche entre nous soit dit.

Levi se laissa guider sur la piste de danse où des couples oscillaient, perdus dans une étreinte rêveuse.

Il la serra dans ses bras intimement, elle ne le repoussa pas.

La chaleur, un désir affolant et immédiat coupèrent le souffle de Casey, qui se mit à trembler. Stark perçut-il son trouble ? Elle n'aurait su le dire, mais il la serra plus étroitement, jusqu'à ce qu'elle ne respire plus que l'odeur de sa peau. Sa joue était contre la sienne, et elle sentait pulser le désir qui ne cessait de monter.

S'arrêterait-il jamais ?

Elle ferma les yeux et tenta de le refouler. Dans quelques minutes, ils devraient passer à la seconde phase de la mission. Elle devait donc garder la tête froide.

Ces émotions étaient factices.

Ils jouaient tous les deux un rôle.

Rien de tout cela n'était réel.

12

13 octobre, 1 h 08

Andrew and Michael, le restaurant qui se trouvait en face du Delicia, était spécialisé dans la cuisine italienne. Le décor en était rustique mais le menu, sophistiqué.

Les odeurs de la cuisine donnaient l'eau à la bouche. Levi sourit en son for intérieur. Jusqu'à présent, tout se déroulait pour le mieux. Jazz venait de leur annoncer qu'Alayna n'allait plus tarder.

Il avait pris place dans un petit salon privé avec celle-ci et Casey. Deux vigiles du service de sécurité du Delicia, armés jusqu'aux dents, encadraient les portes.

Jazz était assise à l'extrémité de la table. La place en face d'elle était réservée à Alayna. Levi et Casey se faisaient face.

Ils avaient dû laisser leurs armes et leurs portables à la réception du restaurant. Personne n'avait paru étonné qu'un producteur de cinéma et son assistante soient armés, la région étant réputée dangereuse pour les touristes américains. Levi espérait que Casey avait verrouillé son portable, comme lui. Si jamais on essayait de forcer son code, les informations qui y étaient stockées seraient immédiatement effacées. Son portable lui importait peu, mais Levi espérait récupérer son arme.

Les deux vigiles, patibulaires, lui déplaisaient. Chaque fois qu'il portait le regard sur eux, il se sentait mal à l'aise.

En attendant Alayna, Jazz s'entretenait avec Casey, et

Casey faisait en sorte de la distraire. Sans doute voulait-elle lui laisser le temps de bien observer ce salon, d'évaluer leur situation et surtout, d'élaborer une stratégie.

Levi s'étonnait de la cohésion de leur association, qui s'était pourtant formée dans l'urgence et sur des réticences mutuelles. Chacun y avait désormais son rôle. Comme s'ils avaient toujours formé une équipe.

Il s'intimait tout de même à la prudence.

Il savait Casey imprévisible et casse-cou. Incisive et maladivement méfiante. Avait-elle donc été si cruellement déçue, par le passé, pour s'endurcir et cacher sa véritable nature ? se demanda-t-il tout à coup.

Soudain, Jazz se leva en souriant.

— Ah ! dit-elle avec un sourire. Voilà notre vedette !

Levi se leva, imité par Casey, pour accueillir Alayna.

La jeune femme se déplaçait avec autant de grâce qu'elle dansait.

— Alayna, je te présente Levi Stark et son assistante, Casey Manning, déclara Jazz avec componction.

— Bonsoir, monsieur Stark, dit Alayna d'une troublante voix de gorge.

Elle ne tendit pas la main, Levi lui adressa donc un bref hochement de tête. Casey sourit avec un mélange de timidité et d'émerveillement. Elle jouait son rôle à la perfection, songea Stark en lui glissant un regard rapide.

Une fois qu'Alayna eut prit place, tout le monde s'assit. Peu après, trois serveurs vinrent déposer devant eux des assiettes garnies et se retirèrent au fond de la salle, prêts à satisfaire leurs moindres désirs.

— Votre présence ici me surprend, monsieur Stark, reprit Alayna sans toucher ses couverts.

— Pourquoi ?

Levi avait décidé de poser des questions, afin d'éviter une maladresse par une affirmation peut-être erronée.

— Eh bien, en général, je suis prévenue à l'avance, quand un producteur, ou des célébrités, passent la soirée au Delicia.

Levi n'en doutait pas, s'il en croyait les photos qu'il avait vues dans sa loge.

— En vérité toute la surprise est pour moi. Mon incursion au Delicia n'était pas prévue.

Le regard de la jeune femme s'étrécit, comme si elle tentait de déterminer si elle devait se sentir insultée ou non par ses propos.

Un silence glacial tomba.

Levi sentait sur lui le regard aigu de Casey, qu'il ignora. Il avait décidé de jouer les producteurs arrogants, et il n'avait pas l'intention de montrer de l'enthousiasme ou de la flagornerie. Il se sentait le droit de donner la dimension qui lui plaisait à son personnage, après tout Casey le lui avait imposé sans le consulter au préalable.

Lorsqu'il eut le sentiment qu'Alayna ne tenait plus d'impatience et commençait à s'énerver, il ajouta :

— C'est mon assistante qui a insisté pour j'assiste à votre spectacle. Je ne recherche pas les talents, ce sont les talents qui viennent à moi.

Un silence épais et embarrassé s'ensuivit. Levi compta jusqu'à dix.

— Puisque vous êtes maintenant à ma table, dit enfin Alayna, je suppose que vous avez apprécié votre soirée au Delicia ?

— Oui.

— Vous vous intéressez à mon spectacle ?

— Je m'intéresse à vous, répondit-il sans détour.

Alayna parut se détendre pour la première fois depuis le début de leur conversation.

— Et vous, vous m'intriguez, monsieur Stark.

Il inclina la tête et lui sourit.

— Alors peut-être devrions-nous poursuivre cet entretien en tête à tête ?

Les autres convives étaient restés immobiles et muets. Au silence qui retombait, Levi comprit que Jazz avait accueilli sa suggestion à contrecœur. Casey devait quant à elle fulminer, il évita donc de tourner les yeux dans sa direction.

Alayna fit un geste à Jazz. À ce signal discret, cette dernière se leva immédiatement et sortit avec les deux vigiles et les serveurs.

Casey fut la dernière à quitter le salon privé, ce qu'elle fit de mauvaise grâce, en lui adressant un regard cinglant. Levi resta de marbre. Elle devait lui faire confiance comme il lui avait fait confiance.

Resté seul avec Alayna, il l'observa longuement.

— Vous avez des questions ? dit-elle au bout d'un moment.

Il la fixa, impassible.

— Oui.

— En ce cas, j'ai peut-être les réponses ?

Il eut l'ombre d'un sourire.

— En supposant que nous parvenions à un accord, vous pourriez vous rendre disponible pour vous engager dans mon projet ?

Il voulait en apprendre le plus possible sans se trahir. Maintenant qu'ils étaient seuls, il se sentait tout de même plus à son aise pour lui poser des questions directes.

— Peut-être.

— Vous n'avez donc pas d'engagements ailleurs ? Il arrive que des obligations familiales empêchent un engagement sans réserve et à long terme…

— Vous semblez parler en connaissance de cause, monsieur Stark.

Elle ne le lâchait pas des yeux, comme si elle tentait de lire dans ses pensées et de le prendre en défaut, mais après avoir passé ces dernières vingt-quatre heures avec Casey Manning, Levi se savait des nerfs d'acier. Il ne cilla même pas sous son regard inquisiteur.

— Je n'ai aucune obligation susceptible d'entraver un investissement professionnel, affirma-t-il d'une voix tranquille.

— C'est heureux pour un homme dans votre position.

Soit elle avait mordu à l'hameçon, soit elle tentait de gagner du temps.

Levi décida d'être plus incisif.

— Pourquoi ne pas jouer cartes sur table, Alayna ? J'ai plusieurs questions à vous poser. Je précise que ce sont des questions d'ordre personnel. Je n'aime pas les surprises, et les personnes qui financent mon projet non plus.

Il marqua une pause.

— Alayna, c'est votre nom de scène ?

Un bref sourire éclaira le visage parfait de la jeune femme.

— Oui. Mais ma véritable identité n'a aucun intérêt, monsieur Stark. Comme mes obligations familiales ou d'ordre privé. Je suis devant vous en tant qu'artiste du Delicia. Est-ce que cela répond à votre question ?

— Peut-être.

— Je vais être claire, afin qu'il n'y ait aucune méprise entre nous, monsieur Stark. Je n'ai jamais fait de cinéma, mais je sais danser. Soit mon profil correspond à ce que vous recherchez et nous travaillons ensemble, soit vous passez votre chemin et nous oublions cet entretien. J'ajoute que l'aspect financier n'entre pas en ligne de compte.

— Vous n'avez pas de casier judiciaire ?

— Non.

— Vous êtes américaine ?

— Je suis née aux États-Unis, mais je vis au Mexique. Je suis mexicaine d'adoption.

— Le film sera tourné au Mexique, mais il y aura aussi quelques scènes aux États-Unis : est-ce que cela vous pose un problème ?

Sa réponse ne se fit pas attendre.

— Il n'est pas question que je quitte le Mexique.

Intéressant. Pourquoi ?

— C'est un inconvénient.

— Pas si vous désirez vraiment m'engager, monsieur Stark.

De nouveau, c'était bien joué.

Levi aborda donc la situation par un autre biais.

— S'il ne s'agissait que de moi, un arrangement pourrait être trouvé, malheureusement, je dois aussi en référer à mes investisseurs.

Il fit mine d'hésiter puis se pencha vers elle pour dire d'une voix nette :

— L'un d'entre eux, en particulier, insiste pour qu'une partie de ce projet soit réalisé à Chicago, ville chère à son cœur. Peut-être avez-vous entendu parler de lui ? Il s'appelle Slade Keaton.

Levi la scruta attentivement.

— Je suis certain qu'il sera très déçu, si je lui communique votre refus de participer à un projet auquel il tient tant, dit-il d'une voix lente. Je suis sûr qu'il aimerait beaucoup vous rencontrer.

Alayna s'était raidie.

— Qui êtes-vous ? fit-elle d'une voix coupante.

— Vous connaissez Slade Keaton, n'est-ce pas ?

Alayna se leva d'un bond. Soudainement, elle avait perdu de sa superbe. Elle était plus pâle que si elle avait vu un fantôme.

— Je suis désolée mais cet entretien est terminé, monsieur Stark.

Levi se leva à son tour et s'interposa. Il ne voulait pas qu'elle parte alors que la conversation devenait intéressante.

— J'ai des questions à vous poser sur Keaton.

Alayna le toisa et le contourna pour sortir. Il la retint en posant une main sur son épaule. Elle darda sur lui un regard glacé qui l'avertit qu'il dépassait les limites.

— C'est très important, insista-t-il. On m'a dit que vous étiez sa sœur. Si c'est vrai, j'aimerais que vous m'aidiez.

— Vous aider ? Si vous saviez comme vous faites fausse route, monsieur Stark.

— Non, je ne pense pas. Je ne lâcherai pas prise tant que vous ne m'aurez pas répondu.

Il la poussait dans ses retranchements. Il courait le risque qu'elle appelle les hommes de son service de sécurité, mais il la devinait également curieuse.

Alayna inclina la tête comme si elle réfléchissait et l'évaluait.

— Vous ne savez pas à qui et à quoi vous vous confrontez, Stark, dit-elle d'un air froid qui masquait mal une violente appréhension.

Levi ne s'était pas attendu à cette réaction où la peur le disputait à la haine.

— À vous, Alayna ?

— Non, monsieur Stark. Pas du tout. Vous vous confrontez à plus puissant que vous. À *elle*. Vous courez au-devant de graves ennuis. C'est votre vie qui est en balance, désormais.

Elle avait détaché chacun de ses mots, comme si elle tentait de lui communiquer un message crypté.

Elle fouilla son regard.

— J'ai le regret de vous informer que vous vivez peut-être vos dernières heures. Elle vous guette, maintenant.

Sa peur, sa terreur même n'était pas feinte. Cela impressionna Levi.

— C'est une menace ? s'enquit-il.

La jeune femme hocha la tête avec lassitude.

— Non, c'est une simple constatation. À présent, j'aimerais que vous me laissiez sortir sans que j'aie à appeler la sécurité. Je vous en prie.

— Qui est Keaton ? la pressa Levi.

Un silence tomba.

— Slade Keaton est un prédateur. Il tue comme il respire. S'il vous recherche, il vous trouvera tôt ou tard. Une fois qu'il vous aura retrouvé, il attendra, comme un chasseur sa proie, le moment parfait pour attaquer. Vous n'aurez plus de repos, plus aucune échappatoire s'il fait de vous sa cible.

— Comment savez-vous tout cela ?

Était-elle vraiment sa sœur ? N'était-elle pas plutôt une maîtresse délaissée et déçue ?

— Qui êtes-vous, Alayna ?

— Cela n'a aucun intérêt.

Elle marqua une pause.

— Je vais vous donner un dernier conseil, monsieur Stark.

Tâchez de le retenir. Vous et votre amie, vous devez tout de suite prendre la fuite. Votre curiosité a réveillé un dragon en sommeil. Je vous jure que ce dragon va vous détruire. Vous mettre en pièces. Elle en est capable. Elle a consacré toute sa vie à la destruction.

Sur ces mots, Alayna passa devant lui et s'en fut. Il ne chercha pas à l'en empêcher.

Il devait joindre Victoria au plus vite et la prévenir de l'imminence d'un danger plus terrible que celui qu'elle pressentait.

La voix de Casey l'arracha à son état de sidération.

— Que s'est-il passé ? Bon sang, qu'est-ce que vous avez encore fichu, Stark ?

— Venez ! Vite ! Nous devons tout de suite partir d'ici !

Il sentait le danger autour d'eux à présent, avec une étrange acuité.

— Non ! Avant, racontez-moi ce qui vient de se passer !

Il lui prit la main.

— Dès que nous serons loin.

Casey allait reprendre la parole, mais il lui intima le silence d'un regard impérieux.

Avait-elle compris la gravité de la situation ? Quoi qu'il en soit, elle ne résista pas.

À son plus grand étonnement, le vigile à l'entrée du restaurant leur rendit leurs portables et leurs armes, toujours chargées.

En proie à la plus grande confusion, Levi remit son arme à sa ceinture. Casey mit quant à elle sa besace en bandoulière.

Quand ils furent sortis du restaurant, il la reprit par la main et slaloma entre les fêtards. Il devait trouver un endroit sûr pour faire le point avec Casey sur son entretien avec Alayna, et ensuite trouver un moyen d'en rapporter les termes à Victoria.

Le ton d'Alayna, la terreur sans nom et la haine inextinguible qui avaient empreint sa voix l'inquiétaient. De même que son avertissement à la fois limpide et énigmatique.

Elle n'avait pas eu peur de lui, elle n'avait pas non plus eu peur de Casey.

Non, elle redoutait autre chose.

Keaton ?

Il ne savait plus. Les paroles de la jeune femme se bousculaient dans son esprit.

Alayna aurait pu appeler la sécurité, mais elle s'en était dispensée. Elle aurait pu leur confisquer leurs armes, or elle n'en avait rien fait.

Elle avait voulu l'avertir d'un danger, sans pouvoir ni vouloir l'expliciter.

Levi continuait de courir, la main de Casey dans la sienne.

Ils avaient parcouru quelques mètres lorsque Casey s'arrêta.

— Je vous promets de tout vous raconter, mais pas ici, pas maintenant ! s'exclama Levi.

Il savait qu'elle brûlait de curiosité, mais il avait les idées en désordre, il avait besoin de réfléchir. Il devait aussi trouver un moyen de joindre Victoria Colby-Camp au plus vite.

Victoria lui avait répété que sa sécurité était prioritaire, mais c'était pour la sécurité de Victoria et aussi celle de Casey qu'il se faisait du souci désormais. Comment cette dernière allait-elle réagir au tour inattendu que prenaient les événements ?

— Nous sommes trop exposés dans cette rue, dit-il en regardant de part et d'autre.

— Bien bien, j'ai compris…

Ils parcoururent deux blocs, puis Casey lui montra un bar qui semblait louche mais qui avait l'avantage d'être bondé, malgré l'heure tardive. Elle parvint à se frayer une voie parmi la foule et se dirigea vers la table du fond, la moins bien éclairée.

Malheureusement, elle était déjà occupée. Casey fouilla dans sa besace et en sortit une liasse de billets qu'elle tendit au couple.

— *La mesa por favor.*

L'homme regarda sa compagne qui sourit et prit les billets. Ils se levèrent et s'éloignèrent sans demander leur reste.

Casey s'assit pendant que Levi se laissait tomber sur une chaise en face d'elle.

— Comment avez-vous fait pour saboter cet entretien, Stark ? lança-t-elle, l'air furieux.

Il eut envie de la remercier, ironiquement, de la confiance qu'elle plaçait en lui, mais ça n'était pas le moment. Il devait lui expliquer la situation, et tout de suite après, prévenir Victoria. Il était tard mais qu'importe, le pire était imminent.

— Selon Alayna, Keaton est très dangereux. Nous devons appeler nos clients et voir quelle stratégie ils veulent que nous adoptions. Il faut arrêter Keaton tout de suite.

Une fois qu'il eut parlé, il respira mieux, mais le sinistre pressentiment qui l'avait saisi persistait.

— Keaton est *dangereux* ! s'exclama Casey hors d'elle. C'est tout ce que vous avez obtenu ? Bon sang, Stark !

À cet instant, quelqu'un le bouscula. Il sursauta, se leva à demi, et se retourna prêt à dégainer.

Deux femmes se mirent à rire et s'excusèrent en espagnol. Comme elles répétaient le mot *banos* à plusieurs reprises, il comprit que leur table se trouvait près des toilettes des femmes. Il reprit sa place, dos contre le mur cette fois, et chercha à recouvrer son calme.

Sans succès.

— Vous ne comprenez rien, Casey, grommela-t-il.

— Tout ce que je sais, c'est qu'Alayna était notre seule piste et que vous l'avez sabotée ! Je n'y crois pas !

Levi l'écoutait à peine. Il repensait aux mots d'Alayna.

— Elle a dit…

Il se tut, et fronça les sourcils. Quel était le terme…

— Elle a confirmé qu'elle était la sœur de Keaton au moins ? le pressa Casey.

Soudain ça lui revint.

Le dragon.

— Alayna a dit que nous devions fuir. Maintenant. Que nous avions réveillé, je cite, un dragon en sommeil.

Ça n'était pas tout.

— Hein ? Alayna vous a parlé d'un *dragon* ? Vous en êtes certain ?

Concentré sur le souvenir de son échange, Levi acquiesça vaguement.

Alayna n'avait cité aucun nom, mais elle avait parlé d'un dragon, et aussi, d'une femme.

Elle.

Parlait-elle d'elle-même à la troisième personne ?

Non.

Se pouvait-il qu'elle ait fait référence à sa mère ? Parce que sa mère l'épiait ? Ou alors, le dragon était une femme ?

C'était l'explication la plus plausible, mais elle n'expliquait pas le concentré de terreur et de haine qui avait empreint sa voix.

— Je pense qu'Alayna a mentionné sa mère, reprit-il. Sa mère, donc celle de Keaton.

Levi scruta la foule.

Rester dans ce bar était une erreur. Ils devaient le quitter.

— Partons !

Il reprit sa main d'autorité et se leva, soulagé de constater que Casey ne lui opposait aucune résistance.

Ce bar devait avoir une sortie à l'arrière. Il ne voulait pas courir le risque de sortir dans la rue.

— Allons par là, souffla Casey, qui avait eu le même raisonnement.

Les voyant s'engager dans les cuisines, l'un des serveurs les rappela. Casey ne ralentit pas et ne prêta pas non plus attention au plongeur qui les apostropha en espagnol.

— J'imagine que revenir à l'hôtel est inutile ? demanda-t-elle en s'engageant dans la ruelle sombre où de nombreux couples enlacés s'embrassaient.

— Pour le moment, il vaut mieux éviter.

Un groupe passa et les hommes émirent des remarques crues sur la petite robe de Casey. Casey le poussa contre un mur et se pressa contre lui.

— Faites mine de m'embrasser, Stark. Vous êtes certain

qu'Alayna a parlé d'une femme sans révéler son identité, d'un dragon ?

— Oui.

En dépit du danger, il réagissait à la sensualité de son corps contre le sien.

— Cela vous évoque quelque chose ? reprit-il.

Quand le groupe fut passé, Casey se remit en marche.

— Non. Rien.

Soudain, elle s'arrêta de nouveau. Levi surpris faillit lui rentrer dedans.

Elle fit volte-face.

— Nous devons découvrir si Alayna vit au cinquième étage de l'hôtel. Peut-être habite-t-elle avec sa mère ? Il faut fouiller les lieux.

Elle avait raison. Mais avant, il devait absolument allerter Victoria. Et Casey, son client.

— Au moins, nous avons une certitude. Alayna connaît Keaton.

Elle avait dit que Slade Keaton était un chasseur. Un prédateur qui attendait son heure avant de frapper.

Keaton ne surveillait-il pas l'agence Colby depuis des mois ? Victoria Colby-Camp était bel et bien en danger.

— Comment procéder maintenant ? fit Levi.

— Postons-nous à la sortie du passage secret entre le club et la plage, et suivons Alayna. Je suis sûre qu'il existe un accès secret entre le club et le restaurant où nous avions rendez-vous.

— Venez par là. Cette rue conduit à la plage.

D'instinct, il porta la main à son arme. Puis une pensée l'effleura.

Et si Casey Manning était la femme à laquelle Alayna avait fait allusion et qu'elle le conduisait dans un piège ? Ne lui cachait-elle pas obstinément le nom de son client ?

C'était peut-être Casey son ennemie.

Il se ravisa.

C'était évidemment impossible.

Casey lui avait trop souvent porté secours. Ils formaient une véritable équipe. De plus, Alayna l'aurait reconnue et se serait comportée différemment en sa présence.

Tant qu'il n'aurait pas de preuve tangible de sa duplicité, elle resterait sa coéquipière.

La plage était calme.

Ils avaient pris place près du passage secret. Armés et sur le qui-vive, ils ne le quittaient plus des yeux. À l'évidence, Alayna n'avait pas quitté le club, car les lumières du cinquième étage de l'hôtel restaient éteintes.

L'attente serait peut-être longue.

Levi survola du regard la plage, puis l'océan. Deux navires mouillaient dans la baie et il regretta de ne pas avoir de jumelles de nuit infrarouges.

Il entendit Casey soupirer.

— Pourquoi vous ne vous êtes jamais marié ? demanda-t-elle.

La question était des plus inattendue. Il haussa le sourcil.

— Je réponds seulement si vous me répondez, répliqua-t-il d'un ton de défi. C'est donnant donnant.

Elle poussa un nouveau soupir, comme si elle était trop lasse pour discuter.

— Bon, si vous voulez…

Levi avait été si certain de son refus que sa bonne grâce le déconcerta.

À la vérité, il n'avait pas envie d'engager la conversation sur le sujet.

— J'ai failli me marier, mais ma compagne de l'époque ne voulait pas d'enfants, avoua-t-il à contrecœur.

Un rire amer lui échappa.

— Nous sommes restés ensemble pendant deux ans, et pas un instant je ne l'ai soupçonné.

— Les enfants, c'est tout de même un gros investissement, laissa tomber Casey, aussitôt honteuse de la banalité de ses propos.

Un silence tomba.

— À votre tour, Casey.

Nouveau silence. Manquerait-elle à sa promesse ? se demanda-t-il, déçu.

— Un seul homme a vraiment compté dans ma vie. J'étais jeune... Il était plus âgé que moi. Nous étions coéquipiers. C'était au tout début de ma carrière. À mes yeux, c'était un héros... Il avait tout pour plaire. Il était charmant, séduisant, plein d'humour. Je suis tombée folle amoureuse. Mais...

— Mais il était déjà marié ? dit Levi sur un pressentiment.

— Oui.

— Douloureux.

— Oui. Mais j'ai survécu.

Casey fixait l'océan. Levi s'interrogeait. Était-ce à cause de cette déception amoureuse qu'elle se montrait froide, mordante, distante, irrévérencieuse ?

— Je suis désolé, Casey. Je ne sais pas quoi dire... sauf des banalités. Que c'est un homme indigne. Que vous n'avez pas eu de chance. Que l'amour survient toujours là où l'on attend le moins...

Elle rit doucement.

— Vous parlez d'amour, Stark, mais cet homme ne m'aimait pas, il était seulement flatté par mon adulation... Il a voulu s'échapper de son quotidien, vivre l'aventure, que sais-je... Il n'a jamais eu l'intention de s'engager avec moi sur le long terme.

Levi laissa le silence retomber, conscient que cet épisode avait traumatisé Casey et marqué sa vie sentimentale.

— Vous savez, Stark, on a tous envie de vivre des rêves, la grande aventure. Les rêves, les fantasmes, ça n'est pas réel, mais on se laisse tout de même prendre à leurs pièges. Une fois qu'on a compris la leçon, on garde les deux pieds sur terre et on évite d'avoir de nouveau la tête dans les nuages. C'est en vivant la réalité qu'on se sent libre, maître de soi, et qu'on est certain de ne blesser les sentiments de personne et surtout, de ne pas se blesser... D'accord, c'est égoïste, mais je vous jure qu'on ne souffre plus jamais ! On vit pour soi, Stark, pas pour les autres. C'est cette philosophie-là qui m'a sauvée.

Elle marqua une pause.

— Oui, c'est mieux de vivre sans illusions… De postuler que l'amour, enfin, quel que soit le nom que vous donnez à ce sentiment qui vous rend esclave de l'autre, ça n'existe pas. Ça n'est pas réel.

Tout en parlant, Casey faisait glisser du sable entre ses doigts.

— J'ai vu tellement de couples se prétendre heureux, mais ensuite se haïr et divorcer. L'amour, c'est du toc, Stark. Une invention absurde qui fait plus de mal que de bien.

— Mais un couple fonctionne pour le meilleur et pour le pire, argua-t-il. Un couple, ça ne vit pas toujours d'amour et d'eau fraîche, ça se forge aussi dans l'épreuve. C'est vivre à la fois le rêve et la réalité à deux, sans cesse les réinventer.

Casey resta silencieuse. Stark fut certain que ses derniers mots avaient fermé ses lèvres.

Dommage. Pour une fois qu'elle s'épanchait.

Les minutes s'égrenaient quand une lueur venant du passage secret attira leur attention.

Quelqu'un arrivait.

13

Chicago, 3 h 15

Slade Keaton était assis dans son bureau, plongé dans l'obscurité.

Son cœur battait avec une intensité douloureuse tandis qu'il attendait un appel téléphonique qui ne venait pas.

Il redoutait que ses pires pressentiments ne soient confirmés. Puis il songea à Maggie furieuse contre lui, parce qu'il l'avait évitée pendant toute la journée.

Un soupir lui échappa.

Leur relation était devenue sérieuse sans qu'il s'en rende compte. Il aurait dû rompre très vite avec elle ; mais il aurait aussi été obligé de renoncer à son café, qui se trouvait juste en face de l'agence Colby, et lui offrait un point de chute exceptionnel.

Il n'avait pas prévu de telles complications. Sur ce point, il avait été négligent. Il avait refusé de voir que les sentiments de Maggie à son égard devenaient chaque jour plus profonds.

Mais il n'était plus temps de regretter. Slade se frotta le front avec lassitude.

À la vérité, c'est toute la situation qui lui échappait. Jusque-là, il avait été assez habile pour garder une longueur d'avance. À l'évidence, il l'avait perdue.

Après deux ans d'attente et de manœuvres patientes, tout était sans doute fichu.

Deux années de perdues…

Jamais il n'atteindrait son but.

Il n'attendait plus que la confirmation de son échec. Le séjour au Mexique de Lucas et de Victoria, le mois dernier, avait complètement changé la donne.

Slade espérait seulement que le pire n'était pas encore arrivé.

De là dépendrait sa stratégie.

Son portable vibra. L'écran s'éclaira. Il décrocha tout de suite.

— Keaton, dit-il le souffle court.

— Contact pris.

Il ferma les yeux et secoua lentement la tête.

— Statut actuel ? demanda-t-il d'une voix lente.

— Tu ne vas pas apprécier, Slade…

— Donne-moi le statut.

— Le Dragon s'est réveillé.

La fatalité pesa sur ses épaules.

— Alors c'est la fin.

— Je valide.

Slade ferma les yeux.

Vaincu.

Cette vie-là était terminée. Comme toutes les autres qu'il s'était créée au cours de ces dix années.

Le nom de Slade Keaton était maintenant inutile.

— Qu'est-ce que je peux faire, Slade ? reprit la voix.

Il revint à la réalité.

— Fais tout ce qui est en ton pouvoir.

— Compris.

— Appelle quand ce sera terminé.

Slade raccrocha et resta immobile, accablé.

Il avait investi tant d'énergie.

Il s'était habitué à cette vie. Même à Maggie. Maggie qui était tombée amoureuse de lui.

Frustré, en colère, il serra les poings.

Lucas Camp n'avait pas la moindre idée de ce qu'il avait amorcé.

La guerre était déclarée.

14

Acapulco

Casey était sur le qui-vive.

Alayna et Jazz, flanquées par quatre vigiles de leur service de sécurité, traversèrent la plage. Elles prenaient la direction de l'hôtel.

Simultanément, une lumière s'alluma au cinquième étage. Casey donna un coup de coude à Stark pour lui indiquer cet étage qui, officiellement, n'existait pas.

Ils ne s'étaient donc pas trompés. C'était bien là que la gérante du Delicia avait élu domicile.

Des éclats de voix attirèrent leur attention sur Alayna, Jazz et leur escorte. Trois nouveaux arrivants, vêtus de noir et cagoulés, assaillaient leur petit groupe.

Le cœur de Casey manqua un battement.

Bon sang, d'où sortaient ces individus ?

L'un des gardes du corps d'Alayna sortit son arme, mais il n'eut pas le temps de tirer. Lui et ses trois acolytes furent supprimés en une fraction de seconde par le trio cagoulé ; le ressac masqua le bruit déjà imperceptible des silencieux dont ils étaient armés.

Casey se levait pour intervenir quand la main de Stark se referma sur son bras.

— Non. Pas encore, murmura-t-il.

Contenant son impatience, elle opina, en serrant son Ruger.

L'un des individus cagoulés pressa le canon de son arme sur la tempe de Jazz. Alayna leva la main. Un échange l'opposa à celui qui paraissait être le chef du groupe.

À la fin, celui qui menaçait Jazz baissa son arme et les deux femmes furent conduites sans ménagement vers l'océan.

L'attention de Casey se déplaça vers les navires qui mouillaient dans la baie. C'était de là que venaient les trois agresseurs.

— Si Alayna monte à bord, nous ne la reverrons jamais, souffla-t-elle. Il faut agir tout de suite !

— Je suis d'accord, mais c'est moi qui vais intervenir. Vous, restez en arrière et couvrez-moi, lui intima Stark en se levant.

Il se précipita vers la baie aussi discrètement que possible.

Derrière les rochers, Casey se tenait prête à tirer, mais lorsque Stark arriva à la hauteur des hommes cagoulés et leur ordonna de lâcher leurs armes, elle le rejoignit et bondit sur l'un d'eux. Stark en tua un autre.

Quant au troisième, qui semblait diriger les opérations, il pressa Jazz et Alayna vers l'océan. Casey courut dans leur direction. Stark fut plus rapide.

— Lâchez votre arme ! lança-t-il.

L'homme n'obtempéra pas et ne se détourna pas.

— Lâchez votre arme ou je tire, répéta Stark.

Il resta immobile.

Casey s'étonnait de sa réaction quand elle sentit le canon d'une arme contre sa nuque. Puis une voix d'homme retentit tout contre son oreille, dans un anglais parfait :

— C'est toi qui lâches ton arme.

Casey se baissa et roula sur le sable pour lui échapper. Au même moment, un second individu surgit de la nuit et se jeta sur Stark.

— Attention, Stark ! hurla Casey tandis que son agresseur en profitait pour lui arracher son arme, et sa besace.

Stark fut à son tour neutralisé, et Casey se redressa à contrecœur.

Le bruit d'un moteur s'éleva par-dessus le ressac, signalant l'arrivée d'une chaloupe à moteur.

Sous la menace du chef du groupe, Alayna et Jazz montèrent à son bord, suivies par Casey et Stark. Ses deux acolytes restèrent sur la plage.

— C'est vous qui allez le piloter, dit l'homme à Levi.

Alayna restait muette. Son visage était fermé, hautain. Elle les ignorait. Jazz montrait quant à elle des signes de détresse et de peur incoercibles. La chaloupe s'éloigna et se dirigea vers les navires, en réalité deux yachts.

Le plus grand faisait environ vingt-quatre mètres de long et ressemblait à ville flottante. Ce genre de bâtiment était idéal pour toute sorte de transport et de trafic, songea Casey.

L'air salin et chargé d'embruns, tonifiant, entretenait son impatience. Elle n'avait pas peur, elle était convaincue que la solution à l'énigme Keaton se trouvait à bord de l'un de ces deux yachts. Aurait-elle le temps d'en avoir la révélation ou la supprimerait-on avant ?

Elle resta silencieuse en dépit de son désir de faire part de ses déductions et ses inquiétudes à Stark. Elle regrettait de ne pas voir pris le temps de communiquer à la CIA les rumeurs qu'elle avait entendue sur le Dragon.

La femme désignée sous ce vocable était insaisissable et plus dangereuse que le mythique animal cracheur de feu.

Casey se retourna et regarda la plage.

Les deux hommes qui y étaient restés en évacuaient les quatre corps. Pourquoi les avait-on épargnés ? se demanda-t-elle soudain, intriguée. Il aurait été facile de les supprimer et de s'épargner la peine de les garder en otage.

Sans doute leur avait-on laissé la vie sauve pour une raison précise.

Par curiosité ?

Parce que le propriétaire du yacht s'intéressait à l'identité de leurs clients respectifs ?

Casey reporta son regard sur le yacht dont ils se rapprochaient.

Si c'était le Dragon qui avait ordonné leur enlèvement, ils étaient déjà morts.

7 heures

Dès qu'elle s'était trouvée à bord du yacht, Casey avait été séparée de Stark.

Elle frissonna et resserra les pans de sa veste autour de son corps, puis se remit à faire les cent pas dans la suite luxueuse où elle avait été séquestrée. Elle observa, pour la centième fois peut-être, le mur lambrissé, le sol moquetté et le plafond, déprimée par le silence total.

Depuis qu'elle y avait été enfermée, elle n'avait plus entendu aucun bruit. Pas de doute, la suite avait été dotée d'un système d'isolation acoustique. Et les hublots étaient fermés par des persiennes automatiques…

Trop agitée pour se reposer, elle avait passé ces dernières heures à réfléchir et à faire les cent pas. Elle avait aussi utilisé la salle de bains pour se rafraîchir et se recoiffer.

Ses efforts avaient été inutiles. Elle se sentait trop énervée et fatiguée. Incapable de dompter sa chevelure en désordre, elle avait fini par se tresser une natte. Le temps qu'elle y avait passé lui avait cependant permis de tuer une petite vingtaine de minutes.

Elle se frictionna vigoureusement les bras, se félicitant d'avoir gardé la veste de Stark. Son odeur et des effluves de son parfum s'en dégageaient et pourtant, elle la portait depuis déjà plusieurs heures.

Où était Stark ? Était-il toujours vivant ? Cette question l'angoissait. Ils avaient formé une si bonne équipe, tous les deux…

Elle avait cherché inlassablement un objet pouvant lui servir d'arme, ou une issue, mais elle n'avait trouvé ni couverts oubliés, ni ciseaux. Pas même une pince à épiler ou une lime à ongles.

Bon sang, elle aurait tout donné pour avoir son cran d'arrêt.

Puis elle songea tout à coup à Lucas, qui lui aussi devait faire les cent pas à Chicago.

Mon Dieu, elle ne l'avait pas appelé, comme elle se l'était promis la veille au soir. Lucas devait être mort d'angoisse à l'heure actuelle. Il allait sans doute appeler son oncle pour lui faire part de ses inquiétudes. Thomas organiserait peut-être une mission de secours ?

La porte s'ouvrit. Un homme armé entrait.

— Asseyez-vous ! ordonna-t-il.

Tout en l'observant, Casey se laissa tomber dans un fauteuil. C'était un Sud-Américain, mais il maîtrisait bien l'anglais. La barbe fournie et les cheveux trop longs, il était vêtu d'un treillis et d'une veste militaire sur un T-shirt crasseux. À l'évidence, il s'agissait d'un mercenaire.

— Où est mon équipier ? demanda-t-elle.

Elle savait qu'il ne répondrait pas, qu'importe. Après avoir passé plusieurs heures dans un silence assourdissant, elle avait besoin de parler.

Il ne la regarda pas davantage qu'il ne lui répondit.

— Où sommes-nous ?

Nouveau silence.

— Puis-je espérer avoir quelque chose à manger ? reprit-elle, se souvenant qu'elle n'avait rien avalé depuis le déjeuner.

Pour autant, elle n'avait pas faim.

Toujours pas de réponse.

— Etes-vous né avec ce charmant caractère ou vous a-t-on appris à être sympathique comme une porte de prison ?

Casey croisa les jambes et joua de la pointe du pied. Elle était lasse d'attendre.

Quelques minutes passèrent. De nouveau la porte s'ouvrit.

Casey allait persifler, mais les mots se figèrent sur ses lèvres sitôt qu'elle découvrit le nouveau venu, en l'occurrence la nouvelle venue.

C'était une femme d'une cinquantaine d'années. Ses longs cheveux noirs étaient parsemés de mèches argentées, et ses grands yeux noirs maquillés avec le plus grand soin. Grande et mince, elle portait un élégant costume gris anthracite.

C'était... On aurait dit...

Sidérée, Casey en oublia de respirer.

Ça n'était pas possible. C'était... impossible.

— Je n'ai qu'une question, commença la femme en s'approchant d'elle.

— J'allais dire la même chose, répliqua Casey, plus pour masquer sa surprise que par véritable intention de badiner. Vous êtes la mère d'Alayna ?

Elle dévisagea mieux son interlocutrice, lui cherchant une ressemblance avec la reine des nuits d'Acapulco. La forme des yeux était identique, mais ils n'avaient pas la même couleur.

— Je sais qu'Alayna est la sœur de Slade Keaton. Vous êtes leur mère ?

Casey posa un doigt sur ses lèvres.

— Désolée, j'ai posé deux questions au lieu d'une…

La femme sourit.

— Intelligente, à ce que je vois.

— J'espère.

— Je sais pour qui vous travaillez.

Casey se figea. Cette femme ne pouvait pas le savoir.

— Pourquoi vous a-t-il envoyé ? reprit-elle.

— Je vous le dirai seulement si je vois mon associé, répartit Casey.

La colère jaillit du regard de la femme.

— Pourquoi vous a-t-*il* envoyé ?

— Vous ne tirerez rien de moi tant que je n'aurais pas vu Stark, s'entêta Casey, certaine que Stark avait lui aussi refusé de lui divulguer le nom et les objectifs de son client.

— Je le découvrirai bien, asséna la femme.

— Vous auriez pu le demander à votre fille. Qui sait, peut-être le sait-elle ?

Le regard de son interlocutrice, de furieux, devint glacial.

— Oubliez ma fille. Pourquoi Lucas a-t-il attendu trente ans avant de me faire rechercher ? continua-t-elle, les lèvres pincées.

La stupeur s'empara de Casey. Comment connaissait-elle Lucas ?

Bon sang, qui était cette femme ?

— Je ne sais pas de qui vous parlez, répondit-elle. Qui est ce… Lucas ?

— Votre parrain. Un ami de votre oncle Thomas. Je connais ces deux hommes mieux que vous.

L'ombre d'un sourire joua sur les lèvres de l'inconnue.

— Je ne sais pas de quoi vous parlez, répéta Casey, déroutée.

— Mais si, voyons. Vous vous appelez Casey Manning. Vous avez vingt-neuf ans. Vous êtes diplômée de l'UCLA. À la fin de vos études, vous êtes entrée à la CIA. Selon le rapport d'évaluation de votre dernière mission, vous êtes imprudente, agitée et impatiente. C'est pourquoi vous ne travaillez plus sur le terrain, mais dans les bureaux. Dois-je donc reposer ma question, mademoiselle Manning ?

— À quoi bon m'interroger, puisque vous connaissez déjà les réponses ? biaisa Casey. Pourquoi m'avoir conduite sur votre yacht ? Je suis très contrariée : j'ai laissé une paire d'escarpins de luxe sur la plage.

La femme se tourna vers l'homme, resté immobile pendant cet échange.

— Conduisez-la près de son complice. Tuez-les.

Elle sortit sur ces derniers mots.

Comment était-ce possible ?

Casey était proche de la panique. Elle devait joindre Lucas à tout prix, mais comment ?

— Levez-vous ! jeta l'homme, la menaçant.

Elle ne se le fit pas dire deux fois. Elle était bien trop pressée de retrouver Stark.

Il aurait peut-être une idée pour s'évader ?

Sous la menace de son ravisseur, Casey parcourut un long couloir lambrissé et descendit un étroit escalier qui donnait accès au pont inférieur, d'allure modeste. De nombreux matelots et gros bras s'y affairaient.

Où étaient détenues Alayna et Jazz ? se demanda Casey, en regardant autour d'elle pour repérer les lieux.

Elle ne vit aucune issue, aucune échappatoire.

— Stop !

Casey obéit. Son cœur se mit à battre la chamade. Enfin elle allait revoir Stark.

L'homme ouvrit la porte d'une petite pièce.

Stark s'y trouvait.

Un peu amoché certes, mais vivant.

Casey entra sans se faire prier et résista à son désir de l'étreindre pour le regarder de la tête aux pieds. Elle acquiesça, approbatrice.

— J'avais peur qu'ils vous aient tué, Stark. Je suis vraiment contente de constater que vous allez bien.

Le regard qu'il porta sur elle avait la douceur du velours. Aussitôt, elle se sentit en sécurité.

C'était une sensation aussi inattendue que délicieuse.

Elle mourait d'envie de lui parler de la femme qui l'avait interrogée, mais elle ne le pouvait que si elle lui expliquait qu'elle travaillait pour le compte de Lucas Camp.

Car le plus étonnant de tout, dans cette histoire, c'était que le Dragon ressemblait trait pour trait à Victoria Colby-Camp.

15

Casey était vivante.

Levi en éprouvait un immense soulagement. S'il l'aurait volontiers serrée dans ses bras à l'étouffer, il se borna à l'observer, bras ballants, pendant qu'elle fouillait la petite pièce où il était détenu. Sans doute avait-elle l'espoir de découvrir une issue.

Mais il savait déjà qu'elle ne trouverait rien. Il n'avait cessé de chercher au cours de ces dernières heures.

Il n'avait pas envie de mourir, mais il savait qu'il en courait le risque et l'acceptait comme une fatalité. En revanche, il refusait que ce destin échoie à Casey.

Il la suivait des yeux tandis qu'elle examinait les coins et recoins de la pièce, toujours vêtue de sa petite robe rouge et de sa veste. Il regrettait de n'avoir pas su mieux la protéger. Il avait un plus grand regret encore, celui de n'avoir pas trouvé l'occasion de parler à Victoria.

Il n'arrivait toujours pas à croire ce qu'il avait vu.

La femme qui l'avait interrogé ressemblait à s'y méprendre à Victoria Colby-Camp.

Était-elle sa sœur, voire sa sœur jumelle ? Toujours est-il que, même impressionné et molesté, il n'avait pas répondu à ses questions.

Avait-elle aussi interrogé Casey ? Quoi qu'il en soit, elle n'avait pas été frappée, et il en était soulagé. Étonnamment,

Casey ne semblait pas pressée de lui relater ce qui s'était passé, depuis qu'ils avaient été séparés.

— Elle vous a cuisiné ? demanda-t-il, n'y tenant plus.

Il regrettait de ne pouvoir évoquer avec elle l'étonnante ressemblance de cette femme avec Victoria, mais il aurait été obligé ce faisant de lui révéler le nom de son client.

C'était exclu.

Même si leurs chances d'évasion et de survie étaient infimes, il ne pouvait rompre sa promesse à Victoria Colby-Camp.

Qui était cette femme ? Le Dragon ? Quel était son lien avec Victoria ? Lucas ? Et Keaton ?

Un soupir de Casey l'arracha à ses méditations. Manifestement, elle renonçait à continuer ses recherches.

— Elle m'a interrogée, oui. Elle voulait absolument savoir pourquoi mon client m'a envoyée là. Pour autant, elle connaît son identité.

Casey s'enveloppa de se bras, comme si elle avait soudain très froid.

— Et elle savait tout de moi.

Levi était de plus en plus perplexe.

— Pareil pour moi. Elle affirme aussi connaître mon client. En revanche, elle ne sait pas pourquoi j'ai été envoyé au Mexique.

Il secoua la tête.

— Alayna sait que nous recherchons Keaton, et cependant, elle ne le lui a pas dit. Je n'y comprends plus rien.

— Moi non plus.

Levi la regardait et, distrait, se rendit compte que sa robe rouge était à peine plus longue que sa veste.

Il sourit.

Il aimait vraiment cette petite robe.

— Je suis content que vous ayez acheté cette robe, dit-il sans réfléchir.

Au point où ils en étaient, à quoi bon jouer ou feindre ?

Elle lui sourit en retour.

— Ravie que vous soyez ravi, Stark.

Elle le dévisagea longuement.

Sans ironie, ni méfiance. Presque avec de la tendresse.

Peut-être même davantage ?

C'était en tous les cas un regard franc qui n'avait plus rien à dérober ou à cacher.

Parce que la mort était peut-être proche ?

Non, ça ne pouvait être la fin !

Casey s'approcha de lui. Il sentit son cœur bondir.

— Nous devons absolument sortir de là, Stark…

Il la dévisagea, ému par la fragilité qu'il découvrait au fond de ses yeux.

— Nous ne pouvons pas mourir ici, maintenant, murmura-t-elle.

— Non, nous ne le pouvons pas, renchérit-il à mi-voix lui aussi.

Il recoiffa une mèche de ses cheveux.

— Nous sommes associés, Casey. Et c'est pour cela que nous allons nous serrer les coudes. Réussir à prendre la fuite.

Il allait l'embrasser quand la porte s'ouvrit.

Levi se plaça aussitôt devant elle. L'homme qui l'avait conduite auprès de lui entra. Toujours armé. Toujours aussi patibulaire.

— Venez. Tous les deux.

— Où allons-nous ?

— Ne discutez pas, Stark, venez, dit Casey subitement docile.

La démarche chaloupée et le regard enjôleur, elle s'avança vers l'homme, lui offrant un spectacle visiblement destiné à le troubler.

Et en effet, ce dernier sourit, l'air charmé. Mais il reporta vite son regard sur Levi.

Casey arrivait à sa hauteur lorsqu'elle trébucha. Elle se retint à son bras et plongea tête la première.

Leur agresseur détacha les yeux de Levi pour les porter sur les jambes exposées de Casey.

Levi saisit l'occasion pour se jeter sur lui, et le projeter contre le mur. Casey fit quant à elle un rapide volte-face et lui arracha son arme. Enfin, Levi assomma l'homme en le projetant tête la première contre la porte en acier. Il s'effondra sans un cri. Levi le traîna à l'autre extrémité de la pièce.

— Attachez-le ! fit Casey.

— Avec plaisir !

Levi lui retira sa chemise et sa ceinture, et l'en ligota. Il lui ôta l'une de ses bottes, puis une chaussette qu'il lui fourra dans la bouche. Enfin, il fouilla dans ses poches, dans l'espoir d'y trouver un cellulaire ou un couteau.

Rien.

Il rejoignit Casey qui l'attendait sur le pas de la porte.

— On file ! Suivez-moi.

— Volontiers.

Levi s'efforça de ne pas regarder le mouvement de ses hanches, la chute de ses reins sous sa petite robe rouge. Impossible. Et pourtant, ça n'était pas le moment de s'adonner à ce genre de futilité.

Mais il l'aurait regardée pendant des heures sans s'en lasser. Il lui aurait même volontiers demandé de rejouer la prétendue chute qui venait de distraire l'attention de leur agresseur.

La vue de ses jambes avait été délectable.

Casey prenait un étroit escalier qui montait lorsqu'il l'arrêta.

— Je prends les devants cette fois… Simple galanterie, lui dit-il avec un demi-sourire.

Casey sourit d'un air entendu et s'effaça.

Levi gravit les marches lentement, en faisant le moins de bruit possible. Arrivé en haut, il scruta le couloir. Désert.

Il s'y engagea, puis fit signe à Casey de le suivre.

Dès qu'elle fut parvenue devant la première porte du couloir, elle s'arrêta et y pressa l'oreille. Levi se plaça de l'autre côté de la porte. Elle l'ouvrit d'un coup.

Personne.

Ils passèrent ainsi en revue les pièces de ce couloir, et découvrirent chaque fois des suites vides.

Plus précisément, inoccupées.

Il n'y avait nulle part ni vêtements ni désordre. C'était à se demander si le yacht avait un jour eu des visiteurs.

— C'est impossible de se volatiliser si vite, dit enfin Casey, qui semblait aussi surprise que lui.

— Il n'y a qu'une façon de le savoir : en continuant notre exploration.

Il se dirigea vers un escalier plus ample et plus élégant, qu'il grimpa vite et sans bruit.

L'équipage, tout au moins la garde rapprochée du Dragon, se trouvait peut-être sur le pont supérieur ?

Mais seul le silence et un soleil éblouissant les y accueillirent. Levi respira à pleins poumons l'air marin et vivifiant avant de regarder autour de lui.

Casey tira sur sa manche.

— Stark ? Regardez, là…

Elle n'acheva pas. Il suivit son regard et découvrit un corps inerte derrière les transats. C'est la paire de bottes western qui, absurdement, retint bientôt son attention.

L'appréhension l'envahit tandis qu'il s'approchait. Casey plus vive se baissa, vérifia le pouls de la victime, puis secoua la tête négativement.

L'homme avait été tué d'une balle en plein cœur. Son arme gisait près de lui.

Elle la ramassa, en retira le silencieux et vérifia le chargeur.

Puis, explorant le pont supérieur, ils découvrirent l'ampleur de la tragédie qui s'y était déroulée. Six membres de l'équipage, deux gardes du corps et Jazz avaient été abattus d'une balle dans la nuque ou dans le front.

Les hommes n'avaient ni papier d'identité ni portable ou radio. Leur arme, quand ils en possédait une, se trouvait toujours à leur ceinture ou non loin d'eux.

Levi s'appuya contre le bastingage. Ils se trouvaient toujours dans la baie d'Acapulco. Regagner la côte serait donc relativement facile.

Mais les questions se pressaient dans son esprit.

Qui était la femme qui les avait interrogés ? Pourquoi

avait-elle supprimé tous ces gens ? À l'évidence, elle s'était volatilisée avec Alayna. Comment ? Pourquoi ?

Mû par une inspiration, il chercha des yeux le second yacht, plus petit, qu'il avait vu cette nuit.

Il avait disparu.

— Retournons interroger notre prisonnier, dit-il à Casey. Il n'y a plus que lui qui puisse nous apprendre quelque chose.

— Je suis d'accord avec vous, mais il nous faut aussi quitter le yacht au plus vite, répondit la jeune femme d'une voix pressante. Les autorités peuvent arriver d'un moment à l'autre. Si jamais nous sommes découverts, nous sommes perdus !

Elle avait raison.

Ils redescendirent à la hâte auprès de leur prisonnier, qui avait recouvré ses sens et tentait de se libérer de ses liens.

Dès que Casey lui eut retiré la chaussette qui le bâillonnait, il leur adressa un flot d'obscénités.

— Silence ! lui intima-t-elle.

Levi braqua son arme sur son visage.

— Où est-elle partie ?

Un rire échappa à l'homme.

— Vous pensez qu'elle me confie ses secrets ?

Il secoua la tête avec fatalisme.

— Les hommes de son service de sécurité étaient nerveux et méfiants, mais je ne sais pas pourquoi. Elle a donné l'ordre de supprimer tout le monde, sauf moi, puis elle est partie avec sa fille. Moi, j'avais l'ordre de vous tuer et de filer.

— Filer où ? fit Casey.

Elle enfonça le canon de son arme sur son torse pour lui faire valoir son impatience.

— Où ?

La sueur perla à son front.

— Je devais rentrer à Acapulco.

— Vous travaillez pour Alayna ? hasarda Levi qui ne se souvenait pas de l'avoir vu avec le reste de sa garde rapprochée.

— Non. Moi je travaille pour la *madre*. Je surveille Alayna et quand elle a des problèmes, je préviens la *madre*.

La femme qui ressemblait à Victoria était bien la mère d'Alayna.

Donc celle de Keaton.

Casey reprit la parole.

— Des problèmes ? Quel genre de problèmes ?

— Fernandez m'a averti que de gros ennuis s'annonçaient. C'était il y a quelques semaines.

L'homme déglutit avec effort.

— Je n'ai fait que mon boulot.

Par conséquent, Fernandez et le Dragon étaient complices.

— À votre avis, pourquoi la mère d'Alayna était-elle nerveuse ?

Comme il posait cette question, Levi revit passer son visage devant ses yeux. Encore maintenant, il avait du mal à y croire.

— Une autre navire s'est approché, je crois… Il y avait des problèmes à bord. Je ne sais pas… je ne sais rien.

Son regard inquiet s'étrécit.

— Si vous voulez me tuer, finissez-en tout de suite.

— Comment étiez-vous censé revenir à Acapulco ? s'enquit Casey.

— Avec la chaloupe à moteur qui vous a conduits à bord. Je peux vous aider à regagner la rive, vous savez ! s'empressa-t-il de proposer.

Son regard rempli d'espoir passait de Levi à Casey.

— On verra. Nous avons d'autres questions à vous poser, dit Levi.

— Écoutez, moi, tout ce que je veux, c'est rentrer chez moi !

Casey fit signe à Levi de la suivre dans le couloir.

— On ne peut pas le laisser ici. Il ne faut pas non plus qu'il tombe entre les mains de la police mexicaine. Nous avons besoin de lui, c'est notre seul lien avec Alayna et sa mère. On l'emmène. Après, on avisera.

Une fois détaché, l'homme les conduisit sur le pont supérieur. Ils repassèrent devant les corps des victimes. La scène impressionna Levi, même s'il la voyait pour la seconde fois.

— Par ici, fit l'homme en leur montrant l'échelle de corde jetée sur la rampe. Vous pouvez descendre. Elle conduit au bateau.

Casey regarda par-dessus la rampe pour vérifier ses dires, puis adressa un hochement de tête à Levi.

— Vous le premier, ordonna Levi à l'homme.

Ce fut le moment que choisit ce dernier pour se dérober et, d'un geste rapide, s'emparer d'une arme qui traînait à ses pieds.

— Attention ! s'écria Casey.

Levi braqua son arme sur lui en espérant ne pas être obligé de tirer. Ils avaient trop besoin de ce témoin.

— Posez votre arme ! Nous ne vous ferons aucun mal. Vous avez ma parole.

— Qu'importe… J'ai échoué, répondit l'homme d'une voix tremblante.

Il posa le canon de son arme sur sa tempe.

— Je suis déjà mort…

— Non ! hurla Casey.

Il était trop tard. Il tira.

Casey ferma les yeux. Levi baissa son arme.

Un silence tomba.

Au bout de quelques secondes, Levi fouilla dans ses poches.

L'homme ne portait ni papier d'identité, ni portable.

— Je ne sais pas ce qui se passe, mais quoi que ce soit, il faut y mettre un terme ! déclara Levi en se relevant.

Pour cela, ils avaient besoin d'aide.

De ressources.

16

Aéroport d'Acapulco, 14 heures

Casey passa sous le portique de sécurité, Stark derrière elle. Elle avait peine à croire qu'ils avaient quitté le yacht à peine quelques heures plus tôt.

Il ne leur avait fallu qu'une dizaine de minutes pour regagner la plage à l'aide de la chaloupe, mais à ce moment-là le temps lui avait semblé bien long, d'autant que tous les deux, troublés et perdus dans leurs pensées, n'avaient pas échangé une seule parole.

Sitôt sur la terre ferme, ils s'étaient rendus à l'hôtel pour récupérer leurs affaires et réserver leurs vols, mais sans divulguer leur destination.

Leurs départs respectifs — ils voyageraient sur deux compagnies différentes — étant prévus vers 15 heures, ils avaient tout juste eu le temps de se doucher et de prendre un déjeuner sur le pouce avant de partir pour l'aéroport.

Casey avait tenté d'appeler Lucas, pendant que Stark se douchait. Malheureusement, il n'était pas joignable. Elle lui avait laissé un message pour lui annoncer son retour à Chicago en début de soirée et son intention de le rencontrer dans la foulée.

Elle lui avait proposé de dîner, avec diplomatie, au cas où Victoria prendrait connaissance de son message. Lucas comprendrait quant à lui qu'elle voulait le voir toute affaire cessante.

Comme elle n'avait plus de portable, Lucas ne parviendrait pas à la joindre.

Casey soupçonnait Stark d'avoir également pris contact avec son client, tandis qu'elle prenait sa douche. Elle pensait avoir entendu sa voix. Mais elle n'avait pas tenté d'épier sa conversation.

À quoi bon ?

Leur mission avait été un succès grâce à leur association, et elle ne se méfiait plus de lui. Au contraire, elle éprouvait du respect envers Stark.

Pendant qu'ils réglaient la note de leur séjour à l'hôtel, elle avait entendu le personnel évoquer le massacre qui avait eu lieu sur un yacht mouillant dans la baie d'Acapulco. L'affaire faisait déjà grand bruit… Des rumeurs de trafic de drogue couraient, la police mexicaine était sur les dents. À l'évidence, ils avaient quitté le yacht à temps.

Mais à présent, l'heure de la séparation finale avait sonné.

— Je crois qu'il est temps de se dire adieu, Stark.

Casey se sentait étrangement troublée. Mon Dieu, pourquoi son cœur battait si fort ? C'était à croire qu'il allait exploser… Mais elle était trop lasse et trop déconcertée pour s'interroger plus longuement sur les raisons de son émotion.

C'était la mission la plus folle à laquelle elle avait jamais participé.

Stark serra sa main tendue.

— Je pense, oui.

Au contact de sa paume, elle sentit comme une décharge électrique jaillir dans ses veines.

Tout son être s'embrasait. L'impression fut si intense qu'elle eut le souffle coupé. C'était indépendant de sa volonté, leurs corps en entrant en contact produisaient des étincelles aussi sûrement que deux silex frottés l'un contre l'autre produisaient du feu. La comparaison était d'ailleurs bien trouvée, quelque chose de primitif se jouait là…

Ne pouvant se résoudre à le laisser partir, elle retint sa main dans la sienne.

— Nous allons faire un pacte ! dit-elle brusquement.

C'était de la folie. Plus précisément, elle était devenue folle.

Mais elle ne voulait pas qu'ils se quittent de la sorte et ne plus jamais le revoir.

Stark fouilla son visage. À ses mots, une lueur avait jailli dans son regard, comme s'il était soulagé.

— On se fixe un rendez-vous dans un mois, reprit-elle.

Ils ne s'étaient communiqué ni leur adresse, ni leur numéro de portable, et bien entendu ils ne savaient toujours pas pour qui chacun travaillait : ils restaient un secret l'un pour l'autre… Certes, elle aurait maintenant pu lui demander ses coordonnées, mais la fierté l'en empêchait.

— Où ? demanda Levi dont le regard étincelait.

— Je ne sais pas… À New York ?

Elle éclata de rire, enivrée par sa proposition.

— Au sommet de l'Empire State Building ! Comme dans cette vieille comédie, vous savez ? D'accord ?

— Pour dîner ?

Tout ce qu'il voulait, du moment qu'elle le revoyait, entendait le son de voix et pouvait se perdre toute une soirée dans ses yeux verts !

Mais elle revint vite à la réalité. Ne se trompait-elle pas en lui proposant un rendez-vous romantique ? Son enthousiasme ne l'avait-il amenée à s'avancer sur un terrain où elle ne voulait pas aller ?

Stark était un idéaliste, il croyait à l'amour.

Elle ne croyait en rien.

Elle ne voulait pas souffrir.

La gentillesse et la prévenance de Levi Stark n'étaient qu'une illusion, le fruit des circonstances. Leur tandem était comme ces amitiés éphémères, le temps des vacances d'été.

Seul le mystère qui l'entourait l'avait rendu séduisant.

— Dîner, pourquoi pas ? Peut-être aller au cinéma ? s'efforça-t-elle de répondre avec naturel.

Qu'importe, ça n'était qu'un jeu !

— Toute cette histoire sera finie, nous pourrons donc nous confier nos petits secrets, n'est-ce pas Levi ?

Elle continuait de sourire, mais elle se sentait nerveuse. Elle devait sans doute être pathétique.

Mais Stark lui sourit tendrement. De nouveau, elle eut le souffle coupé par l'émotion.

— C'est convenu. Dans un mois très exactement à partir d'aujourd'hui. Disons… à 20 heures ?

Elle acquiesça.

D'ici là, elle aurait sûrement recouvré ses esprits et trouverait amusant de le revoir. Ils passeraient une bonne soirée, se rappelleraient leur aventure. Ensuite, chacun irait son chemin.

Peut-être ne viendrait-il même pas, d'ailleurs !

Impossible.

Levi Stark était un homme de parole. Il serait au rendez-vous.

Si quelqu'un l'oubliait, ce serait elle. Ce serait même un oubli volontaire…

— Alors 20 heures.

Elle retira sa main.

— Bon voyage, Stark.

Craignant de dire une stupidité ou de se montrer sentimentale, elle s'éloigna rapidement. Ses yeux la brûlaient, elle avait de la peine à respirer.

Qu'est-ce qu'elle avait à la fin ?

« Continue de marcher ! s'intima-t-elle. Ne regarde surtout pas derrière toi. »

— Casey !

Elle se figea et se composa un visage avant de se retourner.

Stark était juste derrière elle. Il était très pâle.

— Je ne peux pas te laisser partir sans…, dit-il, la tutoyant pour la première fois.

Il se tut, sans cesser de la dévisager, et soudain, il l'embrassa.

Elle l'embrassa aussi et pourtant, si elle avait eu deux sous de jugeote, elle aurait dû prendre ses jambes à son cou !

C'était une erreur d'accepter ses baisers, d'y répondre comme si rien au monde n'était plus important.

Tant pis.

Complètement vaincue, Casey lâcha son sac de voyage pour nouer ses bras autour de son cou.

Sa bouche avait le goût du café et du chocolat, songea-t-elle.

De la douceur. Le goût de Levi Stark. Une saveur unique au monde.

Elle n'en serait jamais rassasiée. Elle voulait garder ses bras noués autour de son cou…

Longtemps. Aussi longtemps que possible.

Elle aurait pu l'embrasser ainsi la vie entière.

Subitement, Stark recula et pressa son front contre le sien.

Et alors Casey sut. Amoureuse, mon Dieu, elle était amoureuse… Avait-elle perdu la raison ? L'amour, ça n'existait pas !

— Pour ton information, lui dit-il doucement, ce baiser était réel. À dans un mois.

Casey le regarda s'éloigner.

Elle n'était que frémissements.

Mon Dieu, comme il allait lui manquer, se répéta-t-elle, les larmes aux yeux.

Elle avait été submergée. Elle était amoureuse pour de bon.

Un sourire monta sur ses lèvres, irrésistiblement.

Levi Stark était bel et bien réel. Autant que ses baisers.

Alors le bonheur, ça existait vraiment ?

17

Agence Colby, 17 h 51

Lucas avait écouté et réécouté le message de Casey. Il avait été soulagé d'avoir enfin de ses nouvelles.

Inquiet de son silence prolongé, il était en effet sur le point de prévenir Thomas pour envoyer une équipe de secours à Pozos. Il s'était vraiment fait un sang d'encre.

Il se laissa tomber dans son fauteuil de bureau.

Depuis la fin de la réunion qui l'avait empêché de prendre son appel, il avait essayé de joindre Casey à plusieurs reprises. Sans succès. Sans cesse il était tombé sur sa boîte vocale. Il doutait de pouvoir la joindre avant son atterrissage à Chicago.

Il lui faudrait encore patienter quelques heures.

Il pourrait toujours dire à Victoria, ce soir, qu'il allait boire un verre avec un vieil ami, mais il était mal à l'aise à l'idée de lui servir un nouveau mensonge.

Il ne pouvait la laisser plus longtemps dans l'ignorance. Casey avait manifestement obtenu des informations et qu'elles quelles soient, il devrait tôt ou tard en faire part à Victoria. Il se leva donc avec un soupir.

Le moment était venu de lui révéler la vérité.

Au même instant, la porte de son bureau s'ouvrit et Victoria entra.

En général, il l'accueillait avec plaisir, mais sa culpabilité lui fit lui adresser un sourire contraint.

— Victoria…

Il continua de sourire avec effort.

Victoria leva les mains, comme si elle hésitait.

— Lucas, je…

Lucas fronça les sourcils. Son épouse semblait inquiète.

— Victoria ? Il y a un problème ?

Elle se laissa tomber dans le fauteuil en face de lui.

— Oui…, avoua-t-elle enfin. Il faut qu'on parle, Lucas. C'est grave.

Lucas reprit place dans son fauteuil, alarmé par ce préambule. Le souci que lui causait l'affaire Keaton l'aurait aveuglé au point de négliger sa femme ?

Il riva son regard à celui de Victoria.

— Vas-y. Parle !

Elle leva un regard angoissé sur lui.

— J'ai commis une terrible erreur, Lucas…

Il eut envie de bondir de son fauteuil et de la serrer dans ses bras. Pour la rassurer, lui dire qu'il continuerait de la protéger et de l'aimer, quelle que soit son erreur. De plus, n'avait-il pas lui aussi commis une erreur ?

Il se leva et vint lui serrer la main.

— Dis-moi ce que ne va pas.

Il ne supportait pas de la voir si inquiète.

— Comme toi, j'ai toujours des réserves sur Keaton, commença-t-elle.

La colère envahit Lucas. L'ambiguïté qui entourait Keaton et troublait leur existence durait depuis trop longtemps.

— J'ai donc envoyé l'un de nos agents, Levi Stark, pour qu'il interroge Paulo Fernandez à Pozos, continua-t-elle.

Pour la première fois de sa vie, Lucas resta sans voix.

— Je sais…, dit-elle, interprétant mal sa surprise. C'est moi qui ai insisté pour que nous cessions de le soupçonner. Mais il me fallait tout de même agir. Je sais combien tu te méfies de Keaton.

— Tu as eu des nouvelles de Stark ?

Victoria opina.

— Oui. Enfin ! Je n'en avais pas eu depuis son arrivée au Mexique, et je commençais à me faire beaucoup de souci. Levi est de retour à Chicago. Il m'a laissé un message où il m'annonce qu'il veut me rencontrer à l'agence dans la soirée. Il aimerait aussi que tu sois présent à cette entrevue. Quoi qu'il ait appris, nous devons y faire face tous les deux.

Lucas lui serra la main.

— Comme je t'aime... Personne n'a autant mon bien-être à cœur.

Victoria secoua la tête.

— J'aurais dû t'en parler beaucoup plus tôt, Lucas. C'était de la folie de m'engager seule dans cette histoire, mais je voulais agir dans la plus grande discrétion. Si tu savais comme je regrette...

Elle lui adressa un regard rempli d'espoir.

— Tu me pardonnes ?

Chère Victoria...

Comment lui dire qu'il avait lui aussi agi dans le plus grand secret ?

Il sourit.

— En vérité, je suis content que tu aies pris les devants, ça me facilite les choses. Car j'ai moi aussi quelque chose à te dire.

Elle lui adressa un regard rempli d'étonnement et d'impatience.

— Je crois que nous sommes à égalité, poursuivit Lucas en lui souriant. J'ai également envoyé quelqu'un à Pozos. Quelqu'un qui en revient et que je dois rencontrer, ici, ce soir même.

Ils se regardèrent, interdits, un instant, puis ils ne purent s'empêcher d'en rire, et de s'étreindre avec soulagement.

Pourtant, ils savaient que les nouvelles ne seraient pas bonnes.

18

23 h 05

Levi descendit du taxi et entra dans l'immeuble où se trouvait l'agence Colby. Il adressa un petit signe de reconnaissance au vigile en s'approchant des ascenseurs.

Il était épuisé.

Il avait essayé de dormir, dans l'avion, mais les étranges événements survenus au Mexique ne lui laissaient pas de repos.

De plus, il ne cessait de penser à Casey.

Il se figea.

Parce que Casey était précisément là, devant les ascenseurs.

Que faisait-elle ici ?

La sonnerie annonça l'arrivée d'une cabine. Casey y entra. Levi s'arracha à sa surprise et se précipita au moment où les portes se refermaient.

Le découvrant, Casey leva un regard sidéré sur lui.

— Levi ? Mais… que fais-tu là ?

Il eut la présence d'esprit de presser le bouton du quatrième étage. L'ascenseur commença sa lente ascension.

— Et toi ?

— C'est là que je me rends… Et toi ?

— C'est là que je travaille.

— L'agence Colby ! Mais… qui est ton client ?

Levi hésita.

La mission était désormais terminée, ils se rendaient tous les deux au même endroit, il n'avait donc plus à le lui cacher.

— C'est Victoria Colby-Camp. La directrice de l'agence Colby.

La stupéfaction se peignit sur les traits de Casey.

— C'est Victoria ta cliente ?

La même stupéfaction l'envahit.

— Attends… tu connais Victoria ?

— Évidemment ! Lucas est mon parrain !

— Lucas Camp ?

Décidément, cette mission et ses suites étaient pleines de surprises et de rebondissements.

— Oui, Lucas Camp en personne ! Il ne voulait pas que Victoria soit au courant. C'est pourquoi je dois le rencontrer ici, et maintenant.

L'ascenseur s'arrêta au quatrième étage. Ses portes s'ouvrirent.

— Je pense que nous allons trahir leur secret, parce que j'ai justement rendez-vous avec Victoria… ici, et maintenant.

Victoria et Lucas avaient demandé à Jim, le fils de Victoria, d'assister à la réunion. Levi raconta ses péripéties dans ses moindres détails et Casey corrobora ses dires.

Tous les deux avouèrent avoir été saisi par l'incroyable ressemblance entre Victoria et le Dragon.

— Alayna n'a vraiment rien divulgué sur Keaton ? s'enquit Lucas à la fin.

— Elle nous a seulement mis en garde contre lui, déclara Levi. Et contre le Dragon.

Victoria n'avait toujours pas parlé. Elle avait accueilli l'afflux d'informations avec l'apparence de la sérénité.

— Qu'est-ce que tu vas faire, maintenant ? demanda Jim à Lucas. Tu connais le Dragon ?

Lucas soupira.

— Oui. Le Dragon a longtemps travaillé dans le monde de l'intelligence.

Le regard de Lucas passa ensuite de Jim à Victoria, et s'arrêta sur cette dernière. Levi remarqua la douceur dont il l'enveloppa.

— Nous avons eu une liaison, il y a environ trente ans, lorsque j'étais encore un jeune agent. J'effectuais mes premières missions d'infiltration. Après cela, je ne l'ai plus jamais revue. Du moins, jusqu'à ce que je me rende au Mexique avec Victoria, le mois dernier. J'ai été presque certain de la voir dans la foule.

Il haussa les épaules.

— Je pensais m'être trompé. Plus maintenant.

— J'ai souvent entendu des rumeurs sur le Dragon, à la CIA, reprit Casey pensive, mais je n'étais pas certaine que ce personnage était réel. Or cette femme existe bel et bien.

Elle ajouta à l'intention de Lucas :

— Elle te hait. Je l'ai vu dans ses yeux, je l'ai entendu dans sa voix quand elle a parlé de toi.

— Le Dragon serait donc la mère de Keaton, intervint Victoria d'une voix qui ne tremblait pas.

— Nous en avons eu plus ou moins la confirmation, répondit Levi. Fernandez n'avait pas menti. C'est le Dragon qu'il redoutait, et non Alayna comme je le pensais tout au début.

Victoria avait l'air songeur.

— Keaton s'est insinué dans nos vies, il te surveille, dit-elle à Lucas. Sa mère, une femme avec qui tu as eu une liaison il y a trente ans, te méprise et te hait. Aurait-elle demandé à son fils de la venger ?

Jim fronça les sourcils.

— J'en doute. Pourquoi attendre si longtemps ? Pourquoi mêler Keaton à une revanche personnelle ?

Levi connaissait l'histoire de Jim Colby, et les événements qui avaient précédé son retour aux États-Unis, sept ans plus tôt. Lui aussi, il avait voulu se venger. Il savait de quoi il parlait.

Victoria opina.

— Lucas vient de prendre sa retraite… Peut-être la mère de Keaton a-t-elle demandé à son fils de l'observer et d'attendre le bon moment pour agir ? Peut-être refuse-t-elle à Lucas une vie paisible et heureuse… avec sa femme et sa famille ?

Victoria avait parlé en regardant son mari. Sa confusion et son incertitude se muaient en inquiétude.

— D'un autre côté, votre liaison a été brève, et remonte à plusieurs dizaines d'années… alors pourquoi attendre si longtemps, en effet ?

— Je n'en ai malheureusement pas la moindre idée, dit Lucas que le tour que prenaient les événements troublait. C'était une informatrice remarquable. Elle assurait le succès de nos missions les plus difficiles. Puis un jour, elle a disparu de la circulation… Des rumeurs ont fait état de ses liens avec la mafia, le monde du crime. Aucune de ces rumeurs n'a jamais été confirmée. Jusqu'au mois dernier, je n'avais même aucune raison de penser qu'elle était toujours de ce monde.

Il se tut et soupira.

— À mon avis, l'enlèvement de Victoria en juin et les événements de Pozos du mois dernier convergent vers un but identique.

Il secoua la tête.

— Ma destruction… par Keaton. Ou par le Dragon…

— Nous devons la mettre hors d'état de nuire ! s'emporta Victoria.

— Nous devons également découvrir les véritables raisons de sa haine envers toi, si nous voulons avancer, renchérit Jim. À mon avis, il ne s'agit pas seulement de la haine d'une femme délaissée. Pas trente ans plus tard. Je suis convaincu que nous sommes encore loin de comprendre ses motifs, et les motifs de Keaton. Pour autant, nous manquons toujours d'informations sur lui.

— C'est juste, fit Lucas d'un ton résolu. Casey, nous allons devoir collaborer avec ton oncle et la CIA pour retrouver le Dragon et la traduire en justice.

— Casey, Levi, déclara Jim, vous avez fait un boulot extraordinaire, en dépit de ressources très limitées.

— Je suis prête à continuer la collaboration, annonça Casey. Levi aussi, sans doute.

Levi acquiesça.

— J'aimerais en effet mener cette mission à son terme, annonça-t-il à Victoria.

— Merci. Toutes nos ressources vont être nécessaires, repartit Victoria en serrant la main de son mari.

— Lucas va assurer la coordination avec la CIA, reprit Jim. Stark et Casey soutiendront la base. Dès demain, je vais envoyer Ian Michaels et Simon Ruhl au Mexique pour qu'ils enquêtent.

Son regard passa de Victoria à Lucas.

— Quant à vous, je veux que votre sécurité soit désormais assurée vingt-quatre heures sur vingt-quatre. Je veux vous protéger du Dragon.

— Et de Keaton, ajouta Victoria.

— Je vais rendre une petite visite à Keaton, dit Jim en se levant. Je veux aussi qu'il soit placé sous surveillance. D'après moi, il est peut-être en danger, lui aussi. Le Dragon ne savait pas que vous étiez à sa recherche, et ce détail m'alerte. Nous allons neutraliser la menace.

Lucas et Victoria échangèrent un regard.

— Ensemble ! dit Victoria avec ce courage et cette fermeté qui faisaient l'admiration de son mari.

Lucas serra sa main.

— Comme toujours.

Lorsque la réunion fut terminée, Levi reprit l'ascenseur avec Casey.

— Tu dois tout de suite retourner à Langley ?

Il espérait que non. N'était-elle pas en congé ?

— Tout dépend si nous devons repartir au Mexique ou pas.

Levi se réjouissait à cette perspective.

— On dirait que nous allons redevenir partenaires ! dit-il avec un sourire en coin.

— Ce n'est pas pour me déplaire.

Son commentaire fit exploser l'espoir dans sa poitrine.

— Tu envisages de descendre dans un hôtel, ou vas-tu passer la nuit chez Lucas et Victoria ?

— Ils me l'ont proposé mais je ne veux pas les déranger.

— Il est tard pour chercher un hôtel, tu sais. Plus de minuit. Et puis tu dois être épuisée, ajouta-t-il d'un air entendu.

Elle lui coula un regard plein de curiosité.

— C'est une invitation à venir chez toi ?

— Oui. Si tu veux, tu es la bienvenue. Plus que tu ne le penses.

Il avait décidé d'être direct.

— Je te préviens, le taquina-t-elle, je peux être franchement énervante par moments.

— Je sais.

Il prit sa main pour l'attirer à lui.

— Je sais aussi que tu veux toujours avoir le dernier mot.

— Exact.

Elle posa les mains sur sa poitrine, puis les noua autour de sa nuque.

— Il n'y a qu'un seul problème, reprit-elle.

Il fouilla son regard et sourit en les voyant étinceler.

— Parle.

Elle se serra contre lui.

— Le problème, c'est moi.

Levi frémit de joie et de désir.

— Je suis un peu perdue, et depuis longtemps. J'ai des problèmes de confiance… Je dois être certaine que ce qui se passe entre nous existe. Que ça n'est pas une illusion. J'ai besoin de preuves.

— Tu as raison, dit-il, le cœur battant avec une violence

inouïe. Et j'accepte de relever le défi et de te réconcilier avec la réalité. Avec l'amour.

Il inclina son visage sur le sien et l'embrassa avec toute la passion qui bouillonnait en lui.

Il avait l'intention de prouver à Casey que son amour était sincère.

Et il comptait bien y consacrer le reste de sa vie.

19

Restée seule avec Lucas, Victoria s'approcha de sa fenêtre et regarda le décor si familier de Chicago illuminé. Elle était la proie d'émotions violentes. Derrière elle, Lucas demeurait silencieux.

Sans doute s'efforçait-il de démêler ses propres émotions... Elle le comprenait. Cette femme, ce Dragon qui lui ressemblait tant, voulait le détruire et disposait de vastes ressources.

C'était terrifiant.

Il fallait stopper le Dragon avant qu'elle ne frappe.

Et Slade Keaton.

Était-il innocent ?

Coupable ?

Victoria pensa à Jim qui, autrefois, avait subi un lavage de cerveau et voulu la tuer pour se venger de toutes les erreurs qu'elle aurait prétendument commises à son encontre.

Le Dragon utilisait-elle son fils à la même fin ? Était-ce pour cette raison que Keaton s'attachait ainsi aux moindres faits et gestes de Lucas ? Victoria avait remarqué la fascination que Lucas semblait exercer sur lui. À moins que le Dragon poursuive ses buts, et Keaton, les siens. Elle penchait plutôt pour cette éventualité, comme Jim.

Lucas posa soudain ses mains sur ses épaules et la força à lui faire face.

— Je veux que tu sois en sécurité, dit-il.

L'inquiétude qui transparaissait dans sa voix et son regard lui brisa le cœur.

— Je ne veux pas que tu sois en danger à cause de moi, de mon passé dans la CIA.

Voulait-il qu'elle se cache ? s'interrogea Victoria.

Elle s'obligea au calme. Les émotions ne faisaient pas bon ménage avec le bon sens.

— Tu es certaine que c'est ton passé d'agent qui est en cause ? s'enquit-elle.

Il sourcilla.

— Ma liaison avec celle qui se fait appeler le Dragon remonte à près de trente ans, Victoria ! Je l'avais complètement oubliée. Elle aussi a priori. Elle n'a jamais repris contact avec moi. Je ne sais pas pour quelle raison elle me poursuivrait toujours de sa haine !

Il soupira.

— À moins que lors de l'une de mes précédentes missions, une personne qui lui aurait été liée ait trouvé la mort à cause de moi ?

Victoria enfouit son visage entre ses mains.

— Notre ressemblance n'est pas fortuite, avoua-t-elle d'une voix étouffée.

Une très ancienne douleur jaillit dans le regard de Lucas.

— La première fois que je l'ai rencontrée, j'ai en effet été stupéfié par votre ressemblance.

Il haussa les épaules.

— En vérité, c'est pour cette raison que nous avons eu une liaison…

Victoria lui adressa un sourire triste.

Elle savait que Lucas avait eu le coup de foudre pour elle, mais à l'époque, elle était mariée avec James. De son côté, elle avait été troublée par Lucas, mais elle avait ignoré ses émotions. Pour autant, Lucas s'était toujours conduit comme un parfait gentleman, même après la mort de James.

— En ce cas, c'est peut-être moi qu'elle veut écarter, ou

supprimer ? reprit-elle. Si je ne faisais pas partie de ta vie, peut-être aurait-elle une chance de raviver tes sentiments ?

Elle ne laissa pas Lucas protester et poursuivit :

— Les personnes obsessionnelles franchissent parfois la limite ténue entre fantasme et réalité…

Elle eut un geste évasif de la main.

— Quoi qu'il en soit, nous en sommes toujours réduits aux suppositions. Je suis de l'avis de Jim : Keaton ne travaille pas pour elle. L'interrogatoire que le Dragon a fait subir à Casey et à Stark le prouve.

— Le plus important, au vu de la situation actuelle, c'est d'assurer notre sécurité jusqu'à ce que nous sachions la vérité.

Victoria se força à sourire.

— Tu as raison. C'est tout ce qui compte.

Lucas ému la serra contre lui.

Victoria ferma les yeux et se pelotonna dans ses bras.

Comme elle y était bien…

Lucas avait attendu longtemps et il avait beaucoup souffert avant de trouver le bonheur qu'ils partageaient à présent.

Personne ne les en priverait.

L'agence Colby ne s'avouait jamais vaincue.

Retrouvez prochainement,
dans votre collection

BLACK ROSE

Menaces sur un bébé, de Carol Ericson - N°647

PATROUILLEURS EN MISSION - 2/4

Prudemment, Nash s'approche du « paquet » posé devant sa porte et se retrouve face à un... bébé. Près du petit garçon, il trouve une note signée Jaycee, son amie d'enfance, qui le supplie de protéger son fils pendant quelques jours... Désemparé, il se rend au supermarché pour acheter des couches et du lait et là, curieux hasard, il est abordé par une séduisante inconnue qui prétend être nounou et lui propose de s'occuper du bébé...

Un refuge dans la tempête, de Karen Whiddon

Tremblante, l'inconnue fixe Jason et murmure : « je ne sais pas qui je suis ». Pour ne pas la paniquer d'avantage, Jason décide de l'héberger et la prénomme Lucy. Mais dans sa tête, mille questions se bousculent: qui est cette jolie jeune femme qui semble avoir été maltraitée ? Comment est-elle arrivée dans son chalet perdu en pleine montagne ? Et quelle aide peut-il lui apporter alors qu'il ne sait rien d'elle et qu'au dehors la tempête fait rage ?

Secrète protection, de Lisa Childs - N°648

Avec ses boucles blondes et ses yeux bleus, la fillette ressemble à une poupée de porcelaine. « Comment tu t'appelles ? » demande-t-elle à Wendy. Troublée, celle-ci se force à sourire. Ainsi Hart Fischer est papa... Hart, son ancien collègue, qui va la protéger le temps du procès où elle témoignera contre un baron de la drogue. Hart dont elle est secrètement amoureuse, mais dont le cœur, peut-être, appartient à une autre...

Le passé dévoilé, de Rita Herron

Qui est réellement Ginny Bagwell ? Pour Griff Maverick, expert en incendies criminels, il n'y a aucun doute : la jolie journaliste arrivée depuis peu à Whistler n'est pas celle qu'elle prétend être. D'autant plus que depuis son arrivée, la petite ville des Appalaches est devenue le théâtre d'évènements tragiques : incendies, meurtres... Persuadé qu'un terrible danger menace Ginny et la force à mentir, Griff commence à enquêter sur son passé...

Retrouvez prochainement,
dans votre collection

BLACK ROSE

Un garde du corps inespéré, de Cassie Miles - N°649

À La Nouvelle Orléans, on fête Halloween. Dans la parade, Alyssa se laisse charmer par un séduisant pirate avant de s'éloigner dans les ruelles désertes. Là, elle est attaquée par trois inconnus et ne doit son salut qu'à l'intervention du mystérieux pirate qui la conduit chez lui. Méfiante d'abord, Alyssa décide de faire confiance à son sauveur inespéré et lui révèle qu'un danger permanent plane sur elle car elle a été témoin d'un meurtre...

Captive du silence, de Carla Cassidy

« Maddy, que fais-tu ici ? » Stupéfait, Flint se penche vers la jeune femme blottie dans la grange et l'aide à se lever. Pourquoi se cache-t-elle ainsi ? Et comment expliquer son expression d'animal traqué et les larmes qui voilent son regard ? Bientôt, il apprend que sa voiture est tombée en panne alors qu'elle quittait la ville. Pour fuir quoi ? Ou qui ? Bien décidé à le découvrir, il lui propose alors de l'héberger dans son chalet...

En quête de vérité, d'Amanda Stevens- N°650

Le jour de son mariage, la vie de Penelope bascule : Simon, son fiancé, est victime d'un accident qui le plonge dans le coma. Mais un soir, alors qu'elle est venue lui rendre visite à l'hôpital, elle le trouve conscient et debout. Soulagée de voir l'homme qu'elle aime hors de danger mais bouleversée d'avoir été dupe, elle accepte d'écouter ses explications. Il lui confie alors qu'un secret l'oblige à feindre le coma...

Dans l'ombre du désir, de Marilyn Pappano

AJ a enfin trouvé la tranquillité, loin de Dallas qu'il ne supportait plus. Pourtant, tout bascule le jour où Masiela Leal réapparaît dans sa vie. Masiela, son ancienne coéquipière qu'il a aimée en secret sans que cet amour soit partagé.... Aujourd'hui, elle est en danger de mort et il faut qu'il la cache. Il accepte mais se jure que, cette fois, il ne la laissera pas se frayer un chemin jusqu'à son cœur...

Retrouvez prochainement,
dans votre collection

BLACK ROSE

Un ange en danger, de Julie Miller - N°651

En apprenant qu'elle doit protéger Fiona, la fille de Quinn Gallagher, magnat du pétrole, Miranda est furieuse. Elle est tireur d'élite, pas baby-sitter ! Pourtant, lorsqu'elle croise la fillette âgée de trois ans, sa colère s'évanouit et elle se lance à la recherche du lâche qui la menace. Une mission périlleuse pour Miranda, car non seulement Fiona la prend pour sa mère, mais Quinn exerce sur elle une étrange attirance…

Le mystère de Culpepper, de Tyler Anne Snell

En entrant dans le commissariat de Culpepper, Sophia espère bien obtenir de l'aide pour retrouver sa sœur Lisa dont elle est sans nouvelles. Un espoir qui se renforce lorsque Braydon Thatcher, un séduisant inspecteur, la reçoit dans son bureau. Mais bientôt il énonce une liste de prénoms et Sophia comprend que Lisa fait partie des jeunes femmes récemment disparues dans la région…